Warhafftige Bildnis des Ehr=
wirdigen Herrn … ctoris Martini Lu=
theri / Seines …

Hans Lorbeer

Die Rebellen von Wittenberg

Das Fegefeuer
Band 1

Der Widerruf
Band 2

Die Obrigkeit
Band 3

Hans Lorbeer

DIE OBRIGKEIT

Roman

Mitteldeutscher Verlag
Halle · Leipzig

Mit zeitgenössischen Holzschnitten

Bildnachweis:

Bauern und Künstler – Henschelverlag 1961, Berlin
(Seiten 21, 51, 95, 215, 255, 289, 313, Einband, Umschlag)

Lucas Cranach – Henschelverlag 1982, Berlin
(Seite 341, Vorsatz)

Heinrich Höhn, Deutsche Holzschnitte bis zum Ende des 16. Jahrhunderts – Karl Robert Langewiesche / Verlag, Königstein im Taunus / und Leipzig 1925
(Seiten 137, 379, 415)

Flugblätter der Reformation – Inselverlag Leipzig 1975
(Sammlung des Schloßmuseums Gotha)
(Seite 175)

Gesamtausgabe ISBN 3-354-00421-5
Band 1 – Das Fegefeuer ISBN 3-354-00422-3
Band 2 – Der Widerruf ISBN 3-354-00423-1
Band 3 – Die Obrigkeit ISBN 3-354-00425-8

13. Auflage
Lizenz-Nr. 444-300/82/89 · 7001
Printed in the German Democratic Republic
Gesamtausstattung: Peter Hartmann
Gesamtherstellung: Karl-Marx-Werk Pößneck V15/30
Best.-Nr. 638 986 7

01200

THOMAS MÜNTZER

Mit dreihundert Getreuen, Bauern und Handwerksleuten, Studenten, Bergknappen und Tuchmachern, zog Thomas Müntzer, von Mühlhausen herkommend, am 12. Mai des Jahres 1525 dem Lager der achttausend Bauern auf dem Berge bei Frankenhausen zu. Die Männer trugen nur Spieße und geradegebogene Sensen, Schwerter, Morgensterne und Äxte, dazu einige Feuerwaffen. Ja, auch acht Karrenbüchsen schleppten sie mit, und da ohne Pferde, selbst in die Stricke gespannt. Genügend Pulver jedoch hatte Pfeifer, der kurzsichtige Führer der Mühlhausener Besatzung, nicht hergegeben. Er sah nur seine Stadt, und er beherrschte sie; Müntzer aber wußte, daß diese Stadt verloren war, wenn nicht das ganze deutsche Volk sich gegen die Fürsten erhob – und er gestand sich nun schon ein, daß es ihm nicht gelungen war, eine solche Bewegung zu entfachen. Doch er gab seine Sache nicht auf: Mit denen, die man gerufen hatte, mußte man siegen oder untergehn. So dachte er, als er mit seinem verlorenen Fähnlein den Marsch nach Frankenhausen antrat, und mit jedem Schritte wich seine anfängliche Mutlosigkeit einer ruhigen, klaren Entschlossenheit, die auch die Herzen der ihm folgenden Männer stärkte. Die Regenbogenfahne wehte ihnen voraus.

Es war ein beschwerlicher Marsch. Überall geisterten bereits Späher und Reisige der Grafen von Mansfeld durch Wälder und Fluren. Und in den Dörfern schloß man vor den Aufrührern die Türen. Dennoch ließ keiner von ihnen den Gedanken, umzukehren und sich im heimischen Dorfe zu verkriechen, in sich aufkommen, selbst dann noch nicht, als ein ihnen folgender Bote berichtete, daß die Fürsten ein starkes Heer zusammenzögen und gegen Frankenhausen in Bewegung setzten.

Müntzer nahm diese Nachricht nur als die Bestätigung seiner Erwartungen: Mit den Fürsten zu streiten, war er ja aufgebrochen. Sollte er sich, dem Rate Pfeifers folgend, mit in Mühlhausen einschließen lassen? Nichts wäre törichter. Hinter Mauern und Zinnen vermochte ein Heer nicht zu wachsen, wohl aber im freien Feld, wenn man den Rücken sich frei hielt und immer neue Streiter heranführte.

Von solchen Erwägungen bewegt und erregt, schritt er inmitten seines Fähnleins. Alle seine strategischen Rechnungen gingen auf. – Aber er hatte noch niemals in seinem nun schon über drei Jahrzehnte währenden Leben auch nur einen einzigen Schwertstreich getan, noch keine Büchse abgefeuert, und von dem Verlauf einer Schlacht besaß er nur schwache, zudem rein allgemeine Vorstellungen. – Thomas Müntzer ging seinen Weg, von dem unbändigen Willen beseelt, die Welt zu ändern. Und daraus kam ihm auch die Kraft, der Mut, die Sache durchzufechten. Alles Beschwerliche vergaß er. Das junge Jahr in seinem saftigen Grün, mit seinem Sonnengold in Baum und Strauch, auf Weg und Hügel, es erfüllte ihn mit so großer Hoffnung, daß er im Angesicht der Stadt Frankenhausen, die man umging, ein Lied anstimmte. Und seine Getreuen fielen mit hellen oder rauhen Stimmen herausfordernd ein:

Es ist kein Korn im Halme,
der Junker hätt's gesät,
kein Hälmlein in der Scheuer,
der Junker hätt's gemäht.
Allein der Bauer pflügt und schafft,
der Junker raubt und frißt.
Das wollen wir nimmermehr leiden,
im Namen Jesu Christ!

Als Müntzer unter die Hauptleute des Bauernlagers trat, begegneten ihm nicht wenige Blicke mit unverhohlener Abwehr. Er grüßte dennoch ganz unbefangen, bemüht, ein mögliches Mißverständnis aus dem Wege zu räumen. Aber da war mehr als ein Mißverständnis, lauerte bereits etwas Feindliches; er fühlte sofort, daß es nicht nur in dem betretenen Schweigen, sondern auch in der endlichen Erwiderung seines Grußes lag, und dort schwerer, geradezu drohend. Was hatte die Leute so gewandelt? Fürchteten sie gar, sein Erscheinen könne die Situation des Bauernheeres noch verschlechtern? Ohne Zweifel, diese Stellung hier auf der Höhe vor der Stadt war strategisch ungünstig – soviel verstand auch er von der Kriegführung –, doch sie war nicht hoffnungslos. Man mußte den Aufstand ins

Mansfeldsche hineintragen, daß er die Bergknappen mitreiße. Solange die Grafen Ernst und Albrecht den Schreck über die Bauernunruhen im eigenen Land nicht überwanden und darum ihre befestigten Schlösser auch nicht selbst zu verlassen wagten, war noch Zeit, den Berg zu räumen und den Marsch auf Eisleben anzutreten. Müntzer nickte, wie um seine Erwägungen selbst zu bekräftigen, doch ließ er sich hierüber vor den Hauptleuten noch nicht aus, sondern machte ihnen zunächst einmal kurz und bestimmt klar, daß er die Führung des gesamten Bauernhaufens zu übernehmen gedenke und hierbei keinerlei Nachgiebigkeit zu dulden gewillt sei. Er sprach auch das freilich vorerst nur in bezug auf die allgemeine Disziplin im Lager aus, doch sie verstanden ihn schon, und diesem oder jenem unter ihnen verursachten seine Worte anscheinend sogar eine gewisse Beruhigung. Um so deutlicher aber zeigte sich in den Mienen einiger anderer die Lust, ihm zu widersprechen. Müntzer sah sich nach seinen Getreuen um: Im Halbkreis stärkten sie ihm den Rücken; einige lächelten ihm ermunternd zu, und wie er nun in die kommenden Tage voraussann, wurde er sich seiner wieder ganz sicher.

»Recht kläglich, das Häuflein, mit dem Ihr kommt«, stieß da mit höhnischer Stimme einer der Hauptleute in seine Gedanken.

Müntzer schloß einen Atemzug lang die Augen, riß sie dann aber um so weiter auf, den Sprecher richtig zu sehen. »Es ist jetzt nicht Zeit, zu zählen, sondern Not, zu wägen«, erwiderte er in unterdrücktem Zorn. »Was habt Ihr getan, das Bauernheer zu rüsten?«

»Zu rüsten –?« brummte der Hauptmann, ein ritterlich gekleideter, schwarzbärtiger Mann. »Nicht einmal Bäum' stehen hier, den Leuten Spießstangen draus zu schlagen.«

Ein junger Mensch trat hurtig in den Kreis, er reckte sich auf und sagte: »Doch der Gäns' gab's all die Tage genug, sie gebraten auf der Hauptleute Tische zu bringen – und aus ihren Flügeln Schreibfedern zu schneiden.« Er verfinsterte sein Gesicht und legte die Hand an den Knauf seines Schwertes.

Müntzer richtete den Blick auf ihn, und in seine Augen trat der Ausdruck frohen Erstaunens.

»Ich kenn' Euch doch!« rief er und wischte sich mit dem Handrücken über die Stirn.

»Wohl, Ihr kennt mich«, erwiderte der Mann und nahm sein Barett ab.

»Ihr seid – Ihr seid der wittenbergisch' Student!«

»Ich bin's, Hans Bachmann mit Namen.«

»Bei Gott, so ist es!« Müntzer streckte ihm die Hand entgegen. »Wann kamt Ihr hierher?«

»Erst vor Tagen.«

»Und reißt das Maul schon auf, als sei er vom Herrgott uns auf die Nas' gesetzt«, höhnte der Hauptmann.

Müntzer tat, als überhöre er das. Froh erregt legte er Bachmann den Arm um die Schultern und führte ihn einem der Zelte zu.

»Kommt, daß Euere Geschicht' ich vernehme!«

Die Getreuen lagerten sich vor dem Eingang des Zeltes, so war einigen Hauptleuten der Weg in ihre bisherige Unterkunft versperrt. Unmutig schlossen sie sich dem Schwarzbärtigen an und verschwanden mit ihm im Gewirr der Wagen, Zelte und Menschen.

Die süddeutschen Bauern waren, mit Verhandlungen hingehalten und durch Wortbruch verraten, schnell niedergeschlagen worden. Und wie es Georg Truchseß von Waldburg gelungen war, die Bauernhaufen im Schwarzwald, in Oberschwaben und Franken durch Versprechungen zu überlisten, zu verwirren, aufzuspalten und schließlich heimtückisch zu überfallen, so erwürgte nun der fromme Philipp von Hessen mit einem gutausgebildeten und zu besonderer Grausamkeit gedrillten Landsknechtheer die Aufständischen in seinem eigenen Land; geschickt und entschlossen hatte er ihnen die Schlinge gelegt und sie zugezogen. In frommer Genugtuung beendete er dieses erste Spiel mit der Hinrichtung aller gefangenen Bauernführer. – Er marschierte danach ins Fuldaer Land ein und unterwarf es rasch – wobei er sich auch gleich von der Oberhoheit seines bisherigen Lehnsherren, des Abtes von Fulda, freimachte und die Abtei von Fulda kurzerhand in ein hessisches Lehen verwandelte. Ein schönes zweites, gleichfalls gewonnenes Spiel! –

Angefeuert von seinen Erfolgen, nahm er darauf Eisenach und Langensalza und zog dann, mit den herzoglichsächsischen Truppen vereint, gegen das rebellische Mühlhausen. Doch er besann sich zur rechten Zeit und hütete sich vorerst, es zu berennen; vorsichtig umging er es nach Erfurt hin und stieß, nun das dritte, entscheidende Spiel zu beginnen, geradewegs auf Frankenhausen zu.

Dort stand er am vierzehnten Mai unweit der noch verschlossenen Stadt mit dem Herzog Heinrich von Braunschweig und dem Herzog Georg von Sachsen im Fürstenlager. Sechstausend Fußknechte und zweieinhalbtausend Reisige zählte der Fürsten Heer. Dennoch wagten sie es nicht, den in ihrer Nähe lagernden Bauernhaufen anzugreifen, ehe sie weitere Verstärkung erhielten. Sie wollten ganz sicher gehen, darum warteten sie ab. Der neue Kurfürst, Johann, würde ihnen des Sieges Gewißheit sein, denn er war anders als sein erst vor neun Tagen verstorbener Bruder, Friedrich von Sachsen; und wie man wußte, wurde er, der weniger friedlich Gesinnte, von einer Elite ritterlicher Draufgänger begleitet, die führten heran achthundert Reisige und zweitausendvierhundert Kriegsknechte zu Fuß. Am Abend des vierzehnten Mai trafen sie ein, doch man empfing den Kurfürsten nicht mit Fackeln und Freudenfeuern, es war ratsamer, im Dunkel, wenn auch einem unheimlichen Dunkel, zu bleiben.

Die Herren im Fürstenlager vor Frankenhausen gaben sich, sobald der Morgen graute, wieder ganz zuversichtlich. Sosehr ihnen die anfänglichen Erfolge der Bauern in Schwaben, Franken, Böhmen und Thüringen auch in die Knochen gefahren waren, jetzt wollten sie sich dies schon nicht mehr eingestehen. Sollten sie die Köpfe hängenlassen, wo die süddeutschen Fürsten und Bischöfe bereits wieder triumphierten? Sie hatten das Beispiel vor Augen: Je fürchterlicher die Rache über die Bauern hereinbrach, desto gehorsamer würden sie sich krümmen. Die Peitschen geschwungen – wie über Hunde und Ochsen!

Die Thüringer Aufständischen sollten sie bald spüren ... Verständnisinnig tranken die Fürsten einander zu.

Vom Mittag bis zur Mitternacht saß Thomas Müntzer in seinem Zelt und schrieb. Die Boten trugen die Briefe vom Berg bei Frankenhausen in die umliegenden Städte und Dörfer: Vielliebe Brüder, wie lange schlaft Ihr? – In Christi Namen nehmt Waffen auf und folget uns! – Das göttliche Gericht ist nahe. Es ist hohe Zeit! – Das wahrhaftige Evangelium ist der Bauern Freiheit! – Dran, dran, dran!

Nur wenige Boten kamen zurück. Hatte man die anderen abgefangen? Waren sie in ihre Dörfer zurückgeschlichen?

Es gingen auch Briefe nach Allstedt und Heldrungen an die in ihren Schlössern verschanzten Grafen von Mansfeld. Müntzer, schon beim Schein der Kerze sitzend, las Bachmann daraus vor:

»Furcht und Zittern sei einem jeden, der übel tut. Du willst die böswillige Obrigkeit dadurch bestätigen in aller Masse, wie der Papst Petrum und Paulum zu Stockmeistern gemacht. Meinst Du, daß Gott der Herr sein unverständig Volk nicht erregen könne, die Tyrannen abzusetzen in seinem Grimme? Hat nicht die Mutter Christi aus dem Heiligen Geist geredet von Dir und Deinesgleichen, weissagend: Die Gewalttätigen hat er vom Stuhl gestoßen und die Niedrigen, die Du verachtest, erhoben? Hast Du in Deiner lutherischen Grütz und Deiner wittenbergisch Suppen nicht mögen finden, was Czechiel weissagt? Hast Du in Deinem martinisch' Bauerndreck nicht mögen schmekken, wie selbiger Prophet weiter sagt, daß Gott alle Vögel des Himmels fordert, sie sollen fressen das Fleisch der Fürsten, und die unvernünftigen Tiere sollen saufen das Blut der großen Hansen? Meinst Du, daß Gott nicht mehr an seinem Volke gelegen, denn an Euch Tyrannen? Willst Du erkennen, wie Gott die Gewalt der Gemeinde gegeben hat, und vor uns erscheinen und Deinen Glauben brechen, wollen wir Dir das gern geständig sein und Dich für einen gemeinen Bruder ansehen; wo aber nicht, werden wir wider Dich fechten, wie wider einen Erbfeind des Christenglaubens. Das wisse, Dich darnach zu halten.

Gegeben zu Frankenhausen, Freitag nach Jubilate Anno 1525

Thomas Müntzer mit dem Schwerte Gidions«

Müntzer blickte Bachmann ernst in die Augen. »Mit dem Schwerte Gidions«, wiederholte er zuversichtlich.

»So hart wollt Ihr's dem Grafen Albrecht geben?« Bachmann war betroffen.

»Es ist für harthörige Ohren«, erwiderte Müntzer. »Drum auch schreibe ich's selbst und diktier's nicht dem Feldschreiber, des Hand mich nicht schwer genug dünkt, sein Maul hinwieder aber zu leicht.« Er nahm ein anderes Papier vom Tisch. »So dem Grafen Albrecht in Allstedt. Und so dem Grafen Ernst in Heldrungen.« Er begann wieder zu lesen:

»Ich, Thomas Müntzer, etwan Pfarrer zu Allstedt, ermahne Dich, daß Du um des lebendigen Gottes willen von Deinem tyrannischen Wüten wolltest abstehen und nicht länger den Grimm Gottes erbitten. Sag, Du elender, dürftiger Madensack, wer hat Dich zum Fürsten des Volkes gemacht, welches Gott mit seinem teueren Blut erworben? Du sollst und mußt Deinen Glauben rechtfertigen. Du sollst in wahrhaftiger Weise gut und sicher Geleit haben, Deinen Glauben an den Tag zu bringen. Und Dich auch entschuldigen, wegen Deiner offenbaren Tyrannei. Würdest Du ausbleiben und Dich auferlegter Sache nicht entledigen, so will ich Dich ausschreien vor aller Welt, daß alle Brüder sollen ihr Blut getrost wagen. Da sollst Du verfolgt und ausgerottet werden. Wirst Du Dich nicht demütigen vor den Kleinen, so mag Dir eine ewige Schande vor der ganzen Christenheit auf den Hals fallen, Du wirst des Teufels Märtyrer sein. Der ewige, lebendige Gott hat es geheißen, Dich mit der Gewalt, die uns gegeben ist, vom Stuhle zu stoßen, denn Du bist der Christenheit nichts nutz, Du bist ein schändlicher Staubbesen der Freunde Gottes. Gott hat von Dir und Deinesgleichen gesagt: Sein Nest soll ausgerissen und zerschmettert werden. Wir wollen Deine Antwort noch heute haben oder Dich im Namen Gottes der Heerscharen heimsuchen. Wir werden unverzüglich tun, was uns Gott befohlen hat; tu auch Du Dein Bestes. Ich fahre daher.«

Müntzer legte den Brief auf den Tisch zurück. Dann erhob er sich schnell und ging zum Zeltausgang hin. Er schlug die graue, zerschlissene, fleckige Plane zurück und lauschte in den Abend hinaus. Der Himmel wölbte sich weit und sternenklar, die Luft war kaum bewegt. In den Zelten der Hauptleute flakkerte das Licht, und die Schatten der unruhigen Männer huschten über die groben, vom vielen Herumschleppen schon arg verschmutzten, nur matt durchleuchteten Leinenbahnen. Um die Zelte herum lagerten die Gruppen der Bauern Mann an Mann, ein ganzes Heer, wie in den Erdboden versunken. Hier flüsterte, dort stöhnte einer, von der Nachtkälte geschüttelt. Über die Wagenmauer hallte der Ruf eines Wachtpostens herein, eine andere Stimme antwortete. Durch die dunkle Masse der Schlafenden ging eine leichte Bewegung, wie wenn der Wind über die Flut hinspringt und sie aufrauht. Und darüber blinkten und strahlten, plötzlich unheimlich nah, die Sterne. In den Tälern aber braute die Gefahr.

Müntzer wußte, daß die Heere der Fürsten anmarschierten. Es war ihm, als höre er den Schritt der Tausende, das dumpfe Stampfen der Pferde und das Knarren der Wagenräder. Eine leise Erregung beschlich ihn. Dort drunten lag die Stadt, aus ihr drohte den Bauern keine Gefahr, denn die Bürger hatten sich gleichermaßen vor ihnen wie auch vor den fürstlichen Landsknechtshaufen abgeschlossen, aber die ihn, Müntzer, befallende Unruhe schien doch aus ihren Mauern, ihren dicht aneinandergedrängten Häusern und engen Gassen heraufzuwallen, wie Rauch, der die Atmung hemmt und in der Brust brennt.

Hastig trat er ins Zelt zurück. Bachmann stand noch immer am Tische, die Hände erwartungsvoll ineinandergefaßt. Das Licht der Kerze flatterte in sein bleiches Gesicht. Da er Müntzers Blick wie eine Frage empfand, legte er die Linke fest auf den Knauf seines kurzen Schwertes, aber die Finger glitten sogleich wieder, wie Halt suchend, daran auf und ab. Müntzer bemerkte es – fühlte es mehr, als er es sah, und er glaubte – ein wenig enttäuscht –, sein junger Freund habe Angst. Er sagte:

»Ich könnt' die Heerboten herbeirufen, daß sie die Briefe heut nacht noch nach Allstedt und Heldrungen bringen, doch wär' es mir lieber – – –«

»Ich werde selbst reiten«, entgegnete Bachmann entschlossen. Müntzer, der sich über die Gefährlichkeit dieser Mission durchaus im klaren war, wollte Bachmann einige Hinweise zur

Vorsicht geben, doch unterließ er es, als er sah, daß diesem der Ernst der Sache schon deutlich genug im Gesicht geschrieben stand. Es war recht so, ihn zu schicken. Warum erst die Hauptleute einweihen. Nutzloses Hinundhergerede gab es im Lager ohnehin genug. Hier auf dem Berge war nur eines not: Hauptleute und Bauern auf den unausweichlichen Kampf mit den Heeren der Fürsten vorzubereiten. Er selbst würde Bachmann bis zu den Wachen begleiten.

»Aber Ihr werdet nicht allein reiten. Wählt einen Mann dazu, dem man vertrauen kann, der's Herz hat, etwelchen Häschern entgegenzutreten und die Sicherheit der Briefe zu gewähren.«

»Diesen Mann hab' ich«, sagte Bachmann, »bracht' ihn von Nordhausen her schon mit.«

»Ihr wart in Nordhausen?«

»Ja, am Tage, da Luther in der Nicolaikirche gepredigt. Eine höllische Rotte nannte er unseren Bund, und vor der Kirchtür verkauften sie seine Schrift wider die Bauern; räuberisch und mörderisch seien sie. Oh, diese Schande, aus seinem Munde solche Worte!« Bachmann griff, von Empörung aufgewühlt, in die Schoßtasche seines Wamses und zog ein gefaltetes Papier hervor.

»Ihr habt sie, diese Schrift?« rief Müntzer aus. »Ich hört' davon, doch in Mühlhausen fand ich sie nicht. Zeigt her!« Er riß sie Bachmann hastig aus der Hand und blätterte erregt darin. Lautlos zuerst bewegten sich seine Lippen, dann formten sie die Worte, leise, doch zunehmend deutlicher; schließlich las er in unterdrücktem Grimm: »In Sonderheit ist's der Erzteufel, der zu Mühlhausen regiert und nichts denn Raub, Mord und Blutvergießen anrichtet. – Drum soll hier zuschmeißen, würgen und stechen, heimlich oder öffentlich, wer da kann, und gedenken, daß nichts Giftigeres, Schädlicheres und Teuflischeres sein kann denn ein aufrührerischer Mensch. Gleich als wenn man einen tollen Hund totschlagen muß.« – Seine Hände begannen zu zittern, er neigte sich näher der Kerze zu und las weiter: »Solch wunderliche Zeit ist jetzt, daß ein Fürst mit Blutvergießen den Himmel besser verdienen kann denn andere mit Beten. Steche, schlage, würge, wer da kann!« – Müntzer schwankte leicht. Doch gleich fing er sich wieder. Er warf das fürchterliche Traktat auf den Tisch, es streifte das Flämmchen der Kerze, doch fing es nicht Feuer, sondern wischte das Licht beinahe hinweg.

Langsam wandte er sich Bachmann wieder zu. »Aus dem wittenbergisch' Schmeichelfuchs ist ein stampfender Stier geworden, aus dem lästernden Kolkraben ein heulender Höllenhund. Jesus Christus, fahr darein!« Er raffte sich auf und sagte beinahe befehlerisch: »Holt Eueren Mann!«

Bachmann ging hinaus. Wenige Augenblicke später schon kam er zurück; er hielt die Zeltbahn offen, ein Kerl von riesiger Gestalt trat ein, in Bergmannstracht, den Kopf mit der Kappe wie im Schacht geduckt. Als er sich aufrichtete, stieß er gegen das Zeltdach. Er grüßte kaum merklich, wie es schien, mehr demütig als ehrfürchtig.

»Wer bist du?« fragte Müntzer.

»Sebastian Balzer, Bergknappe zu Eisleben. Kam aus dem wittenbergisch' Land, vor Jahren schon.« Balzer sprach, als habe er die Worte auswendig gelernt.

»Du kennst den Magister Bachmann?«

»Er hat in Wittenberg studiert. Ich kenn' ihn gut.« Balzer nickte zur Bekräftigung seiner Worte.

»Ihr erinnert Euch wohl Eueres Aufenthalts in Wittenberg«, sagte Bachmann erklärend. »Damals verbrannten die Studenten auf dem Marktplatz eine Strohpuppe, den Papst darstellend, und ein betrunkener Ratsherr fuhr ihnen wütend ins Spiel.« –

»Dieses Schelmenstückes entsinn' ich mich gern«, entgegnete Müntzer. »Sie bedrängten den Ratsherrn so arg, daß er stürzte. Ein bärenhaft' Kerl, ein Bauer, wischte sie beiseit', stellte den angstschlotternden Herrn wieder auf die Beine und führte ihn aus der johlenden Studenten Kreis.«

»Er ist's, der vor Euch steht, der Bauer und Bergknapp' Balzer.«

Müntzer strich sich mit den Fingern über den Mund. »Schau, und jetzt ist er hier!« Er trat einen Schritt auf Balzer zu. »So warst du schon damals – nur anders – wider den Luther?«

»Nicht wider Luther, nur wider den Mummenschanz«, antwortete Balzer, wie ein Schüler dem Lehrer.

»Und heut –?«

»Ich bin wider des Doktors Bauernhatz.«

Müntzer ging zum Tisch zurück, blickte starr über die Flamme der Kerze hin ins Dunkel der Zeltecke. »Ich wollt'«, sagte er nachdenklich und beinahe unglücklich, »er stünd' hier bei uns auf dem Berge.« Gleich aber nahm er sich wieder zusammen. »Wo hast du dich mit dem Magister Bachmann wiedergetroffen?« wandte er sich von neuem an Balzer.

»In Eisleben. Er kam von Leipzig und nahm mich mit. Vor Wochen schon. In Nordhausen wohnten wir bei einem Manne, so Bücher verkauft.«

»Wider den Müntzer?«

»Glaub's nicht, er nannte Euch den wahren Propheten.«

»Und du stehst zu mir? Hast du von mir schon gelesen?«

»Kann nicht lesen, Herr, bin eines armen Bauern Sohn. Mit Pflug und Sichel, mit Grabscheit und Hacke weiß ich umzugehn, nicht mit der Schreibfeder.«

»Und welche Waffe führst du?«

Balzer wandte sich wortlos dem Zeltspalt zu, langte mit der klobigen Hand hinaus und hielt Müntzer gleich darauf eine mächtige Keule mit schwerer Kugel und fingerlangen Stacheln aus blankem Eisen entgegen.

Der bleiche Pfarrer aus Allstedt, Prophet der Bauern deutschen Landes, Führer des Thüringer Heeres, fühlte es kalt im Rücken rieseln, doch ließ er das nicht merken. Er übergab Bachmann die Briefe, ermahnte die beiden Boten zur Umsicht und begab sich mit ihnen hinaus.

Die Nachtluft wehte ihnen kalt entgegen. Sie schritten durch die Reihen der Schlafenden hin, sahen, wie dieser und jener sich aufrichtete, und hörten ihn ein paar Worte brummeln. Bachmann sprach das Losungswort und setzte den Weg eiliger fort. Müntzer folgte ihm auf dem Fuße, hörte hinter sich den schweren Schritt des Bergknappen Balzer, in dessen Hand er den fürchterlichen Morgenstern wußte.

Bald kamen die drei bei der Wagenwehr an. Dort standen die Pferde. Ein Hauptmann lag auf dem Heu, doch er war wach, denn beim Herankommen der Männer erhob er sich sogleich. Als er Müntzer erkannte, nahm er eine freundliche Haltung ein. Er suchte die besten Pferde heraus und überließ sie Bachmann und Balzer; ersterer schwang sich mit Leichtigkeit in den Sattel, sein Begleiter stieg mit schwerfälliger Bewegung auf, wobei selbst der breitbugige, prallkeulige Gaul nicht mehr fest zu stehen vermochte.

Der Hauptmann führte das Tier am Halfter zur Wagenlücke hin. Bachmann ritt hinterher. Auf dem Gipsgestein, das hier und da durch die dünne Erddecke leuchtete, hallten die Tritte der Hufe hohl und dumpf, manchmal schurrend. Der Hauptmann rief die Wachposten an, sie standen draußen vor der Lücke; mißtrauisch ließen sie die Reiter passieren. Dann erkannten sie im Gespräch mit dem Hauptmann den hageren Pfarrer aus Allstedt, und sie beruhigten sich, wußten sie nun doch, daß die Sache in Ordnung war. Der Hauptmann zog einen von ihnen heraus.

»Führ sie zum Holzsteig hin, daß ostwärts sie sich halten und Artern nicht verfehlen.«

Der Mann ging den Pferden voran. Bald war von ihnen nichts mehr zu sehen und zu hören. Müntzer wandte sich ins Lager zurück. Die Reihen der erwachenden Bauern gerieten in Bewegung. Das Heer auf dem Berge trat an. Die Nacht schwebte gleichsam aufwärts. Es schien heller geworden zu sein, die Sterne standen näher und größer über dem Lager. Hauptleute und Fähnleinführer liefen umher, sprachen miteinander, störten die letzten noch Schlafenden auf.

Müntzer begriff nicht, daß er allein zu alledem die Ursache war. Hastig strebte er seinem Zelte zu. Da, selbst seine Getreuesten hatten sich schon erhoben, machten sich fertig, als begínne die Schlacht.

»Was schlaft ihr nicht?« fragte er, vor dem Zelteingang sich noch einmal umwendend.

»Uns scheint's nicht ratsam mehr.«

»Im Tal ist's still; ich war bei den Wachen –.«

»Hört Ihr die Hunde bellen? Die Stadt ist voller Unruh'.«

»Wo ist Ruh'!?« Müntzer verharrte noch, als erwarte er eine Antwort, dann betrat er sein Zelt.

Als er allein war, überfiel ihn eine entsetzliche Schwäche. Aus Stirn und Rücken trat ihm der Schweiß. Er setzte sich an den Tisch und legte den Kopf in die verschränkten Arme. Lange verblieb er in dieser Haltung, fühlte die Hautfeuchtigkeit widerlich erkalten. Plötzlich richtete er sich wie erschrokken auf. Seine Augen starrten in das Licht der Kerze, als sähen sie darin ein böses Zeichen. Bachmann mochte mit seinem Begleiter schon längst auf dem Weg nach Artern sein. Vor der dritten Morgenstunde jedoch würde er Allstedt kaum erreichen. Von dort aus bis Heldrungen hatte er noch drei Stunden Ritt, denn in den Helme- und Unstrutniederungen zwangen viele Sümpfe zu Umwegen. So war er im Lager vor der achten Tagesstunde nicht zu erwarten. Doch – würde er denn zurückkommen?

Müntzer rieb sich die Augen. Was wußte er schon von dem Bachmann hier im Mansfelder Land, wo er den von Wittenberg vor Jahren nur flüchtig kennengelernt? Wie nun, wenn er – ein anderer Bachmann – aus dem Lager der Fürsten kam und geradewegs wieder zu ihnen hinging? Daß er die Briefe dort abgab, war so gut wie auftragsgemäß an die richtige Adresse gebracht – und auf noch viel kürzerem Wege. Doch er konnte auch berichten, was in den Briefen nicht zu lesen war: daß es auf dem Berge nicht eben zum besten stand.

Müntzer erhob sich, trat zum Zeltausgang hin und schlug die Plane zurück. Die Unruhe im Lager hatte sich anscheinend gelegt, doch gerade die nun wieder eingetretene Stille war ihm unheimlich. Zwar wußte er sich von einem Ring getreuer, tapferer Mitstreiter umgeben, aber würde dieser nicht zerbrechen, wenn der Verrat ihn bedrängte? Es war ihm bekannt, daß im Lager viele mit zum Haufen genötigte Bauern, Bürger, ja Edelleute und selbst einige Grafen sich befanden. Sie alle hatten Bundestreue geschworen. Doch was waren diese Schwüre wert?

Müntzer blickte in die blaue Nacht hinaus. Mit einemmal stand da das Bild des schwarzbärtigen Hauptmanns vor seinen Augen. Ja, der Feind näherte sich ihm nicht nur von draußen im Land, nein, auch hier, im Wall der Wagenburg, kroch er heran. Beklemmungen überfielen ihn, würgten sein Herz, daß es ihm zum Halse hinaufsprang. Er ging zurück, löschte die Kerze und warf sich seufzend auf das Strohlager. So fest er jedoch die Augen schloß, das Antlitz Bachmanns schwebte unablässig vor seinem inneren Blick. Und da hörte er es schon sprechen: »Doch der Gäns' gab's genug, sie den Hauptleuten zu braten und aus ihren Flügeln Schreibfedern zu schneiden.« – Und was damit zu schreiben? An wen wohl? An die Fürsten? Hier im Lager auf dem Berge?

Das Gesicht des Schwarzbärtigen tauchte wieder auf. Dem hatten Bachmanns Worte gegolten. In der Freude über das Wiedersehn mit dem Wittenberger Studenten waren sie ihm, Müntzer, nicht recht zu Bewußtsein gekommen und daher wieder verweht. Zu eilig hatte er den Wiedergefundenen ins Zelt gezogen, sich berichten zu lassen, wie es in Wittenberg stand, was des Doktor Luther Name dort noch gelte – bei dem Meister Melchthofer, dem Kleinschmiedegesellen Berthold Thamm, der Magd Barbara und der lieblichen Jungfer Julia.

Und bei ihm, Bachmann ...

Langsam wich die Beklemmung in seiner Brust. Bachmann würde zurückkehren, er war sich dessen gewiß. Dann wollte er ihn fragen, was mit den Gänsfedern geschrieben wurde – und an wen. Und von wem!

Den Schwarzbärtigen mußte man näher betrachten.

Mitten im Heerlager bei Frankenhausen standen die weißen Zelte der Fürsten. Ihre Standarten flankierten die Eingänge. Zwei Ringe ritterlicher Wachen schirmten das fürstliche Quartier in gemessenem Abstand vor den Augen und Ohren des gemeinen Mannes im Landsknechtswams vorsorglich ab. Der Weg zum Pferdezelt war mit Pflöcken abgesteckt. Die Hauptleute der Fähnlein kamen mit ihren Meldungen nur bis zum Heroldszelt, das abseits auf einem kleinen Hügel stand. Der Feldhauptmann waltete darin, ein Ritter aus dem Hessischen; zwei Dutzend Junker standen ihm zur Verfügung. Er ordnete der Fürsten Drum und Dran und besaß in vielen Dingen Information und Vollmacht. Seine Aufgabe war es auch, die Boten der Bauern anzuhören und ihnen den Willen der Fürsten zu verkünden. Der Landgraf von Hessen stellte ihnen die Bedingung, sie sollten ihre Hauptleute schicken und er würde ihnen bei den hohen Herren Gnade erwirken. Die Antwort war: Wir sind nicht hier, Blutvergießen anzurichten, sondern die göttliche Gerechtigkeit zu erhalten. Die Fürsten blieben dabei: Die Hauptleute heraus, dann werde man weitersehen. Diese Sprache war zwar rauh, doch sie ließ der Hoffnung der Bauern Spielraum genug, sich breitzumachen. Darüber waren die großmächtigen Herren sich klar, und sie wollten es so: Die Bauern würden sich in tröstliche Gedanken hineinspinnen und, halb mit dem Herzen schon im heimatlichen Dorf, ihres Aufstandes leid werden. So wurden ihre Führer billiger, wohlfeiler ...

Die Fürsten saßen und standen im Beratungszelt und tranken goldenen Wein. Ein Vorschußtrunk auf den Sieg. Aber sie waren sich ihrer Sache keineswegs so sicher, wie sie sich aufspielten, und sosehr der jugendliche Landgraf Philipp auch Lust verspürte, unverzüglich dazwischenzuschlagen, er erkannte das Risiko und bequemte sich lieber auch weiterhin zu fürstlichen Vorspielen: die Bauern mit Verhandlungen hinzuhalten, ihnen das Fürstenwort zu geben, es zur rechten Zeit zu brechen und die Dummköpfe zu überfallen.

Auch der Kurfürst Johann hielt viel von solcher Spielart, war er sich der Gefahr des direkten Angriffs für den Angreifer doch durchaus bewußt, zumal man die Schlagkraft des Bauernhaufens noch nicht genau kannte. Die Boten, die aus ihm gekommen –? Wer war sicher, daß nicht auch sie das Spiel solcher Verhandlungen kannten, und während sie um Gnade baten, strategische Schachzüge bedachten und ausführten? – Gewiß, auch er verschwieg seine grauen Gedanken und trank sich gute Zuversicht an. Die süddeutschen Herren erschienen ihm vorbildlich, und wenn sich nun noch die Thüringer Bauern an den schwäbischen und fränkischen ein Beispiel nahmen – ein bitteres, blutiges Beispiel –, dann war zu erwarten, daß auch im Mansfelder Land bald tiefer Friede eintrat und Ordnung herrschte ... Um Ansprüche auf den Sieg zu stellen, mußte man lernen, fest und geduldig abzuwarten. Der Strauß mit den Bauern war kein Kinderspiel und seit tausend Jahren in Deutschland ohnegleichen. Darum erschien es ratsam, um morgen zu siegen, sich heute zu bescheiden.

Der Brief seines erst vor neun Tagen verblichenen Bruders fiel ihm ein. Er hatte ihn wohl schon zehnmal und öfter gelesen, und die warnenden Worte darin wußte er auswendig: Es ist ein großer Handel, daß man mit Gewalt handeln soll. Vielleicht hat man den armen Leuten zu solchem Aufruhr Ursach' gegeben. – Und weiter: Gott wende seinen Zorn von uns. Will es Gott also haben, wird es also hinausgehen, daß der gemeine Mann regieren soll.

Unmutig kraute sich Johann den Bart. »Solch Spiel will fein gespielt sein«, sagte er, »denn so es durchschaut wird, kann man's verspielen. Drum also mit Bedacht!«

Und es war, als hätten seine fürstlichen Brüder alle seine Gedanken schon mitgedacht, es verblüffte sie nicht, daß er zur Vorsicht mahnte.

»Mit allem Bedacht!« stimmte der Landgraf zu, und er fuhr fort: »Gott hat bisher uns gute Zeiten gegeben, den Bauern aber genommen. Jede Stunde des Abwartens nährt unsere Macht, und jede Stunde frißt die der Aufrührer, denn die Wege ins Land sind versperrt, und kein Bauernfurz kommt mehr zum Berg hinauf noch von ihm herab.«

Herzog Heinrich von Braunschweig nahm den Helm ab und fuhr mit der flachen Hand über sein Haar hin. »Denk' ich daran, daß die Mansfelder Bergleut' und die aus dem Zwikkauer Land sich besännen und heranrückten, so fürcht' ich, kahl zu werden wie der Berg. Die kommen nicht nur mit Dreschflegeln.«

»Ihr seht zu schwarz«, erwiderte Herzog Georg. »In Sachsen ist Friede, ich spür's schon im Schwert: Es würd' mir sonst in der Hand zucken.«

»Eher seh' ich rot«, knurrte Heinrich, »rot wie geronnen' Blut.« Er griff seinen Becher hastig vom Tisch und stürzte den Wein wie Wasser hinunter. »Ah, das tut gut!« stieß er durstig hervor und nickte dem Mundschenk zu, daß dieser ihm den Becher wieder fülle. »Geizt nicht, vor solchem Handel braucht's Stärkung.«

In diesem Augenblick trat der Feldhauptmann ins Zelt. Die Fürsten richteten unwillkürlich die Blicke auf ihn, und in ihrer Haltung lag eine sichtbare Spannung.

»Durchlauchtige Herren«, sagte er, nachdem der Kurfürst ihm ein Zeichen gegeben hatte, zu sprechen, »die Bauern schik-

Prophezeihung des Bauernkrieges

ken drei Edelleute mit neuer Botschaft. Ich schätze, Ihr möchtet die selber hören.«

»Ihre Namen –?« fragte der Kurfürst.

»Hans von Werthern, Kaspar von Rüxleben und Graf Wolfgang von Stolberg.«

»Ah, der Stolberg! Ich hörte in Weimar schon, daß man ihn mitgeführt. Mag er die Hände sich rein gehalten haben!« Der Kurfürst vermochte den verächtlichen Unterton seiner Worte nicht zu unterdrücken. »Nun – drei Genötigte.« Schließlich befahl er: »Führt sie herein!«

Die Edelleute betraten das Zelt, doch während Rüxleben und Werthern eine tiefe, untertänige Verbeugung machten, neigte der Graf von Stolberg nur flüchtig den Kopf.

»Sprecht!« fuhr des Kurfürsten Stimme kalt durch den Raum.

»Euer Kurfürstliche Gnaden halten zu bedenken, ich ging nicht freiwillig ins Lager der Bauern«, sagte der Stolberger.

»Darüber jetzt kein Wort; ich meinte, Ihr kämet als Parlamentär, der Aufrührer Bitten uns vorzutragen.«

»Wohl, Euer Kurfürstliche Gnaden.«

»Also: – Was will der Herr Omnes?«

»Die Bauern bitten um freien Abzug, daß sie sich in ihre Heimstatt begeben können.«

»In die Heimstatt begeben? – Auch Ihr, Graf?«

»Ich hoffe, meine Mission damit beendet zu haben, und stehe zu Diensten Euer Kurfürstliche Gnaden.«

»Ihr irrt, wenn Ihr ans Hierbleiben denkt. Ihr sollt jetzt uns der Bote sein.« Der Kurfürst wandte sich an die ihn umgebenden Fürsten. »Ihr hohen Herren, ich meine, wir geben den Bauern deutlicher zu verstehen, was wir von ihnen fordern: auf Gnad' und Ungnad' sich zu ergeben und den falschen Propheten Müntzer mit seinem Anhang uns lebend zu überantworten. – Ich glaube, so spreche ich in Euerem Namen.«

Herzog Georg nickte grimmig.

Heinrich von Braunschweig aber wandte sich an den Grafen von Stolberg. »Wie sieht's im Bauernlager aus?«

»Es geht schon durcheinander«, erwiderte der Graf, ohne eine Miene zu verziehen.

»Und Müntzers Macht –?« fragte der Landgraf.

»Es stehn zwei Parteien widereinander. So ich's überseh', ist die des Friedens stärker. Die Leut' wollen heim.«

»Und Müntzers Partei –?«

»Es scheint, er hält sich nicht mehr lang.«

»Hat er die Hauptleut' in der Hand?«

»Nicht alle, und nicht wenige selbst unter jenen, die er hält, sind wider ihn. Euer Fürstliche Gnaden sehen, man hat uns ausgesandt, ohne daß der Müntzer es hätte wehren können.«

Der Kurfürst machte eine das Gespräch beendende Handbewegung. Dann trat er drohend auf den Grafen von Stolberg zu. »Geht zurück. Ihr kennt unseren Willen. Und Ihr kennt nun wohl auch die Bauern, ich hoffe, zu Euerem eigenen Nutzen. Ihr wart sehr lang bei ihnen. Wir wollen's kürzer machen; Ihr wißt nun, wie. Kein Wort geht davon ab! Sprecht jedes für sich, daß sie's verstehn, die Wildschweine!«

Der Graf und seine Begleiter verließen, rückwärts gehend, das Zelt. Es war ihnen anzusehen, daß sie lieber geblieben wären, doch wußten sie auch, daß nur die Durchführung des kurfürstlichen Befehls den Geruch der Bauern wieder von ihnen nehmen konnte ...

Der Kurfürst lächelte ihnen eisig nach. Dann atmete er tief auf und trat an den Tisch zurück. Die Fürsten schwiegen, offenbar ein wenig verstimmt darüber, daß er den Edelleuten so gar kein freundliches Wort gegeben hatte. Er wurde nachdenklich. Ohne Zweifel, sie waren schuldlos daran, bei den Bauern zu sitzen, das wußte auch er, aber er hätte sie doch lieber von diesen erschlagen als in ihrem, wenn auch zweifelhaften, Dienst gesehen. Oder – standen sie im Lager der Aufrührer etwa nur ihm zu Diensten –? Ärgerlich über seine eigene Unsicherheit, erhob er den Becher gegen den Landgrafen. »Auf Gottes große Güte!« sagte er und trank. Nach einigem Nachdenken schüttelte er über sich selbst den Kopf, goß den Rest seines Weines in die Kehle und stieß, schwer atmend, hervor: »Ehja, die Leute da droben auf dem Berge sind Narren – und lauter schlechte!« Er ließ sich den Becher wieder füllen und wandte sich nun an den Herzog von Braunschweig. »Trinkt mit Genuß, den hat uns Meister Lucas, der Maler, aus dem Süden kommen lassen; Ihr seht, er ist auch ein geschickter Krämer. Macht nicht solch ein sauer' Gesicht, es ist süßer Wein! Ich sag' Euch, ein Bauernhaufe, so Edelleute als Boten schickt, ist schon verkauft und ist uns billiger als dieser Malvasier!« Er trank den Herren zu, und sie taten ihm Bescheid.

Die Fürsten hatten den Becher noch nicht wieder abgesetzt, da stand der Kurfürst schon am Zeltausgang und blickte fragend auf den Landgrafen zurück. »Wie weit ist es mit des Heeres Ordnung und Aufstellung?«

Der Landgraf strich sich das Bärtchen und reckte sich auf. »Hab' die Fähnlein selbst inspiziert: Der Ring ist geschlossen. In Waldwinkeln verharrt die Reiterei; die Fußknecht' stehen zehn Reihen tief; Geschütz ist gut verteilt, an achtzig Rohr' sind auf den Berg gerichtet, die Büchsenschützen in den Büschen gut postiert. Da kann nicht Has' noch Fuchs hindurch. Gott sei uns wohlgesinnt. Amen!«

Der Landgraf faltete wahrhaftig die Hände, neigte einen Augenblick den Kopf, so daß der Helmbusch nach vorn wippte, und machte dann eine einladende Bewegung zu Heinrich und Georg hin. »Folgt mir, Ihr Herren. Hab' einen gut geschützten Platz ausfindig gemacht, von dort aus hat man Sicht ins Tal und auf den weißen Berg, der nah zum Greifen liegt.« Er ging zum Zeltausgang hin und hielt, die Wache beiseite schiebend, die bestickte Linnenbahn selbst aufgeschlagen.

»Wollt Ihr uns in der Aufrührer Arme führen – so nah?« knurrte Herzog Georg und trat nur widerwillig ins Freie.

»Es ist der Platz in einer Waldspitze auf dem Unterberg, gut umschlossen von Gesträuch. Dahinter und in den Hohlwegen stehen schon der Unsrigen Reihen«, beruhigte ihn der Landgraf.

Dann schritt er schnell voran. Der Kurfürst folgte ihm auf dem Fuße, doch obwohl seine Augen in heller Jagdlust flackerten, als zöge man aus, den Hirsch zu hetzen, im prächtigen Mantel und mit befedertem Hut bot er das Bild eines festlich gestimmten Herrschers.

Der Landgraf dagegen war kriegerisch gekleidet und gewappnet. Seine Linke umschloß den silbern beschlagenen

Schwertgriff, wie im Augenblick des Sturmbefehls; mit der Rechten holte er im Schreiten weit aus. Es ging durch den Wald bergan; die Stadt im Rücken, stiegen die Herren, von ihren Rittern geleitet, langsam aufwärts. Heinrich von Braunschweig hielt sich an des Kurfürsten Seite. Herzog Georg jedoch blieb schwer zurück; die Luft wurde ihm knapp, er keuchte und röchelte den steilen Hang zur Waldspitze hinan, daß die ihn begleitenden Junker einigemal Anstalten machten, ihm unter die Arme zu greifen. Sein finsterer Blick aber schreckte sie immer wieder davon ab.

Bachmann stürzte ins Zelt, den Mund schon geöffnet, seine neueste Meldung herauszuschreien, doch er brachte vor Überraschung keinen Laut hervor: Müntzer saß, obgleich er von den Streitigkeiten im Lager wußte, ruhig am Tische und schrieb. Als er den Hereingekommenen gewahrte, hob er den Kopf und fragte: »Wollt Ihr's noch einmal wagen, eine Botschaft durchzubringen?«

Bachmann ging langsam auf ihn zu. »Eine Botschaft? Wohin?«

»Nach Mühlhausen.«

»Ihr wißt, Euch zu dienen, lass' ich nicht Furcht noch Bedenken aufkommen. Doch wißt Ihr auch, mit welcher Not aus Heldrungen ich hierher zurückgekehrt; hätte Balzer auf der Landstraße unweit der Stadt nicht also wütend um sich geschlagen und wären die Rosse nicht schnell genug gewesen – ich stünde nicht vor Euch.«

»Ich muß die Mühlhausener rufen, daß sie die Fürsten im Rücken angreifen, indes wir auf Eisleben uns zurückziehen, die Bergknappen zu gewinnen. Hier ist der Brief.« Müntzer stand auf und faltete ihn zusammen. »Verwahrt ihn gut, daß – so Ihr in Not kommt – keiner ihn finde.«

Bachmann schüttelte verständnislos den Kopf. »Ich sage Euch, und gäbt Ihr mir ein ganzes Fähnlein zum Geleit, wir kämen von diesem Berg nicht fort; wider der Fürsten eisernen Ring, den sie um uns geschlossen, da hilft nicht Papier noch Schreibfeder mehr. Mich dünkt, es ist besser, Ihr geht ins Lager unter die Leut' und schafft Ordnung. Ein paar Mäuler zu stopfen könnt' nicht schaden, es ist zuviel Gerede um Euch. Jetzt gilt's aber, geeint zu stehen wider der Fürsten Heer.«

»Werden meine getreuen Hauptleut' der Schwätzer nicht Herr?«

»Mehr und mehr wird's umgekehrt. Die Verräter treten schon offen hervor. Sie setzen den Bauern einen Floh ins Ohr: Würde man Euch und Euere Getreuen den Fürsten ausliefern, so hätte jeder freien Heimweg.«

»Das sagen sie gradheraus?« Müntzer trat einen Schritt auf Bachmann zu. Sein Gesicht war noch bleicher als sonst geworden, die Schläfenadern traten blau hervor.

»Sie sagen nur, was der Fürsten Boten mündlich überbringen.«

»Der Fürsten Boten –?«

»Nun – den Berg hinab waren es noch die unseren . . .«

»Habe ich's Verhandeln mit den Fürsten nicht untersagt?«

»Was kümmert das die Herren! Die abtrünnigen Hauptleute schicken edelmännisches Gelump, die Fürsten um Gnade zu bitten. Das kommt dann wieder heraufgekrochen und bläst wie Drachengewürm den Stinkhauch des Verrats ins Lager: Ja, allen Gnade, so der Müntzer mit den Seinen den Berg hinabgeführt wird. – Und die Leute atmen's ein, werden närrisch vor Furcht und Hoffnung. Der schwarzbärtige Hauptmann hat dieses feige Gesindel schon zum Fähnlein vereint. Er ist's auch, der alles eingefädelt.«

Müntzers Augen weiteten sich drohend, auf seine Wangen traten rote Flecken. »Und die mir getreuen Hauptleute schauen zu?«

»Sie tun, was sie können, doch reicht's nicht aus. Ihr müßt selber hingehn und dreinfegen.« Bachmann nickte und breitete, wie um seine Schuldlosigkeit zu beteuern, die Arme aus. »Man läßt die Eueren nicht mehr zu Worte kommen. Der Schwarzbärtige und die genötigten Edelleut' zeigen ihr wahres Gesicht. Seit einer Stunde hat sich alles gewandelt, und es ist Zeit, daß Ihr dem Spiel ein End' macht.«

»Und was sagen die Bauern –? Schwingt keiner sich auf?«

»Sie brüllen: Heimwärts, heimwärts! Dick im Nacken sitzt ihnen die Furcht. Der Fürsten Botschaft schüttelt sie wie's Fieber.«

»Wer sind die Teufelsboten?«

»Der Graf von Stolberg und noch zwei Edle. Ich sah sie ins Lager zurückkommen. Sie sprangen gar nicht erst vom Pferde, schwatzten ihre Nachricht gleich von oben aus über die zusammenlaufenden Gaffer hin und ritten mit des Schwarzbärtigen Antwort wieder davon.«

»Wie war die Antwort?«

»Ich konnt' sie nicht verstehen. Es entstand ein großes Gedränge, und die Leute lärmten laut. Wie ich gehört, sind mit den Boten gleich noch ein paar ritterliche Hauptleute aus dem Lager geschlüpft und zu den Fürsten übergelaufen.«

Bachmann ließ die Arme hängen. »Nun sind die Männer rein toll, fallen einander in die Arme und weinen vor Freude, daß sie heimziehen dürfen, wie ihnen der Schwarzbärtige verheißen.«

Müntzer ging zum Tisch zurück. Er trug noch immer den zusammengefalteten Brief an die Mühlhausener in der Hand. Jetzt erst wurde ihm das bewußt. Nachdenklich blickte er vor sich hin. Dann, in einer impulsiven Bewegung, zerriß er das Papier und warf die Fetzen auf die Erde, aus der auch hier im Zelt noch grüne Gräser sprossen. Er öffnete seinen schwarzen Mantel und umgürtete sich mit dem auf dem Tische liegenden Kurzschwert, fest zog er die Riemen ums Lederwams, schloß den Mantel darüber und schritt zum Zeltausgang hin. Bachmann folgte ihm unschlüssig.

»Hört Ihr's, wie sie schreien?« sagte er.

Müntzer lauschte. »Es sind die Unsrigen. Da, das ist des Hauptmann Markus Stimme! Und – der Lärm läßt nach, sie hören ihn an. Sie stimmen ihm zu. Hört doch: Sie stehen zu uns!«

Müntzer redete sich nun selber Mut ein. »Habt Ihr Furcht?« wandte er sich an Bachmann.

Erschrocken über diese Frage schlug dieser die Augen nieder. Dann aber sagte er: »Ja, ich habe Furcht, um Euch, Furcht vor dem Verrat, der schon mitten im Lager hockt. Jetzt wär's den Fürsten ein leichtes, uns zu überrennen.«

Müntzer schwieg. Und da bemerkte Bachmann, daß auch er den Blick senkte, denn der Lärm der Bauern stieg wieder an und verschlang des Hauptmanns Markus beschwörende Stimme. Drohend und schon viel stärker drang er auch ins Zelt. Bachmann sah den Prediger, der sonst so gewaltig gewirkt, schwer atmen, sah seine Hände sich ineinander verschlingen. Angst, dachte er, Angst vor der entscheidenden Stunde, die über uns steht, von der wir nicht wissen, ob sie uns oder den Fürsten schlägt, zum Abgang von dieser, wenn auch blutgetränkten, doch so schönen Erde.

Auf einmal sah er Julia, das Mädchen von Wittenberg, des Kleinschmiedemeisters Melchthofer liebliche Tochter, seine ihm verlobte Braut, die er vor eineinhalb Jahren schon verlassen.

Müntzer, als er die Augenlider wieder hob, blickte in ein junges, verklärtes Gesicht. Er hat sich überwunden, ging es ihm durch den Sinn, und gleich bot auch er das Bild eines furchtlosen, opferbereiten Menschen. Ich muß den Bauern Mut und Glauben einflößen, sprach er in Gedanken zu sich selbst, und er reckte sich fester auf. Von Bachmanns Wandlung tief gerührt, ergriff er dessen Hand und fragte in Erwartung einer starken, kämpferisch beseelten Antwort: »Woran denkt Ihr?«

»An Meister Melchthofers Tochter«, erwiderte Bachmann. »Ihr habt sie kennengelernt, damals in Wittenberg.«

Unwillkürlich gab Müntzer des jungen Freundes Hand frei. Seine großartigen Gedanken wurden zu jäh abgebrochen. Er mußte sich erst wieder in die Wirklichkeit dieser Welt zurückfinden.

»Ich entsinne mich«, sagte er dann. »Als ich Euch gebeten, mit mir zu gehen, sträubtet Ihr Euch. Und ich sah, was Euch zurückhielt. Sie –«

»Ja, Julia.«

Müntzer nickte. Er wollte sich das Bildnis des Mädchens vergegenwärtigen, doch der Lärm lenkte ihn ab. Noch immer am Zeltspalt stehend, vernahm er, daß zwischen den Gruppen der Bauern und Hauptleute ein heftiger Streit ausgebrochen war; seinen Ausgang wollte er noch abwarten.

»Auch auf Euch wartet eine –«, sagte Bachmann leise.

Müntzer blickte ihn unwillig an. »Ja, hab' Weib und Kind.«

»Wo?«

»In Mühlhausen wähne ich sie.«

»Ihr wißt's nicht sicher?«

Müntzer schüttelte den Kopf. »Kann auch sein, daß sie schon nach Erfurt gegangen. Es ist für die Liebe eine bittere Zeit.«

In diesem Augenblick wurde der Lärm noch stärker, kam näher. Mit heftiger Bewegung schlug Müntzer die Bahn der Zeltöffnung zurück und trat ins Freie. Bachmann schlüpfte hastig hinterher. Eine dunkle Masse, drängten die Bauern heran. Und aus ihrer Mitte heulte der Verrat, erhob sich die Katastrophe, stand drohend da – ganz nahe dem Zelt schon der Schwarzbärtige. Hauptmann Markus und die Getreuen des von Mühlhausen hergekommenen Fähnleins stellten sich in einem dichten Block vor Müntzer auf. Spieße streckten sich gegen die Andrängenden, Morgensterne schaukelten in sehnigen Händen.

Und es war Mittagszeit, die Wolken schoben sich wallend zusammen, durch ihre Lücken brannte die Sonne heiß und grell herab.

»Heimwärts, heimwärts!« schrien die Männer, die Leibwache Müntzers stärker und stärker bedrängend. Aber ihre Gesichter drückten nur Furcht und Verzweiflung aus. Sie waren verwahrlost und hungrig. Jetzt, da sie Müntzer sahen, schienen sie wieder Hoffnung zu fassen, nicht wenige unter ihnen wohl auch in dem Glauben, er werde sich den Fürsten freiwillig ausliefern.

Neben dem Zelt stand die Regenbogenfahne. Bachmann zog den Schaft aus dem aufgehäuften Geröll und streckte das Tuch hoch über Müntzer auf. Drei Bauern schoben einen Wagen heran, um dem Prediger die Kanzel zu schaffen. Bachmann sprang zuerst hinauf; er schob die Plane zurück und stellte sich auf eine Kiste. Jetzt flatterte die Fahne im plötzlich über den Berg hinspringenden frischen Winde in leuchtenden Farben. Das Heer der Bauern wogte wie ein aufgewühltes Meer, angesichts der Fahne aber verebbte der Lärm, sosehr die Bewegung auch anhielt. Spieße und Hellebarden, Sensen und Schwerter stießen aus der Menge wie ein Wald herauf. Drei Helmbüsche schwankten in reißenden Strömungen. Weit im Hintergrund, vor dem Dunkel der Wagenmauer, standen die Pferde. Auch sie waren in Unruhe, manchmal leuchteten ihre Rücken im Strahl der Sonne. Ein paar Dutzend Männer schwangen sich in die Sättel, die Pferde tänzelten erregter, wurden an den Zügeln herumgerissen und streckten die Köpfe in Richtung der Regenbogenfahne über die Masse der Bauern hinaus. Das ganze Heer der Achttausend war aufmarschiert, es sah aus, als erwarte man nur den Befehl zum Aufbruch. Und es war doch eher eine Revolte.

Bachmann, von brennender Furcht erfaßt, schwenkte instinktiv die Fahne und rief mit lauter Stimme: »Brüder, Brüder! Die Fahne! Die Regenbogenfahne! Unter dieser Fahne steht einig zusammen! Freiheit, Freiheit unter dem Regenbogen!« Er erhob mit beiden Händen das im Wetterwind knatternde Tuch, indes Thomas Müntzer, von zwei Hauptleuten gestützt, den Wagen bestieg und sich mit erhobenen Armen den Bauern zuwandte.

Vom sicheren Beobachtungsstand im Schatten einer Waldecke aus sahen die Fürsten, wie der Graf Stolberg mit seinem Geleit durch eine Lücke der Wagenburgschanze ins Lager der Bauern einritt. Dies alles ging in voller parlamentarischer Ordnung vor sich, und es verschaffte den kriegerischen Herren so etwas wie feldherrliche Genugtuung. Dann aber stieg ihre Spannung mit einer ungewohnten Heftigkeit an. Das Rasseln und Röcheln in der Brust des Herzogs Georg drang durch die Stille. Und unvermutet warf der Braunschweiger die Frage auf: »Ob sie wohl wieder 'rauskommen?«

»Wo nicht, dann sollen die Feuerrohr' dreinfegen, daß der Berg zerspringt«, entgegnete unwirsch der Kurfürst.

Landgraf Philipp trat an seine Seite und flüsterte ihm zu: »'s wär schade um Eueren Stolberger; flögen die Büchsensteine zu früh, sie träfen auch ihn. Oder die Bauern knüpften ihn auf. Ich halte dafür, daß wir abwarten.«

»So sie das wagten, den Herold mir umzubringen«, knirschte der Kurfürst, »fünfhundert für einen will ich die Kienföhren behängen lassen!«

»Billiger dürft's für die Aufrührer ohnehin kaum werden –«, warf der Landgraf ein. Er reckte sich auf und machte eine Bewegung, wie wenn er zum Schwert griffe.

Kurfürst Johann nickte und lächelte zustimmend über des

jungen Fürsten herausfordernde Pose. Dann sagte er: »Ihr seid doch in der Schrift bewandert –. Wie schreibt darüber der Doktor Martinus?«

»Nicht übel, er hat's ganz und gar erfaßt. Wie sagt er doch gleich? Ah ja, so: ›Drum soll hier zuschmeißen, würgen und stechen, wer da kann, denn ein aufrührerischer Mensch ist gleich einem tollen Hund, den man totschlagen muß‹.«

»Ihr zitieret gut«, lobte der Kurfürst.

»Und weiter –?« fiel schnaufend Herzog Georg ein.

»Nun, reicht's Euch noch nicht?« erwiderte der Landgraf.

»Ei, so will ich's selber sagen!« Der Herzog geriet in Eifer. »Merkt auf: ›Es gilt hier auch nicht Geduld und Barmherzigkeit; es ist des Schwertes und Zornes Zeit hier und nicht der Gnaden Zeit!‹ – So ist auch meine Meinung.«

»Ist's denn wahr?« rief der Kurfürst und sah spöttisch nach dem Herzog. »Also billigt Ihr des Luther Schrift –?«

»Warum nicht, wo er die Wahrheit sagt?«

»Ist er nicht allzumal ein Ketzer?«

»Wohl! Doch hier hat Gott ihn erleuchtet. Sonst schrieb er nichts als gottlos' Zeug und wird dafür zur Hölle fahren.«

Er besann sich wieder auf seinen alten Haß. »Ich sag' es nach wie vor, er ist des Teufels Sekretarius, gottlob in Acht und Bann getan! Davon lass' ich nicht ab, er ist nun mal ein Hussit!«

»Und der Herzog von Sachsen ein steifkatholisch frommer Herr – in Gottes Namen.« Der Kurfürst verzog den Mund ein wenig boshaft. »Nun, es ist nicht meine Sache, des Luther Meinung über Euch hier mitzuteilen. Item, man wird darob noch manches zu bereden haben, und Ihr werdet's zugeben müssen.«

»Nichts da! Um diesen schrecklichen Menschen kein Wort!« wies der Herzog ein solches Ansinnen grob zurück. Es pfiff und rasselte in seiner Brust.

»Hier wär's auch nicht der rechte Ort«, versuchte der Kurfürst ihn zu besänftigen, doch brachte er den Herzog damit nur noch mehr auf. Ihn abzulenken, legte er die Hand über die Augen und hielt Ausschau. Die Mauer der Wagenburg war noch immer verschlossen. Das Warten verstimmte ihn. Gereizt wandte er sich wieder dem Herzog zu. »Was habt Ihr nur wider den Bruder Martinus?«

»Ein Schandbub ist er! Wagt sich auch an mich!« knurrte Georg, und das Pfeifen in seiner Brust wurde hörbarer.

»Was kränkt Euch das?« rief Landgraf Philipp aus. »Martinus hat's uns allen hart gegeben. Doch mich ficht das nicht an.«

Er zog eine Schrift aus dem Lederkoller und schlug sie auf. »Da, vernehmt, dies les' ich immer wieder und mit großer Lust: ›Das Schwert sitzt Euch auf dem Halse; noch vermeint Ihr, Ihr säßet so fest im Sattel, man werde Euch nicht mögen ausheben. Solche Sicherheit und verstockte Vermessenheit wird Euch den Hals brechen, das werdet Ihr sehen.‹ – Ich bitt' Euch, Herzog, man muß ihm danken, daß er's uns sagt, wie's unten steht, daß er, der's Volk doch kennt wie keiner, uns aufmerken heißt.«

Der Herzog, mit der Atmung kaum ein wenig zur Ruhe gekommen, fing abermals an zu röcheln. »Dieser Ketzer. Ein solch Geschreibe macht Euch Lust?«

»Ja. Um so mehr als ich weiß, daß es auch dem Doktor Lust macht«, erwiderte der Landgraf mutwillig.

»Eher, mein' ich, schafft's ihm Luft«, warf der Kurfürst witzig ein. »Dies wär' auch Euch gut, Herzog. Er knallt's uns frisch genug um die Ohren.«

Der Landgraf lächelte belustigt. »Er kann eben nicht anders. Es wurmt ihn, daß wir ihm nicht gehorchen. Er will auch die Fürsten zu seinen Füßen sitzen sehen. – Schön fährt er daher, man muß ihn nur verstehen. Hört weiter: ›Denn das sollt Ihr wissen, liebe Herren, Gott schafft's also, daß man nicht kann noch will, Euere Wüterei die Länge zu dulden... Es sind nicht Bauern, liebe Herren, die sich wider Euch setzen, Gott ist's selber... Nun ist's ja nicht länger erträglich, so zu schatzen und zu schinden. Was hülfe es, wenn eines Bauern Acker soviel Gulden als Halme und Körner trüge, da die Obrigkeit desto mehr nehme und ihre Pracht immer größer machte und das Gut verschleuderte mit Kleidern, Fressen, Saufen, Bauen und dergleichen, als wäre es Spreu?‹ – Höll' und Teufel, das ist eine Predigt!« Der Landgraf lachte übermütig und schlug mit der flachen Hand auf das Papier, worauf er es gleich wieder unter die Augen nahm, um weiterzulesen.

»Hört auf, hört auf!« keuchte der Herzog Georg und wandte sich ab. »Der Schreier gehört in den Turm!«

»Es wäre schad' drum, wenn ihn keiner mehr hörte«, entgegnete der Landgraf. »Denn jetzt kommt erst, was er darnach zu den Bauern spricht. Und das sollte alle Welt vernehmen: ›Wohl, die Fürsten sind es wert, daß Gott sie vom Stuhl stürze. Aber was hülfe es Euch, so Ihr sie alle erschlüget und an Euerer Seele Schaden littet? Liebe Herren und Brüder, Ihr sollt vom Schwerte lassen und Euch nicht wider die Obrigkeit auflehnen. Leiden, leiden, Kreuz, Kreuz ist der Christen Recht und kein anderes!‹ – Hier kriegt die Sache schon Gesicht«, schloß der Landgraf.

»Ja, des Luther wahr' Gesicht: die Teufelsfratze!« gab Herzog Georg zurück, und die Luft wurde ihm wieder knapper.

»Mich dünkt auch, es wäre besser, ihm einen Maulkorb umzuhängen«, setzte der Herzog von Braunschweig hinzu. »Er zerrt an unserm Privilegium. Und mich kränkt's, also greulich hingestellt zu werden.«

Der Kurfürst sah sich nach ihm um und machte ein ironisches Gesicht. »Soll er uns loben?« fragte er. »Uns zu Bählämmern machen –? Zu Englein auf Erden, furchtsam davor, ein Käferlein zu zertreten –?« Er schüttelte mißbilligend den Kopf, und seine Stimme wurde härter. »Kein Mensch würde ihm Glauben schenken, und all' seine Red' wär' nutzlos vertan. Sie ist aber nicht vertan, da er dem gemeinen Mann ja der Obrigkeit göttlichen Auftrag weist und ihn mit der Nase drauf stößt. Unser Auftrag ist des Volkes Bitternis und Glück zugleich, der Himmel hat's so gefügt. Und damit amen!« Er wandte sich unwirsch wieder dem Berge zu, und da erhellte sich sein Gesicht. »Sie kommen zurück!« rief er aus. »Und wie es scheint, mit stärkerem Geleit –.«

Die Fürsten traten rasch aus der Waldspitze hervor und gingen bis zu dem den Hang begrenzenden Hagebuttengesträuch hin, an dessen junggrünem Gezweig rosig schon die ersten Knospen leuchteten. Fast mannshoch umgab die junge Pracht den Stand der Herren. Von hier aus sahen sie vor sich in einer

Senke, wie auch linker Hand im breiten, steinigen Hohlweg, die Landsknechtsreihen und -trupps; sie zogen sich bereits um den ganzen Berg hin.

Die das Bauernlager verlassende Gruppe strebte eilig dem waldigen Unterberg zu. Neben den drei Reitern, die ihre Pferde zu scharfem Trab antrieben, liefen, sich am Sattelzeug haltend und offenbar auf der Flucht, drei, vier weitere Männer; sie sprangen in großen Sätzen talwärts. Doch kein Büchsenschuß knallte ihnen nach. Bald war die Gruppe im dichten Gebüsch des Unterberges verschwunden.

»Sie haben, scheint's, statt den Müntzer zu bringen, nur ein paar Straßenritter eingehandelt«, tadelte der Kurfürst.

»Die sollten wir zuerst hängen«, brummte Herzog Georg.

»Ich denke, man könnt' sich zuvor ihre Hälse beschaun«, beschwichtigte ihn der Landgraf. »Vielleicht hätte der Hanfstrick sie vor Wochen schon geziert, so sie den Bauern sich nicht willig gefügt. Und glaubt mir, manch einem – wie dem Stolberger – stand's Wasser wie den Bauern schon bis zum Halse, und er hat sie doch dran gehindert, zu schwimmen. Warum sollen wir ihn nun mit ihnen untergehen lassen, so er sich retten kann?«

»Am End' gar kommen sie mit guter Nachricht. Es könnt' uns günstig stimmen in unserem Spruch über sie«, setzte der Braunschweiger hinzu.

»Mich nicht, solang der Müntzer fehlt«, murrte Herzog Georg.

In diesem Augenblick erhob sich droben auf dem Bergplateau ein kriegerisches Geschrei, das weit über das Land hin hallte. Die Wachen der Wagenburg traten verstärkt heraus und lugten, ihre Spieße aufstreckend, hinter den Planen, Kästen und Ballen hervor.

Auf einmal war den Fürsten klar, daß Stolberg seinen Auftrag ohne Erfolg beendet hatte. Das versetzte sie in Mißstimmung, den Kurfürsten gar in Wut. »Nun, so sie den Müntzer und seinen Anhang nicht schicken«, grollte er, »da freilich steht's schlimmer als schlimm um die Bauerntölpel.« Er wandte sich seinen fürstlichen Brüdern zu. »Ihr Herren, ich sehe wohl, wir müssen mit den Karrenbüchsen sprechen.«

»Geduld, laßt uns den Stolberger erst hören«, entgegnete der Landgraf.

Der Graf von Stolberg ritt jetzt, seinem Gefolge weit voraus, den breiten Weg aus dem Wald des Unterberges herauf. Sein Pferd glitt einige Male aus, denn der Boden war nur mit einer dünnen Grasdecke bewachsen, und das hier und da glatte Gestein leuchtete weiß hervor. Die Leibwachen der Fürsten hielten ihn auf; seine Begleiter hieß man, in gemessener Entfernung zu warten, ihn aber führte man dem Fürstenstand zu.

»Was habt Ihr zu vermelden?« fragte der Kurfürst barsch.

»Die Hauptleute bitten um Zeit, des Müntzer sich zu bemächtigen. Noch sind sie im Verhandeln.«

»Wir hören es bis hier herabschallen, und 's tönt nicht nach Beendigung des Aufstands«, gab Johann höhnisch zurück.

»Ja, des Müntzer Fähnlein ist noch stark, und er selbst tut alles, die friedwilligen Hauptleute mundtot zu machen. Die Bauern lauschen auf seine Rede nur zu gläubig«, sagte der Graf von Stolberg und breitete, da er seinen Bericht schloß, bedauernd die Arme.

»So ist die Stimmung im Lager uns nicht günstig?« fragte der Herzog von Braunschweig besorgt.

»Dies weiß man noch nicht sicher. Es geht wild hin und her; die einen drängen heimwärts, die anderen schreien: Zur Fehde! – In eben solch einem Durcheinander gelang es drei der genötigten Hauptleute, mit uns durch die Wagenlücke zu huschen.« Der Graf von Stolberg blickte zurück, hoffend, er werde den Fürsten damit eine kleine Freude bereiten. »So danken wir's wohl der Bauern zwieträchtig' Zaudern, daß sie ihre Büchsen nicht auf uns abgefeuert.«

»Da wäret Ihr dieser wegen –«, der Kurfürst zeigte auf die abseits stehenden geflüchteten Ritter, »gewißlich hingewesen. Ihr hättet sie lassen sollen, wo der Pfeffer wächst, und ihr Lamento bliebe uns erspart.«

»Laßt uns sehen, wer sie sind«, sagte der Braunschweiger.

Der Kurfürst gab seiner Leibwache einen Wink, sie heranzuführen. Als er sie mit erhobener Hand und verächtlicher Miene auf Distanz hielt, fielen sie augenblicklich vor ihm auf die Knie. Er fragte sie finster nach ihrem Namen und schüttelte bei deren Nennung den Kopf, als kenne er sie nicht. »Führt sie ins Pferdezelt«, befahl er und setzte hinzu: »Graf Stolberg bleibt.« Unmutig blickte er den Davongehenden nach. Dann wandte er sich an die Fürsten: »Und nun –?«

Landgraf Philipp zwirbelte seinen Bart, stolzierte einmal vor den Herzögen von Braunschweig und von Sachsen hin und her und blieb darauf vor dem Kurfürsten stehen. »Ich halt' dafür, den Bauern eine letzte Frist zu setzen: Bis dahin und nicht länger!«

»Was soll das nützen?« wandte der Kurfürst ein.

»Sie werden merken, daß wir nicht nachgeben.«

»Eher glaub' ich, daß sie uns für schwach halten. Der Ochs' hat eine feine Nas'.«

»So wird er auch das Pulver der Geschütz' rings um den Berg bald riechen. Geben wir ihm ein wenig Zeit, bis daß er Wind kriegt.« Der Landgraf lächelte.

»Drei Stunden, mein' ich«, sagte rauh der Herzog von Braunschweig.

Doch Herzog Georg knurrte böse: »Man könnt' ihnen die Suppe wohl schneller anrichten.«

Der Kurfürst blickte den noch immer gehorsam wartenden Grafen Stolberg forschend an. Dann sagte er: »Ich möcht' nicht Euren Kopf den Bauernhenkern schicken, Ihr werdet ihn noch brauchen. Und der Rüxleben den seinen auch. Mag Werthern allein reiten. Holt ihn her.«

Der Graf von Stolberg verschwand eilig. Kritisch gestimmt, schob der Kurfürst den Mund vor, so daß sein Bart sich spreizte. »Ganz schuldlos ist auch er nicht.«

»Doch brauchbar«, gab der Landgraf zurück. »Daß es ihm gelang, den Bauern Verbündnis zu schwören, ist nicht nur ein listig' Stücklein, sondern auch ein Wunder, da keiner so wie er des Bauernschindens angeklagt.« Der Landgraf dämpfte seine Stimme. »Er ist ein frommer Mann; ist's Euch bekannt, daß über seinem Burgverlies er die Kapelle aufgebaut? So klang die heilige Litanei auch jenen Unseligen – im finsteren Loch, zwölf Meter tief.«

Kurfürst Johann kniff das rechte Auge leicht zusammen und schob sein Gesicht dem des Landgrafen entgegen. »Wie meint

Ihr das? Scherz oder Ernst?« Und da er auch ihn ein Auge zukneifen sah, schüttelte er amüsiert den Kopf. Als aber der Landgraf sagte: »So hat er's Kreuz wieder zum Galgen gemacht«, brach er in ein schallendes Gelächter aus. Danach, ganz außer Atem, sagte er: »Wahrlich, Ihr macht den Stolberger mir näheren Betrachtens wert! Ein Kardinal ging an ihm verloren!«

In diesem Augenblick kam Werthern. Er ritt vor die Fürsten hin, doch stieg er nicht vom Pferd, sondern verneigte sich nur knapp. Er wußte, auf welchen Weg die Herren ihn schickten –: Die Güter, die er, kam er nicht zurück, hinterließ, gehörten dem Kurfürsten.

Dieser hatte nicht übel Lust, ihn seiner Unhöflichkeit wegen anzufahren, doch hielt er sich zurück und legte dafür alle Kälte und Strenge in seine Stimme. »Sagt den Bauern, daß wir nicht länger willens sind, mit ihnen hin und her zu reden. Drei Stunden Stillstand – unsere letzte Gunst. Sie sollen's eilig beschließen, den falschen Propheten uns zu schicken und ihre Wehr abzulegen! Wo nicht, wird's drangehen, daß ihnen Hören und Sehen vergeht!« Mit einer Handbewegung entließ er den Ritter, der ruhig seinen etwas mageren Rappen wendete, dann aber in vollem Galopp durch die Talmulde den Berg hinansprengte.

Landgraf Philipp erhob vor seinen fürstlichen Genossen den Arm, zum Zeichen, daß er sich zu den Truppen begebe. Man führte ihm sein Pferd vor, mit sicherem Schwung stieg er auf und ritt in die Senke zwischen Unter- und Oberberg hinab. Er trieb dem störrischen Tier die Sporen in die Weichen und ließ es sich tänzelnd zweimal im Kreise drehen. Dann zwang er es zu strengem Schritt; es versuchte noch einigemal, in wilden Sätzen davonzujagen, er aber hielt die Zügel so straff, daß es den Widerstand aufgab und seinem Willen artig folgte.

Die Landsknechte waren in Reihen und Gruppen geordnet. Sie standen mit gespreizten Beinen und hielten die Waffen vor sich auf die Erde gestemmt. Stur blickten sie geradeaus und wagten es nicht einmal, durch die Augenwinkel zum Landgrafen hinzuschielen. Er ritt vor ihnen dahin und rief ermahnend: »Kriegsknechte alle, haltet euch tapfer und gebt, so es drangeht, keine Gnade! Gott der Allmächtige ist mit uns und dem Recht, solches er uns geschenkt, daß wir's wahren und üben. In Christi Namen, schlagt die aufrührerischen Rotten! Amen!«

Und überall, wo er sein Amen sprach, ließ er die Zügel fallen und faltete die Hände ...

Nur langsam, seine ganze Beredsamkeit aufbietend, gelang es Müntzer, die aufgewiegelten und verwirrten Bauern zu beschwichtigen. Er stand mit Bachmann, der das Regenbogenbanner hielt, auf dem Wagen und blickte aus tiefliegenden, vor Müdigkeit brennenden Augen über die dunkle Masse der schlechtbewaffneten Männer hin. Vor ihm, im Halbkreis, hatten die Hauptleute Aufstellung genommen; die dem Prediger getreuen wandten ihm den Rücken, die aufsässigen oder unsicheren das grimmige oder verstockte Gesicht zu. Unter den aufsässigen war der Schwarzbärtige einer der wildesten. Ein Pfaff stand ihm zur Seite, der flüsterte ihm verstohlen etwas zu, lachte zu Müntzers Worten wie irre und streckte die gefalteten Hände in die Luft. Der Schwarzbärtige unterbrach Müntzer immer wieder mit provozierenden Zwischenrufen.

»Ist Eure Sach' achttausend Bauern wert?« höhnte er.

Und der Pfaff sekundierte: »Heuer keinen Heller mehr!«

Müntzer schwieg eine Zeitlang, um sich die beiden genauer anzusehen. Seine Augen warnten sie. Doch sie ließen jede Vorsicht außer acht. »Wir haben's schriftlich«, rief schneidend der Hauptmann, »freien Abzug für alle, so wir die Wehr ablegen.«

»Da Ihr es schriftlich gegeben, den Müntzer auszuliefern!« schrie Bachmann wütend dazwischen. »Ihr habt ihn schon verkauft, wie Jakobs Söhne ihren Bruder Joseph.«

»Nun, dieser war ein lügnerischer Traumdeuter, der sich über sie zu setzen trachtete, und in Ägypten, an des Pharao Hofe, kam er auch nur mit Betrug an die Macht!« zeterte der Pfaff. »Malt Ihr den Müntzer also, möchte es stimmen.«

»Wer quietscht da wie ein Schwein?« donnerte aus dem Hintergrund ein riesiger Bauernbursch. »Man sollt' das Schlachtmesser wetzen!«

Der Pfaff sah sich erschrocken um. Der Schwarzbärtige aber

hielt sich steif; er steckte die Daumen hinter seinen breiten Schwertgürtel und blickte herausfordernd zu Müntzer hinauf. »Was nützt hier alles Gerede – der Berg ist schon umstellt, die Reihen der Fußknechte sind zum Sturm bereit und die Geschütz' gericht't. Wollt Ihr, Müntzer, um Euere verfahrene Sach' der Bauern Blut vergießen lassen? An Euerer Stelle, ich würd' mich nicht bedenken. In Schwaben und Franken liegen die Landleut' darnieder, Städte und Dörfer sind eingeäschert, die Äcker verwüstet. So laßt uns Thüringen retten. Noch ist es Zeit, der Fürsten Sinn zu ändern. Sorgt, daß sie nicht nutzlos verstreiche, ansonsten bleibt der Bauern Heer nur Gott befohlen – und Ihr, Müntzer, dem Satan!«

Diese kurze, ungestörte Rede verfehlte ihre Wirkung nicht. Durch die Masse der Bauern ging eine heftige Unruhe. Wieder gellten die Rufe auf: »Heimwärts! Macht Frieden! Um Christi willen, macht Frieden!«

Müntzer wartete, bis sich der Sturm gelegt hatte, seine Augen zwangen die Leute, zu schweigen und zu lauschen. Als der letzte Laut verweht war, hob er die Hand und sprach: »Wohl, um Christi willen, macht Frieden. Doch um welchen Preis?«

»Der ist bekannt«, entgegnete der Pfaff. »Graf Stolberg hat ihn uns genannt: die Wehr niederlegen, auf Gnad' und Ungnad'.«

»Der Graf von Stolberg also führt für Euch den Handel«, sagte Müntzer beherrscht. »Die Boten gehen schon hin und her. Und 's sind Junker, fürstliche Henker, wie der Stolberg einer ist, ein Bauern- und Bürgerschinder, der die Leute von Feld und Landstraße in Verlies und Folterkammer schleppt und Psalmen singt, indes er ihnen die Knochen brechen und ihr Blut über das Kopfsteinpflaster verspritzen läßt. Der also war Euerer Räte einer! Der ist Euer Bittgänger!«

»Er ist der Bauern Bote.« Der Schwarzbärtige wischte sich mit dem Handrücken den Schweiß von der Stirn.

»Du lügst, kein ehrsamer Bauer hat ihm Auftrag gegeben!« warf ein anderer Hauptmann ein.

»So ging er, da er's ehrlich meint, wohl gar von selbst!« sagte der Schwarzbärtige mit Genugtuung. »Auch beim Grafen

Albrecht war er, und da man ihn geachtet, kehrte er unversehrt wieder.«

»Ein Mansfelder wird keinen Stolberger hängen! Den Bauern aber wirft er in den Turm!«

»Waren auch Bauern mit dort, und er schonte ihrer.«

»Das lügst du wieder! Weil er zum Ort der Aussprach' nicht gekommen und euch nur hinhielt, liegt ihr noch nicht in seinem Verlies!« entgegnete Müntzer scharf. Er legte die Hand an die Brust und krampfte die Finger zusammen. In plötzlicher Wut schrie er den Hauptmann an: »Das ist Verrat, so oder so! Der Handel mit dem Grafen Albrecht und der mit den Fürsten! Ihr seid ein Schwein mit einem hündisch' Sinn! Ein Faß, mit Unrat angefüllt!« Er wurde bleich wie ein Toter, aber das Leben in ihm war selten so aufgewühlt wie jetzt. Seine Schläfenadern schwollen tiefblau an. Er ballte die Fäuste und schüttelte sie über den Köpfen der vor ihm Versammelten. »Wohl, das ist Verrat! Sind wir dahin schon gekommen, uns verkaufen zu lassen wie Schafe und Esel?«

»Das ist wahrlich Verrat!« wiederholte ein Hauptmann. Er stellte sich vor dem Schwarzbärtigen auf und schrie ihn an: »Und der Stolberger, der Treue unserem Bund geschworen, ist ein fürstlicher Krämer, der mit uns feilscht, indes die Edelleute aus dem Lager schlüpfen. Drei sind schon auf und davon. Ein kleines Angeld für die Herren Fürsten! Das ist Verrat! Ihr verkauft unsere Seelen!«

Der schwarzbärtige Hauptmann wippte erregt auf den Stiefelspitzen. »Anders herum geht's: Wir erkaufen friedlich der Bauern Leben.«

»Und den Preis zahlen sie selbst, mit ihrer Haut!« rief ein jüngerer Bergknappe und bahnte sich aus der Ansammlung einen Weg zu dem Schwarzbärtigen hin. Dann, sich vor ihm aufstellend, fuhr er ihn wütend an: »Ich sag' es frei heraus: Die Freiheit ist nicht käuflich, so wie Ihr!«

»Zügle deine Zunge, Gesell, sonst lass' ich dich auspeitschen«, drohte der Schwarzbärtige.

Der Bergknappe trat einen Schritt zurück und holte mit dem Streitkolben aus. »Soll ich dir Eisenzähn' einsetzen?« zischte er.

Der Pfaff erhob im Nu das Kreuz und streckte es ihm entgegen. »Gott straf dich! Heilige Mutter, bezähme den Blindwütigen! Knie nieder, Bursch, küß das Kreuz! Daß dich das Fegefeuer verschlänge!« Er bedrängte den plötzlich wie gelähmt Dastehenden so heftig, daß dieser sich wahrhaftig dem Kreuz zuneigte.

Einer der Hauptleute Müntzers trat zu ihm hin und schob ihn beiseite. »Genug des Mummenschanzes«, grollte er. »Hier wird der Verrat gar noch geheiligt.« Er stellte sich vor dem Schwarzbärtigen auf. »Ich sag' Euch wahr: Die Freiheit ist nicht käuflich, um keinen Preis!«

»Ich wüßt' schon einen, und er ward auch schon genannt«, erhielt er zur Antwort.

»Von den Fürsten«, gab der Hauptmann zurück.

»Wir haben ihr Ehrenwort.«

»Worauf?«

»Auf die Freiheit, so wir den Müntzer herausgeben. Ihr wißt's doch selbst. Im ganzen Lager geht die Botschaft um.«

»Und wie denkt man darüber?« ließ Müntzer sich plötzlich vernehmen. Eine tiefe Stille trat ein. Und er fuhr fort: »So mich die Bauern als Zahlgeld für ihre Freiheit nehmen wollen, bin ich bereit, den Fürsten mich auszuliefern, wiewohl ich auch weiß, sie gingen doch zur Hölle. – Wie wollt ihr's halten?«

Der Schwarzbärtige richtete sich auf und nahm den Helm ab. »Hier steh' ich, ganz dem Recht ergeben. Ergebt auch Ihr Euch ihm, Müntzer! – Lang genug ward's beredet, und die Mehrheit ist sich eins.« Er erhob, zum Zeichen, daß er wahr gesprochen, die Hand. Doch er blieb noch allein.

»Wo ist deine Mehrheit?« fragte Müntzer.

Aus dem Halbkreis der Hauptleute stießen zaghaft fünf Hände auf. Der Pfaff hob gleich beide, gefaltet, als gelte es zu beten. »Verschanzt Euch nicht hinter dem Leben unschuldiger Bauern, verlaßt sie und tretet vor die Fürsten hin, uns scheint's der rechte Weg zur Freiheit, auch der Euere in Christi Namen!« rief er und hängte wahrhaftig noch ein Amen daran.

Müntzers Stirn furchte sich finster. »Blickt um Euch und seht Euere Mehrheit«, sagte er.

Der Pfaff wandte sich zurück, er riß die Augen auf: abweisende Gesichter starrten ihn an. Da erstarrte auch er. Der Schwarzbärtige stand unbeweglich, er wußte, auch ohne es zu sehen, daß er das Spiel verloren hatte.

»Wie viele Bauern denken so!« grollte er. »Sie wagen's nur nicht, die Hand zu heben.«

Müntzers Blicke gingen forschend über die Gesichter der Versammelten hin, er sah zuversichtliche und ängstliche, es entging ihm nicht, daß hinter mancher Stirn der Wunsch stand, heimgehen zu können, wenn auch in neue, größere Not – und die Reue, dem Aufstand sich angeschlossen zu haben, brannte ihnen in den Augenhöhlen.

»Was seid ihr so zaghaft?« sprach er über sie hin, gütig, mit einem leichten Lächeln, als sei er unbesorgt. »Die Sache der Bauern steht nicht schlecht, solange sie selber sie nicht verraten. Drum haltet hoch den Kopf und das Herz und die Zuversicht in eueren Sieg.« Er machte eine Pause, dann rief er laut: »Wer aber lieber des Müntzers Kopf den Fürsten vorwerfen möcht', wie den Hunden den Happen, der hebe die Hand, ehe es zu spät ist.«

Die Menge wurde ganz stumm. Doch dann stieg aus der Stille jäh ein Schrei: »Wir wollen heim zu Weib und Kind! Wir wollen Frieden! Sagt das den Fürsten! – Frieden auch für Euch, Herr Magister!« Ein Gewirr von Stimmen rauschte wie das Echo der Worte über die Köpfe der Bauern hin, sie gerieten in wilde Bewegung, gleich einem Meer, das gegen die Mauern der Wagenburg brandete und drohte, sie hinwegzureißen.

Jetzt tauchte aus diesem Meer ein Mann auf; auf den Schultern seiner Genossen sitzend, überblickte er das Wogen um sich her. Er hob beschwörend die Arme und donnerte mit dröhnendem Baß: »Heim geht's nur durch die Niederlag' der Fürsten! Es gibt keinen anderen Heimweg, denn den durch die Schlacht! Brüder, packt fest euer Schwert, Spieße und Streitkolben! Es gibt keinen anderen Weg – – –!«

Seine Worte gingen unter im stärker werdenden Geschrei, das sich freilich nicht eben nur gegen ihn wandte, sondern aus dem Für und Wider der Menge entstand. Dies erkannte Müntzer schnell. Er breitete seine Arme aus und rief zur Ruhe. Langsam sank der Lärm in sich zusammen. Müntzer wartete, bis tiefe Stille war. Dann begann er zu sprechen, deutlich und klar, wie vormals auf der Kanzel: »Brüder, glaubt ihr, die Fürsten ließen Gnade walten, wenn ihr euch duckt? Nicht also! Sie sind und bleiben Tyrannen, sind Gottlose und Wortbrecher auch fürderhin. Laßt euch nicht heucheln. Die Sache der Bauern steht in Christi Namen. Gericht und Strafe über die Fürsten!« Er machte eine Pause, und nun wurde sein Gesicht strenger. »Habt ihr die Wachen ausgestellt?« fragte er. Es war, als erwarte er eine Antwort, da es jedoch still blieb, fuhr er eindringlicher fort: »Verstärkt sie noch, daß man uns nicht überfalle. Indes man hier um des Müntzers Kopf schachert, gieren die Fürsten nach den eueren.«

Die aufsässigen Hauptleute protestierten. »Hört, er verhöhnt uns noch!« rief der Schwarzbärtige. »Es ist hier nicht Zeit, die Rede hin und her zu zerren!«

»Doch mit den Fürsten zu verhandeln, findet ihr Zeit«, erwiderte Müntzer drohend.

Der Pfaffe erhob beschwörend seine Stimme: »Bedenkt in Christi Namen, was Ihr tut! Wollt Ihr die Geister scheiden und den Fürsten stückweis' in den Hals werfen?«

»Das zu tun, schickt Ihr Euch jetzt an; ich will's verhindern«, gab Müntzer fest zurück.

Das Heer von Köpfen um den Kreis der aufsässigen Hauptleute wurde dichter und dichter. Die Unruhe stieg. Die Stimmen der Männer schwirrten noch verhalten und gedämpft auf und ab, doch unüberhörbar schon gegen den Verrat gerichtet. Müntzer reckte sich jetzt auf und ballte die herabhängenden Hände zu Fäusten.

»Wer von euch ist für mich – für die Sache der Bauern?« fragte er.

Zehn, zwölf Männer erhoben die Hand. Müntzer betrachtete diese Hände, eine wie die andere; sie waren von schwerer Fronarbeit klobig, knotig und rissig geworden, an einer fehlten zwei Finger. Und er sah unter diesen Händen derbe Bauerngesichter, mit struppigen Bärten, tiefliegenden Augen, auf einer Stirn eine breite Narbe. In Genugtuung darüber, die Führer des gemeinen Mannes gewonnen zu haben, warf er seinen ganzen Zorn in die verschlossenen, ja starren Züge der fünf verbliebenen widerspenstigen Hauptleute, die ohnmächtig fühlten, daß sie im Kreise der Bauern gefangen saßen.

»Und ihr –?« ließ er sich vernehmen. »Wollt ihr den Bauern in den Rücken fallen?«

Einer der Hauptleute schüttelte impulsiv den Kopf, brummte: »Davor sei Gott!« und trat, die Hand erhebend, zu den Getreuen Müntzers hin. Zwei andere folgten ihm zögernd, wie noch überlegend. Der Schwarzbärtige stand verlassen, der Pfaff ihm zur Seite.

»Das Leben der Bauern zu retten, halten wir's so!« rief dieser fanatisch und sah sich, noch immer Zustimmung erhoffend, unter den Kopf an Kopf stehenden Männern um. Aber deren Münder blieben verschlossen und abwehrend ihre Augen.

Der Schwarzbärtige stellte sich breitbeinig auf und richtete den Blick voller Haß auf Müntzer. »Da man meiner Mahnung Gehör verweigert, fühle ich mich meines Dienstes ledig. So fordere ich, den Weg mir freizugeben, daß ich heimgehen mag.«

»Zu den Fürsten –«, erwiderte Müntzer, »als Verräter zu den Fürsten.«

»Ja, zu den Fürsten, doch nicht als Verräter, wie Ihr mir Schimpf antut, sondern um auf eigene Faust Gnad' für die Bauern zu erbitten.«

»Sie zu verkaufen, meinst du wohl. Ich kenne deine Rede: ›Oh, Ihr Herren, der Bauernhauf' ist morsch geworden und billig zu haben.‹ – Solch Liedlein, wahrlich, muß den Fürsten lieblich tönen. Nicht aber den Bauern. Drum soll man's erstikken.« Er erhob beide Fäuste und schüttelte sie drohend. Aufblickend gewahrte er über dem Berg eine schwere, dunkle Wolke, deren Ränder, vom Sturm erfaßt, in Fetzen zerflatterten. Im Süden zog ein Wetter übers Land, sein Grollen drang langgezogen und polternd heran.

Die Bauern blickten sich ängstlich oder unwillig um, als hörten sie schon das Getöse der Schlacht.

Jetzt stieg Müntzer vom Wagen. Der Ring der Hauptleute öffnete sich ihm. Langsam ging er auf den Schwarzbärtigen zu, ihn nicht aus den Augen lassend. Grabesstille umgab sie beide, so vernahm man jeden Schritt des Bauernführers auf dem weißen Gestein, ja selbst auf der nur dünn angewehten Erddecke.

Dann war der letzte getan, beide Männer standen sich, Angesicht vor Angesicht, gegenüber.

»Du bist ein Edelmann. Wie kommst du in der Bauern Heer?« fragte Müntzer den Hauptmann.

»Kam freiwillig, den Bauern zu helfen«, antwortete dieser.

»Wider wen?«

»Wider die Ungerechten.«

»Und wer sind die Ungerechten?«

Der Schwarzbärtige wich aus. »Ihr fragt mich wie ein Ohm den Enkel und könntet doch mein Sohn sein.«

»Und wäre ich dein Sohn, ich wollte nicht zögern, dich hängen zu lassen, so du der Bauern Sach' zu verraten trachtest.«

»Ich verrate sie nicht, will sie nur gradrücken, daß sie eine christliche Sach' sei.«

»Ist sie's nicht mehr?«

»Ihr habt sie in den Sumpf geführt. Der Bauer hat den Bauern geschatzt, ihm die Äcker zertreten, sein Brot genommen, wie er der Fürsten Schlösser, der Heiligen Klöster niedergebrannt. Dies hat die Herren bös' erzürnt. Sie sinnen auf Strafe. Ich will sie beschwichtigen, sie und die Bauern.«

Müntzer schob seinen Kopf noch näher auf den Schwarzbärtigen zu. »So bist du fest entschlossen, zu den Fürsten zu gehen?«

»Wohl!« trumpfte der Hauptmann auf. »Freiwillig bin ich gekommen, aus freiem Willen will ich gehen.«

»Da will den Weg ich dir kürzen.« Müntzer wandte sich an die Bauern. »Sollt' man solch einen Kopf den Fürsten lassen?« Er wartete auf eine Entgegnung; sie kam nicht. »So richtet ihn, auf daß er euere Köpfe nicht verschachere!«

Der Pfaff trat fauchend dazwischen. »Du rufst die Höll' herauf! Knie nieder und schlag vor Gott dich an die Brust! Daß doch sein Wetterstrahl dich treffe!«

Müntzer wandte sich wieder an die Bauern: »Den nehmt gleich mit, er ist ein Antichrist.«

Die Bauern zögerten noch. Dann aber brachen aus ihrer Menge zwei, fünf, zehn Männer, ein ganzer Trupp, hervor. Im Nu waren der Schwarzbärtige und der Pfaff umringt. Der letztere zog das Schwert, doch vermochte er es nicht mehr zu erheben, klobige Bauernfäuste packten seinen Arm, das Schwert klirrte aufs Gestein, ein Strick zog dem sich wütend Wehrenden beide Arme auf dem Rücken zusammen.

»Den Henker herbei!« rief einer der Bauern. Hundert, tausend Stimmen fielen ein: »Den Henker herbei!«

Im wilden Gedränge weitete sich der Kreis, ein dramatisches Rund, auf dem dicht umstellt die Verurteilten standen, auf dem allein und abseits verharrte – Thomas Müntzer, der Führer der Bauern, der Richter über Unrecht und Verrat. Er stand mit hängenden Armen, bewegungslos, wie nachdenklich, mit halbgeschlossenen Augen.

Der Henker war schnell herangekommen, ein baumlanger, magerer Kerl, im zerschlissenen Wams, auf dem struppigen Kopf einen schmalkrempigen Hut mit schillernder Hahnenfeder, das Schwert in der hölzernen Scheide unter den Arm geklemmt. Mit stakigen Schritten trat er in die Mitte des Kreises. Er zog das Schwert aus der rissigen Hülle und warf diese beiseite. Er stemmte, die dürren Hände um den Knauf geklammert, den in einem plötzlich die Wolken durchbrechenden Sonnenstrahl blitzenden Stahl vor seinen gespreizten Beinen auf.

Die Verurteilten, jetzt von ihrer Eskorte auf den ungerührt wartenden Henker hingeschoben, stockten entsetzt. Der Pfaff fiel auf die Knie und rief laut um Gnade. Der Schwarzbärtige aber biß die Zähne aufeinander und zermahlte mit bebenden Kiefern einen Fluch. Die Männer stießen ihn vorwärts. Sie beugten ihn nieder, zwangen ihn in die Knie. Der Henker holte weit aus. Es sauste das Schwert. Ein Kopf fiel in das staubige, zertretene Kraut.

Der Pfaff vermochte sich nicht mehr zu erheben. So ging der Henker zu ihm hin. Eine mit dem Kruzifix bewehrte Hand stieß ihm entgegen. Der Henker bekreuzigte sich erst, bevor er das Schwert erhob. Das Geschrei des Pfaffen verstummte.

Eine bleierne Stille legte sich über den Richtplatz und die gleichsam erstarrten Wogen der Menge. Die Würfel waren gefallen: Es gab von diesem Berge ins heimatliche Dorf keinen anderen Weg mehr als den durch die Spieße und Schwerter der Fürsten, es gab keine Gnade, nur Kampf – Sieg mit Gottes

Hilfe und der Kraft, die in Armen und Waffen lag. Denn diese Würfel waren Köpfe . . .

Müntzer hob die Hände, als schicke er sich an, die Männer zur Schlacht aufzurufen und zu segnen. Seine Stimme schallte weit über das Bauernheer hin, er zog sein kurzes Schwert und streckte es gleich wie ein Kreuz in den Wind, der jetzt sprunghaft über den Berg hinbrauste.

Da hallte eine andere Stimme auf, die Stimme eines Wächters. Seine Nachricht pflanzte sich durch das ganze Lager fort: »Ein fürstlicher Bote reitet herauf!«

Die Männer wandten die Köpfe. Mehrere Hauptleute strebten aus dem Kreis des Gerichts durch die Menge. Reiter trieben der Wagenmauer zu. Spieße und Hellebarden neigten sich in der Richtung des wildesten Gedränges, als drücke der Wind sie nieder. Die Bauern wurden von Kampfentschlossenheit und neuer Hoffnung auf Gnade hin und her gerissen. In heftiger Unruhe warteten alle auf der hohen Herren Botschaft.

Schwer und dunkel grollte sie bald durch das Lager, sie ging von Mund zu Mund, bis zu Müntzer, der seinen Platz unweit der Gerichteten noch nicht verlassen hatte. Sie war, wie er's erwartet: Die Fürsten haben nicht Lust zu disputieren. Sie geben drei Stunden Frist, es auszuhandeln, ob man den Müntzer schicken wolle oder nicht. Drei Stunden –. Die Bauern erhoben zornig und empört ihre Waffen.

Müntzer dachte einen Augenblick daran, in Richtung Sangerhausen und Eisleben den Ausbruch zu wagen, doch er war sich zugleich auch darüber klar, daß der Berg von schwerbewehrten Kriegshaufen bereits hermetisch abgeriegelt wurde. Die Fürsten pflegten nicht nur zu reden, sondern auch zu handeln und ganze Arbeit zu machen. Das war ihm bekannt.

Plötzlich gewahrte er neben und hinter sich einige Hauptleute. Der Feldschreiber trat vor ihn hin und sagte: »Drei Stunden Frist. Was soll nun geschehen?«

Müntzer, der noch immer das Schwert in der Hand trug, öffnete den langen schwarzen Mantel; da stand er fest gegürtet wie ein Kriegsmann. Er stieß das Schwert in die Scheide zurück und schloß den Mantel wieder. »Wo ist der Bote?« fragte er.

»Längst fort, es war ein Edelmann«, sagte der Feldschreiber. »Der wartete die Antwort nicht erst ab, er wandte sein Pferd und trieb's so wild an, daß es drunten im Hohlweg stürzte. Dem Tier nachhinkend, bracht' er sich in Sicherheit.«

»Drei Stunden Frist«, erwiderte Müntzer düster. »Die Herren sind großmütig zu den Bauern.«

»Was befehlt Ihr, Herr Magister?« fragte ein Hauptmann.

Müntzer antwortete nicht, er blickte über die Leichen der Gerichteten hin zu den Wolken auf. Und in der plötzlich herabbrennenden Sonne war es ihm, als würde aus unsichtbarem Munde eine Stimme laut: In Christi Namen, die Stunde ist da, ein leuchtendes Kapitel der Menschheitsgeschichte an den Himmel zu schreiben!

Der Lauschende spürte die warmen Strahlen des aufsteigenden Feuerballes im Nacken. Ein starkes Lebensgefühl durchdrang seine Brust, seine Sinne. Leben! Er dachte an Otti, sein Weib, an den Sohn, den es ihm geboren. Wie lange war's her, daß er beide nicht gesehen –! Sehnsucht nach ihnen packte ihn. Es war ihm, als atme er den Duft des Kindes, als höre er die Stimme der Mutter. – Schnell wandte er sich ab und strebte seinem Zelte zu. Die Hauptleute öffneten den Ring und eine Gasse zum Zelteingang. Dort stand neben Hans Bachmann der Bergknappe Balzer und hielt mit beiden Händen die Regenbogenfahne. Müntzer stellte sich zwischen ihnen auf und erwartete die heranflutende Menge der Bauern. Als sie dicht vor ihm hielt und wieder Stille eintrat, rief er laut über die Tausende von Köpfen hin: »Was wollt ihr nun tun? Habt ihr's genug bedacht, ob ich den Fürsten mich überantworten soll oder nicht? Wollt ihr's noch weiter bedenken?«

Der Trupp der Getreuen von Mühlhausen schrie laut: »Genug bedacht! Genug bedacht! – Den Müntzer hergeben? Daß uns der Zorn nicht ersticke! Nein! Niemals! – Beieinander bleiben wollen wir, tot oder lebend. Frisch dran! Nur dreingeschlagen und gestochen und der Bluthunde nicht geschont!«

Die kämpferische Stimmung der Getreuen erfaßte auch die Masse. Selbst die Ängstlichen begriffen nun, daß es keine andere Wahl mehr gab, als sich zu wehren und die Fürsten zu schlagen, das Leben so teuer wie möglich zu verkaufen oder mit tapferem Sieg es sich zu erhalten.

Müntzer breitete die Arme aus und segnete sein Heer. Da sah er am noch dunklen Horizont den Regenbogen. Er blickte zu seiner kräftig leuchtenden Wölbung auf und rief: »Seht, seht, Gott legt die Hände auf unsere Häupter und schlägt seinen heiligen Bogen über unserer Regenbogenfahn'! Danket Gott dem Allmächtigen! Deutet recht euch sein Zeichen, und ihr werdet siegen.«

Die Bauern fielen auf die Knie nieder und neigten die Köpfe. Sie hoben zu singen an: »Komm, Heiliger Geist, du Herre Gott!« Mächtig schwoll der Gesang an, so gewaltig, daß man das plötzlich einsetzende Donnern der Geschütze rings um den Berg zunächst gar nicht vernahm. Als aber die ersten Kugeln und Steine in die Menge sausten, fiel der Choral jäh in sich zusammen, und es entstand eine fürchterliche Panik.

»Dies ist der Fürsten Wort – gebrochen schon, eh sie's gegeben!« schrie Müntzer. Aber niemand hörte ihn mehr. Er sah, wie die Hauptleute versuchten, die Fähnlein zusammenzurufen und zu ordnen, und er sah, daß keine Ordnung wurde. Ein Häuflein Getreuer nahm ihn in seine Mitte. Er zog sein Schwert und eilte mit den ihn Umgebenden über den Richtplatz hin der zurückflutenden Menge nach. Eine Woge Berittener riß sie auseinander. Im Strudel des wilden Gemenges fand Müntzer sich dicht vor der zerfallenden Mauer der Wagenburg wieder. Nur Bachmann und Balzer waren noch bei ihm. Die Regenbogenfahne streifte seine Schläfe; Balzer trug sie auf der linken Schulter, mit der rechten Hand umspannte er den lederbezogenen Knauf des Morgensterns.

Erst jetzt wurde Müntzer bewußt, daß auch er eine Waffe, ein Schwert, in der Hand hielt. Es war unheimlich schwer, als zöge die Hölle es zu sich herab. Er drückte es krampfhaft an seine Brust. Schon flog er gegen den aufgestauten Wall der Bauern, doch dieser Wall war keine Wehr mehr gegen die Feinde, war eher das Aufbäumen der Kreatur vor dem Griff des Todes.

Und immer drohender grollten im Tal die Geschütze, immer schneidender näherte sich das Pfeifen der fliegenden Stückku-

Bewaffnete Bauern

geln, immer entsetzlicher erhob sich das Geschrei der Getroffenen.

Endlich barst der Menschenwall und wurde durch die Lükken der Wagenburg auf die offenen Hänge des Berges hinausgeschwemmt. Müntzer, Bachmann, Balzer, von den Nachdrängenden mit fortgerissen, hatten Mühe, beieinander zu bleiben. Plötzlich standen sie auf einem freien Felsvorsprung inmitten der wieder zurückweichenden Menge. Sie sahen, wie vom waldigen Unterberg her die Reihen der Landsknechte den steilen, kahlen Hang heraufstiegen, Schritt für Schritt, Schulter an Schulter, in einer Ordnung, die den Schauenden das Blut erstarren ließ. Sie hörten ihre Schlachtrufe, deutlich, Wort für Wort verständlich, wie von einer mächtigen Hand dirigiert. Näher und näher kamen die auf sie gerichteten Spitzen der Hellebarden. Dicht hintereinander schritten die Reihen der auf kalten, berechneten Mord abgerichteten Krieger. In den waldigen Gründen lauerten die Scharen von Berittenen, etwa durchbrechende Bauern niederzuschlagen, unter der Pferde Hufe zu nehmen, niederzustampfen. Und über all dieses Gewalt gewordene Furchtbare donnerten die Salven der Geschütze hin.

Müntzer, sich endlich aus seiner Lähmung befreiend, erhob sein Schwert und rief den Bauern zu: »In Christi Namen, dran, dran, dran!« Aber seine Stimme drang nicht durch. Tollkühn sprang er vom Felsen und stellte sich kampfbereit vor dem anrückenden Landsknechtsheer auf. Jetzt erst wirkte sein Beispiel. Ein paar hundert Bauern drängten von rechts und links heran. Es entstand eine dichte Front. Die entschlossenen Männer fällten die Spieße und stemmten die Beine fest in den Boden. Zwanzig Schritte noch ... Die Verbissenheit und Blutgier in den Gesichtern der Landsknechte war schon erkennbar. Die Kommandos der voranstürmenden Feldweibel gellten den Bauern in die Ohren. Zehn, sieben, fünf, drei Schritt noch –. Die Waffen der Angreifer und der Verteidiger erreichten sich, krachten aufeinander. Getroffene schrien auf. Ein wüstes Handgemenge entstand. Knäuel von Menschen verbissen und verkrallten sich ineinander und kollerten den Berg hinab. Zwei talwärts rollende Wagen sprangen den Bauern in den Rücken und rissen nicht wenige nieder. Eine Salve der Geschütze sauste auf den Hang herab, mähte die Opfer wie Halme; Landsknechte wie Bauern wälzten sich auf dem Boden. In stummem Entsetzen mühte sich einer der Verwundeten, die herausquellenden Gedärme mit den Händen in den Leib zurückzustopfen.

Von einem Strom flüchtender Bauern erfaßt, taumelte und torkelte Müntzer den Hang hinab. Da war eine Waldspitze. Er trieb darauf zu. Von einem harten Schlag auf die Stirn fast betäubt, sank er zusammen, er war gegen einen Baum gerannt. Stöhnend raffte er sich wieder auf, doch er vermochte keinen Schritt zu tun. Ihm wurde übel, und er griff um sich, wie wenn er im Sturz Halt suche. Balzer fing ihn mit starken Armen auf und trug ihn in ein dichtes Dornengestrüpp. Reisige jagten an ihnen vorüber, sie drückten sich tiefer in das Dickicht, lagen mit blutigen, zerrissenen Händen, zerstochenem Antlitz und hörten das Dröhnen der Pferdehufe, unter denen der Sand aufspritzte. Ein Stein traf Müntzers Ohr, es begann laut zu klingen. – Die Schlacht erschütterte den ganzen Berg; es war, als sei die Hölle heraufgestiegen, die Bauern zu verschlingen: eine grausige Verwirklichung der Worte, die Martin Luther den Fürsten zugerufen hatte – mit dem gemeinen Mann abzurechnen, ehe es zu spät sei.

Schwer atmend lag Thomas Müntzer hinter dem Schutzwall des massigen Leibes Balzers. Als er den Kopf hob und die Augen öffnete, erblickte er im grausamen Sonnenlicht die blutverschmierten Züge des treuen Fahnenträgers. Er hatte das Regenbogentuch vom Schaft gerissen und barg es nun an seiner Brust. Müntzer streckte die Hand danach aus. »Gib her, daß ich's den Wölfen entgegentrage und die Bauern sammle.«

»Wollt Ihr Tote erwecken und zu Fähnlein ordnen?« hörte er eine zischelnde Stimme. Hans Bachmann starrte ihn an, todernst und beinahe grimmig. Dumpfes Gedröhn von Pferdehufen kam schnell näher. Unwillkürlich drückte Bachmann Müntzers Kopf nieder und lag dann selbst wie leblos. Die Reiter jagten vorüber. Balzer schob Müntzer tiefer in das Dickicht. Bachmann machte ihm Platz, kroch über ihn und Balzer hinweg dem Rande des Gebüsches zu und zog die Zweige dichter zusammen. Jetzt erst fühlte er sich sicher genug, seiner Sorge um die Fahne nachzugehen: Er öffnete Wams und Hemd, nahm dem verdutzten Balzer das Fahnentuch aus den Händen und legte es sich, sorgsam gefaltet, um den nackten Leib, um darauf Hemd und Wams wieder zu schließen. Ein wenig beruhigt richtete er sich auf. Da sah er durchs dichte, dornige Gezweig einen Trupp Reisiger, zu zwei Reihen auseinandergezogen, heransprengen, den letzten talwärts flüchtenden Bauern den Weg abzuschneiden. Es gab ein greuliches Gemetzel, Zusammengeschlagene wälzten sich schreiend am Boden, lagen mit bittend erhobenen Händen auf den Knien, wurden niedergeritten; Verfolgte riefen um Hilfe, wandten sich impulsiv um und nahmen den Kampf auf. Ein Reiter kippte, von einem geradegerichteten Sensenblatt aufgespießt, vom Pferde – und seinem Begleiter flog der Kopf vom Rumpf. Es war ein hemmungsloses Morden, wie es die Fürsten erhofft und befohlen. – Bachmann wurde es übel, er kauerte sich stöhnend zusammen.

Immer mehr zog sich die Schlacht zum Dornendickicht hin. »Wir müssen tiefer ins Gehölz eindringen, wohin uns die Reiter nicht folgen können«, flüsterte Balzer den Freunden zu. Müntzer aber machte plötzlich Anstalten, sein Versteck zu verlassen, um den Kriegsknechten entgegenzutreten. Er war leichenblaß, seine Stirn geschwollen, sein Blick war irr. »Muß was geschehen! Die Bauern sammeln!« brüllte er.

»Seid Ihr toll?« fuhr Bachmann ihn an und hielt ihn am Mantelärmel fest. »Nicht einen Mann gewinnt Ihr zurück.«

»Und was könnte ich hier gewinnen?« entgegnete Müntzer finster.

»Euer Leben! Euere Sache! Die Hoffnung, über Jahr und Tag es besser auszufechten!«

Müntzer schüttelte den Kopf, doch fügte er sich ohne Widerstreben.

»Habt acht!« rief Balzer unterdrückt. »So die Reiter davon sind, springen wir talwärts durch den Wald. Müssen uns links halten, daß wir nicht auf die Stadtmauer stoßen, wo's nicht weitergeht, und sie uns wie die Flöh' dran knacken.«

Bachmann blickte Balzer nachdenklich an und nickte dann zustimmend: Wie umsichtig dieser Bauer doch war, wo ihm selbst vor Jammer fast die Sinne vergingen –.

Der junge, bärenstarke Mensch stieß mit dem Streitkolben

einen Weg durch das Dickicht, Schritt um Schritt, den aufragenden Kiefern zu. Bachmann und Müntzer folgten ihm. Augenblicklich schien das Toben der Schlächter zu Pferde und zu Fuß dem Versteck der drei wieder fern zu sein, es war unheimlich still geworden. Balzer trat zuerst ins Freie; nichts Lebendes regte sich hier, nur Tote lagen umher, da und dort zu Hügeln gehäuft. Er drang in das dichte Gehölz ein. Hinter ihm hielt sich Müntzer, dem Bachmann den Rücken deckte. Unbehelligt kamen sie vorwärts. Die Stämme standen wirr durcheinander, ihre Zweige hingen tief herab. Die Flüchtenden vermieden jedes Geräusch, der feuchtweiche Waldboden dämpfte ihre Schritte. Bald aber stießen sie auf einen felsigen Weg.

Mit einem Ruck blieben sie stehen: Aus dem buschigen Dunkel des Waldes trat, sein Pferd nach sich ziehend, die Hand am Schwertknauf, ein Geharnischter hervor. Er hatte das Visier des Helms aufgeschlagen, sein Mund war noch verdeckt, seine Augen aber blitzten durch den Schlitz, und man sah, daß er höhnisch lachte, ein verwegener Draufgänger. Unverzüglich ließ er den Zügel seines Pferdes fallen, rief laut: »Hoh – hoh!« und ergriff sein Schwert mit beiden Händen. Weit holte er aus. Doch kam er nicht mehr zum Schlag.

Balzer hatte sich schneller als er gefaßt: In einem wilden Wirbel schwang er den Streitkolben über seinem Haupte. Der Geharnischte erkannte sofort, daß er einen starken, furchtlosen Gegner vor sich hatte, er wich aus und versuchte dann blitzschnell, einen Schwertstoß anzubringen; vergeblich, er stieß ins Leere.

Jetzt schlug Balzer zu, doch auch er fehlte. Der Geharnischte antwortete mit einem gut gezielten Streich, streifte Balzer freilich nur die Schulter, so daß das Lederwams aufklaffte. Doch in unverminderter Gewalt sauste der Streitkolben. Er prallte mit solcher Wucht auf des Geharnischten Helm, daß er diesen mitsamt dem Schädel einbeulte. Der Mann lag breitbeinig auf dem Bauch. Das Pferd neigte den Kopf zu ihm herab.

»Wollt Ihr reiten?« fragte Bachmann den zur Seite wankenden Müntzer. Dieser verneinte. Aber Bachmann schob ihn dennoch zu dem Pferde hin. »Da, nehmt die Zügel und führt das

Tier ins Gebüsch. Wir kommen nach.« Er wartete, bis Müntzer verschwunden war, und ging zu Balzer zurück, der den Toten in das Dickicht zog.

DIE REGENBOGENFAHNE

Es war seltsam: Alle Bauern flüchteten der Stadt zu; selbst die nordwärts ausgebrochenen kamen über den Berg zurück und sprangen den südlichen Hang hinab; andere wieder umgingen den kahlen Oberberg und hasteten den Waldungen des Unterbergs zu. Müntzer, in einem Gesträuch versteckt, sah sie noch nach einer Stunde einzeln oder in Gruppen vorüberschleichen, und bald war ihm klar, daß die Fürsten den Fluchtweg in das Kyffhäusergebirge abgeriegelt hatten, um die Bauern im Tal der Stadt zusammenzutreiben. Aber so sehr ihn diese Tatsache auch erregte, es beruhigte ihn doch ein wenig, Bachmann und Balzer noch zur rechten Zeit ostwärts, in Richtung Artern, gewiesen zu haben; vielleicht war es ihnen noch gelungen, dort durchzukommen und den Weg in die Heimat anzutreten.

Kyrie eleison! Müntzer kniete nieder, neigte den Kopf und faltete die Hände. – Das war sein Glück, denn im selben Augenblick stürmte vom Weißen Berg herab ein Haufe johlender Landsknechte, flankiert von hessischer Reiterei. Sie trieben einige Hundert Bauern vor sich her, schlugen mit Spießen und flachen Schwertern auf sie ein und erhoben ein triumphierendes Gebrüll, wenn einer von ihnen strauchelte oder gar fiel. Dann machten sie mit ihm kurzen Prozeß, bei jedem Schlag schreiend: »Da, dies für den Müntzer! – Und noch eins für den Müntzer! – Und auch dies für den Müntzer.«

Kyrie eleison! Müntzer hörte das Toben näher und näher kommen; er ergab sich seinem Schicksal und wünschte es schon beinahe, aus seinem Versteck aufgestöbert zu werden. Aber die wilde Jagd fegte wieder davon und drängte sich in den vom Gebüsch eingeuferten steinigen Weg, der zum Frauentor der Stadt hinabführte. Ein Teil der Reiter sprengte voran, der Rest beschloß mit den Fußknechten den Zug der halb verhungerten, armselig oder gar zerlumpt gekleideten Bauern. Schnell verebbte der Lärm. Das Stöhnen der Niedergeschlagenen war deutlich hörbar; sie lagen über den ganzen Hang des Oberbergs, im Wald des Unterbergs und im weiten, hügeligen Gelände dazwischen verstreut – ein entsetzliches Schlachtfeld, aus dem zu entkommen unmöglich erschien.

Bald umgab Müntzer eine tiefe, wie tödliche Stille. Er hatte das Gesicht in die Hände gedrückt und lauschte. Das Wimmern der Verbluteten wurde leiser, seltener, erstarb dann ganz. Nur aus der Ferne hallte, vom Winde herangetragen, noch irres Geschrei herauf. Auch Schüsse von Karrenbüchsen rollten durchs Tal. Einer Kirchenglocke Läuten hallte klagend näher, fiel aber bald wieder zurück, verstummte schließlich. Die Schlacht war in die Stadt eingebrochen. Müntzer sank vor Schmerz darüber gleichsam in sich zusammen. Aber die in ihm immer stärker werdende Unruhe trieb ihn aus seinem Versteck hervor. Schon stand er aufrecht zwischen den Stämmen des Waldsaumes.

Welche unheimliche Macht zwang ihn, sich in noch größere Gefahr zu begeben? Konnte er allein aus dieser furchtbaren Niederlage noch etwas retten? Trug er denn die Schuld an dem Gemetzel durch die Kriegsknechte der Fürsten? Hatte er nicht alles getan, den Bauern Verbündete zuzuführen, sie ins Mansfelder Bergwerksgebiet abzuziehen und dort den fürstlichen Heeren besser gerüstet entgegenzustellen? Ja, als eine bewaffnete, kriegerische Macht entgegenzustellen! Denn das Unrecht war zu einer Last geworden, unter der die armen Leute zusammenbrechen mußten. Diese Last abzuwerfen – dazu hatten sie alles Recht der Welt, auch das evangelische, ein Recht, von Gott geschaffen, stärker als der Fürsten Gewalt. Gott mußte Recht geschehen lassen, um dieses Muß konnte auch er sich nicht länger herumdrücken, denn die Not des gemeinen Mannes schrie zum Himmel.

Müntzer, jetzt von der Reinheit seiner Mission wieder ganz überzeugt, schritt ohne Furcht durch den Wald der Stadt zu. Durch das Frauentor würde er sie betreten, zu sehen, wie die Sache stand. Und Gott mußte ihn beschützen. Wohl, das Gemetzel unter den Bauern hatte er noch zugelassen; nun aber war es genug und wahrlich Zeit, daß er in sich ging, er durfte den Preis nicht zu hoch setzen, den Bogen der Prüfung nicht überspannen, wenn er nicht wollte, daß man in ihm den rechten Gott nicht mehr sah.

Ein plötzlich aufkommender Trotz erfüllte Müntzers Gedanken, setzte sich in seiner Brust fest und ließ ihn noch entschlossener talwärts schreiten.

Einige hundert Schritte war er vorwärtsgekommen. Er mußte über Tote hinwegsteigen, Leichenhügel umgehen. Vor dem massigen Kadaver eines Pferdes, aus dessen Bauch die Eingeweide quollen, wich er zurück. Entsetzen jedoch erfaßte ihn, als er die halb entblößte, auf einen Buchenstamm gebundene Leiche einer üppigen Marketenderin erblickte. Wankend wandte er sich ab, um davonzulaufen. Gleich aber stockte er wieder: Ganz nah hallte die langgezogene, pathetische Stimme eines Mannes durch das Gewirr der Stämme und Büsche: »Im Namen Jesu Christi, es geschehe Gerechtigkeit!« Nun entdeckte er auch den Sprecher, einen evangelischen Pfarrer. Unwillkürlich trat er einige Schritte näher. Jetzt gewahrte er neben dem Pfarrer einen Mönch, der heftig das Kreuz schlug. Die Gefahr ganz vergessend, wagte Müntzer sich weiter vor. Dann aber blieb er wie angewurzelt stehen. Das Blut schien ihm zu erstarren: Durch das Grün und Braun des verwilderten Waldes sah er, von Landsknechten niedergezwungen, in langer, doppelter Reihe auf steinigem Wege die Bauern knien. Es war kirchenstill, einmal nur tönte einsam die Klage eines Jungen. Ein Hauptmann gab das Zeichen – und Dutzende von Henkern schlugen den Knienden die Häupter vom Leibe, so daß nach jedem Schlag das Blut in leuchtendrotem Strahl hervorschoß und den fallenden Kopf überströmte – Schlag um Schlag, Kopf um Kopf. Und das Blut floß über das Gestein wie in einer eigens dafür geschaffenen Rinne, wuchs zum Bächlein und huschte der schon sichtbaren Stadt zu. Einige Köpfe, von derben Stiefeln gestoßen, rollten mit. Die dabeistehenden Landsknechte hatten die Hellebarden aufgestemmt und erhoben bei jedem Todesstreich ein Geschrei, als wären sie beim Vogelschießen oder Kugelspiel ...

Müntzer, diesen Mörderhorden ganz nahe und vom Gezweig einer Birke nur dürftig gedeckt, starrte in die Rücken der dem

Köpfeabschlagen zuschauenden, ganz diesem Schauspiel hingegebenen Söldner. Es war keine Furcht mehr in ihm, nur die Sorge, er könne daran gehindert werden, hinauszugehen in die Welt, um von der Abkehr Gottes zu berichten. Ja, ganz gewiß, der alte Gott war abtrünnig geworden und zu den Fürsten übergelaufen. Und jedes Gebet zu ihm verwehte wie in den Wind gesprochen.

Ohne alle Vorsicht ging Müntzer in einem weiten Bogen um die Richtstätte davon, aufwärts, zurück bis zum Vorgelände des Oberberges. Statt zum Frauentor wandte er sich nun durch einen steinigen Hohlweg dem Westende der Stadt zu. Niemand behelligte ihn, dieser wüste, kalkweiße Hang schien ausgestorben zu sein, und die Hügel übereinandergefallener Toter verstärkten solchen Eindruck nur noch. Hier war das Schlachten vorüber. – Müntzer löste das Schwert mit der Scheide vom Gürtel und warf es weit von sich, er hörte es klirren und sah den Staub, den es aufwirbelte.

Zwischen Erschlagenen, Wagentrümmern, Pferdekadavern und umherliegenden Waffen dahinschreitend, gelangte er bald in das Tal. Hier war das Morden noch in vollem Gange. Eine Gruppe von Stadtbewohnern flüchtete über den Anger dem Walde zu, Entsetzen in den Augen, schreiend und auch stumm; drei junge Mädchen hatten sich bei den Händen gefaßt und entliefen mit flinken Füßen einigen betrunkenen Landsknechten – beinahe rissen sie Müntzer um, und doch hatte er es nur ihnen zu verdanken, daß die fluchenden Kerle sich um ihn gar nicht kümmerten. Mit schnellem Sprung rettete er sich hinter einen Strauch, denn schon sprengten Reisige heran, den Verfolgern die Beute abzujagen. Müntzer starrte ihnen nach, brennend wünschend, die Mädchen möchten entkommen. Doch wie er so stand, hörte er hinter sich wieder das Bitten und Schelten einer Frau, über die ein hünenhafter Kriegsknecht sich hermachte; unter der Anstrengung ihrer Gegenwehr erstickten ihr die Worte, und sie stieß nur noch unartikulierte Laute hervor, sie weinte und stöhnte, trommelte dem brünstigen Stier mit den Fäusten gegen Stirn und Kinn, strampelte mit den Beinen und trat ihm vor den Leib, daß er wie ein Schwein grunzte. Mit einer gewandten Bewegung rollte sie sich zur Seite, sprang auf und rannte so schnell davon, daß der Landsknecht vor Überraschung keinen Schritt mehr zu tun vermochte. Verlegen sah er sich um, sein Blick fiel auf den dastehenden Pfarrer, errötend und ärgerlich brummelnd, entfernte er sich in Richtung der Stadt.

Und wieder kamen Flüchtende vom Tore her. Eine Rotte von Kriegsknechten schob einen Planwagen vorüber, bis obenhin beladen mit gestohlenem und geraubtem Gut. Hocherhoben auf der Hellebardenspitze trug ein kahlköpfiger Krieger einen gebündelten Säugling. Und wieder taumelten die dumpfen Töne einer Kirchenglocke über Dächer und Anger heran.

Müntzer lief auf diese fast erwürgte Stadt zu, als müsse er sie erretten. Doch schleppend nur kam er vorwärts, und ihm war, als quäle er sich durch einen unheimlichen Traum. Endlich stand er vor dem Torgebäude mit der offenen Wölbung. Das Angertor wurde es genannt. Rechts und links von Wohnhäusern flankiert, bot es augenblicklich ein Bild der Verlassenheit, denn die Wachtleute waren verschwunden, und keiner ging mehr hinein, keiner hinaus, obwohl doch die Stadt voller Kriegsknechte war und das Geschrei ihrer Opfer aus allen Gassen drang.

Müntzer zögerte noch, das Tor zu durchschreiten, dann tat er es doch, wie von einer unbezwinglichen Macht vorwärtsgetrieben. Kaum aber, daß er die Stadt betreten, sah er einen bereits geordneten Zug singender Kriegsknechte in die Torgasse einschwenken und heranmarschieren. Instinktiv die ihm drohende Gefahr erkennend, bog er um die Ecke und ging zur nächsten Tür hin. Er schob den Riegel zurück, bedächtig und keinerlei Angst oder Eile verratend, er sah sich sogar noch einmal um und betrat dann wie selbstverständlich den Flur des Hauses. Die Tür hinter sich wieder schließend, doch ohne den Riegel zu sperren, begab er sich zur Treppe hin und stieg zum Obergeschoß hinauf. Nichts regte sich in diesem Hause, dessen Türen zumeist offenstanden und davon zeugten, daß seine Bewohner ihre Stuben in heilloser Flucht verlassen hatten. Überall lagen Kleidungsstücke und Hausgeräte herum, vieles zerrissen und zerbrochen; offenbar hatten die Landsknechte das Haus schon von unten bis oben durchwühlt.

Ob sie noch einmal hier einbrachen? Müntzer lauschte hinaus. Jetzt marschierte der singende Landsknechtstrupp durch das Tor – und der Gesang verebbte.

In einem Winkel entdeckte Müntzer eine schmale Stiege. Über sie erreichte er den Bodenraum. Dort unter dem Dache war eine Kammer abgeschlagen. Ein Bett stand darin, auf einem Stuhl ein Krug mit Wasser, Linnentücher hingen auf der Lehne. Ein Kranker mußte hier gelegen haben. Sicher war auch er geflüchtet. Müntzer trat zur Dachluke hin, sie war offen, von ihr aus hatte er einen Blick über den ganzen Anger. Tote und Sterbende bedeckten ihn; ein Mann versuchte vergeblich, sich zu erheben, seine wortlose Qual, die hilflosen, vertrackten Bewegungen seiner Arme, sein Zurücksinken und Daliegen, wie halb schon in der Erde versunken, dies alles war entsetzlich zu sehen. Und doch trat Müntzer nicht von der Dachluke zurück; mit brennenden Augen verfolgte er den Trupp der Landsknechte, der ins Kyffhäusergebirge abmarschierte. Als er hinter den Tannen verschwand, hatte es den Anschein, daß der Krieg nun in sich zusammenfalle. Die Spannung in der Luft ließ nach und so auch die Spannung in der Brust, in den Gliedern. Müntzer wandte sich ab, tauchte den Blick in die Dämmerung der Kammer, wie um dem grausamen Tag zu entfliehen.

Plötzlich fühlte er eine unerträgliche Schwäche, er wankte und ließ sich erschöpft auf den Bettrand nieder. Die Hände vor das Gesicht schlagend, saß er da, stöhnte tief auf und rang mit der ihn überfallenden Verzweiflung.

Was sollte nun werden? Wenn er sich den Fürsten stellte, war sicher bald alles zu Ende. Lohnte es sich, diese furchtbare Katastrophe zu überleben? Durfte er glauben, daß die Zeit ihm jemals wieder Gelegenheit geben würde, die Bauern zu einem glücklichen Aufstand gegen ihre Blutsaüger zu sammeln? Nein, die Bauern waren jetzt lahm und zahm, und die Herren hatten es leicht mit ihnen, ließen die Peitsche nur noch erbarmungsloser sausen. Da mußte jedes Aufbegehren schon im Keime ersticken.

Müntzer wurde sich seiner Ohnmacht nun vollends bewußt, seine physische Schwäche warf ihn um. Lang ausgestreckt, das

Gesicht auf den verschränkten Armen, lag er quer über dem Bett.

Um das Tor herum wurde es wieder lauter, unruhiger. Das Klappen, Tapsen und Trippeln hastiger Schritte, Schreie Verfolgter, übermütiges Gelächter und barbarische Flüche der Verfolger hallten herauf. Dann brachen die Schreie jäh ab, die Flüche hingegen wurden noch derber, Schläge klatschten dazwischen. Müntzer drückte das Gesicht fester auf sein Lager.

Lange verharrte er so, immer gewärtig, von heraufkommenden Landsknechten entdeckt zu werden. Sie würden ihn erschlagen oder vor ihren Hauptmann schleppen. – Und wenn schon, so war die Qual zu Ende.

Ganze Kolonnen von Söldnern stapften und stampften jetzt über das Kopfsteinpflaster. Kommandorufe, Pferdegetrappel, Jammern von Kindern und Gekreisch ihrer Mütter, dies alles verschmolz ineinander zu einer greulichen Disharmonie, die das Torhaus umbrandete wie eine Sturmflut den Felsen, auf den der Schiffbrüchige sich gerettet hat. Müntzer gab jede Hoffnung auf.

Aber je länger er unbehelligt lag, um so fühlbarer regten sich in ihm die Lebensgeister zu neuer Selbstbehauptung. Körperliche Unbequemlichkeit trieb ihn auf, sich besser zu lagern. Er spürte den Druck seiner Tasche auf dem Leibe und schnallte den Gürtel ab, an dem sie hing. Mechanisch legte er beides über den Stuhl. Und da er sich des Schmerzes in seinem Kopfe plötzlich bewußt wurde, tauchte er eines der Linnentücher ins Wasser, wrang es aus und band es sich um die Stirn. Wieder legte er sich nieder und zog sich die rauhe Decke bis zum Kinn herauf. Lauschend lag er so. Der Lärm auf der Gasse hatte ein Ausmaß angenommen, daß man glauben konnte, die Schlacht beginne von neuem. Hatte Gott sich besonnen und ein neues Bauernheer ausgesandt, die Niederlage in einen Sieg umzuwandeln?

So in träumerische Gedanken verstrickt, bemerkte Müntzer erst sehr spät, daß sich unter ihm im Hause Menschen befanden. Er hörte ihre Schritte, ihre Reden, vernahm unbändiges Lachen und Fluchen wie bei einem wüsten Gelage. Dann erhob sich das Gepolter umgeworfener Tische und Bänke, Türen wurden zugeschlagen, und Stiefel trampelten durch den Flur. Aber niemand kam herauf. Und bald verebbte die Unruhe wieder, auf der Straße wie im Hause.

Die Sonne war hinter den Bergen versunken. Der Abend dämpfte das Ende eines fürchterlichen Tages. In der Kammer wurde es still und unheimlich einsam. – Plötzlich tapsten Schritte auf der Stiege. Sie kamen näher. Sie durchquerten den Bodenraum, hielten vor der Kammertür. Jetzt wurde der Riegel zurückgeschoben. In der Türöffnung stand grinsend ein Reitknecht. Langsam kam er nun auf das Lager zu, trug in der Hand einen zinnernen Krug, der ihm wohl wert erschien, mitgenommen zu werden. Er verzog sein Gesicht zu einem breiten, erstaunten Lachen.

»Was tust du hier, alter Mann?« fragte er nach einer Weile.

Müntzer begriff, dieser Krieger hielt ihn für einen Menschen, den man nicht unbedingt totschlagen müsse. Darum ging er auf seine scheinbare Harmlosigkeit ein, stöhnte ein paarmal leise und erwiderte:

»Ich bin krank, guter Knecht. Alle haben mich verlassen; ich konnt' nicht mit.«

»Warum auch?« Der Reitknecht machte ein vorwurfsvolles Gesicht. »Es tut dir ja keiner was. Bist du krank, so mußt du ruhen. Also ruhe in Gottes Namen.«

»Ich danke dir. Gott gebe dir Frieden!« sagte Müntzer.

Da aber bemerkte er schon, wie der Bursche die Tasche am Gürtel abschätzte. Nun nahm er sie vom Stuhle, öffnete sie und zog den Inhalt heraus. Verwundert betrachtete er das Bildnis eines Kindes. Er nickte freundlich, legte das Kärtchen dann zu den Briefen, offensichtlich schon wieder abgelenkt. Eine silberne Kette interessierte ihn schon mehr, er hängte sie sich über die Finger und hielt sie an das matt zur Dachluke hereinfallende Licht. Zufrieden ließ er sie in seine Handfläche rieseln und dann in der Brusttasche seines Lederkollers verschwinden. Danach schob er Briefe und Bild in die Gürteltasche zurück und legte sie wieder auf den Stuhl. Geschriebenes schätzte er nicht, er konnte nicht lesen. Schon machte er Anstalten, sich zu entfernen, als ihm wohl einfiel, daß sein Herr ja lesen könne. Er entschloß sich, die Briefe wieder herauszunehmen. Schließlich aber gefiel ihm die Tasche so gut, daß er sie sich unter den Arm klemmte und, ohne noch einen Blick auf den Beraubten zu werfen, schnell hinausging.

Müntzer hörte seine Schritte über die Stiege tapsen. Das Herz schlug ihm bis zum Halse herauf. Die Briefe in der Tasche waren vom Grafen Albrecht; würden sie einem der fürstlichen Hauptleute in die Hände fallen, so hatte der Mansfelder das Spiel nun vollends gewonnen: seinen Todfeind in der Gewalt.

Dieses Verhängnis traf Müntzer schneller, als er mit den Überlegungen zu seiner Rettung zu Ende kam. Wieder näherten sich Schritte auf der Stiege, diesmal mehrere, eiligere, begleitet von Ausrufen froher Überraschung. Dann wurde die Tür aufgerissen. Drei Ritter traten ein. Einer, mit blondem Bart, zog Müntzer mit raschen Griff die Decke vom Leibe. Da lag vor den Herren der einstige Pfarrer von Allstedt. Sie wechselten vielsagende Blicke.

»Steht auf!« herrschte der Bärtige Müntzer an.

Müntzer erhob sich, ordnete seinen Mantel, löste das Tuch von der Stirn und warf es aufs Bett. Die Herren sahen: Er trug wirklich eine Wunde, dicht unter dem Haaransatz.

»Ihr seid Thomas Müntzer.«

»Ich bin es.«

»So stehe Gott Euch bei, denn selbst dem Teufel müßten die Haar' zu Berg stehen, wär' er in Euerer Lage.« Der Ritter machte eine einladende Bewegung zur Tür hin.

Aufrecht und ohne die Herren eines Blickes zu würdigen, schritt Müntzer voraus, durch die Tür zur Stiege hin.

Die Landsknechte lagerten im Graben am Wege und riefen dem Reiter, der einen Gefangenen abführte, übermütig zu: »Wohin mit diesem Bären?«

»Nach Allstedt zum Grafen Ernst von Mansfeld.«

»Braucht er ihn für seinen Zwinger?«

»Nein, für die Festtafel zum Siegesschmaus.«

»Oh, dieses Biest hat ein Paar saftiger Schinken, 's Wasser läuft einem im Munde zusammen bei solchem Anblick!« rief ein dicker Kahlkopf aus.

»Mich würd's mehr freuen, so es dir im Arsch zusammenliefe«, antwortete der Reiter keck, und die Landsknechte brachen über den so abgefertigten Kumpan in ein schadenfrohes Gelächter aus.

Der Reiter, in hessischer Rüstung, doch ohne Helm, trieb sein Pferd, einen schlanken Braunen, unmutig zum Trab an, und so auch seinen ›Gefangenen‹, der mit auf dem Rücken gefesselten Händen und von einem am Sattel befestigten Strick gehalten neben dem Tier herlief. Beiden auch zog er mit einer frischen Weidengerte ein paar Hiebe über – wiederum ein Grund für die Landsknechte, ausgelassen zu grölen.

»Grüß den Grafen von uns, daß es ihm gut munde; er soll uns ein paar Knochen übriglassen!« rief einer dem Reiter nach und strich sich über den Schnauzbart.

»Werd's ausrichten, Junker Habenichts«, erhielt er zur Antwort. »Doch, wirst du dir nicht die Zähn' ausbeißen?«

Die Knechte lärmten vor Lust. »Der hat's Maul auf dem rechten Fleck!« brüllte einer mit dröhnendem Baß.

Und der Reiter entfernte sich schnell. Jetzt befand er sich auf der Straße nach Artern. In der Ferne brannten Bauerngehöfte. Oder stellte man die Bauern schon auf den Holzstoß? Des Reiters Gesicht verfinsterte sich. Überall im Mansfelder Land wütete der Fürsten Blutgericht. Er würde die Stadt umgehen und sich mit dem ›Gefangenen‹ durch die Unstrutniederungen schlagen müssen. Dort war die Gefahr, aufgehalten zu werden, geringer; der Weg durch die Sümpfe aber auch beschwerlicher, für Verfolgte jedoch gerade darum der beste. Hinter der Helme würden sie beide sich trennen, der ›Gefangene‹ mußte versuchen, über Querfurt nach Leipzig zu gelangen, er selbst konnte über Allstedt, Seeburg und Halle nach Leipzig reiten. So dachte der Reiter es sich aus, und er war voller Hoffnung auf ein gutes Gelingen der Flucht; so sprach er auch zu seinem ›Gefangenen‹, der freilich weniger zuversichtlich dahinschritt. – Es ging bereits auf den Abend zu, als Bachmann mit Balzer vor Artern rechts in die Wiesen abbog . . .

Man wollte über die Helme setzen, solange es noch hell war. Darum trieb Bachmann sein Pferd unablässig mit der Gerte an, und Balzer mußte größere Schritte nehmen; einmal verfielen beide sogar in Trab, und dies wurde dem Menschen schwerer als dem Tier, da Bachmann es noch immer nicht wagte, den Gefährten von der Handfessel und dem am Sattel festgeknüpften Strick zu befreien.

»Wart noch ein Weilchen«, sagte er zu ihm, »wie leicht könnt' hier einer kommen und fragen: Wohin? Warum zwei Mannsleut' und nur ein Pferd? – Hab noch Geduld, Sebastian!«

»Bin dein ›Gefangener‹, also folg' ich«, antwortete Balzer in vollem Ernst. Er schien sich in seine Rolle schon so gut hineingefunden zu haben, daß er kein Wort der Klage hören ließ und willig tat, was Bachmann verlangte – dieser war ja der Klügere. Wie hätten sie anders davonkommen sollen als nach seinem Plan?

Beide waren bisher übrigens nur selten gefährlichen Leuten begegnet, und die wenigen Neugierigen, die sich an diesem Tage auf die Straßen wagten, hatte Bachmann kurz und bündig abgefertigt. Einmal standen ein paar Mitleidige am Wegrand, doch diesmal war er klug genug, das Maul zu halten, denn es sah aus, als wollten sie den ›Gefangenen‹ befreien; da hatte sogar dieser selbst einen Schritt zugelegt.

Als die Dunkelheit schwerer hereinbrach, erreichten sie den Helmefluß. Hier erst, im Schutz der Weiden, nahm Bachmann dem Freunde die Stricke ab. Danach bestiegen beide vorsichtig das Pferd, es trug geduldig die doppelte Last. Langsam watete es an einer seichten Stelle durchs Wasser. So kamen sie trocken zum anderen Ufer. Unter einer alten, breitästigen Pappel, wo das noch vorjährige gelbliche, langsträhnige Gras weich und trocken war, streckten sie sich zu kurzer Rast aus.

»Woran denkst du?« fragte Bachmann nach einer Weile.

»Ich habe Hunger«, antwortete Balzer.

»Nun ja, aber du denkst nicht an Brot. Du denkst an den Magister Müntzer, ich fühle das.«

»Was sollt' ich's leugnen, ich sorg' mich um ihn; er hat das Zeug nicht, den Hunden zu entwischen. Er ist kein Fuchs.«

Du auch nicht, dachte Bachmann, und ich sorge mich mehr noch um dich, den ich allein auf den Weg schicken muß, tröste mich nur damit, daß du ein Bär bist, unter dessen Tatzen die

Hunde, so sie dich hetzen, Fell und Pfoten lassen werden. Unmutig fragte er: »Meinst du, sie kriegen ihn?«

»Ich glaub' nicht dran, daß er davonkommt. Und auch uns beiden geb' ich nicht viel Hoffnung.«

Bachmann starrte nachdenklich in die schwer werdende Dunkelheit. Dann bemerkte er, daß das Pferd im Grasen sich zu weit entfernte. Er stand auf und ging zu ihm hin, nahm es beim Zügel und führte es zur Pappel zurück, um es daran festzubinden.

»Es hat auch Hunger«, sagte Balzer, »laß es fressen. Nimm den Strick, dran du mich bis hierher gebunden, und verlängere ihm den Zügel, daß es den Kopf ins Gras stecken und im Rund laufen kann.«

Bachmann kam dieser Aufforderung wie einem Befehl nach. Woran solch einer doch alles denkt, ging es ihm durch den Kopf: Der gelehrte Mann setzte sich ein großes Ziel, der gemeine Mann aber tut, was auf dem Wege dorthin noch alles getan werden muß. – Er warf sich wieder neben Balzer nieder.

»Wo mag der Magister jetzt treiben?« sagte dieser.

»Ja, wo mag er sein!« Bachmann seufzte tief auf. »Wäre er mit uns gegangen, stünd' es besser um ihn.«

»Nicht besser als um uns, und da wird noch manch böser Wind blasen.« Balzer stieß mit hochgewölbter Brust die Luft durch die aufeinandergepreßten Lippen, als wolle er diesen Wind andeuten. »Ein groß' Unglück ist's, daß wir die Fürsten nicht erschlagen! Müntzer – und auch seine Sach' würd' weiterleben.«

»Die Sache muß leben! Und auch Müntzer! Wenn er Erfurt erreicht, wird er Freunde finden und mit ihrer Hilf' nach Böhmen entkommen.« Bachmann sprach sich selbst Mut zu.

»Und in Böhmen –?«

»Von dort aus wird er wiederkommen.«

»Wie unser Herr Jesus wiederkommen soll, doch erst am Jüngsten Tag. Das ist noch lang' hin.«

»Mich dünkt, es ist nahe.«

»Wär's doch so, ich wollt' schon warten!« Balzer ballte die großen Hände zu Fäusten und schüttelte sie. »Mit zwei Morgenstern' würd' ich dreinschlagen!«

Das Pferd hob plötzlich den Kopf, witterte ins Dunkel hinaus und schnaubte unruhig. Augenblicklich standen die Freunde auf den Beinen. Balzer ging zu dem Tier hin und band seinen Streitkolben vom Sattel. Bachmann, der dies sah, griff mechanisch zum Schwert.

Aber es regte sich nichts in ihrer Nähe, das Pferd begann auch wieder zu grasen. Balzer knüpfte den Streitkolben wieder fest, das Tier bog den Kopf zurück, wie um dies zu beobachten, und nickte dann ein paarmal.

Dennoch fanden die beiden jungen Männer keine Ruhe mehr, und ohne langes Herumgerede beschlossen sie, sich zu trennen.

»Geh auf Querfurt zu, Sebastian, es ist gewiß der rechte Weg«, sagte Bachmann. Er schnallte den Brustpanzer ab und knöpfte das Lederkoller auf, er öffnete auch sein daruntersitzendes Wams noch, zog den an einem Band um den Hals hängenden Beutel hervor und entnahm ihm ein paar Münzen. »Hier, daß du nicht betteln oder gar stehlen mußt«, sagte er und drückte sie Balzer in die Hand. »Ich kann nicht sehn, wieviel es ist, doch mein' ich, es wird reichen.« Er steckte den Beutel wieder zurück, wobei er auf der nackten Brust das Fahnentuch fühlte. Nachdenklich schloß er seine Kleidung und schnallte den Brustpanzer darüber ganz fest, als müsse er das Leuchten der Regenbogenfarben verdecken. »Geh«, sagte er leise. »Halte dich ostwärts.« Er gab ihm die Hand.

Balzer schritt über die Wiesen davon. Bachmann sah ihm nach, bis sein Schatten verschwand. Er war nun mit dem Pferd ganz allein. Unwillkürlich zog er es näher zu sich heran, seine Wärme tat ihm gut, denn es war kühl geworden, und aus dem Fluß stieg der Nebel auf, als wolle er die Stätte der Trennung beider Freunde verhüllen.

Kurz entschlossen schwang sich Bachmann in den Sattel und ritt am Ufer dahin gegen Nordosten. Dort mußte er auf die Straße nach Allstedt stoßen. Er würde freilich auch diese Stadt umgehen und ohne Rast auf Seeburg zuhalten. Da er nun in Bewegung war, wurde ihm wieder wärmer. Auch sicherer fühlte er sich so – ohne Sebastian Balzer.

Die Nacht war kalt. Hungrig und müde saß Bachmann im Sattel. Manchmal schrak er auf: Der Schlaf hatte ihn übermannt, und er war nahe daran, vom Pferd zu stürzen. Er nahm sich fest zusammen, riß die Augen auf und versuchte, sich mit schönen Gedanken an Julia wachzuhalten. Als er aber auf die Straße nach Allstedt stieß, gab er es auf; in einem Gebüsch nahe des Weges machte er halt, stieg aus dem Sattel und band den Braunen am untersten Ast einer Kiefer fest. Ohne Umstände warf er sich dann auf den mit Nadelstreu bedeckten Boden und schlief sogleich ein. –

Als er erwachte, war es heller Morgen, und das Pferd trampelte vor ihm mit hängendem Zügel herum. Erschrocken sprang er auf. Das Tier drängte sich an ihn, verriet Angst und Unruhe. Da, der Streitkolben, den Balzer zurückgelassen hatte, plumpste auf die Erde. Bachmann wußte genau: Er hing seit der Trennung von dem Freund fest am Sattel. Kein Zweifel: den Riemen hatte ein Mensch gelöst, es war ein Mensch in der Nähe. Rasch hob Bachmann die eisenstachlige Waffe auf; sie fest umklammernd, trat er an den Rand des Gebüsches. Es war nichts Verdächtiges zu sehen. Aber doch – dort hinter den Bäumen der Straße lief mit großen Schritten ein Mann davon, ein Bauer, wie es schien.

Bachmann wischte sich mit gestreckten Fingern betroffen über Augen und Stirn. Hatte er beim Erwachen nicht wie von fern das Wiehern eines Pferdes vernommen? Langsam und schwer nur durchdrang die Erkenntnis, einer tödlichen Gefahr entgangen zu sein, sein Bewußtsein: Der Bauer hatte ihn, den er für einen hessischen Reiter gehalten, mit dem Streitkolben erschlagen und das Pferd fortführen wollen, und nur dadurch, daß dieses sich widerspenstig verhielt, worüber der Schlafende erwachte, war er daran gehindert worden.

Aufatmend ging Bachmann zu seinem Braunen hin, klopfte ihm, um ihn zu beruhigen, dankbar den Hals. Aber es war, als fürchte sich das Tier vor dem Streitkolben in Bachmanns Hand, es riß scheu am Zügel und stampfte mit den Hufen, wobei es von den eisernen Spitzen nun wirklich am empfindlichen Bug berührt wurde und kerzengerade aufstieg. Um es besser halten zu können, warf Bachmann die Waffe mit kräftigem

Schwung ins dichte Gebüsch, und augenblicklich ließ es sich wieder ganz fügsam leiten.

Bachmann schwang sich in den Sattel. In schnellem Trab ritt er der Straße zu. Dem flüchtenden Bauern nachzusetzen, wäre sinnlos, wo nicht gar gefährlich gewesen. Bachmann dachte jetzt auch mehr an die eigene Flucht. Er wandte sich ostwärts, um Allstedt zu umgehen. Das Pferd stetig antreibend, ritt er durch nur schlecht bestellte Felder, tauchte zeitweilig in Waldungen unter und befand sich schließlich vor einem Dorfe. Sogleich meldete sich der Hunger wieder. Nach kurzer Überlegung hielt er auf das erste Gehöft zu. Ein paar Hunde kläfften ihm entgegen. Vor der Bauernhütte sprang er aus dem Sattel und rief: »He, Leute, kommt heraus!« Und noch einmal: »He, Leute –!«

Er mußte noch öfter und lauter rufen, und das Gebell der Hunde hallte widerlich dazwischen. Endlich ging knarrend der Türverschlag auf, ein alter, schon gebeugt gehender Bauer trat heraus. Er machte sich noch krümmer, als er schon war, und bekreuzigte sich in einem fort, wobei er den Blick nicht vom Erdboden hob.

Bachmann errötete vor der Furcht dieses alten Mannes. Was alles mußte der Junker ihm angetan haben, um ihn so gründlich zu erniedrigen! Und nun –: war die Kunde vom Wüten der fürstlichen Heere bei Frankenhausen über Nacht schon bis hierher geeilt, schneller, als er, der Entkommene, es vermochte? – Bachmann begriff, daß er so, wie er war, als hessischer Reiter gelten und Schrecken und Entsetzen verbreiten mußte.

»Schau auf, Bauersmann«, sagte er, und er setzte hinzu: »Furcht ist hier nicht not. Besinne dich!«

Der Bauer richtete sich nur zögernd auf, soweit er es eben noch vermochte. Da er aber das offene, freundlich aufgehellte Gesicht des Reiters erblickte, faßte er wenigstens so viel Zutrauen, daß er aufhörte, sich zu bekreuzigen.

»Kannst du mir ein Stück Brot geben?« fragte Bachmann.

Der Bauer verschwand eilig in seiner Hütte und kam gleich darauf mit einem ganzen Laib zurück. Demütig, mit beiden Händen, hielt er ihn dem Reiter hin, und in sein Gesicht trat der Ausdruck der Hoffnungslosigkeit: Uns Armen das Brot nehmen ist nicht weniger hart, als uns den Todesstreich zu geben.

»Nur ein Stück davon«, sagte Bachmann.

Verständnislos blickte der Bauer ihn an.

»Ja, nur ein Stück«, wiederholte Bachmann.

Der Bauer stand ratlos, er betrachtete das Brot mit großer Liebe, wie ein Vater, der seinem Kind die Trennung erleichtern möchte. Mit einer entsagenden Gebärde gab er es dem Reiter.

Jetzt war dieser ratlos. Er nahm das Brot fest in beide Hände und versuchte, es über dem Knie zu brechen. Es gelang ihm nicht. In einem plötzlichen Einfall klemmte er den Laib zwischen die Beine und zog sein Schwert. Der Bauer duckte sich erschrocken.

Bachmann schüttelte ärgerlich den Kopf. Ehe er jedoch das Schwert ans Brot setzte, fiel ihm ein, daß Blut an dem Stahl kleben könne. Angewidert stieß er die Klinge in die Scheide zurück.

Seltsam, diese Geste verstand der Bauer sofort. Er lief noch einmal in die Hütte und brachte ein altes, arg abgeschliffenes Messer herbei. Bachmann nahm es und schnitt sich ein gutes Viertel vom Brot. Den Großteil gab er dem Bauern zurück, dazu das Messer. Schließlich griff er unter seinen Brustpanzer, öffnete ein paar Knöpfe und zog aus dem Beutel über dem Hemd einige Münzen.

»Hier – und Gottes Dank!«

Der Bauer hob zögernd die Hand, blickte hinein. Da lagen die Münzen auf der grauen runzeligen, hornigen Haut. Ihm erschienen sie wie etwas Gefährliches, etwas Unbegreifliches, er wagte nicht mehr, den Reiter anzusehen. Und er starrte auf die Münzen noch, als dieser bereits im Sattel saß. Ja, selbst als er davonritt, rührte er sich nicht vom Fleck.

Bachmann sprengte im Galopp durch das Dorf. Die Landleute liefen nach allen Seiten davon und verkrochen sich in ihren Katen. Er sah sich nach ihnen nicht einmal um, er war froh, als er sich wieder im freien Felde befand. Gierig wie ein Wolf biß er ins Brot und verschlang es nur halb gekaut. Nun, war er nicht auch ein Wolf – für alle, die ihn mit Entsetzen erblickten und vor ihm flohen?

Bald darauf aber, kaum daß er das Dorf im Rücken hatte, kam ihm, gleichfalls gepanzert und hoch zu Roß, ein Mansfelder Hauptmann entgegen, und dem erschien er gar nicht wie ein Wolf, höchstens wie ein Schaf im Wolfspelz. Er zügelte sein Pferd und ließ Bachmann heranreiten. Erwartungsvoll blickte er ihm ins Gesicht und fragte schließlich: »Nun, wo bleibt dein Gruß, Reitknecht?«

Bachmann erfuhr erschrocken, was er war, nur ein hessischer Reitknecht. Unwillkürlich erhob er, wie er es hier und da bei Reisigen schon gesehen, die Hand und reckte sich auf.

Der Hauptmann verzog nur spöttisch das Gesicht, er dankte auch nicht, sondern forschte mißtrauisch: »Wohin?«

Bachmann, seine Erregung nur mühsam verbergend, antwortete: »Nach Seeburg.«

»Was willst du dort? Du trägst des Landgrafen von Hessen Feldzeichen. Reitest du in seinem Namen und Auftrag?«

»Nein, nicht in seinem –. Botschaft überbringe ich von meinem Herrn.«

»Wer ist dein Herr?«

»Der Amtmann Udo von Scharmütz«, entgegnete Bachmann und wunderte sich über die Schnelligkeit seiner Lüge.

»Der Amtmann von Scharmütz –? Wo ist sein Sitz?«

»In Marburg.«

Mit dieser so sicher gegebenen Auskunft wußte der Hauptmann nichts anzufangen, er kannte Marburg nicht, aber sein Mißtrauen schwand keineswegs. Er ritt näher an Bachmann heran. »Und an wen die Botschaft?«

»An den Amtmann von Seeburg.«

»Hast du sie schriftlich?«

»Nein, soll sie mündlich ausrichten.«

»Und sie wäre –?«

»Darf zu keinem Fremden darüber sprechen.«

»Aber der Amtmann von Seeburg ist nicht im Schloß, weilt mit dem Grafen Gebhardt zu Mansfeld. Dorthin reit' auch ich, so wirst du mich begleiten.«

»Ich richt's in Seeburg aus, muß dann nach Halle weiter.«

»Ah, du richtest's in Seeburg aus! Ich hört' soeben, du dürfest mit keinem anderen darüber sprechen –.«

Bachmann geriet in Verwirrung, da er aber des Hauptmanns höhnisches Grinsen sah, log er dreister drauflos. »Mit keinem Fremden«, stellte er richtig, »nur mit des Amtsmanns Sekretarius.«

»Und wenn auch dieser nicht im Schlosse ist –?«

»So werd' ich nach Halle weiterreiten. Auch für dort habe ich Auftrag.«

Der Hauptmann kniff ein Auge zu. »Warum reitest du allein? Die Straßen sind heuer unsicherer denn je. Treibt sich allerlei heimatlos' Bauerngesindel herum und ist auf Pferd und Kleidung aus, um unverdächtig zu reisen.«

»Glaub's schon«, gab Bachmann zu. »Doch mein Herr wollt's so. Ich fürcht' mich nicht. – Also lebt wohl!« Bachmann machte Anstalten, seinen Weg fortzusetzen. Aber der Hauptmann versperrte ihm den sehr geschickt: Sein Pferd tänzelte dem Bachmanns nur eben so vor der Nase herum . . .

»Was willst du in Halle?«

»Bin eines Buchhändlers Sohn. Will dort mit dem Drucker Beeham Verhandlung führen. Auch Schriften kaufen.«

»Des Müntzer Schriften?«

»Ich bitt' Euch, wie denn des Müntzers? Des Luther Schriften gelten heut'.«

»Gut, das mein' ich auch. Doch für wen den Handel: für den Herrn oder für den Vater?«

»Für den Vater, mit Erlaubnis des Herrn.«

»Kennst du den Luther?«

»Sah ihn nur einmal, vor Jahren, in Wittenberg. Hab' dort studiert.«

»Und reitest in voller Rüstung einher? Hältst von den Wissenschaften nicht viel. Warum auch? Das Schwert ist die bessere Schreibfeder.«

»So ist's.« Bachmann wurde dieses zum Verhör ausartenden Gespräches im höchsten Grade satt. Er mußte es beenden. Der Hauptmann war ein älterer Jahrgang, zur Not über den Haufen zu rennen. Doch er trug ein Pistol, dessen Schaft reich verziert aus der Satteltasche hervorstand. Man müßte es greifen können. Bachmann starrte wie fasziniert auf diese Waffe.

Der Hauptmann bemerkte es gut, und das verstärkte sein Mißtrauen. »Du hast es eilig«, sagte er.

»Möchte vor Abend in Halle sein.«

»Wie kommt's, daß du langes Haar und keinen Helm trägst? Die hessischen Reiter gehen kurz geschoren ins Feld, wo sie nicht Adelsherren sind.«

»Und wenn ich's bin?«

Der Hauptmann drängte sein Pferd jetzt neben das Bachmanns. »Eher, scheint's mir, bist du ein Galgenvogel, dessen Balg man einmal rupfen sollt'. Auch die hessischen Stiefel trägst du nicht, sondern sächsische mit Stulpen und ohne Sporen. Ich sag' es dir auf den Kopf zu: Pferd und Rüstung sind gestohlen! Am Ende gar warst du mit im Aufstand bei Frankenhausen. Heraus mit der Sprach'!«

Bachmann fühlte plötzlich einen unbändigen Zorn in der Brust. Dahinter verschwand jede Furcht. »Mit der Sprach' –?« rief er herausfordernd. »Warum nicht lieber gleich mit dem Schwert?« Damit zog er es auch schon und führte blitzschnell einen von dem Hauptmann nicht vermuteten Streich gegen dessen Pferd; er traf es zwar nur leicht am Hals, doch sah er aus der Wunde sogleich das Blut hervorbrechen. Das Tier stieg, vom Schmerz durchjagt, kerzengerade in die Höhe, und der Hauptmann vermochte sich nur mit Mühe im Sattel zu halten. Da hatte Bachmann seinem Braunen die Stiefelabsätze bereits so heftig in die Weichen getrieben, daß er in großen Sätzen davonjagte.

Der Hauptmann folgte ihm fluchend, und sein verwundetes Pferd war dem gesunden Bachmanns noch weit überlegen, wurde es doch viel besser geritten. Der Flüchtende bemerkte dies bald, denn der Abstand zwischen ihm und dem Verfolger wurde immer geringer. Er dachte daran, sich überraschend jäh zum Kampfe zu stellen und dem Hauptmann das Schwert in die unbewehrte Hüfte zu stoßen. Gleich aber war er sich darüber klar, daß dieser Pferd und Schwert viel sicherer führen würde. – Die Landstraße zog an einem Wäldchen vorüber; Bachmann überlegte, ob es ratsam sei, hier einzubrechen, aus dem Sattel zu springen und dem Hauptmann zu Fuß entgegenzutreten. Doch ehe er sich darüber schlüssig wurde, war er am Wäldchen schon vorbei. Der Weg stieg jetzt steil an; Bachmann fühlte, daß sein Brauner nachließ; der Hauptmann war bereits dicht hinter ihm. Verzweifelt gebrauchte Bachmann die Stiefelabsätze. Der Hauptmann aber besaß gute Sporen, zudem wurde sein Pferd vom Schmerz zum wildesten Galopp angestachelt. Schon war es neben dem Bachmanns.

Dann aber begann es plötzlich zu taumeln und blieb zurück. Aufatmend bemerkte es Bachmann. Er sah sich flüchtig einmal um. In diesem Augenblick pfiff es an seinem Ohr vorüber, und er vernahm den Knall: Der Hauptmann hatte sein Pistol auf ihn abgefeuert; sein Pferd jedoch – als habe er dieses getroffen – wieherte ängstlich auf und brach röchelnd zusammen. Der Hauptmann glitt zwar geschickt zu Boden und stand auch gleich wieder auf den Füßen, aber er war ohne Reittier. Dies alles sah Bachmann noch, und er glaubte sich schon gerettet. Da jedoch bockte sein Brauner so jach, daß er nun selbst beinahe aus dem Sattel geflogen wäre; krampfhaft hielt er sich aufrecht, aber das Tier tänzelte, scheu geworden, herum, gehorchte ihm nicht mehr und hielt ihn so im Bereich des Hauptmanns fest. Der hatte sein Pistol schon wieder geladen und erhoben. Nun drückte er ab. Diesmal vernahm Bachmann nicht nur einen Schlag aufs Trommelfell, sondern auch am linken Arm; gleich darauf spürte er es warm über seine Hand rinnen. Noch gelang es ihm, das Pferd wieder in seine Gewalt zu zwingen und vor dem herbeilaufenden Hauptmann davonzureiten, aber er fühlte, wie ihm die Kraft schwand und ein leichter Schwindel ihn überfiel. Mit allem noch aufzubringenden Willen nahm er sich zusammen und jagte wie toll geworden die Straße dahin. Fern, bald ganz fern stand der Hauptmann bei seinem zusammengebrochenen Gaul. Jetzt, da die Straße sich wieder neigte, entschwand er dem noch immer zurückgewandten Blick Bachmanns.

Gerettet! Bachmann empfand diese Tatsache trotz des Schmerzes im Arm wie eine Erlösung. Noch eine Stunde hielt er sich im Sattel, dann sah er sich nach einem Versteck um, dort seinen Arm, an dem das Blut bereits verkrustete, zu säubern und zu verbinden. An einem Bache fand er ein Gebüsch, aber erst als er sich ohne Verfolger oder Beobachter wußte, lenkte er sein Pferd dorthin.

Die Wunde war weniger gefährlich, als er befürchtete, die Kugel hatte den Arm nur gestreift, dabei freilich den Ärmel des Lederkollers, des Wamses und Hemdes zerrissen; das weiche Linnen war auf der Wunde festgeklebt. Bachmann riß es nicht ab, sondern begnügte sich damit, die Blutspuren von der Hand und der Kleidung zu entfernen. Dabei freilich begann die Wunde von neuem zu bluten. Nun, er galt ja als hessischer Reitknecht, und die Schlacht bei Frankenhausen lag erst einen Tag zurück; dort war viel Blut geflossen, warum nicht auch das eines hessischen Kriegsknechtes?

Bachmann hatte plötzlich das unbändige Bedürfnis, sich auszustrecken. Er tat es, ohne Rücken- und Brustpanzer abzuschnallen. Der Arm schmerzte ihn abscheulich: er legte ihn still an die Seite, er legte ihn hoch, hielt ihn von sich, aber in jeder Lage blieb der Schmerz unnachgiebig. Gern hätte er eine Stunde geschlafen, allein das Pochen und Brennen der Wunde hielt ihn hell wach.

Bald stand er wieder auf und stieg in den Sattel, ein wenig schwer und umständlich, denn der linke Arm war dabei gar nicht zu gebrauchen. Es mochte um die neunte Morgenstunde sein. Er ließ das Pferd im Schritt gehen und hing düsteren Gedanken nach. Von Zeit zu Zeit vergewisserte er sich, daß ihm kein Berittener folgte. Er fühlte sich elend und verlassen; jetzt hätte er Balzer gern bei sich gehabt. Was sollte werden, wenn sie ihm einen Trupp berittener Häscher nachschickten? Unwillkürlich trieb er sein Pferd zu neuem Trab an. Er konnte den Zügel nur mit der rechten Hand halten, die linke hatte er, damit der Arm nicht herabhänge und das Blut sich in ihn dränge, in einen Riemen des Brustpanzers gelegt. Um sich abzulenken, dachte er an Julia, aber er fühlte den Schmerz dennoch ohne Unterlaß: Ein schmerzliches Mädchenbildnis schwebte vor seinem Gedankenblick her, nicht zu fassen, nicht erlösend.

Sich aufrichtend, hielt er Ausschau: Hinter den hügeligen Feldern ragte ein Kirchturm auf, es mochte der von Seeburg sein. Nun sah er auch schon das Schloß, in blauer Flut sich spiegelnd, ein friedliches Bild, und war doch die Höhle eines Mansfelder Wolfs. Bachmann hätte den Ort gern gemieden, denn er lag gar zu nah vor den Augen dieses Wolfs und seiner Raubgefährten. Freilich sah er sofort ein, daß er verdächtig erscheinen mußte, wenn er ihn in diesen Tagen und zu solcher Stunde auf den Feldwegen umging. Land und Leute waren vom Nachhall des Bauernaufruhrs tief erregt, die Spitzel und Ordnungshüter der Fürsten hellhörig und scharfäugig.

Also blieb Bachmann auf der Landstraße und ritt bald an den ersten Häusern des Dorfes vorüber. Eine seltsame Stille fiel ihm auf, jetzt von den ersten Schlägen der Turmglocke durchzittert. Gleichmäßig und unheimlich schritt das Geläute über die Dächer der Bürger und Bauern hin, wie ein himmlischer Spielmann, ausgeschickt, sie alle herauszulocken.

Oh, sie waren gar schon herausgetrommelt worden: Auf dem Kirchplatz standen sie eingeschüchtert Kopf an Kopf um einen zweibäumigen Galgen herum. Drei Bauern wurden herangeschleppt und unter die Stricke gestellt. Ein Gerichtsdiener verlas das Urteil; das jammervolle Weinen der Weiber und Kinder überschwoll seine nur schwer hervorgebrachten Worte.

Bachmann sah, wie sich vieler Augen auch auf ihn richteten, er durfte also nicht vorüberreiten, wenn er nicht wollte, daß die Amtsknechte, die den Leuten im Rücken standen, ihn anhielten und einluden, den Fürsten die Ehre zu geben. Hier wurde Blutgericht gehalten, in ihrem Auftrag und Namen. Er stieg vom Pferde und ging, es am Zügel führend, langsam auf die Ansammlung zu. Die Vorstellung begann schon –. Die Delinquenten mußten eine klobige Bank besteigen, doch da man ihnen die Hände auf dem Rücken gefesselt hatte, konnten sie dem Scharfrichter den Gefallen, die Schlinge sich selbst um den Hals zu legen, nicht tun. Also taten dies die Henkersknechte.

Bachmann sah die Unglücklichen stehen, und der Ruf »Halt!« stand ihm drängend schon im Munde. Aber er schwieg, wußte er doch, daß man danach auch einen vierten Mann noch auf die Bank stellen würde, ihn selbst. Die armen

Sünder, ein blutjunger Bursche, ein spindeldürrer Greis und ein bärtiger Fünfziger, hatten den Blick wie verwundert auf die nun verzweifelt klagenden Angehörigen gerichtet. Der Greis betete leise, der Junge dagegen brachte kein Wort hervor, der Bärtige aber sagte ruhig und tröstend: »Sei still, Anne, und preise Gott: Ich bin kein Räuber und kein Dieb, wollt' nur 's Recht aufs täglich' Brot, in Gottes Namen. So sterb' ich im Evangelium. Halt die Kinder gut, Schwager Johann wird dir beistehen. Und nun leb wohl! Amen!« Es war eine männliche Rede, und sie ergriff die Umstehenden bis auf den Grund ihrer Seele. Nur wenige nicht.

»Was läßt man's zu, daß einer noch so lang' spricht«, maulte ein gutgekleideter Bürger und wandte sich an Bachmann, dessen Zustimmung zu erheischen.

»Seid still, es sind seine letzten Worte«, entgegnete dieser, und der Bürger wußte nun nicht, ob in Genugtuung oder Bedauern.

»Ah pah –!« stieß er ärgerlich hervor. »So – mit dem Wort – fängt's immer an, und mit dem Aufruhr endet's!«

»Und der Aufruhr endet mit dem Galgen, und der beendet die Worte. So ist der Kreislauf, guter Herr«, erwiderte Bachmann, wieder so monoton, daß nicht herauszuhören war, wie er es meinte.

Aufmerksam geworden, richteten die umstehenden kleinen Leute die Blicke auf die beiden, und alle Stirnen verfinsterten sich, als sie das Feldzeichen des Landgrafen von Hessen am Zaumzeug des Pferdes blitzen sahen.

Bachmann erschrak: So günstig es ihm jetzt auch erschien, für einen Kriegsknecht gehalten zu werden, der Haß des gemeinen Mannes traf ihn doch so hart, daß er beschloß, den Richtplatz zu verlassen. Hier wurde ihm offenbar, daß der Heerhaufen des Landgrafen von Hessen schon nach wenigen Wochen als der Inbegriff des Teuflischen im Volke lebte und jedes Kind seine äußeren Zeichen kannte und fürchtete. Ehe er jedoch davongehen konnte, hörte er den Aufschrei einiger Frauen, und da er zum Galgen hinsah, baumelten die Delinquenten schon, in krampfhaften Zuckungen verendend, über der umgestoßenen Bank.

»Recht ist geschehen«, schwätzte der Bürger.

»Welch Unrecht haben sie getan?« fragte Bachmann, schon halb abgewandt.

»Sie gehörten zu Müntzer.«

Bachmann stieg das Blut in den Kopf. »So waren sie in Frankenhausen mit dabei?«

»Das wohl nicht, sie sind hiergeblieben.«

»Und verkündeten Müntzers Lehre –?«

»Wohl kaum, es sind wortkarge Leut', der Rede ungewohnt.«

»Nun, woher will man wissen, daß sie dem Müntzer anhingen?«

»Als der Doktor Luther hier war, haben sie ihn mit Steinwürfen empfangen.«

»Diese hier –?«

»Nicht sie allein, waren viele Leute wider den Doktor.«

»Und nur die drei hat man genannt?«

»Weiß nicht. Man sagt, sie wären dem Amtmann auf den Leib gerückt – mit der Red', die Abgab' sei zu hoch, und der Bärtige hätt' frech hinzugesetzt, so müßt' am End' der Bauer der Kuh 's Stroh wegfressen und die Kuh dann dem Bauern die Haar', denn das Amt nehme ihnen alles.«

»Hat solches auch der Müntzer gesagt?«

»Er wollt', daß der Bauer den Herrn auffrißt.«

»Also waren sie nicht wie der Müntzer.«

»Eh ja – genau so: verkniffen 's Gesicht und hielten schweigsam 's Maul, wie in Trauer um den Aufrührer.«

»Warum in Trauer?« fragte Bachmann unwillkürlich. »Hat man ihn denn gefangen?«

»Nun, das wißt Ihr nicht? Ihr wart doch dabei!«

»War nicht dabei, komme von Sangerhausen.«

»Man sagt, er säße zu Allstedt beim Grafen Ernst im Turm und pfeife mit den Ratten um die Wett'.« Der Bürger spitzte den Mund und pfiff nun wahrhaftig auch.

Bachmann wandte sich ab. Der Bürger aber blickte voller Genugtuung zu den Gehenkten hin und strich sich die bärtigen Wangen, während die Umstehenden stumpf vor sich hin starrten. Einige bekreuzigten sich. Die Hinterbliebenen der Gerichteten wurden fortgeführt, sie schwankten und schlugen die

Hände vors Gesicht; angstvoll weinten die Kinder. Und hoch zu Roß, die Herren des Gerichts ließen die drohenden Blicke über die nun von den Landsknechten auseinandergetriebene Menge hinschweifen. Wieder begann die Glocke zu läuten. Aus den Reihen der beim Galgen stehenden Bewaffneten dröhnten dumpf die Trommeln auf. – Bachmann fühlte auf einmal die Regenbogenfahne auf seinem Leibe brennen ...

Eilig ging er davon, sein Pferd am Zügel nachziehend. In einer Gasse stieg er, den Schmerz im Arm sich verbeißend, in den Sattel, und wütend schlug er dem Braunen die Stiefelabsätze in die Weichen; so ritt er im Galopp aus dem Ort in die Feldflur hinaus. Erst jetzt begriff er, daß ihm in dem schwätzenden Bürger die Gefahr viel näher gekommen als in dem schießenden Hauptmann. Es erschien ihm als ein Wunder, daß er die Landstraße nach Halle erreicht hatte.

Zur gleichen Stunde befand sich Balzer schon vor Querfurt. In den Feldfluren war er kaum jemand begegnet. Niemand hatte ihn angesprochen. Bei einem Müller kaufte er ein Stück Brot und verzehrte es im Gehen; als er bedächtig den letzten Bissen genoß, befand er sich bereits in der Torgasse, und gleich darauf betrat er die Stadt. Die Wache, offensichtlich verstärkt, musterte ihn zwar mißtrauisch, ließ ihn jedoch ungehindert passieren. In den Gassen gingen die Menschen wie alltäglich zur Arbeit und ihren Geschäften nach, doch sie verrieten Unruhe, die ihre Schritte beschleunigte, als seien sie allesamt Verfolgte. Diese Unruhe übertrug sich auch auf Balzer. Darum ließ er sich mit niemandem in ein Gespräch ein. Bald hatte er die Stadt durchquert und schickte sich an, sie durch das auf die Landstraße nach Halle führende Tor wieder zu verlassen. Hier nun hielt man ihn auf. Der Tormeister wurde aus der Wachstube gerufen, und als er vor Balzer stand, war diesem klar, daß es jetzt um Kopf und Kragen ging.

»Wo kommst du her?« fragte der Tormeister.

»Aus Eisleben.«

»Und wohin willst du?«

»Nach Halle und von dort nach Wittenberg.«

»Was willst du in Wittenberg?«

»Bin dort zu Haus, will Vater und Mutter besuchen.«

»Und da wanderst im großen Bogen über Querfurt?«

»Will in Mücheln meines Freundgesellen Mutter aufsuchen und ihr sein Kommen zum Pfingstfest verkünden.«

»Verkünden –. Mir scheint, du würdest besser daran tun, uns die Wahrheit zu verkünden.«

»Es ist die Wahrheit!«

»Durchsucht ihm die Kleider«, befahl der Tormeister seinen Knechten.

Balzer hob bereitwillig die Arme und gab acht darauf, was alles sie aus seinen Taschen hervorholten: Da, dies waren noch ein paar Münzen, Geld von Bachmann.

»Laßt sehen, wieviel es ist«, sagte er.

Jetzt hielt einer der Knechte eine zinnerne Büchse in der Hand, öffnete sie und fragte:

»Was ist hierinnen?«

»Salz«, antwortete Balzer.

»Wozu?«

»Fürs Brot, du Ochs'!« Balzer wurde ärgerlich.

Aber die Antwort gefiel dem Tormeister. »Hättest es eh' selber schnuppern sollen«, verspottete er den Knecht.

»Er würd's am End' für Schießpulver halten«, knurrte Balzer.

»Dies ist schwarz, soviel ich weiß«, rechtfertigte der Knecht sich.

»Und mehr weißt du übers Schießpulver wohl auch nicht«, gab Balzer streitlustig drauf.

»Was weißt denn du noch darüber?« fragte lauernd der Tormeister.

»Daß es in Querfurt keiner erfunden hat«, Balzer blickte ihm mit aller Unverfrorenheit ins Gesicht.

»Hat er nichts Papierenes in der Tasch'?« herrschte der Tormeister die Knechte an.

Die schüttelten den Kopf, und einer sagte: »Da, in ein Läppchen gewickelt, ein kupfern' Kruzifix und hier ein Stück Lederriemen, die Schuhe zuzuschnüren. Ein armer Teufel mit großem Maul.«

»So guckt unters Wams, knöpft auch das Hemd auf, leicht

hat er was Böhmisches auf der Haut; die Mansfelder Bergknappen schielen heuer greulich aufs hussitisch' Paradeis.«

Balzer erschrak. Wenn er jetzt die Regenbogenfahne unterm Hemd trüge ... Da er sie aber auf Bachmanns Leibe wußte, reizte es ihn sogleich, dem Tormeister in die Parade zu fahren. »Was soll dies alles?« empörte er sich. »Sehe ich aus wie ein Dieb?«

»Nicht ganz«, gab der Tormeister grob zurück. »Doch da gab's gestern bei Frankenhausen einen bösen Handel mit den Bauern. Die haben in Thüringen und Franken gar viel mitgehen heißen: Altarteppich', Goldkelch', Heiligenschrein' und vielerlei kostbar' Kirchengut. Und ja, da der Fürsten Strafgericht drohte, war's ihnen billig feil, daß selbst ein armer Bergknapp' kaufen konnt'.«

»Und dies alles trüg' ich auf meinem Leibe –?« Balzer schüttelte wie ehrlich erstaunt den Kopf. »Herrgott, bei dir ist kein Ding unmöglich! Da schaut nur gründlich nach und nehmt's mir ab, daß ich mich nicht zu Tode schlepp'.«

»Mir scheint es eher not, daß man dein Maul zu Tode schlüg'«, sagte der Tormeister nicht eben bös.

Balzer, des Katze-und-Maus-Spielens nun satt, schob die Knechte grob beiseite, wobei er freilich den Tormeister mit dem Ellbogen vor den Leib stieß, daß diesem beinahe die Luft wegblieb.

»He –!« rief der Getroffene wütend.

»Vergebt's in Gottes Namen, daß mir der Arm zu lang geraten«, entschuldigte sich Balzer fahrig – und er wünschte, ihn noch verlängern zu können – seinen Streitkolben zur Hand zu haben. Hemd und Wams wieder zuknöpfend, sagte er: »So habt ihr die Nas' nun wohl tief genug in mich gebohrt, zu wissen, daß nichts an mir sauer riecht. Gebt also mein Hab und Gut her, daß ich weiterkomm'.« Er nahm seine Sachen den Knechten einfach aus den Händen und steckte sie wieder in die Taschen. »Kann jetzt wohl weiterziehen«, schloß er und wandte sich zum Gehen.

»Würd' gern noch nachsehen, was du im Kopf mitführst«, brummte der Tormeister hinter ihm her.

»'s Mansfelder Evangelium«, gab Balzer halblaut zurück.

Der Tormeister hatte ihn nicht ganz verstanden und hätte ihn daher gern noch einmal aufhalten lassen, doch den Knechten war die Lust an der vergeblichen Suche vergangen, und so fügte er sich darein, daß der Vogel davonflog.

Balzer wanderte mit großen Schritten weiter. Erst als er die Türme der Stadtkirche und des Schlosses nicht mehr sah, fühlte er sich einigermaßen sicher. Und durch seine Gedanken flatterte leuchtend die Regenbogenfahne.

Es war bereits spät am Abend, als Bachmann vor Leipzig ankam. Noch aber sah er in der Dämmerung die Vorstadt, die Stadtmauer und dahinter die Türme und Dächer. Plötzlich fühlte er die Gefahr wieder ganz nahe. Das Pferd unter die junggrüne Blattfülle einer Linde lenkend, machte er halt.

Er überlegte, ob er es wagen könne, das Stadttor als hessischer Reitknecht zu passieren. Und gleich schüttelte er den Kopf. Man würde ihn aufmerksamer betrachten als etwa einen Hauptmann, der in höherem Auftrag und wohl auch nur in Begleitung ritt. Aber ein Reitknecht allein –? Ihm war, als könne man die Regenbogenfahne durch Brustpanzer, Koller, Wams und Hemd leuchten sehen, als müsse sie herausflattern aus dem Gefängnis der hessischen Kleidung. Nein, nur als biederer Bürgerssohn war er sicher, unangefochten durchs Tor zu kommen. Und auch das nur zu Fuß, denn sein Pferd trug nicht das Zeichen eines Mietsstalles, sondern das der hessischen Reiterei ins Fell gebrannt.

Kurz entschlossen sprang er aus dem Sattel. Vorsichtig hielt er Umschau. Kein Mensch war in der Nähe. Er gewahrte den Fluß und dabei eine Koppel, in der die Kühe weideten. Eilig zog er das Pferd zu den Erlenbüschen am Ufer hin. Er schob das Tier tief ins Dunkel der Bäume, hinter ihrem graugrünen Vorhang sah ihn niemand. Schnell entledigte er sich des Brust- und Rückenpanzers, dann auch des Lederkollers. Darauf nahm er dem Braunen Zaum- und Sattelzeug ab. Dies alles, gut zusammengeschnürt, flog ins Wasser und versank. Das Schwert hielt Bachmann noch einen Augenblick nachdenklich in der Hand; er dachte daran, es zu verstecken und später wieder hervorzuholen, aber es war ein hessisches Schwert und konnte zum Verräter werden. Darum warf er es hinterher.

Nun wandte er sich wieder dem Pferd zu. Er konnte es jetzt, wollte er es leiten, nur noch bei der Mähne halten. Doch aus dem Festhalten wurde ein Tätscheln; liebkosend klopfte er dem Braunen die Flanke. Er fühlte das Pferdemaul feucht und warm an seinem Halse. Das Tier wurde unruhig, witterte die Trennung, und als er fortging, folgte es ihm auf dem Fuße. Blieb er stehen, so stand es wartend bei ihm, ging er weiter, so hörte er die Hufe hinter sich tapsen, und der Atem der braven Kreatur war ihm dicht im Nacken.

Bald hatte Bachmann den Eingang zur Koppel gefunden. Er schob die Schranke zur Seite und ging ein Stück in die Wiese hinein, jetzt folgte ihm der Braune nur zögernd. Als er ihn hinter sich wußte, machte er kehrt und lief eilig dem Ausgang zu. Das Tier erschrak darüber so heftig, daß es ein Stück zurücksprang, als es ihm dann aber nachsetzte, hatte er den Eingang schon wieder geschlossen. Nun stand es jenseits der rohen Stange und streckte den Kopf zu ihm herüber, wie fragend: Warum läßt du mich jetzt allein? Es hatte feuchte Augen; Bachmann sah sie trotz der herabgesunkenen Dunkelheit glänzen. Noch einmal tätschelte er ihm den Hals. Dann wandte er sich ab; von Rührung übermannt, schritt er der Vorstadt zu, aber der treue Gefährte seiner Flucht folgte ihm am Zaun entlang bis in die Ecke der Koppel, wo ein Holunderbusch ihn verdeckte. Bachmann ging schnell davon. Ein zaghaftes Wiehern scholl hinter ihm her. Er sah sich nicht mehr um.

In den an der Landstraße liegenden Vorstadthäusern war es bereits still geworden. Die Leute hatten ihre Stuben aufgesucht. Die Kunde vom Bauerngemetzel bei Frankenhausen, sicher schon vor ihm, Bachmann, hier eingetroffen, vertrieb sie von den Bänken vor ihren Türen, und selbst der linde Maienabend mit all seinem Duft von Baum und Strauch vermochte sie nicht zu halten: Sie hatten keine Lust, einander ihre Gedanken zu verraten. Auch die Werkstätten der Handwerker waren still, nur in einer Schmiede flammte das Feuer noch; im Licht des Kienspans war der Meister dabei, einem Pferd den Vorderhuf zu beschlagen, der Reiter, offenbar ein sächsischer Kurier, stand dabei und spielte nervös mit den Stulpenhandschuhen. Bachmann ging eilig weiter.

Die Häuser der Siedlung rückten dichter und dichter aufeinander. Jetzt mündete die Landstraße in die Torgasse. Bachmann empfand plötzlich starkes Heimweh, eiliger strebte er dem Stadttor zu. Es war schon geschlossen, nur die Tür zur Wächterstube stand noch offen; das Licht der Öllampe fiel dem Eintretenden matt entgegen. Der Tormeister erhob sich vom Tisch, auf dem ein Brotkorb stand, zur gleichen Zeit kamen die Knechte vom Torhof herein und stellten sich neben ihn. Er trat auf Bachmann zu und sagte:

»Spät, Herr! Woher, wohin?«

Bachmann setzte eine befremdete Miene auf und antwortete: »Woher ich komme –? Von Halle. Man hat sonst kaum danach gefragt. Nun aber steht Ihr da, als hieltet Ihr mich für einen Straßenräuber.« Er lachte, wie leicht verärgert, dann als sei er von seinen Worten selbst belustigt.

Aber der Tormeister lachte nicht. »Es ist Anordnung des hohen Rates, anreisend' fremdes Volk gründlich zu befragen.«

»Was ist denn geschehen?« Bachmann tat ahnungslos.

»Sollt' man in Halle nichts davon vernommen haben, wie's die aufsässigen Bauern im Mansfelder Land getrieben?«

»Hab' nichts gehört.«

»Mord und Brand!«

»Mord und Brand?«

»Wohl, so ist die Kunde. Und nun durchzieht das räuberisch' Gesindel, so es davongekommen, das ganze Land. Grad heut vor Abend bracht' man zwei aus Möckern ein, und da unser gnädiger Herr Herzog 's Blutgericht verhängt hat, sind ihre Köpf' schon locker.« Der Tormeister gab diese Auskunft mit großer Genugtuung, und es sah aus, als habe er vor, zu den zwei armen Teufeln einen dritten zu liefern.

Mit welcher Eile morden sie das Volk, dachte Bachmann, die Verfolger sind schneller in Leipzig als die Verfolgten. Er sah den Tormeister in seiner ganzen grausamen Dummheit vor sich stehen: Ein Wink von ihm – und die Knechte fielen über den Ankömmling her, an seinem Leibe Verdächtiges zu suchen.

– Doch er verspürte keine Furcht in der Brust, selbst das Blut hatte er in seiner Gewalt, so daß sein Gesicht weder erbleichte noch errötete.

»Ich bin ein Bürger Leipzigs, Sohn des Buchhändlers Bachmann in der Haingasse. Euer Bericht ist kein gut' Willkommen.«

Der Tormeister, von der so sicher hervorgebrachten Rede in seinem Eifer etwas gedämpft, machte unwillkürlich eine leichte Verbeugung. »Verzeiht der Nachfrag', aber im Namen unseres gnädigen Herrn Herzogs . . .«

»Ich weiß«, unterbrach ihn Bachmann. Dann fragte er, wie einer, dem an dem Fürsten viel gelegen ist: »Weilt Herzog Georg in der Stadt?«

»Wo denkt Ihr hin«, erwiderte der Tormeister. »Er wird schon vor Mühlhausen stehen, der ungehorsamen Stadt.«

»Ihr seid im Kriegerischen sehr bewandert«, sagte Bachmann.

»Herr, ich war Feldweibel in des Herzogs Heer!« Er richtete sich großmächtig auf und betrachtete Bachmann, als habe er einen gewöhnlichen Landsknecht vor sich. Dabei rundeten sich plötzlich seine Augen, er schob den Kopf vor und blickte auf den zerrissenen, blutgetränkten linken Ärmel Bachmanns.

»Oh, Ihr seid verletzt!« rief er überrascht aus.

Bachmann erschrak, doch bewahrte er Fassung. An den verwundeten Arm hatte er vor innerer Spannung nicht mehr gedacht, jetzt plötzlich fühlte er den Schmerz wieder bohren. »Ja«, gab er zur Erklärung, »in einem Dorf bei Schkeuditz fiel ein Hund mich an.« Er blickte auf die Hand und sah, daß die Wunde wieder geblutet hatte.

»Dies Bauerngelump' hält sich Wölfe!« fluchte der Tormeister, und teilnahmsvoll setzte er hinzu: »Schnell, zieht's Wams aus, daß wir den Arm Euch verbinden!«

Bachmann fühlte, wie ihm die Hitze in den Kopf schoß. Schwer hatte er sich bemüht, den kriegerischen Landsknecht zu gewinnen, schwerer nun wurde es ihm, den Samariter loszuwerden. »Dank Euch für die Sorge, doch will ich's lieber der Mutter überlassen, den Wunddoktor zu spielen.« Er lachte, wie wenn er der Sache nur wenig Ernst beimesse, und ging zur Tür hin. »Gottes Hut zur Nacht!« sagte er mit aller aufzubringenden Freundlichkeit und verließ die Torstube.

Bald darauf stand er vor dem Hause des Vaters. Es war bereits verschlossen, doch aus der Bücherkammer fiel noch Licht durch die Butzenscheiben; der Vater prüfte wohl wieder einmal seinen Bestand, wenn er nicht gar Müntzerische Schriften auszusondern und zu verbergen hatte. Bachmann klopfte behutsam an die Tür. Aus der Bücherkammer verschwand das Licht. Im Hausflur näherten sich Schritte. Der Riegel wurde zurückgeschoben. In der geöffneten Tür stand der Vater und hielt die Kerze hoch, den Einlaß Begehrenden zu beleuchten. Mit einem Ausruf der Überraschung trat er einen Schritt zurück. Die Mutter kam herbeigelaufen, sah den Sohn und zog ihn an sich. Der Vater schloß die Tür hinter ihm.

»Mein Hans, kommst du endlich heim –?« flüsterte die Mutter. »Wie habe ich um dich gebangt! Die Welt ist toll geworden. Wo warst du solang'?«

»In Eisleben, zum Studium der Bergrechtslehre.«

»O mein Gott, im Mansfelder Land!«

»Warum nicht im Mansfelder Land?«

»So du nur dort geweilt, läufst du Gefahr, als Aufrührer ergriffen zu werden.« Die Mutter zitterte am ganzen Leibe.

Der Vater schob Frau und Sohn in die Stube. »So setzt euch erst und besprecht's in Ruhe!« Er drückte den Sohn auf einen Stuhl nieder. »Wo kommst du jetzt her?«

»Wo soll ich herkommen –?« Bachmann stockte.

»Etwa aus Frankenhausen?« Der Vater sah ihn forschend an. Bachmann schwieg.

»Du warst beim Müntzer?« Die Mutter schlug die Hände vors Gesicht. »So bist du verloren. Morgen wollen sie auf dem Markt einem Bauernhauptmann – oder gar zweien – den Kopf abschlagen; der Stadtrichter ließ es durch seine Büttel ausrufen – im Namen des Herzogs Georg, der's Blutgericht über Stadt und Land verhängt hat. Und so du im Mansfeldschen auch nur Pulver gerochen, wittern sie's an dir und schleppen dich unter das Schwert. Du mußt fort!«

Bachmann sah die Angst der Mutter. Er wandte sich an den Vater: »Wohin soll ich gehen?«

»Ich denke, in Wittenberg bist du sicherer.«

»Auch der Kurfürst Johann stand im Fürstenlager bei Frankenhausen, und er führt ein strenger' Regiment als sein Bruder Friedrich.«

»So wende dich nach Böhmen.«

»Ich bin müde«, sagte Bachmann, und gähnend setzte er hinzu: »Laßt erst die Nacht vorüber, am Morgen ist alles heller, auch der Kopf.«

Da bemerkte die Mutter, daß er den linken Arm schlaff herabhängen ließ, dann sah sie auch den zerrissenen Ärmel.

»Du bist blutig!« rief sie erschrocken.

Er versuchte, sie mit einer lässigen Handbewegung zu beruhigen. Doch sie war schon dabei, sein Wams aufzuknöpfen. Besorgt zog sie es ihm aus. Sie öffnete auch die Knöpfe seines Hemds und streifte es behutsam herab. Da fiel ihr die Regenbogenfahne entgegen, glitt, sich entfaltend, auf den Fußboden. Der Vater legte die Hand an den Mund. »Gott stehe uns bei«, sagte er leise, »so man die findet, verlieren wir alle drei den Kopf!«

FLÜCHTLINGE

Gegen Mittag erreichten Bachmann und Balzer das Dorf Pratau. Auf der Höhe des Dammes blieben sie stehen und blickten über die weiten Wiesen, die Teiche und den Elbefluß zur Stadt hinüber. Deren Türme und Dächer leuchteten jetzt im hellen Sonnenlicht, es leuchteten die Flutrinnen, die Teiche und der Strom, die weißen und gelben Wolken der Wiesenblumen wie auch die im Himmelsblau dahinsegelnden Wolkenschiffe.

Bachmann empfand dies alles ganz bewußt als eine wunderbare Wiedersehensstunde. »Schau, Sebastian«, sagte er, »wie schön dies Tal doch ist!« Und er dachte daran, daß ihm – wenn alles gut ging – im Hause des Meisters Melchthofer noch Schöneres erwartete.

Balzer nickte, ohne Bachmanns Empfindungen zu teilen, er wandte seinen Blick mehr nach Nordwesten: Dort, links von der Stadt, nicht sichtbar, weil nur klein, niedrig und ärmlich, lag sein Dorf, darin die Hütte der Eltern, die er seit Jahren nicht gesehen hatte. »Wollte Gott«, stieß er hervor, »ich fänd' Vater und Mutter noch am Leben!«

Sie gingen weiter. Der Weg führte, hier und dort von Pappeln oder Weiden eingefaßt, durch die Niederungen; er war staubig und mit eingetrocknetem Schlamm bedeckt, denn im Frühjahr hatte das Hochwasser das ganze Elbetal überflutet. Der Wind strich warm durch die Wiesen, deren saftig aufgeschossenes Gras wie ein grüner, vom Schaum weißer Margareten durchzogener See wogte.

Bachmann wischte sich den Schweiß von der Stirn, sein Reisebündel hing ihm an einem Riemen schwer über der Schulter. Balzer dagegen war frei von jeglichem Gepäck, er ließ die Arme schwingen und schritt ohne Ermüdung aus. In einem Dorf bei Kemberg hatten sie auf dem Heuboden übernachtet, er in einem tiefen, ungestörten Schlaf, Bachmann aber wach und von allerlei Grübeleien geplagt.

»Die Mutter hätt's lieber gesehen, ich wäre nach Böhmen gegangen«, sagte er jetzt, »wollt' sie doch nicht, daß ich der Julia wieder begegne. Ach, die Mutter –! Wittenberg ist ihr ein Sündenbabel; sie ist katholisch geblieben und hält nichts von Luthers Lehren. Nun tröstet sie sich damit, daß selbst ich von ihm nichts mehr halte, wenn auch aus einem ganz anderen Grunde.«

»Und der Vater –?« fragte Balzer.

»Er sagt nicht ja, nicht nein, weder zur römischen Kirche noch zur lutherischen.«

»So hält er's mit Müntzers Lehr'?«

»Insgeheim, ja, vor aller Augen aber ist er ein evangelischer Christ im katholischen Gewand.«

»Und wie steht er zur Jungfer Julia?«

»Er kennt sie nicht, doch ist er ihr freundlich gesinnt. Oft redete ich ihm zu, den Meister zu bitten, mit ihr nach Leipzig zu kommen, denn er war begierig, beide zu sehen, doch die Mutter wollte davon nichts wissen.«

»Und der Vater fügt sich drein.«

»Gott sei's geklagt, so ist es!«

Sie gingen an einem breiten Kolk vorüber. Wildenten flogen mit klatschendem Flügelschlage aus dem Schilf auf. Eine Krähe saß im Erlengebüsch und schrie rauh durch die Mittagsstille. Balzer blieb stehen. »Horch, so kenn' ich's von der Kindheit her, dies Geschrei ist wie Hunger. Seltsam ist's, wie alles, was du siehst und hörst und auch riechst, das Vergangene wieder auferstehen läßt – und du fühlst, wie's dich packt.« Er blickte mit finsterem Gesicht um sich, als gehe der Schatten einer Wolke über ihn hin. Mit vorgestrecktem Kopf setzte er den Weg fort, und Bachmann vermochte mit ihm kaum Schritt zu halten.

»Du hast's eilig«, sagte er.

»Ich wollt', wir wären erst in der Stadt«, entgegnete Balzer sorgenvoll.

Bachmann schwieg. Das Bild Julias stand wieder vor seinen Augen. Er erinnerte sich, daß er, als er schon ein halbes Jahr zu Hause gewesen und die Mutter in ihrer Haltung gegen Julia noch immer nicht nachgab, einmal nach Wittenberg gereist war. Meister Melchthofer hatte ihn freundlich und ohne viel zu fragen aufgenommen – und eben deshalb nichts Genaues darüber erfahren, wie die Sache mit ihm und Julia nun weitergehen solle. Nach acht Tagen war er wieder heimwärtsgezogen, ohne Julia, die ihn bis vor das Elbtor begleitete, etwas Bindendes gesagt zu haben. – Dieser Halbheit schämte er sich jetzt. Wie würde Meister Melchthofer ihn diesmal, fast zwei Jahre später, empfangen? Gewiß, er hatte Julia zuweilen einen Brief mit allgemeinen Mitteilungen geschrieben, doch da er niemals Antwort erhielt, auch dies noch eingestellt. – Wenn sie nun bereits einem anderen gehörte? Diese unvermutet über ihn hereinbrechende Frage durchfuhr ihn wie ein jäher Schreck und nahm ihm fast den Atem.

Sie waren bereits vor der Elbbrücke angekommen, und der Weg zum kleinen Brückenhaus stieg leicht an. Bachmann empfand auf einmal eine lähmende Angst davor, den Strom zu überschreiten, die Stadt zu betreten. Am Ende kam er zu spät – und er würde dann doch den Weg nach Böhmen nehmen müssen.

Die Beine wurden ihm unerträglich schwer, der Schweiß trat ihm auf den Rücken, perlte ihm von der Stirn. Doch Balzer schritt unvermindert schnell dahin; er warf einen kurzen Seitenblick auf den Freund.

»Geht dir die Pust' schon aus?« fragte er halb spöttisch, halb besorgt. Er nahm ihm das Bündel ohne Umstände von der Schulter; Bachmann ließ es schweigend geschehen, und er wunderte sich darüber, wie klein und leicht sich die Last an der Seite des breit aufgewachsenen Bergknappen ausnahm.

Nun befanden sie sich auf der Brücke. Hohl hallten ihre Schritte auf den Bohlen. An der Brüstung zwischen dem Gebälk zweier Joche blieben sie stehen und starrten ins Wasser hinab. Bachmann sah an den schrägen Stämmen des Pfeilerschutzes die Strömung sich brechen. So auch brach sich die Flut der Bauern am Kriegsheer der Fürsten, doch wie diese Strömung der Elbe würde auch sie sich wieder schließen und unaufhaltsam weiterziehen. Er hob den Blick und schickte ihn zum Kloster hinter der Stadtmauer hinüber, ließ ihn über die östliche Stadt hinwandern, auf den Gebäuden der Universität kurz verweilen und danach weitergehen bis zu den Türmen der Marienkirche, von dort über die Häuser des Marktplatzes zum Schloßviertel, in dessen Dächergewirr er auch des Meisters Melchthofer Hausdach wußte. Von dieser Stadt aus war der Geist der Freiheit durchs Land gegangen, jetzt kehrte er in ihnen, Bachmann und Balzer, zurück, um auszuruhen bis zum nächsten Sturm. Ja, auch er, einst Hausgenosse Meister Melchthofers, war gleichsam heimgekehrt, doch die Angst vor dem Wiedersehen mit Julia wich nicht aus seiner Brust. Wie stand es zwischen ihr und ihm? Er hörte seine und Balzers Schritte jetzt langsam, beinahe zögernd über die Bohlen hingehen. Er versuchte sich abzulenken und folgte mit den Blicken dem Kreisen und Aufwärtsschweben der Bussarde hoch über der Brücke, atmete den Wind, der hier frischer wehte, und gewahrte darin doch den Geruch des trocknenden Schlammes und der noch feuchten Wiesenlachen. Aber dies alles trat zurück vor der lauter werdenden Frage: Wird Julia dich überhaupt noch erwarten?

Schon waren sie beim großen Brückenhause angekommen. Der Pfennigknecht betrachtete beide neugierig, und wie es schien, ein wenig mißtrauisch; sie gingen schnell und ohne Gruß an ihm vorüber, er rief sie nicht an, warf ihnen aber einen so scheelen Blick zu, daß sie seine Feindseligkeit förmlich spürten. Da durchschritten sie das Brückenhaustor schon und wanderten auf den zur Stadt führenden Damm hinaus.

Einige Hundert Schritte hin blieb Balzer stehen und stellte sich breitbeinig vor Bachmann auf, wie um ihm den Weg zu versperren. So konnte er auch sehen, daß der Pfennigknecht noch immer im Torrahmen stand und ihnen nachsah.

»Hast du's bemerkt, er glotzte uns an, als seien wir Backofenbrüder«, knurrte er.

Bachmann blickte um sich. »Ja, sputen wir uns, ihm aus den Augen zu kommen«, sagte er und drängte zum Weitergehen.

Sie setzten ihren Weg fort, über die große und die kleine Kolkbrücke hin, bis in die Niederung, wo der Fahrweg zur Elstervorstadt abzweigte. Hier hinter den Weidenbüschen konnte der Pfennigknecht sie nicht sehen und mußte annehmen, daß sie die Stadt zum Elstertor hin umgehen wollten.

Balzer blieb stehen und hielt auch Bachmann auf. »Dort oben hab' ich vor Jahren von euch mich verabschiedet«, sagte er und wies mit dem Kopf zum Damm zurück.

»Und als wir noch gestanden, fuhr da im Wagen des Professors Selinger Ehegemahl mit den Elternleut' vorüber«, fiel Bachmann ein. »Sie war eine schöne Frau. Doch sah ich sie in Leipzig niemals wieder, wiewohl ich weiß, daß sie im Hause der Großeltern, darin sie ja aufgewachsen, Zuflucht gefunden, da Vater und Mutter nach Greifswald zogen.«

Balzer schüttelte den Kopf. »So sprichst du von dieser Frau, indes du zu Julia gehst?«

»Ich meint' nur so –; sie war vertrieben wie du.«

»'s war nicht die gleiche Not. Die ihre wird längst vorüber sein, die meine ist größer geworden. Und auch die deine. Da geht's nicht mehr um die Frauen, da geht's um die Köpf'. Merk auf: Wie wird's nun mit der Regenbogenfahn'?«

Über diese Frage erschrak Bachmann weit heftiger als über jene danach, wie es wohl mit der Julia stehe. Er hatte die Fahne schon ganz vergessen. Nun fühlte er sie wie einen heißen, feuchten Umschlag auf dem Leibe.

»Willst du sie in der Stadt behalten?« fragte Balzer weiter.

»Gewiß«, erwiderte Bachmann, doch keineswegs unbekümmert.

»Die Stadt ist klein und von Mauern noch eingeengt. Wo soll sie ruhen, die Fahn'? Und eines Tages kann sie nicht mehr heraus.«

»So sie hineinkommt, findet sie auch einen Platz, wo sie ausruhen mag, bis man sie aufruft. Und dann kommt sie auch wieder hinaus.«

Bachmann tat sehr zuversichtlich.

»Die Tore sind dicht, und die Spürhund' schnüffeln durch die Gassen. Was dann –?« Balzer blickte nach rechts und links, erst als ihm die Luft rein erschien, fuhr er fort: »So schön du's sagst, Hans, die Fahn' ist draußen sicherer, da hat sie Ausweg in die Wälder und Fluren und ist nicht eingesperrt.« Er trat einen Schritt auf Bachmann zu. »Gib sie mir, daß ich sie mit nach Piesteritz nehme. Bedenk, in Wittenbergs Mauern herrscht der Doktor Luther und, wie man's gehört, mit scharfer Zung' und Zuchtrute.«

Bachmann hob beschwichtigend die Hand. »Nicht über die Fahne!«

»Er hat eine feine Nas'. Wenn er erst Wind kriegt –«

»Da wird er sich den Schnupfen holen.«

Balzer hob skeptisch die Schultern. »Ich mein', man sollt' sich nichts vormachen. Nach dem Bauernschlachten sind uns die Arm' erlahmt, die Händ' gebunden. Und der Luther ist ein großmächtiger Herr geworden.« Balzer nickte. »Wohl, seine Bäum' werden nicht in den Himmel wachsen, und auch die grausigsten Fürsten müssen sterben. 'leicht weht die Fahn' bald wieder durchs Land. Doch jetzt muß ich sie sicher wissen!«

»Ist sie's denn bei mir nicht?« Bachmann war gekränkt.

»Du mißtraust mir«, sagte Balzer.

»Ich bitte dich, steh' ich so zu dir?« Bachmann preßte den Mund ärgerlich zusammen, doch gab er halb schon nach.

»Nun, so laß sie mir, sie braucht frische Luft, die Stadt ist ihr zu dumpfig.«

Bachmann, von Balzers Argumenten endlich umgestimmt, nickte langsam. »Nun gut, nimm sie. Doch hier – – –?«

»Laß ins Gebüsch uns treten.« Balzer ging voraus. In einem schattigen Winkel blieb er stehen. »Hier.«

Bachmann öffnete Wams und Hemd und zog die gefaltete

Zwei Bauern vor der Stadt

Fahne hervor. Ihr weißer Grund und der farbige Bogen leuchteten auf, als wolle sie sich schon wieder zum Sturm erheben. Balzer nahm sie und strich mit schwerer Hand über das Gewebe hin. Er gab Bachmann sein Bündel zurück. Dann öffnete er Lederkoller und Hemd und schob die Fahne sorgsam darunter. Er schloß die Knöpfe und trat auf den Weg hinaus. Bachmann folgte ihm keineswegs erleichtert.

Sie stiegen wieder zum Damm hinauf und hielten Ausschau, ob der Pfennigknecht noch spitze. Der Torgang war leer.

Da sie nun der Stadt zuwanderten, wurde ihnen erst recht bewußt, welch schweren Gang sie antraten. Schon näherten sie sich dem Hospital zum Heiligen Kreuz, das am Stadtgrabenschütz wie ein Wachthaus der Elbvorstadt stand. Westlich, auf dem weiten Anger, bemerkten sie die leere Vogelstange; das Maienfest war längst vorüber. Bachmann dachte an Berthold Thamm, den Kleinschmiedegesellen, wie er damals, zu Luthers großer Zeit, einem Rudel großmäuliger Studenten den Vogel weggeschossen hatte. Stärker als zuvor erregten ihn liebe, alte Erinnerungen an Menschen, die ihm so gute Gefährten gewesen wie Balzer, und die es nun wohl bald wieder sein würden. Ein paar Schritte lang wurde ihm froher zumute. Da aber, sie stießen schon in die Häuserzeile der Vorstadt, fiel ihm ein, daß Balzer die Stadt auch hätte umgehen können, über den westlichen Anger und den Strengsteg hinter dem Schloß hinweg, durch die Neustadt und von dort aus zu seinem Dorfe. Er erwog das Für und Wider dieses Ausweges, doch ehe er sich schlüssig geworden war, befanden sie sich schon am Stadtgraben. Nun war es zu spät. Balzers Umkehr hätte auffallen können; die Büttel der Obrigkeit hatten in diesen Tagen die Augen überall. Darum verschwieg Bachmann dem Freund seine Gedanken.

Sie erreichten die äußeren Torhäuser und die Grabenbrücke. Jetzt ging es ums Ganze, die geringste Unsicherheit konnte sie verraten. Sie nahmen sich zusammen. Entschlossen schritten sie auf das Innentor zu. Ein Wachtknecht lehnte schläfrig an des Einganges Pfosten. Die Angekommenen grüßten ihn äußerlich lässig und erwarteten doch gespannt seinen Anruf; aber er rührte sich nicht, und sie überquerten, nachdem sie den Torgang passiert hatten, ungehindert den Torhof. Als sie aber an der Wachtstube vorübergehen wollten, trat der Tormeister in die Tür und rief sie herein.

Sie stellten sich vor seinem Tische auf, und er fragte sie: »Woher? Wohin? Euer Name –?«

Erst blickte einer auf den anderen, dann antwortete Balzer: »Aus Eisleben komm' ich, will nach Piesteritz. Bin Sebastian, Sohn des Moritz Balzer zu Piesteritz.«

Der neben dem Tormeister sitzende Schreiber zückte die Feder, und sie kratzte unerbittlich über die weiße Seite eines dikken Buches. Bachmann hatte auf einmal Bedenken, seinen Namen zu nennen. Da fragte der Tormeister ihn auch schon danach – nein, er schien ihn nicht zu kennen.

»Ich komme aus Leipzig und will in Wittenberg bleiben«, erwiderte er mechanisch.

»Ihr seid Student?«

»Wohl«, gab Bachmann zurück.

»Und Euer Name –?«

»Hans, Sohn des Buchhändlers ... Beeham, zu Leipzig.«

Balzer blickte unwillkürlich zu ihm hin, doch da er sofort begriff, ließ er sein Erstaunen nicht merken. Der Torschreiber kratzte und kratzte. Aber der Tormeister entließ die Befragten noch nicht.

»Kennt ihr einander?«

»Wir trafen uns bei Düben«, entgegnete Bachmann schnell. »So sind wir gemeinsam gewandert. Erst daher kennen wir uns.«

»Hm –.« Der Tormeister überlegte.

Jetzt kommt die Leibesvisitation, dachte Bachmann. Gott steh Sebastian bei!

»Habt ihr verdächtig' Volk auf der Landstraß' gesehen?« fragte der Tormeister.

»Oh, mehr als genug«, gab Bachmann eifrig zur Antwort.

»Mannsleut'?«

»Mehr Weibsleute, wie sie heuer überall herumlaufen, ohne Obdach, hungrig und zu manchem bereit.«

»Ja, zum Stehlen – und auch zum Röckhochheben.« Der Tormeister lachte sarkastisch.

»So sie noch einen haben«, beeilte sich Bachmann, den Tormeister bei seiner guten Laune zu halten.

»Ja, auch in Hosen gehen sie schon«, knurrte der Tormeister, es ganz anders verstehend. »Und 's würd' nicht wundernehmen, trügen ihre Röck' die Mannspersonen.«

»Warum? Wie das –?« fragte Bachmann.

»Nun, da gibt's allerlei Gesindel, so im Mansfelder Land mit dabeigewesen und flüchtig geworden.«

»Im Mansfelder Land –?« Bachmann tat ahnungslos.

»Wohl, beim Aufstand der Bauern. Habt Ihr nicht davon gehört?«

»Kein Wort. Saß hinter den Büchern. – Und die laufen auch hierher?«

»Wir haben, Gott sei's geklagt, noch keinen gefangen. Doch wie lang wird's dauern, und sie schleichen auch im Wittenberger Land herum.« Der Tormeister blickte auf den Torhof hinaus, als erwarte er, daß man schon einen heranführe.

Plötzlich richtete er die Augen auf Balzer. »Aber Ihr – müßt's doch gemerkt haben, was vor Euerer Nas' vorgegangen.«

»Vor der Bergknappen Nas' ist nur Erzgestein, und das rührt sich nicht, so man's nicht schlägt«, erwiderte Balzer gelassen, und er setzte tonlos hinzu: »Auch ist's alleweil recht dunkel unter der Erd'.« Er machte ein trübes, fast blödes Gesicht und schickte sich zu gehen an.

Bachmann folgte ihm. Der Tormeister hätte beide zwar gern ein Weilchen länger dabehalten, doch wußte er nicht, was er noch fragen sollte. Er machte eine wegwerfende Handbewegung hinter ihnen her, riß sich dann die Kappe vom Kopf und warf sie unmutig auf den Tisch, wobei dem Torschreiber beinahe das Tintenfaß umgekippt wäre.

»Klapp's Buch zu, daß die Hitz' das Papier nicht entzünd't!« maulte er. »Ein Krug Kuckucksbier wär' nicht übel.« Er trat in die Tür und rief einen Knecht herbei, daß er die Kanne nehme und laufe.

Indessen befanden sich Bachmann und Balzer bereits in der engen Torgasse, die zum Marktplatz hinführte. Noch saß ihnen die Erregung über den neugierigen Tormeister in den Gliedern, doch sie waren schon wieder guten Mutes. Balzer fühlte die Fahne warm auf seinem Herzen, er atmete tief auf, und seine Brust wölbte sich gewaltig. Dann aber neigte er sich Bachmann zu.

»Daß du den neuen Namen dir gegeben, find' ich gut, doch find' ich's schlecht, daß du so lang auf ein Gespräch dich eingelassen. Der Torochs' hat dabei Zeit genug gehabt, deine Witterung aufzunehmen, wie der Zugochs die vom Kleebusch auf dem Anger.«

Bachmann, zunächst froh, Balzer und die Fahne in Sicherheit zu wissen, winkte beruhigend ab. Die Atmosphäre dieser kleinen, von ihm vor Jahren so bewegt erlebten Stadt erfüllte ihn mit Andacht und Erwartung. Wieder stand ihm das Bild Julias ganz nah. Wie oft war er mit ihr durch Gasse und Tor zum Anger hinausspaziert, wie viele glückliche Gedanken hatte er hier mit sich herumgetragen ...

Sie kamen zum Marktplatz und blieben stehen. »Schau, das alte Rathaus ist ganz verschwunden, und 's neue wächst schon aus dem Grund herauf!« rief er aus. Sie gingen weiter, tiefer in den Platz hinein. Eine freudige Ungeduld trieb Bachmann, die große Verwandlung im Herzen der Stadt näher zu betrachten. Mit seltsamen Gefühlen in der Brust beobachtete er die Handwerksleute, wie sie Steine trugen, Mörtel mischten und Rüststangen schleppten. Er wandte sich Balzer zu. »Glaub mir, Sebastian, dies ist das ehrsamste Leben: Ein Handwerksgesell müßt' man sein!«

»Jedwede Arbeit ist eine redliche Sach', doch klebt kein Gold daran«, erwiderte Balzer. Er sah der Maurer und Zimmerleute ärmliche, verschmutzte Kleidung, den Schweiß auf ihrer Stirn, die klobige, hornige Schwere ihrer Hände. Unwillkürlich beobachtete er die seinen, ihnen gleichen. Dann sagte er finster: »Die 's Haus bauen, Hans, die haben kaum ein Dach überm Kopf; die aber einziehen, die Herren Bürgermeister, Stadtschreiber, Richter und Büttel, die gewinnen Geld aus jedem Stein, der hier gesetzt wird, aus jeder Hand, die ihn setzt.«

Bachmann, über diese Worte sehr nachdenklich geworden, erwiderte: »Wahrlich, du könntest die Studenten besser lehren, was Recht und Redlichkeit ist, als alle Professoren zusammen.« Er wies auf die Handwerksleute. »Die Herren schaun nicht einmal zu, wie man sich schindet, auf daß sie herrschen mögen. Wo sind sie denn?«

»Sie werden beim Doktor Luther sitzen und 's neue Regieren erlernen«, bemerkte Balzer voller Hohn.

»Ja, wie's der Doktor auch denen in Orlamünde hat beibringen wollen. Aber sie holten ihn vom Altar herunter und vertrieben ihn mit Steinwürfen aus der Stadt.«

»Nicht so die Wittenberger.«

Bachmann hörte die bittere Wahrheit aus Balzers Worten. Schon aber wurde seine Aufmerksamkeit von etwas anderem angezogen. Er streckte die Hand und den Zeigefinger aus und sagte: »Schau, so man die Herren auch nicht sieht, man sieht doch ihr Geschriebenes.« Neugierig trat er näher. Vor dem aufwachsenden Rathaus hing an zwei Pfählen eine Brettertafel und darauf ein großes Plakat. Er las. Und mit jeder Zeile verfinsterte sich sein Gesicht mehr und mehr. »Komm«, sagte er bleich und verstört und zog den Freund mit sich.

»Was ist?« fragte dieser. »Ist's ein neu' Plakat des Doktor Luther, wie wir's vor Jahren an die Kirchentür genagelt?«

»Ein anderes«, erwiderte Bachmann. »Jenes war das erste, dieses hier ist das letzte der traurigen Geschichte, die wir erlebt.«

»Versteh' dich nicht.«

»Komm, komm!« sagte Bachmann und schritt schneller aus, dem Nordwestwinkel des Marktplatzes zu. Vor der Garküche blieb er stehen. »Hier hab' ich mit Müntzer die Suppe gelöffelt, am Tage, da er fortgezogen.«

»Was nun steht denn geschrieben?« fragte Balzer eindringlich.

Aber Bachmann sprach bis zur Steinbrücke vor der Amtsmühle kein Wort mehr. Dort angekommen, stellte er sich an die Brüstung und starrte ins Wasser.

»Der neue Kurfürst ist ein scharfer Herr«, sagte er. »Wir wissen's schon von Frankenhausen her. Jetzt hat er über Kursachsen das Blutgericht verhängt. Also auch über uns.« Er machte eine Pause und fuhr darauf noch erbitterter fort: »Über den Müntzer brach's schon herein. Sie haben in Mühlhausen ihn mit dem Schwert vom Leben zum Tode gebracht. Aus ist's da mit der Regenbogenfahne!« Wie ermattet ließ er den Kopf hängen, und da ihm eine Träne über die Wange rollte und ins Bachwasser fiel, spie er hinterher, wie um von ihr abzulenken.

»Den Magister gerichtet –?« Balzer war einen Augenblick fassungslos. »Gott, welch ein Unrecht lässest du zu!« Er preßte die geballte Faust gegen die Brust und schüttelte den Kopf. Gleich aber hatte er sich wieder in der Gewalt. »Nicht aus ist's«, sagte er fest. »Die Fahn' ist stärker denn der Tod!«

Bachmann richtete sich auf. Er nickte und wischte sich das Feuchte aus den Augen. »Wahr sprichst du, Sebastian. Verzeih mir die Schwäche. Es kommt ein neuer Tag, da wird die Fahn' wieder wehen!«

»So wahr ich leb'!« knurrte Balzer verbissen.

»Und wo sie weht, wollen wir mitstreiten!« bekräftigte Bachmann.

Balzer streckte ihm die Hand hin. »Es geht um des Volkes Sach'!«

Beide gingen weiter, bis zur Pfaffengasse hin, in der des Meisters Melchthofer Haus stand. Sie sahen es, so wie sie es in Gedanken immer gesehen, das Haus, in dem sie eins gewesen in großer Hoffnung und tiefer Enttäuschung, in dem sie eins sein wollten in neuer Hoffnung, mit dem Meister, dem Gesellen Thamm, mit der prächtigen Barbara – und der lieblichen Julia.

An der Gassenecke trennten sie sich ohne Umstände. Entschlossen ging Balzer fort, er überquerte den Platz vor der Stiftskirche und passierte das Tor. Bachmann sah, daß niemand ihn aufhielt. – Die Fahne war draußen, gleichsam im freien Feld, wo eine Fahne hingehört.

Langsam schritt er auf das Melchthoferhaus zu.

Als Balzer sich auf der Brücke des Coswiger Tores befand, hörte er unter sich den Schlag eines Ruders. Er trat an die Brüstung zu seiner Linken und blickte ins Wasser des Stadtgrabens hinab. Langsam schob sich die Spitze eines Kahnes unter den Brückenbogen hervor, dann wurde er ganz sichtbar: Ein kräftiger Bursche führte die kurze Handpätsche, der Fischer saß auf der hintersten Bank und hielt das Netz, das sich nur schwer durch das trübe, verschilfte Wasser ziehen ließ. Jetzt hängte der Mann es an den Bordhaken und richtete sich auf: Er stutzte, dann trat auf sein verschwitztes Gesicht der Ausdruck freudigen Erstaunens. »He, Jesus, der Sebastian!« rief er aus.

Balzer war nicht weniger überrascht, als erstem in der Heimat dem alten Freund Schittenbeck zu begegnen. Unwillkürlich zog er seine Lederkappe vom kurzgeschnittenen Haar und schwenkte sie über dem Fischer.

»Grüß dich Gott, Meister Conrad!« sagte er, wobei er sich freilich schon wieder umsah, als fürchte er, der Torknechte Aufmerksamkeit stärker als zuvor auf sich zu ziehen.

»Geh zum Ufer hinüber«, rief Schittenbeck ihm zu und steuerte den Kahn ebendorthin.

Eilig folgte Balzer seiner Weisung, schritt an den äußeren Torhäusern vorüber und bog links in die Wiesen vor der Neustadt ein. Als er zum Ufer kam, hatte Schittenbeck schon angelegt. Jetzt sprang er aus dem Kahn und stieg die Böschung hinauf. Beide Hände streckte er Balzer entgegen und sagte: »Gut, daß du kommst, Sebastian! Ein Glück für Vater und Mutter! Die alten Leut' schinden sich zu Tod, da ihnen die Kuh fehlt. Du bleibst doch?«

»Ich bleibe«, erwiderte Balzer, und so traurig Schittenbecks Bericht über die Eltern auch war, er hatte doch die Bestätigung, daß sie lebten.

»Warst' bis zuletzt im Mansfelder Land?« fragte Schittenbeck.

Balzer nickte nur und blickte befangen auf den Burschen, sicher einer von den vierzehn des Fischers, wenn es inzwischen nicht fünfzehn oder gar sechzehn geworden waren.

Schittenbeck verstand. »Fahr zum Kolk zurück und zieh dort 's Netz an Land«, rief er dem Neugierigen zu.

Der stieß ein wenig widerwillig vom Ufer ab und begann zu rudern, aber er riß den Blick von Balzer doch nicht eher los, als bis ihm die Weidenbüsche die Sicht nahmen.

»Warst' doch im Mansfelder Land?« fragte der Fischer noch einmal. Und da Balzer nickte, fuhr er fort: »So hast du auch gehört, wie sie dort mit den Bauern umgesprungen – die Fürsten, das höllisch' Gesindel!« Er knirschte mit den Zähnen.

»Hab's nicht nur gehört«, entgegnete Balzer leise, »auch gesehen und zu spüren gekriegt.«

»Warst mit dabei?«

»Ja.«

»Hast den Müntzer gesehen, den rebellischen Prediger?«

Balzer nickte und wurde plötzlich traurig. »War bei ihm, bis er von uns Abschied genommen.«

»Abschied –?« Schittenbeck riß die Augen auf, dann ballte er die Faust und kniff ein Auge zu. »So war's ein Abschied für immer: Sie haben zu Mühlhausen ihm 's Haupt abgeschlagen.«

Balzers Gesicht wurde noch düsterer. »Ja, auf dem Marktplatz zu Wittenberg hängt ein großmächtig' Papier des Herrn Kurfürsten. Hans Bachmann hat's gelesen: dem Müntzer das Haupt abgeschlagen und viertausend Bauern gemetzelt.«

Schittenbeck hob überrascht den Kopf. »Hans Bachmann ist hier?«

»Und war auch dort –. Er ist mit mir gekommen.«

»Warum blieb er nicht in Leipzig?«

»Es liegt näher zum Mansfelder Land als Wittenberg.«

»Wie meinst' das?«

»Sie kriechen dort alleweil herum, die rebellischen Bauern einzufangen.«

»Herrgott, da seid ihr auch hier nicht besser dran, denn 's Blutgericht ist überall, und der neue Kurfürst hat Spürhund' genug, um jeden Winkel zu durchschnüffeln.« Schittenbeck kniff, so wie das rechte Auge, nun auch noch den Mund zusammen. Nach einer Weile fragte er: »Sag, was war's für ein Mann, der Müntzer?«

»Ein guter Mann! Rechtschaffen, gerad und voller Mut und stark in der Red', wie keiner je 's Evangelium verkündet!«

»Der Doktor Luther aber predigt wider ihn, als sei er des Teufels Statthalter gewesen.«

»So stellt er die Wahrheit auf den Kopf, und Gott läßt's geschehen.«

»Ja, der steht, scheint's, bei den Fürsten.« Der Fischer seufzte. »Von mir hat er sich abgewandt: Drei Kinder sind gestorben, die großen all davongezogen, hab' jetzt nur sieben noch im Haus.«

Eine Zeitlang schwiegen beide. Dann sagte Balzer: »Weht ein scharfer Wind durch die Welt.«

»Und hinter euch her«, setzte Schittenbeck hinzu.

»Ich hoff', daß er unsre Spur verwischt.« Balzer breitete seufzend die Arme aus, wie wenn er sich damit abfinde, von nun an in höchster Gefahr leben zu müssen. »Jetzt gilt's, Vater und Mutter zu helfen; in ein paar Wochen beginnt die Ernte. – So die Alten was zu ernten haben.«

»Hast recht, Sebastian, es fehlen ihnen deine Händ', und du darfst sie nicht verstecken.« Schittenbeck spuckte aus. »Dort im Bergwerk hast' ihnen nichts geschenkt, laß sie also auch hier rackern.«

»Bin's gewohnt. Das Hacken und Schaufeln unter der Erd' ist wahrlich kein Kinderspiel.«

»Weißt du, Sebastian, auch im Wasser ist's Brot schwer zu finden. Kurfürst Johann war noch gar nicht in Wittenberg, aber wir spüren ihn schon, er schickt uns seinen Segen voraus, eh wir ihm gehuldigt: Hat uns Fischern 's Privileg gestutzt, den Zins erhöht, uns den Großen Strengkolk genommen und die Teiche bei Bleesern dazu. Auch hier im Stadtgraben teilt er's Wasser, wie schon sein Bruder Friedrich, fein fürstlich: – die guten Fische – sein Revier, die schlechten – das unsere; dazu Schilf und Kraut, das von Jahr zu Jahr mehr wird. So wächst auch unsere Not. Aber weder das kurfürstlich' Amt noch der Magistrat helfen uns, den Graben zu räumen, ist keiner zuständig.« Er spuckte noch einmal und kräftiger aus. »Und mit der Bauern Niederlag' wird uns die Supp' noch täglich dünner werden, die Luft aber dicker.«

»Bis es auch hier wettert«, sagte Balzer. »Denn Müntzers Geist lebt fort, wie der Jesu Christis, das ist gewiß!«

»Herrgott, sag das keinem!« Schittenbeck hob beide Hände.

»Dir aber hab' ich's gesagt«, entgegnete Balzer hart.

Schittenbeck nickte. »Und ich schwör's dir: Zu den Ohren ging's hinein, niemals aber kommt's zum Maul wieder heraus!« Er legte die Faust auf den Mund.

»Glaub's dir«, sagte Balzer. Dann ging er davon. Bevor er

in den Gassen der Neustadt verschwand, sah er noch, wie Schittenbeck sich der Amtsfischerei zuwandte. Er schritt schneller aus und wählte den Weg durch die Rothemark. Hier in den Feldern begegnete ihm zu dieser Tageszeit kein Mensch; erst als er das Dorf erreichte, stieß er auf einen, den Bauern Hildebrandt. Da dieser stehenblieb, konnte auch er nicht weitergehen.

»Grüß dich Gott, Sebastian!« rief der etwas schmächtige Bauer aus und reichte dem Heimkehrenden die knotige Hand. »Lang warst du fort, bei Gott, und hast wohl dein Glück nun gemacht, einen Batzen Geld zusammengespart. Den Vater wird's freuen.«

Balzer hörte das hölzerne Geschwätz des Bauern gelassen mit an, dann aber schüttelte er spöttisch den Kopf: »Bist närrisch, Hildebrandt. Da schau!« Er krempelte die Hosentaschen um, und sie waren leer wie ein abgezogenes Hasenfell, denn seinen einzigen Besitz, die letzten Pfennige des von Bachmann erhaltenen Zehrgeldes, die zinnerne Salzbüchse wie auch das kupferne Kruzifix, hatte er unterwegs für Brot ausgegeben – und den Schuhriemen verloren.

Hildebrandt machte ein verdutztes Gesicht. »Ich meint', du wärst im Bergwerk gewesen, wo sie Kupfer und gar Gold und Silber graben, scheffelweis'.«

»Wer hat dir solches erzählt?«

»Man hört's so.«

»Da darfst' die Ohren nicht zu weit aufsperren, fällt dummes Zeug mit hinein; die Wahrheit find't so schon Einlaß.«

Hildebrandt verzog das Maul, er verstand dies alles nicht recht. »Da hast du nichts Gut's zu verkünden, Sebastian«, sagte er. Er druckste noch etwas herum, dann fragte er: »Ist's Mansfelder Land nicht ein reiches Land?«

»Wohl, doch nicht für die armen Leut', die Bergknappen und Bauern.«

»Ich meint', die Bauern wären dort besser dran.«

Balzer lachte höhnisch. »Meinst mit den Fürsten? Wohl, die Mansfelder Grafen sitzen den Landleut' nicht auf den Knien, nicht auf den Armen, denn die einen brauchen sie zum Kriechen und die anderen zum Scharwerken; die Mansfelder Grafen – wie alle großen Herren – sitzen ihnen allweil nur im Genick und auf den Fersen. – Nein, Hildebrandt, der Boden ist dort schwer von Gestein und die Fron noch schlimmer.«

Hildebrandt trat dicht auf Balzer zu. »Sag, Sebastian, ist's wahr, daß die Bauern dort wider die Fürsten aufgestanden mit Dreschflegeln und Sensen? Und daß man sie zu Tausend erschlagen?«

»Erzählt man's hier so?« fragte Balzer vorsichtig.

Hildebrandt nickte heftig.

»Am End' wird's stimmen; ich weiß es nicht.«

»Und du hast nichts gesehen –?«

Balzer stockte. »Was soll ich gesehen haben? War immer unter der Erd'.«

»Hast nicht doch einmal herausgeschaut?«

»Wonach?«

»Wie die Bauern im Land herumgezogen, voran ein Pfarrer; sie täten ihn Müntzer nennen, Müntzer, wie die Leut', so die Pfennig, Groschen und Gulden machen. Hat er auch Münze geschlagen?«

Balzer blickte sich unmutig um. »Weißt, Hildebrandt, du fragst mehr, als der Herrgott erwidern könnt'. Wie soll ein Bergknapp' da Antwort wissen?« Ärgerlich werdend, stieß er hervor: »Wohl, er hat Münze geschlagen, der Müntzer, bare Münz', bare evangelische Münz'!«

Doch Hildebrandt überhörte dies schon. Er zeigte einen seltsamen Eifer, sein Wissen von Balzer bestätigt zu erhalten. »Und ich sag' dir, es ist wahr: Zu Tausend wurden sie erschlagen! Zu Tausend, Sebastian! Mehr Leut', als in Wittenberg und ringsum in den Dörfern leben! Und dem Prediger haben sie – sttt!« er machte die Gebärde des Schwertschwingens – »den Kopf vom Leibe ...!«

Balzer hob die Schultern und zog die Augenbrauen zusammen. »Du sagst es, Hildebrandt, und ich muß 's glauben. Möcht' Gott der Welt sich erbarmen!« Er grüßte kurz und setzte seinen Weg fort. Hildebrandt sah ihm noch nach, als er bereits die ersten Gehöfte erreichte.

Balzer durchschritt das Dorf und kam unbemerkt bis zu seines Vaters Hütte. Das Schilf des Daches hing faulig herab, durch große Löcher sah man das verwitterte Gebälk, der Lehm bröckelte hier und da schon aus dem Fachwerk, die Fensterläden hingen schief, und vom Hofzaun war keine Spur mehr vorhanden, die Eltern hatten ihn wohl verfeuert. Er ging zur Tür hin, öffnete sie und betrat durch den Stall den Wohnraum. Vater und Mutter saßen stumm am Tisch. Da sie ihn sahen, brachen aus ihren alten, hohlen Augen schon die Tränen hervor. Die Mutter nickte nur, und ein Schein ferner Hoffnung leuchtete in ihrem runzeligen Gesicht auf; der Vater aber erhob sich müde und ging dem Sohn entgegen. Er sagte nichts. Sein spärliches Haar glich grauem Gestrüpp, sein Gesicht einem Faltenacker.

Balzer gab ihm die Hand. Dann umarmte er ihn plötzlich heftig und drückte den alten Kopf an seine Brust, da lag er weich auf der Regenbogenfahne. »Gott zum Gruß, Vater! Ich bin heimgekommen«, sagte er. Der Alte nickte nur, er blickte nicht auf, denn er war von der Last der letzten Jahre noch buckliger geworden. Der Sohn überragte ihn um zwei Kopflängen.

Verlegen machte er sich los und ging zur Frau hin; er hob sie auf und führte sie dem Sohne zu. Schwankend stand sie vor ihm. Der Sohn nahm sie behutsam in die Arme. Ein lautloses Schluchzen erschütterte ihren mageren Leib. Da kamen auch dem Sohn die Tränen.

Lange stand er so: die Mutter in den Armen, bei ihnen der Vater, krumm, mit hängendem Kopfe. Dann löste der Druck sich von ihren Herzen. Der Sohn schob die Eltern dem Tische zu. Sie setzten sich, doch sie starrten in eine leere Schüssel. Der Vater rückte nervös mit dem Schemel herum. Schließlich sagte er: »Gott sei's geklagt, Sebastian, daß ich's Willkommbrot dir weigern muß. Wir haben heut das letzte Stück gegessen.«

Bachmann stand auf dem Hof und blickte zur offenen Tür der Werkstatt hin. Drinnen fielen Hammerschläge, dicht und klingend; des Meisters Stimme hallte daraus hervor, und es war der alte schwäbische Gesang, der dieses Haus schon beherrschte, als Bachmann es kennenlernte.

Wo aber blieb die dazugehörige helle Stimme Julias? – Bachmann fühlte plötzlich eine heftige Beklemmung; es stand hier alles noch wie einst, und doch schien es, daß manches sich verändert habe. Die Haustür war seltsam fest verschlossen, er fühlte es, ohne den Riegel zu berühren. Um so mehr drängte es ihn, hinzugehen und ihn aufzuschieben, das Haus zu betreten, ohne erst mit dem Meister zu sprechen. Aber er blieb wie angewurzelt stehen: Die Hammerschläge klangen fort und fort, und der erste Gruß – Bachmann wußte, was sich geziemte – gehörte dem Meister.

Ehe er jedoch dazu kam, die Werkstatt aufzumachen, hörte er hinter sich Schritte. Er wandte sich um und erblickte Julia. Tiefe Röte überströmte sein Gesicht, er fühlte sich schuldig, war darum unsicher und wußte nichts zu sagen. Auch sie brachte kein Wort hervor. Plötzlich fing sie an zu weinen, sie wandte sich ab, und er hörte sie schluchzen. Das trieb ihn, sie zu beruhigen. Schon stand er hinter ihr, legte zaghaft die Hände auf ihre Schultern und zog sie an sich. Sie verharrte unbeweglich. In diesem Augenblick hörten sie einen Ausruf der Überraschung und fuhren erschrocken zusammen. Als sie sich umdrehten, lachte ihnen Berthold Thamm entgegen; das Schurzfell umgeschnallt, den Hammer noch in der Hand, stand er in der Tür der Werkstatt.

»Mein Herregott!« stieß er hervor – ganz im Tone des Meisters. »Was seh' ich da? – Du – Hans?« Er tat ein paar Schritte.

Bachmann streckte ihm die Hand entgegen.

Indessen kam, von des Gesellen Worten aufmerksam gemacht, der Meister aus der Werkstatt. »Je – der Hans!« sagte er beherrscht und kam langsam auf Bachmann zu.

Der wußte nicht recht, ob er sich freudig oder schuldbewußt zeigen sollte. So nickte er nur und wartete ab, was der Meister tun oder sagen werde. Da sah er die vertraute, kurzfingrige, fast tellerrunde Hand vor seinen Augen, und er ergriff sie; aus ihrem Druck fühlte er deutlich, daß er willkommen war.

»Grüß Euch Gott, Meister!« sagte er verhalten. Darauf aber wußte er nicht weiter. Da fiel ihm ein, daß Julia noch hinter ihm stehe. Schon wollte er sich ihr zuwenden, als er ihre Schritte vernahm; er sah sie im Geiste zur Haustür hinlaufen, hörte, wie diese zuschlug, worüber er leicht zusammenfuhr. Julia war vor ihm geflohen. – Er ließ den Kopf hängen.

Der Meister betrachtete ihn mit leichtem Nicken. Er erfaßte die Spannung zwischen den beiden jungen Menschen mit väterlichem Verständnis. »Ja«, brummte er gutmütig. »Hast all' die Jahr' nichts von dir höre' lasse'. Das Herz ist ihr schwer geworde'. Mußt das begreife'.«

Bachmann nickte. »Es war eine unselige Zeit, ich wußt' nicht aus noch ein.«

»Und hast nun doch hergefunde'.«

»Ja, hab' immer gehofft, mit der Mutter Segen den Weg nach Wittenberg gehen zu können; umsonst – so mußt' ich ihn wider ihren Willen antreten.«

»Und sie ließ es geschehe'.«

»Was blieb ihr weiter übrig.«

»Der Mensch ändert sich.« Meister Melchthofer blickte nachdenklich vor sich hin. »Es ändert sich auch sein Sinn.«

»Weil sich das Leben ändert und die Welt«, setzte Bachmann hinzu.

Der Meister strich sich das stopplige Kinn. »Nicht zum Guten, wie ich vernomme'.« Er blickte auf Thamm, der noch immer wortlos dabeistand. »Was meinst du dazu?«

»Mir scheint«, erwiderte der Geselle, »der Hans kommt aus eben der Richtung, wo die Welt sich verändert hat. Wir haben darob Schlimmes gehört.«

»Nun, so kann ich's hier sagen: Sebastian Balzer ist mit mir gekommen«, bestätigte Bachmann, »von ebendorther, wo das Schlimme geschah.« Er sprach leise und sah sich mißtrauisch um.

»Ah, da schau her!« ließ sich der Meister gedämpft vernehmen. »Nun weiß ich auch, welcher Wind nach Wittenberg euch verschlage'.« Er wischte sich über den Mund. »Dies also wäre das eine. Und nun trag's andere vor, doch nicht uns. Geh ins Haus und sprich mit der Jungfer.« Er deutete Thamm mit einer Kopfbewegung an, daß sie beide wieder an die Arbeit gehen müßten, und ohne weitere Worte verschwanden sie in der Werkstatt.

Bachmann stand unschlüssig im Hof. Es war ihm gar nicht recht, daß der Meister ihn den zweiten Schritt nach Wittenberg allein tun ließ. Aber es half ihm nichts, er mußte mit Julia sprechen und ihr erklären, warum er gekommen und daß er bleiben wolle, wenn ihn nichts vertrieb, bleiben für immer.

Er gab sich einen Ruck und ging ins Haus. Hier empfing ihn all das Vertraute seiner Wittenberger Jahre, so auch die Treppe aus weißgescheuertem Holz; wie oft war er über sie zu seiner Wohnkammer hinaufgestiegen ... Schon klopfte er an die dunkle Stubentür, wie damals, als er um Quartier nachsuchte. Er öffnete sie, trat ein. Das Gebälk der Stubendecke erschien ihm niedriger; doch die Bank, der Tisch und die Schemel, dies alles stand noch wie einst. Auch die alte Truhe neben der Tür. Und dort war der Eingang zur Küche mit dem offenen Herd und dem kupfernen Kessel am Haken darüber.

In der Mitte der Stube verharrend, blickte er sich um, er schien allein zu sein. Schon wollte er sich wieder zurückziehen, als er ein leises Schluchzen vernahm. Jetzt erst bemerkte er Julia, sie saß gebeugt auf einem Schemel im Herdwinkel. Zögernd näherte er sich ihr. Sie drückte das Gesicht in die Hände.

»Ich will dir erklären, wie es kam, daß ich schwieg«, sagte er. Die Kehle war ihm trocken, und die Worte kamen rauh und brüchig hervor. Er suchte nach einem zweiten Schemel, entdeckte ihn am Fenster und holte sich ihn heran. Umständlich setzte er sich vor Julia hin und nahm ihr die Hände vom verweinten Gesicht. Sie widerstrebte ein wenig, gab dann aber nach. Fast erstaunt umfing er das Bild des Mädchens. Vor ihm saß des Meisters Hausfrau, reifer, voller, ernster und wissender geworden. Er konnte sich alle Jugendredereien ersparen, ohne Umschweife sprechen, so würde sie ihn am besten verstehen.

Sich ihr zuneigend, sagte er: »Ich bin gekommen, um bei dir zu bleiben.«

DAS GEWISSEN

In tiefer Verzweiflung saß Luther an seinem Tische. Er hatte den Kopf in die Hände gestützt und grübelte vor sich hin. Die Berichte von der Niederschlagung des Bauernaufstandes waren ihm arg in die Knochen gefahren, er empfand schwere Gewissensqualen, sosehr er sich nun auch bemühte, vor den gleichfalls erschütterten Freunden darüber Genugtuung zu äußern, daß die Fürsten ein so »strenges Gottesgericht« gehalten. Er fühlte sich mitschuldig an dem Gemetzel bei Frankenhausen – und wollte es sich doch nicht eingestehen. So, tief in einen inneren Widerspruch verstrickt, fühlte er sich elend wie kaum je zuvor. Hinzu kam wohl noch, daß er wirklich krank war: Kopfschmerz, insbesondere solcher des Gehörs, quälte ihn, gichtische Schmerzen zerrten in seinen Beinen, Herzdruck versetzte ihn in Angstzustände. Sein sonst so ungestümes Wesen war einer dumpfen Mutlosigkeit gewichen. Er wünschte den Tod herbei, zugleich aber packte ihn ein heftiges Grauen, wenn er sich vorstellte, daß man ihn entseelt, also leblos, willenlos, hilflos, ja vielleicht beschämend entstellt, hier auffinden könnte, hier in der grauen Zelle, ein gewesener Mensch, mit offenen, aber nun toten Augen in ein so unruhiges, niemals schön gewesenes Leben zurückstarrend.

Und kein geliebter, ihn liebender Mensch würde ihm diese Augen zudrücken ... Das war seine immer mehr anwachsende Sorge; sie warf sich mit aller Gewalt über ihn und erdrückte ihn fast. Wo waren die Menschen, die ihn wirklich liebten? Viele nannte er seine Freunde, doch in keinen vermochte er sein ganzes Vertrauen zu legen. Jetzt sah er sie im Geiste vor sich stehen, Ablehnung in den Mienen, Gleichgültigkeit in der Haltung: Da – Melanchthon, der ihm so oft schon widersprochen und für ihn wohl kaum jemals mehr als sachliches Interesse empfunden hatte; er lebte zu sehr mit dem Kopfe, zu wenig mit dem Herzen. Dort – Cranach, der malte Augen, und seine Hände würden zittern, sollten sie tote Augen zudrücken. Weiter – Schurpff, ein Jurist, ein kalter Rechtsberechner; nein –. Die anderen – Bugenhagen, Jonas, Spalatin – nein, nein, nein – alles vielbeschäftigte Herren. Und – Amsdorf? Der war als Superintendent nach Magdeburg gegangen, also weit weg von seiner, Luthers, Sorge. Ach, und alle diese, sosehr sie selbst auch vor dem Aufstand der Bauern gezittert, insgeheim hielten sie ihn doch für den wahren Schuldigen an der so greulichen Vernichtung der Aufständischen.

Luther hob den Kopf ein wenig, wie um zu prüfen, ob diese Männer wirklich vor ihm stünden: Er blickte auf das trübe, ihn gleichsam gefangenhaltende Fenster. Amsdorfs letzter Besuch fiel ihm ein. Hier in dieser kahlen, kalten Zelle hatten sie gesessen. Es war im März. Während er über die Aufstände der Bauern in Süddeutschland schon tief erregt gewesen, hatte sich der Magdeburger Superintendent, wie davon kaum berührt, einer ganz anderen Sache zugewandt: dem Schicksal Katharinas von Bora. Luther erinnerte sich des daraus entstandenen Gesprächs noch ganz deutlich. Und vor seinem inneren Blick und Gehör lief es mit allen Einzelheiten noch einmal ab, schnell und doch eindringlich:

»Wie lange, Martinus, willst du hier noch allein hausen? Gar finster und leer sind die Räume, und mich dünkt, die Ratten führen hierinnen die Wirtschaft. Keine Hand rührt sich für dich, keines liebevollen Menschen Trachten ist auf dich gerichtet.«

»Wie meinst du das?«

»Du solltest heiraten.«

»Was gewänne ich denn?«

»Einen geordneten Hausstand und wohl auch den Frieden in der Obhut einer Frau«, war Amsdorfs Antwort, worauf er seinen Besuch beendete, doch einen zweiten am Tage darauf in Aussicht stellte. »Überleg es, was ich dir sagte. Du mußt deine Pläne und Gefühle ordnen.«

Darauf hatte Luther geschwiegen. Der Gedanke an eine Frau jedoch schwieg nicht.

Luther erinnerte sich aller Briefe, die er seinen Freunden in Betrachtung einer Ehe bisher geschrieben. So an Argula von Grumbach, die hier und da Gerüchte über seine bevorstehende Heirat vernommen hatte: »– – – Ich danke Dir dafür, wundere mich auch nicht, daß man solches über mich schwatzt. So aber, wie mein Herz bisher gestanden und noch steht, wird es nicht geschehen, daß ich ein Weib nehme. Mein Sinnen ist fern vom Heiraten, da ich täglich den Tod und die wohlverdiente Strafe eines Ketzers erwarte.«

Er überlegte, ob er noch immer so denke, und wurde unsicher. Der Brief an Spalatin fiel ihm ein: »– – –Ihr fragt mich, warum ich nicht heirate. Darüber dürft Ihr Euch nicht wundern, da ich doch ein so berüchtigter Liebhaber bin. Immerhin hütet Euch, daß ich Euch nicht zuvorkomme, so nahe Euch und so fern mir der Wunsch zur Ehe auch liegt.«

Luther, seine Briefe gleichsam vor sich liegen sehend, wunderte sich, schon einmal solche zweideutigen Anspielungen gemacht zu haben. War er so zwiespältig noch heute? Er rief sich den vor einigen Tagen an seinen einstigen Gegner, den Erzbischof von Mainz, gerichteten Brief noch einmal ins Gedächtnis zurück; darin hatte er den Fürsten aufgefordert, sein Kurfürstentum zu einem weltlichen zu erheben, und ihm ein recht verfängliches Angebot gemacht: »– – – Wo meine Ehe Euer Kurfürstliche Gnaden eine Stärkung sein möchte, wollte ich gar bald bereit sein, Euer Kurfürstliche Gnaden zum Exempel vorherzutraben, nachdem ich doch sonst im Sinne bin, ehe ich aus diesem Leben scheide, mich in den Ehestand finden zu lassen, welchen ich als von Gott gefordert erachte. Und sollte es nichts weiter denn eine verlobte Josephsehe sein.«

Alle diese brieflich geäußerten Gedanken zogen nun sichtbar und nahe an Luther vorüber, ein sonderbares Bilderspiel um die Frau, vor der er sich abzuschließen trachtete und von der er – das wurde ihm mehr und mehr bewußt – immer stärker angezogen wurde. War diese seine Schwäche – wenn man seine Erwägung einer Ehe so nennen wollte – nicht auch gerechtfertigt? Sein gesundheitlicher Zustand hatte sich in den letzten Jahren zusehends verschlechtert, und seine häuslichen Verhältnisse waren geradezu unerträglich. Da saß er hier in dem großen, fast ausgestorbenen, nur noch selten zu Vorlesungen benutzten Augustinerkloster ganz allein, ohne jede Fürsorge, von der Leere des Gebäudes wie von einer bösen Macht bedrängt. Jedes Fortgehen war eine Flucht aus der Zelle, hin zu den Aufgaben der ihm auferlegten Ämter, hin auch zu den Tischen der Freunde oder auch nur solcher Familien, die es sich als eine Ehre – oder auch nur als eine gesellschaftliche Verpflichtung anrechneten, dem hilflosen, unpraktischen Manne zu einer anständigen Mahlzeit zu verhelfen. Ja, die Einladungen dazu wurden ihm mit aller Hochachtung überbracht, doch er fühlte sehr gut, daß dieses »Zu-Tische-Bitten« sich von den Freitischen seiner Schulzeit kaum unterschied.

Wirtschaftssorgen, Krankheit, die Erschütterung seines Daseins durch sieben lange Jahre schwerster Kämpfe gegen ein Rudel von Feinden – und auch mit sich selbst –, dies alles war an ihm nicht spurlos vorübergegangen, hatte seine Umwelt und seine Anschauungen nicht wenig gewandelt. Was einmal galt, das galt nun schon längst nicht mehr.

Über den letzten seiner Gedanken erschrak er förmlich: Was einmal galt, das galt nun schon längst nicht mehr ... Ja, ohne Zweifel, die Welt hatte sich verändert, auch seine Welt! Wer wollte es ihm verübeln, wenn er sich nun darin nach seinem Geschmack einrichtete? Melanchthon etwa? Cranach? Schurpff, Bugenhagen, Amsdorf –?

Aber nein, sie würden es ihm ja auch gar nicht verübeln, war es doch gerade Amsdorf, der zuerst bemerkte, wie sehr er sich für Ave von Schönfeld, eine der neun aus dem Kloster Nimbschen bei Grimma entlaufenen Nonnen, interessierte, der ihm hierin sogar noch zuredete und ihm, als er unentschlossen blieb und die schöne Ave sich zurückzog, danach noch eine andere Ave, Ave Alemann, für seine Werbung empfohlen.

»Ich gedenke nur noch kurze Zeit zu leben«, hatte er ihm geschrieben. Welch eine Antwort! Welch eine Verwirrung der Gefühle! Auch jetzt.

Amsdorf war damals wiedergekommen und hatte die Rede auf eine andere Frau gebracht: Katharina von Bora, die letzte von den neun Nonnen. Sie befand sich seit zwei Jahren im Hause des Stadtschreibers Philipp Reichenbach. Dieser, ein ehemaliger Professor der Rechtswissenschaften an der Wittenberger Universität, war nicht ohne pekuniäre Erwägungen in den Dienst des städtischen Magistrats getreten, er stand sich so wirtschaftlich besser, und eine Hausmagd hätte er gut brauchen können. Katharina aber war keine Hausmagd, sondern ein adliges Fräulein, das zwar keine großen Ansprüche stellte, mit der Zeit aber zu einer recht überflüssigen Gesellschafterin wurde. Das edelste Mitleid mußte unter der Sinnlosigkeit eines solchen Gastverhältnisses selbst sinnlos werden. – Dies hatte Amsdorf bei seinem Besuch im Reichenbachschen Hause sofort erkannt, und mit solcher Erkenntnis war er ihm, Luther, dann auf den Leib gerückt. Seine Worte standen jetzt, wie soeben gesprochen, wieder im Raume:

»Was soll mit dem Fräulein Katharina werden?« – Er, Luther, äußerte sein Bedauern darüber, daß es ihm zweimal nicht gelungen sei, Katharina zu verheiraten; auch bei ihrer Familie habe er nichts erreicht, als er gebeten, sie wieder aufzunehmen. –

»Aber bei Reichenbach kann sie doch nicht bleiben.« – Sie erweise sich doch als überaus praktisch in Haus und Garten, in der Nähstube wie am Waschfaß, war seine Antwort. Reichenbach habe ihm und auch Cranach immer versichert, daß er mit Katharina sehr zufrieden sei.

»Nun, ich habe darüber nicht mit Reichenbach, sondern mit ihr selbst gesprochen, und sie hat mir gesagt, daß sie es den Reichenbachs nicht zumuten könne, sie noch länger zu beherbergen. Sie werde fortgehen, gleichviel, wohin.« – Da war er unruhig geworden; hatte er sich insgeheim schon immer Vorwürfe gemacht, durch seine Lehren gegen die Klöster die Flucht der Nonnen veranlaßt und in diesem Falle sogar praktisch begünstigt zu haben, so bedrängte ihn jetzt die Frage nach Katharinas Zukunft. – Doch Amsdorf sprach schon weiter:

»Ich habe ihr angeraten zu heiraten. Worauf sie erwidert, sie hätte Baumgärtner sehr gern genommen, doch dieser lasse von sich nichts mehr hören. Und den ihr von dir vorgeschlagenen Doktor Glatz, den wolle sie nicht, sie könne ihn nicht lieben. Auch meine Einwendung, daß die Liebe oft erst in der Ehe kommt, wies sie zurück. Als ich darauf gesagt, sie sei vielleicht zu wählerisch, sind ihr die Tränen gekommen, und sie hat mich gebeten, dich zu veranlassen, davon abzusehen, ihr Glatz vorzustellen.« – Erregt war er Amsdorf entgegengetreten, es sei schwer, mit Katharina zu reden; er wolle doch nur ihr Bestes.

»Auch dies hab' ich ihr gesagt. So würde sie niemals einen erhören, warf ich ihr vor. Und sie ganz ruhig, ohne Erröten: Doch, sie wüßte schon einen, dem sie 's Jawort geben könnte.« – Und auf seine, Luthers, neugierige Frage: »Wen?« – »Dich, Martinus. – Natürlich hab' ich's ihr ausgeredet, sich so zu versteigen.«

Das Gespräch damit beendend, hatte Amsdorf sich verabschiedet. Gewiß, der Gedanke an eine Verbindung mit Katharina war Luther nicht fremd gewesen, und er hatte ihn auch niemals ganz verworfen, ihn aber durch Katharina selbst so angeregt zu sehen, das ging über seine Begriffe. –

»Unfaßlich ist's!« – Luther befand sich wieder ganz in seiner Zelle. Noch saß er mit aufgestützten Armen, den Kopf in die Hände gedrückt, die Augen geschlossen. So bemerkte er auch nicht, daß die Dunkelheit schon hereinbrach und im Raume wie eine schwarze, drohende Flut anstieg. In seinem Gehirn begann ein heftiger Widerstreit: Ja, sie liebt den Mann, der sie aus dem Kloster gelockt, und dies bist du. – Ich? – Wer sonst? Sie hat deine Schriften gelesen und dahinter den Verfasser erkannt. Wie es weiterging, weiß keiner besser als du, der die Flucht der Nonnen verursacht. Alle hast du untergebracht, bei ihren Eltern, in der Ehe, in der Caritas oder anderswo. Nur Katharina ist geblieben. Hat Gott sie für dich bestimmt? Wer weiß das? Nein, sie ist nicht häßlich, aber neben Ave von Schönfeld – – –? Warum hast du diese nicht genommen? – So stünde es um Katharina auch nicht besser. Vielleicht hat sie ein wärmeres Herz als Ave. – Aber – Aves Gemüt glich dem einer Taube, sie war eine weiße Taube, sanft, Zärtlichkeit suchend. – Dafür ist Katharina ein kluges Weibsbild, hat Sinn fürs Alltägliche, wie auch fürs Höhere. Ihre Hände – sie könnte dir manche Sorgenfalte damit glätten. Und eben, daß sie nicht, wie Ave, schon augenfällige Reize bietet, sondern alles Weibliche gleichsam verborgen hält, dies ist so seltsam erregend: Auch sie ist ein Weib.

Luther sprang auf. Da sah er, daß es dunkel geworden war, und wie um sich aus dieser Nacht zu retten, lief er ans Fenster. Er öffnete es. Einige Regentropfen sprangen ihm entgegen. Über die Brücke rollte ein Wagen, wie der letzte Donner eines abziehenden Gewitters.

Nein, seinen Vorstellungen von einer Frau entsprach Katharina nicht. Sie war mager und knochig, ihr Gesicht eckig und ein wenig fahl. Nur wenn sie sprach, wurde alles an ihr weicher und wärmer. Ihre Stimme hörte er gern, sie veränderte ihr Gesicht. Er sah sie zuweilen auch in weiblich anziehenden Gebärden und Bewegungen, doch er hatte bisher noch keine Lust verspürt, sie fühlen zu wollen.

Du mußt es willigen Gemüts bedenken, redete er sich in Gedanken gut zu. Du trägst eine christliche Verpflichtung. Was soll aus ihr werden? Du mußt dein Gewissen frei machen. In der Stadt gehen über dein Verhältnis zu ihr übrigens so häßliche Gerüchte um, daß es Zeit ist, die bösartigen Mäuler zu stopfen, den Schmutz des Klatsches mit dem reinen Wasser einer ehrbaren Ehe abzuwaschen.

Luther neigte sein Gesicht der Fensteröffnung zu, fühlte wohltuend die Kühle des stärker werdenden Regens. Und Katharinas Bild war überall, über dem Festungsgraben, den Wiesen, im schweren Dunkel der Wolken und über dem Wasser des Stromes. Es lächelte ihm zu und verfinsterte sich gleich darauf wieder. Er wurde mit ihm nicht fertig. Erst als er ihren Namen hörbar aussprach, war ihm leichter ums Herz.

Jetzt hallte das Getrappel eines Reitpferdes von einer der Kolkbrücken herüber. Luther gedachte der großen Ritte seines Lebens: des ersten, ungewohnten auf der Flucht von Augsburg nach Nürnberg und von dort her nach Wittenberg; auch dessen nach Altenburg, zum Treffen mit dem päpstlichen Legaten Miltitz gedachte er; stolz bewegt erinnerte er sich des Rittes von der Wartburg her nach Wittenberg, da war er schon ein vollkommener Reiter, gut zu Pferde, wie ein streitbarer Junker – und noch ein Mann voller Mut, von Statur knochig und sehnig, von Gemüt heißspornig und zähe –. Nun aber sehnte er sich nach Frieden, nach einem Dasein, nicht mehr vom Ja und Nein wilder Kämpfe bedrängt. Ruhe, Ruhe, Ruhe!

Und du suchst sie in der Ehe? Er fuhr sich mit den Fingern beider Hände durch den dichten Haarschopf.

Bin ich schon so morsch geworden? Zweiundvierzig, ist das alt? Wie alt ist Käthe? – Er nannte sie schon bei ihrem Mädchennamen – und diesen vertraulich gekürzt. – Sechsundzwanzig war sie, er wußte es aus den Kirchenpapieren. Sechsundzwanzig, über die Mädchenjahre hinaus und doch noch nicht Frau. Manchmal, erinnerte er sich, war sie ihm zu einer Stunde begegnet, die ihm günstig erschien, ihr ein paar liebevolle Worte zu sagen. Sie blieben ungesagt. Und einmal, in Cranachs Wohnung, hatte sie mit ihm so nah beieinander gestanden, daß er ihren Körpergeruch wahrnahm, einen Geruch wie von Nelken, vielleicht auch wie von Äpfeln, herb und süß. Von da ab wußte er, daß unter ihrem straffen Mieder ein Busen war, unter dem faltigen Rock ein Leib, in den Händen Wärme, im Nacken blonder Flaum und Glanz, wie von dünnem Sammet.

Unruhig schloß Luther das Fenster und trat zum Tisch zurück. Er zündete die Kerze an und blickte sich in seiner Zelle um. Frau Cranach hatte sie ihm schon ein wenig wohnlich einrichten lassen, doch sie war noch dürftig genug, und die klösterliche Dumpfigkeit wich noch immer nicht aus dem Raum zwischen den vier grauen Wänden. Vom Kleiderhaken nahm er Barett und Schaube und machte sich zum Ausgang fertig. Den Leuchter in der Hand, ging er hinaus. Er schritt einen schmalen Gang entlang, eine Treppe hinab, stieß auf eine Tür, öffnete sie und betrat ein kleines, völlig leeres Zimmer. Von diesem begab er sich in ein weiteres, ebenfalls nicht großes und von diesem wieder in eine geräumige Stube, an deren Wänden sich Bänke hinzogen, in deren Mitte ein großer, massiger Tisch stand. Der Prior hatte hier seine Beratungen mit den Patres abgehalten.

Dies wäre eine passende Wohnstube, dachte Luther, doch nur für einen, der Menschen um sich liebt, Frau, Kinder, Freunde und Schüler. Ein warmes Aufwallen erfüllte seine Brust. Schnell verließ er den Raum und gleich darauf auch das Haus, das große, leere, düstere Haus, dem die Sonne fehlte.

Melanchthon legte die Arbeit beiseite, doch blieb er am Schreibtisch sitzen. Hinter sich hörte er den Freund auf und ab gehen. Die Dielen knarrten, denn das Haus war alt, es knarrten in ihm auch die Treppen und ihre Geländer, grau und bröcklig hing der Putz; die Fenster der Stube waren blind, und das Sonnenlicht drang nur gedämpft in die Stube. Die Frau kam herein, sie brachte eine zinnerne Kanne mit rotem Wein. Sie sprach kein Wort, blickte auch gar nicht auf. Nachdenklich stellte sie die Gläser zurecht. Das für Luther füllte sie fast bis zum Rand, das ihrem Philipp zugedachte kaum zur Hälfte. Darauf verschwand sie wieder; ihre Schritte klappten draußen über den Flur und die Treppe hinab.

Sie mochte Luther nicht besonders, er trug ihr zuviel Unruhe ins Haus. Und wie er jetzt hin und her lief, das war, als ob ein neuer Sturm sich aufmache. Luther empfand ihre Abneigung, und er war froh, als sie die Tür hinter sich geschlossen hatte.

Da erst blieb er vor Melanchthon stehen. »Ich will mit dir reden.«

»Sprich, ich höre.« Der Magister lehnte sich in seinem Sessel zurück.

»Im Grauen Kloster wird's unerträglich.«

»So zieh aus und nimm dir in der Stadt ein paar Stuben; man hat viel gebaut, und ein neues Dach fällt dir nicht so leicht auf den Kopf.«

Luther stutzte. Der grämliche Ton in des Freundes Stimme gefiel ihm nicht; er war zur unrechten Stunde gekommen. Doch nun hatte er einmal begonnen, und Melanchthon sollte erfahren, wie es um ihn stand.

»Du weißt, der Kurfürst hat 's Kloster mir zur Wohnstatt gewiesen.«

»Ein schreckliches Haus!«

»Wär's wohnlicher, man könnte sich drin schon zurechtfinden. In letzter Zeit jedoch ist's unheimlich mir geworden; ich möcht' nicht mehr allein sein.«

Melanchthon hob den Kopf. »Wer sollt' dir dort Gesellschaft leisten, nachdem selbst der Prior dich verlassen? Hast du schon wen gefunden?«

Luther erschrak über diese direkte Frage. Doch Melanchthon blieb ganz gelassen; ohne sich umzublicken, erwartete er die Antwort.

»Ich gedenke, ein Weib zu nehmen«, sagte Luther.

»Hab's mir gedacht.«

»Und redest mir ab?«

»Dies nicht. Doch kommt's zu überraschend.«

»Ich weiß, wie man in Wittenberg über mich spricht. Man nennt seit langer Zeit dabei oft Katharinas Namen.«

»Das ist wahr. Doch fällt's dir jetzt erst auf? Und magst du sie denn?«

Luther nickte unsicher. »Ich achte sie und sehe sie gern und meine, dies reiche aus.«

Melanchthon stand jetzt auf. Kritisch betrachtete er den Freund. »Du kennst die Heiligkeit der Ehe. Sie ist nicht zur

Lust des Fleisches da. So wirst du auch bald fühlen, daß sie vornehmlich eine Sache der Wirtschaft ist.«

»Dies alles weiß ich. Eben darum brauche ich sie ja.«

»Und liebst du Katharina denn wirklich?«

»Ich kenne mich da noch nicht aus, in letzter Zeit jedoch habe ich viel an sie denken müssen.«

»Ich würde mich länger prüfen.«

Luther lächelte spöttisch. »Philippus, entsinn' ich mich recht, so hast du Katharina Krapp nicht sonderlich lange warten lassen. Ich selbst riet dir damals . . .«

»Ich weiß«, fiel ihm Melanchthon ins Wort, »du hattest damit große Eile.«

»Ich –? Eher du!«

Melanchthon erhob abwehrend beide Hände. »Du wolltest durch sie mich in Wittenberg halten, als ob ich nicht auch mit ihr fortgehen könnte. Hätt' sie auch so genommen, Martinus. Doch was streiten wir uns. Die Zeit war mir günstig.«

»Und mir heut nicht?«

Melanchthon druckste herum. Dann trat er einen Schritt auf den Freund zu und blickte ihn forschend an. »Fühlst du dich so, jetzt Feste zu feiern?«

»Was gibt's da zu feiern? Mir ist's eine Notwendigkeit.«

»Welche Notwendigkeit?«

Luther machte eine unmutige Bewegung. »Die des Alters. Du weißt, ich bin der letzte Mann im Kloster, das keins mehr ist. Mir fehlt die Ordnung; keinem gehör' ich mehr an, treib' mich allein umher. Ein widerliches Leben!«

Melanchthon betrachtete ihn mitleidig. Die Unruhe plagt ihn, dachte er. Die toten Bauern –. Er hat sich zu lauthals wider sie gestellt, statt alles den Fürsten zu überlassen. Nun sucht er den Frieden. An der Brust eines Weibes. In dieser unglücklichen Zeit, wo alle frommen und rechtschaffenen Männer Leid um die Grausamkeit der Fürsten tragen, scheint er sich über das Unglück der Bauern nicht zu betrüben, mehr kümmern ihn die Weiber. Er ist ja leicht zu leiten, und die Nonnen, die sich auf alle Künste verstehen, haben ihn soweit gebracht. Der viele Umgang mit ihnen, wenn auch aus geistlicher Pflicht, hat ihn weich gemacht und seine Natur entzündet. So ist er auf diesen unzeitgemäßen Wechsel seines Lebens hereingefallen. Und die letzte von den neun Nonnen nimmt er nun, die unscheinbarste, gleichviel – – –.

»Was starrst du mich so an?« fuhr Luther ihm in die Gedankenparade.

»Die Leute werden sagen: Im Mansfelder Land hat man sechstausend Bauern verscharrt, und Luther hat ihnen keine Leichenpredigt gehalten, er feiert Hochzeit. Warum nicht mit den drei-, viertausend Witwen?«

Luther stieg das Blut ins Gesicht. »Da weht der Wind her?« Mit Mühe nur kämpfte er einen Zornesausbruch nieder.

Melanchthon, dies bemerkend, versuchte ihn abzulenken. »Ich meine, jetzt solltest du die Leute zur Ruhe bringen, daß wieder Ordnung werde im Lande. Wer brächt' dies besser zuwege als du?«

»Ich soll vor ihnen mich rechtfertigen? Ist's meine Schuld, daß sie toll geworden?«

Melanchthon schüttelte abwehrend den Kopf. »Der gemeine Mann sieht's anders als du, er glaubt, du seiest toll geworden.«

»Ach –!« Luther trat drohend auf ihn zu. »Und solches glaubst auch du?«

Melanchthon schüttelte heftiger den Kopf. »Eifere nicht mit mir. Es geht darum, wie das Volk dich sieht. Richt' ihm die Augen wieder grad und bring 's nicht noch mehr wider dich auf! Mußt an die Wirklichkeit dich halten.«

Luther ging zum Tisch hin und setzte sich. Er fiel merklich zusammen. Wahrhaftig, zur Freite war die Zeit nicht günstig. Verbittert stützte er den Kopf in die Hände, und da er nun sprach, bebte seine Stimme vor Wut. »Du und die Freunde all, ihr habt der Bauern Aufstand verworfen wie ich, doch habt ihr's nicht laut gesagt. Dies tat denn ich. Ich meinte, daß der Teufel Abt würde, wenn die Bauern siegten. Nun aber die Fürsten gesiegt haben, ist des Teufels Großmutter Äbtissin geworden, und ich wäre daran mehr schuld als ihr –?«

Er schüttelte verzweifelt den Kopf. Dann aber erhob er sich hastig wieder und lief keuchend in der Stube auf und ab. Mit einem Ruck stehenbleibend, stieß er hart hervor: »Und doch ist nur geschehen, was geschehen mußt'. Die Bauern wollten es nicht anders. Haben sie nicht gewütet wie die Hussiten?« Er stellte sich vor Melanchthon auf. »Und du, wenn ich's recht bedenke, bist nicht auch du ihnen entgegengetreten? Hast du nicht den pfälzischen Bauern, da sie zum Urteil über ihre zwölf Artikel dich angerufen, gesagt, daß sie der Obrigkeit sich zu fügen und nicht mit der Hände Gewicht zu handeln hätten? Nun die Fürsten ihnen Gehorsam beigebracht, willst du dich greinend beiseit' stellen?«

Melanchthon erbleichte. »Was ich den Bauern gesagt, halt' ich weiter so, doch was die Fürsten ihnen getan, ist grausam und unchristlich.«

»Ha, die Suppe mitkochen, doch nicht mit auslöffeln. So ist's!« Luthers Gesicht schwoll gefährlich an, er wandte sich brüsk ab und wollte zur Tür hingehen. Da öffnete diese sich, und Katharina von Bora trat ein. Er stockte, blieb vor ihr stehen und brachte es nicht fertig, sie zu begrüßen.

Sie erschrak. Diesen Augenblick der Verwirrung nutzte Melanchthon, aus seiner Stube zu entwischen. Die Tür schlug zu. Betroffen legte Katharina die Hand auf den Mund.

Jetzt erst faßte sich Luther. Er zog den Sessel heran und drückte Katharina darauf nieder. »So setzt Euch doch, Käthe, und verzeiht meine Heftigkeit. Philippus hat mir gar zu hart zum Tanz aufgespielt!« Er versuchte zu lächeln, als sei dies alles nur ein Spaß; umständlich nahm er dabei ihre Hand, und er streichelte sie nun schon mehr zärtlich erregend als beruhigend.

Doch Katharina, von Melanchthons Frau nur bis zur Tür geleitet, hatte davor wohl doch noch mehr gehört, als Luther glaubte. »Ihr habt Euch über die Bauern empört«, sagte sie.

Luther beeilte sich, sie zu beschwichtigen und brummelte: »Gott, es wird zu viel darüber geredet, und keiner weiß was Rechts –.«

»Ist das wahr, Doktor Martinus, sie haben um die sechstausend Bauern erschlagen?« fragte Katharina ängstlich.

»Wer hat sie gezählt –«, antwortete Luther fahrig. »Doch ist es so: Die Fürsten haben maßlos gehandelt.«

»Man spricht von einem Müntzer, er hätt' die Bauern aufgewiegelt.«

»Ja, ja, darüber sollte man vor allem reden!« sagte Luther.

»Und auch ihn hat man hingerichtet.«

»Im Namen des Rechts!« Luther reckte sich in Genugtuung auf und hob die Hand wie zum Schwur. »Wahrlich, dieser falsche Prophet ist an allem schuld!«

»Magister Reichenbach sagt, Ihr hättet zu harte Worte gebraucht wider die Bauern.«

Luther, augenblicklich im Begriff, wütend aufzubrausen, vermochte sich nur unvollkommen zu beherrschen. »Kein Wort kam je zu hart aus meinem Maul, Jungfer, das sagt dem Reichenbach.«

Katharina erhob sich. »Er hat's nicht bös gemeint«, sagte sie besänftigend. »Es tut ihm nur leid, daß man jetzt sich gar schon in Wittenberg wider Euch richtet.«

Luther bewegte den Kopf hilflos nach rechts und links, wie wenn er in der Schlinge steckte. Er preßte die Hände auf die Brust und hätte sie Katharina doch gar zu gern um die Schultern gelegt, ihr ein paar liebe, so ganz persönliche Worte gesagt, nur um sie abzulenken. Aber die Aufregung um die erschlagenen Bauern stand wie eine stickige Wolke zwischen ihr und ihm.

»Führt diese Mitteilung Euch her?« fragte er mit heiserer Stimme.

»Nein, Magister Reichenbach hat den Meister Lucas zu einem Gespräch über die Ausschmückung des neuen Rathauses eingeladen, und ich soll Euch, wie auch den Herrn Professor Melanchthon, dazubitten. Gut, daß ich Euch hier treffe, fürcht' ich mich doch, ins Schwarze Kloster zu gehen.«

»Vorm Kloster oder vor dem Mann, der drinnen haust?«

»Vorm Kloster, das so düster ist. Und auch vor den schwatzhaften Leuten auf den Gassen.«

»Nicht vor mir?«

»Nein«. Katharina sagte es mit solcher Offenheit und Zutraulichkeit, daß ihm warm wurde.

»So geht und richtet Euerem Herrn aus, daß ich komme.« Er legte ihr leicht die Hand in den Rücken und schob sie zur Tür hin. – So hab' ich doch gleich Gelegenheit, dem Stadtschreiber für sein bauernfreundliches Gerede eine versteckte Lektion zu erteilen, dachte er grimmig, da er Katharina verabschiedete . . .

Luther hatte Cranach gebeten, sich ihm als Brautwerber zur Verfügung zu stellen. Dem Maler war dies zwar eine Überraschung, zugleich aber auch ein Vergnügen, wußte er doch, wie viele Unannehmlichkeiten er mit der erfolgreichen Erledigung seiner Mission beseitigen würde. Katharina entsprach nun freilich keineswegs seinem Geschmack, doch ihr flinkes, sogar ein wenig forsches Wesen erschien ihm dem seiner eigenen, ebensowenig schönen Frau verwandt, und Barbara wie auch Katharina hatten bei allem Mangel doch auch etwas Anziehendes gemeinsam, eine schöne Stimme und tiefgründige Augen.

Er machte sich also auf den Weg zu Reichenbach in der Bürgermeistergasse. Vor der Tür blieb er noch einmal stehen: Zwei Häuser weiter wohnte der Ratsherr Herberger, und dessen Frau – – – sie war eine vollkommene Schönheit; Cranach erinnerte sich jenes Tages, da er sie, der in seiner Apotheke übel geworden, nach Hause geleitet. Wahrlich, eine Rose gegen das Stiefmütterchen Katharina und die Königskerze Barbara, sein Ehegespons! Unbegreiflich, wie dieser raffgierige, hochmütige Gewandschneider zu solch einer Frau gekommen, die er wie eine Magd hielt.

Cranach löste sich aus seinen gedanklichen Bildereien und betrat des Stadtschreibers Haus. Auf der Treppe schon hörte er Kindergeschrei und dazwischen die energische Stimme Katharinas. Als er die Stubentür öffnete, stand sie vor ihm, nicht wenig aufgebracht und erregt. Sie trat ein paar Schritte von dem Besucher zurück und wies dann die plötzlich still gewordenen Kinder hinaus. Er blickte ihnen nach und lächelte belustigt.

In dieser Zeit hatte sich Katharina innerlich und äußerlich zur Ruhe und in Ordnung gebracht. Sie bot dem Gast einen Stuhl an und setzte sich ihm gegenüber.

»Ich hätte es gern, wenn Euere Hausfrau und der Magister Reichenbach zugegen wären«, sagte Cranach.

»Sie sind beide nicht im Hause«, erwiderte Katharina.

Cranach senkte den Blick und beschäftigte die Finger seiner rechten Hand auf der Tischdecke. »So muß ich denn mit Euch allein sprechen.« Er machte eine Pause. Dann nahm er sich zusammen und ging gleich auf das Ziel los. »Doktor Martinus gab mir die Ehre, Euch zu fragen, ob Ihr geneigt wäret, ihm zur ehelichen Gemeinschaft die Hand zu reichen.« Er atmete hörbar auf; – kurz und bündig hatte er es gesagt, mochte das Fräulein es ebenso halten und einfach mit Ja oder Nein antworten.

Katharina war, obwohl sie sich diese Frage immer gewünscht hatte, doch ein wenig erschrocken. Darum kam ihr das Ja auch nicht gleich vom Munde, so laut es in ihr auch wurde. Martinus hatte ihr in letzter Zeit in Reichenbachs oder Cranachs Hause manche Aufmerksamkeit erwiesen, die sich von seinen früheren Bemühungen um sie merklich unterschied. Doch sie war allen seinen Worten niemals ermutigend entgegengekommen, weil sie seine schnelle Wandelbarkeit kannte und Enttäuschungen zu erleben befürchtete. Nun stand sie plötzlich vor der Entscheidung, die ihr um so schwerer fiel, als sie ja wußte, daß er in den zwei Jahren ihrer Bekanntschaft nicht im Traum daran gedacht hatte, sie einmal zu ehelichen, sondern immer nur als Werber anderer Liebhaber aufgetreten war.

Ihr von ihm begünstigtes Liebesverhältnis zu dem Studenten Hieronymus Baumgärtner stand nun mit all seinen Qualen, aber auch Freuden vor ihren Augen. Sie sah sich geliebt – und sah sich verlassen, hörte Luthers Trostworte und seine neue Empfehlung – den Doktor Kaspar Glatz. Diesen hatte sie abgewiesen, sehr zur Verwunderung Luthers.

Und nun trug er sich selbst an ...

Cranach wartete beunruhigt darauf, daß sie antworte. Er sah sie forschend an und wiederholte noch einmal: »Doktor Martinus läßt Euch fragen, ob Ihr geneigt wäret ...«

»Ja«, erwiderte sie endlich.

Darauf erhob sich Cranach schnell. »Ich danke Euch, Katharina. Morgen werde ich Euch aufsuchen und ins Schwarze Kloster führen. Bereitet Euch vor, daß Doktor Martinus Euch freudig erblicke.«

Luther hatte Cranachs Bericht von der erfolgreichen Werbung im Reichenbachschen Hause ohne sichtbare Äußerungen von Genugtuung oder gar Glück aufgenommen. Vor ihm erhob sich sogleich die Frage, wie er die Erwählte denn würdig genug empfangen solle – in einem zwar großen Hause, aber einer armseligen Wohnung. Voller Sorge stand er vor dem Maler, der sich, des Freundes Gedanken wohl ahnend, im Raume umsah und verständnisvoll nickte.

»Ich werde dir mit den Gehilfen einiges schicken, und die Mägde mögen es dir einrichten«, sagte er begütigend.

Luther betrachtete sein schmales Lager. Er drückte hilflos die Hand auf den Mund und wandte den Blick ab, verschämt, beinahe schon wie in Reue, es mit der Werbung so eilig gehabt zu haben.

»Auch eine breitere, schönere Bettstatt werde ich dir aufstellen lassen«, brummte Cranach und lächelte mit einem kaum merklichen, in den Augenfältchen versteckten Zug von Spott und Belustigung. Danach war er gegangen.

Luther durchwachte die halbe Nacht mit klopfendem Herzen. Es wurde dunkel und wieder hell. Die Frösche im Stadtgraben quarrten und quakten. Ein Wagen ratterte durch den Anger und nahm mit immer mehr schwindenden Lauten seinen Weg auf die Elbbrücke zu. Einige Hunde bellten. Ganz in der Nähe krähten die Hähne.

Erst als der Morgen bereits heraufstieg, schlief er ein. Nach ein paar Stunden jedoch wurde er schon wieder aufgeweckt, die Gehilfen und Mägde Cranachs kamen und verdrängten ihn aus der Zelle. Ganz alltäglich gekleidet, verließ er sie, um zu Cranach zu gehen und mit ihm alle Einzelheiten des Tages zu besprechen. Dieser übernahm auch die Einladung der Gäste und die Aufforderung an Bugenhagen, die Eheschließung vorzunehmen.

Erleichterten Herzens ging Luther ins Kloster zurück. Cranachs Leute hatten seine kahle, klösterlich strenge Zelle ganz in ein bürgerliches Gemach verwandelt, und sie fanden schön, was sie gemacht; in ihm aber erregte dessen Anblick Unsicherheit und Unbehagen.

Sich zu beruhigen, redete er sich ein, daß er hier nur wenig zu tun haben würde, da ihn seine Verpflichtungen an Universität und Kirche ja Tag für Tag, oft wochenlang in Anspruch nahmen. Und in Gedanken bereitete er sich auch jetzt schon wieder auf das heutige Kolleg vor. Da aber erfaßte ihn die Unruhe um die ihm bevorstehende Feier wieder, und es erschien ihm als eine Profanierung seines Hochzeitstages, noch vor dem kirchlichen Akt seine Vorlesung zu halten. So schickte er einen Boten zum Senat und ließ sie absagen.

Dann saß er stundenlang allein, ohne Appetit – und heute auch ohne Freitisch – nur von einem unablässigen Durst geplagt; er löschte ihn von Zeit zu Zeit mit einem Becher Weines, den Cranach hatte bringen lassen. Erst am Spätnachmittag kamen die Gäste: Jonas, der Jurist Apel, der Stadtpfarrer und Superintendent Bugenhagen; zuletzt Cranach und seine Frau Barbara, die Katharina mitbrachten.

Luther reichte seiner Braut die Hand und zog sie an seine Seite, ein wenig unbeholfen und verschlossen. So stand man herum und redete über dies und das, nicht über den Zweck der Zusammenkunft, nur um die Zeit totzuschlagen: Melanchthon fehlte noch.

Da trat seine Magd ein und brachte seine Entschuldigung, er fühle sich unwohl und könne nicht mitkommen; dem Brautpaar wünsche er Gottes Segen.

Luther überwand seine Verlegenheit nur schwer. Seine freundschaftlichen Gefühle für Philippus wurden plötzlich brüchig, bröckelten gleichsam von ihm ab.

Die Erschienenen standen unschlüssig herum und blickten auf das die Mitte des Tisches einnehmende Kruzifix. Endlich ermannte sich Bugenhagen und begann mit der Handlung, schlicht, nach den rechten Worten suchend, Luther und Katharina geradezu Mut zusprechend. Freundlich fragte er sie, ob sie einander angehören wollten. Zufrieden hörte er ihr Ja.

Am Ende nahm er beider Hände und tat sie ineinander. Nach alter kirchlicher Sitte machte er das Zeichen des Kreuzes darüber.

Darauf schlug er das vor dem Kruzifix liegende Buch auf und ließ Luther und Katharina wie Cranach und seine Frau den dieser Eheschließung geltenden Schriftsatz unterschreiben. Zuletzt setzte er seinen eigenen Namen dazu. Es war ein regelrechter Vertrag.

»Möge Gottes Gnade mit Euch sein«, sagte Bugenhagen und sprach ein kurzes Gebet, über dessen Einfachheit, ja Einfältigkeit Luther erstaunte. Aber der Stadtpfarrer, der erste Superintendent der neuen evangelischen Kirche, war ein aufrichtiger, gütiger Mann; Tränen standen ihm in den Augen, als Luther und Käthe, einem alten deutschen Brauche folgend, das Beilager vollzogen; freilich bestiegen sie das Brautbett nicht, sondern setzten sich nur auf den Bettrand und schmiegten sich aneinander ...

Bald darauf saßen die Feiernden um den weißgedeckten Tisch herum. Cranach goß Wein in die Gläser. Doch trank man kaum.

»Für morgen in der Früh' wird Euch im Hofe ein Mahl gerichtet«, sagte der Maler. »Später werdet Ihr fröhlicher feiern – mit allen, so Euch lieb und gewogen.«

Als Luther mit Käthe allein war, sank sie ihm in die Arme. »Gereut's Euch, Martinus, daß Ihr Euch mir versprochen?«

Er legte ihr die Hand aufs Haar und entgegnete: »Nicht nur versprochen, ich habe dich geehelicht, du bist mein Weib mit Gottes Willen. Und Gott wird wissen, wie's weitergeht. Sei's auch nur, daß er uns beide zusammentat, mir eine Seele zu schenken, die mir's letzte Stündlein leicht machen soll.«

Katharina zuckte zusammen.

»Ihr sprecht soviel vom Sterben, Martinus, ich aber will mit Euch leben.«

»Auf wem des Papstes Bann und des Kaisers Acht liegen, der stirbt täglich, Käthe.«

Sie dachte schmerzlich nach, was sie ihm Tröstendes sagen könne. »Martinus«, brachte sie hervor, »Martinus, ich hab' gemeint, ich könnt' Euch froh machen.«

Er streichelte ihr Stirn und Wangen. »Du machst mich froh. Doch sprich mich nicht an wie deinen Priester; ich bin dein Ehegemahl. Du sollst du zu mir sagen, sollst mir eine sein, die mir gut zuredet, weiterzugehen, so ungewiß der Weg auch ist. Ich will auf dich vertrauen. Und hast du den Mut gehabt, das Kloster zu verlassen, ohne zu wissen, wohin, so hab auch die Kraft, mit mir zu gehen – ohne zu wissen, wohin.«

»Weißt du dies nicht?«

Luther schüttelte den Kopf. »Als ich den Weg angetreten, lag er klar und gerade vor mir. Jedoch – von Tag zu Tag ward er schlechter, wich rechts ab, wich links ab, verzweigte sich und zerriß auch mich. Nun weiß ich nicht mehr: Bin ich noch auf dem Hauptweg, oder irr' ich schon auf Nebenwegen hin? Oft bin ich müde, möchte mich ausstrecken, die Augen schließen.« Er blickte sie ein wenig hilflos an. »Ausruhen, in deinen Armen, Käthe.«

Die junge Frau lächelte.

»Geziemt es einem neuen Ehemann, seinem Weibe so trübsinnige Rede zu halten?«

Luther nickte in Selbstironie. »Ja, hast recht, es geziemt ihm nicht. Ich sollt' wohl lieber mit dir tanzen.« Er war plötzlich ganz ausgelassen, nahm ihre Hand und tat ein paar Schritte, wie zum Reigen. Gleich aber hielt er wieder inne und ließ ihre Hand fahren.

Sie errötete; doch ruhig sagte sie: »Nun, magst du nicht mit den Füßen tanzen, so tanz mit den Gedanken, immer ein Stück voraus, dort, wo schon Sonne ist, indes du noch im Schatten stehst. – Seit ich's Kloster hinter mir gelassen, blick' ich immer hoffnungsvoll gradaus.«

»Und bist doch wieder ins Kloster geraten.«

»Ja. Aber ich hab' den Prior gefreit.« Sie umarmte ihn heftig und hätte ihn beinahe umgerissen.

Er war von ihrem ihm ganz ungewohnten Übermut überrascht, und ehe er es sich versah, davon schon eingefangen. Ihr Gesicht verlor auf einmal an Strenge, ihre Züge lösten sich, und da sie ihm nun die Arme noch fester um den Hals legte und ihn unbefangen küßte, sah er einen Zug von Liebreiz ihre Wangen umspielen, ihren Mund sanfter formen.

»Hast du an mich gedacht, als ihr geflohen?« fragte er.

Sie überlegte. Dann sagte sie: »Nein.«

»Woran dachtest du?«

»Nur an die Freiheit. Hinaus aus den Mauern, die uns schier erdrückten.«

»Dachten auch die anderen so?«

»Wir alle. Sechs freilich wußten schon, daß in Torgau die Ihren sie erwarten würden, und so haben sie gewiß auch an diese gedacht.«

»Und was alles war vorher?« fragte Luther.

»Nun, seit Monden schon kam aus Torgau der Kaufmann Koppe.«

Luther machte ein Gesicht, als ob ihm dies alles neu sei. »So, der Kaufmann hat euch im Kloster besucht!« sagte er. Und dann wieder ganz sachlich erklärend: »Er war ein gelehrter Mann, wie ich. Auch ein kurfürstlich' Amt versah er schon. Dann ließ er Amt und Gelehrsamkeit und kaufte Pferd und Wagen. Solch einer mußte euch wohl gefallen.«

»Er brachte zur Fastenzeit uns die Fische. Auch Naschwerk und Putz steckt' er uns heimlich zu. Mir einmal gar ein Kettlein. – Hier ist's.«

Sie griff nach der dünnen Glasperlenschnur um ihren Hals.

»Da, sieh!«

»Oh, er war verliebt in dich.«

»Nein. Er schob mir auch Schriftlein zu – vom Doktor Luther. Die waren eher wie Liebesbrief'.« Sie lachte glücklich.

»Die Kette hast du aufbewahrt. So auch die Schriften?«

»Sie gingen von Hand zu Hand.«

»Im ganzen Kloster?«

»Nein, nur erst unter unser fünf.«

»Und kamen keinem Unrechten vor Augen?«

»Nein. Auch da wir neun waren, nicht.«

»Ihr neun beschlosset dann die Flucht?«

»Ja.«

»Mit Koppe –?«

»Mit ihm – und weiter mit dem Doktor Luther, der uns die ›Liebesbrief‹ geschrieben.«

»Das lügst du, er war in Wittenberg und wußt' von nichts.« Luther faßte sie bei den Armen und schüttelte sie.

Er mußte lachen und ließ sie fahren. Sie trat ans Fenster und blickte in den Stadtgraben hinab.

»Willst du schon wieder hinaus?« sagte er und ging zu ihr hin. »So nicht hier durchs Fenster.«

»Auch in Nimbschen ging ich nicht durchs Fenster«, sagte sie. »Verließ das Kloster brav durch die Pforten. Magdalena von Staupitz versah die Pförtnerei und ließ in der Nacht uns alle hinaus. Die Schlüssel legte sie vorm Tore nieder. Dann ist sie uns gefolgt.«

»Und wo wandtet ihr euch hin?«

»Koppe wartete mit dem Wagen im Wäldchen. Da krochen wir unter die Wagenplane, und er fuhr los. Es ging ein kühler Wind, uns klapperten die Zähne.«

»Ich meine, nur vor Angst.«

»Auch. Doch mehr vor Kälte; wir hatten die Kutten abgelegt, um nicht des Diebstahls bezichtigt zu werden. Die Unterkleidung, unser Eigen, aber war dünn.«

»Und der Weg in die Freiheit noch weit. Der Wagen rollte zu langsam durchs Land und von überall konnten die Häscher heransprengen. Erst in Torgau waret ihr sicher. – Bis dahin war's euch kalt ums Herz.« Luther erlebte diese Flucht gleichsam nach. »Und ihr hattet Angst.«

»Das ist wahr, Martinus. Und dabei hab' ich auch an dich gedacht.«

Luther sah sie aus dem Augenwinkel an. »Und da schon verliebt –?«

Katharina wurde verlegen. »Nein, ich hatte dich niemals gesehen, nur in Sorge um dich dachte ich deiner, denn bald mußt's alle Welt wissen, daß du nicht nur gepredigt und geschrieben, sondern auch gewaltsame Handstreich' vollführt.«

»Nicht eigenhändig«, widersprach er.

»Doch auch dies traut' ich dir zu.« Sie schmiegte sich an ihn und fühlte seiner Finger Spiel an ihrem Ohrläppchen.

DER HEIMGEKEHRTE

Am Abend erst kam Sebastian Balzer aus der Stadt zurück. Für Bachmanns Geld hatte er, der Bauer, sein Brot beim Stadtbäkker gekauft. Der Vater starrte mit großen hungrigen Augen auf den runden Laib.

Auch einen Krug Kuckucksbier brachte Sebastian mit. Er reichte ihn dem Vater und sagte: »Segne 's dir Gott!« Der Alte trank mit durstigen Zügen. Es war schwül in der Stube. Nebenan meckerten die Ziegen und gackerten die Hühner.

»Noch lärmt Vieh auf dem Hof«, sagte Sebastian zuversichtlich. »So haben wir Milch und Eier. Und morgen rühr' ich mich, auch Korn zu schaffen, daß die Mutter uns Brot backe.«

»Wo willst du's hernehmen?« fragte der Vater. »Nur ein kleiner, dürrer Schlag ist unser Eigen, und just nicht so hoch, daß der Has' sich drin verstecken könnt'.«

»Ich geh' zum Hildebrandt, er wird ein Scheffelmaß borgen.«

Der alte Balzer hob den Kopf. »Den laß aus, er ist ein Geizhals und wird's dreifach zurückfordern.«

»So geh' ich zum Möbius.«

»Wenn er was hat, wird er geben. Doch auch bei ihm ist's rar«, sagte klagend der Alte.

Sebastian setzte sich auf den Schemel, nahm das Messer und schnitt vom Brote drei Stücke. Sohn und Eltern saßen seit Jahren zum erstenmal wieder gemeinsam.

»Wie steht's mit der Kirch'?« fragte Sebastian.

»Alleweil ist's anders«, erwiderte der Vater. »Wir sind Reformierte, und die Pfarre ist in Dobin. Einmal in der Woch' geh' ich zum Gottesdienst hinüber.«

»Was ist's für ein Priester?«

»Ein junger Mensch. Er predigt mit schriller Stimm' und schreit den Leut' die Seligkeit an den Hals. Der Schweiß klebt ihm im Haar, und die Augen reißt er auf, dem Ochsen gleich, wenn sie ihn abstechen.« Der alte Balzer schüttelte den Kopf. »Hab' immer gemeint, der Doktor Luther würd' uns 's milde Evangelium bringen, indes droht der Pfarr' wie ein Feldwebel.«

Sebastian machte eine lässige Handbewegung. »Glaub's, Vater, der Herrgott hat dies alles nicht verschuld't, er ist zu alt. Drunten im Berg hab' ich ihn oft gefragt: Wo bist du? Aber er hat niemals Antwort gegeben. Und – solang' ich dorten war, trugen wir an die zwanzig Knappen tot ans Licht. Dies war ihm gewiß nicht recht. Aber was fragen die Herren ihn danach, ob er's leiden mag? Sie schlagen ja vieltausend Bauern tot, und er kann's nicht wehren.«

Der alte Balzer blickte bedenklich auf den Sohn. »Du sprichst gradraus, Sebastian. Dies laß den Pfarr' nicht hören!«

»Darf's nicht hören lassen, wohl, doch sehen mußt' ich's.

Die Bauern lagen zu Haufen auf dem Berg, und Hunderte hatten den Kopf nicht mehr bei sich.«

»Herregott –!« Der Alte bekreuzigte sich.

Die Mutter aber faltete die Hände und murmelte ein Gebet. Sebastian ließ ihr Zeit. Als sie geendet, rieb er die Faust auf dem Tisch. »Und 's Blut rann in Bächen zu Tal!«

»Dies alles hast' gesehen?«

»Und gehört und gerochen. Es stank wie in der Schlachtküch'. Und auch 's Gebrüll war nicht anders.«

»Herregott!« Der Alte legte die knotige Hand auf den Mund. »Und du, Sebastian –?«

»War mittendrin. Doch bin ich davongekommen. Eine grausige Schlacht!«

»Gelobt sei Gott! Er hat dich behütet!«

Sebastian beugte sich vor und mäßigte seine Stimme. »Daß er mich weiter behüte, Vater – dafür halt 's Maul! Sprich mit keinem davon! So sie's 'rauskriegen, erwischt mich der Strick oder 's Schwert.«

Der Alte bekreuzigte sich abermals. »Herregott, mach mich stumm wie die Fisch'!«

»Du darfst aber nicht wie die Fisch' forthuschen wollen, so einer kommt. Schon sieht er deine Angst und denkt: Aha!« Sebastian stand auf und beugte sich, auf beide Hände gestützt, breit und schwer über den Tisch. »Du weißt nichts! Fragt den Sebastian. Der wird euch antworten.« Damit richtete er sich auf, sein Rothaar berührte die Decke des Raumes. »Bin müd' von der Reis'. Laßt mich ruhen.«

Er verließ die Stube und trat in den Stall. Die Leiter zum Dachboden hinauf knarrte unter seiner Last. Er kroch zur Giebelwand hin, schob den Kopf in die Ecke. Er griff hinein und zog die Regenbogenfahne aus dem Heu hervor. Noch einmal breitete er sie aus, betrachtete sie im matten Licht, das zur Luke hereinfiel. Dann faltete er sie wieder zusammen.

Wohin mit ihr? Er kroch zur Luke hin. Der Giebel war aus Lehm und Gebälk, darin wollte er sie einschreinen, die Fahne, so gut, daß die Ratten sie nicht zernagten. Unter der Schilfdecke würde er ein Stückchen Lehm lösen, eine Mulde schaffen. Und da hinein die Fahne, mit einem Brett wieder bedeckt.

Vorerst noch einmal unters Schilf damit. Sebastian schob sie vorsichtig ins Dunkel.

Dann warf er sich aufs Heu, und bald war er eingeschlafen.

Meister Melchthofer hockte mit Bachmann in der Stube hinter dem großen Tische. Er trug noch das schwere Schurzfell, obwohl es längst Feierabend war. Sie waren allein im Hause, tiefe Stille umgab sie.

Bachmann betrachtete den Meister verstohlen. Er war um vieles älter geworden, die Sorgenfalten auf seiner Stirn lagen dicht wie Ackerfurchen. Sein Haar stand strubblig und grau, graue Bartstoppeln bedeckten Wangen und Kinn, ein struppiger Stutzbart die Oberlippe, bis über die Mundwinkel hin. Der Alte ging auf die Siebzig zu, doch stand er noch Tag für Tag in der Werkstatt.

Den Hauptteil der Arbeit freilich bewältigte Thamm. Am Nachmittag war er mit Werkzeug, Nägeln und Laschen zu den Tuchwalkern hinausgegangen und noch immer nicht zurück.

Julia und Barbara befanden sich mit dem kleinen Markus ebenfalls vor der Stadt. Der Meister besaß dort ein Feldstück, und sie jäteten das Unkraut, daß Kohl und Rüben Luft bekamen.

»So willst' wieder zur Universität?« fragte Melchthofer.

»Ich weiß noch nicht recht, was ich tun soll«, erwiderte Bachmann. »Möchte mit Professor Selinger sprechen.«

»Was kann der dir helfe'?«

»Bei ihm könnt' ich zum Doktor promovieren.«

»Willst' Doktor werde'?«

Bachmann hörte den Vorwurf heraus. »Ein Titel öffnet manche Tür«, sagte er, sich zu rechtfertigen.

»Welche Türe' willst' öffne'? Die zu den Häusern der großmächt'gen Leut'? Willst' Richter werde und arme Baure' an den Galgen bringe?« Der Meister spuckte aufgeregt auf den Fußboden, gleich aber fuhr er mit dem Schuh darüber hin, daß der gestreute Sand knirschte; er starrte lauschend auf die Tür, doch sie blieb verschlossen. Oh, Julia führte ein strenges Regiment...

Bachmann blickte nachdenklich vor sich hin. Der Meister

hatte ihm in wenigen Worten die Unsinnigkeit einer akademischen Zukunft vor Augen geführt. Mit der Gelehrsamkeit war's aus. Dagegen vermochte er kaum etwas zu sagen. Und im Grunde war das auch seine eigene Meinung. Was aber sollte er nun tun?

»So müßte ich nach Leipzig zurückgehen«, sagte er. »Oder nach Böhmen mich flüchten, vielleicht auch nach Schweden, nach Paris, nach Zürich.«

Der Meister lächelte – ein wenig bitter. »Du kannst hingehe', wo du magst, Hans, 's ist alleweil 's gleiche Recht, und die hohe' Herre' habe' all ihr Scharfrichter. Du mußt dich kleiner mache. Und wenn Gott dich behüt't, so wirst' über Jahr und Tag ein braver Kleinschmiedgesell.«

»Bei Euch?«

»Wo sonst?«

»Ich danke Euch, Meister!« Bachmann stand auf und streckte dem Alten die Hand hin. »Ihr habt mir eine große Sorge abgenommen.« Danach wußte er nichts mehr zu sagen. Also verließ er die Stube, um sich in seine Kammer hinaufzubegeben.

»Will dem Vater einen Brief schreiben.«

Der Meister ging gleichfalls hinaus. Am Dachfenster stehend, hörte Bachmann ihn in der Werkstatt herumkramen. Plötzlich vernahm er im Hofe eine rufende Stimme. Bachmann blickte hinab. Da stand ein junger Mann in schwarzer Kleidung, ein Pfarrer der neuen Kirche, schlank, mit einem hageren, gelben Gesicht und schmalen, unruhigen Augen. Jetzt sprach er den aus der Werkstatt tretenden Meister an. – Welch eine Stimme – die vergaß man nie. Der Lauschende riß vor Überraschung die Augen auf: Jost Saxendorf, des Ratsherrn Herberger schlaksiger Neffe.

Bachmann trat vom Fenster zurück, um nicht bemerkt zu werden. Er sah nichts mehr, doch was er hörte, trieb ihm das Blut in den Kopf.

»Die Jungfer Julia ist nicht im Haus«, sagte der Meister. »Es tut mir leid, daß Ihr den weite' Weg von Dobin vergeblich gemacht.«

»Oh, ich hatte beim Superintendenten zu tun. Es ist mir auch recht, mit Euch, Meister, allein zu sprechen.«

Wissenschaftliche und künstlerische Tätigkeiten
(Aus einer Folge der Planeten – Ausschnitt)

»Das kommt mir alleweil schlecht gelege', hab' ich doch einen eilig' Auftrag vom kurfürstlichen Amt.«

»Dies bedauere ich sehr.«

»Ihr kommt wegen der Jungfer. Ja, aber hab' ich Euch nicht gesagt, Ihr sollt's mit ihr abmache? 's ist nicht ratsam, daß der Vater ihr Herz wider ihren Willen lenke. Hinterher hat der Herrgott seine Plag', alles wieder zurechtzurücke'.«

»Die Tochter soll des Vaters Willen achten.«

»Sie tut's, wahrlich, doch hier ist's nicht mein Wille, zu bestimme', wo's um ihre Seel' geht. Ich hab's Euch oft schon gesagt.«

»Ich meinte, Ihr würdet endlich anderen Sinnes werden.«

»So sie anderen Sinnes wird, ja. Doch danach fragt sie selbst.«

»Nun gut, ich will's ein andermal versuchen. Doch bitte ich Euch, ihr ans Herz zu legen, daß ihr in meinem Pfarrhause der Platz freigelassen, bis sie ihn einzunehmen bereit ist.

Und sagt ihr auch – und dies ist Euere Pflicht als ein in Weisheit grau gewordener Vater –, daß es widersinnig ist, auf jenen, der seit Jahren sich nicht wieder sehen ließ, noch weiterhin zu warten. Schnell geht die Zeit! Und unser Glück trägt sie mit sich fort.«

»Wahrlich, Ihr könnt's sage', wie von der Kanzel, so schön. Ich will's ihr ausrichte'.«

»Gott zum Gruß!«

»– zum Gruß, zum Gruß!«

Schritte gingen über den Hof. Das Tor klappte. In der Werkstatt flog ein Hammer polternd auf den Tisch. Dann knallte die Tür zu. Der Meister lief ins Haus.

»Herregott, solch Schleicher hat uns noch gefehlt!« hörte Bachmann ihn fluchen. Er ging zu ihm in die Stube hinab. Der Meister saß breit und hochrot zum Platzen am Tische, blickte dem Eintretenden wild entgegen.

»Der darf dich nimmer sehe', Hans!« stieß er wütend hervor. »Da wär's mit der Kleinschmiedelehr' zu End'. Muß dem Zunftmeister ohnehin ein schön's Märlein über dich erzähle', und 's ist eine Gottesgnad, daß er's nicht so genau nimmt und auch die ganze Zunft nur ein ruhiger Haufe ist.«

»Da wird's besser sein, ich mach' mich auf den Weg –«, ließ Bachmann sich mutlos vernehmen.

»Pah, nichts da! Den Ratsherre' Herberger und seinen schieläugig' Neffen werde' wir hier im Hause bald los sein, und so Gott will, auch in der Stadt.«

»Wie lang schon kommt dieser Pfaff?« Bachmann geriet in Erregung.

»An die zwei Jahr', mein' ich, seitdem er hier in der neuen Kirch' sitzt, in Dobin, welches die Pfarr' für Piesteritz, Apollensdorf und drei, vier weitere Dörfer ist. Eine gute Pfründ'!«

»Ja, auf die Pfründe kommt's ihnen auch nur an, auf den Trog, aus dem sie fressen können. Und ihr Gegrunz ist für die andern.« Bachmann ließ sich wie erschöpft am Tische nieder. »Und was sagt die Julia zu solch einem?«

Melchthofer hob den Kopf, und in seinen Augen blitzte es auf. »Ach, das ist deine Sorg'? Hast' sie nicht selbst verschuldet? Jahr um Jahr bist' ferngebliebe', und die Jungfer hat sich die Auge' wund geschaut nach dir.«

Bachmann senkte den Kopf. »Es ist wahr, ich hab' keinen Entschluß gefaßt, immer nur auf die Zeit gehofft, auf die große Wandlung aus des Luthers Lehre. Wollt' diese Wandlung selbst mit schaffen. Doch da sie in Süddeutschland und Thüringen aufgekommen, ward sie auch schon wieder niedergeschlagen. Bin jetzt so arm wie die Bauern.«

»Das ist keine Schand', wenn einer reich ist in der Brust, im Kopf hier oben drin. Gradstehen muß einer lerne'!«

»Ich hoffe, es gelernt zu haben.«

»Dann zeig's.«

Bachmann nickte. Da klappte das Hoftor, und Schritte gingen über den Hof. Eine Kinderstimme kam ins Haus. Die Tür ging auf. Der kleine Markus stürmte auf den Meister zu. Hinter ihm trat Julia ein. Sie lachte Bachmann entgegen. Und mit eins sah er sie als die Meisterin ...

Gleich darauf aber kam auch Barbara herein. War sie in seinen Gedanken nicht schon vor Jahren die kommende Meisterin gewesen – und Berthold Thamm der Meister?

Nun erwiderte er Julias Lachen nur mit erzwungenem Frohsein. Ein neues Hindernis trat auf: Sollte er sein Glück auf dem zerbrechenden Glück ihm seit Jahren lieb gewesener Menschen aufbauen?

Und wieder lag die lange Landstraße vor ihm, der Weg nach Böhmen oder sonstwohin . . .

Sebastian Balzer kam vom Feld. Er trug die Hacke auf der Schulter, den Wasserkrug in der Hand. Vor dem Hofe begegnete ihm der Bauer Möbius. Beide blieben stehen.

»Mich freut's für den Alten, daß du wieder zurück, Sebastian«, sagte der Bauer. »Die Elternleut' wären Hungers gestorben. Und wer anders sollt' helfen? Uns armen Kossäten fehlt's selbst an allen Ecken und Enden.«

»Und die's haben, sind hart vor Geiz«, setzte Sebastian hinzu.

Möbius nickte. Dann hob er den Kopf und hielt den Weg hin Ausschau. Sebastian folgte seinem Blick, da sah er den Bauern Hildebrandt kommen. Er führte am Strick eine Kuh, sie brummte dem Stall entgegen.

»Es ist eine schöne Kuh«, sagte Möbius. »Er bracht' sie nach Dobin zum Decken. Ein Kalb erleichtert die Abgab'.«

»Ja; mir aber würd's die Abgab' noch erschweren. Sind ein, zwei Jahr' hin, bis eine Kuh draus wird. Wär' nur ein Fresser mehr und gäb' keine Milch.« Sebastian seufzte.

Der Bauer Hildebrandt war indessen so weit herangestapft, daß sie ihre Stimme senken mußten. Möbius schob Sebastian den Kopf unters Gesicht. »Vor ihm halt 's Maul, so gut's geht. Er ist arg neugierig. Troll dich!« Damit ging er weiter, ins Feld hinaus, dem Walde zu. An Hildebrandt drückte er sich mit kurzem Gruß vorüber.

Der fand zum Schwatz mit ihm auch gar keine Zeit mehr; die Kuh zerrte ihn vorwärts, drängte dem Stall zu. Und auch er selbst hatte es eilig, den jungen Bauern einzuholen. Am Schafstall erreichte er ihn. »He, Sebastian!«

Balzer wandte den Kopf, umfing mit großen Augen die prächtige Kuh. Nur zwei solche im Stall, und er wollte des Vaters Wirtschaft schon wieder in Schwung bringen, trotz aller Abgaben an Amt, Kirche und Junker.

Der Bauer nickte ihm zu. »Herrgott, gehst dahin, schwer wie

ein Stier, bist im Mansfelder Land schier noch um einen Kopf gewachsen.«

»So ich dir gefalle, tausch mich beim Vater für diese ein«, erwiderte Sebastian mit einem Blick auf die Kuh. »Zur Beschälung werd' ich freilich nicht taugen, doch gut ersetz' ich ein Pferd.«

»Man soll den Menschen nicht einspannen wie 's Vieh. Doch seh' ich, dir hat's im Berg nichts geschad't. Den einen wirft's um, den anderen macht's mächtig.«

»Mich hat's nur hungrig gemacht.«

Hildebrandt riß die ausschreitende Kuh zurück. »He, kommst noch früh genug unter Dach und Fach!« Er lachte Sebastian zu. »Auch hungrig –. Und so sind wohl auch die Bauern in Schwaben, Hessen und Mansfeld nur hungrig gewesen wie die Wölf'. Da haben sie viel Tausend erschlagen.«

Sie waren schon ins Dorf gekommen; noch zwei, drei Katen, dann standen sie vor Hildebrandts Hof. Sebastian wollte weitergehen.

»Am Sonntag hat der neue Pfarr' von Dobin darüber gepredigt, die Fürsten hätten in Mansfeld Gotteswerk getan«, fuhr Hildebrandt fort.

»Gotteswerk? – Fürstenwerk, Bauer. Gott erschlägt keinen, nicht einmal die Wölf'.«

Sebastian biß sich auf die Lippe; wozu sagte er solch einem das?

»Sie haben 's Land 'brandschatzt«, hielt ihm der Bauer eifrig entgegen.

»Hab' nichts gesehn.«

»Im Thüringer Land, in Mühlhausen, hatten sie den Rat abgesetzt und einen eigenen gebildet.«

»Was heißt das: einen eigenen gebildet; wessen schon sollten sie bilden? Ist doch ohnhin ihr Rat. Die Stadtleut' wählen den Rat. Und wählen die, so ihr Vertrauen haben.«

»Aber der alte Rat saß rechtlich –«

»Auch ein neuer Rat sitzt rechtlich«, fiel ihm Sebastian ins Wort und bereute im gleichen Augenblick auch diese Widerrede.

»Wenn die Bauern den Stadtrat wählen, ist's nicht rechtlich,

Sebastian«, sagte Hildebrandt und zerrte die dem Stall zustrebende Kuh am Strick zurück. »Der Dobiner Pfarr' hat guten Bericht aus Thüringen und Mansfeld. Da sieht man erst, wie's war.« Er blickte Sebastian lauernd von der Seite an. »Und du warst dort im Land und hast nichts gesehen.« Wie verwundert schüttelte er den Kopf.

»Bin schon im Märzen abgewandert, nach Leipzig, dort als Fuhrknecht unterzukommen. Aber es war nichts Recht's, so kam ich wieder heim.« Er wandte sich zum Gehen.

Hildebrandt sah ihm noch eine Zeitlang nach, ließ der Kuh dann aber ihren Willen und stapfte neben ihr her in den Stall.

Die Frau kam aus dem Hause. Sie hatte am Fenster gestanden und gelauscht. »Was hat der Sebastian erzählt? War er bei den tollen Bauern?«

»Er sagt nein«, brummte Hildebrandt, den Stall verlassend. Er fühlte die Neugier der Bäuerin wie etwas Spitzes auf der Brust. Wo es ihn nur trieb, des Pfarrers Reden widerlegt oder bestätigt zu hören, stieß sie in die Sache hinein, wie um nun selbst noch ein paar Aufständische zu erwischen. Nein, solch gefährliches Spiel lockte ihn nicht. Er wußte, daß der Kurfürst befohlen hatte, alle Bauern, die in Thüringen oder Mansfeld dabeigewesen waren, zu ergreifen und mit dem Schwerte zu richten. Ja, da hieß es, die Zunge im Zaume zu halten!

»Schau ihm nur richtig ins Gesicht, Mann«, sagte die Frau, »es irrlichtert ihm in den Augen.«

»Eh – halt 's Maul!« fuhr er sie an. »Kitzelt's dich, falsch' Zeugnis zu reden wider deinen Nächsten?« Damit ging er ins Haus, und die Frau sah ihm mit scharfen Vogelaugen nach.

Dann betrat sie den Stall und klopfte der heimgebrachten Kuh wohlgefällig den Leib, in den Fingern schon das Ausstrekken nach dem Kalb.

Frau Herberger nahm ihren Nähkorb und setzte sich in der großen Stube ans Fenster. Der Ratsherr hatte sie soeben verlassen, um im Rathaus an einer Sitzung teilzunehmen; einige Stunden würde sie nun für sich allein haben.

Es war still im Hause, nur aus der Küche kamen gedämpft Geräusche von tönernem Geschirr; die junge Magd ging damit sehr vorsichtig um, hatte der Hausherr sie eines zerbrochenen Kruges wegen doch schon einmal wütend geschlagen. Fast drei Jahre war dies schon her, aber noch immer fürchtete sie ihn mehr als den Teufel, und nur der Umstand, daß Frau Herberger stets für sie Partei nahm, hielt sie im Hause.

Herberger war in letzter Zeit überaus unverträglich geworden. Es verging kein Tag, ohne daß er einen Zusammenstoß mit seiner Frau herbeigeführt hätte. Nach christlich-bürgerlicher Hausordnung war die Frau gehalten, sich allen Anordnungen und Meinungen ihres Gemahls zu unterwerfen. Darauf zu bestehen, erschien dem Ratsherrn geradezu als Gottes Gebot. Alle Weiber fügten sich ihren Männern ohne Widerspruch.

Dennoch sah und hörte man hier und da, daß es Ausnahmen gäbe, doch wenn man diese näher betrachtete, so war der Mangel der Männer offensichtlich: Sie hatten nichts in der Hand, nichts im Kopf und gewiß auch sonst nicht viel Männliches aufzuweisen. Da waren solche Fälle auch kaum bedauerlich, eher belustigend.

Er aber, der Gewandschneider und Ratsherr, besaß Geld und Macht. Und dies sollte nicht ausreichen, einer Frau die Zügel anzulegen?

Es reichte nicht aus. Auch Frau Herberger war ein Ausnahmefall. Sie ließ sich in letzter Zeit nur noch schwer bändigen. Längst hatte sie ihn davon enthoben, sich in seinen ehelichen Pflichten zu versuchen; wenn er es doch tat, wich sie ihm aus oder verschloß sich vor ihm. So hatte er immerhin Grund genug, sich besonders gekränkt mit ihr auseinanderzusetzen. Doch daß er dabei drohte, sein Eherecht mit der Gewalt des Gesetzes zu erzwingen, verfing bei ihr nicht mehr, sie verhielt sich so unliebenswürdig wie möglich und erwies ihm eine solche Verachtung, daß selbst seine ohnehin schwachen erotischen Gefühle abstarben, von den rein ehegemeinschaftlichen ganz zu schweigen. –

Während Frau Herberger nun am Fenster saß und die Nadel führte, widerspiegelte sich dieser Zustand in allen ihren Gedanken, und sie mühte sich, ihnen einen anderen, schöneren Inhalt zu geben. Doch es wollte ihr lange nicht gelingen.

Plötzlich hörte sie die Haustür klappen. Sie erschrak: Sollte der Ratsherr schon wieder zurück sein? Gleich darauf aber hörte sie eine helle Kinderstimme. Die etwas herbgewordenen Züge ihres Gesichts milderten sich, eine zarte Röte leuchtete ihr von den Wangen. Sie legte die Näharbeit in den Korb und setzte sich zur Begrüßung zurecht. Barbara kam und mit ihr der kleine Markus. Schon klopfte es an die Tür. Nach der Hausfrau Herein wurde sie hastig geöffnet; auf der Schwelle stand das Kind und hinter ihm die Mutter.

Markus verharrte noch ein Weilchen. Dann lief er geradewegs auf Frau Herberger zu und streckte ihr die Hände entgegen.

»Grüß Euch Gott, Mühmchen Maria!« sagte er seltsam ernst. Frau Herberger erwiderte seinen Gruß und hob ihn auf ihren Schoß. »Wie gut er schon spricht«, bemerkte sie zu Barbara, auch ihr die Hand reichend.

»Ja, es kann einem Angst machen«, erwiderte diese, »Julia unterrichtet ihn mit gar zu großem Eifer. Am liebsten möcht' sie ihm auch 's Schreiben schon beibringen.«

Frau Herberger schüttelte belustigt den Kopf. Dann sagte sie, beinahe vorwurfsvoll: »Du bist lang ausgeblieben; ich hätt' dich manchmal brauchen können.«

»Daher komm' ich ja, Euch heut zu helfen. Und auch morgen will ich Zeit finden.« Barbara nahm eine Schürze aus ihrem Handkorb und band sie sich um. »So, nun will ich in die Küche zur Magd gehen.« Sie hatte sich schon abgewandt, blieb dann aber stehen und trat noch einmal auf Frau Herberger zu.

»Muß Euch noch was berichten.«

»So – dann tu's. Setz dich, Barbara.«

Barbara zog sich einen Stuhl heran und legte die Hände in den Schoß. Es fiel ihr offensichtlich schwer, die rechten Worte zu finden. Endlich begann sie zu sprechen:

»Ist einer ins Melchthoferhaus zurückgekehrt.«

»Wer?«

»Hans Bachmann.«

»Was sagst du da? Will er wieder zur Universität, weiterstudieren – oder gar als Lehrer?« Frau Herberger beugte sich vor.

»Nein, er will nicht zur Universität.«

»Was kann er sonst hier tun?«

»Er will beim Meister Melchthofer schaffen.«

»Aber – was versteht er vom Handwerk?«

»Er will's erlernen.«

»Das begreife ich nicht.« Frau Herberger schüttelte den Kopf.

Barbara stand auf und blickte sie sorgenvoll an. »Ich muß Euch bitten, es nicht dem Ratsherrn zu sagen: Der Hans kann in Leipzig nicht mehr bleiben.«

»Warum nicht?«

»Ich weiß es nicht. Aber dort ist wohl Gefahr für ihn.«

»Und hier –?«

»Auch. Doch er kann wohl anderswo nicht hin.«

»Suchen sie ihn?«

Barbara hob die Schultern. »Es muß wohl so sein. Berthold hat gesagt, er soll nur in der Werkstatt bleiben. Ich bitt' Euch, sprecht zu keinem darüber.«

Frau Herberger überlegte, und ihre Gedanken stießen von selbst auf die Berichte aus Mansfeld. Sollte Bachmann dort dabeigewesen sein? »Mein Gott!« sagte sie leise. Sie ließ den kleinen Markus von ihrem Schoß gleiten und stand auf. »Hoffen wir, daß alles zum Guten sich wende.«

Barbara ging in die Küche hinüber, sie nahm das Kind mit. Frau Herberger war wieder allein, und doch nicht allein; alle Menschen, für die sie Gefahr fürchtete, standen im Geiste vor ihr: – Bachmann, er trug schon des Kleinschmiedes Gewandung, ein richtiger Gesell; – Meister Melchthofer, er machte eine Gebärde, die soviel bedeutete wie: Was soll man da sage'? – er war ernst, doch wie ein Vater, der seinen Schutz suchenden Sohn nicht verstößt; – dann Barbara und Julia, beide in Sorge um ihre Zukunft.

Frau Herberger setzte sich wieder. Unruhe quälte sie. Sie beugte sich zu ihrem Nähkorb herab, doch sie war mit den Gedanken nicht dabei, als ihre Hände das Linnen aufnahmen und die Nadel suchten. Sie tat ein paar Stiche – vor ihren Augen verschwammen Faden und Gewebe, und wieder lag die Hand kraftlos in ihrem Schoß.

Auf einmal war ihr grausam bewußt, daß der Frieden und das Leben aller dieser lieben Menschen von keinem mehr bedroht waren als von ihrem Ehegemahl.

DAS ENTSPRUNGENE WORT

Der Bauer Hildebrandt wußte, wie neugierig und spitzzüngig seine Frau war und wie sehr sie von Sebastian Balzers Heimkehr beunruhigt wurde. Wenn im ganzen Dorfe niemand etwas Aufregendes dabei fand, daß der Sohn alter, gebrechlicher Leute aus der Fremde nach Hause kam, um deren kleine, armselige Wirtschaft zu übernehmen – seine Bäuerin vermutete hinter den natürlichsten Geschehnissen irgendein Geheimnis, das sie aufdecken mußte.

Aber obwohl er ihre bösen Neigungen kannte und auch verabscheute, es stachelte ihn kaum weniger als sie, zu erfahren, ob Balzers Heimkehr wirklich besondere Ursachen habe. Und das Wort saß auch ihm gar zu locker.

Am Abend ruhten beide auf der Bank vorm Hause von ihrem Tagewerk aus. Sie flickte an seinen Hemden herum, und er schnitzte aus Eschenholz einen Löffel. Da rutschten ihm die Worte von selbst über die Zunge –.

»Im Mansfeldschen braucht so mancher keinen Löffel mehr«, sagte er und nickte dabei sorgenvoll.

»Warum nicht?« fragte sie.

»Weil die Fürsten ihm 's Maul für immer gestopft.«

»Ah – den aufständ'schen Bauern?«

»Ja, den armen Bauern.«

»Hast gar Mitleid mit ihnen? Sie waren wider die Obrigkeit, hat der Pfarr' gesagt, und so mußte Gott sie strafen.« Die Frau stach mit den Augen auf den Mann zu.

Dennoch stellte er richtig: »Die Fürsten aber haben gestraft.«

»Wie Gott ihnen geheißen!«

»Meinst, Gott tät' so was?«

Sie zuckte die Achseln, preßte den Mund zusammen, als ziehe sie sich in sich selbst zurück. Doch ihre Neugier trieb sie gleich wieder hervor. »Wo liegt's denn, das Land, das Mansfelder Land?«

»Im Thüringschen, weit weg von der Elbe«, antwortete er. »Man muß wohl drei Tag' dahin reisen.«

Sie schüttelte den Kopf. »Das Mansfeldsche im Thüringschen? Liegt eins gar im anderen – und ist doch alles Teufelsland.« Die Bäuerin verzog das Gesicht verächtlich.

Hildebrandt schielte verstohlen zu ihr hin. »Es ist der Fürsten Land«, sagte er herausfordernd.

»Und die Bauern wollten drin herrschen. Wahrlich, gottverlassene Bauern!« gab sie boshaft zurück.

»'leicht hat ihnen der Fürsten Herrschaft nicht mehr gefallen. Und auch den Bergleut' nicht.«

»Und auch den Bergleut' nicht? Der Balzer-Sebastian war ja ein Bergknapp. Also hat sie auch ihm nicht gefallen, der Fürsten Herrschaft.«

»Dies hab' ich nicht gesagt; weißt', dort ist eine ganz ander' Welt als hier: droben die Äcker und drunten im Berg das Kupfer, das Silber und Gold, welches die Bergleut' graben. Und überall haben die Fürsten die Hand drauf, auf dem Korn, Gras und Wald, auf Silber und Gold. Das wurmt die Bauern wie die Bergleut'.«

»Gold graben sie dort?« fragte die Bäuerin ungläubig.

Hildebrandt nickte. Und mit eins kam ihm beim Anblick ihres von Gier gespannten Gesichts der Gedanke, der Sebastian könne am Ende solch einen Beutel pures Gold beiseite geschafft und nun auf seinem Hof versteckt haben. Unruhe packte ihn; schon wurde daraus quälender Neid. »Ja, sie graben dort Gold.«

»Und auch der Balzer-Sebastian?« Die Bäuerin hob die Nase, als rieche sie nun schon Gold.

»Auch der Sebastian.«

»War im Goldbergwerk?«

»Ja, im Goldbergwerk. Wir wissen's doch all' seit Jahr und Tag.« Hildebrandt wurde immer mitteilsamer. »Gold graben sie dort. Und stecken wohl auch einmal einen Batzen davon in die Tasch'.« Er sagte es wie im Spaße.

»Siehst' – und dann laufen sie zu den Bauern hin, welche die Kirchen ausgeraubt und auch reich geworden. Es gefällt ihnen, reich zu sein – und möchten immer noch reicher werden. Schon trachten sie nach der Fürsten Schätze. Und sind mitten im Aufstand.« Die Bäuerin geriet in eine von Raffgier aufgepeitschte Erregung. »Was nimmt's da wunder, wenn der Sebastian mit dabei ist. Ich sag' dir, es irrlichtert in seinen Augen!«

Hildebrandt erschrak über den Eifer seiner Frau. Welch Unheil konnte sie anrichten! »Schwatz nicht närrisch«, versuchte er sie zu besänftigen.

»Haben die Bauern nicht Mord und Brand übers Land gebracht? Hast's doch vernommen, was der Pfarr' in Dobin gesagt. Eine mörderisch' Schlacht war's.«

»Er hat's so sagen hören. Man müßt's wissen von einem, der dabei war. Aber der Sebastian sagt, er habe nichts gesehen.« Hildebrandt dachte wieder an den Beutel Gold und sah ihn bereits durch das halb verfaulte Schilfdach der Balzers leuchten.

Schärfer zwickte ihn der Neid. Und da war es heraus: »Doch, ich glaub's schon, er war dabei!«

Die Bäuerin richtete sich wie ein Raubvogel auf. »Da – du glaubst's schon selber.«

Hildebrandt duckte sich. Die Wirkung seiner Worte machte ihn klein. »Nein, was heißt's, ich glaub's? Das ist kein Beweis. Am End' tut man ihm unrecht.«

»Ah –, dies glaubst du gewiß nicht!« Die Bäuerin nagelte ihn fest. »Hast du nicht gesagt, du glaubst, daß er im mansfeldschen Aufstand dabei war?«

»Im Aufstand –? Dies hab' ich nicht gesagt.« Hildebrandt trat der Schweiß auf die Stirn.

»Wo sonst soll er gewesen sein?« fragte die Frau höhnisch.

»Im Mansfeldschen, dort hat er ja geschafft, als Bergknapp geschafft. Und 'leicht hat er auch gesehen, wie die Bauern sich zusammengerottet. Aber muß er mitgemacht haben? Er ist schon im Märzen nach Leipzig.«

»Nun, der Stadtrichter versteht mehr davon – und wir werden's sehn.« Die Bäuerin richtete sich voller Genugtuung auf.

Hildebrandt sah mit Unbehagen ihr scharfes selbstgefälliges Gesicht. »Was hat der Stadtrichter damit zu tun? Willst du dort Anklag' stellen? Daß du dich unterstehst – – –, ich wüßt' nicht, was ich tät'! Der Sebastian ist ein ehrsam' Christ. Am End' ging er fort aus dem Mansfeldschen, weil's ihm dort zu unruhig geworden. Herrgott – Weib, halt deine Zung' in Zucht! Ein Wort – und der Richter greift zu; aber tausend

Wort' reichen nicht aus, den Unschuldigen vorm Schwert oder Galgen zu retten.«

»Und wenn er nicht unschuldig –?«

»Wie wir dies nicht wissen können – und auch nicht wissen wollen, so weißt du nicht, ob er schuldig.«

»Es wird sich zeigen –«

»Was kümmerst' dich um solche Ding', Weib?!«

»Gott will's so, man muß wissen, ob nicht der Teufel schon im Dorf.«

»So laß Gott tun, und du halt 's Maul!« Hildebrandt sah, wie seine Frau sich mehr und mehr in den Gedanken verrannte, der Sebastian könnte ein Aufrührer sein. Er hätte es selbst gern gewußt, ob es so war, doch er fühlte: Seine Neugier konnte Sebastian das Leben kosten. Insgeheim verfluchte er den Augenblick, in dem ihm die den jungen Bauern verdächtigenden Worte entschlüpft. Gern hätte er sie zurückgenommen, doch die Bäuerin hatte sie schon verschluckt. So bemühte er sich nun, sie zu beruhigen und abzulenken, womit er sie in ihrem Verdacht freilich nur noch bestärkte. Schließlich verlegte er sich aufs Bitten.

»Tauch deine Händ' nicht in unschuldig' Blut und lad mit dummem Geschwätz nicht Schuld und Unheil auf mein Haus. Ich bitt' dich, Weib, die Leut' haben heut spitze Ohren und scharfe Mäuler. Ist nicht Jammers genug in der Welt?«

»Ja, Jammers genug. Drum muß man ihn vertreiben, denn er kommt vom Teufel, wie der Doktor Luther gesagt«, entgegnete die Bäuerin verstockt.

»Auch der Doktor Luther vertreibt ihn nicht – mir scheint's eh', er hat ihn gerufen!«

»Lästre den Doktor nicht!« fuhr die Frau auf.

Er erhob sich und stierte sie wütend an, in der einen Hand den halbfertigen Löffel, in der anderen das Messer. Ganz nah trat er auf sie zu. »Ich sag' dir, so du das Maul nicht hältst, schneid' ich's dir ab!« Damit ging er ins Haus, und die Bäuerin hörte die Brettertür zuschlagen, daß es krachte.

Bachmann trug jetzt Kittel und Hose der Handwerksgesellen. Dazu derbe Schuhe und eine alte Mütze; Kittel und Hose waren etwas reichlich, die Schuhe nicht mehr neu; der Rand der Mütze hing lappig herab und bedeckte die ganze Stirn. Er hatte sich von Thamm die Haare kürzer schneiden lassen. So war von dem immer ein wenig elegant gekleideten einstigen Studenten und späteren Magister nichts mehr übriggeblieben, er unterschied sich von den Lehrbuben und Gesellen der Stadt nur noch durch seine gebildete Sprache. Doch auch diese konnte er verkleiden ...

Wie er jetzt die Collegiengasse hinab in Richtung der Universität schritt, das war wie einst – und doch ganz anders. Damals ging er als ein freier, selbstbewußter Schüler seines Wegs dahin, oft – in den ersten Jahren der Reformation – tief aufgewühlt, bereit, die ganze mittelalterliche Welt zu zertrümmern und eine neue Welt der Gerechtigkeit, eines freiheitlichen Geistes, einer neuen Menschengemeinschaft mit aufzubauen. Heute war es, als seien ihm die Füße zu schwer, die Gasse fremd und grau. Er beobachtete die Gesichter der Vorübergehenden; noch hatte er kein bekanntes gesehen, gleichgültig begegneten ihm nicht nur die Schüler, sondern auch die Handwerksgesellen und Bauern.

In dieser Stadt lebte nicht ein Deut von Erinnerungen an den lebendigen, kämpferischen Studenten Bachmann. Sicher besannen sich seiner auch alle verbliebenen Lehrer nicht mehr, selbst wenn sie ihn jetzt hier trafen.

Auch der Professor Selinger nicht?

Bachmann bekam Herzklopfen, als er sich dem Hause näherte, das in jenen Jahren des Sturmes um Luther von der schönsten Frau Wittenbergs bewohnt wurde: Anna Pergesius, bald schon seines Professors strahlende Gemahlin. Doch so bitter die Reformation für das Volk verlief, nicht weniger bitter endete diese Ehe. Anna lebte nun dort, von wo er herkam, in Leipzig.

Ob der Professor allein geblieben war?

Bachmann stand jetzt vor der Tür des Hauses, hinter dem er das Gartenhaus Selingers wußte. Er klopfte. Wartete. Es war ihm, als müsse die Magd von damals ihm öffnen. Als aber die Tür aufging, war es eine andere. Sie betrachtete ihn neugierig und hochmütig zugleich.

»Der Herr Magistrat Magenfried ist nicht zu Hause«, ließ sie sich hören und war schon dabei, die Tür wieder zu schließen.

Bachmann kam ihr zuvor; das rechte Bein schon im Flur und die Hand am Türrahmen, beugte er sich der resoluten Jungfer entgegen und sagte: »Nicht zum Magister Wagenfried will ich –«

»Magenfried«, verbesserte sie ihn.

»Also – nicht zum Magister Magenfried –, sondern zum Professor Selinger.« Bachmann lächelte freundlich.

»Warum gehst du nicht vom Garten her in sein Haus?« fuhr sie ihn an.

»Vom Garten her . . .?«

»Ja, vom Garten an der Stadtmauer.«

Bachmann stand einen Augenblick unschlüssig. »So laß mich nur dies eine Mal noch über den Hof.«

»Es geht nicht. Der Herr Magister Magenfried hat zwischen Hof und Garten einen hohen Bretterzaun errichten lassen. Du mußt zur Stadtmauer gehen.« Damit schob sie ihn hinaus und die Tür hinter ihm zu.

Bachmann überlegte. Also: Der Magister Magenfried wollte nichts mit dem Professor Selinger zu tun haben. Und es gab sicher sehr viele in der Stadt, die ihn mieden. So konnte er getrost zu ihm gehen. Doch er brauchte nicht bis zum Markt zurück, durch die Elbtorgasse und an der Stadtmauer entlang zu gehen, sondern konnte den Weg über den Hof der Universität nehmen. Es würde dort manches zu sehen sein. Der Hof war weit und übersichtlich wie einst. Doch war in ihm nichts Neues zu entdecken. Die Gebäude standen grau und kahl im nach Westen offenen Karree; der Hof lag ausgebreitet bis zu dem geöffneten Tor, wo der Weg zwischen der Stadtmauer und den Gärten begann. Einige Gruppen von Studenten gingen im milden Sonnenschein auf und ab. Aus dem Hauptgebäude trat ein Lehrer hervor, blickte sich prüfend um und nahm dann den Weg durch die Lücke zur Gasse hin. Bachmann kannte ihn nicht.

Schon hatte er das Hoftor hinter sich. Ein paar hundert Schritte weiter befand sich die Gartenpforte, durch die man Selingers Haus erreichte. Es war Vormittag, die Vorlesungen hatten noch nicht begonnen, und der Professor mußte zu Hause sein.

Bachmann schob den Riegel der Pforte zurück und betrat den Garten. Dieser war verwildert und von Unkraut überwuchert. Das Haus erhob sich aus üppigem Grün mit blinden Fenstern; kein Laut drang aus ihm ins Freie. Bachmann ging zur Tür hin. Er klopfte. Niemand antwortete. Er stieß die Tür auf, stieg zögernd die Treppe hinan, stand dann vor der Wohnungstür. Wieder klopfte er, lauschte atemlos in die Stille und erwartete kaum noch, daß eine Stimme sie durchbreche. Um so mehr erschrak er, als diese Stimme bereits dicht hinter der Tür war und fragte, wer da sei.

»Ich«, erwiderte Bachmann aufgeregt.

»Wer – ich?«

»Euer Schüler Bachmann.«

Die Tür ging auf. Da stand der Professor, aufrecht wie einst, doch in manchem anders: leicht angegraut schon das Haar, der Mund schmaler, die Wangen hager, das Kinn härter hervortretend, nur Augen und Stirn klar wie vor Jahren. »Wer seid Ihr?« fragte er beunruhigt.

Bachmann nahm die Mütze ab, doch da ihm die braune Haarfülle fehlte und sein Gesicht seit Tagen unrasiert war, wurde er für Selinger nur noch fremder.

»Hans Bachmann aus Leipzig«, stellte er sich noch einmal vor. »Weiland Student der Rechte, habe ich Anno eintausendfünfhundertzweiundzwanzig hier den Magistergrad erworben.«

Jetzt entsann sich Selinger des jungen Mannes, der ihm ein so treuer Anhänger gewesen, ihm und auch Luther.

»Wo kommt Ihr her?« fragte er betroffen.

»Von Leipzig, kam vor acht Tagen hier an und wohne beim Meister Melchthofer«, erwiderte Bachmann.

Selinger forderte ihn auf, einzutreten, schloß, als er seiner Aufforderung nachkam, die Tür hinter ihm und bot ihm einen Stuhl an. Sich ihm gegenübersetzend, sagte er: »Ihr seid in Handwerkerkleidung. Wollt Ihr etwa der Lehre Professor Karlstadts folgen und aller Gelehrsamkeit Valet sagen?«

»Nein, nicht der Gelehrsamkeit, nur Leipzig und wohl auch einem geruhsamen Leben als Syndikus irgendeines Fürsten oder Stadtrates«, gab Bachmann sarkastisch zur Antwort.

»Ihr kommt in Verkleidung – – –. Seid Ihr aus Leipzig geflüchtet? Was wollt Ihr hier?«

Bachmann schüttelte den Kopf. »Nicht in Verkleidung bin ich gekommen. Meister Melchthofer nahm mich auf, und so schaff' ich in seiner Werkstatt mit. Da braucht's der Locken und des Sammetwamses nicht.« Er lächelte.

Selinger betrachtete ihn nachdenklich. »Habt Ihr mit Vater und Mutter Differenzen?«

Bachmann verneinte.

»So sagt, was verleidet Euch Leipzig? Ist dort doch ein besser' Pflaster als in Wittenberg?«

»Es kommt auf die Umständ' an.«

»Wie soll ich das verstehen? Ist eine Jungfer dabei?«

Selinger stützte den Ellbogen auf den Tisch und legte die Hand über die Stirn, er dachte an Anna, die Frau, die ihn verlassen und in Leipzig lebte. Seine mutwillige Frage berührte ihn jetzt tiefer als Bachmann.

»Auch«, erwiderte dieser. »Damals schon erwählt' ich mir des Meisters Tochter Julia.«

»So wollt Ihr selber Meister werden?«

Bachmann schüttelte den Kopf. »Nicht dahin geht mein Sinnen.«

»Wonach dann?«

Bachmann erhob sich. »Euch, Herr Professor, darf ich's nicht verschweigen. Ich glaub' in Wittenberg als Handwerksbursch mich sicherer.«

Jetzt stand auch Selinger auf. »Vor wem?«

»Vor den Häschern der Fürsten.«

Selinger erschrak. »So seid Ihr im Mansfelder Land dabeigewesen?«

»Ja«, entgegnete Bachmann einfach.

»Warum sagt Ihr mir das?«

»Weil ich wissen will, ob Ihr mir helfen wollt, so es not.«

»Ich – Euch helfen? Wo ich mir selbst nicht helfen kann?« Selinger war tief erregt. »Das Blutgericht der Fürsten ist wie eine Seuche, bricht in alle Städte ein. Wann wird's hier das erste Opfer finden?«

»Wenn man mich entdeckt.«

Bachmann sprach es ernst und scheinbar gelassen aus, doch Selinger fühlte, wie sehr er des Lehrers Beistand und Zuspruch bedurfte.

»Ihr müßt Euch ruhig verhalten«, sagte er. »Weiß Meister Melchthofer davon, daß Ihr . . .?«

»Er weiß alles.«

»Auch seine Leute?«

»Auch sie.«

»So seid Ihr verloren.«

»Alle stehen zu mir, Herr Professor.«

»Ihr glaubt an eine verschworene Gemeinschaft?«

»Ja. Und ich wünschte, Ihr gehörtet dazu.«

»Ihr fordert viel. Wißt Ihr denn, ob ich zu solchen mich rechne, welche für Müntzer waren?«

»Ich weiß es. Wen Luther verließ, der mußt' zu Müntzer gehen.«

»Euere Rechnung ist einfach.«

»Das Einfache ist immer das Rechte. Auf zwei Beinen stand die Reformation: auf Kirche und Volk, auf Luther und Müntzer; das eine blieb stehen und wurde faul, das andere schritt vorwärts und . . .«

»–wurde weggeschlagen«, fiel Selinger ein. »Die Reformation stürzte, ist tot.«

»Sie ist nicht tot, sie lebt weiter im gemeinen Mann, im Bauern und Handwerker und auch im wahren Gelehrten.« Bachmann drang beschwörend auf Selinger ein. »Herr Professor, wir müssen der reinen Reformation Nachklang sein, bis daß Deutschlands Volk uns hört.«

»Ihr seid ein ungestümer Mensch, Bachmann, ich aber bin ein ermüdeter Mann, geschlagen wie die Reformation selbst. Mein ganzes Herz gehört ihrem Andenken, wiedererwecken wird sie keiner.« Er setzte sich schwer, wie vernichtet und hilflos. Mit brüchiger Stimme fuhr er fort: »Ihr seid noch jung. Haltet Euch so verborgen wie möglich und wendet Euch Euerer Jungfer zu. Zeit und Liebe werden Euch über die

Gefahr hinweghelfen. Später werdet Ihr sehn, was Euch dienlich ist.«

Bachmann war enttäuscht. »So darf ich nicht wieder zu Euch kommen?«

Selinger blickte ihm ernst und mahnend in die Augen. »Nein. So Ihr aber dennoch kommt, weiß ich, daß man hinter Euch her –, dann will ich tun, was ich kann, auch unter Gefahr für mein Leben.«

Als Bachmann die Stube betrat, stand Balzer am Waschfaß und wusch sich die Hände. Das Wasser war trübe von Lehm und Erde.

»Du kommst zur rechten Zeit«, sagte er. »Vater und Mutter sind in Hildebrandts Haus zur Betstunde, der Pfarr' von Dobin ist da. War gute Gelegenheit, die Fahne ins Versteck zu bringen.«

Bachmann setzte sich auf den Schemel und stützte den Arm auf den Tisch. Verwundert betrachtete er Sebastian, der für die Stube viel zu groß war und immer ein wenig gebückt stehen mußte. In diesem Augenblick kam ihm die ganze Hilflosigkeit des gemeinen Mannes zu Bewußtsein, Hilflosigkeit vor der Macht der Herren, die in Person oft so lächerlich, schlapp und gebrechlich waren, daß man ihrer mit einem Handstreich ein Dutzend hätte umwischen können. Aber sie sperrten einen Riesen in eine Zwergenhütte. Was war dies nur für eine Macht? Woher kam sie? Kam sie aus des Volkes Blindheit und Schwäche, aus seiner Befangenheit vor Gott oder doch denen, die für ihn zu stehen vorgaben?

»Da wird sie keiner finden«, sagte Balzer.

Bachmann schrak aus seiner Grübelei auf und sah Sebastians Augen zuversichtlich auf sich gerichtet. – Der Held von Frankenhausen empfand Genugtuung darin, daß er die Fahne, die dem Volke im Kampfe ums Recht voranwehen sollte, verstekken konnte, verstecken vor dieser verächtlichen Macht, einer Horde von Knickern, Triefäugigen und Feiglingen. Welch eine Welt hatte Gott doch erschaffen! Ein Dasein voller Widersprüche, einen Pfuhl von Unrecht, Betrug, Falschheit und Haß. Und tausend und aber tausend Pfaffen salbaderten von Menschenliebe, Liebe zum Nächsten, Liebe zu den Schwachen. Es war zum Verzweifeln.

»Wo hast du sie versteckt?« fragte Bachmann.

»In der Giebelwand unterm Schilfdach, gut eingebettet in trockenen Lehm, mit einem Brett vernagelt. Sieht aus, als wär's geflicktes Gebälk.«

Balzer setzte sich zu ihm. Dann aber stand er wieder auf und sagte: »Komm, daß ich's dir weise, 'leicht kommt man später nicht mehr dazu, und so mir was geschieht, mußt du wissen, wo die Fahne liegt.«

Der Riese rechnete mit seinem Untergang ... Doch daß die Fahne nicht untergehe, dafür stand er ein. Bachmann empfand das ganze Elend seiner Zeit so schmerzlich, daß er hätte davonlaufen mögen, irgendwohin, in ein Land ohne Menschen, ohne Unrecht, ohne Haß, das Land Utopia –.

Balzer verließ die Stube und stieg im Stall die Leiter zum Boden hinauf. Bachmann folgte ihm. Sie krochen durch Heu und Stroh der Luke zu. Unter ihnen meckerten die Ziegen, gakkerten die Hühner, die sich schon zur Ruhe begeben hatten und nun gestört wurden.

Vor der Giebelwand angekommen, richtete Balzer sich halb auf. »Hier, dies Brett, dahinter liegt sie wohlverwahrt. Der Vater soll davon nichts wissen, es nähme ihm den Schlaf.«

Bachmann nickte. Er roch den Heuduft und atmete einmal tief auf. Die Sucht, sich in dieser weichen Fülle auszustrecken und zu schlafen, ein Jahr, zwei, drei Jahre lang, befiel ihn plötzlich.

»Komm – zurück«, sagte Balzer.

Doch Bachmann blieb liegen. »Hier möcht' ich ruhen«, sagte er und gähnte plötzlich so laut, daß der junge Bauer sich überrascht nach ihm umsah.

»Bist du so müd', Hans?« fragte er.

Bachmann machte eine fahrige Gebärde. »In dieser Zeit möcht' man die Augen schließen«, murmelte er.

»Hast Ärger mit dem Melchthofermeister?«

»I wo.«

»Sein Haus ist dir zu eng geworden.«

»Nein, er bietet mir's Gastrecht von Herzen.«

»Weiß er, warum du gekommen?«

»Ja.«

»Und doch heißt er dich bleiben?«

Bachmann bejahte. Er griff unruhig ins Heu, zerrte es hin und her und versuchte es zusammenzuknüllen. »Dennoch würd' ich lieber weiterziehen.«

»Ist's um die Julia?« Balzer wartete gespannt auf die Antwort; sie blieb lange aus.

Endlich nahm sich Bachmann zusammen, er hatte sich selbst noch fragen müssen. »Es ist nicht um die Julia – und ist doch auch um sie.«

»Wie soll ich das verstehen?« forschte Balzer eindringlicher. Bachmann legte sich ins Heu zurück und verschränkte die Hände im Nacken. Sich überlegen gebend, blickte er zu dem knienden Balzer auf. »Es ist so – und ist so. Julia war mir gram, da sie Jahr und Tag warten gemußt. Ich ließ auch nichts von mir hören. Inzwischen bedrängte sie ein anderer, und der großmächtige Ratsherr Herberger steht dahinter.«

»Wer ist das?«

»Du wirst's nicht glauben: der Pfarrer von Dobin.«

»Der Pfarr' von Dobin?«

»Kennst du ihn schon?«

»Nein, bin nicht wild darauf, im Gottesdienst all die Leut' von der Predigt abzulenken.«

»Und doch kennst du ihn. Es ist des Ratsherrn Neffe, Jost Saxendorf.«

Balzer hob die Hände an die Stirn, als müsse er verhindern, daß ihm der Kopf zerspringe. »Gott sei Lob und Dank, daß er von der Betstund' mich abgehalten! Und er helfe mir, daß ich niemals je nach Dobin mich wend'.«

»Und er helfe auch mir, daß ich niemals dem Ratsherrn begegne«, setzte Bachmann ernst hinzu.

»Was sagt die Julia?«

»Sie hat bisher den Pfarrer samt dem Ratsherrn abgewiesen und wird's auch weiter tun.«

»So nimmt sie dich?«

»Was soll sie beginnen mit mir – einem Ehegemahl, den sie nicht sehen lassen darf?«

»Mußt's der Zeit überlassen, Hans.«

»Mit der Zeit stirbt alles weg, und so werd' ich vor der Zeit davongehn müssen.«

»Willst' Julia wieder allein lassen?«

»Gern nähm' ich sie mit. Und auch die Fahne.«

»So seid ihr beid' verloren.«

»Ob hier, ob dort, 's ist einerlei. Die Schlacht ging auch verloren. Je länger ich hier bin, desto mehr wird's mir klar: Die Schlacht ging verloren! Und die Fahn' wird mein Leichentuch.« Bachmann hatte ohne Erregung gesprochen, ausgestreckt auf dem Rücken liegend, als erzähle er vom Schicksal eines anderen, eine Geschichte aus der Heiligen Schrift, eine Mär aus dem Volksmunde. Nach einer Weile richtete er sich auf, um die Leiter hinabzuklettern. Balzer folgte ihm schweigend.

Sie saßen wieder in der Stube. Der Abend sank herab. In der Nachbarschaft bellte ein Hund.

»Du bist mutlos geworden«, sagte Balzer.

»Es ist schwer, den Mut zu bewahren, wenn alles fällt«, entgegnete Bachmann. »War gestern bei Professor Selinger. Er wohnt noch im Gartenhaus, doch allein, geächtet von den Herren der Universität. In Professor Pergesius' Hause sitzt jetzt ein Magister Magenfried, der hat vor Selingers Garten eine Bretterwand errichten lassen, so daß der Professor über den Hof der Universität oder am Elbtor vorbeigehen muß, will er in die Stadt.«

»Und was wolltest du bei ihm?«

»Mir Mut holen.«

»Aber er hat auch keinen mehr, ich seh's dir an. Wenn ich denk', wie zuversichtlich du noch im Gemetzel und auf der Flucht gewesen – und nun am Ziel so sehr im Zweifel!« Balzer schüttelte den Kopf.

»Wir sind nicht am Ziel, haben nur eine Atempause, und im Ausruhen triumphiert man nicht.«

Balzer dachte nach, doch es fiel ihm schwer, die Gedanken zu ordnen. Den Kleinmut hielt er sich vom Leibe, den Ausweg aber sah auch er nicht. Es war ihm nun wahrhaftig zumute, als müsse erst wieder etwas Schlimmes geschehen; dann würden sich seine Muskeln straffen, und es würde ihm in den Händen jucken, den Streitkolben zu schwingen.

Plötzlich waren Stimmen im Hofe. Balzer lauschte an der Fensterluke: Die Eltern kamen von der Betstunde. Als sie eintraten, erhob sich Bachmann, doch sie erkannten ihn nicht. Erst als er dem Bauern die Hand gab, erinnerte sich dieser.

»Ho, seid Ihr nicht der Student Hans Bachmann?«

»Ich bin's.«

»Und im Handwerkerkittel?«

»Hab' den Scholarenmantel abgelegt. Es geht nicht mehr um Rechtsgelehrsamkeit, sondern ums Recht.«

»Wenn's nur euch beiden würde!« seufzte der Vater.

Die Mutter ging in den Stall hinaus, die Ziegen zu füttern. Der alte Bauer sah hinter ihr her und sagte: »Euch's Recht und ihr der Friede.«

»Beides wird kommen«, trumpfte der Sohn auf. »So wahr die Fahn' nicht untergeht. Und dafür will ich Sorg' tragen!«

Der Alte sah ihm von unten her ins Gesicht. »Um welche Fahn' willst du Sorge tragen?«

»Um des Müntzers Regenbogenfahn'«, erwiderte, von seinem Geständnis betroffen, der junge Balzer.

»Wo ist die Fahn', mein Sohn?« forschte der Vater weiter.

Balzer zögerte mit der Antwort. Da sah er, daß Bachmann nickte. »Über unserem Kopf«, sagte er dann, »auf dem Boden, Vater. Und von dort aus wird sie wieder wehn, so der gemeine Mann ein besser' Mal aufsteht.«

»Gott behüt unser Land – und euch beid'«, seufzte der Vater und wollte die Hände falten, doch sie schlossen sich nur zu Fäusten.

GEWITTERWOLKEN

Das Haus des Superintendenten, am Kirchhof gelegen, war erst vor sieben Jahren erbaut worden. Breit und stattlich stand es an der Nordseite der Marienkirche. Als der Pfarrer von Dobin auf die Klinke der braungestrichenen Tür drückte, nahm er alle seine Würde zusammen, um vor Bugenhagen Achtung und Ansehen zu gewinnen. Aus der schwülen, mittäglichen Hitze des Tages in den kühlen Flur tretend, fühlte er den Schweiß auf seiner Stirn und im Rücken plötzlich sehr unangenehm; er dachte daran, wie leicht er sich erkältete, wenn ihn nur die geringste Zugluft traf. Schnell stieg er die im Bogen führende Treppe hinan und erreichte die Diele, in der ihn die Magd empfing.

»Melde mich Seiner Hochwürden, dem Herrn Superintendenten Bugenhagen«, sagte er mit erhobenem Gesicht und wandte sich augenblicklich ab, um die ihn verführerisch musternde Magd nicht ansehen zu müssen. In seines Onkels Hause, das er vor Jahren leider nur wenige Monate bewohnen durfte, gab es eine Magd, Barbara geheißen: die erste in seinem Leben, deren Zuneigung er ersehnt hatte, denn es war ihm im Hause des hochmütigen Ratsherrn nicht besser ergangen als ihr. Im gemeinsamen Leid hatte er sich in sie verliebt, wovon sie freilich nicht einmal Kenntnis genommen.

Bald war er vom Onkel nach Leipzig geschickt worden, und sie wurde die Frau eines simplen Kleinschmiedegesellen. Jetzt lebte sie mit diesem im Melchthoferhause, wohin er seit zwei Jahren des öfteren gegangen, um des Meisters Tochter Julia zu werben. Er hatte auch hiermit bisher kein Glück. Indes lebte die Magd mit Mann und Kind zufrieden und ohne ihn zu beachten.

Es war zum Verzweifeln: Noch immer zog sie ihn an, und eben daher kam es wohl, daß er vor Julia so kraftlos stand. – Nie wieder wollte er sich einer Magd zuneigen, denn offensichtlich tat dies weder seinem Gemüt noch seinem Amte gut...

Diese hier war gegangen, den Gast anzumelden. Bald kam sie zurück. Sie schoß ihm einen seltsam zwingenden Blick in die Augen und ging voraus, ihm die Tür zu öffnen.

Als er die Stube betrat, saß der Superintendent an einem großen quadratischen Tisch und schrieb. Er blickte auch nicht sogleich auf, sondern führte den Federkiel gelassen über das Papier, als gedenke er es zunächst einmal vollzuschreiben.

Jost Saxendorf sagte: »Gottes Segen, Euer Hochwürden!« und machte eine Verbeugung.

Bugenhagen nickte nur. Er kannte diesen jungen Menschen schon ganz genau, wußte über seine Gesinnung Bescheid, hatte sich über sein Wirken in der ihm unterstellten Gemeinde informiert und dabei auch vernommen, daß der Pfarrer von Dobin zu heiraten beabsichtige. Sein Urteil über ihn war so: Wie könnte eine Frau in seinem Hause glücklich werden?

Saxendorf verharrte an der Tür. Seine aufgeraffte Selbstsicherheit sank schnell wieder in sich zusammen. Er räusperte sich, aber nur so laut, daß der Vorgesetzte es nicht richtig hörte. Befangen drehte er seine Kappe in den Händen. Dann las er ein paar Fusseln vom weiten Ärmel seines schwarzen Mantels und wagte dabei sogar, einigemal mit den Füßen zu wippen.

Endlich legte Bugenhagen die Feder beiseite und blickte dem Besucher entgegen. »Tretet näher, nehmt einen Stuhl«, forderte er ihn auf.

Saxendorf kam dem eilig nach, einmal, weil er den Unwillen Seiner Hochwürden nicht hervorrufen – und dann auch, weil er sich auf einen Stuhl retten wollte: Saß man erst mit dem Rükken an der Lehne, war man gut gestützt.

»Nun, was führt Euch her?« Bugenhagen legte sich in seinem Sessel zurück.

»Euer Hochwürden hatten immer die große Güte, sich nach dem Stand meines Amtes zu erkundigen?« begann Saxendorf.

»Auch nach Euerem Befinden«, fiel Bugenhagen ein. »Wie geht's Euch heuer, ist das Fieber gewichen?«

»Dank Euch der Nachfrage, Hochwürden. Das Fieber ist gesunken, doch die Hitze macht mir übel zu schaffen.«

»Wird ein Gewitter geben«, bemerkte Bugenhagen.

Saxendorf bestätigte diese Annahme eifrig, wandte sich dann aber gleich seinem eigentlichen Anliegen zu. »In meiner Gemeinde, welche, wie Ihr wißt, vier Dörfer umfaßt: Dobin, Teuchel, Piesteritz und Apollensdorf, ist manches besser geworden«, sagte er. »Allein in Piesteritz reißt's mit der Sorg' nicht ab.«

»Was ist mit den Piesteritzern?«

»Es sind aufsässige Leut' von jeher. – Nicht alle«, setzte er vorsichtig hinzu, »doch einige, so mit sich und der Welt nicht zufrieden.«

»Sind sie mit Gott denn zufrieden?«

Saxendorf druckste einen Augenblick herum. Sagte er nein,

so war dies für ihn ein schlechtes Zeugnis, sagte er aber ja, so würde der Superintendent ihn beruhigen. Darum erwiderte er: »Ja und nein. Sie kommen zur Kirche und in die örtlichen Betstunden, doch wie sie die Augen niederschlagen, ist's noch immer ein Heraufschielen – wie ein halbes Nein.«

»Sagt's klarer«, ließ sich Bugenhagen vernehmen. »Die Leute sind so oder so, fromm oder ungläubig. Und beides ist sichtbar, also spricht man's geradewegs aus, was man sieht.«

»Es handelt sich um einen Mann, den ich leider noch nicht gesehen«, entgegnete Saxendorf. »Er bleibt der Kirche fern.«

»Ihr habt davon noch niemals gesprochen.«

»Er kam erst vor vierzehn Tagen hier an.«

»Woher?«

»Aus dem Mansfelder Land, Euer Hochwürden.«

»Was tat er dort?«

»Dies sollte man ihn fragen.«

»So geht hin zu ihm und fragt ihn.«

»Ich meint', man sollt' an höherer Stelle ihn fragen. Mir würd' er kaum ehrlich Rede und Antwort stehen.«

»Was wollt Ihr eigentlich?« Bugenhagen beschlich ein unbehagliches Gefühl.

»Hochwürden wissen, was im Mansfelder Land geschah«, sagte Saxendorf ernst.

»Ihr meint den Bauernaufstand?«

»Ja, den Bauernaufstand. Er war Mitte Maien. Und Anfang Juni kam der Mensch heim.«

»Wer ist's denn?« Bugenhagen wurde ungeduldig.

»Des Bauern Balzer Sohn Sebastian.«

»Wer sind die Balzers?«

»Aufsässige von jeher, wie ich gehört.«

»Von wem?«

»Des Bauern Hildebrandt frommes Weib hat's mir berichtet. Der junge Balzer kommt vom Mansfelder Land. Was aber suchte solch Aufsässiger dort? Es zu erraten ist nicht schwer. – Nach der Fürsten Strafgericht liefen die Aufrührer in alle Himmelsrichtungen auseinander. Ihr kennt der Fürsten Erlaß, Euer Hochwürden: Man soll sie alle wieder einfangen und dem gerechten Spruch ausliefern.«

Bugenhagen betrachtete den eifernden Pfarrer nachdenklich und streng. »Dient Ihr dem Stadtgericht oder der evangelischen Kirche?«

»Der evangelischen Kirche.«

»Also Gott, nicht der weltlichen Obrigkeit. Was die Bäuerin Euch da erzählt, am Ende ist's bösartig' Geschwätz. Ihr wißt, wie Mißgunst und Neid die Menschen aufeinanderhetzt. Dawider tretet auf in Euerem Amt. Das andere überlaßt der Obrigkeit.«

»Es heißt im Edikt der Fürsten, daß sträflich auch ist, den Schuldigen in der Gemeinde zu dulden.«

»Wißt Ihr denn, daß er schuldig?«

»Nun, noch nicht. Man muß es ergründen.« Saxendorf tat, als trachte er nur danach, seine Dienstpflicht nicht zu verletzen.

»Aber, was wollt Ihr denn tun?« fuhr Bugenhagen ihn an.

»Ich –? Nichts! Ich bericht's Euch nur, und Ihr mögt tun, was not.« Saxendorf wurde jetzt ganz deutlich, doch verneigte er sich dabei und zeigte ein demütiges Lächeln.

Bugenhagen stand auf und kam um den Tisch herum auf ihn zu. »Bin ich der Stadtrichter? Bin ich des Kurfürsten Anwalt? Ihr verkennt mein Amt – und das Euere!« Er ging einmal im Zimmer auf und ab, blieb dann wieder vor Saxendorf stehen. »Überlegt Euch die Sach' noch recht lang. Und so Ihr's christlich tut, wird Euch bald eingehen, daß Ihr Unrecht tätet, wo Ihr nichts, aber auch gar nichts wißt über den Balzer, ja, ihn noch nicht einmal gesehen oder gehört habt. Solang die Welt besteht, gingen Menschen fort von des Vaters Hause – und viele kamen zurück, darinnen zu leben, dem Vater einstmals die Augen zuzudrücken, ein Weib zu nehmen und Kinder zu zeugen und einmal selbst zu sterben. Und keinem fiel es ein, hinter ihrer Heimkehr eine böse Tat zu sehen. Euch allein blieb es vorbehalten, die Heimkehr, das Schönste in der Welt, zur Todsünde zu machen.« Er wandte sich brüsk ab und setzte sich wieder in seinen Sessel.

»Aber man sollte Untersuchungen anstellen, ob die Hildebrandtsche gelogen«, quengelte Saxendorf hartnäckig.

Bugenhagen sprang wieder auf. »Nun gar –. Ihr seid ein

Pharisäer: wollt den einen striegeln, daß er dem anderen Böses nachsage. Ich muß mich über Euch wundern!«

Saxendorf erschrak über diesen zornigen Ausbruch. Er merkte, daß er zu weit gegangen war. Bugenhagen konnte es ihm so sehr verübeln, daß es aus war mit der Pfarre in Dobin. Darum ließ er ergeben den Kopf hängen und sagte: »Wollte Gott, die Bäuerin hätt' sich geirrt.« Er verneigte sich tief und ging rückwärts aus dem Zimmer.

»Ist heuer ein gewitterreiches Jahr«, sagte der Schenkwirt im Friedeholz, als er vor Sebastian einen Krug Kuckucksbier auf den Tisch hinstellte. »Wird gut sein, wenn du gleich 'nüberfährst und ein Fuder mähst. Der Vogt von Bleesern hält die Abmachung noch wie vor Jahren: Das Ufergras von der großen Pappel bis zum Eichgebüsch ist mein.«

»Ich werd' gleich fahren«, entgegnete Sebastian und trank in durstigen Zügen. Wie er so den Kopf hob, sah er über sich im Geäst der Kiefern zwei junge Häher herumflattern, ihr Gefieder glänzte in dem von Gewitterwolken zusammengepreßten Sonnenlicht. – Solch Vogel ist zu beneiden, dachte er, er find't noch immer etwas für den Schnabel, so frißt er und schreit nach Herzenslust.

»Schon vierzehn Tag' bist' zurück?« fragte der Wirt.

Balzer setzte den Krug ab, japste einmal und nickte.

»Wie war's im Mansfelder Land?«

»'s Brot knapp wie hier in Piesteritz.«

»Da haben die Bauern Sens' und Sichel gradgebogen und sind den Zehntschindern auf den Balg –«

»Hab's gehört.«

»Und nicht gesehen?«

»Der Bergknapp' gräbt im Dunkel.«

»Sind die Bergleut' nicht mitgezogen?«

»Bauern und Bergleut', das ist zweierlei.«

»Schad', daß es nicht eins.« Der Wirt kratzte sich den kurzgeschorenen Schädel und machte ein saueres Gesicht.

»Wie meinst' das?« fragte Balzer.

»Die Bergleut' können im Dunkel schon sehn, wir erst droben am Tag. Sie hätten die Verräter im Bauernheer leichter erblickt, und 's wär besser ausgegangen mit dem Aufstand.«

»Dies laß keinen hören«, sagte Balzer warnend.

»So sprechen hier herum alle armen Landleut'. Der gemeine Mann versteht's, daß sie dort im Mansfelder Land seine eigene Sach' verfochten – und leider Gott's auch sein eigen' Blut vergossen, die Fürsten.«

»Halt dennoch die Hand aufs Wort, daß es nicht davonläuft. Viel Hundert schon haben ums Wort den Kopf verloren.« Balzer trank den Rest seines Bieres.

»Du hast's also doch gesehen.«

»Nichts hab' ich gesehen, Friedeholzwirt, nichts. So wie du fragen sie allerwärts herum – und es klingen mir die Ohren.« Der Wirt lächelte. »Hast ein paar ansehnlich' Flügel, Sebastian. Die halt steif, wenn der Wind weht.«

Balzer stand auf und hob den Blick. Die Wipfel der Kiefern schwankten, und die Wolken hingen tiefer. »Er weht schon ganz schön«, sagte er.

»Da bleib denn hier.« Der Wirt hielt Umschau. »Es zieht sich zusammen.« Er nahm den leeren Krug vom Tisch und ging dem Hause zu.

Balzer folgte ihm. Es war ihm gar nicht recht, daß er Zeit versäumte. Unschlüssig stand er vor der Tür und bemerkte zum Wirt: »'leicht ist's nur ein Wetterfurz und's kommt nichts nach.«

Der Wirt verzog keine Miene, denn Balzer meinte es kaum als Spaß. »Es grollt auch noch nicht. So fahr also zu«, nickte er zustimmend und ging ins Haus.

Balzer nahm Sense und Rechen auf die Schulter und begab sich zum Streng hinab. Auf den Wiesen hatte er freien Ausblick nach Westen, von woher der Wind kam. Die Wolken stiegen steil an und drängten im Blau des Himmels gegen Osten; graue Fetzen segelten unter dunklen, zum Platzen dick aufgeschwollenen Wetterbäuchen dahin. Aber Blitz und Donner blieben aus.

Darum ging Balzer unbesorgt seines Weges; er rechnete: ein Fuder dem Wirt und dafür ein Fuder dem Hofe des Vaters. Ein paar Krüge Bier obendrein. Solch Abend bringt was ein.

Der Wirt war froh, daß er wiedergekommen, denn ihm selbst war die Grasmahd wie die Überfahrt schon beschwerlich.

Als Balzer zum Ufer hinkam, sah er einen Kahn um die Mündungsspitze des Strengs biegen; das Segel lag schräg über den Wellen, die spritzend gegen den flachen Bug sprangen. Quer vor dem Winde treibend, kam er schnell näher. Balzer erkannte den Fischer Schittenbeck, der aufrecht vor dem grauen, oft geflickten, prallen Leinenviereck stand, indes ein Bursche Steuer und Segelleine hielt.

Als Schittenbeck nun Balzer erblickte, unterbrach er die zügige Fahrt den bewegten Streng hinauf. »Einhalten!« rief er. Das Segel flatterte locker, und der Bursche steuerte das schwankende Gefährt geschickt neben die am Ufer liegenden Kähne; der Bug stieß knirschend auf den Sand, und der Fischer fiel beinahe über Bord.

Balzer lachte. »Machst einen guten Sprung für dein Alter!« Schittenbeck stieg aus und gab dem jungen Bauern die Hand. »Wo willst' hin, Sebastian? Ein Wetter steigt herauf. Komm, laß uns zum Friedeholzwirt gehen und Bier schlucken statt Regenwasser.«

»Daher komm' ich eben«, erwiderte Balzer. »Will noch hinüber, zwei Fuder Futter mähen und einfahren.«

»Oh, du gnädiger Gott, und dies allein?«

»Bin's Schaffen gewohnt. Ach, viel lieber schwing' ich die Sens' auf freier Flur als Hacke und Schaufel im dunklen Berg.«

»Nun, hell ist's jetzt auch unter dem Himmel nicht.« Der Fischer überlegte. Dann wandte er sich dem Burschen zu: »Fahr heim, Wenzel, ich will dem Sebastian helfen.« Und zu diesem: »Es ist mein fünfter. Drei ausgewachsene Fischer schon unter meinem Dach, und keinen davon werd' ich los. Dazu ein Rudel Kleinvolk.« Er schüttelte den Kopf, wie wenn er dies selbst nicht glauben könne. Dann aber stieg er in des Friedeholzwirtes Kahn, und ehe Wenzel den seinen wieder klar hatte, stieß er mit Balzer schon vom Land ab.

Der Wind blies stärker. Beide Männer gebrauchten die Staken mit angespannten Armen. Die Wellen warfen den Kahn auf und ab, sein Schwanken erschwerte ihnen das Staken. Aber sie ließen nicht nach. Mit kräftigen Stößen schossen sie in die

Strömung der Elbe hinaus. Dunkel wogte deren Flut ihnen entgegen, der Kahn tanzte wilder, manchmal wie übermütig. Den Männern aber machte die Unbill des Wetters offensichtlich Spaß.

»Nimm's Ruder!« schrie Balzer und stemmte den Knauf des Stakens in die Achselhöhle, der Kahn glitt ihm unter den schreitenden Füßen hin. Und wieder lief er zur Spitze vor, stakend von neuem bis zum Ende zu stapfen. Ein schweres Spiel –.

Schittenbeck, hier im Strom die Steuerpätsche führend, frohlockte:

»Hast's nicht verlernt, da im Berg.«

»War in Gedanken oft auf dem Wasser. Weißt', einem Weibsbild kann man nicht herzweher nachhängen.« Balzer stieß den Staken in den Grund und stemmte sich ein. »Für dich, Schittenbeck, wär's der Tod.« Er schob den Kahn mit großer Anstrengung unter seinen Füßen vorwärts, und die Worte kamen gepreßt hervor.

Schittenbeck hielt immerfort auf die Strömung zu. Die Wellen klatschten gegen Bug und Planken. Balzer fühlte Spritzer im Gesicht, doch er hatte keine Zeit, sie wegzuwischen. Keinen Schritt gab er nach, und der in gleicher Richtung blasende Wind half ihm, sich zu behaupten: Schnurgerade durchquerte er den Strom.

»Ein Segel hätten wir setzen sollen«, rief Schittenbeck.

»Ich schaff's auch so«, gab Balzer herausfordernd zurück.

Bald erreichten sie das gegenüberliegende Ufer. Schittenbeck steuerte auf eine Bucht zu; dort hatte die Strömung einen Kessel ausgespült, das fußhohe Ufer fiel steil ab, und wenn der Kahn unter der Last der Ladung tiefer sank, lag er nicht auf dem Grunde fest.

Noch einmal stemmte Balzer den Staken ein, der Kahn stieß fast lautlos ins Gras. Er sprang hinaus und schlang die Kette um einen Weidenstumpf. Dann ließ er sich von Schittenbeck Sense und Rechen herausreichen.

Beide Männer gingen in die Uferwiesen hinein. Sie fanden ein gutes, saftgrünes Stück, und Balzer errechnete, daß es für zwei Fuder reiche. Er nahm die Sense von der Schulter und tat den ersten Schnitt. Es war gutes, von Kräutern durchwürztes

Futter. Er holte weit aus und tat den zweiten Schnitt, den dritten –.

In diesem Augenblick trat ein Mann aus dem Gestrüpp. Es war der Vogt von Bleesern. Er führte zwei struppige Hunde mit sich.

»Ah, schau«, sagte er mit boshaftem Lächeln, »da sind die Grasdieb' aus Piesteritz – ein fuchsschlau' Räubervölkchen!« Er zerrte die Hunde an sich und nahm die Armbrust von der Schulter.

Schittenbeck, der sich zuerst gefaßt hatte, richtete sich auf und sagte: »Zügelt Euere Red', wir sind rechtschaffene Leut'.« – »Oh, auch der Fischer ist dabei«, höhnte der Vogt, »und er will mir feinere Red' beibringen.« Er trat einen Schritt auf Schittenbeck zu; die Hunde zerrten knurrend an den Leinen. »Ich werd' ein Wörtlein mit dem Amtsfischermeister sprechen müssen, daß er dich ins Gebet nehme, meint' ich doch immer, 's Fischefangen sei dein Gewerbe.«

Die Hunde begannen zu bellen und schossen auf Schittenbeck zu. Der sprang zurück.

»Nehmt Eure Bullenbeißer weg«, schrie er empört.

»Schert ihr euch fort«, antwortete der Vogt und drang auf Schittenbeck ein.

Mit einem Sprung war Balzer heran, stellte sich breitbeinig auf und holte mit der Sense aus. »Genug!« rief er. »Die Hunde weg, und hütet Euer Maul, uns zu beschimpfen. Wir mähn das Gras für den Friedeholzwirt, und ihm habt Ihr's seit Jahr und Tag erlaubt.«

Der Vogt, von der Sense wie auch von den Worten ein wenig eingeschüchtert, hängte die Armbrust wieder über die Schulter und löste die Peitsche vom Gürtel. Mit schnellen, herrischen Bewegungen zog er den Tieren einige Schläge über, daß sie sich winselnd zu seinen Füßen duckten. Dann war er wieder obenauf.

Er sah die vor ihm stehenden Männer triumphierend an. »So könnt's auch euch widerfahren. – Die Sens' herunter!«

Balzer folgte dieser Aufforderung nur zögernd, doch Schittenbeck redete ihm zu. Dann wandte er sich ruhiger an den Vogt. »Ihr habt's gehört, der Friedeholzwirt schickt uns her.«

»So ist auch er ein Dieb.«

»Ihr habt es ihm erlaubt, wie ich seit Jahren weiß.«

»Hat er dies schriftlich?«

»Wohl kaum, wie gäb' ein Herr dem gemeinen Mann ein Papier?« Schittenbeck räusperte sich, es fiel ihm schwer, sich zu beherrschen. »Doch Wort ist Wort«, sagte er mit rauher Stimme.

Der Vogt grinste breit und hinterhältig. »Dies hast du wohl von den Aufrührern im Mansfelder Land gehört? Warst eh bei ihnen, da sie geraubt und gebrannt?«

»Laßt solche Red', ich bin ein ehrsam' Fischer, aus Wittenbergs Flur und Wasser noch keinen Schritt hinausgekommen.«

»Nun, dann am End' der da –?« Der Vogt stieß mit dem Zeigefinger auf Balzer zu, doch sah man ihm an, daß er nur drohte und selbst nicht glaubte, was er sagte. Er trat den Hunden in die Flanken und zwang sie, daß sie sich hinter ihm hielten. Breitbeinig stellte er sich auf und sprach nun wie ein Ritter: »So ihr es nicht gehört, den Bauern ward das gierig' Maul gestopft, und mancher braucht's nicht mehr. Man hat zu lang damit gewartet und geglaubt, Gott würd' das Pack zur Ordnung bringen. Nun, es gefiel ihm nicht, dies selbst zu tun, er gab den Fürsten Auftrag. So haben sie's getan in seinem Namen, in Franken, in Hessen, im Mansfelder Land. Und weiter wird's getan nun auch bei uns. Saß euch der Übermut zu tief schon in den Knochen und fingt schon an, zu nehmen, wo ihr's fandet. Dies ist nun aus. Den Hunden wie den Dieben gilt die Peitsche!« Er schwang sie herausfordernd und trat wieder auf die Männer zu. »Dies sagt dem Friedeholzwirt: Treff' ich noch einmal ihn oder euch, so bring' ich euch allesamt auf Jahre ins Verlies.« Er straffte sich und brüllte plötzlich wie von Sinnen: »Und nun davon, sonst lass' die Hunde ich los!«

Balzer, der diese Rede mit glühendem Kopfe vernommen, war dicht daran, dem Vogt die Sense um den Hals zu schwingen. Doch Schittenbeck nahm ihn beim Ärmel.

»Komm. Das ist die neue Zeit des Doktor Luther – schlimm für uns.«

»Den Doktor Luther laßt aus dem Spiel! Seid eh wohl für des Karlstadt oder Müntzer Ketzerlehr'? Hebt euch davon, daß ich den Bolzen nicht auf euch richt'!« Er riß die Armbrust wieder von der Schulter und spannte sie.

Schittenbeck packte Balzer fester und zog ihn schneller zum Ufer hin. Als er den vor Zorn Wankenden in den Kahn schob und diesen vom Lande abstieß, gab der Vogt die Hunde frei. Die blutgierigen Bestien fegten heran und sprangen ins Wasser, daß es hoch aufspritzte. Balzer schlug wütend mit der Pätsche nach ihnen.

Jetzt führte Schittenbeck den Kahn, der trieb schnell stromab, so sehr der Wind ihm auch entgegenfauchte. Der Fischer stieß den Staken grollend in den Grund. Das Land flog grau vorüber. Die Wolken drängten einander zusammen. Ein Blitz fuhr in den Wald, und der Donner dröhnte. Schon fielen die ersten Tropfenschauer.

Als sie das Ufer erreichten, brach der Regen wie eine schwarze Woge über sie herein.

Sense und Rechen über die Schulter gelegt, stieg Sebastian Balzer aus dem Kahn. Schweigend lief er neben Schittenbeck her. Schon tauchte vor ihnen aus dem Regengrau das Friedeholz auf. Japsend sagte der Fischer: »Nun pfeift der Wind aus einem anderen Loch. Da halt' die Ohren steif!« Er lachte grimmig und schüttelte die erhobene Faust.

Der Gewandschneider und Ratsherr Herberger saß in seiner Geschäftsstube und rechnete. Er verglich seine Einnahmen mit seinen Ausgaben und kam zu einem überraschenden Resultat: Sein Kapital schmolz beängstigend schnell zusammen, er zehrte seit langem schon von den Reserven. Im letzten Jahr hatte er die Kontrolle über sein Geschäft ein wenig verloren und mehr über den Daumen gerechnet, da ihn sein Amt als Ratsherr überaus schwer belastete: Es kostete ihn nämlich nicht wenig Mühe, es zu halten. Und es kostete auch Geld: Er sah sich oft gezwungen, außergewöhnliche gesellschaftliche Verpflichtungen auf sich zu nehmen, sein Haus wurde geradezu ein Gästehaus, er mußte viele gute Gulden springen lassen, mit Bedacht freilich: für einen größeren Weinkauf bei Cranach, für ein Porträt seiner selbst bei ebendemselben, für nicht unbedingt nötige Schuhe bei Meister Georg Hanko, für allerlei Spezereien beim

Krämer Thomas Feuerlein und schließlich auch für einige uneinträgliche Geschäftsabschlüsse mit dem Tuchmacher Bartholomäus Schadewald und dem großmächtigen Gewandschneider Mathäus Globigk. Alle diese Bürger waren einflußreiche Ratsherren, und man mußte sie dann und wann zu Gaste laden, wie auch den Goldschmied Christian Döring, den Magister Laurentius Lianus, den kurfürstlichen Schösser Anton Niemegk und schließlich den Doktor der Rechtsgelehrsamkeit Christian Beyer, nun zum drittenmal Bürgermeister in Wittenberg. Sie alle waren auch Lutherer, und er mußte es ihnen zeigen, daß er's nicht weniger sei. Sie alle hielten zueinander, und man durfte es mit ihnen nicht verderben. – Wie ärgerlich, daß sie ihn, obwohl er alles tat, sich ihre Gunst zu erwerben, doch immer – sozusagen am Rande stehenließen.

Schmerzlich und ingrimmig wurde ihm bewußt, daß sie es waren, die ihn in seinen Amtsinteressen zu einem Aufwand veranlaßt hatten, der sein Vermögen im Laufe der Jahre bedenklich erschütterte: Anno 1518 schon, als er im Alten Rat saß, zogen sie ihn zu den Sitzungen nicht mehr hinzu. Mit knapper Not erreichte er es, daß sie ihn 1519 wieder in den Zukünftigen Rat aufnahmen. So war er 1520 abermals Mitglied des Regierenden Rates, doch sozusagen immer auf Abruf: Ein altbewährter Ratsherr war seit einem Jahr krank, dessen Stelle nur hatte er versehen. Er starb, und er, Herberger, durfte bleiben. Auch im alten Rat noch; so auch im Zukünftigen Rat, doch nur, weil er offen zu Luther übergetreten. Trotzdem wurde er 1523 nicht wiedergewählt. 1524 kam er mit Ach und Krach noch einmal in den Zukünftigen Rat – er hatte eine größere Summe Geldes für den »Gotteskasten« der neuen Kirche gestiftet. Gegenwärtig war er amtierender Ratsherr, vielleicht zum letztenmal, denn wie er jetzt gesehen, fraß solch ein Aufwand, um dabeizusein, Geschäft und Vermögen. Eine greuliche Bilanz.

Herberger stützte den Kopf in beide Hände und starrte auf die vielen über den weißen Bogen verstreuten Zahlen. Er hatte seine und seiner Hauswirtschaft Bedürfnisse bereits fühlbar herabgesetzt, und doch war es stetig bergab gegangen.

Daran waren allein die Herren dieser vermaledeiten Stadt

schuld, Alteingesessene zumeist, die jedem Hinzukommenden, wenn er nicht vom Kurfürsten selbst herangezogen worden war, mit Mißtrauen und Mißgunst begegneten. Ihre Ablehnung steigerte sich gar noch zum Haß, wenn solch ein Zugezogener ins Wittenberger Geschäft eingriff und den Handwerks- und Kaufmannsstand beunruhigte. Da feierte denn der Konkurrenzneid wahre Orgien – und er, Herberger, mußte sie bezahlen.

Welch unsicheres, freudloses Leben führte er doch! Er rieb sich auf im Ringen um Ansehen und Würde, mußte das Ratsherrenamt förmlich kaufen, zu hohem Preis – und es brachte ihm in seinem Handel gar nichts ein; selbst gesellschaftlich nichts als die Feindschaft gewisser, nur auf ihren eigenen Vorteil bedachter Kreise, die in den Mitteln zu seiner Bekämpfung durchaus nicht wählerisch und ihm oft noch überlegen waren.

Er seufzte einmal ohnmächtig auf. Was sollte er nur tun, um seinem Ruin zu entgehen? Da wandte er nun alle seine kaufmännischen Fähigkeiten auf – und viele Kniffe an, doch vergeblich, der Umsatz ging zurück. Waren die Menschen ärmer geworden, so daß sie weniger Wert auf gute Kleidung legten? Nein, die Studenten und einige Professoren, ja auch die Söhne wohlhabender Bürger trieben es mit der Mode doch gerade jetzt überaus wild. Sein Tuch aber blieb liegen und verschlang sein flüssiges Kapital.

Herberger war ausweglos. Er überlegte, ob er billiges Tuch beziehen und anbieten solle. Doch auch darauf würde er sitzenbleiben, denn die Minderbemittelten kauften seit jeher bei kleineren Gewandschneidern – und der gemeine Mann hatte nicht einmal Geld für grobes Linnen. – Über diese Tatsache dachte der Ratsherr übrigens schnell hinweg ...

Er führte wirklich ein elendes Dasein, als Ratsherr, als Kaufmann – und als Ehemann. Auch dies noch: Mit der Frau kam er gar nicht mehr überein. Er fühlte, daß er sie nicht mehr beherrschte. Früher schon war seine Macht über sie recht zweifelhaft, in letzter Zeit aber versagte sie völlig. Gewiß, in erotischer Hinsicht konnte er diese Frau entbehren; wie aber hätte er sich mit einer anderen entschädigen können? Er erkannte mit Schrecken, daß mit seiner Entmachtung auch die seiner Entmannung Schritt gehalten ...

Was also war ihm geblieben – als Lebensinhalt?

Als er bei dieser Frage angekommen war, hörte er die Haustür klappen. Er faßte Hoffnung, ein neuer Kunde möchte um Tuch nachfragen. Aber er vernahm nicht, daß die Tür zu seinem Lager geöffnet wurde. Ein einziger Gehilfe saß noch darin, meist ohne Arbeit.

Herberger lauschte. Schritte gingen durch den Flur der Treppe zu. Er stand auf, trat zur Tür hin, öffnete sie und blickte hinaus. Da stand, den Fuß schon auf der ersten Treppenstufe, der Neffe Jost, der Pfarrer von Dobin.

»Wen suchst du?« fragte der Ratsherr verstimmt.

»Ach, Euch, Herr Oheim!« Saxendorf kam zurück. »Ich meint', Ihr seied droben in der Wohnung.«

»Hab' zu schaffen und kann nicht müßig sein wie ein Pfarr'.«

»Erlaubt, daß ich eintrete«, sagte Saxendorf.

Der Ratsherr ging wieder hinter seinen Tisch und sah dem Hereinkommenden düster entgegen.

Er setzte sich und bot auch Saxendorf einen Stuhl an. »Was führt dich her?«

»War gestern beim Superintendenten Bugenhagen.«

»Und kommst von dort nun heut hier mit vorbei«, fiel ihm Herberger boshaft ins Wort. »Man sieht, wieviel Zeit solch ein Pfarr' hat.«

»Herr Oheim, die neue Kirche gibt der Pflichten mehr auf, als Ihr glaubt. Und Sorge macht's genug, die Gemeind' beieinanderzuhalten. Da wird die Zeit rar. Hofft' ich nicht, bei Euch den rechten Rat zu finden, ich käm' nicht her.«

»Rat, bei mir? Ich meint', den zu geben stehe deinem geistlichen Oberen, dem hochwürdigen Herrn Bugenhagen, zu. Und wie du sagst, warst du ja auch bei ihm.« Herberger beobachtete den Neffen mit spöttischer Miene.

»Er ist mir nicht sonderlich gewogen. Ich sei im Amt als Seelsorger zu schwach und meiner Predigt ermangele das helle Licht des Evangeliums, sagt er. Was weiß er denn, wie liederlich und wenig gottesfürchtig die Glieder der Gemeinde, die mir anvertraut? Da hilft 's himmlisch' Licht nicht mehr; die Finsternis der Hölle wirkt eher auf sie.«

Spottbild auf den Papst

Der Ratsherr wurde sichtlich aufmerksamer. »Nun, wie könnt' es anders sein, wo Jahre lang der Streit der Kirchenherren nicht aufgehört? So schon der alte katholische Glaube ins Wanken geraten, wird auch der neue, evangelische nicht fester stehn. Die Welt hat Maß und Ordnung längst verloren, und dem gemeinen Mann macht's Freude, nun alles umzustoßen.«

»Ihn aber soll ich bessern, zu Gott zurückführen, Demut und Glauben ihm ins Herz legen.« Saxendorf sagte es in pfarrherrlicher Weise, faltete die Hände und senkte die Augenlider. Und dies blieb auf den Onkel nicht ohne Eindruck.

»Ein schweres Amt, mein lieber Schwestersohn«, stimmte er ihm zu, »und mit gutchristlicher Predigt wirst du die Sünder wohl kaum zur Ordnung zwingen. Da muß die Peitsche her, das Schwert, die Donnerbüchs', solche Sprache und Predigt versteht das Pack! Man hat's im Mansfelder Land gesehen!« Herberger war plötzlich aus seiner Mutlosigkeit heraus. Hier bot sich das, was man tun mußte, die Welt wieder herzurichten, wie sie war in guter, alter Zeit.

»Ich aber soll von der Kanzel sie bessern, die Bauern und Schnapphähn', das lichtscheue Gesindel und schmutzige Bettelvolk. Und so es nicht gelingt, heißt meines Kirchspiels Vorsteher mich schwach in Gottes Wort.« Saxendorf hatte bei der Erwähnung des Mansfelder Strafgerichts sich zuversichtlich aufgerichtet. Der Onkel sagte es selbst, was ihm zu sagen er nicht recht gewagt. Jetzt konnte man deutlicher werden. »Ja, im Mansfelder Land, da hat sich Gott in die Sache gemischt und die Aufrührer geschlagen. Dies ist bekannt. Doch ist auch bekannt, daß jene, die davongekommen, in alle Winde verstreut und in den Dörfern oder Städten weiterhin Aufruhr treiben. Ihr wißt, die Fürsten haben 's Blutgericht verkündet. So soll man's auch anwenden.«

»Man wird's schon anwenden, wo man der falschen Prediger habhaft geworden.« Herberger nickte selbstgefällig. »Und auch in Wittenberg, da gibt's der räudigen Hunde genug!«

»Und wär's nur einer, so müßt' das Schwert sprechen«, warf Saxendorf ein.

»Es wird sprechen!« Jetzt hatte der Ratsherr den Sinn seines

Lebens wiedergefunden. Er stand auf und lief hinter seinem Tische herum, als suche er das Schwert, um selbst zu richten.

»Dies ist nun leider nicht des würdigen Herrn Bugenhagen Meinung«, sagte Saxendorf.

Herberger blieb stehen und blickte zur Decke hinauf. »Hat man denn schon einen erwischt?«

»Noch nicht – doch könnt' man ihn erwischen.«

»Warum tut man's nicht?«

»Weil's der Herr Superintendent nicht will.«

»Ah, er will's nicht, stellt sich wider der Fürsten Willen!« Herbergers Augen glühten heimtückisch auf. »Man muß es ihnen berichten.« Dann, sich auf die Hauptsache besinnend, fragte er: »Wer ist der Aufrührer?«

»Des Bauern Balzer Sohn Sebastian. Vor Tagen kam er zurück aus dem Mansfelder Land, wo er im Berg geschafft. Warum kommt er zurück? Hat er im Haufe der Bauern mitgebrannt? Hat er 's Blut der Grundherren an den Händen? Trug er geraubtes Gold und Gut herbei, es zu vergraben? Dies sollt' man ihn fragen.«

»Und du hast es dem Superintendenten mitgeteilt.«

»Ja –. Wie soll ich die Gemeinde bessern, so sie einen Aufrührer beherbergt?«

»Hat dieser Balzer die Leut' aufgewiegelt?«

»Noch weiß ich's nicht. Doch, soll ich warten, bis er's getan und sie alle widerborstig und keine Heilung mehr, denn mit der Macht der Obrigkeit?«

Dies war für Herberger das Stichwort: die Obrigkeit. »Wohl, Schwestersohn, wohl: so der Kirchenobere Bugenhagen nichts tun will, sollt' man die weltliche Obrigkeit anrufen. Die Herren alle kennen der Fürsten Gebot, so müssen sie's auch einhalten: Wer am Aufruhr der Bauern teilgenommen, verfällt ohne Gnade dem Scharfrichter, wer Aufrührern Brot und Dach bietet oder ihnen zur Flucht verhilft, auch er verfällt dem Scharfrichter. – Ich bin ein Mann der städtisch' Obrigkeit und meinem Landesherrn in Treue ergeben. Also will ich tun, was dem Herrn Bugenhagen zuwider.«

Luther und seine junge Frau standen am Fenster ihres Schlafzimmers. Auf dem Tisch leuchteten drei Kerzen. Die letzten Gäste der öffentlichen Hochzeitsfeier waren soeben gegangen, auch der Vater und die Mutter, die man von Eisleben hergebracht hatte. Wie glücklich zeigten die Alten sich in der Aussicht, der Sohn könne ihnen Enkelkinder bescheren; durch ihn dann fortzuleben ließ sie all ihren Kummer über seine ihren einstigen Plänen zuwidergelaufene Berufswahl vergessen. Beide waren zwar nur klein von Gestalt, doch groß in ihren Forderungen an ihn. Diese erschienen ihnen nun erfüllt, und den Dank dafür erwiesen sie auch Katharina. – Jetzt waren sie mit dem Ehepaar Cranach zur Unterkunft in dessen Haus gegangen. Die letzten lieben Gäste, nach einer Feier, bei der viel gegessen und getrunken worden war. Luther spürte einen leichten Nebel im Kopfe, er wußte nicht, war ihm kalt oder heiß? Doch recht wohl war ihm nicht, dies fühlte er deutlich.

Melanchthon hatte auch diesmal abgesagt.

»Philippus' Weib ist mir nicht gut gesinnt«, sagte Luther leicht verbittert. Umständlich zog er den Mantel aus.

»Und er selbst mir nicht«, setzte Katharina hinzu. »Die entlaufenen Nonnen seien nicht um des wahren Evangeliums willen, sondern nur um zu heiraten, in die Welt zurückgekehrt, soll er gesagt haben.«

»Es wird viel erzählt, Käthe, dies verschwiegen und jenes hinzugetan. Wahr ist freilich, daß unsere Ehe Philippus arg in die Moral gefahren. Es ist sein überempfindliches Wesen, das ihm die natürlichsten Dinge als unsittlich erscheinen läßt.« Er warf Barett und Rock auf den Stuhl, die Kerzen flackerten.

»Was will er denn?« fragte Katharina unmutig.

»Er meint, die Welt würd' den Kopf schütteln darüber, daß Mönch und Nonne sich zusammengetan, und er meint – ich fühl's –, es sei eine Schande, daß einer heiratet, um Kinder in die Welt zu setzen, wo Wochen zuvor einige Tausend Frauen zu Witwen und Kinder zu Waisen geworden.« Seine Stimme stieg plötzlich an. »Ich hab' sie nicht dazu gemacht, die Männer taten's selber, da sie der Obrigkeit das Schwert erst in die Händ' gedrückt, über sie Gericht zu halten!« Luther zog

Schuhe und Strümpfe aus und schlüpfte in die ledernen Pantoffeln.

»Hör auf, Martin!« Katharina, ohnehin schon verstimmt darüber, daß ihre Heirat in ganz Wittenberg so übel beredet und beschwatzt wurde, geriet durch die leidige Mansfelder Sache ganz aus dem Häuschen. – Ach, hier dieses »Häuschen«, das ehemalige Kloster, sollte jetzt doch vor allem ein Liebes- und Ehehäuschen sein. »Schon vierzehn Tag' sind wir beieinander, doch war davon für mich kaum einer glücklich. Ich möcht' froh sein mit dir, endlich einmal froh!« Sie lehnte sich mit dem Rücken ans Fensterbrett und starrte in das Licht auf dem Tische.

Luther, bereits bis auf Hose und Hemd entkleidet, nahm sie beim Arm. »Komm, Käthe, setz dich auf die Bettstatt und ruhe. Ich will das Fenster öffnen, denn es ist kühl hier, von drauß' die warme Abendluft mag uns erquicken.« Er zog sie fort und drückte sie aufs Bett nieder, lief wieder zum Fenster zurück und riß beide Flügel auf. Dann setzte er sich zu der jungen Frau hin und nahm ihre Hand.

»Sieh, Käthe, das Glücklichsein ist so ganz anders, als das dumme Herz es sich wünscht. Die große Welt steckt voller Widerwärtigkeiten, Streit vertreibt den Frieden, und viel Unrecht geschieht. Und so ist's auch in der kleinen Welt hier im Hause; Sorge um Essen und Kleidung, viel Lauferei und Handel um Herrichtung der Stuben mit Bett und Lade, Tisch und Stuhl, Bank und Schrank – dies alles macht das Dasein wirr. Dann platzt noch obendrein die große Welt herein – und Glück und Frieden sind hin. Selbst eine Hochzeit ist ein hauswirtschaftlich' Ding. – Auch dem Magister Philippus gefällt sie nicht. – In dieser unglücklichen Zeit, wo alle frommen und rechtschaffenen Männer Leid tragen, scheinst du dich nicht zu betrüben und tust, als kümmere es dich nicht, sagte er zu mir, und zu Bugenhagen hat er gemeint, ich sei ja doch aufs leichteste zu behandeln und die Nonnen, die sich auf alle Künste verstehen, hätten mich soweit gebracht, mich weich gemacht und meine Natur entzündet. – Erst hab' ich darüber gelacht, dann verging mir's Lachen, doch jetzt weiß ich: Die Welt kommt eben bis an unser Bett, und wir können ihr nicht wehren. So gibt's nur noch ein letztes Glück: Dreh ihr den Rücken zu und schau mich an. Wenn ich dich recht erblicke, Käthchen, ich wisch' das Böse alles weg; und seh' nur dich. 's ist ohnehin nur wie ein Aufatmen: kurz, doch erfrischend.«

Er legte ihr den Arm um die Schulter und fuhr fort: »Laß den Philippus, er hat ein arges Kindermäulchen.«

»Nur er allein?« gab sie zurück. »Auch Amsdorf ist zu unserer Hochzeit nicht gekommen. Was hielt denn ihn zurück, wo er's doch war, der mit vielem Gerede mich dir anempfohlen?«

»Vielleicht ist's ihm leid, daß er selbst dich nicht genommen«, scherzte Luther und stand auf, um ans Fenster zu treten.

Katharina schmollte, sie preßte die Lippen aufeinander und klemmte die aneinandergelegten Hände zwischen die Knie.

Luther blickte durchs Fenster zum Himmel auf. »Kein Stern zu sehn«, sagte er, »es riecht nach Gewitter, drinnen wie draußen –.« Schon war er abermals dabei, Katharina zu hänseln. »Schau, wie's dunkel heraufzieht. Bald wird es grollen –.« Er ging wieder zu Katharina hin, hob sie auf und schloß sie spottlustig in seine Arme. Schmächtig ist sie – und auch ein wenig steif, dachte er flüchtig, doch dann streichelte er ihr Rücken und Schultern und flüsterte ihr zu: »Nimm mit der Wirklichkeit fürlieb, mein Käthchen, wie du mit mir ja mußt fürliebnehmen.«

Er lachte leise.

Doch sie blieb hartnäckig bei ihrem Kummer. »Weißt du, was der Schurpff gesagt hat?«

Luther wartete gespannt, daß sie weiterspreche. Sie tat's in verhaltener Empörung. »Wenn dieser Mönch, hat er gesagt, wenn dieser Mönch ein Weib nimmt, wird alle Welt und selbst der Teufel lachen, denn er wird sein ganzes Werk zunichte machen.«

Luther gab sie frei und trat einen Schritt zurück. Er lief rot an, wobei sein sonst immer bleiches und etwas schwammiges Gesicht nun ganz dem eines Trunkenen glich. »Wo hast du dies gehört?« fragte er wütend.

»In Reichenbachs Hause.«

»Da schau, der juristische Fuchs! Na wart', ich will ihm 's Fell streicheln, daß er reichlich Haare läßt!« Luther wandte sich wieder dem Fenster zu, blickte hinaus und brummelte vor sich hin. »... zerrupfen einem 's Hochzeitsbett, bevor man 'reingestiegen –«, vernahm Katharina. Und weiter: »... Pharisäergelump! – Langnäsige Magister! – Lästermäuler –!«

Plötzlich drehte er sich um und sah Katharina an – schon wieder ganz überlegen. »Es ist der Narren Freiheit, mit den Schellen zu klingeln und die Patsche zu schwingen, doch scheuchen sie keinen Vogel vom Dach. Schon gar nicht dich – noch einmal aus dem Kloster.« Er lachte übermütig und sagte dann mit gesenkter Stimme: »Mich freut's, du hast gute Ohren, und wo ich nichts seh', da hörst du's. So werden wir beid' bald eines. Und 's dient meinem Amt und dem Ganzen.«

Er ging ins Nebenzimmer und kam mit einem Kännchen Wein sowie zwei Bechern zurück. Dies alles stellte er aufs Fensterbrett, rief Katharina heran und goß ein.

»Du solltest nicht mehr trinken, Martin«, sagte sie, doch nahm sie den Becher, den er ihr hinhielt, und beide nickten einander zu.

»Dies ist des Tages erster guter Tropfen, Käthchen«, sagte er. Er blickte über Klosterhof und -garten hinaus; auf dem Platz zwischen der Collegien- und der kleinen Torgasse lachten die Mägde, die Stimmen ausgelassener Burschen hallten dazwischen.

»Horch, so ist 's Leben, Käthchen, und 's ist schön. Augenblicke nur, ja, doch lang genug, um Atem zu schöpfen wider das Böse, Widerliche der Welt.« Er hob ihr den Becher abermals entgegen. »Trinke, mein Käthchen, wirst oft genug noch durstig bleiben müssen.«

Dann ging er zum Tisch hin, löschte die Kerzen. In dem so plötzlichen Dunkel noch tastend, kam er zurück und öffnete die Knöpfe ihres Mieders.

WETTERSTRAHL

Obwohl die Luke weit offen stand, wurde es Sebastian Balzer auf seinem Heulager zu warm. Der Schweiß trat ihm auf die Stirn, das Hemd klebte ihm auf dem Rücken. Er konnte nicht schlafen. Der Morgen zog auch schon herauf.

Im Dorfe fingen die Hunde an zu bellen; einer regte den anderen auf. Sie fürchten sich vor dem Gewitter, dachte Balzer. Er streckte sich und gähnte müde. Unter sich im Stall hörte er die Hühner unruhig gackern, sie wagten sich nicht hinaus. Die Ziegen meckerten dazwischen, als wollten sie sich beschweren, daß man sie im Schlafe störte. – Balzer warf sich auf die Seite und drückte das Gesicht in den Armwinkel. Dieses Leben in der heimischen Hütte tat ihm wohl, er schmiegte sich tiefer ins Heu. Plötzlich war er eingeschlafen, sein Schnarchen ging rasselnd durch den Bodenraum. – Er erwachte von einem Fußtritt. Erschrocken richtete er sich auf, vor ihm stand gebückt ein bärtiger, hünenhafter Stadtknecht und forderte ihn auf, mit in den Hof hinabzukommen.

Balzer verstand dies alles nicht gleich. Als er jedoch einen zweiten Tritt erhielt, wurde er hell wach. Drohend erhob er sich. Der Stadtknecht, wohl einen Angriff vermutend, stand sofort abwehrbereit.

»Wag's nicht –«, brüllte er, »der Hof ist umstellt!« Und, so gut es ging, Positur einnehmend, wobei er sich mit dem Kopfe am Firstbalken des Daches stieß: »Im Namen des Herrn Stadtrichters, ich nehm' dich in Haft! Geh voran!«

Balzer kroch zur Leiter hin und kletterte hinab. Als er auf dem Feldsteinpflaster des Stalles ankam, stand er Vater und Mutter gegenüber.

»Sebastian, Sebastian –«, klagte der Alte.

Die Mutter brachte kein Wort hervor, doch ihre Tränen rollten in einem fort über die runzeligen Wangen. Der Sohn wollte sie in die Arme nehmen, doch der nachgekommene Stadtknecht riß ihn zurück. »Was da –?« knurrte er barsch.

In diesem Augenblick rollte ein fürchterlicher Donnerschlag über die Hütte hin, und unmittelbar danach rauschte der Regen in schweren Wogen herab. Durch die niedrige Tür sprangen mit eins drei Stadtknechte herein, sie klopften sich das Wasser vom Wams und lachten.

Fassungslos blickte der alte Balzer sie an.

Sie lachten – und trugen doch Spieß und Hellebarden, den Sohn beim geringsten Versuch zu fliehen, niederzustoßen.

»Ha, hast ihn erwischt?« frohlockte der eine.

Der andere schob seinen Hut ins Gesicht. »Ich meint', er würd' aus der Luke springen. So hätt' er sich den Spieß in den Arsch gerannt.«

Alle drei verfielen wieder in ein rohes Gelächter. Doch der Bärtige fuhr ihnen ins Vergnügen.

»Hinaus nun, wir können hier nicht warten!«

»In dies Wetter hinaus –?« Einer der Stadtknechte schüttelte den Kopf. »Willst' uns ersäufen?«

Der Bärtige trat zur Tür hin, doch ein dunkler Schwall prasselnden Regens fegte ihm ins Gesicht, er sprang zurück. »Verdammnis, Verdamm –!« fluchte er, doch das letzte Wort blieb ihm im Halse stecken, denn es fuhr ein Wetterstrahl herab, daß es war, als stünde der ganze Hof in Flammen; der Donnerschlag folgte mit mächtigem Getöse, und die Erde bebte.

Die Stadtknechte zuckten zusammen, sie übersahen sogar, daß Sebastian Balzer bei Vater und Mutter stand und beide zugleich umarmte.

Draußen erhob sich ein verzweifeltes Geschrei. Der Bärtige schob den Kopf zur Tür hinaus, doch ein neuer Donnerschlag warf ihn so heftig zurück, daß er dabei einen der Stadtknechte umriß und dieser in den Mist der Ziegen fiel. Aufgescheucht flatterten die Hühner umher, und ihr Geschrei wie auch der Ziegen ängstliches Meckern verwirrte die Stadtknechte ganz und gar.

Dieses Durcheinander nutzte Sebastian Balzer; mit einem Satz sprang er ins Freie und lief im Wetterwogen davon.

Der Bärtige faßte sich zuerst und wollte ihm nach, vor den herabprasselnden Donnerschlägen und Regengüssen jedoch prallte er entsetzt zurück. »Haltet ihn, haltet ihn!« schrie er die Kameraden an. Diese aber schoben den Kopf auch nur bis zur Türöffnung hin. Da sahen sie die Nachbarkate in Rauch und Flammen stehen. –

Im ersten Augenblick hatte Sebastian Balzer zu fliehen beabsichtigt. Das Unwetter bot ihm dazu den besten Schutz. Gleich darauf aber hielt ihn ein Hindernis auf, das er nicht zu überwinden vermochte: Vor der brennenden Kate sprangen die Nachbarsleute hin und her, und ihr Geschrei fuhr ihm lähmend durch den ganzen Leib, die Beine trugen ihn nicht weiter.

»Die Kuh, die Kuh –!« jammerte die Bäuerin und rang die Hände.

Der Bauer versuchte in den Stallraum einzudringen, doch als er die Tür aufriß, flogen ihm die das Weite suchenden Hühner ins Gesicht, und er wich fluchend zurück.

Da war Balzer schon heran. Aus dichten Rauchschwaden drang ihm das Gebrüll der Kuh entgegen. Brennendes Heu fiel in den Stall und ihm ins Haar. Aber er ließ sich nicht abschrekken. Mutig tastete er sich durch das stickige Dunkel vorwärts. In Todesangst zerrte die Kuh an der Kette; als sie den Menschen neben sich gewahrte, sprang sie wild herum, sie fürchtete sich vor ihm noch mehr als vor dem Feuer. Balzer erhielt einen Hufschlag gegen das Bein, doch er verbiß den Schmerz und zog das Tier mit aller Kraft am Halsband zu sich heran, um die Kette vom Wandhaken zu lösen. Schon ging ihm die Luft aus, der Rauch zerbeizte ihm die Kehle, er taumelte. Noch einmal raffte er sich auf. Die Kette gab nach, er zog die Kuh ins Freie. Die Flammen des brennenden Hüttendaches peitschten glutheiß hinter ihm her. Er wollte stehenbleiben, um Luft zu schöpfen, doch das Tier riß ihn mit sich fort, denn ein neuer über das Dorf dahinrollender Donnerschlag versetzte es in panischen Schrecken. Sebastian stürzte. Die Kuh raste davon.

Die Stadtknechte standen noch immer in der offenen Tür der Balzerschen Hütte, aber sie ließen Sebastian nicht aus den Augen. Sie riefen ihm zu, er solle zurückkommen. Er hörte sie nicht. Wie wenn er das Gedächtnis und jedes Gefühl verloren hätte, lag er auf dem vom Regen überströmten Hofe der bei ihm stehenden Nachbarsleute. Doch er nahm nicht wahr, wie die Bäuerin das Gesicht in die Arme des Mannes drückte, um die Vernichtung ihrer Wohnstatt nicht mehr zu sehen. Er vermochte seine Gedanken nicht mehr zu sammeln. Endlich faßte sich einer der Landsknechte ein Herz und ging zu ihm hinaus, ihn festzunehmen. Balzer richtete sich mühselig auf und schaute sich verwundert um. Mit Hilfe des Knechtes erhob er sich. Dann ging er mit, doch nur ein paar Schritte, bis unter das Bretterdach eines kleinen Schuppens, der sonst das Stroh barg, jetzt aber leer stand. Dort setzte er sich auf einen Hauklotz.

Als die herbeigelaufenen Bauern begriffen, daß man den

jungen Balzer verhaften wollte, rotteten sie sich zusammen. Der Regen schreckte sie nicht. Auch die Angst um die eigenen Hütten war von ihnen gewichen, denn die Schilfdächer quollen vor Nässe auf und zündeten nicht mehr. Sie wußten einen der Ihren in Gefahr, und der alte Trotz, der vor Jahren dem eifernden Kaplan und der romhörigen Obrigkeit gegolten, wandte sich nun gegen die neue Ordnung, die für den gemeinen Mann nicht weniger grausam war. Sie schritten auf den Balzer bewachenden Stadtknecht zu. »Was wollt ihr von dem Sebastian?« rief der Kossät Möbius.

Der Stadtknecht schob Balzer tiefer in den Schuppen. Breitbeinig, mit quergehaltener Hellebarde stellte er sich vor den Bauern auf.

Der Bärtige sprang fluchend aus dem Stall ins Freie und zu dem Schuppen hin. Die beiden anderen Stadtknechte folgten; sosehr der Regen auch noch rauschte, das Getöse des Donners war ferner, sie faßten wieder Mut. Mit eingelegter Hellebarde marschierten sie auf die Bauern los. »Platz da! Platz – ihr Lumpenpack!«

Die Bauern rührten sich nicht von der Stelle.

»Was wollt ihr vom Sebastian?«

»Schert euch fort! Platz – oder wir spießen euch auf!«

Die Bauern rückten ein wenig zusammen, wichen aber nicht. Und die Landsknechte drohten zwar, doch der Bauern Widerstand dämpfte ihre Draufgängerlust. Sie gingen um die Ansammlung herum und drängten sich in den Schuppen, wo sie sich vor Balzer aufstellten.

Dem war längst klar, daß man ihn unmöglich nur wegen des Zusammenstoßes mit dem Vogt von Bleesern abholen wollte. Es ging um die Mansfelder Sache, und des Kurfürsten Blutgericht kam auf ihn zu. Doch an Flucht war nun nicht mehr zu denken: Das Unwetter hatte ihm dazu zwar gute Gelegenheit gegeben – zugleich aber auch wieder genommen. Eine Kuh war gerettet – er selbst verloren. Wie würden Vater und Mutter das überstehen?

Er überlegte, wie der Verdacht der Mittäterschaft bei Frankenhausen auf ihn gefallen sein könne. Hatte einer der Leute vom Dorfe geschwatzt? War Bachmann gar schon erwischt und er dadurch ermittelt worden? Nein, Bachmann würde ihn niemals verraten. Saß der Verräter ihnen schon vom Mansfelder Land her auf den Fersen? Auf alle diese Fragen wußte er sich nur eines zu antworten: Gleichviel, Sebastian, du hast verspielt. Ein Hustenanfall erschütterte ihn; als er ihn überwunden hatte, kam auch sein Wille wieder auf: Du mußt trotz allem um dein Leben kämpfen!

Das Gewitter hatte nachgelassen. Das Dach der brennenden Hütte war eingestürzt, der jetzt gleichmäßig und ruhiger fallende Regen löschte die Flammen; dicker Qualm kroch aus Tür- und Fensterhöhlen. Das Weinen der Frau und des Mannes sinnloses Trostgestammel hallten über den Hof. Die Bauern wandten die Köpfe und blickten auf die Unglücklichen. Der Schuppen, unter dem Sebastian gefangen stand, würde für lange Zeit ihre armselige Unterkunft sein. Trauer erfaßte die Männer, sie senkten die Köpfe.

Diese Pause nutzten die Stadtknechte. Entschlossen packten sie Sebastian und stießen ihn vorwärts. Der Bärtige ging hinterher, den Abzug zu decken. Und ehe die Bauern sich besonnen hatten, war der Gefangene mit seiner Eskorte schon auf der Dorfstraße angelangt.

Einen Blick noch warf der junge Bauer zu seiner Hütte hinüber. Da vor der Tür standen Vater und Mutter, er kleiner denn je, sie wankend und den Kopf schüttelnd. Er nickte ihnen zu, doch sie sahen es nicht mehr. Der Regen rauschte beinahe friedlich herab, er benetzte Sebastian die trockenen Lippen. Barfüßig, durchnäßt und schmutzig schritt er durch Pfützen und Moder, je einen Stadtknecht zur Rechten und zur Linken, zwei im Rücken. Es wäre ihm sicher nicht schwergefallen, den Häschern zu entlaufen, nicht einer trug ein Feuerpistol.

Doch Sebastian ging wie ermüdet, halb noch dahindämmernd, in der Tiefe seines Wesens ein leises Hoffen, es möchte sich alles noch zum Guten wenden.

Die Nachricht von der Verhaftung des jungen Balzer hatte sich blitzschnell in der ganzen Stadt verbreitet. Thamm, auf einem Arbeitsgang zur Marienkirche, fing sie als erster der Melchthoferleute auf. Er schritt über den Markt der Kirchlücke zu und sah vor dem Portal des neuen, erst einstöckigen und sich noch im Bau befindenden Rathauses einen Auflauf der Handwerker. Mit anderen hinzugekommenen Neugierigen stellte er sich dazu.

»Ein Bauer aus Piesteritz«, erhielt er zur Antwort.

»Wie heißt er?«

»Weiß nicht –.«

»Balzer.« Ein Mann, die Kiepe auf dem Rücken, sagte es mit grämlicher Stimme.

»Bist' aus Piesteritz?« fragte ihn Thamm.

»Nein, aus Apollensdorf. Kam bei der Mühle an der Trift vorüber, da sagt' es der Müller. Auch ist ein Haus abgebrannt, schlug heut früh der Blitz ein – und alles hin.«

»Ist's der junge oder der alte Balzer?« fragte Thamm.

»Was weiß ich? Er soll im Mansfeldschen dabeigewesen sein.«

Thamm ging weiter, er wußte genug; er ließ die Arbeit in der Marienkirche und lief eilig zum Melchthoferhause zurück.

Als er die Werkstatt betrat, war der Meister dabei, Hans Bachmann beizubringen, wie man einen Wandhaken schmiedet. Er nahm das glühende fingerlange Stabeisen mit der Zange aus dem Feuer und legte es auf den Amboß. Mit kurzen schnellen Schlägen zog er eine Spitze aus, immer schlanker, immer feiner, dabei das Eisen nach jedem Schlag um ein Viertel drehend, hin – her, hin – her. Die Weißglut ging in Rotglut über, die Spitze wurde blau und lag glatt und kantig auf der kühlen Fläche des Ambosses.

Der Meister drückte Bachmann Hammer und Zange in die Hände. »So, nun nimm auch du ein Eisen aus dem Feuer, leg's auf den Amboß und schmiede.«

Bachmann tat, wie ihm geheißen, aber es wurde doch ganz anders als beim Meister: Er vermochte das Eisen mit der Zange nur schlecht zu halten und hämmerte so lange darauf herum, bis es nur noch mattrot war und an der Spitze schließlich platzte.

Der Meister lachte gutmütig. »Du mußt es mit jedem Schlag ziehe', hier auf der Amboßkant', immer mehr nach der Spitze zu.«

Bachmanns Gesicht errötete mehr als im Feuer das Eisen.

»Es ist noch kein Meister vom Himmel gefalle'«, sagte Melchthofer belustigt. Er blickte sich nach Thamm um, ihn an seinem Spaß teilnehmen zu lassen. Ein wenig verwundert fragte er dabei: »Hast was vergesse'?«

Thamm schüttelte unwirsch den Kopf.

»Herrgott, dies soll vorkomme'!« wollte der Meister ihn entschuldigen.

»Nicht vergessen«, winkte Thamm aufgeregt ab. »Ist was Schlimmes geschehen.«

»Was?« Melchthofer hob forschend den Kopf und zog die dichten Augenbrauen herab.

»Sie haben Sebastian Balzer geholt«, sagte Thamm und blickte dabei auf Bachmann.

Dieser wurde bleich wie ein Toter. »Wer?« fragte er.

»Die Stadtknecht'.«

»Wann?«

»Heut in der Früh, als das Gewitter stand.«

Bachmann legte Hammer und Zange auf den Amboß. »So muß ich Euer Haus verlassen, Meister. Sie werden auch mich suchen, und Ihr kämet in die Sach' hinein.«

»Du darfst's nicht übereile'«, erwiderte Melchthofer finster. »Noch wissen sie nichts von dir, und 's ist gut, daß ich dich nicht schon zum Zunftmeister gebracht. Jetzt verhalt dich still.«

»Je schneller ich verschwinde, desto besser«, Bachmann band das Schurzfell ab und legte es auf die Werkbank. »So, wie ich bin, schlag' ich mich nach Böhmen durch, als Handwerksgesell, dies wird ...«

»Jetzt willst' zum Tor hinaus?« fiel ihm Thamm ins Wort. »So sie von dir schon wissen, läufst ihnen grad in die Händ'.«

»Und wenn sie von mir noch nichts wissen?«

»So werden sie dich nach dem Namen fragen und fragen: Woher, wohin?« Thamm schüttelte den Kopf. »Die riechen's!«

»Du mußt abwarte'«, sagte der Meister. »Der Balzer-Sebastian wird deinen Name' nicht nenne', das ist gewiß. 'leicht ist er morge' schon wieder heraus.«

»Wer unters Blutgericht fällt, kann die Hoffnung aufgeben«, gab Bachmann zurück.

Doch der Meister verlor die Fassung nicht. »Du mußt dich vorm Herberger verberge' und auch vor dem Saxendorf, dann geht alles vorüber.«

»Soll ich leben wie eine Ratz'?«

»Unser Kurfürst läßt keinen Bauern köpfe«, versuchte Melchthofer ihn zu beruhigen.

Bachmann lächelte bitter. »Johann ist einer der Schlimmsten. Er wird auch mich jagen lassen wie den Hasen bei der Hatz.«

»So bist du hier in der Werkstatt am sichersten.«

»Ihr bringt Euch in große Gefahr, Meister.«

»Laß solch Gered', Hans. Muß ich dich erst frage', ob du den Sebastian allein lasse' willst?«

Jetzt gab Bachmann nach.

»Ja, Ihr habt recht, 's ist meine Pflicht, Feuer zu machen wider den Scharfrichter.«

In diesem Augenblick ging die Tür der Werkstatt auf, und alle erschraken. Doch es war der Fischer Schittenbeck. Er zog die Tür vorsorglich hinter sich zu und blickte einen nach dem anderen an.

»Wohl, ihr Leut', 's ist besser, ihr legt das Handwerk nieder, 's lohnt eh' nicht mehr in einer Welt, da sie die Gerechten vom Nachtlager reißen und in den Kerker werfen. Wißt ihr's? Sie schleppten heut den Balzer-Sebastian fort.«

»Wir wissen's«, sagte nickend der Meister.

Und alle standen wie an einem Grabe.

Da wurde die Tür abermals aufgerissen. Frau Herberger stürzte herein. Sie sah die Männer stehen, erschreckt und wie auf dem Sprunge. Erschöpft nickte sie. »Ihr wißt's also schon.«

»Wir wissen's«, wiederholte der Meister.

Frau Herberger trat auf Bachmann zu. »Ihr seid in großer Gefahr, Hans. Der Ratsherr ist zum Rathaus gegangen, und ich mein, er ist's, der den jungen Bauern angegeben. Nun, sagt er, müßt' man auch die anderen finden. So weiß er schon, daß Balzer nicht allein in die Stadt gekommen.«

»Und woher soll er's wisse', daß der Balzer in Mansfeld mit dabeigewese?« fragte Melchthofer.

»Der Neffe Jost, Pfarr' in Dobin, gewiß hat er es ihm bericht't; im Dorfe hat man wohl geschwatzt.«

»Aha, daher weht der Wind!« Melchthofer tat einen kurzen Pfiff. »Der neue Pfarr' ist ein Schnüffler und Späher.«

»Was wollt ihr nun tun?« Frau Herberger blickte einen nach dem anderen fragend an.

»Nun, was wär' da zu tue' –!« fragte der Meister nachdenklich.

Frau Herberger trat auf ihn zu und griff mit beiden Händen nach dem Latz seines Schurzfells. »Die Leut' in Wittenberg müssen den Stadtrichter anrufen: Die Stadt, und nicht der Kurfürst besitzt das Große Gericht. Die Stadt muß den Sebastian freigeben.«

»Sie grad hat ihn doch gefange'.«

»So macht – in Gottes Namen – die Studenten wider sie wild!«

Die Männer waren plötzlich tief erregt. Bachmann trat einen Schritt vor: »Wahrlich, Ihr habt das Rechte gesagt, ich will mit den Studenten sprechen.«

Melchthofer hob abwehrend die Hände. »Da würd' man dich frage', wer du bist; und bald schon wüßt's die ganze Stadt.«

»So geht zum Doktor Luther, daß er ein Unheil verhüte.« Frau Herberger gab das Schurzfell des Meisters frei und lief hinaus.

»Der Weg zum Doktor wär' besser als keiner«, brummte Melchthofer. »Doch du, Hans, laß das bleibe'. Eh geh ich selber hin.«

Bachmann schwankte noch, dem zuzustimmen, dann fiel ihm etwas ein. »Man kann's ihm auch schreiben«, sagte er. Er richtete sich herausfordernd auf. »Wir müssen ihn zwingen, den Henkern in den Arm zu fallen! Wir! Alle christlichen Leut', im Namen des reinen Evangeliums!«

DAS VERHÖR

Der Stadtrichter saß dem Bürgermeister in dessen Amtszimmer gegenüber und gab einen Bericht über das erste Verhör des verhafteten Bauern Balzer. Er war sehr aufgeregt und tat so, als sei er einem Anschlag auf die Stadt zuvorgekommen. Aber alle seine Beredsamkeit überzeugte das Stadtoberhaupt in keiner Weise von der Notwendigkeit seiner Aktion.

»Wohl, Ihr handeltet gemäß dem Erlaß der Fürsten«, erhielt er zur Antwort, »doch glaubt Ihr, daß solch Fall des Blutgerichts unserer Stadt von Nutzen?«

Der Stadtrichter räusperte sich verlegen, verfiel jedoch sogleich wieder in einen Ton, der die Wichtigkeit seiner Maßnahme nur noch stärker hervorheben sollte. »Ihr kennt die Unzufriedenheit der Bauern. Ein einziger Mann, geradewegs aus dem Mansfelder Aufstand gekommen, kann hier herum das ganze Land rebellisch machen.«

»Glaubt Ihr dies wirklich?«

Der Stadtrichter nickte ernst. »Wir haben Grund genug, es zu befürchten. Wie ich im Elbtor-Wachbuch hab' festgestellt, war mit dem Balzer noch ein zweiter Mann in die Stadt gekommen, ein Student. Wissen wir, wie viele solcher Aufrührer zuvor schon und hernach noch dies oder die anderen Tore passierten?«

»Der Bauernkrieg ist zu End', wer von den Bauern ihn überstanden, der dankt Gott und geht zum Feld zurück. Bald ist's Korn reif, und die Ernte braucht viele Hände. Sollt' man sie aller erbleichen und erstarren lassen?« Der Bürgermeister schüttelte den Kopf. »Der Fürsten Gericht, maßlos geübt, ist zuletzt wider das Brot, nach dem bald alle schreien werden, so keiner 's Korn mäht.«

»Es geht um des Landes Ordnung.«

»Wenn's so geht, wird's Unordnung.«

»Wer wider das Gesetz und die Obrigkeit handelt, der muß an Leib und Seel' gestraft werden! Ihr seid wie ich ein Rechtsgelehrter, muß ich Euch lehren, was der Fürsten Gebot?«

»Hier geht's um eines Mannes Kopf, von dem Ihr noch nicht einmal wißt, ob in Wahrheit Böses darinnen. Wie könnt Ihr einen Menschen verfolgen, für den das ganze Dorf die Händ' ins Feuer legt? Muß man ihn erst schuldig machen, damit das Recht seinen Willen habe?«

Der Stadtrichter wußte nichts mehr zu antworten. Im Grunde empfand auch er die ganze Sache als überaus peinlich.

Aber da ihm gerade der Ratsherr Herberger damit auf den Leib gerückt war und auf ein Eingreifen gedrängt hatte, sah er sich gezwungen, der Anschuldigung nachzugehen, wenn er nicht wollte, daß dieser ihn beim Fürsten denunzierte.

»Hört den Balzer selbst«, sagte er, »und es wird Euch eingehen, ob ich recht gehandelt.«

Um die Angelegenheit – wenn möglich – auf diese Weise zu beenden, stimmte der Bürgermeister zu. »Laßt ihn herbringen.«

Der Stadtrichter ging hinaus. Nach einer Weile kam er zurück. »Die Stadtknecht' werden ihn hereinführen.« Er setzte sich und blickte gespannt auf die Tür.

Bald klopfte es. Balzer trat ein, die Knechte blieben hinter ihm.

»Wartet vor der Tür«, gebot ihnen der Bürgermeister. Sie gingen hinaus.

»Soll ich den Aktuar herbeirufen?« fragte der Stadtrichter flüsternd.

»Wir brauchen keinen Schreiber. So wir die Ohren und Augen recht aufmachen, werden wir's im Kopf behalten, was er sagt.« Der Bürgermeister sprach es laut, so daß Balzer es hören konnte. Dann forderte er diesen auf, näher zu treten.

Der Gefangene sah müde und abgespannt aus. Er hatte seit seiner Verhaftung nichts gegessen und auch nicht geschlafen. Sein Haar war versengt, und Brandwunden verunstalteten sein Gesicht.

Er wankte leicht. Als der Bürgermeister ihn aufforderte, sich zu setzen, lehnte er dies jedoch ab.

Der Stadtrichter begann mit dem Verhör.

»Du warst im Mansfelder Land.«

»Ja.«

»Wie lang warst du dort?«

»An die drei Jahr'.«

»Was tatest du dort?«

»Hab' im Berg geschafft.«

»Also Bergknappe warst du.«

»Wohl.«

»Vordem lebtest du in Piesteritz auf dem Hofe deines Vaters. Warum gingst du fort?«

»War nicht mehr Brot genug in der Hütt'.«

»Ihr habt doch Äcker.«

»Wohl.«

»Und auch geerntet.«

»Wohl. Doch die Abgab' war zu hoch. Was blieb, reicht' nicht aus für drei Mäuler.«

Der Stadtrichter winkte ab. Diese direkte Antwort war ihm zuwider. Er wußte, daß sie stimmte. Unwirsch fuhr er fort: »Im April und Mai des Jahres rotteten sich die Bauern und, wie man weiß, auch etliche Bergleut' zusammen, um der Fürsten Obrigkeit zu stürzen. Hast du dich ihrem Aufstand angeschlossen.«

»Nein. Bin schon im März aus Eisleben fort.«

»Wohin?«

»Nach Leipzig.«

»Was tatest du dort?«

»Sucht' ein ander' Unterkommen, als Fuhrknecht.«

»Fandest du's?«

»Nein. Man sagte: Hier tu dies, mach jenes, pflüge das Feld, schlepp das Holz herein. Dann ließ man mich wieder gehn.«

»So triebst du dich herum.«

Balzer hob die breiten Schultern mit Bedauern.

»Dann zogst du heimwärts.«

»Was anders sollt' ich tun?«

»Kamst du allein?«

»Ja.«

»Man sagt aber, du seiest mit einem Studenten gekommen.«

»Wohl, auf der Elbbrück' holt' ich ihn ein, und wir gingen selbander der Stadt zu.«

»Wie heißt er?«

»Dies weiß ich nicht. Er hat der Tochwach' seinen Namen genannt, doch hab' ich ihn vergessen.«

»Erinnere dich.«

»Ich weiß nicht –.«

»Hieß er Hans Beeham, Sohn eines Buchhändlers zu Leipzig?«

»Es mag wohl sein, er war ein Studierter.«

»Und du trafst ihn erst auf der Elbbrück'?«

»Ja.«

»Er selbst aber gab dem Tormeister an, ihr hättet euch bei Düben getroffen.«

Balzer schüttelte den Kopf. »Es war auf der Brück'.«

Der Bürgermeister neigte sich vor und richtete das Wort an ihn: »War's etwa auf der Muldebrücke bei Düben?«

Balzer starrte ihn forschend an. Er fühlte, dieser Mann war ihm freundlicher gesinnt. Was sollte er jetzt tun: seiner Frage zustimmen? Es würde gar zu auffällig sein, dies erkannte er selbst, so einfältigen Gemütes er auch war. »Nein, auf der Elbbrück'«, wiederholte er. »'leicht hat der Torschreiber die Brükken verwechselt.«

»Vorm Torschreiber war von einer Brück' überhaupt nicht die Red«, fiel der Stadtrichter ein. »Dies reimst du dir so zusammen.«

»Es war doch auf der Elbbrück'.«

Der Stadtrichter erhob sich und ging hinaus. Mißmutig betrachtete der Bürgermeister den Gefangenen. »Merk auf, war's wahrhaftig die Elbebrücke?«

»Es kann nicht anders sein.«

»Warum beharrst du darauf, daß es erst auf der Elbebrücke war; auf der Muldebrücke bei Düben wär's gewiß nicht schlimmer. Du kamst ja auch aus Leipzig.«

»Es war auf der Elbebrück'.«

Der Stadtrichter kam zurück. Mit ihm trat der Torschreiber ein. Er trug ein großes Buch in den Händen und schlug es auf.

»Lest vor«, gebot ihm der Stadtrichter.

Der Torschreiber stellte sich in Positur und las beinahe feierlich: »Siebenten Junius, Anno eintausendfünfhundertzwanzigundfünf: Angekommen aus Eisleben Sebastian, Sohn des Bauern Balzer zu Piesteritz. Item aus Leipzig der Student, Hans, Sohn des Buchhändlers Beeham zu Leipzig«, schloß das Buch und trat zwei drei Schritte zurück.

Tiefe Stille machte sich im Raum breit. Der Stadtrichter sah den Bürgermeister an und nickte vielsagend. Dieser dagegen schüttelte den Kopf und blickte vorwurfsvoll auf Balzer.

Endlich nahm der Stadtrichter wieder das Wort. »Also es war auf der Elbebrück'?«

»Ja«, erwiderte Balzer mit fester Stimme.

»Der Torschreiber aber entsinnt sich, daß Beeham gesagt hat: bei Düben. Von einer Brücke war nicht die Red'.« Er wandte sich an den Torschreiber.

»So ist es«, bestätigte dieser.

»Was sagst du nun?« fragte der Stadtrichter.

»Der Torschreiber irrt«, sagte Balzer.

»Mir scheint eher, du lügst«, fuhr der Stadtrichter ihn an, »mit der Wahrheit nimmst du's eh nicht genau: Hier gibst du an, du seiest aus Leipzig gekommen, vorm Torschreiber aber hast du gesagt, du kämest aus Eisleben. Warum einmal so und ein andermal anders? Weil ihr beid', du und der Student, den Verdacht von euch wenden gewollt, ihr seied Genossen!« Der Stadtrichter trat auf ihn zu. »Und dabei seid ihr ein wenig durcheinandergekommen, wie's immer geht, wenn man der Wahrheit ausweichen will: Du sagst, auf der Elbbrück' – und der Student hat gesagt, bei Düben –. Ich aber sage dir, ihr trafet euch schon im Mansfelder Land, von wo aus ihr beid' geflüchtet!«

Balzer sah ihm ruhig ins Gesicht. »Auf der Elbbrück'! Nicht im Mansfelder Land und auch nicht bei Düben! Der Torschreiber hat nicht recht gehört! Er irrt! 'leicht meint er auch einen anderen Mann, nicht mich!« Balzer wußte, daß es jetzt darauf ankam, fest zu bleiben.

»Ihn mein' ich«, widersprach der Torschreiber. »Ich erkenn' ihn wieder, an der kleinen Narbe über dem Aug'.«

Balzers Gesicht verfinsterte sich. Er wußte nichts von einer Narbe über seinem Auge. In Frankenhausen war er heil geblieben, ganz gewiß. Wo kam die Narbe her? Er hatte sich niemals im Spiegel gesehen, da es in der Balzerhütte keinen gab. Die Narbe mußte er seit seiner Kindheit schon tragen.

Der Stadtrichter nahm ihn fest aufs Korn. »Du siehst, man erkennt dich.« Er richtete sich auf und wippte selbstbewußt auf den Fußspitzen. »Man erkennt dich auch als Lügner: Du sagst, bereits im März seiest du nach Leipzig gegangen. Im Torbuch aber steht geschrieben, daß du von Eisleben gekommen. Wie erklärst du dir dieses?«

»Der Torschreiber hat's durcheinandergebracht. Ich kam

über Leipzig aus Eisleben.« Balzer verlegte sich jetzt darauf, diesen Mann als oberflächlich und unzuverlässig hinzustellen. »Man soll den Beeham holen und ihn fragen.«

»Es wird zur rechten Zeit geschehen«, entgegnete der Stadtrichter streng. Er wies den Torschreiber hinaus und wandte sich dem Bürgermeister zu. »Genügt Euch das?«

Der Bürgermeister bewegte den Kopf, doch man wußte nicht, ob er nickte oder verneinte. Er war offensichtlich unzufrieden mit dem Gefangenen, der nun von den Stadtknechten ins Kellerverlies zurückgeführt wurde. Wieder war quälende Stille in der großen Amtsstube. Der Stadtrichter durchbrach diese Stille mit schweren Schritten, einmal hin, einmal her. Vor dem Bürgermeister stehenbleibend und wieder auf den Fußspitzen wippend, sagte er: »Man riecht's: Der Mensch ist schuldig.«

Der Bürgermeister wiegte den Kopf. »Schuldig – vielleicht. Doch der Teilnahme am Aufstand? Dies muß man ihm beweisen. Eher glaub' ich, daß er irgendwo gestohlen und nun fürchtet, man könnt' ihn deshalb ins Verlies werfen oder gar an den Galgen bringen. Da leugnet er denn – und wird ganz wirr im Kopf.«

»Ah pah, ein Aufrührer ist 's. Und er wird's gestehen!«

»Ihr müßt's beweisen«, verharrte der Bürgermeister auf seinem Standpunkt.

»Wenn ich den Beeham habe, so, mein' ich, wird sich's weisen, wer dieser und wer jener ist. Ich will in Leipzig nach dem Vater, dem Buchhändler, forschen.« Er erwartete, daß ihm der Bürgermeister zustimme, da dies nicht geschah, fuhr er fort: »Vorerst jedoch hier in Wittenberg. Ich werde zum Senat der Universität gehen und die Matrikel einsehen. Ist dieser Beeham hiergeblieben, so steht sein Nam' darinnen. Und steht er darinnen, so haben wir den Mann.«

»Und – wenn nicht?«

»So halt' ich mich an Balzer. Das Bergamt in Eisleben wird uns berichten, wann er die Stadt verlassen.«

Der Bürgermeister erhob sich nun auch und ging bis zur Tür hin. Des Stadtrichters Eifer war ihm peinlich. Gewiß, der Gefangene hatte sich in Widersprüche verwickelt und leugnete nun drauflos. Doch, den der Stadtrichter zum Aufrührer machen wollte, der war am Ende nur ein kleiner Brotdieb.

»Glaubt es mir«, sagte er, »nirgendswo kann mehr Unrecht getan werden als in der Rechtsfindung. Das Gesetz der Obrigkeit ist hart und allein nur zur Strafe und Vernichtung geschaffen, nicht zur Belehrung und Bekehrung. Doch darauf gerade kommt es an, dies les' ich aus der Lehre Luthers und möcht's lebendig werden sehn in unserer Stadt.«

Der Ratsherr Herberger stand im Begriff, zwei Becher aus dem Schrank zu nehmen, um mit dem Neffen Jost den neuangekommenen Wein zu probieren. Er besann sich jedoch noch rechtzeitig und bezähmte den eigenen Durst, der sich bei ihm immer dann so quälend einstellte, wenn er sich ärgerte. Er ärgerte sich oft. Aber der Medikus hatte ihm, der kranken Galle wegen, vom Weintrinken abgeraten, und er erzählte es jedem, der sich nach seinem Befinden erkundigte, ihm sonst aber nichts nützen konnte. So war allen ungebetenen Gästen klar, warum er sie trocken sitzen ließ, worüber er eine so große Genugtuung empfand, daß ihm der heimlich und allein getrunkene Wein oft nicht die geringsten Beschwerden verursachte.

»Es hat mich mit Ingrimm erfüllt«, sagte er jetzt zu seinem Neffen, »daß der Stadtrichter sich so lang' sperrte, den Bauern Balzer ergreifen zu lassen. Was ist das für eine Obrigkeit, die sich die Augen zuhält, wo der Aufruhr schon im Lande?« Er verließ den Platz am Schrank und setzte sich an den Tisch.

Jost Saxendorf hatte sich dort bereits niedergelassen. Er saß auf demselben Stuhl, von dem er sich vor acht Jahren, als er in Wittenberg das Studium der Theologie begonnen und beim Onkel gewohnt hatte, immer erheben und hinausgehen mußte, wenn Besuch ankam. Es war heute sicher nicht anders, obwohl er als Pfarrer von Dobin eigentlich auch für den Onkel eine Respektsperson hätte sein müssen. Augenblicklich nahm ihn dieser als einen Tragesel, dem er seine Ärgereien aufpacken konnte.

»Warum zieht man mich nicht hinzu, wenn der Bauer verhört wird? Ich kenn' ihn von Begegnungen im Hause Melchthofers her sehr gut, er ist ein nasweiser Mensch und wird sie alle hinters Licht führen. Mir aber macht er nichts vor!« Erregt stand er wieder auf und durchmaß wütend das Zimmer.

»Seid Ihr nicht im Gerichtsrat, Oheim?« fragte Jost Saxendorf. »Ich meine, die Ratsherren sind die Schöffen?«

»Wohl, auch ich bin ein Schöffe, doch da zur Gerichtssitzung drei oder fünf der Schöffen genügen, schließen sie mich beharrlich aus. Wie immer! So's nach der Wahl an die Verteilung der Ämter geht, vergißt man mich. Auch in diesem Jahr. Alljeder der Ratsherren kriegt seinen Bereich: der Doktor Beyer die Bürgermeisterwürde und seine Stellvertretung der Amtsschösser Niemegk; das Amt des Kämmerers der Maler Lucas und sein Geschäftsfreund Döring, der Goldschmied, das des Baumeisters; der Tuchmacher Bartholomäus Schadewald, der Kramer Thomas Feuerlein, Globigk, Hankow, der Magister Liranus und sonstwer noch, die bilden das Gericht. Der Gewandschneider Herberger aber spuckt sich in die leeren Händ'. Sie wollen unter sich sein, mein wachend' Auge ist ihnen zuwider.«

»Was protestiert Ihr nicht, Oheim?«

Herberger blieb vor dem Neffen stehen. »Meinst du, ich schwiege? Ich find' schon Worte. Doch sie tun, als hörten sie nichts. Und alle tun sie, als seien sie mir freundlich gesinnt, nikken mir gar zu. So sie aber an mir vorüber, fühl' ich deutlich, daß sie mich verlachen.« Er ballte die Hand zur Faust und schüttelte sie. »Doch ich werd' sie zwingen, mir gleiches Recht zu gewähren. Und in der Sach' des Balzer lass' ich nicht nach!«

»Dazu helf Euch Gott, mein Oheim!« Der Pfarrer von Dobin faltete die Hände und legte sie auf den Tisch. »Der Gerechte wird oft hart bedrängt. War vor einer Stund' wieder beim Superintendenten Bugenhagen. Diesmal hatte er mich rufen lassen. Wie grimmig hat er mich angefahren! Ich hätt's christlich' Gewissen verloren, mich in Dinge gemischt, welche allein der weltlichen Obrigkeit angelegen. Der Bürgermeister hat ihm alles haarklein berichtet: daß ich in der Sach' des Balzer zu Euch gegangen und Ihr zum Stadtrichter. Fortschicken möcht' mich der Wittenberger Kirchenoberste. Ein unsicher' Leben ist's, so man den frommen Fürsten dienen möcht' und es kommen die Bürgersleut' daher und binden einem die Hände.«

»Da auch in ihnen schon der Aufruhr steckt«, knurrte der

Ratsherr. Er setzte sich wieder in Bewegung und fuchtelte mit den Armen herum. »Aber ich werd' ihnen die Zähne zeigen, den Kopf des Balzers lass' ich ihnen vor die Füß' legen, den Hochmütigen, den Machtfressern und Geldscheißern – im Namen Luthers!«

Der Pfarrer von Dobin blickte überrascht auf. »So seid Ihr noch immer wider den Doktor?« stieß er hervor.

»Nicht wider ihn!« erwiderte der Ratsherr unwirsch. »Wider jene, die seine Lehr' zu ihrem Handel gemacht.« Er schrak plötzlich zusammen: In der Tür stand seine Frau.

»Verzeiht, daß ich von eueren Geschäften gehört. Mir graut vor euch beiden! Ihr, mein Gemahl, seid unter die Häscher gegangen. Da wird's nötig sein, Euch eine Erklärung zu machen.«

Herberger stand unschlüssig inmitten der Stube. Er fühlte, daß er die Frau nicht mit irgendwelchem herrischen Gerede hinausweisen konnte; sie würde einfach nicht gehen. Beinahe vorwurfsvoll blickte er auf den Neffen, und es war wieder einmal wie vor acht Jahren: Dieser erhob sich schnell, verneigte sich vor dem Onkel und der Tante und wehte hinaus. Die Tür schlug hart hinter ihm zu, seine eiligen Schritte verhallten auf der Treppe und im Flur.

Frau Herberger ging zum Tisch hin und lehnte sich, beide Hände aufstützend, rücklings dagegen. Sie ließ den Ratsherrn nicht aus den Augen. Dieser senkte den Kopf und schielte zu ihrem straffen Mieder hin. In seiner Unsicherheit schwankte er leicht. Die Überlegenheit der Frau quälte ihn, jede Sekunde erhöhte seine Spannung. »Was willst du? Sprich doch!« stieß er zerfahren hervor.

Frau Herberger richtete sich auf und sagte mit klarer, ungehemmter Stimme: »Nun ich vernommen, daß wirklich Ihr es gewesen, der des Bauern Balzer Einkerkerung verursacht, ist's mir zu unheimlich unter Euerem Dache. Ich werde Euch verlassen.«

Der Ratsherr zuckte zusammen. Er wagte es nicht, sie anzubrüllen, denn er begriff sofort, in welche Verlegenheit er geraten würde, wenn sie fortginge. So beschränkte er sich darauf, ihr nun seinerseits eine Erklärung abzugeben.

»Du mußt es verstehen; ich hab' nur meine Pflicht getan. Jost, der in seiner Gemeinde erfahren, daß der Bauer Balzer im Mansfelder Land dabeigewesen, wandte sich an mich. Und ich bin Ratsherr, Glied der städtischen Obrigkeit, die untertan ist der Herrschaft der Fürsten. Hätt' ich die Sache nicht gemeld', so wäre ich meinem Amt untreu geworden und seiner gewiß verlustig gegangen. Ich würd' selbst schuld am Unheil, welches über mein Haus käme.«

»Könnt' noch größeres Unheil über dies Haus kommen als Ihr gebracht schon seit Jahren?« entgegnete sie voller Hohn.

»Schmähe nicht meines Hauses Frieden, den du leider so oft gebrochen«, sagte er drohend.

»Wie könnt' ich einen Frieden brechen, den ich seit meinem Einzug hier niemals gefunden?« antwortete sie.

»Und brachtest auch keinen mit herein«, stieß er erbost hervor.

»So werd' ich nichts zurücklassen müssen bei Euch. Es würd' mich auch jammern bis zum letzten Tag.«

»Du bist ungebärdig!« zischte er.

»Nur noch einmal, bevor ich gehe.«

»Du bleibst!« brüllte er, plötzlich ganz unbeherrscht. »Noch gibt es ein Gesetz, dich zu halten!«

»Nun, so mögt Ihr auch mich dem Stadtrichter überantworten«, sagte sie und schritt an ihm vorüber zur Tür hin. Von dort aus warf sie noch einen halb mitleidigen, halb verächtlichen Blick auf ihn. Dann ging sie hinaus.

Bachmann saß bei Selinger im Zimmer und verfolgte dessen Aufundabgehen. Die Fliegen summten durch die quälende Stille. Wenn der Professor in die Nähe der Tür kam, knarrten die Dielenbohlen. Er war gealtert, sein Haar trug einen grauen Schein, die Stirn darunter tiefe Furchen. Endlich blieb er vor Bachmann stehen und sagte:

»Euer Bericht erschüttert mich, ich brauche Zeit, soviel man dabei auch Zeit verlieren könnt'. Die Häscher sind hinter Euch her, und in einem Hause, darin sich des Ratsherrn Herberger Frau geflüchtet, seid Ihr vor ihnen nicht mehr sicher. Ihr oder die Frau – einer muß dies Haus verlassen!«

»Wohin soll ich gehen?« fragte Bachmann. »Die Tore sind mir verschlossen.«

»So bleibt bei mir, der Magd Kammer im Erdgeschoß ist frei. Dort wird Euch niemand suchen – so Ihr das Licht scheut. Ja, wir leben in einer Zeit, da man das Licht scheuen muß. Der Fürsten Regiment ist härter denn je.«

»Was soll ich im Versteck denn tun?«

»Ihr müßt Euch still verhalten, sonst ergreift man auch Euch.«

»Ich kann nicht schweigen!«

»Zu wem wollt Ihr sprechen?«

»Zu den Studenten, den Handwerksgesellen, den Bauern!« Bachmann war aufgestanden und schüttelte die Fäuste.

Doch Professor Selinger nickte nur und hob beschwichtigend die Hand. »Ich verstehe Eueren ungestümen Sinn. Doch wolltet Ihr mit dem Kopf durch die Wand, er ginge Euch zu Bruch. Ihr dürft jetzt mit keinem der Studenten oder gar Bauern sprechen. Doch Ihr könnt allen schreiben.« Er unterbrach sich, da er Bachmanns Überraschung sah. »Ja, schreiben«, wiederholte er. »Aber nicht darüber, daß man der Fürsten Joch abwerfen müsse – dies gelang nicht einmal den großen Bauernheeren –, Ihr müßt schreiben über ein Unrecht, das in den Mauern unserer Stadt geschieht, das alle sehen und das außer dem Ratsherrn Herberger und seinem Neffen wohl kaum einer billigt: die Hinrichtung eines jungen Bauern.«

»Die Hinrichtung –?« Bachmann blickte Selinger betroffen an.

»Was anders? Habt Ihr nie daran gedacht?«

»Doch –«

»Nun, sie gilt's zu verhindern. Dies schreibt und legt's Geschriebene überall hin: vor die Türen der Universität, des Rathauses und der Kirchen, auch auf die Schwelle zu Luthers Klosterheim. Viel Hundert werden es lesen.«

»Und schweigen.« Bachmann wandte sich mutlos ab.

»Vielleicht nicht. Es geht um einen Menschen. Für ihn setzen die Leut' sich oft stärker ein als für eine Sache. Und ist Balzers Leben nicht unsere Sache?«

Bachmann begriff. Es fiel ihm ein, daß auch er schon daran

gedacht hatte, an Luther zu schreiben. Warum nicht auch an andere? »Ihr habt recht«, sagte er. »Doch, ich kann noch nicht bei Euch bleiben, muß zurück ins Melchthoferhaus. So mir Gefahr droht, such' ich Euer Haus auf.«

Selinger ging zu einem Wandbrett hin, griff hinauf und kam zu Bachmann zurück. »Hier sind die Schlüssel, der zur Haustür, der zur Kammer hinter der Treppe. Von Euerer Geschicklichkeit und Vorsicht hängt's ab, ob wir beide noch frei bleiben oder mit zu Balzer ins Verlies müssen.«

Bachmann nickte. »Ich danke Euch für so großes Vertrauen.« Er wußte nichts mehr zu sagen. Achtungsvoll verneigte er sich vor dem Professor. Der streckte ihm die Hand hin. »Vor allem der Brief an Doktor Luther – den überlegt gut: Er, der sechstausend Bauern abschlachten ließ, soll hier in Wittenberg einen retten. Sechstausend, weit weg im Mansfelder Land, darüber mag er kaum gezittert haben. Doch einen in Wittenberg, den er am Ende gar kennt – – –?«

»Der wie Thamm vor acht Jahren die Thesen mit angeschlagen«, warf Bachmann ein.

»– auch dies noch«, fuhr Selinger fort, »solch einen so vor den Augen unter des Henkers Schwert, das wird ihm in die Knochen fahren. Möcht' er Worte der guten Fürsprach' vor dem Fürsten finden!«

Bachmann erwiderte den Druck seiner Hand und ging dann schnell hinaus. Leise schlich er durch den Garten der Stadtmauer zu. Jetzt am späten Abend war es noch warm und hell. Vom Stadtgraben her drang der Frösche Quarren und Keckern, bereits gedämpft, denn die Hochzeit war längst vorüber.

Sebastian Balzer saß auf der Pritsche seines feuchten, noch nach frischem Kalk riechenden Kellerverlieses. Es war nur matt erhellt, denn das kleine unverglaste, doch vergitterte Fenster dicht unter der gewölbten Decke lag in einem tiefen Schacht, den vom Bauschutt verstaubte Spinngewebe verdüsterten.

Das Rathaus, schon seit drei Jahren im Aufbau, wies bisher nur Kellergewölbe und Erdgeschoß auf. Geldmangel und allerlei unvorhergesehene Zwischenfälle verzögerten die Weiterarbeit oft monatelang. Jetzt begann man ein Stockwerk aufzusetzen, man hatte sogar schon ein zweites eingeplant, den Bau recht stattlich zu errichten, mit Ziergiebeln und einem Dachreiter. Baumeister und Ratsherren waren in unablässiger Spannung. Es ging um Geld und ging um Arbeit. Einer trieb den anderen an – eine wahre Leutehatz. Überall krochen und kletterten die Handwerker herum; Stimmengewirr, Hammerschläge, Gepolter fallender Steine, Staubwolken und Geruch von Kalk, Holz und Farbe, dies alles verursachte eine stetige Unruhe, die den Schreibern und Ratsherren, soweit sie ihre Stuben im Erdgeschoß schon bezogen hatten, oft gruselige Schauer über Kopfhaut und Rücken hintrieb; die Fenster, auch die des Bürgermeisterzimmers, waren von Gerüsten überschattet und ihre Butzenscheiben blind vom Staub, einige gar schon zerbrochen.

Balzer befand sich nun bereits zehn Tage in Haft. Er wußte nicht, was in der Stadt vor sich ging, wie es um seine Eltern stand und wie man mit ihm verfahren würde. Dreimal schon war er vernommen worden, doch in den letzten sechs Tagen kam nur noch der Wärter zu ihm herein, um ihm Wasser und Brot zu bringen und ihn den klobigen Holzkübel für seine Notdurft leeren zu lassen. Es fiel dabei kaum ein Wort, denn der Wachtknecht stand in der Tür. – Doch hätte man mit ihm auch gesprochen und ihm Bericht aus der Stadt gegeben, es wäre für ihn nicht beruhigend gewesen.

Für die Menschen da draußen schien er bereits gestorben zu sein. In den ersten Tagen war hier und da in den Gassen und auf dem Hofe der Universität ein mäßiger Auflauf junger Leute entstanden, es schwirrten allerlei Gerüchte umher, wonach außer dem jungen Bauern auch ein Hauptmann der bei Frankenhausen geschlagenen Aufständischen gefangengesetzt worden sei, beide aber miteinander nichts zu tun hätten, denn der Bauer säße wegen Mordes an einem Edelmann. Dies war zweierlei und konnte doch auch dasselbe sein; manche Leute meinten, der Hauptmann könne sogar viele umgebracht haben, und solche wilden Geschichten verwirrten die Köpfe immer mehr. Neue, noch unsinnigere Gerüchte entstanden, doch bald glaubte sie niemand mehr so recht, und langsam beruhigte sich die Stadt.

Balzer ging in seinem Verlies auf und ab. Es war geräumig, gut gepflastert und mit einer schweren eisenbeschlagenen Tür abgeschlossen. Er vernahm das Geräusch vorüberrasselnder Wagen, die Rufe und das Gehämmer der Handwerker; sogar der Lärm eines Wochenmarktes drang zu ihm herab. Ob der Vater dort wieder vor seinen Körben stand? Was sollte er schon verkaufen! Früher, als sein Platz noch auf dem Hinrichtungsgeviert war, vermochte er wohl noch einiges anzubieten. Von dieser Richtstätte hatte man ihn damals auf Veranlassung des Doktor Luther verwiesen; seinem Sohn würde man diesen Platz anweisen, wenn man ihn der Teilnahme am Bauernaufstand schuldig sprechen konnte. Darüber war sich Balzer klar.

Gegen Abend hörte er plötzlich in nächster Nähe den Chorus von Studenten. Er entdeckte, daß sich der Ratskeller nicht weit vom Gefängnis befand, vielleicht gar Wand an Wand. Der Gesang, so trunken er war, tat ihm wohl; die Nachbarschaft mit Menschen, wenn auch nur Studenten, die ihn sonst gar nicht beachtet hatten, beruhigte ihn.

Er wunderte sich allerdings auch manchmal darüber, daß er so gar nicht verzweifelt war. Seit ein paar Tagen lebte er in der guten Zuversicht, es werde ihm schon noch gelingen, den Verdacht von sich abzulenken, ja, er nahm sogar an, daß die Leute der Stadt, die vornehmen, einflußreichen Herren vor allem, gegen die Anklage des Stadtrichters Einspruch erheben würden.

Wieso er freilich von dieser Seite her Hilfe erwartete, darüber gab er sich keine Rechenschaft, er hoffte eben, unbewußt wohl auch in dem Gefühl, daß der Bürgermeister ihm freundlich gesinnt sei. Selbst auf Bachmanns Hilfe rechnete er, obwohl er doch gar nicht wußte, wo dieser sich jetzt befand. Mit jedem Schritte, den er tat, nährte er diese Hoffnung. Einmal hörte er alle Glocken läuten – sicher zum Begräbnis eines wohlhabenden Bürgers. Für den war das Hoffen zu Ende. Für ihn, Balzer, keineswegs: noch lebte er.

Es mochte um die zehnte Stunde sein, als sich die Schritte mehrerer Männer der Tür seines Kerkers näherten. Der Riegel klappte. Der Stadtrichter kam herein. Ein Knecht hielt ihm die Fackel. Er blinzelte noch mit den Augen, weil er sich erst an das Dämmerlicht im Raume gewöhnen mußte. Dann trat er vor Balzer hin und sah ihn forschend an.

Er winkte zurück. Der Gerichtsschreiber trat näher. Auch die anderen Männer, wohl die Ratsherren als Gerichtsbeiräte, drängten in das Verlies und stellten sich im Halbkreis hinter dem Stadtrichter auf.

Dieser nahm jetzt dem Gerichtsschreiber ein gefaltetes Papier aus der Hand, schlug es auf und versuchte zu lesen, er vermochte die Buchstaben freilich nicht sicher zu erkennen. Darum ließ er die Hände sinken und fragte den Gefangenen:

»Wann bist du von Eisleben fortgegangen?«

»Im Märzen«, erwiderte Balzer.

Der Stadtrichter wippte auf seinen Füßen, dann sagte er mit lauerndem Blick: »Das Bergamt zu Eisleben aber hat uns geschrieben, daß du erst am Ende des April verschwunden, offenbar zu den aufständischen Bauern hin. Was hast du darauf zu sagen?«

»Bin schon im Märzen gegangen.«

Der Stadtrichter schüttelte den Kopf über soviel Verstocktheit. Er wandte sich an die Herren des Gerichtsrates. »So müssen wir den Gefangenen der peinlichen Befragung unterwerfen.«

Die Angeredeten verbeugten sich.

»Begeben wir uns zur Kammer hin«, sagte der Stadtrichter ernst.

Die Herren verließen den Raum, die Tür schlug hinter ihnen zu, der Riegel klappte.

Balzer stand wie erstarrt: Oh, diese Obrigkeit ging gründlich vor, wer hätte das gedacht! Ob sie ihn doch nur einschüchtern wollten?

Darüber zu grübeln, blieben ihm nur wenige Minuten. Wieder ging die Tür auf. Zwei Knechte traten auf ihn zu und banden ihm mit geschickten Griffen die Hände. Dann stießen sie ihn vorwärts, durch einen dunklen Gang, zu einem anderen Raume hin. Durch dessen offene Tür drang ihm flackerndes Licht entgegen, und als er ihn betrat, sah er von allen Wänden Fackeln leuchten. Ein Gemisch von Feuchtigkeit und Rauch machte das Atmen schwer.

Man schob ihn in die Mitte des Raumes. Da stand er vor einem Tische, an dem der Stadtrichter mit drei Schöffen und dem Gerichtsschreiber saß. Balzer erschrak: Einer dieser Herren war der Ratsherr Herberger. Mit eins begriff er, daß es überaus ernst wurde. Das Herz pochte ihm bis zum Halse herauf, hart und schmerzlich. Da aber kam, von einem die Fackel tragenden Knecht geleitet, der Bürgermeister herein, und neue Hoffnung erfüllte seine Brust, das Herz wurde ruhiger. Die Herren erhoben sich, der Bürgermeister nahm am Tische Platz. Der Gerichtsschreiber prüfte seine Federkiele und legte sich die Schreibmappe zurecht. Balzer wunderte sich über soviel Aufwand.

Der Bürgermeister eröffnete die Sitzung, und der Stadtrichter nahm das Wort. Es war ein langer Sermon, den er wie ein Gebet herunterleierte. Des Fürsten Name und Ehre kam darin vor, von der Macht der Obrigkeit war die Rede und von Gott. Auch seinen, Balzers, Namen hatte man darin nicht vergessen, doch wurde er nur in Verbindung mit düsteren Drohungen, Ankündigungen, Feststellungen und Beleidigungen ausgesprochen. – Der Gerichtsschreiber saß mit bereitgehaltener Feder.

Danach begann das Verhör.

»Wann bist du von Eisleben fortgegangen?«

»Im Märzen.«

»Warum gabest du dem Torschreiber an, du kämest aus Eisleben – und es war im Juni?«

»Ich kam aus Eisleben über Leipzig. In Eisleben war ich über zwei Jahre, in Leipzig blieb ich nur zwei Monde. Drum nannt' ich Eisleben.«

»Warum willst du nicht geradewegs von Eisleben gekommen sein?« Des Stadtrichters Stimme wurde schärfer.

Balzer schwieg. »Sprich!« fuhr der Stadtrichter ihn an, und plötzlich bemerkte er, daß die Stadtknechte noch immer hinter ihm standen. Er erhielt einen derben Stoß.

»Weil ich zuletzt in Leipzig gewesen«, entgegnete er verwirrt.

»Du lügst!«

Der Bürgermeister legte dem Stadtrichter die Hand auf den Arm. »Erlaubt –, so geht doch alles durcheinander.« Er wandte sich an Balzer: »Sag uns die Wahrheit, und dir soll Gnade werden. So du aber weiterhin im Widersinn verharrst, mußt du die peinliche Befragung erdulden. Wähle!«

»Ich war nicht im Mansfelder Land, als die Bauern aufgestanden.« Balzer sprach es nicht mehr so sicher aus.

»Nun – sag uns denn, wo du warst, bei welchem Herrn du geschafft, wo du genächtigt und wer dich dort kennt.« Der Bürgermeister schlug einen väterlichen Ton an.

»Weiß weder Nam' noch Gasse, ich war vor Not krank und matt.« Balzer senkte die Augen. »Schlief oft bei Weibsleuten, so man verachtet, auf Bodenkammern und im Gesträuch vor der Stadt.« Der Gerichtsschreiber hatte schwer zu tun, dem Verhör mit der Feder zu folgen.

»Von solchen Dingen hast du zuvor nicht gesprochen«, sagte der Bürgermeister nach längerem Nachdenken ungläubig.

»Ich hab' auch anderes noch verschwiegen«, gab Balzer in scheinbarer Geständnisbereitschaft zurück. »Stocktrunken war ich oft, trieb in den Herbergen mich herum und suchte auch Händel. Daher wohl auch hab' ich die Narbe am Aug'.«

Der Bürgermeister schüttelte unzufrieden den Kopf, der Gefangene gefiel ihm plötzlich nicht mehr.

Und der Stadtrichter bemerkte es, er schob den Kopf vor und lächelte gefährlich. »Du willst auf den falschen Weg uns führen; Mann, dies ist ein alt' Possenspiel der Diebe und Räuber.« Er wandte sich an den Bürgermeister. »So ist's wohl an der Zeit, den närrischen Geist ihm zu dämpfen.«

Der Bürgermeister blickte sich zu den Schöffen um. »Ich frage Euch, hochachtbare Herren, findet's Euere Billigung, daß man den Beschuldigten der leichten Tortur unterwerfe?«

Sie nickten, und der Ratsherr Herberger setzte hinzu: »So sie nicht ausreicht, auch der schweren.« Der Gerichtsschreiber notierte.

Der Stadtrichter gab den Knechten einen Wink, und sogleich machten sie sich über Balzer her; sie führten ihn zu einer seitlich stehenden Pritsche, zogen ihm Jacke und Hemd über den Kopf und warfen ihn bäuchlings auf die Bretter; mit schnellen Griffen banden sie ihm Arme und Beine fest, zerrten auch seine Hosen herab und gaben ihn dann den Blicken der Herren des Gerichts frei, wie um Anerkennung zu finden.

Balzer war von ihrem rohen und doch schweigend vollzogenen Geschäft so überrascht, daß er keinen Widerstand leistete. Und als er sich besonnen hatte, mühte er sich zu spät, die Stricke hielten ihn fest, und bei jeder Bewegung zogen sie sich nur noch enger um Handgelenke und Fußknöchel, so daß die Adern dick heraustraten.

»Beginnt«, sagte der Stadtrichter.

Die Knechte nahmen die Lederpeitschen vom Wandhaken und stellten sich nebeneinander vor der Pritsche auf. Dann schlugen sie zu, der eine auf den Rücken, der andere auf das Gesäß.

Schon bei den ersten Schlägen bäumte Balzer sich auf, soweit die Stricke es zuließen. Ihm war, als risse man ihm die Haut vom Leibe. Doch er gab keinen Laut von sich. Hart biß er die Zähne aufeinander. Er schloß die Augen und ballte die Hände zu Fäusten, in denen er einen Stein hätte zermalmen können. Doch auch die Knechte schienen jetzt alle Kraft aufzubieten. Er hörte sie zählen: fünf – sechs – sieben – acht, neun – zehn. Und jede Zahl war ein Feuerstrahl auf dem Leib.

Doch Balzer erstickte in sich jeden Schrei und stöhnte nur in Gedanken.

»Halt!« rief der Stadtrichter, einmal, weil die Knechte wohl nur bis zehn zählen konnten, und dann auch, da die Tortur streng in Abschnitte aufgeteilt und der erste beendet war.

Die Knechte traten beiseite, und die Herren des Gerichts sahen die roten Striemen auf der Haut des Gefolterten. Eine davon war bereits aufgeplatzt, das Blut rann über die Hüfte und tropfte auf die Pritsche, die ihrem verschmutzten Zustand nach sicher noch aus dem alten Rathaus stammte.

»Willst du gestehen, daß du im Mansfelder Land am Aufstand der Bauern teilgenommen?« hallte die Stimme des Stadtrichters durch den Raum.

Diese Frage war bestimmter als alle bisherigen. Balzer begriff, es ging geradewegs, Schritt für Schritt auf den Kern der Anklage zu. Ob er von Leipzig oder Eisleben gekommen, davon war nicht mehr die Rede, nur noch vom Ja oder Nein. Und man erwartete von ihm das Ja.

»Nein«, sagte er verbissen.

Die Feder des Gerichtsschreibers setzte sich in Bewegung.

Der Stadtrichter gab den Knechten einen Wink. Sie traten wieder zur Pritsche hin und begannen zu zählen: eins – der Rotbärtige, zwei – der Kahlköpfige, drei – der Rotbärtige, vier – der Kahlköpfige; fünf – sechs ...

Balzer fühlte sein Bewußtsein schwinden. Er empfand keinen Schmerz mehr, was ihn erschütterte, war Untergang, rasendes Fallen; er ersehnte den Aufschlag, das Dunkel. Sieben – acht, neun – zehn ..., hörte er wie aus weiter Ferne.

Der Stadtrichter gebot den Knechten Einhalt. Und wieder richtete er seine Frage an den Gefolterten: »Willst du gestehen – – –?«

Der Mann auf der Pritsche antwortete nicht mehr. Sein Rükken war von Striemen und Blutspritzern bedeckt, ein aufgequollener Menschenleib lag da im flackernden Licht der Fakkeln.

Der Stadtrichter fragte abermals. Doch die Antwort blieb aus.

»Er ist nicht mehr bei Sinnen«, sagte der Bürgermeister unmutig. Der Gerichtsschreiber machte eine Eintragung.

»Besprengt ihn mit Wasser«, befahl der Stadtrichter, und einer der Knechte leerte eine der an der Wand stehenden Kannen über den Reglosen. Kaum hörbar entrang sich ihm ein Stöhnen.

»Rüttelt ihn!« rief ärgerlich der Stadtrichter.

Die Knechte packten Balzer bei den Armen und Beinen und zerrten an ihm herum, klatschten ihm mit der flachen Hand ins Genick und griffen ihm ins Haar. Sie brachten ihn wahrhaftig zur Besinnung. Er hob den Kopf ein wenig und sagte: »Jesus Christus!«

Gleich erhob der Stadtrichter seine Frage von neuem: »Willst du gestehen?« Da die Antwort ausblieb, fuhr er fort: »Hast du im Mansfelder Land am Bauernaufstand teilgenommen?«

Balzer kam wieder völlig zur Besinnung. Noch einmal hörte

er des Stadtrichters Frage, und nun hatte er wieder alle Kraft und allen Willen beisammen.

»Nein!« sagte er mit klarer Stimme und festem Nachdruck: »Nein!«

Der Stadtrichter wurde unruhig. War der Gefangene wirklich unschuldig, und brachten ihn nur unselige Mißverständnisse in Verdacht? Durfte man ihm, einem einfältigen Bauern, so viel Standhaftigkeit aus Berechnung zutrauen? Er wurde sich nicht schlüssig. Ratlos sah er den Bürgermeister an. Der senkte den Kopf.

»Ich mein', der Mann ist ohne Schuld. Man soll ihn freilassen«, sagte er nach einer Weile. Die Herren des Gerichts schwiegen. Die Feder des Gerichtsschreibers kratzte.

Nur Herberger äußerte sich. Er lehnte die Freilassung Balzers rundweg ab. »Das kurfürstlich' Amt wird einen Bericht vom Verhör einfordern und ihn dem Hofgericht vorlegen, und so man dort liest, daß wir schon beim ersten Grad der Tortur die Freilassung beschlossen, wird man einen Anwalt des Hofgerichts schicken. So der den Beschuldigten überführt, verliert unser Gericht das Vertrauen. 's ist ohnehin nur ein gekauft' Privileg, und der Kurfürst könnt's uns nehmen.«

»Wenn er die Kaufsumme zurückgibt, die sein Ahn von unseren Ahnen genommen. So steht's in der Urkund'«, erwiderte der Bürgermeister.

»Und wenn er's zurückzahlt –?« fragte Herberger spitz.

Der Bürgermeister richtete sich ärgerlich auf. »Geht's hier ums Gerichtsprivileg der Stadt oder um den Bauern Balzer?«

Nach diesen Worten war eine Weile peinliches Schweigen. Die Herren starrten nachdenklich vor sich hin, und alle vermieden es, zur Pritsche hinzusehen.

Schließlich sagte der Stadtrichter: »Ich seh' noch keinen Grund, den Angeklagten laufen zu lassen.« Er setzte die Worte ohne die übliche Feierlichkeit und Würde wie sonst bei Gerichtsverhandlungen. Die Sache beschäftigte ihn offensichtlich auch persönlich: Wer war stärker, er oder Balzer? Darum schlug er dem Gericht vor, das Verhör auszusetzen und über einen Tag mit schärferer Tortur wieder aufzunehmen. Inzwischen sei über alle Aussagen des Gefangenen ein Protokoll anzufertigen und diesem vorzulegen, damit er seine Widersprüche erkenne und endlich geständig sei. Er bat die Herren um ihre Zustimmung.

Herberger erhob sofort die Hand, zwei weitere taten es ihm gleich; der Stadtrichter konnte sich seine Stellungnahme ersparen, denn gegen die drei ihm willfährigen Schöffen stand nur der Bürgermeister. Angewidert schloß dieser die Sitzung. Der Gerichtsschreiber schlug seine Mappe zu und nahm Feder und Tintenfaß auf.

Die Herren erhoben sich und gingen hinaus. Die Knechte lösten die Stricke um Balzers Beine und Arme und richteten ihn auf. Er schwankte leicht. Sie zogen ihm Jacke und Hemd über den Kopf herab und die Hose herauf. Jetzt stöhnte er frei heraus. Seine Augen standen voller Tränen. Er vermochte die Hände nicht mehr zu bewegen, sie waren blau und starr. Kaum daß die Füße ihn noch trugen; nur mühselig schleppte er sich vorwärts. Die Knechte mußten ihn aufrecht halten. Als sie die Tür des Verlieses hinter ihm verriegelten, vernahmen sie noch, daß er zusammenbrach. Sie wandten sich ab und stiegen zur Wachstube hinauf. Auf ihrem Tisch stand ein Krug mit Kukkucksbier, dies stiftete der Rat nach jedem peinlichen Verhör. Sie gossen sich die Holzkrüge voll bis an den Rand, hoben sie an den Mund und tranken wie Menschen, die einen Tag lang Korn gedroschen.

DIE STUDENTEN

Die Beruhigung der Stadt war nur scheinbar. Wie ein jäh aufflammender Waldbrand in sich selbst ersticken kann und nur in Moos und Nadelstreu noch fortglimmt, bis er plötzlich dürres Gras und Reisig erfaßt und den ganzen Wald durchläuft, so war es auch mit den Gerüchten um Balzers Verhaftung. Die fanden vorerst nur geringe Nahrung, und es war, als wollten sie wieder verlöschen, – dann aber stießen sie auf den wirklichen Sachverhalt, der da hingeschrieben stand auf einigen Dutzend Zetteln, die man in den Gassen auflas. Nicht um einen vielleicht gar adligen Bauernhauptmann ging es, sondern um einen armen Bauern aus Piesteritz. Im Mansfelder Land sollte er im Heer der Aufständischen mitmarschiert sein. Und wennschon – er war ein Piesteritzer! Ihn vor dem Blutgericht zu erretten, war den Studenten und anderen jungen Leuten eine Sache, um die es sich lohnte, die Stadt wieder aufzuschütteln wie einen alten Strohsack. Was geschah in ihren Mauern schon, seitdem der Doktor Luther ein ehrsamer Ehegemahl und Kirchenstifter geworden war?

Auch auf der Schwelle des Rathauses, im Portal der Kirchen und in den Hörsälen der Universität wurden solche Zettel gefunden, sauber gefaltete Zettel mit der klaren, einfachen Aufforderung:

»Bürger, Kommilitonen, Handwerksgesellen! Man hat den jungen Bauern Balzer aus Piesteritz eingekerkert und beschuldigt, er habe bei Frankenhausen mit im Bauernlager gestanden. Niemand kann es ihm beweisen. Allein das Gered einer schwatzsüchtigen Bäuerin bracht ihn in Verdacht. Der Pfarr von Dobin trug's weiter, und der Ratsherr Herberger erstattete die Anzeig'. Man hat den Bauern in Tortur genommen. Sollen wir zusehen, wie man ihn schindet, peitscht und brennt? Im Namen der Freiheit, es ist nicht der Bürgerschaft und der Kirche Sache, der Fürsten Henker zu sein. Der Bauer gehört auf das Feld und nicht auf den Richtblock! Der Bauer gebe uns sein Brot, nicht sein Blut! Im Namen des reinen Evangeliums! Erhebt Eure Stimme für Balzers Freilassung!«

Diese Zettel gingen von Hand zu Hand, ihre Aufforderung von Mund zu Mund.

Die Stadtknechte, ausgeschickt, die Zettel einzufangen, liefen vergeblich umher. Ja, der Zettel wurden noch mehr, jetzt von anderen Händen geschrieben, doch alle mit dem gleichen Text.

Die Studenten gerieten in Bewegung. Im Hofe der Universität kam es zu einem Auflauf, ein paar Redner sagten ihre Meinung. Sie konnten es kurz machen, die Burschen wußten längst Bescheid.

»Auf die Gassen hinaus, auf, zum Marktplatz!« schrien sie und begannen, sich zu formieren.

In geschlossenem Zuge marschierten sie durch die Collegiengasse. Herumstehende Schüler schlossen sich ihnen an, Handwerksgesellen, zu losen Gruppen sich vereinend, folgten dem Zuge. Auf dem Marktplatz liefen die Leute zusammen. Die Menge der Demonstranten staute sich vor dem Rathaus. Von den Gerüsten riefen die Maurer: »Freiheit für Balzer!« Die meisten kletterten herab, stellten sich zu dem Aufmarsch.

»Gebt den Balzer heraus!« Noch waren es einzelne Stimmen. Gleich aber fielen Hunderte ein: »Gebt den Balzer heraus!« Der Lärm wuchs und hörte minutenlang nicht auf.

Als die Stadtknechte kamen, fegte ihnen ein Pfeifkonzert entgegen, daß sie sich die Ohren zuhielten. Sie begnügten sich damit, den Eingang des Rathauses zu besetzen. Dort aber wurden sie nur zur Zielscheibe herausfordernder Rufe, höhnischer Bemerkungen und schließlich auch einiger Wurfgeschosse, wie Steinchen und Holzstücke, auch Gras- und Unkrautbüschel, die man aus dem schadhaften Pflaster des Marktplatzes riß. Die Stadtknechte deckten ihre Gesichter mit den Armen; da fiel der Schutt von den Gerüsten. Der Wachtmeister zog sie zurück. Als er sich in der Tür des Rathauses noch einmal umdrehte, dem aufjohlenden Haufen mit der Faust zu drohen, flog ihm ein halber Ziegelstein nach.

Es war offenbar, daß es nicht wenigen unter den Versammelten allein auf die Sensation ankam. Was kümmerte die Söhnlein adliger Herren ein lumpiger Bauer? Derartige Kerle kannten sie von ihren Dörfern, die stahlen und lungerten herum, betranken und schlugen sich, wurden schlafend im Feld angetroffen und von den Vögten verprügelt, sie duckten sich und waren oft kriecherischer als Hunde.

Was mochte der Balzer schon für einer sein? – Möglich, daß er eine Ausnahme war. Es gab Professoren, deren Väter Bauern waren. Dieser Balzer war am Ende ein kluger Kopf und hatte wirklich im Aufstand der Bauern einen Hauptmann gespielt. Ein Bauer und ein Hauptmann – das ist ein Bauernhauptmann. So waren die Gerüchte zu verstehen! Und auf den Zetteln ward es halb bestätigt: Ein Bauernhauptmann in Wittenberg! Den mußte man sehen.

Den meisten der Demonstranten freilich ging es ehrlich um Balzers Befreiung. Sie sahen mit ihm ihren eigenen, nach Freiheit dürstenden Geist eingekerkert. Ja, auch in die Hörsäle war

Angeklagter Bauer
(Ausschnitt)

ein strengeres Regiment eingezogen. Der Doktor Luther praktizierte seine Auffassung »von der Freiheit eines Christenmenschen« recht fühlbar. Heute sperrte man Bauern ein, morgen schon Studenten. Und von der Freiheit war keine Rede mehr.

Eine neue Welle der Empörung brandete gegen das Rathaus. Doch es war, als ob sie sich an den Gerüststangen brach. Der Bürgermeister saß in seinem Amtszimmer und wartete in dumpfem Zorn ab, wie die Dinge sich weiter entwickeln würden. Es widerstrebte ihm, hier einzugreifen. Mochte der Stadtrichter mit seinem Gefolge die Schuld auf sich nehmen, wenn etwas geschah, was gegen Gesetz und Ordnung war. Er wollte seine Hände in Unschuld waschen. War er nicht selbst Professor an der Universität und den Studenten mehr als nur im Unterricht verbunden?

Der Ratsdiener trat ein. »Euer Wohlgeboren, der Stadtrichter läßt Euch bitten, zum Verhör des Gefangenen zu kommen.«

Dem Bürgermeister schoß das Blut in den Kopf. »Sag ihm, ich hätt' nicht Lust, die Studenten auf dem Markt noch wilder zu machen.«

Der Ratsdiener stutzte. Er blieb stehen.

Der Bürgermeister strich sich über die Stirn. Er schüttelte den Kopf. »Nein, sag ihm dies nicht. Sag ihm, mir sei nicht wohl. Doch müßt' ich mit dem Heimgehen warten, bis sich die Leut' auf dem Markt verlaufen.«

Als Balzer aus seinem Verlies geführt wurde, durchschoß ihn einen Augenblick die Versuchung, die Knechte niederzuschlagen und auf den Marktplatz hinauszuflüchten. Er hatte den Auflauf der Studenten und Handwerksgesellen vernommen. Dies alles galt ihm, sie lärmten zu seiner Befreiung. Wenn er jetzt unter sie trat und ihnen den Anblick seines nackten Rükkens bot – keine Fahne, keine Trommel, kein Kriegshorn konnte sie besser aufrufen als sein verkrustetes Blut, seine zerfetzte Haut. Schon war er im Begriff, sich loszureißen.

Da aber überfiel ihn eine seltsame Schwäche, eine Art Ergebung in die Wirklichkeit: Er würde den Knechten nicht gewachsen sein; und wennschon, was sollte auf dem Marktplatz werden und danach –?

Die Knechte stießen ihn vorwärts, und wieder befand er sich vor der Tür des hell erleuchteten Raumes. Als er eintrat, sah er die Gerichtsherren sitzen.

Er suchte den Bürgermeister, immer noch hoffend, dieser werde dem ganzen Prozeß eine Wendung geben. Doch siehe, sein Platz war leer.

Nun stand er inmitten der Folterkammer. Die Flammen der Fackel knisterten leise, es roch wieder nach Rauch. Der Stadtrichter erfaßte ihn mit einem forschenden Blick. Balzer ahnte, daß ihm neues Unheil drohte. Die Striemen auf seinem Rücken begannen heftiger zu brennen. Seine Hände und Füße, Arme und Beine, von Steifheit und Starre immer noch wie gelähmt, wurden schwerer, der Atem, seit der Auspeitschung quälend gehemmt, pfiff und rasselte lauter.

Doch da hörte er den Lärm der protestierenden Studenten wieder, und er sah, daß auch die Ratsherren ihn vernahmen. Ihre Mienen verfinsterten sich. Ihm aber wurde wieder leichter zumute.

Der Stadtrichter reckte sich endlich auf, wie um damit auszudrücken, daß er heute alles, aber auch alles Notwendige zu einer Überführung des Gefangenen aufwenden wolle, sosehr die Menge da draußen auch drohe und tobe. Er begann zu sprechen, flüchtig nur, um den Formalitäten des Verhörs Genüge zu tun. Aus einem zusammengehefteten Bündel Papier las er einiges vor, wobei seine Hände leicht zitterten. Seine Worte klangen monoton, beinahe gleichgültig, doch spürbar in unterdrückter Erregung. Plötzlich aber hob sich seine Stimme, und er fuhr den Gefangenen scharf an:

»Ich will hoffen, daß du heute gesprächiger, Balzer. Laß es dir und uns nicht zu schwer werden. Der Herr Bürgermeister ist dem Verhör schon ferngeblieben, da er sich über deine Verstocktheit geärgert.«

Er machte eine Pause. Dann wandte er sich an die Knechte. »Bringt das Feuerbecken herein, die Eisen und Zangen.«

Einer der Knechte, der Rotbärtige, lief hinaus. Die Stille im Raume wurde wieder dicht und drückend. Balzer hörte es in seinen Ohren singen und zirpen. Das Blut begann heißer und wilder zu strömen, seinen Körper wie glühend zu durchkreisen.

Auf der Zunge stellte sich ein bitterer Geschmack ein, der Gaumen wurde ihm trocken, die Kehle rauh. – Aber der Lärm der vor dem Rathaus Versammelten war nicht verstummt. Balzer schluckte wie einer, der nach langem Dürsten auf Wasser hofft.

Der Rotbärtige trat wieder durch die Tür, schnaufte und pustete. An zwei Bügelgriffen trug er das Becken, in dem die Glut der Holzkohle bei jedem Luftzug aufleuchtete. Er stellte es neben die Pritsche an der Wand, legte die unter die Achsel geklemmten Eisen und Zangen auf die Kohlestücke. Noch einmal ging er hinaus, kam mit einem Blasebalg zurück; Balzer betrachtete dieses Ding aus Holz und Leder mit gemischten Gefühlen: Es war nicht halb so groß wie das in der Werkstatt des alten Melchthofer, da der Knecht es aber anwandte, leuchtete die Glut im Becken so wallend auf, daß sich züngelnde Flammen bildeten.

Der Stadtrichter beobachtete Balzer, der die Handhabungen des Rotbärtigen mit großen Augen verfolgte, und er war nun noch sicherer, den Gefangenen zu einem Geständnis zu bringen. Zunächst zu dem, daß er im Mansfelder Land dabeigewesen sei, und dann zu dem, daß der mit ihm gekommene Student gleichfalls am Bauernaufstand teilgenommen habe. Danach konnte man nach dem Versteck des Komplicen fragen. Ein wenig Feuer würde die Sache fördern, und der Bürgermeister erfuhr wieder einmal, wie unsinnig es ist, dem gemeinen Mann gleich zu glauben.

»Du siehst«, sagte er zu Balzer, »wir wollen heut fertig werden mit der leidigen Sach'. Zeige dich also willig, daß wir's Verhör günstig beenden, günstig auch für dich, denn es ist kein sonderlich' Vergnügen, sich Händ' und Füß' rösten zu lassen.«

Diese Rede gefiel dem Ratsherrn und Schöffen Herberger ausgezeichnet. Solch ein Bauerntoffel war nicht anders zu belehren. Und so man ihm einen strengen, handfesten Prozeß machte, würde den Maulaffen da droben auf dem Marktplatz das Krakeelen schon vergehen. Ordnung mußte sein, ganz besonders einmal in Wittenberg, wo man seit acht Jahren eigentlich nie so recht zur Ruhe gekommen, zum Schaden des Geschäfts.

Herberger nickte zu den Worten des Stadtrichters. Er gedachte dabei der Tatsache, daß der Gefangene ein Hausfreund der Melchthoferleute war, zu denen sich nun sein Weib gesellte und sich hartnäckig weigerte, zurückzukehren. Wenn man den Balzer traf, traf man auch den eigensinnigen Meister, den stiernackigen Gesellen Thamm mitsamt seiner Dienstmagd, die alle die Jahre in seinem Hause soviel Ärger gestiftet; man würde auch den Hochmut der Jungfer Julia ein wenig dämpfen, so daß sie es sich überlegte, ob es nicht besser wäre, die Frau des Pfarrers von Dobin zu werden, anstatt in Gesellschaft aufsässiger, beständig wider Zucht und Ordnung handelnder Leute zu leben – und für das Leben zu fürchten. Oh, ihm war, sooft er in diesem rebellischen Melchthoferhause geweilt, doch keinmal entgangen, daß darinnen der Geist des hochfahrenden, streitlüsternen Studenten Bachmann sich festgesetzt und nimmer wich. Diesem Menschen war auch die Julia nachgelaufen. Nun und –? Er ging eines Tages davon, und sie harrte seiner Wiederkehr seit Jahr und Tag vergeblich. Wo anders konnte er sich umhergetrieben haben als bei den Aufständischen? Dem heiligen Gott dreifachen Dank, so er es gefügt, daß dieser Aufwiegler im Fürstengericht bei Frankenhausen wie ein Strohwisch verbrannt! Vertilgt wie die rebellischen Bauern!

Solchen Gedanken hing der Ratsherr mit großer Genugtuung nach, er vergaß dabei selbst den noch lebenden, vor ihm stehenden Bauern. Als nun der Stadtrichter an diesen laut und hart die Frage richtete, ob er endlich gestehen wolle, schrak der Ratsherr, wie wenn ihm dies gelte, heftig zusammen. Er hatte Mühe, sich in die augenblickliche Situation zurückzufinden. Sie war nicht ohne Trübung: Die vor dem Rathaus versammelten Studenten randalierten noch immer, und ihr Geschrei drang bis in die Keller herab. Wollte der Bürgermeister nicht endlich den Marktplatz räumen lassen?

Auch Balzer vernahm die Protestrufe der Studenten. Sie überschwollen in ihm selbst die Frage des Stadtrichters – und dieser mußte sie wiederholen:

»Willst du nun endlich gestehen?«

»Was soll ich gestehen?«

»Daß du am Aufruhr im Mansfelder Land teilgenommen.«

»Nein«, entgegnete Balzer fest.

Der Stadtrichter konnte seine Wut und zugleich auch Angst vor der Menge auf dem Marktplatz nicht mehr verbergen. Man mußte sich beeilen, um mit dem Verhör zu Ende zu kommen. Dann konnte man vor die Schreier hintreten und sagen: Er hat seine Schuld eingestanden.

»So beginnt doch!« fuhr er die Knechte an.

Sie packten Balzer bei den Armen und warfen ihn auf die Pritsche nieder, so daß er auf dem geschwollenen, wunden Rücken zu liegen kam; sie banden ihm Hände und Füße und warteten auf weitere Anweisungen des Stadtrichters.

»Drückt ihm zwei Eisen zwischen die Zehen.«

Der Rotbärtige beugte sich zum Feuerbecken hinab und zog zwei Eisen an den Holzgriffen aus der Glut. Der Kahlköpfige setzte sich rittlings auf die Knie des Gebundenen und hielt ihm die Füße fest. So hatte der Rotbärtige es bequem, das glühende Ende der Eisen zwischen die Zehen zu schieben.

Der Gefolterte zuckte so furchtbar zusammen, daß der Kahlköpfige beinahe von der Pritsche gefallen wäre; die Füße entglitten seinen Händen und streckten sich, daß die Gelenke knackten. Eine Qualmwolke stieg auf, und der beizende Geruch verbrannten Fleisches durchzog den Raum. Aber der Gequälte gab keinen Laut von sich.

»Noch einmal und länger«, befahl der Stadtrichter.

Der Rotbärtige nahm zwei neue Eisen aus dem Feuerbecken. Diesmal hielt der Kahlköpfige die Füße fester, und die Eisen saßen längere Zeit zwischen den Zehen. Qualm und Gestank verbreitete sich stärker.

Balzer bäumte sich auf, sein endlich sich lospressender Aufschrei prallte gegen die gewölbte Decke und widerhallte von den Wänden.

Der Gerichtsschreiber schrak heftig zusammen, und die Feder in seiner Hand zitterte.

»Willst du nun gestehen?« fragte der Stadtrichter aufgebracht.

Doch Balzer hörte ihn nicht. Er warf sich so ungestüm auf der Pritsche herum, daß der Kahlköpfige nun wirklich von ihm herunterfiel.

»Du sollst gestehen!« rief der Stadtrichter.

Balzer stutzte, als habe er eine ihm ganz neue Stimme vernommen.

Und wieder: »Du sollst gestehen!«

Jetzt kam Balzer völlig zu sich. Die stechenden Schmerzen in den Füßen, der Brand im zerstriemten Rücken, die derben Griffe der ihn festhaltenden Knechte, dies alles stachelte ihn zu solcher Tollwütigkeit auf, daß die Herren des Gerichts wie versteinert saßen.

»Ihr Teufel«, schrie Balzer, »ihr Teufel, daß euch die Hölle verschlinge! Wie einen Hund schind't ihr mich, ihr fürchterlichen ...« Er fand keine zusammenhängenden Worte mehr. Wild warf er sich herum, und die Pritsche knarrte kläglich. »Teufel, Teufel!« brüllte er. »Nein, ich – im Mansfelder Land, nein, nein, nein!« Er sackte mit einem Röcheln zusammen.

Der Stadtrichter blickte sich hilflos um. Er glaubte selbst nicht mehr recht an Balzers Schuld, doch daß er sich in eine so unsichere Anschuldigung eingelassen und nun in diese so unmenschliche Untersuchung verrannt hatte, das traf seinen Ehrgeiz überaus empfindlich. Wenn er jetzt aufgab, wurde seine Niederlage offenbar.

Schon wollte er die Prozedur von neuem aufnehmen, da gewahrte er in der geöffneten Tür den Bürgermeister.

»Wollt Ihr, daß die Menge das Rathaus stürmt?« fragte er aufgebracht. »Das Geschrei des Gefolterten dringt bis auf den Marktplatz hinaus, und die Studenten machen Anstalt, die Tür einzustoßen.« Er trat auf den Richtertisch zu. »Stellt 's Verhör unverzüglich ein, und laßt den Gefangenen ins Verlies zurückbringen. Merkt Ihr noch immer nicht, daß er nichts gestehen kann? Was habt Ihr denn erreicht?«

Der Stadtrichter war bleich geworden, wie wenn er selbst ins Verhör gezogen würde. Die Befürchtungen des Bürgermeisters, man könne einen Unschuldigen martern, überfielen nun auch ihn. Er wandte sich an die Schöffen, doch sie standen schon auf, um sich in Sicherheit zu bringen. Eilig verließen sie den Raum und drückten sich an dem Bürgermeister vorüber, wie Leute, die man bei bösen Geschäften überraschte.

»Führt den Gefangenen zurück«, befahl der Bürgermeister den Knechten.

Sie lösten hastig die Stricke und richteten Balzer auf. Und es war unbegreiflich, wie er mit so geschundenen Füßen noch zu gehen vermochte. Als er am Bürgermeister vorüberwankte, sah dieser, daß des Gequälten Augen voller Tränen standen, seine Lippen vom Fieber aufgesprungen waren und seine Kleidung in Fetzen an ihm hing. Einen Augenblick packte ihn das Mitleid. Dann aber bemerkte er des Stadtrichters grauen, abschätzenden Blick, und er wandte sich ab.

Der Auflauf vor dem Rathaus wuchs immer mehr an. Die Studenten im Vordergrund dicht vor der erst geschaffenen Freitreppe des Rathauses stehend, riefen jetzt im Chorus: »Balzer heraus! Balzer heraus! Balzer heraus!« Sie wiederholte diesen Ruf mit solcher Ausdauer, daß es manchem hinzugekommenen Bürger auf die Nerven ging und er sich davonmachte.

Die Studenten teilten sich deutlich in zwei unterschiedliche Gruppen: Die eine nahm die Zusammenrottung mehr als aufregendes Spiel und ließ es lachend und lärmend darauf ankommen, wer die Partie wohl zuerst aufgeben würde, die Herren im Rathaus oder die Demonstranten; die andere aber war ehrlich empört und bangte um das Leben Balzers, sie lärmte weniger, setzte dagegen alles daran, die Leute zu ernsthaftem Protest zu bewegen. Ihr schlossen sich auch die Handwerksgesellen und andere Unzufriedene an, selbst einige Handwerksmeister waren darunter.

»Wir wollen Ruh' in unserer Stadt!« grollte einer mit dröhnendem Baß dazwischen.

Ein Student verstand dies falsch, er wandte sich gegen ihn: »Sagt das nicht uns, sondern den Ratsherren. Zeit wird's, daß sie die Leut' in Frieden lassen!«

»Sie mein' ich ja!« erwiderte der Meister und schwoll rot an. In plötzlichem Entschluß bahnte er sich durch die Menge einen Weg nach vorn.

Jetzt waren drei Studenten zur neuen Rathaustür hingetreten und versuchten sie zu öffnen. Sie war aus gutem Eichenholz und von innen verrammelt. So donnerten sie die Fäuste dagegen, doch sie öffnete sich nicht, und die Schläge hallten nur gedämpft. Die Herren vom Rat hatten solide gebaut und gaben nicht gleich klein bei.

Die drei blickten sich nach ihren Kommilitonen um, doch von denen verspürte keiner Lust, sich persönlich zur Schau zu stellen. Wie viele schon waren von der Universität verwiesen worden – der Doktor Luther, wenn auch niemals zum Rektor gewählt, führte ein strenges Regiment. Und auch der Bürgermeister war ein Professor. Warum sich ihm so aufdringlich zeigen? Hier im großen Haufen fiel man nicht auf, und das Herumschreien war leichter als das Handeln.

Unmutig über die Zurückhaltung ihrer Kameraden wandten sich die Einlaß Fordernden wieder der Rathaustür zu, um von neuem mit den Füßen dagegenzutrommeln. Da löste sich aus der Menge der grollende Handwerksmeister und ging die Treppe hinan zu ihnen hin. Er schob sie beiseite.

»Meint ihr Leutlein, ihr könntet solch eine Tür mit der Faust zerschlagen? Da müßt't ihr andre haben als so Kinderpfötchen. Schaut her, dies ist eine Hand, und doch bin ich nicht närrisch genug, sie wider die Eichenbohlen zu schwingen, die hab' ich nämlich selber gefügt.« Er hielt ihnen die gehöhlte Rechte hin, und darin hätten drei der ihren Platz gefunden.

»So gebt uns einen Rat, was wir tun sollen«, sagte der eine der Studenten.

Der Handwerksmeister stemmte die Hände in die Hüften und stellte sich breitbeinig auf. »Ihr sollt den Kopf gebrauchen, nicht die Fäust'!«

»Mit dem Kopf durch die Tür?« rief der Student und legte unwillkürlich die Hand auf die Stirn, als habe er es schon versucht.

»Dummkopf«, erwiderte der Handwerksmeister. »Denken sollst' mit dem Kopf! Die Fürsten haben 's Blutgericht verhängt, über alle, so im Mansfelder Land dabeigewesen. Niemand kann das bisher vom Bauer Balzer sagen. Aber der Stadtrichter wirft ihn ins Verlies, im Namen des Kurfürsten. Doch, ist dies der Fürsten Verlies? Ist dies des Fürsten Stadtrichter? Ihr studieret auch das Recht auf der hohen Schul'. Und die Schul' ist des Kurfürsten. Aber Recht ist Recht! Der Balzer sitzt im Verlies. Ihr in den Hörsäl'. Er will nicht. Ihr aber wollt. Wollt nun nicht mehr, geht hinaus, bis daß auch der Balzer hinausgehen kann. Lehrsaal wider Verlies!« Er nickte, seine Worte bekräftigend, und ging in die Menge zurück.

Die Studenten vor der Rathaustür standen noch unschlüssig. Der Rat des Handwerksmeisters war recht verworren, beinahe eine Professorenlogik –, doch schien er nicht schlecht. Aber würde er wirken, wie er's gedacht?

»Probieren geht über Studieren«, sagte der eine der Studenten und lächelte ironisch.

Indessen begannen die Kommilitonen in der Ansammlung wieder zu lärmen. Die Szene vor der Rathaustür war ihnen zu langweilig geworden. Sie hatten sie wohl auch kaum verstanden. Es drängte sie stärker, sich auszutoben. Und während die drei erfolglosen Genossen die Treppe herabkamen, schoben sie sich ihnen in ihrer ganzen schweren Masse entgegen.

In diesem Augenblick stieß aus der Schloßgasse ein Trupp Bewaffneter hervor und trabte im Laufschritt über den Marktplatz heran. Der Schloßvogt hatte seine Wachtknechte geschickt, und die waren weniger furchtsam als die Stadtknechte. Sie schoben sich in doppelter Reihe vor die Rathaustür und richteten die Hellebarden auf die Menge, die erschrocken zurückwich.

»Verlaßt den Markt, geht heim!« befahl der Anführer.

»Den Balzer heraus!« schallte es ihm aus Hunderten Kehlen entgegen.

»Der Mann ist des Kurfürsten Gefangener«, sagte der Anführer. »Er ist des Aufruhrs schuldig. Und so ihr noch lang verweilt, seid auch ihr es. Darum geht!«

Die Menge erhob ein großes Geschrei. Arme reckten sich auf, Füße stampften das Pflaster. Eine Woge von Köpfen schoß drohend auf die kurfürstlichen Knechte zu. Die standen unbeweglich, die Waffe im Anschlag, die Augen starr auf die Anstürmenden gerichtet. Und die Woge brach sich schon, ehe sie auf Spießeslänge herankam.

Ganz im Hintergrund der Menge stand der Kleinschmiedgeselle Berthold Thamm mit Barbara und ihrem Söhnchen. Er reckte den Kopf und blickte über die Versammelten hin. Es schien, daß er jemand suche. Endlich erhellte sich sein Blick, aus dem Gedränge kämpfte sich hervor – Hans Bachmann, nicht mehr der Student, schon ganz und gar ein Handwerksgesell.

»Bist' die Zettel los?« fragte er ihn.

»Wohl, vorn bei den Studenten hab' ich verstreut sie fallen lassen. Bald bückten sie sich darnach.«

»Ich hör' schon, daß sie's gelesen«, flüsterte Thamm. »Nun wär's Zeit, sich davonzustehlen. Komm!« Zu dritt gingen sie mit dem Kind der Schloßgasse zu.

Sie waren kaum darin verschwunden, als aus der Coswiger Gasse ein Mädchen zum Marktplatz kam, auf die Ansammlung zuging und suchend umherblickte. Es drängte sich durch die Gruppen der Leute und sah, daß man hier und dort Zettel las. Hastig trat es hinzu und hörte einen Studenten sprechen: »Da, hört, was der schreibt! Ihr sollt die Kollegsäle meiden und die Kirchen aufsuchen. So der Gottesdienst zu End', sollt ihr sitzen bleiben und immerfort rufen: Gebt Balzer frei, in Christi Namen!«

Das Mädchen schob sich zwischen zwei Handwerksgesellen dem Sprecher zu.

»Ho«, sagte der eine, »die Jungfer Julia hat feste Ellbogen!« Und der andere: »Nun, soll sie doch auch ein Kleinschmiedgesell werden, da dem Meister Melchthofer der Sohn und Eidam fehlt.«

Er erhielt einen Stoß in die Rippen und sprang mit komischer Verrenkung beiseite. »Hilf Gott, sie hat mit des Adam Rippe noch nicht genug!« rief er lachend.

Julia drehte ihm mit einem Ruck den Rücken zu und griff nach dem Papier in des Studenten Hand. »Zeig, was man geschrieben.«

»Kannst du's denn lesen?« fragte dieser ungläubig.

»Dir les' ich noch was vor!« erwiderte sie.

»Lies, lies!« sagte der Student. »Lies mehr, als da steht, als sei's ein Liebesbrief für dich.«

Julia achtete nicht mehr auf seine Worte. Sie beugte sich über den Zettel. Da erkannte sie Hans Bachmanns Schrift. »Mein Gott!« stieß sie hervor.

Die Handwerksgesellen und der Student blickten ihr lüstern in den Nacken, den golden gelockte Strähnen umspielten. Und letzterer sagte: »So du mit in die Kirch' zum Dasitzen kämest, ich könnt' neben dir die ganze Nacht verbringen, wahrlich!«

Sie schoß ihm einen zornigen Blick entgegen, wandte sich dann empört ab und lief davon.

»So geht's«, spottete einer der Handwerksgesellen und zog den anderen mit fort, »vor Jahren lief sie noch mit einem Studenten herum. Seither ist ihr unsereins zu gering. Und am End' bleibt sie sitzen.«

Unter dem Druck der protestierenden Menge sah sich der Stadtrichter gezwungen, dem Verlangen des Bürgermeisters endlich nachzukommen. Er stellte das Verhör Balzers ein.

»Und nun gebt es auch bekannt«, forderte ihn der Bürgermeister auf.

Der Stadtrichter erschrak. »Ihr wollt, daß ich zu den Tobenden hinausgehe?«

Der Bürgermeister nickte. »Es wird nichts anderes übrigbleiben. Ich will Euch gern begleiten, liegt mir doch viel daran, die Leute zu beruhigen.«

Der Ratsherr Herberger trat aus dem Kreis der Männer, die sich im Bürgermeisterzimmer versammelt hatten, einen Schritt hervor und fragte beinahe ungläubig: »Ihr wollt den Prozeß wider den Aufrührer einstellen?«

Der Bürgermeister betrachtete ihn grimmig. »Herr Gewandschneider, wir werden es müssen, denn Ihr habt zu Euerer Anzeig' leider die Beweise nicht mitgebracht. Sie stand von Beginn an auf schwachen Füßen, doch jetzt ist sie zusammengebrochen. Ihr habt's selbst erlebt. Oder glaubt Ihr, daß ein Mensch bei solcher Tortur noch zu leugnen vermag, so er schuldig?«

»Wohl, dies glaub' ich!« entgegnete Herberger gereizt. »Solch bäurischer Ochs hält noch mehr ab als Peitsche und Feuer.« Der Bürgermeister lief rot an.

»Ich sprech' von einem Menschen, Herr Gewandschneider. Da unser Herr Jesus Christus unschuldig gelitten, will ich nicht, daß durch meine Schuld auch noch arme Leut' seine Passion erdulden.«

»So fordere ich, daß man das Hofgericht in Weimar anrufe«, bestand Herberger auf seinen Willen.

Der Stadtrichter richtete seinen Blick überlegen auf den Bürgermeister und sagte: »Dies muß ohnehin geschehen, da die Anklag' wider den Bauern Balzer unter der Fürsten Blutgericht fällt.«

»Balzer untersteht unserem Gericht«, widersprach der Bürgermeister, »denn das Dorf Piesteritz, in dem er wohnt, ist Lehen der Universität, und diese liegt in unseren Mauern.«

»Doch so unser Urteil dem Blutgericht der Fürsten nicht genügt, ist an das Hofgericht Bericht vom Verhör zu geben.« Der Stadtrichter glühte vor Eifer.

»Wozu die Umständ'?« sagte der Bürgermeister unwillig, denn er wußte, daß alle seine Einwendungen unter dem stärker gewordenen Druck der Fürsten ohne Bedeutung waren.

»Das Hofgericht ist Appellationsgericht«, bemerkte der Stadtrichter.

Der Bürgermeister zuckte die Achseln. »Tut, was Ihr nicht lassen könnt! Jetzt aber kommt mit hinaus, die Menge zu beruhigen.« Diese Aufforderung war eine gute Karte im Spiel. Der Stadtrichter verlor wiederum alle Farbe. »Auch Ihr Herren des Gerichts«, wandte sich das Stadtoberhaupt an die Schöffen, »tätet gut daran, Euch den Leuten zu zeigen, mit freundlicher Miene und ganz ohne Furcht.«

Hier stieß er noch entschiedener auf Widerstand. Und Herberger gab diesem nachdrücklichst Ausdruck. »Es ist nicht unseres Amtes, die Leute zu beruhigen. Ihr habt Euere Stadtknechte, und so sie nicht ausreichen, wendet Euch ans kurfürstlich' Amt um Hilfe.«

Der Bürgermeister maß ihn mit einem verächtlichen Blick.

»Da möcht' ich wahrlich Euch als Boten schicken! Doch die Schloßknechte sind schon draußen.« Stolz schritt er hinaus. Der Stadtrichter folgte ihm nur zögernd.

Als beide im Flur des Rathauses ankamen, sahen sie, daß die Stadtknechte sich flüchtend darin zurückgezogen hatten. Der Anführer erstattete stotternd Bericht.

Der Bürgermeister wollte sich zur Tür hinbegeben, doch er trat ihm entgegen. »Euer Wohlgeboren, ich kann Euch nicht in den Tod laufen lassen!«

Der Bürgermeister lächelte beruhigend. Nachdenklich sah er den ängstlichen Stadtrichter an. Da hörte er Hellebarden klirren.

»Dies ist des Kurfürsten Hilfe«, sagte erleichtert der Stadtrichter. »Warten wir ab, was man tun wird.«

»Man will Euch Schutz gewähren, also geht«, entgegnete der Bürgermeister.

»Vielleicht laufen die Leut' so schon auseinander«, bemerkte der Stadtrichter.

»Nun, warten wir.« Der Bürgermeister lauschte. Der Anführer der Knechte sprach, ein lautes Geschrei war die Antwort. »Da, hört! Er wird's ohne uns nicht schaffen.«

Er erhielt keine Antwort.

Man wartete eine geraume Zeit, bis der Lärm sich gelegt hatte. Dann verlor der Bürgermeister die Geduld. »Gehn wir hinaus«, sagte er.

Er trat zur Tür hin und schob die Riegel auf. Der Stadtrichter und die Stadtknechte hielten sich hinter ihm. Als er hinaustrat und auf der obersten Steinstufe stehenblieb, wogte der Lärm der Menge noch einmal auf. Die Schloßknechte rückten enger zusammen und umstellten die Freitreppe.

»Gebt den Balzer heraus, er ist unschuldig. Dafür werft den Ratsherrn Herberger ins Verlies, er war noch niemals unschuldig!« stieg eine Stimme aus den vorderen Reihen der Versammelten.

Der Bürgermeister hätte ihm gern zugestimmt, doch er war hier im Amt und mußte des Magistrats Autorität wahren. Darum hob er nur die Hand und gab sich Mühe, eine freundliche Miene aufzusetzen. Vor den Studenten war er schließlich auch der Lehrer, und man achtete ihn. Es dauerte dennoch einige Minuten, bis sich die Leute beruhigt hatten und er sprechen konnte.

»Keiner wende Gewalt an«, sagte er.

»So auch der Stadtrichter nicht wider den Bauern Balzer«, erhielt er von einem Studenten zur Antwort.

Der Bürgermeister nickte. »Der Herr Stadtrichter wird Euch eine Erklärung abgeben. Vernehmt zunächst die meine: Der Bauer Sebastian Balzer steht im Verdacht, an dem Mansfelder Aufstand teilgenommen zu haben. Manche Umstände sprechen wider ihn, so das Faktum, daß er sich über zwei Jahre im Mansfelder Land aufhielt und nun, nach dem Aufstand, hier plötzlich wieder aufgetaucht, dann auch, daß er angegeben, er sei bereits im März nach Leipzig gegangen, um dort als Fuhrknecht zu dienen. Man wird dies prüfen müssen, und dies erfordert Zeit. Solang jedoch muß der Stadtrichter die Haft aufrechterhalten. Ist alles so, wie der Gefangene gesagt, wird er in Ehren frei.«

Die ruhige, freundliche Art des Bürgermeisters verfehlte ihre Wirkung auf die Masse nicht. Es erhoben zwar noch einige Studenten Einspruch, doch drangen sie damit nicht mehr durch.

Da trat einer von ihnen hervor und rief: »Laßt nur erst einmal den Stadtrichter sprechen!« Und gleich gerieten nicht wenige von neuem in Erregung. Ja, der Stadtrichter solle erklären, warum er über Balzer die Tortur verhängt.

Der Bürgermeister trat beiseite und nickte dem Stadtrichter zu. Der zögerte noch, schüttelte widerspenstig den Kopf. Doch der Bürgermeister machte mit der Hand eine einladende Bewegung, und die Menge begleitete diese mit lärmender Zustimmung. Die Studenten legten sich schon keinerlei Zurückhaltung mehr auf.

Es half dem Stadtrichter nichts, er mußte sich äußern. Seine Füße waren schwer wie Blei, dennoch ermannte er sich und trat vor. Er gab seinem Gesicht die nötige Finsternis und senkte seine Stimme auf einen rauhen, dumpfen Ton.

»Alle Menschen leben unter dem Recht«, sagte er.

»Sie leben im Recht!« rief einer der Studenten.

Der Stadtrichter tat, als habe er dies überhört, und fuhr fort: »Auch der Bauer Balzer. Nachdem nun, wie alle deutschen Fürsten, auch unser gnädiger Herr Kurfürst Johann über die Mansfelder Aufständischen das Blutgericht verhängt, ist es das Amt der Richter, die Schuldigen zu ermitteln.«

»So könnt Ihr, wie's Euch beliebt, jeden von uns in Tortur nehmen. Da schwatzt ein altes Weib seiner Seele Dreck heraus, und der Ratsherr Herberger klaubt ihn auf wie eine Reliquie. So was kommt dann auf des Stadtrichters Tisch, und ein braver Mensch soll dran glauben.« Es war ein kleiner, dunkelhaariger Student, der dies sprach, ohne daß ihn auch nur einer unterbrochen hätte. Er dachte auch nicht daran, nun zu verschwinden, herausfordernd stand er in der vordersten Reihe der Ansammlung und ließ den Stadtrichter nicht aus den Augen.

Dieser verfinsterte sein Gesicht nur noch mehr, doch er tat wohl des für nötig Erachteten zuviel, denn es lachten einige.

»Seht, er macht ein Kellergesicht, man sieht's kaum noch vor Dunkelheit«, bemerkte ein baumlanger, rohrdünner Kerl, worüber das Gelächter anschwoll. Und ein anderer, gleich neben ihm stehender, aber doch kleinerer, umfangreicherer: »Er glaubt sich wohl schon im Verlies.«

Darüber lachte niemand, so daß es einen dritten stachelte, die Stimmung doch wieder zu heben: »Er will uns fürchten machen, wie ein schwarzer Köhlerknecht!« Die Studenten begannen zu johlen.

»Gebt den Balzer heraus!« schrie einer den Stadtrichter an, und dieser wich einen Schritt zurück.

Der Bürgermeister, vom Zorn gepackt, ging plötzlich die Steinstufen hinab, schob die Schloßknechte mit kräftigen Armbewegungen beiseite und trat den Studenten entgegen.

Seine Entschlossenheit dämpfte ihren Mutwillen überaus schnell.

Er wandte sich jetzt an einzelne Demonstranten und scherte sich nicht darum, daß sie ihn umringten. Mit schneller Bewegung nahm er einen der lautesten Schreier beim Kragen und zog ihn zu sich heran.

»Warum fordert ihr vom Stadtrichter eine Erklärung und laßt ihn dann nicht sprechen?«

Der Student versuchte, sich zu befreien, doch der Bürgermeister hatte einen festen Griff. So ergab er sich in den Zwang; etwas ruhiger sagte er: »Der Balzer muß heraus!«

»Er kommt heraus, so er unschuldig«, entgegnete der Bürgermeister, gab den Studenten aber immer noch nicht frei. »Ihr dürft der Sach' nicht vorgreifen wollen. Wo kämen wir hin, würde jeder das Recht nach seinem Geschmack auslegen.«

»Recht ist Recht!« erwiderte der Student.

Der Bürgermeister stieß ihn, seine Hand aus dem Wamstuch lösend, in die Menge der Studenten zurück. »Wohl, Recht ist Recht! Doch meint ihr, mit Geschrei könnt' man Recht schaffen?«

Aus der Ansammlung drängte ein schmalgesichtiger, blondlockiger Bursche hervor und stellte sich vor dem Bürgermeister auf. »Herr Doktor, Ihr seid Jurist und lehrt an unserer Hochschul' das Recht, das menschenfreundliche, will es uns scheinen. So übt es auch in Euerem Amt als Bürgermeister.«

»Ich üb's.«

»Dann gebt den Balzer frei.«

»Wißt Ihr, ob er unschuldig?«

»Ich weiß, daß ihm keine Schuld bewiesen ward.«

»Und der Verdacht –?«

»Auch der Verdacht bedarf des festen Grundes.«

»Den Grund zu prüfen, sind wir ja dabei. Ihr aber stört unser Amt. Lernt abzuwarten. Und darnach urteilt.«

Der schmalgesichtige Student stand dicht vor dem Bürgermeister und Professor.

»Dem Balzer starb vor Gram die Mutter. Ist Euch dies bekannt?«

Der Bürgermeister zuckte zusammen. »Was sagt Ihr da? Wann starb sie?«

»Heut in der Früh. Werdet Ihr's ihm sagen?«

Der Bürgermeister wiegte hilflos den Kopf. Er fand keine Antwort. Ein Gefühl der Ohnmacht überwältigte ihn. Er wandte sich ab, um zurückzugehen.

Die Studenten machten ihm bereitwillig Platz, glaubten sie doch, er werde veranlassen, den Gefangenen freizugeben. Sie sahen ihm nach, wie er die schönen neuen Steinstufen der Freitreppe hinanschritt, unschlüssig noch einmal zurückschaute und dann unter den Gerüsten durch die offene Tür im Rathaus verschwand. Der Stadtrichter und die Schöffen drängten hinter ihm her. Nur der Ratsherr Herberger hielt es für angebracht, der nun wie erstarrt stehenden Menge einen strengen, drohenden Blick zuzuwerfen. Danach erst schritt er steif und herrisch zur Tür hin.

Es fiel Professor Selinger schwer, Luther nach der Vorlesung abzupassen, um ihn zu bitten, sich in der Untersuchung gegen den Bauern Balzer für diesen einzusetzen und seinen Einfluß beim Fürsten geltend zu machen. Beide, einst aufrichtige Freunde, hatten seit Jahren kaum noch miteinander gesprochen, und wenn schon, dann nur in Angelegenheiten der Hochschule. Zu einer solchen Angelegenheit aber war nunmehr auch der Fall Balzer geworden, denn der Stadtrichter hatte an den Rektor der Universität das Ansinnen gestellt, ihm Einsicht in die Matrikel zu ermöglichen, damit er feststellen könne, wer alles sich nach dem siebenten Tag des Monats Juni eingeschrieben habe, um so den als Studenten gemeldeten Genossen Balzers zu ermitteln. Der Rektor hatte dies abgelehnt und auf die selbständige Gerichtsbarkeit der Hochschule verwiesen, doch er mußte die Sache dem Senat vortragen, und dieser reagierte darauf sehr schwankend. Es war offensichtlich, daß man sich nach der Meinung Luthers richten wollte. Dieser aber hatte bisher geschwiegen.

Als er nun seine Vorlesung beendete und Pult und Saal durch die Hintertür verlassen wollte, sah er Selinger den Gang zwischen den Reihen der sich erhebenden Studenten heraufkommen. In einer Anwandlung von Zorn wandte er sich ab, um dem Ausgang zuzugehen. Da aber Selinger schon heran war, blieb er widerwillig stehen. Er machte den Studenten ein unwirsches Zeichen, ohne das übliche Achtungszeremoniell und schnell zu verschwinden, und er wartete, bis dies geschehen war, um darauf des Kollegen Anliegen zu hören.

»Verzeiht, daß ich Euch aufhalte«, sagte Selinger.

Luther, die Kollegmappe unter dem Arm, die Hände über dem Leib gefaltet und das rechte Bein schon wie zum Ausschreiten gestellt, nickte nur. Sein Gesicht sollte Überlegenheit ausdrücken, doch es verriet auch Unsicherheit und Spannung.

»So sprecht, was Euch herführt. Ich gehe ja wohl nicht fehl, wenn ich annehme, daß Ihr mit mir streiten wollt«, erwiderte er.

Selinger geriet in Versuchung, ihm recht zu geben, doch bezwang er sich. »Ich komme nicht, mit Euch zu streiten, ich möcht' Euch um etwas bitten.«

In Luthers Augen blitzte es ironisch auf. »Ich kann mir nicht denken, daß Ihr darauf aus seid, meine Gnade in Anspruch zu nehmen und Euch vor mir aus purer Lust zu demütigen. Also muß es schon etwas sehr Ernstes sein, dessentwegen Ihr Euch überwindet, mich anzusprechen.«

»So ist's.«

Luther vergewisserte sich des wirklichen Abganges des Studenten und sagte dann mit Nachdruck: »Es handelt sich um den Bauern Balzer –, ich kann es mir denken.«

»Eben um ihn.«

»Ihr wollt, daß ich Seine Magnifizenz den Rektor und auch den Senat veranlasse, wider den Stadtrichter fest zu bleiben, ihm verwehre, in der Matrikel nach dem Genossen des Bauern zu forschen.«

»Ja, dies auch; der Hochschule Recht ist nicht dem Stadtgericht unterstellt. Doch denk' ich zunächst noch gar nicht an einen Genossen Balzers, sondern an ihn selbst. Der Verdacht wider ihn steht auf schwachen Füßen. Daß er im Mansfelder Land gelebt und geschaffen, ist kein Grund, ihn der Teilnahme am Bauernaufstand zu bezichtigen.«

»Tut man's denn schon? Man befragt ihn doch nur.«

»Man wirft ihn ins Verlies und peinigt ihn.«

»Wer sagt Euch das?«

»Dies weiß die ganze Stadt!«

»Nur ich nicht, wollt Ihr sagen.« Luther wandte sich Selinger in seiner vollen Breite zu, in seinem Gesicht zuckte es.

»Ihr wollt mich der Gleichgültigkeit zeihen. Oh, ich lauf' wahrlich nicht mit verbundenen Augen und Ohren herum. Ich weiß, der Bauer sitzt im Verlies. Er hat im Verhör sich schon oft widersprochen. So befragt man ihn eindringlicher. – Es wird Euch nicht unbekannt sein, daß ich die Tortur ablehne, so's um überirdische Dinge, wie Hexerei und Zauberwesen, geht; doch Aufruhr, Brandschatzung und Bruch des Landfriedens – dies sind recht weltliche Dinge und fallen unter das weltliche Gericht.«

»Dies alles wolltet Ihr dem Balzer unterstellen, obwohl er's leugnet und keiner kommt, es ihm nachzuweisen?«

»Noch nicht, doch die Untersuchungen sind nicht abgeschlossen. Und lärmende Studenten werden sie nicht verhindern, trampeln sie auch noch so wild durch die Stadt. Eher machen sie den Senat willens, dem Ansinnen des Stadtrichters nachzukommen und ihm die Einsicht in die Matrikel zu erlauben. Vielleicht holt man den Genossen des Balzer aus dem Studentenhaufen heraus, und dieser wird sagen, was der Bauer nicht wissen will.« Luther lauschte zum Ausgang des Hörsaals hin, und es schien ihm jetzt nicht einmal ungelegen, dort noch ein paar neugierige Schüler zu entdecken.

»Ich bitte Euch, macht diesem Jammer ein Ende«, sagte Selinger beinahe demütig. »Ihr könnt es. Auf Euch hört der Fürst. Und so wird Ruhe in der Stadt.«

»Ihr irrt, selbst wenn ich es wollte, ich könnt's nicht. Aber ich bin von der Unschuld des Balzer nicht überzeugt. Und ich bin –«, er sagte es beinahe verächtlich, »– kein Jurist, der mit allerlei Kniffen und Schlichen dem Recht beizukommen vermag, wenn's ihm notwendig erscheint.«

»Aber Ihr seid ein Christ«, entgegnete Selinger, noch immer beherrscht.

»Ja, und dem himmlischen Gericht ganz ergeben, deswegen jedoch dem weltlichen Gericht nicht feind. Sollt' ich mich da an ihm vergreifen?«

»Ihr sollt dem Menschen helfen, so er im Elend zu versinken droht!«

»So mancher versinkt aus eigener Schuld!« Luther trat einen Schritt auf Selinger zu. »Der mag's mit Gott abmachen! Auch jener, der mir den Brief auf die Schwelle gelegt, ein Papier, drauf alles geschrieben steht, was ich tun soll zur Freilassung Balzers. Nur Nam' und Siegel fehlen!«

»Man hat Euch einen Brief –?« Selinger war nicht gerade überrascht.

»Ja, Ihr glaubt's nicht?«

Selinger zuckte die Achseln.

»Mit einem Zettel will man mich zwingen, wider meinen Standpunkt zu handeln! Es ist liederlich und lächerlich zugleich.«

»Niemand will Euch zwingen, man bittet Euch nur, wie ich jetzt, einem armen Menschen zu helfen. Rührt Euch sein Unglück nicht?«

»Singt mir nicht gar ein rührselig' Liedlein, ich bin kein altes Weib.«

»Solch altes Weib aber hat Euere Achtung, wenn's mit bigotter Rederei den jungen Bauern in Verdacht gebracht.«

»Was redet Ihr da?«

»Ich sprech' von der ›Zeugin‹ des Stadtrichters, der Bäuerin Hildebrandt.«

»Laßt diese Frau in Ruh', sie hat im Dorf genug gehört.«

»Ihr meint, geschwätzt. Und wie es scheint, für Euer Ohr das Rechte.«

Luther schoß die Zornesröte ins Gesicht. »Was fällt Euch ein? Ich kenne die Frau nicht.«

»Dafür den Pfarrer von Dobin, der dies Geschwätz zum Ratsherrn Herberger getragen, daß er's dem Stadtrichter weitergebe. Gefällt Euch solch ein Dreigestirn von Verleumdern?«

»Mir gefällt Euere Redeweise nicht«, polterte Luther.

»Nun, so will ich Euch von einer anderen alten Frau aus Piesteritz berichten: Sie hat ihr Leben lang kein böses Geschwätz getrieben, hat meist geschwiegen. Jetzt aber schweigt sie ganz, denn sie ist schon zwei Tage tot. Und ist des Bauern Balzer Mutter.«

Luther zuckte zusammen. Doch er gab seiner Rührung nicht nach. »Gott überschüttet den Menschen mit seiner ganzen Liebe«, sagte er und setzte nach einer Pause hinzu: »Aber auch mit seinem ganzen Zorn und seiner härtesten Strafe!«

Selinger blickte ihn beinahe mitleidig an. »Ihr haltet Gott niedriger menschlicher Gedankengänge und Berechnungen für fähig?«

Luther richtete sich auf. »Genug! Wollt Ihr mich lehren, Gott recht zu sehen?«

»Nein, den Menschen!«

»Den seh' ich recht! Dies glaubt! Ich seh' ihn leider voller Sünden wider die Ordnung Gottes.« Er gedachte jenes Tages in Orlamünde, wo Bauern und Handwerker ihn mit Steinwürfen aus Kirche und Stadt vertrieben, als er gegen den Aufstand der Bauern gepredigt. Aus all diesem sprach Karlstadt, der seinen Lehren schon in Wittenberg soviel geschadet.

Hier nun stand einer seiner Genossen, der sogar noch einen

Schritt weiter gegangen war. Er starrte ihn an und sagte drohend: »Und so seh' ich auch Euch: einen Prediger wider die göttliche Ordnung. Aus Euch spricht Müntzer! Und dieser ward dem Henker übergeben!«

Selinger lächelte verächtlich und wandte sich ab, er ging den Gang zwischen den Bankreihen des Hörsaals zurück, verschwand durch die Tür im Hintergrunde. Luther stand plötzlich allein. Und vor ihm stand des Bauern Balzer tote Mutter, geisterhaft, nicht greifbar, doch deutlich sichtbar, in ihrer Armseligkeit eine unerbittliche Anklage. Er strich sich mit der flachen Hand über die Augen, aber das Bild wich nicht, rückte ihm eher noch näher, unbeweglich, das alte, runzlige Gesicht ihm fragend zugewandt.

Luther war von Natur aus nicht feige, in seinen Zusammenstößen mit Gegnern hatte er es hundertfach bewiesen. Doch bei allem Mut saß ihm immerfort eine unüberwindliche Angst in den Gliedern; er griff an – und zitterte vor dem Gegner. Niemals aber gab er klein bei, es sei denn vor den Fürsten, denen er zwar oft derb ins Gewissen redete, deren Herrschaft er jedoch als von Gott gegeben respektierte. Ihrer Obrigkeit unterwarf er auch das Volk; er fürchtete es, denn er kannte seine schlummernde Kraft, im Bauernaufstand hatte er sie erlebt. Aber man konnte dieses Volk »stillen«, so oder so ...

Nur die Geister dieser Welt waren nicht zu fassen, Kobolde, Wassermänner, Elfen, Gespenster, der Satan, dieser gar leibhaftige, mit all seinen Höllischen. Doch man schützte sich vor ihnen durch den Glauben.

Nicht aber vor dem Geist der toten Mutter Balzers ...

Diese Erkenntnis machte ihn schwach, verleitete ihn dazu, die Dinge um sich auf einmal anders zu sehen. – Wahrlich, man täte besser daran, solch kleine Sünder wie den Balzer laufenzulassen. Warum mußte man ihretwegen soviel Staub aufwirbeln und die Leute wild machen? Waren Gesetz und Gerichtsbarkeit nur dazu da, ihre Notwendigkeit zu beweisen? Mußten sie nur immer Furcht verbreiten, statt allen Menschen recht zu tun? Schuf man so Recht, daß man einen Baum umschlug, weil er dem Winde im Wege war? – Welch blutiges, grausames Narrenspiel!

Luther kam nur schwer wieder zu sich. Er stand vor der Tür, durch die er seine Wohnung erreichte, denn sie lag neben dem Hörsaal. Wie von einer qualvollen Krankheit befallen, schleppte er sich hinaus. Im Vorraum zu seiner Stube stieß er auf Katharina. Sie kam aus der Stadt zurück und trug einen Korb mit allerlei hauswirtschaftlichen Dingen; sie war seit ihrem Einzug in dieses große, leere, ja unheimliche Haus dabei, ihr Heim wohnlich einzurichten; ihr hierbei gezeigter Eifer rührte Luther, und jedes Lob, das er ihr spendete, war wiederum Ansporn für sie, es ihm in seinen nun eigenen vier Wänden noch bequemer zu machen. Sie wußte, daß ihn mit ihr keine leidenschaftliche Liebe verband, daß einige andere Umstände ihn veranlaßt hatten, sie zu ehelichen: die sich selbst auferlegte Verpflichtung, sich um die Frau, die er aus ihrer klösterlichen Welt herausgerissen, nun auch zu kümmern, und dann das Verlangen nach einem geordneten Hausstand, nach einer wohltätigen Hand, die ihn in seinen Krankheitstagen pflegte, nach einem ruhigen, friedlichen Winkel, in den er sich flüchten konnte, wenn ihm die Widerwärtigkeiten seines Ringens um die Festigung der neuen Kirche über den Kopf wuchsen. Sie war eine kluge, praktische Frau, die sich mit der Wirklichkeit abfand, sowenig Glück diese auch verhieß.

Darum verlor sie ihre Fassung auch keineswegs, als sie den Doktor bleich und verstört aus dem Hörsaal kommen sah. Im Samariterdienst war sie geübt, sie wollte ihren Martinus schon wieder auf die Beine bringen, wenn ihm diese schwach wurden. Gelassen stellte sie ihren Korb ab, nahm dem Manne die Kollegmappe aus der Hand und führte ihn fürsorglich durch die Stube in die Schlafkammer.

»Komm, leg den Mantel ab. Setz dich auf die Lagerstatt, daß ich die Schuhe dir aufknüpf'. War allzuviel Rumpelei die letzten Tag' – und bist den Ehstand noch nicht gewohnt.« Sie lächelte aufmunternd und verständig und kniete sich zu seinen Füßen hin.

Als Selinger zum Marktplatz kam, geriet er unversehens in einen neuen Studentenauflauf. Wieder hatte man auf den Gassen und im Hofe der Universität Zettel gefunden, auf denen geschrieben stand: »Geht zum Kurfürsten, daß er den Bauern Balzer freilasse.«

Selinger sah sich auf einmal von den Schülern umringt und hörte ihre Aufforderung, sich mit ihnen zum Schloß zu begeben. Er wehrte zunächst ab, doch der Übermut der jungen Leute war so groß, daß sie ihn einfach mitzogen. Schließlich sträubte er sich nicht mehr. Und ehe er es sich versah, befand er sich mit der Menge vor dem Torgang des Schloßhofes. Nun wollte er den Demonstranten klarmachen, daß es für ihn als Professor recht bedenklich sei, als der Urheber eines Aufruhrs zu gelten. Aber sie wußten zu gut, daß auch er gegen die Einkerkerung Balzers war. So machten sie ihn ohne Umstände zu ihrem Anführer, sie zogen und schoben ihn vorwärts und zwangen ihn, an der Spitze des Zuges zu marschieren. Als die Wachtknechte ihnen den Weg in den Hof versperren wollten, drängten sie, eine geballte Masse, diese lärmend beiseite und stürmten dem Schloßaufgang zu. Hier jedoch wurden sie von einem Fähnlein Landsknechte mit vorgehaltener Waffe aufgehalten. Sie prallten zurück, und es entstand eine Art Windstille, die die Hellebardenträger geschickt dazu nutzten, die Zusammenrottung zu umstellen. Es war eine offensichtliche Gefangennahme, denn von allen Seiten liefen weitere bewaffnete Knechte herbei und schlossen den Ring um die Studenten enger und dichter.

Selinger erkannte dies als erster; damit wurde ihm klar, daß es jetzt darauf ankam, die Forderungen der Studenten zu Wünschen und ihren Auflauf zu einem Bittgang umzuwandeln. Wer anders als er selbst konnte dies tun?

Er stellte sich auf die Steinstufen, die zum oberen Hof hinaufführten, und begann zu sprechen. Doch der jäh wieder aufbrausende Lärm der Studenten verschlang seine Worte. Er gestikulierte mit den Armen, versuchte sich mit finsterem Gesicht Autorität zu verschaffen, doch es trat nur sehr langsam wieder Ruhe ein.

In dieser Zeit kamen von dem außerhalb des Schlosses liegenden Marstall her etwa zehn, zwölf Reisige durch den Torgang geritten und nahmen davor Aufstellung. An einen Ausbruch war nicht mehr zu denken. Zugleich mit den Reitern aber begaben sich noch andere Männer auf den Schauplatz: Droben auf dem Söller traten der Schloßhauptmann und der kurfürstliche Sekretär Spalatin an die Brüstung und blickten auf die bewegte Menge hinab. Der Hauptmann ließ ein sarkastisches Lächeln sehen, der Sekretär dagegen zeigte, als er des Professors gewahr wurde, ein ernstes, besorgtes Gesicht.

Selinger hatte sich endlich Gehör verschafft. Doch was er nun sagte, befriedigte die Studenten keineswegs. Sie verwirrten ihn mit Zwischenrufen und äußerten ihren Unwillen auch auf andere herausfordernde Weise. Sie hatten immer noch nicht begriffen, daß sie bereits des Schloßhauptmanns Gefangene waren.

Als dieser sah, daß der Professor Selinger, dessen Absicht er längst erkannt hatte, das Zeug zu einem Volksredner eben doch nicht besaß, versuchte er selbst, den aufgeregten Schülern die Situation klarzumachen.

»Was wollt ihr?« rief er mit einem gleichsam von seinem schwarzen Bart gefärbten Baß.

Ein wildes Geschrei fegte ihm entgegen, sogar Fäuste erhoben sich aus dem Köpfemeer. Er nickte. »So ich euch recht verstehe, wollt ihr den Kurfürsten sprechen. Ich muß euch mitteilen, daß er nicht im Schloß. Ist's dringend, was ihr ihm zu sagen habt, so geht nach Torgau; und ist er dort nicht, so macht eine Reise nach Altenburg oder Weimar. 's wär freilich schlimm, wenn ihr ihn auch da nicht fändet. Am Ende gar sitzt er hier ganz in der Näh', in Lochau, zur Jagd. Unser Fürst ist ein eiliger Herr, dies ist bekannt vom Streich bei Frankenhausen her. Viel wildgewordene Bauern sind ihm dort in die Klinge gelaufen. Es war ein Jammer! Und hier nun lief einer gar dem Stadtrat ins Garn. Dies mir zu sagen, seid ihr doch gekommen. Ich weiß es schon. Schlimm für den Bauern, so er schuldig.«

Die Studenten fühlten den Spott, zugleich nun aber auch die Drohung. Sie wagten nicht mehr zu lärmen. Den Schloßhauptmann veranlaßte ihre Mäßigkeit zu noch deutlicheren Worten. Er stemmte die Hände in die Hüften und brüllte:

»Ich könnt' euch allesamt in Haft nehmen lassen, denn ich weiß sehr gut, was ihr wollt: Den Balzer heraus! Dies ist euer

Schlachtruf seit Tagen. Ich hab' ihn immer gut gehört, mich aber auch gewundert: Seit wann spricht ein Student für einen Bauern? Ist alle Welt schon auf den Kopf gestellt? Den Balzer heraus – – –! Da, liebe Knaben, muß ich euch belehren: Nicht einmal Seine Durchlaucht, unser gnädiger Herr Kurfürst, könnt' den Balzer aus dem Verlies holen, denn es ist des Stadtrats Verlies; es ist auch des Stadtrates Gericht, und der Fürst darf nicht dreinreden. Drum trollt euch, sonst lass' ich's Tor schließen und euch in die Schloßkeller führen; wir haben welche, drin weder Wein noch Wildbret, nur Ratten und höllische Finsternis.« Er lachte ausgelassen und trat zurück.

Jetzt hatte sich Selinger gefaßt. Er hob sein Gesicht zum Söldner auf und sagte: »Dem Herrn Sekretarius Seiner Gnaden des Kurfürsten unsere Bitte vorzutragen, sind wir gekommen.«

Spalatin kannte Selinger seit Jahren und hatte trotz dessen Feindschaft mit Luther für ihn noch immer eine stille Sympathie; gerade deswegen übersah er ihn jetzt; sich an die Studenten wendend, beugte er sich über die Brüstung und sagte – nicht eben unfreundlich: »Ich bin im Begriff, von euch zu scheiden – und zwar für immer, denn ich habe mein Amt als Sekretarius unseres gnädigen Fürsten quittiert. Als Pfarrer in Altenburg will ich ihm weiter dienen. Und allein als sein Seelsorger kann ich ihm euere Bitte übermitteln. Seid geduldig.«

»Und was wird solang mit dem Balzer?« fragte einer der Studenten.

»Auch er muß warten«, erwiderte Spalatin.

»Aber der Stadtrichter wartet nicht«, rief ein anderer Student.

Spalatin überlegte eine Antwort. Dann sagte er – mit seinen Worten freilich selbst kaum zufrieden: »Der Bauer Balzer steht in schwerem Verdacht, wie mir der Stadtrichter berichtet.«

»Der Stadtrichter hat keinerlei Beweise«, unterbrach ihn ein kleiner, schmaler Schüler mit dünnem Bartstrich über der Oberlippe.

»Er sucht sie«, beschwichtigte ihn Spalatin. »Ihr wißt, der Stadtrichter handelt nur nach dem Gesetz. Es ging ein Befehl der Fürsten aus, alle zu bestrafen, so am Aufstand im Mansfelder Land teilgenommen.«

»Was schert uns das Mansfelder Land? Wir sind hier in Wittenberg!« rief mitten im Kern der Ansammlung ein Student. »Was scheren uns die Grafen von Mansfeld, was der Landgraf von Hessen, der Herzog von Sachsen und der von Braunschweig? Unser Fürst, Johann, soll in seinem Lande das Blutgericht nicht dulden!« Der Sprecher war vor Anstrengung glutrot geworden. Ein paar breitschultrige, hochaufgewachsene Kommilitonen deckten ihn vor dem forschenden Blick des wieder an die Brüstung tretenden Schloßhauptmannes. Aber sie konnten nicht alle decken, die nun mutig ihre Stimme erhoben:

»Unser Fürst ist der Herzog von Kursachsen, weiland deutscher Kurfürst. Kein andrer!« – »Unser Kurfürst ist der Mächtigste!« – »Seine Sach' ist's nicht, den Bauernschlächtern zu helfen! Seine Sach' ist die Gnade!«

»Die Gnade ist Gottes Sache«, sagte Spalatin, als stünde er auf der Kanzel.

Einige Studenten begannen auf den Fingern zu pfeifen. Aber Spalatin ließ sich nicht beirren. Er beugte sich weit über die Brüstung. »Ihr wollt, daß ich für euch zum Kurfürsten gehe. So brüllt und johlt nicht herum, daß er's hört und vor euch und mir Tür, Fenster und Herz verschließt!«

Die Studenten jedoch verstanden ihn falsch. »Der Kurfürst ist im Schloß! Der Kurfürst ist im Schloß!« schrien sie und gerieten in Bewegung.

Jetzt kämpfte sich Selinger aus dem Gedränge frei, sprang auf die oberste Steinstufe der Treppe und stellte sich den anstürmenden Studenten entgegen. »Der Kurfürst ist nicht im Schloß!« rief er beschwörend. »Zurück, zurück!« Der Lärm legte sich. Selinger war besser zu hören. »Ihr habt euere Bitte vorgetragen. Was wollt ihr mehr?« sagte er ernst. »Herr Spalatinus hat euch sein Wort gegeben. So macht's ihm nicht schwer, es einzulösen. Wir wollen nicht, daß in Wittenberg Blut fließt und Schwert oder Galgen die Bürger schrecken. Dies ist's, was wir dem Herrn Spalatinus mit auf den Weg geben. Nun geht.«

Die Studenten schwiegen. Sie hatten ihrer Erregung wohl auch genügend Luft gemacht. Sie kehrten um und drängten dem

Tore zu. Die Bewaffneten öffneten den Ring und bildeten ein Spalier für die Abziehenden.

Als letzter verließ Selinger den Hof. Er wandte sich nicht mehr um. So sah er auch nicht, wie Spalatin und der Schloßhauptmann über ihn sprachen. Schon schritt er durch den Torgang. Das Herz war ihm schwerer denn je. Wieder hatte er eine Schlacht verloren. Seit Annas Untreue war er sich selbst untreu geworden. Mit einemmal übermannte ihn die Versuchung, Wittenberg zu verlassen und nach Leipzig zu gehen, die noch immer geliebte Frau wiederzugewinnen und mit ihr nach Böhmen auszuwandern. Unsagbar schön war der Gedanke, mit ihr zusammen zu sein und alle Wittenberger Niederlagen zu vergessen.

Aber er hing diesem Gedanken nicht lange nach, er schüttelte ihn gleichsam ab. Noch galt es, weiterzukämpfen, nicht nachzugeben, sich immer wieder aufzuraffen und allen zu trotzen, die tatenlos zusahen, wie man einen Menschen – und wenn auch nur einen jungen armseligen Bauern – in den Tod führte!

Der Schloßhauptmann und Spalatin verließen den Söller und begaben sich in die große Empfangsstube des Fürsten.

»Warum habt Ihr die tollen Knaben nicht zu Luther geschickt? Soll er sich doch mit ihnen herumärgern«, sagte der Schwarzbärtige.

»Meint Ihr, er könnte ihnen helfen?«

»Ein Wort beim Fürsten Johann genügte, und der arme Teufel von Bauer wär' frei.«

Spalatin nickte nachdenklich. »Möglich. Doch holt dies eine Wort aus dem Professor hervor; er hat's nicht mehr, da er zu viele wider die Bauern verbraucht.«

»War not, daß er's tat«, knurrte der Schloßhauptmann.

Der Hofmann nickte wieder. »Das ist wahr. Doch hat er damit sich den Weg versperrt, zurückzugehen, und wenn er's auch wollte.«

»Ihr meint, er wollt's?« Der Schwarzbärtige wartete keine Antwort ab. »Wie wär's mit einem Becher Roten?« fragte er und trat an den Tisch, auf dem eine silberne Kanne stand.

DAS GESTÄNDNIS

Als der Ratsherr Herberger die große Stube des Melchthoferhauses betrat, saß seine Frau mit dem Meister am Tische. Sobald sie ihn sah, wollte sie hinausgehen. Der Ratsherr hob die Hand: »Bleib, ich habe mit dir zu reden.«

Auch der Meister war nun aufgestanden, er sah den Ratsherrn betroffen an, und da dieser nichts sagte, bot er selbst ihm den Gruß. Herberger erwiderte ihn aber nicht. Beinahe drohend ging er auf den Meister zu. »Da du meinem Weibe Zuflucht gewährst, bist du mitschuldig geworden; dies muß ich dir einmal sagen, scheint's mir doch, daß du nicht weißt, wie schwer du wider Gesetz und Ordnung gehandelt.«

»Weil ich Maria Obdach gebote'?« Der Meister schüttelte verwundert den Kopf.

»Du stärkst ihren Starrsinn, und so muß ich nun härter mit ihr verfahren, hab' ich doch Recht und Kirchenstrenge zur Seit'! Die Ehe ist ein Sakrament.«

»Für die alte römische Kirch', ja, für die neue evangelische, so hab' ich's vernomme', ist die Eh eine weltliche Sach!« Der Meister stemmte die Arme in die Hüften und nickte, um seine Worte noch einmal zu bekräftigen.

Herberger setzte eine höhnische Miene auf. »Schau, wie gut du's auswendig gelernt.«

»Und du hast's, scheint es mir, übersehe', als du zum neuen Glaube' dich bekehrt.« Melchthofer maß den Ratsherrn mit einem verächtlichen Blick. »Doch ich meint', du wollest mit der Maria spreche', nicht mit mir.« Er schickte sich an hinauszugehen.

Frau Herberger aber trat ihm in den Weg. »Bleib«, bat sie erregt. »Was wir beid' uns zu sagen haben, das kann jedermann hören.« Sie wandte sich ihrem Manne zu. »Ich werde dein Haus niemals wieder betreten, und müßt' ich mich auch beim Geringsten als Magd verdingen, so ess' ich 's Brot doch aus meinen Händen. Denn die deinen ...«, sie zögerte noch, es auszusprechen, richtete sich dann aber haßerfüllt auf und schrie ihn an: »... die mich all die Jahre gequält, die nur Gulden gerafft und kleine Leute gewürgt, sie sind nun dabei, sich mit

Blut zu beflecken!« Sie wankte zum Tisch hin, sank auf die Bank nieder und legte den Kopf in die verschränkten Arme.

Der Ratsherr verlor allen Stolz, alle Farbe wich aus seinem Gesicht. Es drängte ihn, dieses Haus zu verlassen. Doch er wollte sich nicht geschlagen geben. Sein Aberwitz stachelte ihn, diese Frau zu demütigen. »Du sprichst irre«, fauchte er und trat auf den Tisch zu; »der Höllischen Geist ist in dich gefahren. Man sollt' die Hexenprob' mit dir machen!«

Sie hob ruckartig den Kopf und blitzte ihn herausfordernd an. »Lauf, lauf zum Stadtrichter, daß er ins Wasser mich werfe, mich brenne, strecke oder an den Haaren aufknüpfe. Hast du 's Blutgericht der Fürsten schon in die Stadt gerufen, warum nicht auch noch eine Hexenjagd?«

»Mäßige dich!« knirschte er und machte Miene, sich auf sie zu stürzen. Da Melchthofer aber hinzutrat und sich neben sie stellte, hemmte ihn seine Feigheit, seine Wut an ihr auszutoben. »Ich werde dir . . .«, keuchte er und suchte nach weiteren Worten.

Doch sie sprang auf und schrie ihn an: »Scher dich zur Hölle, du Ungetüm! Tu alles wider mich, was höllisch ist. Du wirst mich dennoch nicht kleinmütig sehen. Ich weiß wohl, daß es dir gefiele, kröch' ich vor dir zu Kreuze. Doch – lieber ins Wasser als zu dir zurück!« Sie stürzte an ihm vorüber zur Tür hin. Noch einmal, wie triumphierend, zeigte sie ihm ihr Gesicht, dann drückte sie auf die Klinke, ging hinaus und schloß beinahe behutsam die Tür hinter sich.

Der Ratsherr war keines Wortes mehr fähig. So hatte er diese Frau noch niemals gesehen. Er fühlte, wie tief sie ihn getroffen, doch seltsam, all sein Haß auf sie war verrauscht, sein Wille, sie so oder so zu bändigen, gebrochen. Wie ein Steinregen prasselte auf ihn die Erkenntnis herab, seinen reichsten Besitz verloren zu haben: die Frau, die er immer nur als einen Teil seines Vermögens gehalten hatte, wie die Ballen seines Tuches, wie den Inhalt seiner gewichtigen Geldkassette, wie sein Haus. Mit ihr war alles dahin, der Untergang kündigte sich an. Der Welt Untergang? Nein, nur sein eigener.

In seiner rechten Leibeshälfte, dicht unter der letzten Rippe, begann es zu wühlen und zu stechen. Auf der Zunge floß ein bitterer Geschmack zusammen. Die Augen erstarrten ihm. – Herberger atmete schwer. Seine Gesichtshaut wurde feucht und färbte sich gelb. Er drückte die Hand auf die Seite und ging hinaus. Melchthofer hörte ihn das Haus verlassen, hörte seine Schritte auf dem Kopfsteinpflaster des Hofes und hörte das Tor klappen.

Als er in die Werkstatt kam, sah er Bachmann unruhig am Feuer stehen. Es war offensichtlich, daß er dort nichts zu tun hatte.

»Was wird nun, Meister?« fragte er.

»Ich vermut', du hast gelauscht, wirst's also wisse'«, erwiderte Melchthofer.

»Beinah' hätt' an der Haustür er mich noch erwischt«, sagte Bachmann kleinlaut.

Der Meister schüttelte den Kopf. »Da würdest' des Balzer Schicksal teile' – und auch ich. Drum halt dich so, als wärst du gar nicht da.«

Luther öffnete das Fenster und blickte nachdenklich über Festungsanlage und Anger hin – ein gewohntes Bild und doch heute so ganz anders als in all den vorangegangenen Jahren. Er war nun bereits fünf Wochen verheiratet, und manches in seinem Leben hatte sich geändert, sein persönlicher Zustand, seine Umgebung. Er besaß jetzt ein bürgerliches Heim, dieses Eigene, das er bei befreundeten Ehepaaren immer so geschätzt. Katharina hatte es ihm geschaffen, vorerst noch mit recht geringen Mitteln. Wohnstube und Schlafkammer, im ersten Stockwerk des großen Hauses gelegen, waren nur mit dem Notwendigsten ausgestattet. Seine einstige Klosterzelle wurde zum Studierzimmer; es war übrigens der einzige Raum, in den die Sonne schien, denn die Wohnung selbst lag auf der Nordseite des schmucklosen Gebäudes, in dem zwei Hörsäle fast die ganze Südseite einnahmen. Die Küche im Erdgeschoß war vom Klosterbetrieb her noch vorhanden, doch benötigte man in ihr nur ein Eckchen und den Herd – einstweilen: Denn schon bei der ersten Besichtigung ihrer Einrichtung hatte Katharina den Plan gefaßt, hier einmal für ein ganzes Völkchen von Studenten zu kochen; man konnte die jungen Leute in den im zweiten

Stockwerk gelegenen Zellen unterbringen; im Refektorium, von der Küche nur durch den Hausflur getrennt, würden sie essen. Ein paar Dutzend Studenten in Wohnung und Kost, das gab eine schöne Nebeneinnahme.

Als sie ihm diesen Plan vorgetragen, war ihm dabei nicht recht wohl gewesen; nun, sie würde sich dies alles noch überlegen. Er hatte sie schließlich geheiratet, um endlich zur Ruhe zu kommen, das mußte sie einsehen und ihn mit all dem Lärm und Trubel, den die Studenten nun einmal überall verbreiteten, verschonen. – Luther strich sich über die Augen und versuchte sich abzulenken, sich dieses schönen Sommermorgens zu freuen.

Dennoch wurde er das graue Gefühl, in seiner Ehe den erhofften Frieden eben doch nicht zu finden, auch jetzt nicht ganz los. Er wünschte sich im stillen eine kleine Wohnung irgendwo mitten in der Stadt. Der Kurfürst hatte ihm das Kloster geschenkt, doch es war mit diesem Hause wie mit einem geschenkt erhaltenen bissigen Hund, vor dem man sich fürchten mußte ...

Es erschien ihm in seiner Ehe überhaupt so vieles ganz anders als erwartet. Luther konnte sich einer leichten Enttäuschung nicht erwehren. Gewiß, Katharina hatte einige Vorzüge: Sie war ja auch sechzehn Jahre jünger als er, der sich in einem Alter befand, wo man für gewöhnlich nicht mehr so wählerisch ist – oder sein konnte; sie war klug, dabei durchaus nicht ohne weibliche Reize, wenn auch nicht gerade schön; sie verstand sogar etwas von der Kunst, einem Manne zu gefallen. Doch wenn es um praktische, häusliche Dinge ging, zeigte sie einen Eifer, der ihn beinahe erschreckte. Nein, diese Frau würde sich nicht damit begnügen, ihm eine fürsorgliche, nur für ihn lebende Gattin zu sein, sie besaß einen so starken Unternehmungsgeist, daß er mit Recht befürchtete, über kurz oder lang sich mitten in einem alle Gemütlichkeit verscheuchenden Getriebe zu befinden.

Luther atmete einmal tief auf. Er blickte zur Elbebrücke hinüber. Aus dem Durchgang des Brückenhauses marschierte ein Trupp kurfürstlicher Landsknechte hervor. Sie trugen die Hellebarden geschultert und sangen eines der üblichen Lieder.

Luther haßte dieses Lied, er kannte es auswendig. Schon ging ihm der Text durch den Kopf.

»Ein Landsknecht muß sich schlagen,
dazu ist er gemacht,
muß Spieß und Kolben tragen,
für wen, darf er nicht fragen,
muß drangehn in der Schlacht.

Muß drangehn im Quartiere,
wo sich nur eine find't,
so sehr sie sich auch ziere,
kommt er gleich einem Stiere,
ist sie ihm wohlgesinnt.«

Ingrimmig sprach er jetzt den Text laut vor sich hin, er schlug mit der Hand den Takt dazu.

»Und ist die Schlacht geendet,
fängt eine neue an.
So wird, bis es sich wendet,
geschändet und geblendet,
für Fürst und Edelmann.«

Geschändet und geblendet, für Fürst und Edelmann ... Er sah die Worte und ihren Sinn auf sich zukommen. Sie verdichteten sich zu einem Gesicht, blutüberströmt, schmerzverzerrt: das Gesicht des jungen Bauern Balzer, den die Folterknechte im Rathauskeller auf der Pritsche mit Stricken festbanden, dem sie glühende Eisen ins Fleisch brannten, den sie mit Seil und Haspel streckten, um ihm ein Geständnis zu erpressen.

Luther schlug das Fenster zu, doch das Gesicht ließ sich nicht aussperren, es schwebte schon im Zimmer, und da er sich an den Tisch setzte, um sich mit seiner Arbeit abzulenken, nahm es ihm gegenüber Platz, ihn unablässig anstarrend.

Er wand sich hin und her, sprach in Gedanken mit diesem Gesicht: Ja, ich würde, ich könnte dir helfen, auch wenn ich schon wüßte, daß du im Mansfelder Land dabeigewesen. Aber, wird mich der Kurfürst nicht fragen, ob sich mein Sinn gewandelt? Wohl, ich habe wider die aufrührerischen Bauern gesprochen und geschrieben, und ich müßte es wieder tun, so sie nicht endlich Ruhe geben und sich in Gottes Willen fügen. Du freilich wirst sagen, daß dies Gottes Wille nicht sein könne, sich ausplündern und schinden zu lassen. Was weißt du von Gott, wo selbst ich mir über ihn nicht im klaren bin? Wäre er der Bauern Meinung gewesen, sie hätten die Fürsten und Junker geschlagen, die Städte und Burgen erobert und sich das Land, die Wälder, die Wiesen, Flüsse und Seen genommen, und Gottes Segen dazu. Aber nein, er war nicht ihrer Meinung, und er hat sie geschlagen, zu Tausenden umkommen lassen in der Schlacht, zu Hunderten den Henkern ausgeliefert. Auch dich. Warum tut dies Gott? Wir wissen es nicht, wissen nur, daß wir uns ihm beugen müssen, wenn wir mit dem Erdenleben nicht auch noch die ewige Seligkeit verlieren wollen. Sieh, es wäre mir ein leichtes, den Fürsten umzustimmen, daß er dich freilasse. Doch wissen wir, ob Gott sich umstimmen läßt? Was also wäre gewonnen, so ich dich den Henkern entrisse, wo schon der Satan lauert, dich in Empfang zu nehmen?

Luther stand auf und ging in der Zelle auf und ab. Wie wenn er eine gelehrte Ansicht zum besten gäbe. Jetzt formten seine Lippen schon die Worte, begleiteten seine Hände diese, hier sie umgrenzend, zurechtrückend, dort unterstreichend, bekräftigend. Er dozierte bereits, und es war ein richtiges theologisches Exempel.

»Soll ich mich öffentlich hinstellen und widerrufen, was ich geschrieben?« Er schüttelte den Kopf. »Nein, nein! Soll ich das Gericht auffordern, dich in Ruh zu lassen, so du nicht sprechen willst? Ihm ans Herz legen, dich mild und nachsichtig zu befragen? Ihm zureden, daß es dir endlich glaube?« Er erhob wie zur schroffen Einwendung beide Hände. »Ja, ich selbst, wäre ich zuständig, dich zu befragen, würde dir gern glauben – und Gott möchte mir meine Einfältigkeit wohl auch verzeihen –, das Gericht aber ist ein weltlicher Arm, ein weltlicher Kopf, es hat nicht nach dem Gefühl, sondern nach dem Verstand zu handeln und zu urteilen. Greift Gott da nicht ein, wie könnte ich dies wagen; er würde es mir dick ankreiden.«

Jetzt begann auch das Gesicht zu sprechen. »Herr Doktor, die Mutter ist mir vor Gram gestorben.«

Luther machte eine ärgerliche Kopfbewegung. »Warum kommst du mir mit der Rührseligkeit? Bleib bei der Sache! Du warst in Frankenhausen dabei – oder man hat doch Grund genug, dies zu glauben. Was wissen wir, ob deine Hände nicht auch das Schwert, den Streitkolben geschwungen, den Spieß diesem oder jenem zwischen die Rippen gestoßen? Wir wollen nicht daran denken. Klarwerden aber müssen wir uns darüber, daß du wider die Fürsten gestanden, Aufruhr getrieben wider die Obrigkeit, welche von Gott eingesetzt ist. Du hast Gott beleidigt! Wohl, er wird dir vergeben. Vergeben aber kann dir nicht die Obrigkeit, sie handelt nach ehernen Gesetzen. Ihre Strenge hat dir die Mutter getötet. Ja, das ist bitter! Doch wisse: Die Mutter sitzt in Gottes Schoß. Und sie wird für dich bitten.« Das Gesicht, nun immer neben ihm herschwebend, sagte: »So die Mutter für mich bittet, wird Gott auch helfen wollen. Aber die Richter werden sich um ihn nicht kümmern.«

Luther zog die Stirn finster zusammen. »Du glaubst, sie seien mächtiger als er?«

»Ich glaube, sie sind unmenschlicher als er«, erwiderte das Gesicht. »Er will mir gewiß helfen, ich fühle es. Doch mir wird nicht geholfen, also stehen die gottlosen Richter dawider.«

Luther blieb mit einem Ruck stehen. »Genug nun! Ich bin deiner unchristlichen Reden satt.« Er trat wieder an seinen Tisch und begann, sich mit seinen Papieren zu beschäftigen. Die steifen Blätter raschelten und knatterten. Er setzte sich, griff zur Feder und schrieb: »Hochwürdiger Freund Georg Spalatinus, Pfarrer zu Altenburg, wie ich vernommen, bist Du willens, in der Sache des Bauern Balzer Fürsprach' beim Fürsten zu halten. Möchte Gott ihn bewegen, das Hofgericht zu Weimar anzuweisen, einen Beauftragten nach Wittenberg zu entsenden, daß er der peinlichen Befragung des Verdächtigten ein gnädiges Ende bereite. Es ist nicht gut, daß unsere Stadt solchermaßen in Unruh versetzt wird, zumal die Studenten drohen, die Hochschule zu verlassen, wie zu jener Zeit, als Karlstadt den Bildersturm heraufbeschworen und die Wissenschaft für eitel Machwerk erklärt. Man sollt's mehr mit dem Lehrstuhl halten als mit dem Richtblock. Daß man im Mansfeldschen und auch in anderen Landen den Aufruhr mit dem Schwerte gestillt, mag's also hingehen, wie's sein muß, die bäurischen Rotten haben's nicht anders gewollt. Nicht gut aber ist's, wenn man den einzelnen jagt und dem Scharfrichter übergibt ...«

Er blickte auf. Das Gesicht war verschwunden. Die Gewissensnot aber drückte schwerer als zuvor. Er legte die Feder weg, griff in einem Anfall von Verbitterung nach dem beschriebenen Papier und zerriß es. Abermals sprang er auf, um die ruhelose Wanderung durch den schon wieder zur grauen Zelle gewordenen Raum fortzusetzen. Da sah er Katharina in der Tür stehen.

»Was ist dir, Martinus?«

Er wischte sich mit dem Mantelärmel über die Stirn. »Wird wieder ein heißer Tag«, sagte er, »schon jetzt flimmert die Hitze über den Wiesen.«

»So komm in die Wohnstube, dort ist's kühl.«

»Ich mag meinen Tisch nicht verlassen, an ihm nur kommen mir die Gedanken«, entgegnete er unwirsch.

»Doch keine guten, wie ich seh'«, sagte sie. »Du hast ein Papier zerrissen.«

»Einen Brief an Spalatinus«, Luther schob die Fetzen des Briefes auf dem Tische zusammen. »Ich hab's mir überlegt – nein, ich kann in des Bauern Balzer Sache nichts tun. Doch find' ich keine Ruh.«

»Plagt dich 's Gewissen?' Sie trat auf ihn zu und legte ihm die Arme um den Hals. »So man weiß, daß man nach Gesetz und Recht gehandelt und nun auch andere darnach handeln sieht, was soll's da mit dem Gewissen? Wissen steht über dem Gewissen, und du weißt, daß es nicht deines Amtes, ein weltlich' Ding zu richten.«

»Man kommt nicht drum herum«, sagte er und löste sich sanft von ihr. »Als du im Kloster von meiner Lehre wider die Klöster gehört, hast du mit anderen den Entschluß gefaßt, trotz Weihe und Gelübde davonzulaufen. Und als du's tatest – wie auch die anderen –, hatte auch ich meine Hand im Spiele. Dies war eine weltliche Sache, Käthe.« Er wandte sich ab, als bereue er diese Aktion. »Und hätt' der Herzog euch erwischt, des Landes Gesetz wäre über euch gekommen. – Du siehst, das Weltliche ist überall.«

»Ich bin aus dem Kloster gelaufen, weil Gott nicht will, daß man sich darin vergrabe«, widersprach Katharina.

»So habe ich's gelehrt, doch war's auch wider die weltliche Ordnung seit Jahrhunderten – dies erkannte ich erst später. Gleichviel, ich hab's gelehrt. Und daß du's geglaubt, ist rein menschlich, du wolltest solcher Ordnung ledig sein. Ja, 's war in der Welt schon immer so: Alles Neue stand wider die Ordnung. Und so ich's recht beseh', sah auch der Bauer Balzer nur ein Neues. Das Neue aber ist nun einmal wider das Alte, das doch die Ordnung ist.«

»Martinus!« Katharina war von seinen Worten entsetzt. »Auch du sprichst wider die Obrigkeit!«

»Auch dieses Recht, wenn es so sehr zum Unrecht wird, daß auch der gemeine Mann es merkt.«

»Und du willst, daß er ein neues Recht schaffe?«

»Nein, dies könnte er nicht. Aber die Obrigkeit kann es, kann sich ein neues Recht geben. Und so bleibt es ihr Recht.« Katharina faltete die Hände über dem Leib und betrachtete ihren Mann erstaunt.

»Ich versteh' dich nicht mehr«, sagte sie. »Von Kindheit an hab' ich gelernt, daß die Obrigkeit ewig, daß der Bauer zu gehorchen hat, ob ihm 's Gesetz paßt oder nicht. Und jetzt machst du daran mich irre.«

»Du hast's richtig gelernt, Käthe«, entgegnete er belehrend. »Nur übersiehst du eines, daß es in unserer Welt so viele Dinge gibt voller Widerspruch. So glaub' ich nun, Gott hat die Widersprüche gemacht, um uns beizubringen, daß wir – vom Bissen Brot an bis zum Heiligen Deutschen Reich – um alles zeit unseres Lebens kämpfen müssen. Gott hat die Menschen aus dem Paradies vertreiben lassen, da sie wider seine Gesetze verstoßen, und sie mühen sich noch heute vergeblich, sie endlich zu befolgen. – Die Kirche will ihnen dabei helfen. Auch sie verwickelt sich in Widersprüche. So schufen wir in unserem Land sie neu.«

»Und mit ihr neue Widersprüche –«

»Es ist die bittere Wahrheit: und mit ihr neue Widersprüche, und mit ihr neue Gewissensqualen, denn Gott verwirrt uns immer wieder.« Luther drückte die Hände vors Gesicht.

Katharina zog sie ihm wieder herab. »Tu deine Pflicht als Priester, Martinus, das andere laß Gott machen.«

»So möcht' ich's«, sagte er kleinlaut, »doch dies gerade ist das Schwerste, weil wir nicht wissen, ob dies Gott recht ist.«

Als die Folterknechte die glühenden Eisen beiseite legten und die Balzer an die Pritsche fesselnden Stricke lösten, sprang er auf und schlug dem Rotbärtigen die Faust mit solcher Wucht ins Gesicht, daß dieser gegen die Wand taumelte. Der Kahlköpfige griff sofort eines der Eisen aus dem Holzkohlebecken und stellte sich abwehrbereit auf. Die Herren des Gerichts dagegen waren vor Schreck starr, sie vermochten sich nicht von ihren Stühlen zu erheben, nur der Ratsherr Herberger, der der Tür am nächsten saß, versuchte, sie zu erreichen.

Balzer aber hatte sich bereits wieder beruhigt, sich auf die Pritsche gesetzt und den Kopf in die Hände gestützt. Er kämpfte gegen eine Ohnmacht an, denn er war von der einstündigen Tortur völlig erschöpft, und sein Angriff auf seine Peiniger hatte mehr den Charakter einer Affekthandlung.

Der Stadtrichter faßte sich endlich. »Was fällt dir ein«, brüllte er, »statt zu gestehen, erschlägst du unsere Knechte! Dies ist ein weiterer Beweis für deine gewalttätige Art. Du hast sie auch im Mansfeldschen so ausgetobt.«

Balzer antwortete nicht, er rührte sich kaum. Es schien, daß es feucht durch seine die Augen bedeckenden Finger quoll.

»Macht die Haspel bereit!« fuhr der Stadtrichter die Knechte an.

Der Kahlköpfige ging zur Wand hin und rollte das Seil einige Ellen lang von der Welle ab. Ein zweites Seil knüpfte er an dem im Fußboden befestigten Ring fest. Dann wandte er sich an Balzer, nahm ihn beim rechten Arm und forderte ihn auf, sich zu erheben.

Der Rotbärtige wischte sich mit dem Handrücken noch einmal über das linke Auge, dessen Braue stark angeschwollen war. Er trat nun ebenfalls zu Balzer hin und packte mit schnellem Griff dessen linken Arm, wie wenn er befürchte, daß dieser noch einmal auf ihn zufahre.

Beide Knechte mühten sich ab, den Gefolterten aufzuheben, um ihn einer weiteren Folter zu unterziehen. Er war jedoch schon so geschwächt, daß ihm die Beine versagten. Sie schleiften ihn daher einfach zur Haspel hin, legten ihn zwischen den beiden Seilenden auf den Steinfußboden und banden ihn fest: die eine Schlinge um die Handgelenke der über den Kopf gezogenen Arme, die andere um die Knöchel der Füße.

»Streckt ihn!« befahl der Stadtrichter. »Heut muß er sprechen, so oder so! Ich will doch sehn, ob er noch länger uns hinzuhalten wagt!«

Der Rotbärtige ging zur Haspel hin und steckte die Eisenstäbe in die Löcher der Walze. Er begann sie zu drehen, Loch um Loch, Stab um Stab. Die Seile strafften sich, der Gefolterte kam plötzlich zu sich und versuchte sich zu befreien, doch er vermochte weder Beine noch Arme anzuziehen.

Der Rotbärtige, nun durch das anschwellende Auge noch mehr entstellt und wohl auch vom Schmerz geplagt, verfolgte die verzweifelten Bewegungen des Gefolterten mit sadistischer Genugtuung und spannte die Seile noch mehr.

Das Gesicht Balzers verzerrte sich schmerzlich. Die Augen traten ihm aus den Höhlen, sein Atem wurde kurz, die Arme lösten sich aus den Gelenken und lagen unnatürlich verdreht an den Schläfen des Gepeinigten. Doch noch verbiß er sich jeden Schmerzenslaut.

»Zieh die Haspel stärker an!« sagte der Stadtrichter ungeduldig. Er blickte sich rechts und links nach den Schöffen um, aber sie wichen ihm aus.

Allein Herberger äußerte sich, er schüttelte über solche Verstocktheit des Delinquenten unmutig den Kopf, doch auch nur, um dem Stadtrichter einen Gefallen zu tun. Im übrigen hatte er sich von dem Schrecken bei Balzers drohendem Aufbegehren noch immer nicht ganz erholt, und des so mörderisch geschundenen Bauern Hartnäckigkeit erschien ihm unheimlich. Er hatte in den Legenden der Märtyrer gelesen, daß die Heiligen ihnen halfen, alle Qualen zu überstehen. Wie nun, wenn auch

Folterungen

dieser hier seine Heiligen zur Seite hatte? Konnten sie nicht auch einmal die Geduld verlieren und das ganze Gericht in des Teufels Küche bringen?

Ein furchtbarer Schrei durchfuhr den vom Ruß der Fackeln und von dem Dunst des Holzkohlebeckens geschwängerten Raum. Balzer stöhnte, und es war, als ob er ersticke. Die Adern an Händen und Füßen wie auch auf der Stirn traten dick heraus.

Der Stadtrichter erhob sich und ging zu ihm hin. Er richtete sich zuversichtlich auf und fragte: »Willst du nun gestehen, daß du in Mansfeld dabeigewesen?« Doch der Gefolterte schloß die Augen. »Gießt ihm Wasser übers Gesicht«, befahl der Stadtrichter den Knechten. Der Kahlköpfige griff zur Kanne, und dem Gequälten platschte ein guter Schwapp über den Kopf. Er verschluckte sich dabei, mußte husten und spie dem sich über ihn beugenden Schinder ins Gesicht. Der Stadtrichter lief rot an. Er wandte sich an den Gerichtsschreiber: »Dies alles schreibt nieder!«

Schon wollte er ein noch schärferes Vorgehen anordnen, als die Tür sich öffnete und der Bürgermeister eintrat. »Haltet ein«, sagte der Richter verstimmt und begab sich wieder auf seinen Platz.

Der Bürgermeister stellte sich vor dem Tische auf. Er entfaltete ein Schreiben und sagte: »Soeben kam der Bote zurück, brachte Nachricht aus Eisleben und Leipzig. Das Bergamt teilt uns mit, daß Balzer Gewerk und Stadt bereits im Märzen verlassen, um nach Wittenberg zurückzugehen, nicht nach Leipzig, wie er fälschlich angegeben. Aus Leipzig wird bericht't, daß Balzer dort nirgends bekannt geworden; alle Fuhrherren, Kaufleute und Handwerksmeister wurden befragt; auch in den Vorstädten weiß man nichts von ihm. Dagegen ist in Eisleben bekannt, daß er in Gesellschaft eines anderen nach Nordhausen sich begeben.« Er machte eine Pause und wandte sich an die Knechte: »Löst die Seile!«

Dem Stadtrichter gefiel die Nachricht wohl, daß aber der Bürgermeister so selbstsicher in die Untersuchung eingriff, war ihm sehr zuwider. Er ließ sich das zwar nicht merken, doch gab er den Befehl noch einmal – auf seine Art: »Bindet ihn los und stellt dem Gericht ihn vor.« Fragend blickte er auf den Gerichtsschreiber: »Schreibt Ihr denn?«

Der Bürgermeister legte den schriftlichen Bericht auf den Tisch und verfolgte die Handgriffe und Bewegungen der Knechte. Sie gingen mit Balzer nicht eben behutsam um. Als sie ihn jedoch aufheben wollten, schrie er laut, als sei er einer noch schlimmeren Folter unterworfen. Seine Beine waren ohne Kraft. Die Arme vermochten die gewohnte Haltung nicht mehr einzunehmen.

»Er kann nicht mehr stehn«, sagte der Kahlköpfige.

»Legt ihn auf die Pritsche und stellt sie vor dem Tische auf«, befahl der Stadtrichter.

Sie schleppten Balzer zur Pritsche hin. Der Bürgermeister trat beiseite, als man sie herantrug.

Der Stadtrichter erhob sich und rief Balzer an. Dieser jedoch schwieg, er war ohnmächtig geworden.

»Man muß den Medikus holen«, sagte der Bürgermeister.

Der Stadtrichter aber winkte ab. »Kühlt ihm 's Gesicht«, wandte er sich an die Knechte.

Der Kahlköpfige goß sich aus der Kanne Wasser in die Handfläche und benetzte damit die Stirn des Delinquenten. Dieser schlug nach einer Weile die Augen auf und starrte den Bürgermeister an.

Der Stadtrichter nahm sofort wieder das Wort. Doch der Bürgermeister wies ihn mit der Hand zurück. »Laßt mich ihn fragen.«

Er zog sich einen Stuhl heran und setzte sich zu dem geschundenen Bauern, es war, als säße er an einem Krankenbett. Unwillig sah es der Stadtrichter, und der Ratsherr Herberger schüttelte gar den Kopf. Der Bürgermeister aber achtete nicht darauf. Balzer tat ihm leid, nicht nur weil die Tortur aus ihm, einem vor Wochen noch kerngesunden Menschen, ein Wrack gemacht hatte, sondern auch weil nach dem Eingang der Berichte aus Eisleben und Leipzig nunmehr alle seine Anstrengungen, das tödliche Geständnis zurückzuhalten, umsonst gewesen sein würden.

»Sebastian Balzer«, sagte er, »höre mich an. Du hast bisher hartnäckig geleugnet, wodurch du der schmerzlichen Marter ausgesetzt warest. Laß ab von solchem Starrsinn, denn es ist nun erwiesen, daß du die Wahrheit verschwiegen.«

Der so Angesprochene rührte sich nicht, es war aber offensichtlich, daß er Wort für Wort vernommen hatte. Seine Augen suchten das Gesicht des Bürgermeisters, und sie verrieten Angst und Bestürzung.

Der Bürgermeister fuhr fort: »Aus Eisleben erhalten wir Kunde, daß du bereits im Märzen den Dienst im Gewerk verlassen. Man hat dich dort in Gesellschaft eines Studenten gesehen. Du bist auch nicht gen Halle und Leipzig, sondern gen Nordhausen gezogen, und zwar mit ihm, dem Studenten. Was hast du darüber zu sagen?«

Balzer schwieg, doch er vermochte den Bürgermeister nicht mehr anzusehen.

Dieser sprach weiter: »In Leipzig ist Nachfrag' gehalten worden bei allen Fuhrherren und Handwerksleuten, in allen Herbergen und Bauernhöfen, doch niemand weiß von dir, bei keinem warst du im Dienst. Willst du nicht endlich gestehen, daß du die Wahrheit verschwiegen? Kannst du's vor Gott verantworten, an der Lüge noch festzuhalten, da schon alles wider dich spricht?«

Balzer blieb auch hierauf stumm. Der Stadtrichter wurde wieder ungeduldig, und der Ratsherr Herberger trampelte ärgerlich herum. »Wozu so viele Worte verschwenden an einen, des Herz verstockt und kalt?« sagte er.

Der Bürgermeister, ganz und gar davon überzeugt, daß diese Herzenseigenschaften auf Herberger viel besser paßten, wies ihn abfällig zurück. Und wieder wandte er sich Balzer zu.

»Du mußt mit dir ins reine kommen, Sebastian Balzer, denn du bist mehr geschlagen, als du weißt.«

Balzer verstand ihn nicht, doch wurde er stutzig; des Bürgermeisters letzte Worte versetzten ihn in eine merkwürdige Unruhe. Er versuchte sich aufzurichten. Der Bürgermeister half ihm. Schließlich saß er aufrecht, wenn auch schwankend.

»Mach dich vor Gott von aller Dickköpfigkeit frei. Er weiß doch, wer du bist, hört doch, ob du die Wahrheit gesagt, er sieht auch, welche Leiden du erdulden mußt, doch er nimmt sie dir nicht ab, da du dich ihm nicht unterwirfst. Er wird dich dafür noch ärger strafen, als er's bisher schon getan.« Der Bürgermeister stockte, er hob den Blick fragend zum Stadtrichter auf. »Habt Ihr's ihm schon gesagt?«

»Was –?«

»Das von der Mutter?«

»Nein.«

Der Bürgermeister atmete einmal tief auf. Er kämpfte noch mit sich. Da er aber sah, daß Balzer ihn forschend beobachtete, entschloß er sich, ihm, so schmerzlich es sein würde, den letzten Halt zu nehmen.

»Deine Mutter . . .«

»Was ist mit der Mutter«, stieß Balzer hervor.

»Gott geht hart mit dir ins Gericht«, fuhr der Bürgermeister fort, und er brachte die Worte nur schwer hervor, »er hat dir vor Tagen die Mutter genommen.«

Mit einem Ruck war der junge Bauer auf den Beinen; da stand er, kaum schwankend, auf den so geschundenen, die noch schlimmer geschundenen Hände schlug er vors Gesicht. »Die Mutter –«, schluchzte er und taumelte in die Mitte des Raumes zurück. Er faltete die Hände, so schwer es ihm mit den geschwollenen Fingern auch fiel, und stieß anklagend hervor: »Heiliger Gott – die Mutter!« Torkelnd lief er im Kreise herum, blieb dann vor dem Richtertisch stehen. »Schreibt dies auch hin«, sagte er zum Gerichtsschreiber, »– die Mutter –!« Er richtete den Blick auf den Stadtrichter. »Warum befehlt Ihr ihm nicht, daß er es schreibe? Die Mutter –! Gemordet!« Er ließ ihn nicht aus den Augen. »Ihr habt sie zu Tode gequält. Ja, Ihr! Ihr Teufel!« sagte er und die Tränen rannen ihm über Wangen und Kinn. »Ihr Teufel, ihr Teufel!« Es sah aus, als ob er sich auf den Stadtrichter stürzen wolle. Doch die Beine ließen ihn schon wieder im Stich, er suchte sich mit den Händen auf den Tisch zu stützen, sie gehorchten ihm jedoch auch nicht mehr, sie gaben nach, so daß er beinahe gestürzt wäre, und hingen darauf schlaff an ihm herab.

»Tritt zurück!« herrschte der Stadtrichter ihn an und winkte den Knechten, ihn zu packen.

Sie sprangen hinzu, doch sie brauchten keine Gewalt anzuwenden, hatten nur schwer zu tun, ihn aufrecht zu halten.

»Wirst du noch immer leugnen?« fragte der Stadtrichter streng. »Willst du nun endlich zugeben, daß du von Eisleben nach Nordhausen und von dort aus nach Frankenhausen gegangen? Wer war der Student, mit dem man dich in Eisleben gesehen?«

»Ich wollt', meine Glieder wären noch heil, so würd' ich Euch eine Antwort geben, daß Euch . . .« Er suchte vergeblich nach schlagkräftigen Worten.

»Du sollst gestehen und nicht drohen!« schrie der Stadtrichter erbost. Er kam hinter dem Tisch hervor und ging mit geballten Fäusten auf Balzer zu. Doch er wagte sich nicht in Reichweite an ihn heran. »Werft ihn auf die Pritsche und stoßt ihm die Eisen ins Fleisch!« brüllte er außer sich.

Der Bürgermeister aber trat dazwischen. »Laßt ab mit solchen Mitteln. Balzer ist füglich schon überführt.« Er stand dicht vor dem nur mühsam eine neue Ohnmacht Überwindenden. »Sprich, Sebastian Balzer, bei der Seele deiner Mutter, hast du den Müntzer gesehen?«

Balzer richtete sich jetzt wahrhaftig in ganzer Größe auf. Sein Gesicht war voller Genugtuung, nicht mehr von Schmerz und Verzweiflung zerfurcht. »Ja«, sagte er mit unüberhörbarem Stolz. »Ja, sah den Thomas Müntzer, den Bruder der armen Bauern, den Pfarrer zu Allstedt. Sah ihn bei Frankenhausen auf dem kahlen Berge. Und wenn man ihn auch niedergeschlagen, mit dem Schwerte gerichtet, er wird leben, immer weiterleben, bis den Bauern ihr Recht geworden! Wahrlich!« Er blickte den Bürgermeister mit hellen, gläubigen Augen an und nickte.

»So hast du am Bauernaufstand teilgenommen«, stellte der Bürgermeister erschüttert fest.

»Wohl, bin ja ein Bauer. Zum Bauernvolk gehör' ich, mit ihm hab' ich gelitten und gehungert, mit ihm hab' ich wider die Fürsten, wider seine Blutsauger gestanden. Die Schlacht – die Schlacht ging verloren, nicht aber die Sach', die Sach' des gemeinen Mannes!« Es war, als habe die Natur diesem sonst so schwerfälligen Menschen eine Stimme verliehen, mit der er sein Bekenntnis stark und würdig zu sprechen verstand. Der Bürgermeister schwieg betroffen.

Der Stadtrichter aber wandte sich triumphierend an den Gerichtsschreiber: »Schreibt, schreibt alles auf, was er gesagt!« Dann wandte er sich wieder an Balzer. »Und nun den Namen des Studenten!«

Balzer musterte ihn vom Kopfe bis zu den Füßen, als habe er ihn zum erstenmal gesehen. Er lächelte verächtlich, doch er schwieg, drehte ihm schließlich den Rücken zu.

»Den Namen!« brüllte der Stadtrichter.

Balzer stellte sich breitbeinig hin, doch war diese Geste wohl weniger Herausforderung als Mühe, fest zu stehen.

»Du sollst des Studenten Namen nennen. Ich bin sicher, daß es der nämliche ist, mit dem du nach Wittenberg gekommen!« Der Stadtrichter tat drohend einen Schritt auf ihn zu.

Die Schöffen hatten sich gleichfalls erhoben. Herberger war gelb vor Erregung, er stapfte noch immer hinter dem Tische herum, als zwicke es ihm in den Beinen. Der Bürgermeister wurde auf ihn aufmerksam, und sein Gesicht verfinsterte sich noch mehr.

»Nenn des Studenten Namen!« schrie der Stadtrichter heiser, wie in Angst, er könne die gute Gelegenheit verpassen. Er winkte die Knechte heran.

Ehe diese jedoch zupacken konnten, sackte Balzer in sich zusammen und fiel dem Stadtrichter vor die Füße.

REINER WEIN

Bis in den späten Nachmittag zog sich die Ratssitzung hin, und es ging darin in zweifacher Hinsicht heiß zu. Schon seit den Morgenstunden prallte die Sonne aufs Pflaster des Marktplatzes, und kein Wind verwehte die sich sammelnde Glut. Sie breitete sich aus und kroch in die Häuser. Man hielt zwar die Fenster des Sitzungssaales geschlossen, schon um den von den Maurern auf den Gerüsten verursachten Staub abzuhalten, die Hitze des Mittags aber drang dennoch herein, und die des Disputs über die Sache Balzer und seines noch immer unbekannt gebliebenen Genossen vereinte sich mit ihr zu einer unerträglichen Atmosphäre. Den Herren stand der Schweiß auf der

Stirn, er trat ihnen aus Nacken und Rücken und klebte das Hemd auf die Haut – ein unbehaglicher Zustand.

Der Bürgermeister hatte zur Erfrischung – und auch zur Abkühlung der erhitzten Gemüter – Bier bringen lassen, doch soviel die geplagten Ratsmannen davon auch in sich hineingossen, der Schweiß floß nur um so schlimmer. Sie hätten, nachdem sie die kurzen Mäntel längst abgelegt hatten, gern auch noch Wams und Hemd ausgezogen, doch die Würde ihres Amtes zwang sie zu den größten Unbequemlichkeiten. Auch in der Sache Balzer. Denn der Ratsherr Herberger steigerte die Auseinandersetzung schließlich bis ins Unerträgliche.

»Es ist hier gesagt worden, man hätt' den Verdacht wider den Bauern gar nicht erst aufgreifen sollen; dies kann doch nur heißen, daß man einen gefährlichen Übeltäter vor Gesetz und Strafe bewahren wollte«, ereiferte er sich. »Wißt Ihr, hochwerte Herren, wie solches dem Willen der Fürsten widerläuft? Ist Euch bekannt, daß ihr Gebot auch den trifft, welcher aufsässigen Bauern hilft, sich dem Gericht zu entziehen?«

Die Ratsherren schwiegen. Nur der Bürgermeister fand in dieser unerquicklichen Situation eine Antwort. »Hier hat jedermann die Freiheit, seiner Meinung Ausdruck zu geben. Auch ich beklage es, daß unsere Stadt durch den Prozeß wider den Balzer so in Aufregung versetzt wurde. Nun, Ihr habt den Stein einmal ins Rollen gebracht – und habt auch recht behalten. Dies weiß die ganze Stadt. Ob auch ihre Beunruhigung dadurch schwindet –?«

»Was geht's die Stadt an, daß ich meine Pflicht getan?« fauchte Herberger.

»Warum sollt' sie nicht wissen, daß Ihr – wie Ihr sagt – Euere Pflicht getan?« entgegnete der Bürgermeister.

»Ihr wollt sie wider mich aufwiegeln!« schrie der Gewandschneider und schlug die Faust auf den Tisch.

»Dies tut Ihr selber zur Genüge«, sagte der Bürgermeister trocken. »Ihr selbst habt die Sache doch auf die Gasse getragen.«

»Lüge!« kreischte Herberger.

»Bedenkt, was Ihr sprecht«, wies ihn der Bürgermeister zurecht. »Wer anders hätt's sonst getan?«

»Das wird sich erweisen!«

»Es ist erwiesen! Warum hat Euer Weib Euch denn verlassen?«

Herberger wurde wachsgelb. »Ihr zwingt mich zum Äußersten!« Er erhob sich. »Ich werde dem Hofgericht mitteilen, wie man hier einen Mann behandelt, der das Gebot der Fürsten vertritt, da man's mißachtet.«

Der Bürgermeister blieb gelassen. »Was wollt Ihr? Der Bauer Balzer wurde überführt. Und dem Gericht war keine Schranke gesetzt. Fragt den Stadtrichter.«

Der Stadtrichter druckste erst noch herum, dann aber sagte er: »Es ging ganz nach der Ordnung. Und an das Hofgericht send' ich den Bericht.«

»Nur den Bericht –? Nicht auch ein sonderbar' Bittschreiben?« Herbergers Stimme schlug über. »Habe ich doch gehört, daß man dem Fürsten zumuten will, den Bauern zu begnadigen.«

»So habt Ihr recht gehört. Dies eben wollt' ich hier empfehlen.« Der Bürgermeister wandte sich den Räten zu und entzog dem Gewandschneider damit kurzerhand das Wort. »Ihr Herren sprecht, ob Ihr der Eingab' an den Fürsten zustimmt.«

Die Ratsherren ließen erst eine Pause eintreten, sie räusperten sich, blickten einander in die verschwitzten Gesichter und nickten wohl auch.

Als erster endlich nahm Anton Niemegk das Wort: »Man soll dem Kurfürsten anheimstellen, wider den Bauern Balzer Gnade walten zu lassen. Die Stadt und ihre Universität bedürfen des Friedens.« Er legte die Hände übereinander auf den Tisch, und der Schweiß trat ihm stärker auf die Stirn. Er war des Fürsten Schösser und hatte die Abgaben einzutreiben, nicht den Bauern zu helfen ...

»Auch ich halt's für nützlich«, schloß der Magister Laurentius Liranus sich ihm an.

Meister Lucas, der Maler, aber erhob sich gar, bevor er sprach. Er ließ seine forschenden Blicke im Kreise umgehen und reckte sich dann noch auf, als sei er sich selbst noch nicht groß genug, um seine Worte von ganz oben fallen zu lassen. »Ich liebe den Menschen«, sagte er, »liebe ihn so, wie die Mutter ihn zur Welt gebracht. Sein Leib und seine Seele sind mir heilig; ja, auch der Leib, den ich so oft gemalt. Der des Bauern Balzer nicht minder. Ein starker, hochaufgewachsener Mensch, mit prächtigen Arbeitshänden, ein Mensch, von einer braven Mutter geboren –«, er hielt inne und schlug die Augen nieder, dann fuhr er fort: »Die Mutter starb; Gott hab sie selig!« – Er machte abermals eine Pause, bevor er weitersprach: »Ja, geboren von einer Mutter, mit allen seinen Hoffnungen, seinem Glauben, auch seinen Irrtümern, seiner Not, doch auch seinem Recht, zu leben. Möchte unser durchlauchtigster Fürst diesen jungen Menschen vor dem Richtschwert bewahren!« Er setzte sich langsam und starrte wie nach einer schweren, endlich erfüllten Pflicht vor sich hin.

Augenblicklich meldete sich nun der Ratsherr Christian Döring, Goldschmied in der Schloßgasse: »Ja, Gnade dem Bauern. Ich will nicht, daß in unseren Mauern Blut vergossen wird.«

Auch der Baumeister Thomas Feuerlein und Georg Hankow, der Schuster, stimmten der Eingabe an den Kurfürsten zu. Nur Bartholomäus Schadewald, der Tuchmacher, hatte Bedenken.

Der Ratsherr Herberger aber verließ zornentbrannt die Sitzung. Er riß seinen Mantel vom Haken und stülpte den Hut in der Hast gar verkehrt auf, worüber er nur noch schlimmer in Rage geriet. Der Stadtschreiber Reichenbach hatte alle Namen und Meinungen aufgeschrieben; als er nun aufblickte, sah er den Hinausgehenden nur noch von hinten.

»Jetzt wird er's wieder mit der Galle kriegen«, sagte der Bürgermeister sarkastisch. »Krebsrot schwoll er an; danach kommt dann das gelbe Fieber.« Doch niemand lachte, allen war ein wenig grau zumute. Darum erhob sich auch kein Widerspruch, als das Stadtoberhaupt den Vorschlag machte, die Sitzung zu schließen.

Die Herren stürzten zu ihren Mänteln, hängten sie sich lose über die Schultern oder krochen umständlich hinein, dabei schon der Tür zudrängend.

Dort stand Cranach. »Dies ist ein Tag –!« stieß er grimmig hervor. »Da käm's mir wahrlich nicht drauf an, ein halb Fuder Roten aufzutragen. Ihr Herren, so Ihr den Weg über den Markt bis zu meinem Hause nicht scheut, seid Ihr freundlichst geladen.«

Das war ein verlockender Vorschlag, dennoch verfehlte er auf einige der Räte seine Wirkung. Thomas Feuerlein, der Krämer und Baumeister, Bartholomäus Schadewald, der Tuchmacher, und Georg Hankow, der Schuster – sie hatten es plötzlich noch eiliger. Das Gewerbe rief – und die Unruhe um den Bauern Balzer trieb sie nach Hause.

So folgten dem Maler nur Christian Beier, der Bürgermeister, der Stadtrichter, Matthäus Globigk, der kurfürstliche Schösser, Anton Niemegk, Magister Liranus und Christian Döring. Sie gingen über das vor der Rathaustreppe liegende Richtplatzgeviert, ohne sich dessen bewußt zu sein. Von den neugierigen Blicken der Bauhandwerker auf den Gerüsten verfolgt, erreichten sie das Haus im Südwestwinkel des Marktplatzes und betraten es durch das große Tor.

Zu zweit oder dritt schon wieder in ein Gespräch um den Bauern Balzer geraten, stiegen sie die steinerne Wendeltreppe hinan und versammelten sich in der Diele der Wohnung im ersten Stockwerk.

»Macht's Euch leicht, Ihr Herren«, sagte der Maler, und die Gäste legten Hut und Mantel ab.

Die Hausfrau kam herbei. Die Herren verbeugten sich, der Maler schob sie in die Stube. Dann zog er die Frau beiseite und gab ihr einen Auftrag. »Schicke eine der Mägde«, flüsterte er. Die Frau ging in die Küche zurück.

In der Stube stand man wartend noch ein Weilchen herum. Es war kühl darin, denn nur die Morgensonne fand hier Einlaß, zudem nur kurz und schräg durch die Fenster kommend. Der Raum war auch ein wenig finster, da die grünlichen Butzenscheiben das ohnehin schwache Licht der engen Schloßgasse noch dämpften. Aber die Herren befanden sich in einem Zustand hochgradiger Unsicherheit, und es war ihnen nur recht, diesen in solchem Dämmerlicht voreinander verbergen zu können.

Endlich kam Cranach herein und mit ihm einer seiner Gehilfen. Dieser trug in einem Korbe farbige Gläser, die er auf den Tisch verteilte. Cranach aber hielt in den Händen eine große zinnerne Kanne, aus der er mit geübtem Schwung die Gläser füllte. Der Gehilfe wartete, bis sie leer war, dann ging er hinaus, sie wieder zu füllen.

»Setzt Euch, Ihr Herren«, lud der Maler seine Gäste ein. Es folgte ein längeres Stühlerücken, Hüsteln, Schnaufen und Schweißwischen.

Als man endlich zur Ruhe kam, hob Cranach sein Glas.

»Möcht' es Euch erquicken«, sagte er.

Die Gläser gingen jedes zu seinem Munde, deren waren einige bärtig, andere faltig und manche aufgeschwemmt; kein junger, leuchtender war darunter. Die Herren der Stadt saßen meist schon lange im Amt.

Laßt uns die leidige Geschichte mit dem Bauern Balzer ein wenig vergessen, so dachten die Trinkenden, doch gerade damit blieb die Geschichte hartnäckig in ihren Gedanken, und auch der Wein vertrieb sie daraus nicht. Der Gehilfe brachte jetzt gleich zwei volle Kannen herein. Man trank ohne Pause einige Runden, blieb aber bedenklich nüchtern. Und es wollte kein rechtes Gespräch aufkommen, sosehr man sich auch bemühte, ein unverfängliches Thema zu finden. Selbst Cranach, der sonst nie um Worte verlegen war, gelang es nicht, die Stimmung zu heben. Da war er froh, als der Gehilfe ihm den Besuch zweier weiterer Gäste anmeldete.

Schnell stand er auf, sie hereinzuholen, es waren Luther und Melanchthon. Aufrecht, selbstbewußt und schon ein wenig füllig der Doktor, klein und mager, leicht nach vorn geneigt und verschlossen der gelehrte Magister. Der Maler drückte beide auf ihre Stühle nieder, stellte ihnen die Gläser bereit und wies den Gehilfen an, sie zu füllen; danach schickte er ihn hinaus.

Man trank. Die Köpfe verharrten erhoben zwei – drei Schlucke lang, dann setzte man die Gläser ab: es war auf der breiten, massiven Tischplatte wie ein ermunternder Trommelwirbel. Aber das darauffolgende Schweigen riß die Gemüter der Trinker um so tiefer. Alle blickten auf Luther, als müsse dieser sie aus der seelischen Starre befreien. Er war ja ein Seelsorger. Warum schwieg auch er? Kreisten in seinem Kopf die Gedanken um den Bauern Balzer nicht weniger heftig als in den ihren?

Luther fühlte ihre Blicke als ein aufreizendes Sich-an-ihn-Hängen, er hätte sie gern abgeschüttelt. Unmutig sah er Cranach an.

»Wir kommen aus der Ratssitzung«, sagte dieser endlich.

»Ach – so!« entgegnete Luther nur.

»Die Hitz' im Ratssaal!« fuhr Cranach fort, und er stöhnte einmal auf, als plage sie ihn auch hier noch.

In Luthers Augen blitzte es plötzlich auf. »Nur im Saal – die Hitz'? Nicht auch in den Köpfen?«

Der Ratsherren bemächtigte sich eine neue Unruhe: Diese Worte waren schlimmer als das Schweigen. Sie rückten auf ihren Stühlen hin und her und griffen wohl auch wieder zum Glas, den Mund zu beschäftigen, damit er nicht rede, dem Doktor Luther gar noch zurede.

Cranach trank nicht. Um seine Augen spielte ein streitlüsternes Lächeln. »Auch in den Köpfen«, sagte er, »drum kühlen wir sie hier. Und auch dem deinen wird's wohltun.«

»Mein Kopf ist kühl«, entgegnete Luther.

Cranach nickte. »Auch gut. – Der Wein hat eine zwiefach' Wirkung: Er kühlt und wärmt. So wird er dich wärmen. Er wärme das Herz!« Er wandte sich an die anderen Gäste: »Warum so maulfaul? – Ich weiß, Euch drücken die letzten Tage. Wahrlich, 's sind heiße Tage gewesen. Und man wußt' nicht, wie da zu löschen wär'.« Er griff nach seinem Glas, doch trank er auch jetzt noch nicht. »Ich will Euch reinen Wein einschenken: Ein wenig mehr Mut und Entschlossenheit im Rat, und wir hätten keinen Bauernprozeß!«

Diese Worte platzten wie ein Faustschlag in den Kreis der Gäste.

»Es ist dir leid, daß der Gerechtigkeit auch hier in Wittenberg Geltung verschafft wird?« Luther hob den Kopf und sah Cranach fragend an.

»Es ist mir leid, daß man die Stadt unnütz beunruhigt«, erwiderte dieser.

»Gerechtigkeit zu üben kann nur von Nutzen sein.«

»Wenn man sie übertreibt, wird sie zum Unrecht!«

Luther machte ein erstauntes Gesicht. »Du, Lucas, bist des Fürsten Freund und sprichst also?«

»Des Fürsten Namen achtungsvoll zu wahren.« Cranachs anfänglich gutmütige Streitlüsternheit schlug nun ins Ärgerliche um. »Es ist auch nicht gut für dich selbst, die Aufforderung an die Fürsten, wider die Bauern Ordnung zu schaffen, so bis aufs I-Tüpfelchen erfüllt zu sehen, da wird's zur Spitzfindigkeit, zum Hundsgekläff und zur Tollheit.«

Luther verfärbte sich sichtlich. Es hatte den Anschein, daß er aufstehen und fortgehen wolle, doch er griff nur zum Glas und nahm einen tiefen Zug.

»Du sorgst dich seltsam eifrig um mich«, sagte er.

Cranach fühlte die Kälte seiner Stimme, und er hätte gern abgelenkt. Doch er wußte, daß er jetzt nicht nachgeben durfte, wenn er nicht wollte, daß es zu einem der unbeherrschten Ausfälle des Freundes komme. Darum griff er noch einmal an und entgegnete, aufs Ganze gehend: »Ich weiß, daß der Fürsten maßlos' Gemetzel unter den Bauern dich schwer mitgenommen. Hast du an jenem Morgen, da du von der Zahl der Erschlagenen bei Frankenhausen gehört, doch gesagt: ›Ich meint', daß der Teufel Abt würde, wenn die Bauern siegten. Nun die Fürsten gesiegt haben, ist des Teufels Großmutter Äbtissin geworden.‹ So ist dir ein Licht aufgegangen, was man für fürstliche Art aus deinen Worten gemacht. Und glaub mir: Sechstausend Bauern erschlagen bei Frankenhausen, dies ist, so grausam es sein mag, doch weit weg von uns geschehen. Einen Bauern aber, hier draußen –«, er zeigte durchs Fenster auf den Marktplatz, »– mit dem Schwert vom Leben zum Tode gebracht, das ist grausamer, denn wir sehn's und hören's.«

Alle blickten in Erwartung eines Wutausbruches auf Luther. Doch dieser ließ den Kopf hängen. Sein Schweigen wurde peinlicher, als sein Toben es hätte werden können. Daher gab einer der Ratsherren den Anstoß, erst wieder einmal zu trinken. Man griff zu den Gläsern. Auch Luther, nachdenklich, wie es schien, und äußerlich ganz ruhig.

Plötzlich aber stellte er sein Glas hin und schob es sogar noch beiseite, wie, um damit anzudeuten, daß er sich nunmehr ein wenig anders mit der Sache beschäftigen wolle. Er wandte sich Cranach zu und sagte:

»Du irrst, Lucas, wenn du, weil ich das Gleichnis vom Teufel und seiner Großmutter gebraucht, glaubst, daß es mir leid ist, die Fürsten wider die Bauern aufgerufen zu haben. Ich tat's nicht um der Herren willen, sondern um Christi willen. Er hat sie eingesetzt, daß sie der Christenwelt Ordnung erhalten. Da ich nun sah, daß sie's nicht mehr vermochten, ermahnt' ich sie an ihre Pflicht, der Bauern Übermut zu stillen. Davon will ich nichts widerrufen, auch in Wittenberg nicht. Der Bauer Balzer stand wider die Obrigkeit, also wider Gott, der sie ihm bestimmt. Warum der Bauer dies tat, das weiß Gott nur allein, hat er doch jedem seinen eigenen Willen in die Brust gelegt, auch den, an ihn zu glauben. Wenn aber der Teufel dem Menschen den Glauben zerstört, so ist dieser verloren. – Soll ich dreinfahren in Gottes Sache?«

»Nein«, erwiderte Cranach einfach. »Jedoch der Fürsten Sache wäre zu raten. Der Magistrat hat beschlossen, den Kurfürsten zu bitten, dem Balzer Gnade zu schenken. Und es würd' sich gut machen, so auch du dein Wort einlegtest.«

»Ich –?« Luther schüttelte den Kopf. »Dies überlass' ich Gott und –«, er verzog spöttisch den Mund, »– dem Rat der Stadt.«

Jetzt meldete sich Melanchthon, der dazu bisher noch kein Wort gesprochen und auch kaum einen Schluck getrunken hatte.

»Wenn alle Worte der Welt den Fürsten nicht zur Gnade bestimmen könnten, so ein einziges von dir, Martinus.«

Luther warf den Kopf mit einem Ruck herum. »Auch du, Philippus?«

Der bleiche Magister nickte. »Um Gottes willen.«

»Auch du hast wider den Aufstand gesprochen.«

»Wider den Aufstand, nicht wider den einzelnen Bauern.«

Luther zuckte die Achseln. »Ich vermag so bequem nicht zu denken. Ein jeder Aufstand, und zählte er hunderttausend, besteht aus einzelnen Menschen.«

Der Bürgermeister beugte sich vor. »Doch der einzelne ist kein Aufstand, Herr Doktor. Ich bitt' Euch, legt Euer Wort ein, daß uns der Nachrichter erspart bleibe.«

Luther schüttelte den Kopf. »Wer A sagt, muß auch B sagen.« Er blickte den Stadtrichter an. Dieser wurde unruhig.

»Ihr meint, man hätt' den Stadtrichter sich schon ersparen sollen«, sagte er.

»Man kann's auch so sehen«, erwiderte Luther gelassen.

»Ich tat meine Pflicht. Der Gewandschneider Herberger –«, grollte der Stadtrichter.

»Ich weiß, er hat Euch den Prozeß verschafft«, fiel Luther ein. »Ich, glaubt es mir, hätt' ihn nicht angenommen.«

»Wie denn sollt' ich mich um die Sache herumdrücken?« verteidigte sich der Stadtrichter.

»Ich hätt' den Menschen abgewiesen, er hatte keinen Beweis«, antwortete der Bürgermeister für Luther.

»In unserem Recht genügt zur Haft schon der Verdacht«, gab der Stadtrichter zurück.

»Und wenn sich der als falsch erweist, muß er verworfen werden.« Der Bürgermeister trank ärgerlich.

»Er hat sich nicht als falsch erwiesen.«

»In der Tortur erweist sich manche Aussag' falsch, wir haben's mehr als einmal schon erlebt«, warf Cranach ein.

Der Stadtrichter hob abweisend die Hand. »Der Bauer Balzer hat seine Schuld nicht in der Tortur gestanden; erst als wir von Eisleben und Leipzig den Bericht erhalten, gab er nach.«

»Und warum setzte man die Folter fort?« fragte Melanchthon ungehalten.

»Sie ward nicht fortgesetzt. Doch wird sie nun wieder fortgesetzt werden müssen.«

Die Ratsherren wie auch Luther und Melanchthon blickten verwundert auf den Stadtrichter. »Ihr wolltet in so greulichem Geschäft fortfahren?« fragte Cranach.

»Ich muß!« antwortete der Stadtrichter ärgerlich.

»Ihr müßt? Was zwingt Euch dazu?«

»Heut kam vom Hofgericht in Weimar der Befehl, den Bauern Balzer weiter zu vernehmen, bis er auch den Genossen nennt.«

Der Bürgermeister richtete sich auf. »Ihr sagt 's erst jetzt?«

»Ich wollt's in Herbergers Gegenwart nicht tun, er wär' damit doch alsogleich in der Stadt herumgelaufen.« Der Stadtrichter verhielt einen Augenblick nachdenklich. Dann fuhr er fort: »Es war auch so: Ich wollt' Euch noch ein paar Tage schonen.«

»Dank für den Aufschub«, entgegnete mit verkniffenem Lächeln der Bürgermeister. »Doch muß ich Euch ernstlich fragen, wieso das Hofgericht zu Weimar denn um Balzer weiß. Habt Ihr ihm schon davon berichtet, eh' wir hier fertig waren?«

»Nein. Doch möcht' ich fast glauben, daß der Ratsherr Herberger es getan.«

»Es wär' dem Schleicher zuzutrauen.«

»Doch diesmal war er's nicht«, fiel Luther zögernd ein. Und da sich ihm alle verwundert zuwandten, fuhr er beinahe nur widerwillig fort: »Auch ich, Ihr Herren, wollt' Euch Aufschub geben. Da aber das Rad nun rollt, will ich's nicht aufhalten. Grad heut, vielleicht mit gleicher Post, erhielt ich einen Brief von Spalatin. Er schreibt darin, daß er, wie er's den Studenten versprochen, beim Fürsten Fürbitte für Balzer gehalten. Da kam er übel an. Johann, nun in die Sache eingeweiht, gab seinem Hofgericht in Weimar Anweisung, einen Juristen nach Wittenberg zu entsenden, daß er das Verfahren wider den Bauern Balzer überwache. Ja, Johann ist nicht Friedrich, er versteht den Landfrieden ein wenig anders. Da wird's mit Eurer Fürbitte für Balzer übel stehn.«

Die Ratsherren waren peinlich überrascht. Sie senkten die Köpfe und vermieden es, einander anzublicken. Einige tranken, wie um den bitteren Geschmack dieser Mitteilung hinunterzuspülen, andere ließen ihre Finger auf der Tischplatte spielen oder Figuren malen. Es war eine recht verhagelte Stimmung.

»Da werdet Ihr bald Besuch aus Weimar haben. Ich wünsch' Euch einen umgänglichen Gast«, sagte Luther, und in seinen Worten klang ein kaum verhaltener Grimm mit.

Der Bürgermeister fühlte ihn deutlich. »Und dennoch werden wir in Weimar Appellation einreichen«, gab er zurück, »der Kurfürst hat das Gnadenrecht, so haben wir 's Recht, es anzurufen!«

»Doch wirft's ein schlechtes Licht auf Euch – und ist auch nicht frei vom Komischen: Ihr verurteilt einen, denn Ihr habt's Gerichtsrecht, und dann lauft Ihr zum Fürsten, ihn zu bitten, daß er den Verurteilten begnadige. Ein sonderbarer Rechtshandel, wie alle Juristerei ein Ziehen und Zerren, Beschneiden und Pressen, so wie man's braucht.« Luther lachte kurz auf. »Wollt' ich mit solchen Possen mir den Kopf verwirren, so stünd's schlecht mit mir, und nicht Karlstadt wär' vertrieben worden, sondern ich, nicht Müntzer hätt' den Kopf verloren, sondern ich. Doch ich kenn' nur ein Ja und nur ein Nein; so wollt' ich, daß Karlstadt das Feld mußt' räumen und Müntzer mußt' untergehen. Nicht ich! Wenn ich hasse, so hasse ich ganz, gleichviel, wen! Und wenn ich liebe, so liebe ich ganz, gleichviel, wen! Darum ist mein Urteil so: Wenn man für Balzer spricht, spricht man für Müntzer, spricht man wider alle christliche und weltliche Ordnung; man fordert Kirche und Fürsten heraus, und nur bös' kann es enden.«

Die Ratsherren saßen verstört auf ihren Stühlen, von denen sie jetzt gern aufgestanden wären. Keinem fiel eine Entgegnung ein, so sehr es manchen auch zwickte, ein wenig wider den Stachel zu löcken. Doch Luther wünschte wohl auch kaum eine Fortsetzung des Gesprächs. Er trank den Rest seines Weines und erhob sich. Den Stuhl zurückschiebend, sagte er:

»Dies für heut, auf daß Klarheit herrsche zwischen uns, Ihr Herren!« Er wandte sich an Cranach, nickte ihm zu und gab ihm die Hand. »Nichts für ungut, Lucas, dein Wein ist köstlich, und ich hätt' ihm gern noch länger zugesprochen, doch Hochschul' und Kirche haben mir Pflichten auferlegt. Und 's ist noch hinzugekommen ein drittes Regiment: meine Katharina. Ich hab's ihr versprochen, den Abend mit ihr zu verbringen.« Mit einer flüchtigen, der Erteilung des Segens gleichenden Handbewegung, verabschiedete er sich und ging zur Tür hin. Als er sich noch einmal umwandte, sah er, daß Melanchthon gleichfalls aufgestanden war und den Herren seine Verbeugung machte. So wartete er, bis auch er sich zum Gehen wandte.

Cranach brachte beide bis zur Wendeltreppe. Er wünschte ihnen einen guten Heimweg und blickte Luther wie immer freundlich an. Doch die gewohnten halb spaßigen, halb hochachtungsvollen Schlußbemerkungen blieben heute aus. Auch Melanchthon fand keine rechten Worte. Schmächtig und ein wenig geduckt schritt er neben Luther her. Nein, nicht die Sorge um Balzer bedrückte ihn, die Sorge um den Freund war es. Überall fiel er auf, stieß er ihm Wohlwollende vor den Kopf, erschreckte er die gläubigen, einfältigen Gemüter und schuf sich unter wenig einfältigen heimliche wie offene Feinde. Seine altgewohnte Unduldsamkeit hatte seit dem Bauernaufstand für alle seine nächsten Anhänger etwas Unheimliches. Er forderte ihren Widerspruch geradezu heraus und machte sich dann über sie her, als habe er in ihnen den Teufel selbst erwischt. Überhaupt war ihm der Teufel jetzt ein geradezu willkommener Popanz, er sah ihn hinter allen Dingen stehen und wies mit zornigen Worten auf ihn hin, die Leute mit ihm einzuschüchtern. Ja, er selbst hatte eine unbändige Angst vor ihm, glaubte sich stetig von ihm verfolgt und war immer auf der Hut vor ihm. – Melanchthon kannte seinen Kummer, seine oft grundlose Schwermut, seinen plötzlichen, heftigen Zorn und seine nur schlecht verborgene seelische Zerrissenheit. Wie oft schon hatte er am eigenen Leibe verspürt, daß der liebevolle Doktor Luther voller Haß sein konnte, der große Reformator voller Kleinmut, der kluge, ja raffinierte Organisator und Taktiker ganz ohne Ausweg, die Situation mit einemmal nicht mehr beherrschend und völlig durcheinandergeratend.

Wie aber sollte man ihm raten und helfen? Ratgeber litt er nur, wenn sie seine Meinung bestätigten, Helfer nur, wenn er buchstäblich am Boden lag. Dann weinte er wie ein Kind, vor dem man doch immer Angst haben mußte, daß es im nächsten Augenblick wütend um sich schlagen würde.

Im Grunde seines Herzens war Melanchthon froh, als sie sein Haus erreichten und er sich verabschieden konnte. Und da vernahm er schon wieder etwas so Unbegreifliches –.

»Ja«, sagte Luther, »es ist schlimm – dies mit dem Bauern Balzer. Er hat dem Gericht gestanden, daß er in Frankenhausen mit dabeigewesen. Nun freilich wollen sie mehr von ihm wissen, und die Tortur geht weiter.« Er machte eine Pause, in der er sich Melanchthon wie tröstend zuneigte; ihm die Hand auf die Schulter legend, sagte er: »Wir aber wollen die Nas' da nicht hineinstecken. Sollen die Ratsherren sehen, wie sie die Sache hinbringen. Der Kirche Lämmlein ist die Seele. Möcht'

Gott sie gnädig aufnehmen!« Die Hand zurückziehend, grüßte er lässig und ging davon.

Bald zog er in den Klostergarten ein. Die Bäume und Sträucher waren dicht belaubt, in ihrem Schatten spielten Mückenschwärme. Das erste Obst reifte, Kirschen, hellrot und auch dunkel leuchtend, Beeren in purpurnen Trauben. Im übrigen aber war der Garten verwildert, denn seit Jahren fehlten darin die Gärtner, die Mönche, die davongezogen waren. Er – der letzte, und nun auch nicht mehr Mönch, fand weder Zeit dazu noch Vergnügen daran, hier Gemüse anzubauen. So hatte das Unkraut sich breit gemacht. Nun, bald würde Käthe ihm zu Leibe gehen, sie suchte bereits nach einer fleißigen Magd, für die es in Haus, Stall und Garten genug Arbeit geben würde. Sie war eine praktische Frau. Ihr Plan von der Einquartierung der Studenten fiel ihm ein, der war ihm weniger willkommen. Er sehnte sich nach Ruhe.

Ruhe –. Saßen die Studenten nicht ohnehin in diesem großen Hause? Ihre Hörsäle lagen gleich neben seiner Wohnung. Ach –

Einen Augenblick lang bedauerte er, die frühere Stille des Klosters nicht wieder zurückholen zu können.

Als er seine Wohnung betrat, kam ihm Katharina entgegen. Sie lehnte sich an ihn und sagte: »Wie wohl ist mir, Martinus, so du ins Haus trittst, es ist, als käme Gott selbst herein, und nichts kann mir geschehen unter deinen Augen.« Sie legte ihm die Arme um den Nacken und drückte ihren Mund auf den seinen. Dann lachte sie belustigt. »Ihr habt nicht schlecht getrunken.«

»Ja, man hat mir wahrlich reinen Wein eingeschenkt«, entgegnete er mißgestimmt.

DUNKLES ZWISCHENSPIEL

Daraus, daß Balzer sich beharrlich weigerte, seinen Genossen zu nennen, schloß das Gericht, dieser müsse sich noch in der Stadt befinden, aus welchem Grunde der peinlich Befragte ihn schonte. Es ging den Herren nicht ein, daß einer, den man erwischt hatte und der schon dem Tode verfallen war, dem davongekommenen Freunde die Treue hielt.

Dennoch hatten sie mit ihrer Vermutung recht, mehr, als sie es selber glaubten. Sie gingen ihr auch nach, gründlicher als bisher. Das Wachbuch des Elbtors wurde noch einmal geprüft; neben der Eintragung des Namen Balzer stand der des Studenten Beeham – ein sehr zweifelhafter Name – noch ungeklärt. Doch vor und hinter diesen beiden standen andere Namen, auch ihnen mußte man nachforschen. Auf diese Weise gerieten die Herren des Gerichts an einen Tuchwalker, der am gleichen Tage wie Balzer und auch von Leipzig her in Wittenberg angekommen war. Man fand ihn überraschend schnell bei einem Meister in der Schloßvorstadt.

Er wurde verhaftet und ins Rathaus gebracht. Seine Vernehmung erbrachte zwar keinerlei Anhaltspunkte, doch sein entschlossenes, geradezu dreistes Verhalten verstärkte im Stadtrichter den Verdacht, und er nahm es als gewiß an, daß er es mit einem kaltblütig seinen Vorteil erwägenden Aufrührer zu tun habe. Er legte sich daher einen gut ausgedachten Plan zu dessen Überführung zurecht, ließ den Tuchwalker in den Keller abführen und Balzer heraufholen.

Die Knechte brachten den Bauern in das Zimmer des Bürgermeisters, der diesmal den Vorsitz des Gerichts übernommen hatte, die Vernehmung jedoch dem Stadtrichter überließ. Es waren auch die drei Schöffen zugegen, Hankow, Schadewald und Herberger.

Der Gefangene befand sich in einem furchtbaren Zustand. Die Kleider hingen ihm in Fetzen am Leibe. Sein Haar war struppig und verschmutzt, das Gesicht abgemagert und hohläugig, von Narben und frischen Striemen bedeckt. Die Hände baumelten ihm wie tot aus den Ärmeln. Seine Waden und Füße, nackt und blutverkrustet, stießen wie verrenkt aus den zerrissenen Beinlingen hervor, er vermochte sich nur unter großer Anstrengung aufrecht zu halten.

Der Bürgermeister befahl den Knechten, ihm einen Stuhl zu bringen. Unwillig folgte er der nun beginnenden Befragung durch den Stadtrichter, der sich nahe am Ziel sah und darum mit großer Überlegenheit vorging.

»Balzer, dies ist die letzte Vernehmung, und wir werden sie, so du aufrichtig und klug genug, nicht im Keller fortsetzen müssen. Deine Sache geht dem Ende zu: Wir haben deinen Genossen!«

Der Gefangene verfärbte sich augenblicklich. Er richtete sich auf und blickte den Stadtrichter mit solchem Haß an, daß dieser erschrak. Doch er sagte kein Wort.

Der Stadtrichter nahm sich zusammen. »So frage ich dich denn zum letztenmal, ob du deines Genossen Namen willst nennen, nicht weil wir ihn nicht schon wüßten, sondern weil wir aus deiner Geständigkeit erkennen wollen, daß du der Gnade des Fürsten würdig.«

Balzer verzog ironisch den Mund. »Ich hab' keinen Genossen.«

»Und der Student Beeham –?«

»Ich lernt' ihn erst vor Wittenberg kennen.«

»Und der Tuchwalker –?« Er sprach dessen Namen nicht aus, weil er glaubte, Balzer könnte ihn unversehens nennen.

Dieser aber blickte ihn nur verständnislos an. »Ein Tuchwalker –?«

»Ja, er war kurz vor dir angekommen, auch von Leipzig her. Er hat uns gestanden, daß du ihn vorausgeschickt.« Der Stadtrichter wurde nervös.

»Ich kenn' keinen Tuchwalker.«

»Warum lügst du?«

»Ich sag' Euch die Wahrheit, wie ich sie auch über den Studenten gesagt: Beide sind mir fremd.« Balzer atmete erleichtert auf. Nein, den Hans hatten sie nicht. Und auch keinen Tuchwalker. Sie schlugen nur auf den Strauch, wollten ihm mit allerlei Schlichen beikommen, ihn mit einer Irreführung hereinlegen. Gewiß war auch die Ankündigung, ihn seinem Genossen gegenüberzustellen, nur ein plumper Trick. Der Stadtrichter krampfte die Hände zu Fäusten zusammen. »Zum letztenmal: Willst du gestehen, mit dem Tuchwalker im Mansfelder Land gewesen zu sein?«

»Ich kenn' keinen Tuchwalker.«

»Aber er dich!«

»Kann schon sein, daß mich ein Tuchwalker kennt, in Wittenberg gibt's ja viele. Doch mit keinem war ich im Mansfelder Land.«

Der Stadtrichter, im Verlauf der Vernehmung immer unsicherer geworden, sah sich nun doch genötigt, den letzten Trumpf auszuspielen. »Holt den Tuchwalker her«, befahl er den Knechten.

Die starrten einander unschlüssig an. »Wir beide?« fragte einer mit einem Blick auf Balzer, dessen Flucht er befürchtete.

»Ja, geht!« fiel ihm der Bürgermeister ungehalten ins Wort. Der Stadtrichter, die Verfänglichkeit seiner Aufforderung erkennend, wollte einen der Knechte zurückhalten, doch der Bürgermeister beschwichtigte ihn und sagte: »Schickt beide, so rat' ich Euch, denn der Tuchwalker ist noch gut bei Kräften.« Es klang wie Ironie und beunruhigte den Stadtrichter nur noch mehr. Die Knechte aber hatten die Tür schon hinter sich.

Nun ließ der Stadtrichter die Augen nicht mehr von dem Gefangenen. Der saß auf seinem Stuhl zwar schon ganz zusammengesunken, doch auch der Ratsherr Herberger befürchtete, er könne aufspringen und davonlaufen. Der Bürgermeister dagegen verharrte ganz ruhig auf seinem Platz und schüttelte auf die fragenden Blicke der Schöffen Hankow und Schadewald nur leicht den Kopf.

Tiefste Stille herrschte im Raume. Nur das Hämmern und Rufen der Handwerker drang herein. Der Marktplatz schien ganz verlassen. Vom Südturm der Marienkirche fielen die Schläge der zehnten Stunde.

Unmittelbar darauf brachten die Knechte den Tuchwalker herein. Ihm waren die Hände gefesselt. Er begriff wohl auch, in welcher Gefahr er sich befand. Doch er stellte sich breitbeinig und herausfordernd an der Tür auf.

»Tritt näher«, sagte der Stadtrichter streng.

Der Tuchwalker gehorchte nur widerwillig und blieb dann neben Balzer stehen.

Der Stadtrichter beobachtete den jungen Bauern mit großer Spannung. Aber dieser verhielt sich so, als kümmere er sich um den Mann, der sein Genosse sein sollte, nicht im geringsten.

»Schaut euch an«, befahl der Stadtrichter barsch.

Jetzt hob Balzer den Kopf und suchte das Gesicht des Tuchwalkers. Ein Stein fiel ihm vom Herzen: Diesen Mann hatte er nie in seinem Leben gesehen. Beinahe dankbar sah er ihn an.

Der Tuchwalker jedoch nickte ihm zu, wie wenn er sagen wolle: Dich haben sie schön zugerichtet. Er wandte sich mit verächtlichem Blick an den Stadtrichter und fragte: »Was wollt Ihr noch?«

Der Stadtrichter reckte sich auf, dem Vorlauten über das Maul zu fahren, doch der Bürgermeister legte ihm besänftigend die Hand auf den Arm. Er bezwang sich nur mühsam. »Balzer, steh auf«, knurrte er, »und antworte! Kennst du diesen Mann?«

Balzer erhob sich überraschend sicher, betrachtete den Tuchwalker noch einmal und erwiderte:

»Nein.«

Mit einem Fluch sprang der Stadtrichter auf und schrie: »Ihr lügt beide! Nun, ich will euch beibringen, wie schwer es ist, mich zu täuschen. Und die Wahrheit hol' ich aus euch schon noch heraus!« Er stieß seinen Stuhl zurück, wie wenn er Anlauf nehmen wolle. »Führt sie zurück!« herrschte er die Knechte an.

Und wieder gerieten diese in Verlegenheit: Mit beiden zu gehen erschien ihnen zu gefährlich.

»Bringt erst den Tuchwalker fort, dann holt den Balzer«, sagte der Bürgermeister.

Die Knechte schoben den Tuchwalker hinaus. Und abermals starrten die Herren des Gerichts auf den jungen Bauern. Der stand jetzt aufrecht, als habe er alle Kraft wieder beisammen. Doch er machte gar nicht den Eindruck, als erwäge er die Flucht. Er schien mit dem Leben abgeschlossen zu haben, einem Leben, von Unrecht, Grausamkeit und Niedertracht verdüstert. Als die Knechte zurückkamen, ließ er sich willig abführen.

Der Stadtrichter sank erschöpft auf seinen Stuhl zurück und stützte den Kopf in die Hände.

»Den Tuchwalker werdet Ihr laufenlassen müssen«, nahm der Bürgermeister die Verhandlung wieder auf. »'s ist nicht der geringste Anhalt, daß er mit Balzer etwas zu tun hat.«

»Beide lügen!« fuhr der Stadtrichter auf.

»Woher wollt Ihr das wissen?«

»Er kam aus Leipzig, wie der Balzer und der Student Beeham.«

»So hättet Ihr jetzt schon drei beisammen.« Des Bürgermeisters Hohn war nicht zu überhören. »Balzer leugnet, den einen oder den anderen zu kennen, wollt Ihr den Tuchwalker für den Studenten nehmen, weil Ihr diesen nicht findet? Und glaubt Ihr, der Tuchwalker hätt' draußen vor der Stadt gewartet, bis man ihn hole? Wär' er des Balzer Genosse, er wäre längst auf und davon. Ich glaub' nicht daran, daß überhaupt ein Genosse Balzers im Spiel.«

Der Stadtrichter stierte ausweglos vor sich hin. Den Schöffen Schadewald und Hankow war die Sache peinlicher denn je. Allein der Ratsherr Herberger hatte den Mut nicht verloren. Er hob hochmütig den Kopf und sagte, ohne den Bürgermeister dabei anzusehen:

»Man hat, scheint's, in Wittenberg nicht rechte Lust zum Gerichthalten.«

»Wie meint Ihr das?« entgegnete der Bürgermeister scharf.

Ohne seine Haltung zu verändern, fuhr Herberger fort: »Man wollt' schon den Balzer nicht mit der erforderlichen Strenge vernehmen. Hätt' man seiner Halsstarrigkeit nachgegeben, so wär' er davongekommen. Nur da ich nicht Ruh' gegeben, ward er endlich in Tortur genommen.«

Der Stadtrichter hob wütend den Kopf. »Ihr triebt's zu weit. Hab' ich nicht alles getan, ihn zu überführen?«

»Ihr habt die Tortur recht zaghaft angewandt. Dem Übeltäter die Zunge zu lösen, muß man sie ihm herausreißen lassen. Was ohne sie gesprochen, ist die Wahrheit!« Herberger drehte jetzt seinen Kopf auf dem hager gewordenen Halse, und wie ein Geier richtete er die Augen auf den Stadtrichter. »Nehmt denn zur Kenntnis: Euere Absicht, für Balzer beim Fürsten um Gnade zu bitten, will ich nicht nur nicht unterschreiben, sondern auch verwerfen, zu Wissen des Fürsten, wenn es sein muß. Und des aufrührerischen Bauern Genossen werden reden, daß Euch die Ohren klingen.« Er erhob sich steif und schritt ungeschickt – auch wie ein Geier – aus dem Zimmer.

Die Nachricht, daß der Bauer Balzer unter der Tortur eingestanden habe, in der Schlacht bei Frankenhausen dabeigewesen zu sein, durcheilte die Stadt wie ein plötzlicher Sturm. Niemand wußte, woher sie gekommen, und sosehr sich viele Menschen, vornehmlich die Studenten, auch dagegen wehrten, sie zu glauben, sie behauptete sich hartnäckig und lähmte selbst die aktivsten Kräfte unter ihnen, sich für Balzers Freilassung auch weiterhin einzusetzen.

Als Bachmann sie erfuhr, fühlte er sofort, daß es sich nicht nur um ein bloßes Gerücht handelte. Er hörte die bittere Wahrheit: Balzers Kräfte waren am Ende, er hatte sich preisgegeben. Nein, er würde ihn nicht verraten. Und doch rückte die Gefahr für ihn, Bachmann, näher und näher her. Es war offenbar, er konnte ihm nicht mehr helfen. So mußte er sich selber retten. Vielleicht geschah noch ein Wunder, und Balzer fand Gnade. Doch Wunder waren eine ungewisse Sache. Sollte er auf das Ungewisse warten?

Er weihte Thamm und den Meister in seine Fluchtabsichten ein. Da sah er, wie alt Melchthofer schon geworden war; tiefe Furchen durchzogen ihm Stirn, Wangen und Kinn, die Augen lagen trübe in tiefen Höhlen, stumpf geworden im immer betrogenen Hoffen.

»Wo willst' hin?« fragte er.

»Nach Böhmen oder ins Schweizerland.«

»Wirst du's bis dorthin schaffe'?«

»So ich die Stadt im Rücken habe, komm' ich auch durch.«

»Und Julia –?«

Bachmann stockte. Plötzlich begriff er, was er verlor – und auch sie. Erschüttert ließ er sich auf die Bank fallen und legte den Kopf in die verschränkten Arme. Sein Kummer rührte nun auch den Meister. Er setzte sich zu ihm und legte ihm die schwere Hand auf die Schulter.

»Ist noch nicht alles verlore', Hans«, sagte er tröstend. »So du da oder dort Fuß gefaßt und am Ende gar die Juristerei wieder aufgenomme' hast, laß es uns wisse', und Julia wird dir folge'.«

»Ich selbst will sie dir bringen«, setzte Thamm eifrig hinzu. Bachmann wurde ruhiger.

»Jetzt müsse' wir berate', wie du hinauskommst. Die Stadt ist überall verschlosse'«, sagte der Meister. »Seit man die Mauer, wo sie zerfallen, erneuert, hat man auch alle Türe' gefestigt. In Sonderheit die gleich hinter unserem Garten, beim Wehrturm; weißt, wo die Leut' ihre Küh' und Schweine hinausgetriebe', daß sie alles Grün abgefressen und den Wall zerwühlt. Diese Pforte hatt' ich selbst in Auftrag; wir habe' sie ganz aus Eisen gemacht und ein Schloß eingesetzt, das kein Engel aufkriegt.« Er war unversehens in Fachsimpelei geraten und verbreitete sich nun auf die Schilderung der Festigkeit und Formschönheit der von ihm geschaffenen Tür; auch auf das System des Schlosses, das drei Riegel nacheinander bewegte, kam er zu sprechen, wobei er Bachmann zunickte, als schaue dieser ihn an und denke an nichts anderes als an dieses Schloß. »Ja«, sagte er, »und's ist ein Stück aus Bertholds Hand, ein Meisterstück, mein' ich!« Dann besann er sich wieder auf den Ausgangspunkt seiner Rede. »Herregott«, seufzte er, »welch eine Tür, und nun auch uns verschlosse'!«

»Nicht uns«, warf Thamm ein und begegnete dem fragenden Blick des Meisters mit triumphierendem Lächeln.

»Wie meinst' das?«

»Als ich die Schlüssel zu dem Schloß gefeilt, hatt' ich's bedacht. Und da wir dem Rat die geforderten drei überreicht, lag gut versteckt ein vierter schon in der Werkstatt.« Thamm sah, daß sich des Meisters Stirn verfinsterte, darum versuchte er, ihn zu beschwichtigen. »Ich hab' gemeint, man könnt' ihn bei so unsicheren Zeiten einmal gebrauchen.«

Melchthofer schüttelte den Kopf. »Dies würd' dir's Verlies einbringe', so's einer der Herren erführe.«

»So aber bringt's dem Hans die Freiheit.«

»Ich hoff's zu Gott!« Der Meister machte eine Handbewegung, wie wenn er sich bekreuzigen wolle, er wischte sich aber nur den Schweiß von der Stirn. »Eine böse Zeit!« klagte er. »Ich hab' vermeint, so die Römischen vertriebe', muß es schöner werde' in der Stadt, doch scheint's, daß die neuen Herre' nun uns vertreibe wolle'.«

Bachmann richtete sich wieder auf. Seine Augen brannten in verhaltenen Tränen. Er hatte sich wieder gefaßt, alle Verzagtheit aus sich verdrängt. Jetzt mußte er handeln, ruhig überlegend, entschlossen und ohne Furcht. Vor Balzer, dem er nun nicht mehr helfen konnte, stand er rein da. Seine Flucht war eine Pflicht gegen Julia, der er sich erhalten wollte, bis der Tag ihres Wiedersehens anbrach.

»Hole den Schlüssel«, sagte er zu Thamm.

»So willst du heut schon fort?« fragte der Meister.

»Dies wird keinen Tag zu früh sein«, antwortete Thamm für den Freund. »Sie haben an den Türen die Wachen verstärkt. Das heißt, sie beginnen mit der Hatz. Ihr kennt das grausam' Spiel, Meister, wo sie auf dem Marktplatz Has', Fuchs, Reh und Hirsch zu Tode jagen. Jetzt geht's auf die Menschen los. Die Bauernhatz im Lande war der Aufbruch erst zur Treibjagd, jetzt geht im Land das Bauernlegen frisch voran, und auch in Wittenberg wollen sie 's Halali blasen.«

»Mir liegt nichts daran, zur Strecke gebracht zu werden«, sagte Bachmann. »Nach dem Nachtmahl nehm' ich Abschied von euch allen – und von Julia.« Er zwang die wieder aufsteigende Rührung nieder. »Und so du, Berthold, die Tür in der Mauer aufschließt, komm' ich auch über Wall und Streichwehr. Dort liegt der Kahn, mit ihm magst du mich über den Graben bringen.«

»Er lag dort«, gab Thamm kleinlaut zurück. »Noch als wir die Tür eingesetzt. Aber da kamen sie vom Coswiger Tor und holten ihn fort. Bei der Zugbrücke liegt er, ganz unter ihren Augen. Und die Eisenleiter mußten wir entfernen.«

Bachmann dachte daran, wie er vor acht Jahren, als er nach Wittenberg und in Melchthofers Haus gekommen, über diese Leiter von der Streichwehr in den Kahn hinabgestiegen war, mit des Meisters Tochter, die darin saß, sich näher bekannt zu machen. Es war ein schöner Tag – und Julia ein Kind von vierzehn Jahren. Eine Zeit voller Hoffen und erregender Erwartung. Das Studium begann, die Liebe blühte auf, und dann: Des Doktor Luther Hammerschläge hallten durch Wittenberg. –

Des Doktors –?

Nein, Thamms Hammerschläge waren es, verheißungsvoll, kraftvoll – widerhallend auch im Herzen des jungen, liebenden Studenten.

Manchmal mit Julia noch im Kahn, oftmals mit Thamm an der Kirchentür, daran man des Doktor Luther Plakat genagelt.

Lang war das her. Mit dem Kahn, in dem für ihn alles begann, wollte er nun fliehen. Doch Kahn und Leiter waren verschwunden, wie alle die Jahre vergeblichen Hoffens.

»So werd' ich hinüberschwimmen«, sagte er.

Thamm wiegte den Kopf. »Der Graben ist arg verschilft.«

»Ich bin ein guter Schwimmer.«

»Im Wasser, nicht im Sumpf.«

»Gleichviel, ich muß hinüber. Du weißt doch selbst, ich darf keine Zeit verlieren.«

Meister Melchthofer schüttelte ratlos den Kopf. »Ob man den Fischer Schittenbeck einweiht?«

»Dazu ist's viel zu spät. Es könnt' die Torwache erst stutzig machen«, entgegnete Bachmann. »Heute noch, um Mitternacht, mach' ich mich auf.« Er erhob sich von der Bank, um in seine Stube hinaufzugehen, die notwendigsten Sachen zu packen. »Gebt mir ein altes Wasserfaß, drin ich die Kleidung berge; drüben werdet ihr's wiederfinden«, sagte er noch. Dann griff er zur Türklinke.

In diesem Augenblick waren im Flur die Stimmen Frau Herbergers, Julias und Barbaras zu hören. Sie kamen vom Trokkenplatz im Garten, wo sie die Wäsche von der Leine genommen hatten.

»Sag ihnen jetzt noch nichts«, rief der Meister besorgt.

Bachmann nickte, öffnete die Tür und ließ die Frauen ein. Sie trugen die sorgsam zusammengelegte Wäsche in flachen Weidenkörben. Die Röte in ihren Gesichtern kam wohl von der Anstrengung; oder hatten sie gelacht? Glückliche – die noch lachen konnten?

Um Mitternacht waren sie bereit, das Haus zu verlassen. Bachmann verabschiedete sich zuerst von Frau Herberger. Sie ließ sich am Tisch nieder und stützte die Stirn in die Hände. »Lebt wohl, Hans«, sagte sie. »Und vergeßt, daß es mein Gemahl war, der alles Unglück über uns gebracht.« Ihre Tränen fielen auf das Holz, von dem man sonst Suppe und Brot aß. – Danach trat Bachmann zu Barbara hin. »Werdet glücklich, du und Berthold.« Er gab ihr die Hand. »Laßt eueren Markus groß und stark aufwachsen. Vielleicht erlebt er eine bessere Zeit.«

Er wandte sich ab. – Julia erwartete ihn an der Tür. Nun hängte sie ihren Arm in den seinen und ging mit ihm, dem Vater und Thamm hinaus.

Sie schritten leise durch den Hof und betraten den Garten. Es regnete ganz fein, und die schwere, doch warme Luft verbreitete tiefe Dunkelheit. Thamm trug den großen Schlüssel zur Mauertür wie eine Waffe in der Hand. Er hatte im Gesträuch am Gartenzaun ein altes Waschfaß versteckt; dort hinein sollte Bachmann Schuhe, Kleidung und Wandertasche legen, im Schwimmen konnte er es auf dem Wasser vor sich herschieben.

Der Meister folgte Thamm bis zu dem Versteck. »Du mußt allein vorausgehe'«, sagte er, »erst wenn du die Tür geöffnet, wird Hans den Garten verlasse'.«

»Soll ich das Faß gleich mitnehmen?« fragte der Geselle.

»Nein, es hindert dich beim Öffne'. Er soll's selber trage'. Hast du den Strick, dran er die Streichwehr hinabklettern kann? Haltet euch rechts, dort steht die Wand nicht im Wasser, hat Erdreich sich gebildet und Gesträuch festgesetzt.« Der Meister war sehr aufgeregt, bei alledem aber auf jeden Schritt der Flucht bedacht. Seine Stimme war im Flüstern heiser. Er hatte den Gesellen beim Arm gefaßt und begleitete seine Worte mit leichtem oder festem Händedruck; Thamm bemerkte, daß er zitterte.

Indessen stand Bachmann mit Julia unter dem breiten Apfelbaum. Hier war der nächtliche Schatten noch dichter. Sie hatte ihm die Arme um den Nacken gelegt, und er fühlte, daß sie seit seinem ersten Abschied vor Jahren nicht mehr gewachsen, aber doch fraulicher geworden war. Zum erstenmal seit seiner Rückkehr empfand er eine brennende, durch nichts gehemmte Sehnsucht danach, ihr ganz verbunden zu sein, sich von der Wärme ihres Leibes durchdringen zu lassen, sie ganz als die Seine, sich ganz als der Ihre zu wissen. Ihre feuchten Lippen strichen über seine Augen hin, suchten dann wieder in wilder Leidenschaft seinen Mund, er spürte ihre kleinen Zähne. Sie sprach kein Wort, doch ihre Finger, über seinen kurzgeschorenen Kopf hinstreichelnd oder sich schmerzhaft in seine Schultern krallend, verrieten ihm alle ihre Gedanken und Regungen.

Jetzt war sie ganz eine Frau, von der sich zu trennen ihm um so schwerer wurde.

»Wir sehn uns wieder«, sagte er leise und trostvoll.

Sie nickte und umarmte ihn heftiger.

»Dann werden wir alle verlorene Zeit nachholen.«

Sie drückte ihr Gesicht an das seine.

»Möcht's anders werden in der Welt, schöner für alle Menschen und für uns.« Er strich mit der Hand über ihren schmalen Rücken, ihre Hüfte hin, und er erlebte dieses Dasein des Schönen als ein endliches Erkennen. »Ich liebe dich«, flüsterte er ihr zu. »Ich liebe deine Hände, deine Schultern, dein Gesicht, dein Haar; ich liebe dich, Julia, mehr, als ich je gewußt, und ich weiß, daß Gott dich mir zum Weibe bestimmt. So wird er mich auch wieder zu dir führen.«

»Ja«, sagte sie glücklich.

Sie war keineswegs verzweifelt, hielt ihr Herz fest im Zaum, es durfte jetzt nicht scheuen, mußte ganz nach ihrem Willen traben, tänzeln und galoppieren. Sie gab Bachmann kein Zeichen ihrer Trauer preis. Er sollte fortgehen ohne die Bitternis, einen Menschen in Trostlosigkeit zurückzulassen. Längst hatte sie erkannt, was alles in dieser Welt morsch und faul, aber auch grausam und gefährlich war. Sie wußte: Kein Mensch konnte vor Unrecht und Unterdrückung die Augen schließen. Hans hatte sie gelehrt zu sehen, daß aller Jammer von Menschen verursacht wurde, von hohen, mächtigen, doch auch sterblichen Herren –. Und alles, was sterblich war, konnte beseitigt werden, mochten die Opfer dabei auch riesengroß sein. Dieses Gegeneinander in der Welt nicht wahrhaben zu wollen erschien ihr töricht, denn man stieß unausgesetzt darauf, jeder Schritt war von ihm gehemmt, jedes Wort, ja jeder Kuß, jede Umarmung beeinträchtigt. Niemand konnte sich ihm entziehen, und wenn er's versuchte, mußte er scheitern. Welch Wissen hatte ihr Hans geschenkt! Welche Kraft!

Behutsam führte er sie weiter, dem Meister und Thamm nach, die beide im Dunkel des Gesträuchs am Zaun warteten. Noch einmal küßte er die regenfeuchte Stirn.

»Beeile dich, Berthold«, sagte der Meister, und Thamm schlich der kleinen Gartenpforte zu.

Bald befand er sich auf dem Wege längs der Mauer. Nur wenige Schritte noch, und er stand am Wehrturm. Dahinter war gleich die Tür in der Mauer. Ein Holunderbusch beschattete sie. Er nahm den Schlüssel und führte ihn vorsichtig zum Schloß. Eisen stieß auf Eisen, behutsam nur, doch hart und hörbar.

In diesem Augenblick vernahm Thamm über sich im Wehrturm ein lautes Geräusch. Er lauschte. Es tasteten sich Schritte die Treppe hinab. Schon wurde die Turmpforte von drinnen aufgestoßen. Die Stimmen zweier Wachtknechte fuhren auf. Einer von ihnen sprang Thamm mit solcher Wucht an, daß er beinahe gestürzt wäre. Gleich aber stand er wieder fest auf den Beinen. Blitzschnell holte er aus – und der Bart des schweren Schlüssels krachte dem Mann gegen die Stirn, er taumelte und lehnte sich stöhnend an die Mauer. Da war der zweite Knecht schon heran. Thamm sah eine blinkende Hellebarde auf sich zustoßen. Mit einem Ruck warf er sich zur Seite. Dabei aber verfing sich der Strick in seiner linken Hand an Stoßklinge und Beil der Waffe des Knechtes. Thamm ließ ihn fahren; der Knecht verwickelte sich mit den Beinen darin und schlug lang hin. Thamm nutzte diesen Augenblick und schoß davon, die Mauer entlang, der im Norden liegenden Bastion zu.

Schreiend erhob sich der Stadtknecht wieder und jagte hinter ihm her, doch Thamm hatte einen guten Vorsprung gewonnen. Wo der Weg auf die Pfaffengasse stieß, stand, wie er so oft gesehen, ein Ackerwagen. Im Lauf ergriff Thamm die Deichsel und zog sie herum, so daß sie quer über den Weg hing.

Unmittelbar darauf stürzte der Knecht darüber und blieb mit schmerzlichem Geheul liegen. Eilig machte sich Thamm davon, denn nun würden die Leute aus den Häusern kommen. Er lief wirklich bis zur Bastion, bog dann in die Bürgermeistergasse ein und schlich am verlassenen Franziskanerkloster vorüber. Bald war er am Marktplatz. Er gab acht, daß er keiner Nachtwache in den Arm lief. Durch die Coswiger Gasse erreichte er des Meisters Haus. Mit geschicktem Schwung kletterte er über das verschlossene Tor und stand dann fast atemlos auf dem Hof.

Eine Zeitlang verharrte er noch vor der Haustür. Von der

Stadtmauer her vernahm er erregte Stimmen. Da war die des Tormeisters, wütend und herrisch, die Knechte gaben ihm Bericht. Er brüllte sie an, lief dann dem Stadttor zu, und die Knechte folgten ihm. Dies alles war ganz deutlich zu hören.

Im Garten aber blieb es still. Standen Bachmann, Julia und der Meister noch immer im Gesträuch beim Zaun? Eben wollte Thamm die Tür öffnen und ins Haus gehen, als sie von selbst aufging; im Schein einer Kerze stand Frau Herberger, ihr Gesicht drückte Angst und Bestürzung aus.

»Um Gottes willen, löscht das Licht«, flüsterte er ihr zu.

»Was ist das für ein Geschrei?« fragte sie.

Er trat näher und blies die Kerzenflamme aus. »Seid ruhig«, sagte er. »Die Stadtwache hat mich überrascht. Sprecht, ist der Meister schon im Hause?«

»Nein, er kam noch nicht zurück, auch Julia nicht. Ist Hans schon fort?«

»Nein, auch ihn ließ ich im Garten zurück. So müssen sie noch dort sein.« Er schob sie ins Haus. »Wartet in der Stube. Ich will nachsehen.«

Er ging über den kleinen Hof, doch ehe er den Garten erreichte, tauchten die Gesuchten aus dem Dunkel auf. Sie schraken heftig zusammen, da sie ihn nicht erkannten und glaubten, vor ihnen stünde schon einer der Knechte. Schnell gab er sich zu erkennen. Geräuschlos gingen sie zur Tür hin und verschwanden im Hause.

Erst in der Stube löste sich der Druck von ihnen.

»Dank's dem Himmel«, sagte der Meister, »daß du davongekomme'.«

»Konnt' schlimm abgehen«, erwiderte Thamm. Eine Hand legte sich auf seine Schulter, da erst bemerkte er Barbara neben sich.

»Laßt uns Licht anzünden«, sagte sie.

»Nein!« protestierte Thamm. »Wollt ihr die Häscher anlokken?« Er blickte zum Fenster hin. »Allerwärts schnüffeln sie jetzt herum, zu sehen, wo man um Mitternacht noch wacht.« Er wandte sich dem Meister zu. »Sagt, haben die Knechte bemerkt, daß ich aus Euerem Garten gekommen?«

»So wäre' sie wohl schon hier«, entgegnete der Alte. »Das

Zwei Bauern im Gespräch
(Ausschnitt)

best' wird sein, jedes sucht sein Bett auf. Morgen früh werde' wir weitersehe'.«

»Soll auch ich dableiben?« fragte Bachmann unsicher.

»Wo willst' denn hin? Läufst den Knechten gar noch in den Weg, und so sie dich bei Lichte betrachte', wisse' sie Bescheid.« Der Meister setzte sich am Tische nieder und sinnierte vor sich hin.

»Geh in deine Kammer hinauf«, sagte Thamm. »Sie werden zwar alles daransetzen, den Sebastian zum Sprechen zu bringen, deinen Namen aber – so kenn' ich ihn – wird er ihnen nicht nennen.«

»Die Herren sein geriebe', und der Sebastian ist's nicht. Er war alleweil ein wenig schwerfällig und ist nur fürs Gradausgehe' gemacht.« Der Meister trommelte mit den Fingern unruhig auf der Tischplatte herum. Dann aber – als sei ihm erst jetzt bewußt, daß in der dunklen Stube noch alle Hausbewohner herumstanden – sagte er: »So geht schon, Ihr Weibsleut', daß ich mit Hans und Berthold mich berate.«

Frau Herberger, Barbara und Julia verließen den Raum fast lautlos; es war, als versänke er nun ins Bodenlose.

Thamm und Bachmann setzten sich zum Meister an den Tisch. Und dieser sagte:

»Es scheint so einfach, daß ihr beid' mit Werkzeug und Gerät zur Vorstadt hinausgeht. Doch am Tor werde' sie frage': ›Seit wann hat der Meister Melchthofer einen neuen Lehrbuben oder Gesellen? Laßt doch sehe', was für ein Vogel er ist‹. – Nein, so geht's nicht. Heimlich mußt du hinaus, Hans. Und dies recht bald. Denn da sie's eine Geständnis aus Balzer herausgeprügelt, werden sie ihn ums zweite noch härter schinde'.«

»Wie aber soll ich aus der Stadt, da der erste Versuch so mißlungen?« fragte Bachmann hilflos. »Jetzt, da die Wachen alarmiert, wird man auch die Wehrtürme noch besetzen, und was durch die Türe hinaus will, werden sie auf Herz und Nieren prüfen. Ich seh' keinen Ausweg mehr, sosehr's mich auch drängt, wenigstens Euch, Meister, von der Gefahr zu befreien.«

»Sorg dich nicht um mich«, brummte der Alte.

»Laßt mich nachdenken, was zu tun ist«, fiel Thamm ein.

»Doch jetzt geht zu Bett. Wir zermartern uns hier den Kopf, und die Leut' vom Gericht suchen in ganz anderer Richtung. Das sicherste ist vorerst, du bleibst in der Werkstatt. Wo einer schafft, vergeht 's Grübeln.« Er erhob sich und ging zur Tür hin, verhielt dort noch einmal. »Beschirm euch Gott!« sagte er und verschwand. Mit festen Schritten stieg er die Treppe hinan. Der Meister und Bachmann lauschten ihm nach. »Er wird's mache'«, tröstete der Alte den Jungen. Doch dieser schüttelte den Kopf. »Von dem Gedanken lass' ich nicht: Ich darf Euch nicht ins Unglück stürzen. Denn so sie mich ergreifen, geht Ihr mit mir und Balzer unter.«

Er stand nun auch auf, wünschte dem Meister gute Nacht und ging hinaus. Seine Kammer im Obergeschoß des Hauses lag nach der Gasse hinaus, drei, vier Schritte von der Treppe entfernt war die Tür. Als er sie öffnete, hörte er aus der zum Hof hinliegenden Stube, die er vor Jahren bewohnte, die Stimmen Thamms und Barbaras. Ein leichtes Wohlgefühl erfüllte ihm Herz und Sinne: Er war hier zu Hause. In dieser Stadt voller Unruhe und Gefahr gab es ein Haus, in dem er sich ausruhen konnte, in dem er immer wieder Mut gewann, sich weiterhin zu behaupten.

Er betrat seine Schlafkammer und begann, sich zu entkleiden. Da er aber das Wams über den Stuhl hängen wollte, bemerkte er, daß jemand darauf saß. Er war überrascht, doch nicht erschrocken, und die ihn erwartete, erkannte er auch im Dunkeln. Er hob sie auf und nahm sie in seine Arme.

»Du – Julia? Warum gingst du nicht zu Bett?«

»Ich will bei dir bleiben.«

»Und wenn der Vater es bemerkt?«

»Es ist mir gleich. Was weiß ich denn, wie lang' ich dich noch hab'.« Sie drängte sich fester an ihn. Ihre Hände streichelten sein Gesicht.

Er fühlte, daß ein Schauer sie durchfuhr. »Dich friert«, flüsterte er. »Ich will dir einen Mantel geben.«

»Mich friert nicht, Hans«, entgegnete sie leise. Und in einem Anflug von Leidenschaftlichkeit umarmte sie ihn so heftig, daß er beinahe gestrauchelt wäre. »Laß mich bei dir sein!« bat sie erregt.

»Du mußt schlafen.«

»So will ich bei dir schlafen.«

Er schwieg. Sie löste sich von ihm und war schon dabei, die Kleider abzuwerfen. Im langen weißen Hemd trat sie nun vor ihn hin, lehnte sich an ihn und küßte ihn. Dann wandte sie sich ab und legte sich auf sein Bett. Sie schlug die Arme über dem Kopf zusammen und wartete, daß er sich zu ihr lege.

Langsam nur zog er sich aus. Alle seine Sinne waren aufgewühlt wie ein Meer im Sturm. Einer Armada gleich schwankten seine Bedenken auf den Wogen, wurden hin und her geworfen, versanken, eins nach dem anderen. Und das Meer wurde ruhiger, die Wogen gingen in wunderbarem Rhythmus durch die Nacht ...

Gegen Mittag kam Thamm von einem Kundschaftsgang in die Werkstatt zurück. Er war erregt und besorgt. »Hört«, sagte er zum Meister, »jetzt haben sie einen Falschen ergriffen.«

»Wie denn –?«

»Die ganze Stadt ist voll davon. Gestern ist ein Gesell' der Tuchwalker in Haft genommen worden. Er soll mit Balzer im Mansfeldschen gewesen sein.«

»Dies wird der Sebastian schnell richtigstelle'.« Der Meister blickte sich zu Bachmann um, der aus der Ecke hinter der Esse hervorkam.

»Nein«, sagte dieser. »Eine Falle soll's sein. Der, den sie wirklich suchen, soll sich sicher fühlen. Es ist ein Gered', das der Stadtrichter selbst hat ausstreuen lassen, wie der Vogelfänger die Körner.«

»Da hat er's, nachdem man mich heut nacht bei der Mauertür erwischt, aber ganz umsonst gestreut, denn wir werden's nicht aufpicken. Nein, nein, 's ist kein Gered', sondern die Wahrheit: Sie haben einen Tuchwalker ergriffen. Doch werden sie ihn laufenlassen müssen, so sie erfahren, daß ein ganz anderer versuchte, aus der Stadt zu entwischen.«

Der Meister schüttelte den Kopf. »Sie werde' sich hüte', ihn freizugebe'.«

»Er ist doch unschuldig!« sagte Bachmann erregt.

»Das wisse' wir auch«, erwiderte der Alte. »Das weiß auch der Sebastian. Aber – wissen's die Herre' vom Gericht?«

»Sie wissen's schon«, widersprach Bachmann.

»Das glaub' ich nicht. Sie rechne' am End' nicht mehr mit zweien, sondern mit dreien, wo nicht gar mit mehreren. Das macht 's Gericht dann völlig wild, und wir müsse' die Ohren spitze'. Nun glaub' ich's doch: 's wird Zeit, Hans, daß du verschwindest!«

Bachmann schüttelte den Kopf. »Grad jetzt ist's damit aus. Ich muß bleiben.«

»Hast's dir anders überlegt –?« Thamm sah erst ihn, dann den Meister verwundert an. »Meint Ihr das auch?«

Der Meister hob die Schulter. »Hans muß es wisse'.« Er wandte sich an Bachmann. »Was hast' vor?«

»Ich werd' an Luther schreiben.«

»An Luther?«

»Wohl, an ihn. Werd' ihm mitteilen, daß ein großes Unrecht geschieht, denn der Tuchwalker ist unschuldig. Wenn man's dem Sebastian nicht glauben wird, mir muß man's glauben: Ich werd' als den Schuldigen mich bekennen.«

»Willst deinen Namen ihm nennen?« Thamm war entsetzt.

»Nicht meinen Namen.«

»So wird er dir nicht glauben.«

»Kann sein – doch werd' ich nimmer Ruhe lassen. Ich will ihm Zeichen auf Zeichen geben, bis daß er's glaubt und dem Gericht in den Arm fällt.«

»Eh's soweit ist, habe' sie dich längst im Sack«, sagte der Meister.

Bachmann wurde plötzlich bleich. »Soll ich wissen, daß einer für mich den Kopf hingeben muß? So will ich lieber Abschied nehmen und dem Gericht mich stellen.«

Der Meister und Thamm wollten ihm ins Wort fallen. Da ging die Tür auf, die Männer schraken zusammen. Doch es war nur Julia. Fragend trat sie näher. Da der Meister ihrem Blick verlegen auswich, errötete sie; sie dachte an die vergangene Nacht, in der sie Bachmanns Frau geworden. Wußten es nicht mehr nur sie beide?

»Was ist?« Des Meisters Stimme klang beinahe barsch.

»Mühmchen Maria war in der Stadt«, sagte sie stockend. »Sie haben einen Tuchwalker ergriffen.«

»Ja, wir wissen's schon«, erwiderte Bachmann. »Für mich ergriffen. Nun kann ich nimmermehr fliehen, eh' dieser Mann nicht wieder frei.«

Julia blickte ihn verständnislos an. Dann schien sie zu begreifen. »Was willst du tun?«

»Was hier zu tun ist –: Ich will dem Tuchwalker helfen.«

Sie trat dicht vor ihn hin. »Und hast du's auch bedacht, ob dieser Tuchwalker nicht gar ein Lockvogel?«

Thamm war überrascht. »Seht«, sagte er, »sie hat's besser als wir erfaßt. Jetzt schaut die Sach' schon anders aus.« Er legte Bachmann die Hand auf die Schulter. »Geh nicht auf den Leim, Hans. Du pfeifst ein Liedlein von der Wahrheit, bleibst kleben – und der Lockvogel schwirrt davon.« Er wies auf die Wände der Werkstatt. »Hier pfeif, solang du lustig bist. Erst wenn sie hierherkommen, dann flieg aus.«

Bachmann sank schwer auf den Amboß nieder und starrte Julia wie verwundert an. Sie, die ihm in der vergangenen Nacht ein großes Glück offenbart, wies ihm nur noch den Weg, sie zu verlassen ...

Im Rathaus erfuhr Herberger, daß man einen Beauftragten des Weimarer Hofgerichtes erwarte und daher die peinliche Befragung des Tuchwalkers bis auf weiteres aufschiebe. »So werdet Ihr mich rufen, wenn er angekommen«, sagte er.

»Ist nicht vonnöten, da ich ihn zunächst allein empfange«, entgegnete der Bürgermeister.

»Er wird Bericht haben wollen über das Geständnis des Balzer und übers Verhör des Tuchwalkers«, warf Herberger ein. »Ich meint', man sollte die Schöffen einladen.«

»Der Stadtrichter gibt den Bericht«, sagte der Bürgermeister abweisend. Dieser Ratsherr ging ihm mit seinem unheimlichen Eifer arg auf die Nerven. Man mußte alles tun, seine Wiederwahl zu verhindern.

»So kann ich gehen«, bemerkte Herberger ärgerlich.

»Ich bitte Euch darum«, erwiderte der Bürgermeister kalt und wandte sich wieder seiner Arbeit zu.

Herberger zog sich beleidigt zurück. Im Flur des Rathauses überlegte er, wie er an den Beauftragten herankommen könne. Warum kam dieser Mann? Weil man in Wittenberg den Prozeß gegen Balzer und seinen Genossen nicht energisch genug durchführte. Er hatte es oft genug selbst bemängelt, doch die Ratsherren wandten sich immer mehr von ihm ab. Hier war endlich Gelegenheit, solche Lauheit anzuprangern. Der Kurfürst, wenn er es erfuhr, würde ihm Dank wissen und Wittenberg mit eisernem Besen ausfegen lassen.

Langsam schritt er der Tür zu, öffnete sie und trat auf den Marktplatz hinaus. Eine Wolke von Kalkstaub und Schutt schlug ihm entgegen; die Handwerker auf den Gerüsten riefen »Habt acht!« Doch im gleichen Augenblick prasselte ein neuer Schuttkatarakt herab. Der Ratsherr tat einen erstaunlich flinken Sprung, um davonzukommen, doch der Staub umwirbelte ihn so dicht, daß sein dunkler Mantel sogleich einen Schein heller wurde. Erbost wandte er sich um und drohte mit der Faust zu den Gerüsten hinauf. Aber keiner der Gesellen ließ sich von seiner Arbeit abhalten. Nur weitere Staubwolken wallten vom Pflaster des Marktplatzes auf.

Der Ratsherr ging wütend nach Hause. Er warf der Magd Mantel und Hut zu und raunzte sie an: »Bürste dies sauber ab. Doch beeile dich!« Er lief in der großen Stube unstet herum und dachte darüber nach, was er jetzt, am Nachmittag, tun könne, um nicht vor Ungeduld und Spannung zu zerspringen. Er konnte auf dem Marktplatz herumspazieren, doch dort würde er bald auffallen, den Handwerkern, vielleicht auch dem Bürgermeister. Besser war es wohl, daß er sich zur Elbbrücke hinausbegab; über die mußte der Beauftragte kommen. Aber – konnte er nicht auch von Magdeburg oder Dresden her anreisen? Die Herren hatten überall ihre Amtsgeschäfte. Unter Umständen fuhr er gerade durchs Elstertor ein, wenn er, Herberger, die Stadt durch das Elbtor verließ. Nun, so konnte er es durch das Elstertor verlassen. Wie nun aber, wenn der Erwartete zur selben Zeit das Coswiger Tor passierte? Er konnte, wenn er zu Pferde kam, auch durchs Elbtor einreiten ...

Herberger fuhr sich ärgerlich mit den Fingern durch das graugewordene, sich bereits lichtende Haar. Diese vermaledeite

Stadt war wie ein Fuchsbau mit drei Löchern. Durch eines von ihnen mußte der Beauftragte einfahren, durch eines von den dreien aber konnte der gesuchte Kumpan des Bauern Balzer auch längst entschlüpft sein. Die Wachtknechte waren dumme Gesellen, die Tormeister Tölpel und Narren, ein altes Weib konnte sie hinters Licht führen. Und fragte man sie nacheinander, ob der Beauftragte des Weimarer Hofgerichts schon angereist sei, konnte man es erleben, daß sie einen Hofbeamten nicht von einem Fleischermeister zu unterscheiden vermochten und ihrer Meinung nach bereits ein Dutzend Hofbeamte hatten passieren lassen. Dennoch entschloß sich Herberger, durchs Elbtor vor die Stadt hinauszugehen. Er rief nach der Magd. Doch sie befand sich noch im Hofe. So mußte er warten. In prickelnder Unruhe trampelte er in der Stube auf und ab. Alles kam ihm fremd vor, der Schrank und die Truhe, der Tisch und die Stühle, der Sessel am Fenster und das Ebenholzkreuz an der Wand. Es schien ihm, daß die Dinge ihren Sinn verloren hatten. Er wußte, im Schrank das Zinngeschirr wurde nie mehr gebraucht; ein Glas war zerbrochen, ein silberner Becher zerbeult. Anscheinend fehlte auch einiges. Hatte die Frau es mitgenommen? Ihretwegen zeigten jetzt die Leute mit Fingern hinter ihm her. Aber er würde die Unbotmäßige noch zwingen zurückzukommen! Wütend riß er die Schranktür auf, nahm die silberne Kanne heraus und setzte sie an den Mund, doch er stutzte und setzte sie wieder ab: Am Morgen hatte er sie im Keller gefüllt und einen Becher voll getrunken; jetzt aber fehlte mehr daraus. Betroffen stellte er die Kanne auf den Tisch. Trank die Magd seinen Wein? Kam der Gehilfe herauf und tat sich hier gütlich? Womöglich beide? Und es geschah sicher auch anderes –.

Sein Gesicht verfinsterte sich. Der Gedanke, in seinem Hause könnten Menschen fröhliche, ja glückliche Stunden erleben, verschlug ihm den Atem. Glücklich – auf seine Kosten! Aber – er wollte es ihnen heimzahlen! Dem Richter wollte er sie ausliefern! Er stockte und lauschte. Drunten im Flur sprachen die beiden miteinander. Sie lachte. Warum lachte sie?

Herberger rang nach Luft. Stechende Schmerzen durchfuhren seinen Leib. Unter den rechten Rippen begann es zu schneiden, zu brennen und zu reißen. Er krümmte sich, wie immer unter solchen Anfällen. Mit zitternder Hand griff er zur Kanne und hob sie an den Mund. Gierig trank er einmal, noch einmal. Aufstöhnend setzte er die Kanne auf den Tisch und preßte die Hand auf den Leib.

Er hörte die Magd heraufkommen und fürchtete sich jetzt davor, daß sie eintrete. Fort war der zornige Vorsatz, mit ihr abzurechnen. Die Schmerzen würden ihn umwerfen, die Magd ihn verlassen, der Gehilfe ihr folgen, und der Stadtrichter konnte ihn übler Nachrede verdächtigen, denn er vermochte nichts zu beweisen, hatte keine Zeugen. Ach, alles war verloren.

Die Magd trat ein. Herberger bezwang sich und sagte tonlos: »Leg Mantel und Hut auf den Stuhl und geh.«

Die Magd warf einen Blick auf die Kanne, und ein spöttisches Lächeln spielte um ihre Mundwinkel. Den Kopf in den Nacken gelegt, wandte sie sich ab und verließ die Stube.

Es dauerte lange, bis Herberger sich soweit erholt hatte, daß er sich erheben konnte. Da aber durchfuhr ihn die Sucht, den Beauftragten des Weimarer Hofgerichts noch heute zu sehen, so ungestüm, daß er zu Hut und Mantel griff und sich zum Ausgang fertig machte.

Leicht schwankend, trat er auf die Gasse hinaus. Die Schmerzen in Leber und Galle hatten ihn geschwächt, sicher auch der Wein. Langsam ging er dem Marktplatz zu. Er grübelte darüber nach, wie er es anstellen solle, zu erfahren, ob der Beauftragte inzwischen angekommen. Darauf fiel ihm ein, daß dieser sich dann sicher ins Schloß begeben hätte, denn der Schösser, selbst Ratsherr, würde ihm kaum zumuten, in einer schlechten Herberge Wohnung zu nehmen. Es konnten schließlich Wochen vergehen, bis er wieder abreiste. Nein, ins Schloß konnte er, Herberger, nicht gehen. Er mußte dem Beauftragten allein begegnen, die Gegenwart eines Ratsherren würde alles verderben.

Schon war er am Marktplatz. Gerade als er unter dem Ostgiebel des Rathauses hinging, trat sein Neffe Jost, der Pfarrer von Dobin, aus der Kirchlücke hervor. Herberger wäre am liebsten umgekehrt, der alberne Mensch kam ihm jetzt sehr ungelegen. Dieser aber hatte den Onkel bereits entdeckt und steuerte auf ihn zu.

»Gott zum Gruß, Herr Oheim!« sagte er. »Ich komme soeben vom Superintendenten und bin empört· Er will für den Bauern Balzer beim Kurfürsten ein Gnadengesuch einreichen. So es günstig beschieden würde, wär's nicht mehr ratsam für mich, in Wittenberg und Dobin zu bleiben. Ihr glaubt nicht, Herr Oheim, wie sehr mir die Balzersche Sache schon jetzt geschadet. In der Gemeinde sind nicht wenige wider mich, sie bleiben dem Gottesdienst fern und tun lieber den weiten Weg in die Stadt. Der Superintendent hat mir Vorwürfe gemacht, ich würd' mein Amt nicht ordentlich versehen. Die Predigt allein genüge nicht, ich müßt' auch mit den Leuten sprechen. Ja, sprech' einer mit ihnen! Wenn ich vorübergehe, schauen sie weg. Red' ich einem ins Gewissen, so sagt er: Wohl, Hochwürden! Nichts mehr. Und blickt mich an, als sei ich ein Pfahl.« Wie ein Wasserfall stürzten die Worte auf Herberger nieder.

»Eines Tages wird man sie auspeitschen!« knirschte dieser.

»Wen?« fragte Jost Saxendorf erschöpft und zerfahren.

»Die Leut', du Esel!« antwortete Herberger. »Ja, am Ende kommt dies ganze Gaunergesindel in Amt und Würden. Möcht' doch der Kurfürst durchgreifen, daß ihnen die Pust' ausgeht!« Als ginge sie ihm selbst schon aus, begann er plötzlich zu japsen. »Er schickt einen Beauftragten des Weimarer Hofgerichts«, fuhr er mit heiserer Stimme fort. »Der wird den Herren beibringen, wie man des Fürsten Gebot zu achten hat.«

»Einen Beauftragten –?« Jost erbleichte. »So wird er auch uns vernehmen.«

»Wie – uns?«

»Euch, Herr Oheim, und mich. Wir haben die Sache des Balzer doch ins Rollen gebracht.«

»Nun – dies find' ich ausgezeichnet! Auf diese Weis' erhalte ich Gelegenheit, Klage wider den Rat zu führen.« Herberger lebte förmlich auf.

»Oh, mich treibt's nicht, solche Gelegenheiten zu nehmen. Der Superintendent wird's mir übel ankreiden«, erklärte dagegen der Neffe.

»Pah! Wir haben das Spiel schon gewonnen. Das Weimarer Hofgericht –! Auf diese Karte kannst du setzen! Wir dürfen solche Gunst des Schicksals nicht nutzlos verstreichen lassen. Hei, jetzt geht's aufs Ganze! Bereit' dich darauf vor.«

Und ohne noch eine weitere Entgegnung des Neffen abzuwarten, setzte er seinen Weg fort. Er überquerte den Marktplatz und strebte der Elbtorgasse zu, nun von einer freudigen Unruhe angetrieben. Der Beauftragte würde ihn von selbst rufen. Jost sah's richtig, der Feigling kam vor Angst auf die natürlichsten Gedanken, die einem auf Angriff Sinnenden verschlossen blieben. Nein, nicht hingehen – warten und kommen lassen! Wenn der Bürgermeister ihn, den gehaßten Ratsherren, rufen mußte, hatte er bereits eine Schlacht verloren. Die nächste sollte ihn noch schwerer erschüttern, denn der Bericht über den Verlauf der Verhandlungen gegen Balzer würde die Fürstenfeindlichkeit der Wittenberger Herren offenbaren, dafür wollte er sorgen!

Er schritt die Elbtorgasse hinab, näherte sich dem Torhof. Einmal frische Luft zu atmen, ging er hinaus. Schon befand er sich im Torgang. Da traf ihn ein Anruf, dessen Schärfe ihn stutzig machte.

»Halt!«

Er blieb stehen und wandte hochmütig den Kopf.

Vor ihm stand der Tormeister. Die Knechte kamen lässig näher.

Der Tormeister, beide Daumen im breiten Gürtel, an dem neben einem Kurzschwert auch ein Knüppel hing, bewegte seinen langen aufgezwirbelten Schnauzbart. »Folgt mir in die Torstub'!«

»Was soll dies heißen?« entgegnete Herberger finster.

»Es ist Anordnung des Rates. Seit gestern halten wir's so, da in der vorigen Nacht ein Mann versucht, durch die Mauer aus der Stadt zu entwischen. Jedermann muß Red' und Antwort stehen.«

»Kennst du mich nicht?« fragte Herberger selbstsicher.

Doch der Tormeister ließ sich auf nichts mehr ein, und die Knechte machten Anstalten, den Aufgeforderten ruck, zuck! bei den Armen zu packen und in die Torstube zu transportieren. Herberger begriff, daß er es darauf nicht erst ankommen lassen durfte.

Langsam ging er vor der Torwache her, die Steinstufe hinauf in die Stube, in der ein Tisch stand, hinter dem ein Torschreiber saß.

Der Tormeister setzte sich auf den Stuhl neben dem Tisch. Mit unverhohlener Lust musterte er den aufgeregten, doch auch bereits eingeschüchterten Gewandschneider.

»Euer Name –?« fragte er.

»Er dürfte dir bekannt sein, Mann«, erwiderte Herberger.

Doch der Tormeister sprang auf und fuhr ihn an: »Euere Vertraulichkeit und Eueren Hochmut verbitt' ich mir; ich hab' ein städtisch' Amt und fordre Achtung für dieses! Wie ist Euer Name?«

Herberger nannte ihn zähneknirschend.

»Stimmt. Und Euer Gewerb'?«

»Ich bin Gewandschneider.«

»Gut, auch dies ist uns bekannt.«

Herberger begann zu glühen. »Ist Euch auch mein Amt bekannt?«

»Wohl, so ich nicht irr', seid Ihr der Ratsherr aus der Bürgermeistergass' – und seid auch Schöffe.«

»Was also soll dies alles?« fauchte Herberger.

»Das Reglement verlangt's so.«

»Ich werd' mich über Euch beschweren!«

»Tut's, so weiß der Herr Bürgermeister doch, daß ich meiner Pflicht nachkomm'.« Er grinste höhnisch. »Aber wir wollen noch mehr wissen: Was gibt Euch Anlaß, die Stadt zu verlassen?«

»Dies geht Euch nichts an!«

»Nun, so Ihr's nicht sagen wollt, kehrt um. Ihr dürft das Tor nicht passieren.«

Jetzt wurde es Herberger zu dumm. »Mann, ist dies Euer Ernst? Ich werd' den ganzen Magistrat aufrufen, meine Ehr' zu schützen und Euch zu strafen.«

»Tut's. Ihr habt jetzt Zeit, denn den Weg nach drauß' erspar ich Euch.« Er wandte sich an die Knechte. »Bringt ihn zurück.«

Herberger sah sich plötzlich als Mittelpunkt einer Eskorte. Was anders blieb ihm übrig, als mitzugehen? Keuchend vor Ohnmacht, trat er den Weg in die Stadt an. Schon in der Torgasse packte das Gallenübel ihn stärker. Er wankte, hielt sich die Seite. Der Schmerz preßte unerträglich gegen das Bauchfell, und es war, als wollten die Eingeweide heraus. Stöhnend schritt er über den Marktplatz. Er hatte es eilig, fühlte er doch, daß die Kraft ihn verließ. Da sah er vor dem Rathausportal einen Wagen stehen. Der Fuhrmann hielt die Pferde bei dem Halfter. War der Beauftragte schon angekommen?

Herberger hatte keine Zeit, sich dessen zu vergewissern. Das Wasser lief ihm im Mund zusammen, bitter und metallen, wie nach Grünspan schmeckend. Er taumelte, erreichte dennoch die Bürgermeistergasse und sein Haus. Ächzend stieg er die Treppe hinan, begab sich in seine Schlafkammer und warf sich so, wie er war, aufs Bett. Ganz ohne sein Zutun krümmte sein Leib sich zusammen. Er drückte das Gesicht in die Falten des Linnens, biß zähneklappernd hinein.

Aber niemand in diesem großen Hause kam, ihm zu helfen, Magd und Gehilfe hatten sich wohl wieder einmal verdrückt. Herberger fühlte den ganzen Fluch seines verfahrenen Daseins, in dem er nur immer auf Vorteil bedacht und aller Menschen Feind gewesen. Doch seine Schuld wurde ihm nicht bewußt.

DER HOFRICHTER

Seit dem Fortgehen seiner Frau hatte Herberger sein Bett in der kleinen Stube zur Gasse hinaus aufschlagen lassen; dort fühlte er sich nicht ganz so verlassen wie in der Schlafkammer, die hinter der Küche zum Hof hinaus lag. Die Unruhe aber plagte ihn auch hier. Am Abend noch erhob er sich von seinem Lager und zog die Hose an. Er hatte sich leidlich wieder erholt, doch die Spuren seines letzten Gallenanfalls waren in seinen gelblichen Zügen noch deutlich sichtbar. Auch die Stube trug sie noch: Auf dem Tisch stand allerlei Geschirr herum, ein Teller mit dem Rest der Suppe, Töpfe mit Kräuteraufgüssen, Getränken, Salben, Öl, eine Kanne mit Bier; das Bettzeug war fleckig von grüngelbem Speichel, es roch sauer im Raum, denn der Ratsherr hatte sich mehrere Male übergeben, und der klobige Holzeimer war nicht zugedeckt. Der Kranke wankte leicht. Er warf sich einen alten Mantel über und schlüpfte mit nackten Füßen in seine vergrauten Lederpantoffeln. Hartnäckig sich zusammennehmend, ging er in die nebenanliegende große Wohnstube und rief nach der Magd, einmal, zweimal. Dann kam sie herein.

»Bring mir Waschwasser und ein frisches Hemd«, sagte er grämlich.

Eine halbe Stunde später verließ er das Haus. Seine Schritte waren noch unsicher, die Kniegelenke noch weich. Doch der stechende Schmerz im Leib hatte sich bis auf einen zwar immerwährenden, aber erträglichen Druck gemäßigt.

Ich werde in den Ratskeller gehen und ein Quart Teuchler Roten trinken, er ist leicht bekömmlich, dachte er. Der Abend lag schwül über der Stadt, die sinkende Sonne war von Wetterwolken bedeckt. – Es wird ein Gewitter geben, und danach könnte mir leichter werden, dachte der Ratsherr weiter. Schon stieß er auf die Jüdengasse. Ehe er aber rechts, zum Marktplatz hin, abbog, warf er einen Blick zum Kirchplatz hinüber. Man konnte die Gräber nicht mehr sehen, denn der Superintendent Bugenhagen hatte den Bach entlang eine Mauer ziehen lassen. Über eine Steinbrücke gelangte der Gläubige zu dem breiten, spitzgewölbten Tor, durch das er, da der eine Flügel immer offenstand, ungehindert den Weg zur Kirchtür nehmen konnte.

Jetzt kam Herberger der Einfall, erst einmal hinüberzugehen und vor dem Altar der der Mutter Maria gewidmeten Kirche ein Gebet zu verrichten. Es konnte nichts schaden, vielleicht aber ein wenig nützen, in Hinsicht auf sein Geschäft wie auch auf seine Gesundheit; mit beidem stand es schlecht.

Er zögerte noch einen Augenblick. Dann aber setzte er hoffnungsvoll zu dem frommen Umweg an. Er ging schneller und faltete schon jetzt die Hände. Als er jedoch bereits zwischen den Gräbern dahinschritt, stockte er plötzlich: Er sah den Doktor Luther um die Nordostecke der Kirche biegen und der kleinen Tür zur Sakristei zustreben, stehenbleibend wandte er sein Gesicht ab und tat, als ob er die Inschriften auf den Grabsteinen lese.

Langsam bewegte er sich dann eine der Reihen hinauf. Er las nur alte Namen; denn seit einem Jahrzehnt begrub man die Toten auf dem neuen Friedhof draußen vor dem Elstertor. Nur ein paar wohlhabende Ratsherren besaßen hier noch eine Familiengrabstelle. Er selbst freilich nicht, er war in allem im Nachteil. Der Herr Luther dagegen in jeder Hinsicht im Vorteil: die ganze Stadt war ihm ergeben. Ärgerlich blieb er abermals stehen. Als er mit einem Seitenblick jedoch feststellte, daß der – nun auch gar noch verheiratete – ehemalige Mönch in der Kirche verschwunden war, verzichtete er auf sein Gebet und lief schnell zu der westlich gelegenen Kirchhofslücke hinüber, durch sie den Marktplatz zu betreten.

Auf diesen Mann, den er lange gehaßt und auch heute noch nicht liebte, hatte er schließlich einmal gehofft, das war in den Jahren, als er, aus seinem Exil auf der Wartburg kommend, die Wittenberger Bilderstürmer niedergepredigt. Immerhin verriet er dabei, daß er es mit der Ordnung hielt. Darum auch war er, Herberger, ihm nachsichtig gefolgt, als er die neue Kirche geschaffen. Und da er sich über die aufständischen Bauern hergemacht, klatschte er ihm aufrichtig Beifall. In punkto Ordnung hatte sich im Lande auch manches gebessert ...

Was aber bisher in seinen Verhältnissen? Sein Tuchhandel war stetig niedergegangen. Im Rat der Stadt verlor er mehr und mehr an Achtung. In sein Haus war der Geist der Widerspenstigkeit eingezogen, Weib, Knecht und Magd hatten ihm das Leben zur Hölle gemacht, indem sie ihm den Gehorsam verweigerten, und waren nun gar schon dabei, ihn alle zu verlassen.

Wo blieb der Segen der neuen Kirche? Wo auch war der Dank dieses Doktor Luther für so schwere und doch treue Gefolgschaft. Er hatte ihn, den Ratsherren, bisher kaum beachtet, ihn niemals ins Gespräch gezogen, sooft sich dazu auch Gelegenheit geboten, bei Festtagen des Magistrats, der Stadt selbst, der Universität und der Kirche. In der alten katholischen Kirche war ihm der Pater Sebaldus, sein Beichtvater in der Franziskanerkapelle, zu nahe gekommen. In der neuen evangelischen Kirche blieb ihm sein Pfarrer zu fern. Was war dies für eine christliche Welt, die niemals ins Gleichgewicht kam und auch den armen Gläubigen noch aus dem Gleichgewicht brachte, ihm Wohlstand, Weib und Gesundheit nahm?

Wieder peinigte Herberger die Frage, wie er sich aus seiner mißlichen Lage befreien könne. Und wieder nahm er sich vor, seine Angelegenheiten mit eiserner Faust in Ordnung zu bringen. Zuerst freilich mußte das Verfahren gegen den Bauern Balzer – und auch gegen seine Genossen – ein erfreuliches Ende finden. Und dazu wollte er mit aller Entschlossenheit beitragen – daß den Herren des Rats einmal das Maul gestopft wurde, denn sie gebrauchten es noch allzuoft gegen den Fürsten. Darauf wollte er den Beauftragten des Weimarer Hofgerichts schon hinweisen. Mochte Gott es fügen, daß er ein Mann war, vor dem sie kuschten, ein Mann, der die Zeichen der Zeit verstand und dem Fürsten Respekt verschaffte!

Langsam ging er über den Marktplatz. Die Schwüle des Abends war schwerer geworden. Herberger hatte den Mantel geöffnet, trotzdem stand ihm der Schweiß auf Rücken, Brust und Stirn. Es schien nun doch ein Gewitter zu nahen, denn das Dunkel im Westen wuchs schnell auf, und das Gewölk begann zu quirlen.

Jetzt stand er schon vorm Ratskeller. Er ergriff das Treppengeländer und ging Stufe um Stufe hinab. Auf dem ersten Absatz verschnaufte er einmal. Gut, daß man den neuen Ratskeller mit einer bequemeren Treppe versehen hatte. Bis zum zweiten Absatz ging es schon leichter. Und als er auf dem steinernen Fußboden des Kellerraumes ankam, fühlte er sich beinahe wie gesundet.

Wohlgefällig blickte er sich in der Gaststätte um. Die Wände aus weißgetünchten Flächen, Bogennischen und Pfeilern gefügt, standen in großem Quadrat um die Gäste herum, doch Stühle und Tische, daran diese saßen, waren noch aus dem alten Rathaus. Zwei Säulen trugen das doppelte Kreuzgewölbe, dessen Felder im Schein der bereits brennenden Kerzen seltsam verwirrte Schatten schlugen.

Herberger betrachtete die Gäste, Bürger, Handwerksgesellen und Studenten. Sie freilich achteten seiner kaum. Das drückte auf sein ohnehin empfindliches Gemüt. Ärgerlich steuerte er auf einen der freien Tische zu und drückte sich auf den Stuhl in der Nische. Hier war ihm der Rücken gedeckt, und er konnte von seinem Platz aus den ganzen Raum überblicken. Er legte Strenge und Würde in seine Gesichtszüge; mit ihrer gelben Haut boten sie ein Gemisch von Erbärmlichkeit und Komik.

Beinahe widerwillig kam der Wirt herbei. Der Ratsherr richtete sich auf und bestellte Wein, Teucheler Roten. Mitleidig-spöttisch ging der Wirt davon; dieser Ratsherr begnügte sich mit dem billigsten, wie schlecht mußte es mit ihm stehen! Teucheler Roten – die Leute nannten ihn leicht und bekömmlich, in Wirklichkeit wollten sie nur sparen, und der elende Krätzer wurde wieder und wieder verlangt. – Wo waren die besseren Zeiten des neuen Evangeliums?

Herberger saß bereits eine halbe Stunde und trank von Zeit zu Zeit einen Schluck. Jedesmal verzog sich sein Gesicht. Der Wein kräuselte ihm die Zunge, und sein Durst wurde noch schlimmer. Er empfand auch keinerlei seelische Erleichterung, sein Gemüt hellte sich nicht auf. Dagegen meldete sich der Schmerz wieder und drückte abscheulicher gegen die Rippen.

Die Gäste kamen und gingen. Hier wurde ein Tisch leer, dort ein anderer besetzt. Zu Herberger setzte sich niemand. Hinter einigen Bürgern, die er kannte und die nur lässig grüßten, lächelte er verächtlich her, und das Gelb seines Gesichts bekam einen glasigen Schein.

Da aber stand auf der untersten Stufe der Treppe ein vornehm gekleideter Herr, sah sich neugierig um und steuerte dann ohne Umstände auf den Tisch Herbergers zu. Dieser war nicht nur überrascht, sondern auch sichtlich erschrocken: Nein, es war kein Spuk, das da auf ihn zukommende Gesicht trug alle Merkmale der Wirklichkeit und war ihm schmerzlich bekannt. Und vor ihm stand – der einstige Student Franz von Haberlitz. Herberger fühlte plötzlich eine lähmende Schwere im Rücken, und er vermochte nicht aufzustehen. Was wollte dieser Mensch hier in Wittenberg? Vor Jahren hatte er Stadt und Universität verlassen müssen, da er die Frau des Professors Selinger kompromittiert und so einer Ehe den Rest gegeben. Oh, dies war ein schöner Skandal, von dem die Wittenberger lange gezehrt! Hatte der Herr Junker die Absicht, hier ein neues Gastspiel zu geben?

Jetzt öffnete er den herrischen Mund zum knappen Gruß, verneigte sich, wie über ein gutes Wiedersehen erfreut, und nahm ohne Umstände am Tische Platz.

»Ei, der Herr Gewandschneider – und sicher wohl auch noch Ratsherr! Grüß Euch Gott! Da bin ich wieder!«

»Ich sehe es.« Herberger zeigte ein saueres Lächeln.

»Freut Euch dies nicht?« erwiderte Haberlitz unbekümmert. »Ich war einer Euerer besten Kunden.«

»Nun, ich hatt' wohl auch bessere.«

»Ihr habt mich nicht grad in guter Erinnerung. Lag Euch an mir nichts? Ich glaubt' mich immer gern gesehen.« Haberlitz lachte hintergründig. »Wenn ich die alte Liebe nun erneuern wollte –?«

»Bitte –«, gab Herberger zurück, »mein Haus steht jedermann offen.«

»Ich will's bedenken.« Haberlitz bestellte bei dem hinzutretenden Wirt eine Kanne Malvasier und wandte sich dann dem Ratsherrn wieder zu, leiser, vertraulicher: »Ich entsinn' mich, unter Euerem Dache die schönste Magd Wittenbergs gesehen zu haben. Barbara hieß sie wohl – ein stattliches Weibsbild, wie's nicht überall zu finden; glaubt es mir, ich bin mit den Jahren wahrlich viel herumgekommen, doch solch eine sah ich nie wieder. Ist sie noch bei Euch?«

Herberger ging auf seine Frage gar nicht ein, er tat so, als wolle Haberlitz sie auch gar nicht beantwortet haben. Mit einer Gegenfrage glaubte er darüber hinwegzukommen: »So habt Ihr 's Studium wohl kaum zu End' führen können und haltet Euch nun an des Vaters Gut?«

»Oh, da irrt Ihr! Des Vaters Gut bietet nicht mehr viel, sich dran zu halten. Doch ich brauch's auch nicht, steh' ich doch in des Fürsten Dienst.«

Herberger sperrte den Mund auf. Dann setzte er seinen Becher daran und trank, denn der Wirt hatte nun auch Haberlitz eingeschenkt, und dieser prostete ihm zu. »In des Fürsten Dienst?« fragte er zweifelnd.

Haberlitz setzte den Becher ab, wischte sich mit dem Handrücken über die vollen, sinnlichen Lippen und lehnte sich auf seinem Stuhl selbstgefällig zurück. »Warum nicht, Herr Rat? Steht nicht selbst Ihr in seinem Dienst?«

»Ich bin Ratsherr in Wittenberg«, wies ihn Herberger zurecht.

»Pah, als ob nicht auch die ganze Stadt des Fürsten Eigen wäre, mit Mann und Maus und Kirch' und Haus!« Der Junker lachte über seinen gelungenen Reim und setzte gleich noch zwei hinzu: »Mit Frau und Magd – wie's ihm behagt. Mit der Unschuld Gesicht – und auch mit dem Gericht!« Belustigt schlug er sich mit der flachen Hand aufs Knie, daß es klatschte und ein Echo gab.

Die Gäste reckten die Hälse und blickten zu Herberger und seinem Tischgenossen hinüber. Sie kannten ihn nicht, den feinen Herrn, doch dieser und jener vermeinte wohl doch, er müßte ihn schon einmal gesehen haben.

»Meister Wirt!« rief er jetzt, »stellt einen Leuchter auf den Tisch, die Herren wollen, scheint's, mich besser erkennen.« Er hob den Becher und trank den Bürgern und Studenten übermütig zu. Sie aber wandten sich unschlüssig ab und sprachen beunruhigt miteinander; unheimlich war's, mit hohen Herren zu trinken.

»Ihr habt Euch nicht geändert«, sagte grämlich der Ratsherr und schüttelte verwundert den Kopf.

»Doch sehr verändert!« gab Haberlitz witzig zurück. »Ich sagt' Euch schon, bin in des Fürsten Dienst, wie auch der ganze Rat von Wittenberg und Ihr und Euer Gericht. Ist alles sein Eigen.«

»Nicht unser Gericht!« protestierte der Ratsherr. »Es ist der Stadt eigen, denn des Kurfürsten Ahn hat's einst an sie verkauft.«

»Pah! die alte Geschichte –! Ihr seid wie ein Hund, der an einem Knochen knabbert, daran längst kein Fäserlein Fleisch mehr«, sagte der Junker grob.

»Was wißt Ihr davon?« fuhr Herberger betroffen auf.

»Alles!« erwiderte Haberlitz. »Im Weimarer Hofgericht liegt nicht nur die Urkund' dieses Handels, sondern auch des Fürsten Landrecht, und dies wiegt mehr.«

Herberger erschrak. »Ihr seid im Weimarer Hofgericht?«

»Nun –, ich hab's doch wohl schon angedeutet, und's mußt' Euch eingehen.«

Herberger erhob sich halb von seinem Sitz. »Verzeiht, so wißt Ihr auch, wer des Fürsten Beauftragter in der Sache wider den Bauern Balzer –?«

Haberlitz lachte breit. »Ihr seid ein wenig begriffsstutzig, mein' ich –: Wer anders denn sollt's sein als ich, da ich hier sitz'. Oder habt Ihr geglaubt, daß ich nur Euerer – sicher überaus verlockenden, aber eben doch weniger amtswichtigen und hoffähigen Magd wegen gekommen?« Er wartete auf des Ratsherrn Gegenäußerung, da diese jedoch ausblieb, fuhr er gedämpfter fort: »Ja, dies auch; ich wär' Euch sehr verbunden, würdet Ihr mir Gelegenheit geben, ihr in Euerem Hause wieder zu begegnen.«

Herberger hob den Kopf wie nach einem schweren Schlag. Die Frage nach Barbara hatte er überhört. »Ihr seid des Fürsten Beauftragter?« flüsterte er benommen. Und nach einer Weile: »Gott sei gelobt, daß er Euch uns geschickt!«

»So freut Ihr Euch?« fragte Haberlitz ungläubig.

»Nicht alle werden sich freuen«, entgegnete der Ratsherr, wie wenn er eine Offenbarung ausspreche. »Ich – wohl! Denn ich bin dem Fürsten willig untertan und will ihm dienen. Ob aber der ganze Magistrat und sein Bürgermeister dazu Euch freundlich gesinnt, dies ist wohl fraglich.«

»Meint Ihr?«

»Ich will's der Zeit überlassen«, sagte Herberger.

»Nun, der Herr Bürgermeister hat mich mit Achtung empfangen, und's trifft sich gut, daß er an der Hochschul' einer meiner Lehrer gewesen, der Doktor Christian Beyer.« Haberlitz nahm einen tiefen Zug aus seinem Becher und füllte ihn sich von neuem. »Mir scheint jedoch, das Stadtgericht folgt seiner Weisung nicht«, schloß er.

Herberger hielt es für geraten, mit seinen Beschwerden vorerst noch hinter dem Berge zu halten. Er war unsicher geworden: Warum hatte er sich eigentlich so sehr eingesetzt für des Bürgermeisters und anderer Ratsherren Meinung, daß der Fürst der Stadt in Sachen des Großen Gerichts nichts hineinzureden habe? Wenn es ihm Haberlitz nun nachtrug? Dann konnte er seine Beschwerden über die Lauheit des Wittenberger Gerichts ja gar nicht mehr anbringen. Um so weniger, als der Bürgermeister – wie er jetzt gehört – den Weimarer Beauftragten so freundlich empfangen.

Herberger fühlte die Schmerzen in der rechten Leibeshälfte stärker werden. Er verzog das Gesicht und wäre am liebsten gegangen, da er aber sah, daß Haberlitz seine Veränderung bemerkt hatte, nahm er das Gespräch wieder auf und leitete es zu allgemeinen Dingen hin: »Ihr seid erst heute gekommen?« fragte er.

»Wohl, heut in der zehnten Stund', von Kemberg her, wo ich bei einem Freund die Nacht verbracht.«

»So habt Ihr gut geschlafen?«

»Geschlafen –? Je, bis zur Abfahrt saßen wir beisammen. Wein, Erinnerung, süße Gesellschaft!« Er schlug dem Ratsherrn die Hand auf die Schulter. »Was wißt Ihr davon, wie's in Herz und Sinnen flammt, so man in die Näh' vergnügter Jugend kommt! War eine tolle Zeit, hier in Wittenberg, wo der Doktor Luther frisch und kühn in die Stickluft geblasen und dabei gar manchem 's Dach abgedeckt – hier.« Er tippte dem Ratsherrn ungeniert an die Stirn.

Im gleichen Augenblick gab es einen harten Schlag, der den Ratskeller erschütterte und alle Gäste zusammenfahren ließ. Selbst Haberlitz erschrak heftig und stieß dabei seinen Becher um; der Wein verbreitete sich in einer roten Pfütze über den Tisch und floß über die Kante zu Boden. Der Wirt kam mit einem Lappen herbeigelaufen.

»Herrgott!« stieß er hervor. »Das Wetter ist heraufgekommen, eh man's bemerkt. Da hört!«

Abermals rollte ein Donnerschlag über das Rathaus hin, und als er verhallt, drang das Rauschen des herabprasselnden Regens bis in den Keller.

»Da werden wir hierinnen alle ersaufen«, lachte Haberlitz und stand auf.

Die Bürger und Studenten richteten mißtrauische Blicke auf ihn. In den Gesichtern einiger war deutlich zu lesen, daß sie jetzt gern gegangen wären, wenn das Gewitter nicht gar so fürchterlich getobt hätte. Das grelle Licht der Blitze durchzuckte den Raum, das Grollen und Knattern der Donner war häßlich nah. In jeder Sekunde konnte das Unheil herabfahren und den letzten Ratskellerbesuch für den oder den beenden.

»Was sitzt ihr herum und laßt die Ohren hängen!« fuhr Haberlitz' kräftige Stimme dazwischen. »Herrgott, was sind 's heut für Scheißhosen von Studenten!« Der Herr Beauftragte des Weimarer Hofgerichts trat mitten unter die Gäste. »Zu meiner Zeit, da ich in Wittenberg studiert, war unter den Kommilitonen ein anderer Geist, wahrlich! Der Doktor Luther bracht uns 's Draufgehn bei! Da weht' in Wittenberg ein schärfrer Wind als heut. Doch wir steckten 's Köpflein nicht unter die Flügel! Auf, trinkt mit mir, Gesellen!« Er trat an seinen Tisch zurück und ergriff seinen wiedergefüllten Becher. »Es lebe der Doktor Luther!« Er sprang auf die Studenten zu, hob den Becher und machte eine einladende Gebärde. »Es lebe der Doktor Martinus Luther!«

»Es lebe – der Doktor«, echoten einige ältere Studenten zaghaft.

»Lauter!« rief Haberlitz. »Er lebe! Da er uns das neue Evangelium gelehrt!« Er trank.

Die Studenten taten ihm mit ihren Krügen Bescheid.

»Da er dem Papst widerstanden!« setzte Haberlitz hinzu und trank wieder.

Die Studenten tranken, auch einige Bürger, denen dieses Theater schon Spaß machte.

»Da er den Bauern Ordnung beigebracht!« fuhr Haberlitz triumphierend fort. Doch schon im Trinken stockte er, denn nur wenige der Studenten hoben den Krug, ließen ihn jedoch gleich wieder sinken und setzten ihn ab.

Haberlitz sah sich verblüfft und finster um. »Ist euch der Durst vergangen?« Er beugte sich tief über ihren Tisch. Doch niemand antwortete ihm. Dafür war das Toben des Unwetters um so deutlicher zu hören, und es konnte die Antwort der Gäste sein.

Haberlitz machte eine Geste des Wegwerfens, wandte sich dann ab und setzte sich wieder zu Herberger. »Was sagt Ihr dazu?«

»Nun, Ihr seht, wie's zugeht in Wittenberg«, erwiderte der Ratsherr, seinen Verdruß erstickend in der Genugtuung, es immer schon gewußt zu haben ...

»Nicht eben gut evangelisch«, bemerkte Haberlitz drohend. »So ist's recht vonnöten, daß ich gekommen.«

Der Ratsherr nickte. »Ich mein's auch. Doch ob's dem ganzen Rat behagt –?«

Haberlitz fühlte sich nüchtern wie selten. Beinahe wütend goß er einen neuen Becher Weines in sich hinein. Dabei blickte er aufgebracht zu den Tischen der Studenten und Bürger hinüber, doch alle hatten sich abgewandt, und es war offensichtlich, daß sie das Ende des Gewitters herbeiwünschten, um den Ratskeller verlassen zu können. – Ärgerlich knallte er den Becher auf die Tischplatte und spie auf den Fußboden.

Doch die ihm erteilte Abfuhr wurmte ihn nur noch mehr; er fand keine Ruhe.

Noch einmal erhob er sich und trat an den Tisch der Studenten. »Ihr seid, scheint's, mit dem Doktor Luther nicht recht einig«, sagte er.

Die Studenten schwiegen.

»Dies macht mich neugierig«, fuhr er fort. »Mißfiel euch seine Schrift wider die Bauern?«

Jetzt richtete sich einer der Studenten auf; er strich sich mit den Fingern durchs schwarzlockige Haar und fragte scharf: »Wozu wollt Ihr dies wissen?«

»Nur so –. Man könnt' darüber reden und zurechtrücken, was dieser und jener nicht recht verstanden.«

»Wir haben's schon verstanden.«

»Aber –?«

»'s wär' lieber uns gewesen, der Doktor hätt' im Streit vermittelt.«

Haberlitz zog die Stirn kraus. »Er hat's versucht. Doch kam er damit bei den Bauern schlecht an.«

»Und bei den Fürsten –?« Der Schwarzlockige ließ Haberlitz nicht aus den Augen.

Der kniff die Augen zusammen. »Ihr wißt geschickt zu fragen. Und doch will ich Euch Antwort geben: Die Fürsten wurden ihrer Verhandlungsbereitschaft enthoben, da die Bauern

Von Bauern gerichteter Mönch

bereits gehandelt, nicht am Tische, sondern auf dem Feld. Burgen, Schlösser und Klöster gingen in Flammen auf, die Grundherren wurden gejagt und geschunden. Habt Ihr dies nicht vernommen? Der Bauer schlug schon zu. Das Wort galt ihm nichts.«

»Es galt ihm schon was, er hat's ja gegeben, und er nahm's von den Herren auf Treu und Glauben. Doch, wie schnell haben sie's gebrochen!«

»Schau, Ihr wißt 's genau! Wart Ihr dabei?«

Der Schwarzlockige ließ sich nicht beirren. »War allezeit in Wittenberg und saß im Kolleg.«

»Und da kamen von Thüringen her die Boten, vom Ewigen Rat in Mühlhausen zu berichten, zu werben fürs große Treffen bei Frankenhausen. Und sie sangen das Lied vom Geyer und vom Berlichingen, das Lied von Thomas Müntzer!«

»Hab' keine Boten gesehen«, gab der Schwarzlockige hart zurück.

»Nun, so sahet Ihr sie später. Zwei von ihnen sitzen, wie ich gehört, mit uns im Rathauskeller.«

»Wohl – vielleicht gleich nebenan, doch nur in einem Loch mit Gitterstäben und nicht bei Bier und Wein.«

Die Studenten wurden unruhig, einige äußerten sich unmutig über des Fremden anmaßendes Wesen. Wie draußen schon zog sich nun auch hier im Keller ein Unwetter zusammen. Haberlitz fühlte, daß es zu einem offenen Ausbruch gegen ihn kommen mußte, wenn er nicht einen freundlicheren Ton anschlug. Darum lenkte er ein, denn es kam ihm darauf an, über die Stimmung an der Universität noch mehr zu erfahren. Dies erschien ihm wichtiger, als nach der Meinung der Bürger zu forschen. »Auch ich find's beklagenswert, daß ein Piesteritzer Bauer so arg ins Unglück geraten!«

»Man soll ihn doch freilassen!« rief einer der jüngeren Studenten. »Setzt wie wir Euch dafür ein!«

»Wenn er nun aber schuldig geworden –?«

»Er hat erst nach schwerer Tortur gestanden«, sagte ein anderer. »Ihr wißt, was solch Geständnis wert.«

»So meint Ihr, daß er unschuldig?«

»Wohl! Er lebt' auf seines Vaters Hof und schafft' und rakkerte brav sich ab, da holt' man ihn in aller Früh' und schleppt' ihn ins Verlies. Sagt, ist dies christlich?«

»Ist's ein evangelisch' Exempel?«

»Und welch' Exempel! Es schwätzt ein altes Weib und macht den Pfarrer wild, und der schwatzt weiter; ein Ratsherr hört's und läuft zum Richter. Und so schlägt alles über dem armen Bauer zusammen, die wahre Sintflut!«

Ein Schwarm von Worten stürmte auf Haberlitz ein. Es wurde ihm leid, sich mit so ungestümen Burschen eingelassen zu haben.

»Trinkt, Freunde, trinkt erst einmal, daß wir im Streit uns erfrischen!« rief er ungeduldig, ging zu Herbergers Tische hin und holte seinen Becher. »Stoßt mit mir an auf Thes' und Widerthese im Disput: Es lebe das aufrichtige Wort!«

Der Schwarzlockige stand plötzlich auf. »Ein aufrichtig' Wort! So's Euch aufrichtig darum getan!«

»Ich halt's damit!« Haberlitz stand ihm Auge in Auge. Solch akademisches Theater – wofür er dies alles noch hielt – gefiel ihm wohl, es erweckte in ihm die alten Schwärmereien von Mut, Ehre und Draufgängertum. Er wartete darauf, daß man mit ihm anstoße.

Doch niemand machte dazu Anstalten, auch der Schwarzlockige nicht. »Ihr schätzt des Mannes Ehre –«, fragte er.

»Ich schätz' sie hoch.«

»Und Ihr verachtet den, der zum Hatzhund sich macht –?«

Haberlitz stockte, doch da er aller Studenten Augen auf sich gerichtet sah, hielt er es für ratsam, noch mitzuspielen. »Wohl, ich verachte ihn!«

Der Schwarzlockige kam hinter dem Tisch hervor. »Und Ihr trinkt mit ihm?«

Haberlitz verstand den Sinn nicht mehr recht. »Wie meint Ihr das?«

»Ihr sitzt mit ihm an einem Tische –?«

»Nein!«

Der Schwarzlockige zog einen Stuhl herbei und stellte ihn an der Studenten Tisch. »So setzt Euch zu uns. Denn der dort –«, er wies mit ausgestreckter Hand auf Herberger, »– der ist so einer.«

Der Ratsherr riß die Augen auf und sank wie von einem Schlag getroffen zurück. »Dies büßt Ihr mir!« fauchte er. Dann erhob er sich mühselig, warf eine Münze auf den Tisch und wankte der Treppe zu. Bevor er hinaufstieg, wandte er sich noch einmal um. Von den Studenten umringt, stand Haberlitz, den Becher noch immer halb erhoben, ratlos, bestürzt und doch nicht stark genug, aus diesem Kreis sich zu entfernen.

»Dies büßt Ihr mir!« sagte der Ratsherr noch einmal. Seine Stimme war heiser und schnappte über. »Und Ihr –«, er richtete den Blick starr auf Haberlitz, »– Ihr werdet meine Ehre schützen, Ihr, des Fürsten Beauftragter, Herr Hofrichter aus Weimar!«

Wie auseinandergesprengt verstreute sich der Ring der Studenten. Der Ratsherr aber stieg steif von Stufe zu Stufe. Das Rauschen des Regens schwoll ihm entgegen. Als er den Marktplatz betrat, grollte vom Elbtal her ein dumpfer Donner. Er achtete des bösen Wetters nicht, schritt wie blind und taub davon.

Thamm und Barbara waren schon zu Bett gegangen; um den Schlaf ihres Kindes nicht zu stören, besprachen sie alle für sie wichtigen Angelegenheiten am Tage und gönnten auch sich selbst am Abend Ruhe; dafür waren sie am Morgen im Hause die ersten. – Auch Bachmann befand sich bereits in seiner Kammer; er hatte sich von Julia vor der Tür ihrer Stube verabschiedet und war nachdenklich die Treppe hinangestiegen. –

Nur der Meister saß noch in der großen Wohnstube bei seinen Aufzeichnungen über diesen und jenen Arbeitsauftrag. Frau Herberger, die ihm zu so später Stunde meist Gesellschaft leistete, da auch sie nicht gern so früh schlafen ging und darum ganz bewußt alle am Tische zu erledigenden Wirtschaftsangelegenheiten auf den Abend verschob, war am Nachmittag nach Pratau zu einer Bekannten gegangen; sie wollte dort über Nacht bleiben. So lag das ganze Haus in tiefer Stille.

Ein Herz darin aber war voller Unruhe. Das Julias. Lange hatte sie, noch angekleidet, auf ihrem Bett gesessen. Die sich um Bachmann anstauende Gefahr bedrängte auch sie mehr und mehr. Sie fürchtete sich vor jeder Nacht und grübelte in einem fort darüber nach, wie man Hans helfen könne, dem Schicksal des armen Sebastian Balzer zu entrinnen.

Schließlich hielt sie es in ihrer engen Stube nicht mehr aus. Sie verließ sie und schlich die Treppe hinauf. Leise öffnete sie die Tür zu Bachmanns Kammer und trat ein. Er saß am Tische und schrieb. Als er sie gewahrte, fuhr er leicht zusammen, erhob sich aber sofort und ging auf sie zu. Liebevoll nahm er sie in die Arme, glaubte er doch, sie sehne sich nach einer neuen zärtlichen Nacht. Doch sie blickte an ihm vorbei: Neben dem Leuchter sah sie einen Stoß Zettel liegen.

»Was tust du da?« fragte sie.

Er gab sie frei und trat wieder zum Tisch hin. Zögernd nahm er einen der beschriebenen Zettel auf. »Sieh es dir an«, sagte er und reichte ihn ihr hin.

Julia verwunderte sich über die ihr so fremde Schrift. Sie vermochte sie nicht zu lesen.

»Es ist Latein«, bemerkte er. »So ist des Schreibers Eigenart weniger leicht zu erkennen. Und für die es bestimmt, die verstehen 's Latein. Man wird den Schreiber auch nur in ihrem Kreise vermuten.«

»Was heißt's denn?« fragte sie.

Er übersetzte es ihr: »Kommilitonen, der Tuchwalker ist unschuldig! Sie haben ihn ergriffen, weil sie den rechten Genossen Balzers nicht finden. Der rechte bin ich. Jünger der Wissenschaft, Ihr seid zur Menschlichkeit verpflichtet! Rettet den Unschuldigen! – Der Unbekannte.«

»Und dies willst du verteilen?«

»Ich werde noch jetzt zur Universität gehen und die Zettel auf den Hof werfen. Morgen früh wird man sie finden.«

Julia legte ihm die Hände auf die Schultern und schien plötzlich größer geworden. »Nein, Hans, du wirst nicht gehen. Ich selbst will's tun. Sieh, so man dich als einen verkleideten Gelehrten erkennt und ergreift, ist's offenbar, daß du's geschrieben und verteilt und der Gesuchte bist. Du weißt, wie sie allerwärts herumschnüffeln; viel zu leicht haben wir's bisher genommen! Mich einfältig' Ding wird keiner beachten. Also werd' ich gehen.«

Bachmann hatte Bedenken. »Ist's nicht genug, daß ich in Gefahr?«

»Du mußt mir vertrauen, Hans. Da ich dich nicht verlieren will, kämpf' ich mit dir, bis alles vorüber.«

»Was – vorüber?«

»Was heut uns alle bedrängt.«

»Es wird uns immer bedrängen, solang das Unrecht wütet. Und seit man die Bauern niedergemetzelt, ist's mit jedem Tage wilder geworden; ein greulicher Drache: Schlägst du ihm einen Kopf ab, so wachsen ihm zwei neue.«

»Ich will dennoch bei dir bleiben!«

»Von einem Streit zum anderen mit mir ziehen?«

Sie nickte und legte ihm die Arme um den Hals. »Mit dir ertrag' ich alles.«

Er drückte sie an sich. »Glaub mir, Julia, daß du so herzlich mich liebst, macht mich froh. Doch ich kann nicht im Hause verharren, so ich dich auf diesem gefahrvollen Wege zur Hochschule weiß. Laß mich von fern dich begleiten.«

»Meinst, dies sei besser, als wenn du gleich selber gingest?« entgegnete sie.

»Doch«, sagte er. Dann aber dachte er daran, daß alles lichtscheue Mannsgesindel gerade einem Mädchen nachsteigen werde.

Und wieder wollte er ihre Teilnahme zurückweisen. Zugleich aber fühlte er die Kraft, die von einem solchen Zueinanderstehen ausging: Er, Thamm, Barbara, Frau Herberger, der alte Meister und nun auch Julia: eine wunderbare Schicksalsgemeinschaft!

»Wie aber wollen wir aus dem Hause kommen?« fragte er Julia.

»Leise, ohne daß der Vater was merkt«, erwiderte sie.

Bachmann steckte die Zettel in die Innentasche seines Handwerkerkittels. Dann nahm er Julia bei der Hand und führte sie vorsichtig die Treppe hinab auf den Hof, auf die Gasse hinaus.

An diesem warmen Juliabend war die Stadt noch belebt wie selten. Doch die Dunkelheit hüllte die durch die Gassen schlendernden Menschen wie in graue Schleier und dämpfte auch ihre Stimmen, es erkannte einer den anderen nicht.

»Laß uns jetzt noch miteinandergehen«, sagte Bachmann, »allein bist du bald in der Studenten Spiel. Sie schwärmen immer herum und sinnen darauf, was Schlimmes zu beginnen.«

Er nahm Julias Arm und zog sie an sich.

So schritten sie dem Marktplatz zu. Dort ging es schon lauter zu; Handwerksleute und andere Bürger kamen aus dem Ratskeller, der jetzt seinen Ausschank schloß.

»Wir wollen lieber durch die Jüden- und die Fleischergasse gehen«, meinte Bachmann. »Dort wird's ruhiger sein.«

Schon hatten sie das Rathaus hinter sich und eilten am Kirchplatz vorüber. Bald schritten sie über die Brücke des Rischebaches. In der Fleischergasse, die von allerlei an die Stadtmauer gebauten Schuppen, Werkstätten und Ställen beengt und verfinstert war, beschleunigten sie ihre Schritte noch mehr, denn in diesen Lücken und Schlupfwinkeln verbargen sich manchmal nicht nur übermütige Studenten, sondern auch gefährliche Halunken, um alleinstehenden Mädchen und Frauen auf den Leib zu rücken. Da half ihnen oft kein Schreien und Jammern – die dort wohnenden armen Handwerker und Händler hielten es für ratsamer, sich die Decke über die Ohren zu ziehen als hinauszulaufen und sich den Schädel blutig schlagen zu lassen. – Julia drängte sich fester an Bachmann.

Endlich waren sie auf dem Klosterplatz. Durch die Collegiengasse gingen sie bis zur Universität zurück. Eine Gruppe von Schülern verschwand gerade in der Lücke zum Hofe, und aus der Stille der Gasse zum Marktplatz hin waren vorerst wohl keine weiteren zu erwarten.

»Das trifft sich gut«, flüsterte Bachmann Julia zu. Er zog sie weiter und lauschte. Der große Raum zwischen den Gebäuden lag in tiefer Ruhe.

»Geh«, sagte Bachmann leise und drückte Julia die Zettel in die Hand.

Zögernd ging sie vorwärts. Die Dunkelheit verschlang sie sofort. Er hörte ihre Schritte kaum, es war, als sei sie aufwärts geschwebt. Dann vernahm er das Flattern fallenden Papiers. In diesem Augenblick bogen mehrere Studenten in die Lücke ein. Er drückte sich hinter die Ecke, sie schritten an ihm vorbei. Plötzlich stockten sie. »Was liegt hier Weißes herum?« fragte einer. »Hei, Liebesbrief'!« – »Laßt sie uns einsammeln!« lallte ein zweiter mit trunkener Stimme. Ein anderer kroch auf dem Boden herum, gepreßt und von Atemnot fast erstickt vor sich hin brummelnd.

In dem entstehenden Lärm bemerkte keiner der Burschen, wie Julia durch den hinteren Hofausgang an der am Anger zu gelegenen Stadtmauer verschwand. Auch Bachmann nicht. Da die aufgeregten Studenten nun aber wieder näher kamen, sah er sich gezwungen, eilig davonzulaufen.

Hierbei nun entdeckten sie ihn und brachten ihn folgerichtig sofort mit den Zetteln in Zusammenhang. Im Nu saßen sie ihm auf den Fersen. Er schoß in großen Sprüngen die Collegiengasse hinauf. Bei der Neugasse aber verhielt er plötzlich und setzte blitzschnell über die schmale Brücke des Faulen Baches zur Mittelgasse hinüber. Dort, dem Marktplatz zustrebend, bemerkte er schon, daß die betrunkenen Burschen die Verfolgung aufgegeben hatten. Ruhiger lief er weiter. Als er jedoch durch die Gräberreihen des Kirchhofes zur Marktlücke hinschlich, packte die Sorge um Julia ihn so heftig, daß er am liebsten wieder zur Universität zurückgelaufen wäre. Zugleich aber wurde ihm klar: Dort war sie längst nicht mehr. Wo aber sonst?

Er überquerte den Marktplatz, blieb am Fischmarkt stehen und lauschte. Lief sie den Studenten in die Arme? Erregt und mit geballten Fäusten ging er im Schatten des Rathauses auf und ab.

Plötzlich hörte er eilige Schritte die Elbtorgasse heraufkommen. Er erkannte sie sofort: Es waren die Julias. Er atmete auf. Leider wählte sie nicht den Weg über den Marktplatz zur Coswiger Gasse, sondern bog in die Schloßgasse ein, um über die Steinbrücke bei der Amtsmühle die Pfaffengasse zu erreichen. Er wandte sich also gleich der Coswiger Gasse zu, um sie noch vor dem Hause ihres Vaters einzuholen.

Als er sich jedoch der Steinbrücke näherte, hörte er ihre Schritte schon nicht mehr allein. Zwei aufdringliche Gestalten folgten ihr. Er hielt sich zurück. Jetzt hatten die beiden sie in ihre Mitte genommen und bei den Armen gefaßt. Sie wehrte sich und fuhr die unerwünschten Begleiter wütend an.

Doch sie gaben sie auch vor dem Hoftor noch nicht frei.

Da war Bachmann heran. Zwei Studenten –. Mit einem unvermuteten Faustschlag fuhr er dem einen in die Zähne, daß dieser hintenüberfiel. Dem anderen trat er vor den Leib; der stöhnte auf und machte Anstalten, den kurzen Degen zu ziehen, um Bachmann niederzustechen. Dieser aber war mit Julia bereits hinter dem gut beschlagenen Tor verschwunden.

Die beiden Geschundenen erhoben ein wildes Geschrei. »Den Stadtrichter schicken wir dir auf den Hals! – Ins Loch mit dem schmutzigen Kleinschmiedsgesellen!« Doch in den Nachbarhäusern rührte sich keine Seele; man hielt die Türen und wohl auch die Fenster gut verschlossen und dachte nicht daran, sich in solche Händel einzumischen.

Nur im Melchthoferhause wurde es lebendig. In Hemd und Hose standen Meister und Geselle da im Flur. Bachmann gestand, daß er mit Julia auf den Gassen gewesen und berichtete, wie es zu dem Streit gekommen. Julia weinte. Der Meister schickte sie ins Bett. Dann forderte er Bachmann und Thamm auf, mit in die Stube zu kommen.

»So verbirgst du dich, daß sie dich wegfange' könne'«, sagte er ärgerlich.

»Wollt' einmal wieder an die Luft«, sagte Bachmann.

»Doch da kamen die Studenten.«

»Hast einen blutig geschlage'?«

»Wohl, hab' dem einen eins versetzt, daß ihm die Zähne krachten«, antwortete Bachmann aufgebracht.

»So werde' dir auch die Knöchel gekracht habe'«, knurrte der Meister. »Und wenn sie gar zerschunden, ist's nicht schwer für die Gerichtsknecht', dich als den Täter festzustelle' und zu ergreife'. Hernach wird der Stadtrichter sich näher mit dir befasse' –. Da sind wir denn alle gelade'.« Seine Worte waren voller Ironie. »Dies hat uns noch gefehlt, Hans! Ein Spaziergang am Abend lockt uns's Gericht ins Haus ... Was nun, ihr Lieben?«

»Ich nehm' die Sach' auf mich«, sagte Thamm.

»Du –?« Der Meister hob den Kopf zu ihm auf. »Da werde' sie sich wundere', daß die Bursche' lebend davongekomme'. Und so sie deine Fäust' abschätze', wird's ihnen eingehe', daß du geloge'. Sie werde nach dem wahren Täter frage.'«

»Ich nehm's doch auf mich«, beharrte Thamm auf seinem Entschluß.

»Und wenn sie frage', was du mit der Julia zu so später Stund' noch auf der Gass' zu suche' hast, was wirst du sage'? ›Ein Spaziergang, Herr Stadtrichter.‹ – ›Oh, du bist ja verehelicht!‹ wird er dir antworte. ›So treibst' gar schon Ehebruch?‹ – Und du: ›Herr Stadtrichter, 's war wegen der Hitz' im Haus.‹ – Dies wird ein fröhlich' Gelächter gebe'!« Thamm wurde ungeduldig. »Glaubt Ihr im Ernst, daß sich 's Gericht damit befaßt, frechen Strolchen, die Frauensleut' überfallen, auch noch Genugtuung zu geben? Und wären's auch Studenten – nein! Und sie selbst, dies glaub' ich eher, werden sich hüten, dem Stadtrichter ihr nächtlich' Gewerb' zu nennen.«

»Ich wollt', du hättest recht«, seufzte der Meister. Dann schickte er sich an, seine Kammer aufzusuchen. »Legt euch schlafe'«, sagte er, »morge' werde' wir recht wach sein müsse'.«

Der Stadtrichter trat vor den Bürgermeister hin, grüßte flüchtig und legte ihm einen Zettel auf den Tisch. Der Bürgermeister neigte sich darüber und las. Einige Male nickte er, dann hob er den Kopf und sah den Stadtrichter fragend an.

»Woher habt Ihr dies?«

»Ein Student kam damit zu mir ins Haus, heut in aller Frühe. Man hat von diesen Zetteln im Hofe der Universität ein paar Dutzend gefunden.«

»Aber Ihr habt nur einen. Wo sind die anderen?«

»Die Studenten haben sie schon gestern abend aufgelesen. Und heut am Morgen waren sie gewiß schon durch einige hundert Hände gegangen. In allen Gassen spricht man von den Briefen des wahren Genossen Balzers. Der Tuchwalker solle freigelassen werden, sonst hole man ihn selber heraus.« Der Stadtrichter erwiderte den forschenden Blick des Bürgermeisters ein wenig spöttisch. »Dies Geschreibe ist natürlich nichts als eine versuchte Irreführung.«

»Meint Ihr? Woher wollt Ihr das wissen?«

»Das Papier verrät's selber. Studenten haben's geschrieben, denn ein Bauer oder Handwerksgesell versteht nichts vom Latein.«

»Wenn mich nicht alles täuscht, suchtet Ihr anfangs nach einem Studenten, der mit Balzer gemeinsam gekommen, wie's das Torbuch auswies. Ihr aber habt einen Tuchwalker ergriffen. Nun meldet sich der Student. Nicht anders seh' ich's!«

»Er soll seinen Namen nennen.«

»Ich kann mir nicht denken, daß Ihr dies erwartet.«

»Also vermag ich ihm auch nicht zu glauben.«

»Und was wollt Ihr nun tun?«

Ein Schreiber trat ein und meldete den Beauftragten des Weimarer Hofgerichts. Damit war der Stadtrichter einer Antwort enthoben.

Auch der Hofrichter hatte bereits von den Zetteln gehört, aber noch keinen gesehen. Jetzt las er einen, doch war er ein wenig enttäuscht: Er hatte Drohungen, Beschimpfungen – und vor allem Anknüpfungspunkte für die Ergreifung des Schreibers erwartet, doch – nichts von alledem, der Text war sachlich, der Schreiber glaubhaft. Achselzuckend legte er den Zettel auf den Tisch zurück und fragte nun den Bürgermeister, wie dieser zuvor den Stadtrichter: »Was wollt Ihr da tun?«

Der Bürgermeister, der diesen Hofrichter aus vergangenen Jahren noch als den tollen, großmäuligen Studenten Haberlitz kannte und dem die Tatsache, daß ein solcher Mensch ihm jetzt vor die Nase gesetzt wurde, ohnehin wie ein Stachel im Fleisch saß, sagte mit spürbarem Nachdruck: »Man wird den Tuchwalker freilassen und – so's überhaupt Sinn hat – den Studenten suchen müssen.«

Haberlitz, des Bürgermeisters Widerspruchsgeist bemerkend, lächelte spöttisch. »Den Studenten suchen, ja, doch den Tuchwalker deswegen noch nicht laufen lassen.«

»Dies ist auch meine Meinung«, beeilte sich der Stadtrichter zu sagen.

»Und wie wollt Ihr den Schreiber der Zettel finden?« fragte der Bürgermeister. Doch er wartete eine Antwort gar nicht erst ab, sondern fuhr sogleich fort: »Zettel wurden auch in der Sache des Balzer geschrieben. Habt Ihr die Schreiber ermittelt?«

»Es war nicht nötig, da doch der Bauer Balzer bald gestand,

im Mansfelder Land dabeigewesen zu sein«, gab der Stadtrichter mit Genugtuung zurück.

»Warum aber gestand er auch in der schärfsten Tortur nicht, mit einem Genossen nach Wittenberg gekommen zu sein?« Der Bürgermeister blickte dem Stadtrichter finster ins Gesicht.

»Er wird noch gestehen«, sagte dieser.

»Es ist offenbar, daß er mit dem Tuchwalker nichts zu tun hat.« Der Bürgermeister stemmte die Faust auf den Tisch.

»Nun, so vielleicht mit dem Studenten. Wir werden ihn immer wieder danach fragen.«

»Ja«, stimmte Haberlitz zu. »Man soll ihm den Zettel zeigen und vorlesen, so wird er schon begreifen, daß sein Leugnen zwecklos. Und gibt er zu, mit dem Studenten gekommen zu sein, sei's auch nur, um den Tuchwalker zu retten – sollte dieser schuldlos sein –, so werden wir auch des Studenten Namen noch aus ihm herausholen.«

Der Bürgermeister schüttelte den Kopf. »Ihr haltet's demnach für möglich, daß der Tuchwalker unschuldig, und für wahrscheinlich, daß Balzer ihn deshalb wird retten wollen, also ein anständiger Mensch ist? Welch seltsame Logik! Sie ist, so glaub' ich, Ihr Herren, zu einfach – und auch wieder zu wacklig, ganz sicher aber ohne Nutz'! Ihr versucht dieses und jenes, geht hierherum und dortherum. Ich aber halte es damit, das Recht auf geradem Wege zu finden: Fehlt der Beweis, daß einer schuldig ist, so muß man ihn freilassen. Anders könnt' man jeden Bürger ergreifen, ihn verdächtigen und foltern, bis er nachgibt. Dies wär' nicht Recht, es wär' Gewalt!« Er entsann sich plötzlich seiner Höflichkeitspflichten und bat Haberlitz wie auch den Stadtrichter, sich doch zu setzen. Mit geöffneter Hand wies er ihnen die Sessel an und nahm dann selber wieder hinter seinem Tische Platz.

Stadt- und Hofrichter wechselten einen verwunderten Blick. Der Bürgermeister richtete sich anscheinend darauf ein, mit ihnen ein längeres Gespräch zu führen.

»Ihr, Herr Hofrichter«, sagte er, »mögt meine Rechtsauffassung nicht so ganz billigen.«

»Nein, ich billige sie keinesfalls«, fiel Haberlitz ein, »weiß ich doch, wie in unseren Zeiten des Aufruhrs und Ungehorsams der gemeine Mann mit List und Trug seinem Vorteil nachgeht. Nun die Fürsten wieder Ordnung geschaffen, glaubt er, gewitzig, wie er ist, sie täuschen zu können. So muß man seine Schlauheit brechen. Und wir haben die Mittel dazu –.«

Der Bürgermeister schüttelte den Kopf. Doch er kam nicht mehr dazu, dem forschen Hofrichter zu antworten. Der Gerichtsschreiber trat ein und meldete die zu einer anderen Verhandlung Erschienenen: zwei Studenten als Kläger, ein Handwerksgesell und seines Meisters Tochter als Beklagte.

»Hat dies mit den Zetteln etwas zu tun?« fragte Haberlitz.

»Nein«, erwiderte der Bürgermeister. »Die Studenten wurden gestern abend in der Pfaffengasse einer Jungfer wegen von einem Handwerksgesellen niedergeschlagen. Der Senat der Universität hat's sehr eilig und fordert ein Sühneverfahren wider den Gesellen.«

»Ich hab' die Sache untersuchen lassen und die Parteien geladen«, erklärte der Stadtrichter. »Wir halten im Rat darauf, kleinere Händel ohne Verzögerung zu untersuchen.«

Haberlitz nickte in spöttischer Anerkennung solch schneller Rechtlichkeit. Er erinnerte sich seiner Studentenjahre in Wittenberg. Beinahe jeden Tag gab's einen Krawall, und in nicht wenige war er selbst verwickelt. Nicht einmal die Begeisterung der Schüler für die von Luther verursachte Bewegung vermochte sie von den üblichen Skandalgeschichten und Schlägereien abzulenken. Senat und Magistrat hatten alle Hände voll zu tun, die Ordnung aufrechtzuerhalten und die Sünder zu strafen. Doch so eilig ging es damals mit Gericht und Strafe nicht zu. War der Fürsten neues Regiment auch diesem Magistrat schon in die Knochen gefahren? Der Stadtrichter erwies sich als ein tüchtiger Mensch, allein der Bürgermeister zeigte sich äußerst nachsichtig.

»Nun, so's Euch im Amt nicht ungelegen, will ich der Sache gern beiwohnen«, sagte er.

Der Bürgermeister machte eine einladende Geste, dann, zum Stadtrichter hingewandt, sagte er: »Ich kenn' den Fall noch nicht. Nehmt Ihr die Befragung vor.«

Der Stadrichter rückte seinen Sessel zurecht, legte den Ellbogen auf den Tisch des Bürgermeisters und schlug die Beine übereinander. Dann befahl er dem Gerichtsschreiber, die beiden Studenten vorzuführen.

Sie kamen herein, verbeugten sich tief und lange und warteten darauf, angeredet zu werden. Haberlitz betrachtete sie mit großem Interesse. Er fühlte sofort, daß sie so demütig, wie sie sich gaben, gar nicht waren. Sie wollten einen guten Eindruck machen, um den Richter für sich einzunehmen. Bei dem Gerichtsschreiber schien ihnen das schon gelungen zu sein, denn dieser stellte sich in Positur, als sei er ihr Anwalt. – Haberlitz bemerkte aber auch, daß die Studenten in dem hier zu behandelnden Streit nicht gerade gut abgeschnitten hatten: Dem einen waren Nase und Oberlippe geschwollen und blau unterlaufen, der andere hielt sich auffällig krumm, wie wenn er Leibgrimmen habe. Und ein einziger Handwerksgesell hatte sie so zugerichtet? Zur Hälfte sprach der gewesene Wittenberger Student sie jetzt schon schuldig, da sie die Ehre der Hochschule so schlecht verteidigt.

Der Stadtrichter, dem der Gerichtsschreiber ein Protokoll vorgelegt hatte, begann mit der Vernehmung. Er wandte sich zunächst an den Burschen mit dem verquollenen Gesicht. »Ihr seid geschlagen worden?«

»Wohl, Herr Stadtrichter. Man hat mich hinterrücks überfallen.«

»Aber Ihr seid vorn verletzt«, warf Haberlitz ein – und entschuldigte sich im gleichen Augenblick bei dem Stadtrichter für diesen Eingriff in dessen Amt.

Der Stadtrichter verneigte sich und tat gar noch geschmeichelt. Dann wieder dem Studenten zugewandt, fragte er weiter: »Warum schlug man Euch?«

»Wir hatten –«, der Befragte wies auf sich selbst und seinen Genossen, »– wir hatten einer Jungfer das Geleit gegeben.« Der andere Student nickte.

»Hat der Beklagte Euch vorher zur Rede gestellt?«

»Nein, es hat gleich gekracht«, platzte der Student heraus; er hatte seinen guten Vorsatz, sich gesittet zu geben, ganz vergessen.

Haberlitz lachte jetzt unverhohlen, und selbst der Bürgermeister konnte ein Lächeln nicht unterdrücken. Nur der Stadtrichter blieb ernst.

»Wer von Euch hat zwei Zähne verloren?« fragte er weiter. Der mit dem geschwollenen Gesicht öffnete den Mund, man sah eine Lücke im Gebiß.

»Oh«, bemerkte der Stadtrichter, »– ein harter Schlag! Geschah er mit der bloßen Hand?«

»Mit der Faust.«

»Und Ihr wißt's genau, daß es der Handwerksgesell gewesen?«

»Er hat's ja bereits zugegeben.«

Der Stadtrichter blickte dem Gerichtsschreiber forschend ins Gesicht: Um sich bei den Studenten lieb Kind zu machen, hatte er ihnen schon wieder alles verraten – Er fragte sie: »Hat auch die Jungfer Euch geschlagen?«

Hier vermochte der Hofrichter den Mund schon wieder nicht zu halten. »War die Jungfer denn von Euerem Geleit erfreut?«

»Wir mußten es glauben, denn sie ging züchtig in unserer Mitte. Wir gaben's ihr auch in Ehren«, sagte der Geschwollene, und es war, als ob auch seine Worte aufquollen.

Der Stadtrichter wußte nichts mehr zu fragen. Darum wandte er sich wieder an den Gerichtsschreiber: »Holt die Jungfer herein.«

Sie kam. Der Stadtrichter forderte sie auf, näher zu treten. Dem Hofrichter schien mit eins der Mantel zu eng, er reckte sich auf und starrte das Mädchen an. Nein, dieses Gesicht sah er nicht zum erstenmal. Höll' und Himmel, welch eine Jungfrau! Grad so wie jene, um die er in Wittenberg einst so wild gewesen – und schließlich von der Universität gejagt worden war –, die goldhaarige Anna. Diese hier trug gar Sonne im Haar.

»Wie heißt du?« fragte der Stadtrichter.

»Julia, des Meisters Melchthofer Tochter«, antwortete sie ohne Furcht.

»Kennst du diese Studenten?« Der Stadtrichter wies auf die Kläger.

»Nein.«

»Hast du sie angesprochen?«

»Sie sprachen mich an.«

»Was wollten sie?«

»Mich geleiten.«

»Und – war's dir recht?«

»Es war mir nicht recht.«

»Und doch gingen sie mit?«

»Ja. Sie hielten mich gar an den Armen fest.«

»Und was geschah vor dem Tor deines Elternhauses –?«

Julia errötete. »Der eine umarmte mich und drückt' mir den Kopf zurück –.«

»Und dann?«

»Dann kam der Berthold und vertrieb die Burschen.«

»Wer ist Berthold?«

»Des Vaters Gesell.«

Der Stadtrichter forderte den Gerichtsschreiber auf, den Gesellen hereinzuholen. Als er kam, schoß Haberlitz das Blut in den Kopf. Er legte die Hand auf die Stirn, das Gesicht zu beschatten, und betrachtete den Hünen aus den Augenwinkeln. Er hatte es geahnt, denn wie die Studenten, so war auch er schon einmal einer bis zu diesem Tor des Kleinschmiedemeisters gefolgt: Barbara, der Dienstmagd, und eben dieser Gesell hier war dazwischengekommen. Schau, schau, jetzt hatte er sie abgeschoben und sich der Tochter seines Meisters zugewandt. Ein schlauer Fuchs.

»Du hast einem Studenten zwei Zähne ausgeschlagen und einem anderen den Fuß in den Leib getreten«, sagte der Stadtrichter.

»Es tut mir leid«, entgegnete Thamm.

»Warum hast du es getan?«

»Sie haben der Julia zugesetzt – ganz unzüchtig.«

»Ist sie die Deine?«

»Nein, ich hab' des Ratsherrn Herberger Dienstmagd, Barbara, geehelicht.«

Der Hofrichter spitzte die Ohren; sie wurden ihm heiß. Und hält's auch mit des Meisters Tochter –? dachte er ärgerlich.

Der Stadtrichter hatte die gleichen Gedanken. Er nickte langsam. »Ah, und mit des Meisters Tochter treibst du dich spät abends noch auf den Gassen herum?«

»Ich war nicht mit ihr, nein! Befand mich im Hause. Da hört' ich die Julia schreien und bin zum Tor hinaus.«

»Es ist nicht wahr, er kam hinter uns her«, rief einer der Studenten dazwischen.

Der Stadtrichter hob beschwichtigend die Hand. »Wir werden die Wahrheit finden.«

»Ihr aber seid nicht am Hinterkopf, sondern im Gesicht verletzt«, warf der Hofrichter ein.

»Ich kam aus dem Hof«, beteuerte Thamm.

Der Stadtrichter machte ein pfiffiges Gesicht. »Nun, glauben wir, du kamst aus dem Hof. Da frag' ich aber, wo trieb die Jungfer zu so später Stunde sich allein herum? Was wollt' sie auf den Gassen?«

Mit einem Ruck erhob sich jetzt der Hofrichter. »Halt! Dies ist nicht die Sache, um die Ihr richten sollt!« Er warf einen besänftigenden Blick auf Julia. »Was quält Ihr die Jungfer? Es ward erkannt: Die Burschen stellten ihr nach. Der Gesell ihres Vaters nahm sie in Schutz. Dabei ging's ein wenig hart zu, man sieht's den Schülern an. Nun, sie waren selbst schuld. Also soll man ihre Klage abweisen und die Jungfer ziehen lassen.«

»Und der Gesell, Herr Hofrichter –?« fragte der Stadtrichter verwirrt.

Haberlitz blickte Thamm frei ins Gesicht, da erkannte ihn dieser, der bereits stutzig geworden, mit Gewißheit. Der also war der Beauftragte des Weimarer Hofgerichts? Der also sollte Hans Bachmann fangen? Das war eine Wiederkehr! Ich schlag ihn noch einmal zusammen, dachte er grimmig.

»Auch ihn muß man laufenlassen«, sagte der Hofrichter. »Er tat nur seine Pflicht, ist er doch der Gesell des Vaters dieser Jungfer und hat ihm und ihr zu dienen.«

Einer der Studenten trat noch einmal vor den Stadtrichter hin. »Der war's gewiß nicht«, sagte er, »es war ein Kleinerer, Schmächtigerer.«

Der Hofrichter lachte auf. »Macht Euch nicht lächerlicher als Ihr seid. Ein Kleinerer hätt' Euch so zugerichtet? Es wär' für Euch eine Schande, und man sollte Euch von der Hochschule jagen!«

Die Studenten standen betreten.

»Nun laßt sie gehn«, wandte sich der Hofrichter an den Stadtrichter.

Der raffte sich endlich auf. »Was meint Ihr, Herr Bürgermeister?«

»Ich bin mit des Herrn Hofrichters Entscheidung durchaus zufrieden.« Er lächelte fein.

Der Stadtrichter schickte Kläger und Beklagte hinaus. Der Hofrichter, der Julia am nächsten stand, trat auf sie zu, legte ihr die Hand auf die Schulter und führte sie freundlich zur Tür hin. Sie fühlte den Druck seiner Finger einigemal recht deutlich. Und sie dachte daran, daß diese Hand, Bachmann auf die Schulter gelegt, tödlich sein würde.

REBELLION

Nach dem gefährlichen Zwischenfall mit den Studenten verbot Meister Melchthofer Hans Bachmann, das Haus noch einmal zu verlassen. Selbst in der Werkstatt sah er ihn nicht mehr gern, und nur in Erwägung dessen, daß er sich hier am schnellsten und sichersten verstecken konnte, duldete er ihn. Er war sich dessen bewußt, welch einen Gast er beherbergte, welch Unheil dieser über ihn heraufbeschwören könnte, doch er stand zu ihm, jetzt schon nicht mehr allein Julias wegen, sondern aus Haß auf diese Obrigkeit, unter der alle rechtschaffenen Menschen seufzten. Er stellte sich vor ihre Opfer und hielt den eigenen Kopf hin.

Bachmann aber war voller Unruhe. Es drängte ihn, dem Professor Selinger mitzuteilen, daß Haberlitz, dieser einst mit Schimpf und Schande von der Universität verwiesene, jetzt beim Kurfürsten als Hofrichter in Amt und Würden stehende Junker, wieder in Wittenberg sei, und zwar als Beauftragter des Weimarer Hofgerichts, in der Sache Balzer und damit auch in der Sache Bachmann.

»Du gehst nicht zu ihm«, beharrte der Meister auf seinem Verbot. »Laß den Berthold gehe'.«

Thamm erklärte sich dazu sogleich bereit.

»Da, zieh die gute Hose an und wasch und kämm dich sauber«, sagte Barbara.

Er schüttelte den Kopf. »Grad so, wie ich bin, werd' ich gehen, das Schurzfell um, im Kasten 's Werkzeug. Soll ich mich herausputzen, daß die Leut' stehenbleiben?«

Er ging. Es war in den Morgenstunden, noch vorm Kolleg der Hochschule. Der Professor würde also zu Hause sein. Auf dem Marktplatz standen die Studenten in Gruppen herum und redeten erregt aufeinander ein. Die Büttel des Stadtgerichts waren in die Studentenbursen eingedrungen und hatten Betten, Laden und Schränke durchwühlt, verdächtiges Material über den oder die Zettelschreiber zu suchen. Sie fanden nichts, doch hinterließen sie eine empörende Unordnung. Es gab heftige Auseinandersetzungen. Schließlich warfen die Studenten sie hinaus.

Wort für Wort, Satz für Satz nahm Thamm in sich auf und reimte sich die Geschichte zusammen: Der Hofrichter brachte die Herren des Rates in Trab und die Stadt durcheinander.

Thamm bog in die Elbtorgasse ein. Vor dem Innentor stritten die Wachtknechte mit einem Bauern, der hinauswollte, ihnen aber verdächtig erschien.

Thamm hörte ihn wütend schreien: »Zum Teufel, kann nicht lesen, kann nicht schreiben. Was wollt ihr?« Seine Worte gingen im Tumult der Szene unter. Die Knechte zogen den Bauern ins Torhaus.

Thamm schlug den Weg längs der Stadtmauer ein und war bald am Hause des Professors. Er durchschritt die Gartenpforte und stand dann vor der Haustür; sie war offen. Er stieg die Treppe hinan, klopfte an die Stubentür. Der Professor rief: »Herein!«

Thamm trat ein, grüßte und zog die Mütze. »Hab' Euch eine Mitteilung zu machen«, sagte er und setzte den Werkzeugkasten ab.

»Ich weiß«, entgegnete Selinger, »die Leute vom Gericht haben die Studentenwohnungen durchsucht. Sie forschen nach dem Zettelschreiber. Gestern trat der Senat zusammen und beschloß mit Mehrheit, dem Gericht in die Matrikel Einsicht zu geben.«

»Was heißt das, Matrikel?« fragte Thamm.

»Es ist ein Buch, drin die Namen und die Tage der Ankunft der Studenten eingetragen sind.«

»Und dort wollen sie Hans Bachmann finden?«

»Sie hoffen's, den Richtigen zu entdecken, doch wissen sie freilich noch nicht, daß dies Bachmann wäre, hätte er sich im Juni eingeschrieben. So werden sie andere Studenten vernehmen, solche, die zur gleichen Zeit wie Balzer nach Wittenberg gekommen.«

»Und werden sie einsperren wie den Tuchwalker?«

Selinger zuckte die Achseln. »Man könnt's ihnen zutrauen. Wie ich gehört, kam jetzt vom Weimarer Hofgericht ein Beauftragter, um sich des Falles Balzer und seines Genossen anzunehmen. Da ist das Schlimmste zu erwarten.«

Thamm nickte. »Das Allerschlimmste, Herr Professor. Wißt Ihr, wer dieser Beauftragte ist?«

»Nein –.« Selinger war überrascht. »Du weißt es, Gesell?«

»Wohl, weiß es ganz genau, denn ich sah ihn: Es ist der Junker Haberlitz.«

Selinger zuckte zusammen. »Haberlitz –?«

»Ja, er. Sie nennen ihn den Herrn Hofrichter. Und nur er wird's sein, der den Studenten die Büttel auf den Hals gehetzt.«

Selinger setzte sich an den Tisch und stützte den Kopf in die Hand. Die ganze Geschichte seiner zerbrochenen Ehe stand vor ihm auf. Er sah Annas Gesicht so nah wie selten seit Jahren. Er sah auch Haberlitz, sein dreistes Auftreten, seinen Triumph, seine Jämmerlichkeit, als man ihn von der Universität und aus Wittenberg gejagt. Und dieses Scheusal war zurückgekehrt, jetzt mit der ihm vom Kurfürsten verliehenen Macht ausgerüstet, rachelüstern vielleicht, heimtückisch nach neuen Opfern suchend. Der Hofrichter Haberlitz hatte den Bauern Balzer in der Hand, wollte den Studenten dazuhaben, würde aufschreien vor Lust, wenn er dahinterkam, daß dieser Student sein einstiger Widersacher Hans Bachmann war.

»Jetzt muß man kämpfen, dem Schurken die Opfer entreißen, heimlich und offen«, sagte Selinger dumpf. Er erhob sich und trat auf Thamm zu. »Ich selbst werde diesen Hofrichter fragen, was er von der Freiheit eines Christenmenschen hält.«

»Er wird Euch auslachen«, platzte Thamm unwillkürlich heraus.

Selinger stutzte. »Er wird nicht lachen«, sagte er grimmig.

»So wird er ein bös' Gesicht machen, und dies ist gefährlicher. Glaubt mir, Herr Professor, er ist ein großer Herr geworden, und da er Euch ohnehin haßt, könnt's schlecht ausgehen für Euch, mit ihm zu rechten.«

Selinger ärgerte sich über diese freimütige Rede insgeheim, und doch konnte er sich ihrer Wahrheit nicht verschließen. Dieser Kleinschmiedegesell sah die Dinge, wie sie waren, er erkannte besser als der Jurist, wer jetzt der Stärkere war: der Wittenberger Professor oder der Weimarer Hofrichter? – Ich werde Luther zeigen, wohin sein Weg geführt hat, dachte er, werde ihm sagen, daß er den Junkern Mut gemacht, sich wieder aufs hohe Pferd zu setzen, daß solch einer wie Haberlitz, den einst Hochmut und Übermut zum Schändlichsten angestachelt, heute richten soll über ehrliche Christenmenschen.

»Ja, dies werde ich Luther sagen!« sprach er nun laut und mit Nachdruck, als habe Thamm schon seinen Gedanken zuhören können. »Er hat diesen läufigen Wolf zum Hofrichter gemacht.«

»Solches wollt Ihr ihm sagen?« fragte dieser.

»Wohl, und noch mehr. Daß er der grausamen Sache, die nun blutig zu werden droht, ein Ende machen soll, daß es seine Pflicht ist, diesem Hofrichter in den Arm zu fallen.«

»Und Ihr glaubt, er wird's tun?«

Wieder sah Selinger, daß er sich verlaufen hatte. Ein einfacher Handwerksgesell führte ihn auf den Weg der Wirklichkeit zurück. Haberlitz war ein Hofrichter geworden. Und Luther? Ein Hofkirchenmann. Beide in des Kurfürsten Diensten. Wie konnte man erwarten, daß einer sich gegen den anderen wendete? – Selinger sah seine Ohnmacht ein. Wer war er denn noch? Hatte er in den letzten Jahren nicht jeden Halt in Wittenberg verloren? Die Kollegen haßten ihn zwar nicht, doch sie mieden, einige gar verachteten ihn. Noch hing ihm ein Teil der Studenten an, doch sein Hörerkreis wurde von Jahr zu Jahr kleiner. Man sprach kaum noch über ihn, ließ ihn wie einen

Unsichtbaren mitlaufen. – Selinger stutzte. Ihm war zumute, als sei er um Jahrzehnte gealtert.

Indessen herrschte Luther wie zuvor. Er gab in der Universität den Ton an. Er bestimmte von der Kanzel herab die öffentliche Meinung. Die Professoren richteten sich nach ihm. Die Ratsherren hörten auf seinen Rat. Und selbst die Fürsten schienen nach seiner Pfeife zu tanzen.

»So bittet Bachmann, dem Doktor einen Brief zu schreiben und darin zu fordern, daß er in Wittenberg wieder den Frieden herstelle«, sagte Selinger tonlos.

Thamm fühlte: Der Professor war am Ende seiner Kraft. Darum beschloß er zu gehen. »Ich will's ihm ausrichten und auch den Brief besorgen«, entgegnete er, schritt zur Tür hin und ging den gleichen Weg zurück, den er gekommen.

Kurz vorm Melchthoferhause traf er den Fischer Schittenbeck, der beim Meister gewesen war und nun wieder zur Neustadt hinausgehen wollte.

»Hast' was gebracht?« fragte er.

Der Fischer nickte. »Doch nichts zu hämmern und zu feilen. Böse Nachricht hab' ich gebracht. Der Meister wird's dir berichten, wie bös –.«

»So sag's gleich selber«, drängte Thamm.

Schittenbeck sah sich vorsorglich um und trat ganz dicht vor Thamm hin. »Der Stadtrichter hat die ganze Hütte Balzers durchsuchen lassen«, flüsterte er.

»Was gefunden?«

»Weiß es nicht. Doch kann's nicht sein, sie hätten sonst den Alten mitgenommen.«

»Was sagt der Hans dazu?«

»Er ist auch der Meinung, es könnt' gut abgegangen sein.«

Thamm blickte ihm forschend in die Augen. »Glaubst du's? Da ist was mit der Fahn'.«

»Ja, ich weiß es. Ich will sie herausholen und in meiner Hütt' verbergen, bis Hans kommt und sie mit auf die Reise nimmt.«

Damit schritt Schittenbeck davon.

Thamm betrat den Hof, die Werkstatt. Der Meister und

Bachmann standen hinter dem Feuer. Beider Augen richteten sich auf ihn, gewärtig, eine weitere Hiobsbotschaft zu vernehmen.

»Ja«, sagte er, »sprach mit Selinger und sprach mit Schittenbeck. Steht einer wie der andere treu zu dir, Hans. Doch wo der Fischer noch allen Mut aufbringt, hat der Professor ihn schon ganz verloren.« Er machte eine Pause und trat zur Esse hin. »Wir aber lassen dich nimmer im Stich, Hans. Sollst einen Brief an den Dr. Luther schreiben, daß er dem Blutrausch der Obrigkeit Einhalt gebiete; ich will ihn hintragen und auf des Klosters Schwelle legen.«

Bachmann schüttelte leicht den Kopf. »Glaubst du, er würde für Balzer auch nur ein Wort einlegen? Und für den Tuchwalker? So, wie er zu den Bauern sich gestellt, kann er's gar nicht, er müßt' denn alles widerrufen, was er über sie gesagt. – Ich schrieb ihm schon einmal, doch was geschah? Sie suchten den Schreiber.«

»Dennoch tu's wieder und wieder, mit einem Hieb fällt kein Baum.« Thamm legte ihm die Hand auf die Schulter und rüttelte ihn sanft.

»Nun – denn«, erwiderte er. »Ich will's ihm deutsch sagen, wer jetzt die Angeklagten und wer die Richter sind. Mag der Name Haberlitz ihm die Augen öffnen.«

Katharina betrat Luthers Klosterzelle, die ihm nun zur Studierstube geworden war, so leise, daß er sie gar nicht kommen hörte. Er saß vor seinem Tische am Fenster und wandte ihr den Rücken zu. Versunken starrte er auf die blinden, grünlich leuchtenden Butzenscheiben, den Kopf in die linke Hand gestützt, mit Zeige- und Mittelfinger der rechten die weiße Schreibfeder einmal so herum und einmal anders herum drehend. Wie verlassen saß er da, in einer Stille, die ihn wie ein Abgrund verschlang, deren bodenlose Tiefe ihn fallen und fallen ließ, daß ihm die Ohren sangen und rauschten. – Als Katharina ihn ansprach, war es, als ob er aufschlage: So hatte die Stille doch einen Grund, von dem er sich jetzt förmlich aufbäumte.

»Mein Gott, hast du mich erschreckt!« stieß er hervor und

erhob sich, dann einen Schritt auf sie zutretend. Da schon sah er den Brief in ihrer Hand.

»Ein Schüler bracht' ihn herauf, er fand ihn auf der Türschwelle«, sagte sie und reichte ihm das gefaltete und versiegelte Papier.

Er nahm es mit mißtrauischem Blick, betrachtete es lange und brach es dann auf. Beinahe umständlich entfaltete er es. Dann las er, zuerst schweigend, schnell aber in Erregung geratend und nun laut von vorn beginnend:

»Ehrsamer, hochgelehrter Herr Doktor, da es denn in Wittenberg so weit gekommen, daß die Leute, wenn sie zu Bett gehen, nicht wissen können, ob sie ruhig schlafen dürfen, eher aber fürchten müssen, noch in der Nacht herausgerissen und ins Verlies geworfen zu werden, wende ich mich in meiner Not an Euch mit der Bitte, dieser Gottlosigkeit Einhalt zu gebieten. Man hat den Balzer, Bauern zu Piesteritz, grausam gequält und geschunden und nun gar einen Tuchwalker zu seinem Genossen gemacht. Ich sage Euch, dieser ist schuldlos, denn der mit Balzer im Mansfeldschen gewesen, das bin ich selbst, einstmals Student zu Wittenberg, Anhänger Euerer Lehre von der Freiheit eines Christenmenschen, von der babylonischen Gefangenschaft der Kirche und des geistlichen Standes Besserung. Ich selbst bin es, der mit bei Frankenhausen im Lager Müntzers gestanden. Man soll den Tuchwalker freilassen und Balzer in Gnaden dem alten Vater zurückgeben. Es ist eine Schande, daß der Fürst als einen Beauftragten des Weimarer Hofgerichts den Junker Franz von Haberlitz, weiland ein wüster Student zu Wittenberg, hierher geschickt, das Gericht zur Strenge zu zwingen und am Ende Blut zu vergießen in der Stadt, von der das neue Evangelium sollt' ausgehen. Leiht der Gerechtigkeit und der Liebe Euer Wort, das Gewicht hat am Hofe und den Fürsten zur Mäßigung mahnen wird. Laßt diesen Hofrichter Haberlitz, der zu Wittenberg schon genug Unheil angerichtet, zurückrufen und besänftigt den Stadtrichter, damit friedlich ausgehe, was alle Bürger in Unruh und Furcht versetzt hat. Im Namen des Evangeliums. Der Unbekannte, Magister zu Wittenberg und Leipzig.«

Wort für Wort vernahm Katharina den Inhalt des Briefes.

Ihr Herz begann heftiger zu schlagen, das Blut strömte heißer und wilder durch ihren Leib. Seit sie mit Luther das Bett teilte, war in ihr eine sie beängstigende Wandlung vor sich gegangen: Bei seiner geringsten Verstimmung geriet sie in langanhaltende Erregungszustände, ein einziges unmutiges Wort von ihm versetzte sie in solche Hilflosigkeit, daß ihr die Tränen über die Wangen liefen und sie sich setzen mußte. Jetzt, da sie seinen Zorn aufsteigen fühlte, wurden ihr die Knie schwach, eine leichte Übelkeit überkam sie, sie wankte.

Von dem ihn wider Willen bedrückenden Brief aufblickend, bemerkte er es. Er legte ihn auf den Tisch und nahm sie in die Arme. Behutsam ließ er sie auf seinen Stuhl nieder. Dann stand auch er völlig hilflos. Sein Zorn erstickte in seiner Mutlosigkeit.

»Was ist mit dir, Käthe«, fragte er unglücklich. »Hast alle deine Frische verloren, wie du sie besessen, da ich dich genommen. Hat Gott dich etwan gesegnet?«

Sie schüttelte den Kopf. »Ich weiß es nicht, Martin«, sagte sie matt und setzte nach einer Weile hinzu: »Sollt' dies so ungut sein?«

Er nickte. »Man hört es sagen, von Frauen, die guter Hoffnung sind, vornehmlich spät verehelichter und solcher, welche zum erstenmal –« Er streichelte ihr das Gesicht, fühlte ihre Tränen und klopfte ihr besänftigend den Rücken – der war schmal und rundlich. Luther sah Katharina in Gedanken vor sich stehen, mit vollen, abfallenden Schultern, glatten Armen und einem weißen, sanftgeschwungenen Busenansatz, ein Bild, fraulich schön, im Gegensatz zu dem ihres strengen Gesichts. – Ihm war im Augenblick seltsam wohl. Da aber sagte sie:

»Was willst du nun tun, Martin?«

Wie ein jäher Blutstoß durchfuhr ihn der wieder erwachte Zorn. Diese Frage! Mit einem Ruck wandte er sich ab und schritt in seiner Stube drohend auf und nieder. Die Dielenbohlen knarrten unter seinen derben Schuhen.

»Wirf diesen Brief ins Feuer«, riet sie ihm, »gib ihn nicht, wie den ersten, damals, dem Stadtrichter. Er läuft damit herum und macht die Leute scheu, daß jeder meint, er habe ihn in Verdacht. Die ganze Stadt war voll von dem, was geheim bleiben sollt'. Und alles blickte auf des Doktor Luther Haus, als sei's die Hölle selbst.« Ihre Stimme war bereits wieder recht fest und deutlich. Sie hatte sich bald schon ganz in der Gewalt. Ja, sie erhob sich vom Stuhl und trat dem grimmigen Manne in den Weg. »Ich glaub's nicht, daß der Briefschreiber des Balzers Genosse. Er gibt's nur vor, damit man den Tuchwalker laufenläßt. Ein plump' Gaunerstück. Steht kein Magister Unbekannt dahinter, nur irgendein Student, dem dies ein Spiel mit dir.« Sie hielt ihn bei den Ärmeln fest und schob ihr Gesicht dem seinen zu, als wolle sie ihn küssen und ihm damit den Mund schließen. Aber er war so ungestüm, daß sie ihn wieder freigab und erschrocken hinter den Tisch trat.

»Nein, nicht schweigen will ich!« rief er empört. »Dem Stadtrichter will ich dies Papier vor die Füße werfen und fordern: Da, bring mir den Unverschämten, der mir solches schreibt, bring ihn mir, lebend oder tot. Und der Hofrichter Haberlitz, dieser Höllenhund, er ist mir grad' recht, den Briefschreiber aufzustöbern und zu zerreißen. Es ist genug der Schmiererei! Genug meiner Geduld! Genug der Zuchtlosigkeit, so in Wittenberg sich breitgemacht hat!« Er lief zum Tisch hin und hieb die Faust darauf, daß das Tintenfaß umkippte und den Brief mit Spritzern übersäte. Darüber geriet er nun ganz aus dem Häuschen.

In diesem Augenblick öffnete sich die Tür, und der Maler Cranach trat ein. Er ging sogleich auf den Freund zu und fiel ihm in den Arm. »Martinus! Geht's so in einer jungen Eh' schon zu!«

Luther kam mit einemmal wieder zu sich und wischte mit der flachen Rechten wie verwundert über seine Augen.

Cranach sah Katharina hinter dem Tische stehen. Sein Gesicht verfinsterte sich: Mußte die junge Frau gar schon vor dem Mann flüchten? Er ging zu ihr hin und führte sie behutsam dem Stuhle zu. »Setzt Euch, Käthe!« Mit Nachdruck strich er ihr beruhigend über die Schulter. Den Blick dann auf Luther richtend, sagte er vorwurfsvoll: »Machst die arme Seele ganz kopfscheu mit deinem Geschrei.«

Luther schoß der Zorn schon wieder ins Gesicht, doch er begriff Cranachs Irrtum und zwang sich zur Mäßigung. Er nahm den arg besudelten Brief und reichte ihn Cranach hin. »Da lies! Solches legt man mir auf die Schwelle. Lies, so wirst du mich verstehen.«

Cranach hob das entfaltete Blatt vor seine Augen und las. Die Tintenkleckse erschwerten ihm dies nicht wenig, doch er reimte sich den Sinn des Schreibens zusammen. Schließlich begann er gar zu nicken. Und als er zu Ende gekommen war, legte er den Brief auf den Tisch, als habe er soeben ein wichtiges Dokument entziffert.

»Wer dieser Mann auch sei«, sagte er ernst, »er hat einen guten Blick für die Sache, die uns alle bedrückt. Komm' doch auch ich drumherum, dir die Nachricht zu bringen, daß unser gnädiger Fürst den Junker Haberlitz in unsere Stadt geschickt, wie einst sie wieder auf den Kopf zu stellen. Du wirst dich seiner erinnern, er war's, der in deinem Handel mit den Päpstlichen und dem Kaiser das Maul so weit auseinandergerissen und gebrüllt, daß die ganze Stadt aus den Fugen geraten. Und nun ist's so: Er und der giftig' Ratsherr Herberger werden zum Schicksal Wittenbergs. Kein Stein mehr wird lobsingen dem Werk, das du darinnen vollbracht, doch Türme und Mauern werden zerbröckeln und fallen, und die Stadt wird sein ein zweites Jericho.«

Luther sah Cranach erstaunt an. »Du glaubst, der Brief sage die Wahrheit?«

»Er sagt sie so oder so. Geh zum Fürsten und bitte ihn, der Stadt die Ruhe wiederzugeben, von Haberlitz uns zu erlösen und Gnade walten zu lassen über die kleinen Sünder. Ich würd's selbst tun, doch gilt mein Wort bei Johann nicht mehr so viel wie bei Friedrich.«

»Ich soll wider die Obrigkeit mich wenden?« gab Luther entrüstet zurück. »Nein, Lucas! In einer weltlichen Sache macht schlecht sich das kirchliche Wort. Der Brief ist nicht mein, er gehört dem Stadtrichter, dem auch ich unterworfen bin. So soll ihn der Stadtrichter haben. Mag er damit tun, was er will. Ich möcht' die Händ' an ihm mir nicht besudeln.«

Cranach sah die schwarzen Spritzer auf dem Papier. »Ja, es ist ein schmutziger Brief geworden«, sagte er, »grad darum kann man ihn nicht weitergeben. Zerreiß ihn. Gib den Richtern

Karikatur auf Martin Luther

an seiner Statt dein christlich' Wort, Martinus. So wird's uns allen, auch dem Fürsten, wohlergehen.«

»Ich will's nicht!« zischte Luther. »Hinter Lügen versteckte Buben mißbrauchen mein Amt, meinen Namen, mich selbst zu ihrem aufrührerischen Geschäft. Dies will ich verhindern, indem ich sie aufspüren lasse!« Er hatte sich plötzlich wieder in Wut geredet, raffte den Brief vom Tische und lief hinaus. Er hörte Katharinas Stimme noch, sie rief seinen Namen, wollte ihn zurückhalten. Doch darüber geriet er nur noch mehr in Raserei. Mit fliegendem Mantel eilte er in den Hof hinab, durch den Garten und die Collegiengasse hinauf. Aber schon vor der Universität mäßigte er seinen Schritt, dort standen Gruppen von Studenten herum, sie durften seine Erregung nicht bemerken. Schon ging er an ihnen vorüber, ihr Gruß war nicht gerade achtungsvoll. Es schien ihm, daß sie ihn kritisch beobachteten. Dieser Zwang seiner Würde lähmte ihn bis in die Fußsohlen hinab: Er mußte gemessen dahinschreiten, wo er gern wie ein Berserker davongestürmt wäre. Wie lang war diese elende, staubige Collegiengasse! Wie schmutzig und langsam der sie begleitende Faule Bach!

Endlich erreichte er den Marktplatz. Er steuerte auf das Rathaus zu. Die Rufe der Bauarbeiter, die aufwirbelnden Wolken des von ihnen herabgeschaufelten Bauschuttes und die ewigen Gerüste vor der noch immer nicht bis zum Dach hinaufgetriebenen Fassade – dies alles ging ihm so greulich auf die Nerven, daß er nun doch ins Laufen kam, geradezu flüchtend die Steinstufen hinaufsprang und die neue, auch schon arg verstaubte und zerschrammte Tür passierte.

Er traf den Stadtrichter im Zimmer des Bürgermeisters an, dieser aber war nicht zugegen. Dafür verneigte sich vor ihm ein jüngerer stattlicher Herr, der Hofrichter des Kurfürsten, Haberlitz. Luther stockte, flüchtig nur erwiderte er den Gruß, denn er hatte den Studenten von einst noch in übler Erinnerung. Einen Augenblick zögerte er noch, in Gegenwart dieses Menschen den Brief zu zeigen. Dann aber packte ihn der alte Trotz, und er zog ihn aus dem Ärmel seines Mantels hervor.

»Da – seht«, sagte er zum Stadtrichter, »schon wieder solch ein Papier.«

Der Stadtrichter griff danach wie nach etwas Gefährlichem, und als er die Tintenkleckse bemerkte, entfaltete er den Brief mit spitzen Fingern. Ihn auf den Tisch ausbreitend, begann er zu lesen. Da hängte der Herr Hofrichter den Kopf schon über seine Schulter, um mitzulesen.

Eine Zeitlang verging, währenddessen ging Luther zum Fenster hin und versuchte durch die blinden bleigefaßten Scheiben das Bild des Marktplatzes zu erfassen. Er sah alles verzerrt und verschwommen. Ärgerlich wandte er sich ab. In diesem Augenblick richtete Haberlitz sich auf und sagte:

»Interessant, Herr Doktor! Sehr interessant! Diese Schrift, so mein' ich, hab' ich vor Jahren schon einmal gesehen. Möcht' mir doch einfallen, wo.«

Luther ging auf ihn zu. »Glaubt Ihr im Ernst, daß dies die Schrift des Unbekannten ist? Ich nicht. Er hat gewißlich einen anderen schreiben lassen.«

»Wer tät' dies wohl für ihn?«

»Einer, der weniger bekannt –«

»– als ein Unbekannter?« fiel Haberlitz ironisch ein, »Nein, Herr Doktor, Schrift und Inhalt sind hier eins, deutlich genug, uns zu dem Schreiber hinzuführen.«

Luther bemerkte in des Hofrichters Augen einen stechenden Glanz, eine drohende Waffe; wer da hineinlief, war verloren. Er selbst hatte das Gefühl, von ihrer Schärfe leicht geritzt zu sein. Welch prächtige, herrische Gestalt – ohne Herz! Er dachte beinahe mitleidig an den einstigen Freund Selinger, der an diesen schönen Heros und Despoten alles verloren hatte: die Frau, die Ehre, das Selbstbewußtsein und den Mut. – Es war nicht nötig geworden, ihn von der Universität zu vertreiben ...

Nachdenklich und auch ein wenig verstört, verließ er das Rathaus. Einige Maurer droben auf den Gerüsten pfiffen ein Lied – nein, keine fromme Weise, eher einen Gassenhauer. Doch dieses carmen triviale war wie ein Trostgesang im Jammer dieser weltlichen Ordnung, die ihm jetzt wieder so drohend nahe gekommen, daß er seine himmlische Ordnung in Gefahr sah.

Hastig strebte er dem Eingang der Collegiengasse zu. Dort

schon stieß er auf den heimgehenden Cranach. Er blieb vor ihm stehen und senkte den Blick vor seinem Kopfschütteln. Dann hörte er die orgelnde Stimme des bärtigen Malers:

»Martinus, Martinus, mir scheint, daß die Ehe euch beiden nicht gut bekommt. Katharina ist nicht wiederzuerkennen. Solange sie in Reichenbachs und meinem Hause herumgelaufen, war sie munter und sang nicht selten. Jetzt hat sie hohle Wangen und weint viel. Und auch du –; es ist dir an der Nasenspitz' abzusehen, daß du des Friedens, den du predigst, am meisten entbehrst. Stehst mit einem Bein im Evangelium, mit dem anderen im teueren Spiel der Fürsten. Ist nichts für dich, ihren Geschäften zu raten, die Luft an ihren Höfen ist dir zu schwer. Solltest mehr dich Katharina zukehren, daß es licht werde in deinem Hause.«

Ohne eine Entgegnung abzuwarten, ging Cranach weiter. Wie plötzlich erkrankt, wankte Luther durch die Gasse. Die letzten Studenten eilten den Hörsälen zu. Die Zeit der Vorlesungen war gekommen.

In der Stadt war der Teufel los. Überall suchten die Gerichtsdiener und Büttel nach dem Schreiber des Briefes an Luther. In den Stadtakten forschte man nach seiner Schrift, auf des Hofrichters Verlangen nun auch in der Matrikel der Universität – freilich nur in den Eintragungen des letzten Halbjahres und nicht vier, fünf Jahre zurück. Der Hofrichter forderte, alle Verdächtigen der Stadt zu vernehmen. Welche Verdächtigen?

Auch Selinger fiel darunter. Er wurde zum Stadtrichter bestellt. Der Bürgermeister, ihm sonst nicht übel gesinnt, blieb hinter seinem Tische sitzen und überließ dem Stadtrichter die Befragung. Der Hofrichter war nicht erschienen.

»Erlaubt, Herr Professor, Euch einige Fragen zu stellen«, sagte der Stadtrichter.

Selinger neigte leicht den Kopf. Man hatte ihm einen Stuhl angeboten, er aber blieb vor des Bürgermeisters Tische stehen und blickte beiden Herren unverwandt ins Gesicht.

Der Stadtrichter legte ihm einen tintenbespritzten Brief vor. »Kennt Ihr diese Schrift?«

Selinger beugte sich darüber und las.

»Ihr sollt dies nicht lesen«, bemerkte der Stadtrichter unwillig und zog den Brief fort. Gleich darauf aber hielt er ihn ihm wieder vor die Augen. »Sagt uns nur, ob Ihr diese Schrift schon einmal gesehen?«

Selinger richtete sich auf und schüttelte den Kopf. »Es ist ein Brief an den Doktor Luther. Also muß er die Schrift doch kennen.«

»Es ist ein anonymer Brief«, sagte der Stadtrichter und legte ihn wieder auf den Tisch. »Und es ist die Schrift eines Gebildeten, eines Studenten oder – wie der Schreiber sich selbst nennt – eines Magisters. Wir haben uns gedacht, Ihr müßtet Schrift und Schreiber kennen.«

»Warum ich?«

»Weil Ihr der Professoren, Lektoren und Schüler Schriften wohl alle schon gesehen. An der Universität wird viel geschrieben und gelesen.« Der Stadtrichter wurde ungeduldig. »Erinnert Euch doch!«

»Ich kenn' diese Schrift nicht.« Selinger machte eine Bewegung, wie um zu gehen.

»Verweilt noch einen Augenblick«, forderte der Stadtrichter ihn auf. »Es ist uns bekannt, daß Euch das Verfahren wider den Balzer nicht genehm. Ihr wart inmitten eines Auflaufs der Studenten im Schloßhofe und habt mit Spalatin, des Fürsten Sekretarius, und auch mit dem Schloßhauptmann gesprochen.«

»Nicht mit dem Schloßhauptmann«, entgegnete Selinger. »Nur mit dem Hofsekretarius. Und nichts weiter, als daß ich ihn bat, dem Fürsten der Studenten Bitte vorzutragen.«

»Welche Bitte?«

»Er möge den Bauern Balzer in Gnaden freilassen.«

»Dies ist auch Euere Bitte gewesen?« fragte der Stadtrichter lauernd.

»Wohl«, antwortete Selinger freimütig. »Soll endlich Frieden sein in Wittenberg.«

»Ihr seid wider Recht und Gesetz.«

»Bin nur wider das Unrecht!« gab Selinger fest zurück. »Die Folter ist kein Mittel, die Wahrheit zu finden.«

»Ihr wollt eine neue Gerichtsbarkeit«, sagte der Stadtrichter. »Dies ist Aufruhr!«

Jetzt erst nahm der Bürgermeister das Wort. Er wandte sich gegen den Stadtrichter: »Was einer will, ist noch kein Aufruhr. Erst was einer tut, kann dazu führen. Herr Professor Selinger ist Jurist und kennt des Fürsten Gesetze und das Landrecht. Warum mit ihm streiten? Die Schrift des Briefes ist ihm unbekannt. Warum auch hierüber mit ihm hadern?« Er lehnte sich in seinem Sessel zurück und sagte mit unüberhörbarer Bestimmtheit: »Ich habe keine weiteren Fragen an den Herrn Professor. Er kann gehen.«

Selinger verneigte sich flüchtig und schritt zur Tür. Der Stadtrichter hätte ihn gern zurückgehalten, da aber klappte die Tür schon, und er war mit dem Bürgermeister allein.

Selinger ging über den Marktplatz, durch die Elbtorgasse und den Weg an der Stadtmauer entlang seinem Hause zu. Als er der Pforte seines Gartens näher kam, sah er hinter dem Gesträuch beim Tor zum Universitätshof einen großaufgewachsenen, kräftigen Mann in eleganter Kleidung stehen. Er verhielt seinen Schritt und richtete den Blick schärfer auf die dort halb verborgene Gestalt. Da aber trat diese eilig hervor und verschwand hinter dem offenstehenden Tor. – Kein Zweifel, dies war der Hofrichter.

Selinger fühlte das Blut in seine Schläfen steigen. Seine Hände begannen zu zittern. Er stürzte der Gartenpforte zu. Vor ihm standen zwei Gerichtsboten.

»Wir haben Euch erwartet«, sagte der eine. »Auf des Hofrichters Befehl sind wir ermächtigt, Euer Haus nach verdächtigen Schriften zu durchsuchen. Bitte, öffnet uns.«

Selinger hatte eine heftige Entgegnung auf der Zunge, doch er besann sich noch: Ein Protest würde die Sache nur verschlimmern. Und – wenn man jetzt hier suchte, würde man es später unterlassen.

»Bitte!« sagte er und ging voraus.

Die Nachricht von der Durchsuchung des Gartenhauses Professor Selingers ging wie ein Sturm durch die Hörsäle und Gänge der Universität. Man hatte nichts Verdächtiges gefunden: Mit einemmal war der Professor wieder als Held in aller Munde.

Aber diese Nachricht wurde von einer anderen gleichsam wieder hinweggeschwemmt: Das Stadtgericht hatte – mit knapper Mehrheit – die Hinrichtung Balzers beschlossen. Man befürchtete größere Unruhen und wollte ihnen den Boden nehmen: Eine beseitigte Ursache – so glaubte man – ist keine Ursache mehr.

Noch ehe der Stadtrichter Beschluß, Ort und Zeit der Hinrichtung bekanntgab, wußte die ganze Stadt davon. Die Studenten, bisher nur zurückhaltend murrend, gerieten mit einem Schlage wieder in Bewegung. Nein, es ging ihnen nicht mehr um die Rettung eines Bauern, es ging ihnen darum, ihre Stadt von vergossenem Blut frei zu halten.

Dies wurde auch ihre Protestlosung.

»Nun, so kann man die Hinrichtung draußen vor der Stadt auf dem Schindanger vornehmen«, rief einer der hinter der Obrigkeit stehenden Studenten höhnisch. – Sie verprügelten ihn mörderisch und schleiften ihn über den staubigen Hof der Universität.

Der Senat griff ein; der Rektor verkündete seinen festen Willen, die Universität zu schließen, falls die Studenten nicht Ruhe gäben. Sie kamen dieser Drohung zuvor und verließen die Hörsäle.

Wieder versammelten sie sich auf dem Marktplatz. »In Wittenberg kein Blutvergießen!« riefen sie immer wieder. Die Stadtwache wurde mit kurfürstlichen Landsknechten verstärkt. Es kam zu einem Handgemenge.

Da verließen die Bauarbeiter die Gerüste. Aus den engen Gassen der Werkstätten und Lager quollen Haufen von Gesellen und Lehrbuben hervor. Die ganze Stadt geriet in Erregung.

Diese erfaßte auch die Leute im Melchthoferhause. Bachmann stand immer auf dem Sprunge, in seinem Versteck zu verschwinden. Unter dem schwarzgeräucherten Dachfirst der Werkstatt hatte er einen Schlupfwinkel gefunden: einen mit allerlei Gerümpel vollgepackten Hängeboden; auf einer Leiter war er schnell zu erreichen und im Dunkel der Werkstatt kaum zu entdecken.

»Gott sei Dank, daß ich dem Innungsmeister dich nicht gemeldet«, sagte der alte Melchthofer und wischte sich mit dem

Handrücken über das unrasierte, verschwitzte Gesicht. »So sie auf dich stießen, wüßten sie gleich, wer der Briefschreiber ist.«

Thamm war zum Marktplatz gegangen. Rot vor Zorn kam er zurück.

»Die Hinrichtung findet schon morgen in der Früh' statt. Vor dem Rathaus bauen sie ein Gerüst auf. Da die Zimmerer von Wittenberg sich geweigert, hat man die Kemberger gerufen. Ein Ring von Knechten mit aufgestemmter Hellebard' umgibt den Platz. Vom Schloß kamen neue Trupps von Landsknechten und drängen die Leut' vom Marktplatz in die Gassen ab. Es gab schon blutige Köpf'. Herrgott! Sie haben – die Studenten – dem Ratsherrn Herberger die Fensterscheiben eingeworfen! Warum warfen sie ihm nicht gleich 's ganze Haus um?«

Der Meister griff zum Hammer. »Blas das Feuer stärker an«, forderte er Bachmann auf. Doch er stocherte mit dem halberwärmten Eisen gedankenlos in der Glut herum und kam nicht dazu, es auf den Amboß zu legen. So warf er auch den Hammer wieder beiseite. »Die Welt bleibt stehe'«, sagte er, »ist auch gut so, geht eh' doch alles in Trümmer.«

»Warum hilft der Doktor Luther nicht?« fragte Bachmann erschüttert.

»Vielleicht kann er's auch nicht«, ließ sich der Meister vernehmen. »Der Hofrichter ist stärker.«

»Ihn möcht' ich wohl niederschlagen, wüßt' ich, daß damit dem Sebastian der Kopf gerettet!« Thamm erhob die Faust und schüttelte sie in Richtung des Schlosses. »Dort wird er sitzen und dem Schloßhauptmann zutrinken, aufs Wohl der Gerechtigkeit. Es ist, als söffen sie schon des Verurteilten Blut.« Noch einmal und heftiger schüttelte er die Faust, dann aber ließ er sie ohnmächtig sinken.

Julia stürzte atemlos herein. Sie spürte die Verzweiflungsstimmung der Männer und verhielt hilflos an der offenen Tür. Die Luft in der Werkstatt war rauchig und drückend, denn der Tag lag schwül auf den Essen der Stadt. Die arme Stadt, in der vor Jahren so Großes und Hoffnungsvolles geschehen und in der jetzt so Entsetzliches, Fürchterliches geschah! Julia schluchzte auf und lief dann, wie um ihn zu schützen, auf Bachmann zu. Sie umarmte ihn und drängte sich erschüttert an ihn.

»Als ich vom Anger durchs Elbtor hereingekommen, sagte vorm Klostergarten ein Student zu anderen ihm begegnenden Schülern: ›Sie haben den Briefschreiber entdeckt. Die Büttel sind schon ausgezogen, ihn zu ergreifen.‹ Was bin ich gelaufen, um vor ihnen hierzusein! Hans, du mußt ins Versteck! Mein Gott!«

Wortlos ging Thamm hinaus, trug die Leiter herein und stellte sie an. Wortlos auch stieg Bachmann zum Dachfirst hinauf und verschwand hinter dem Gerümpel des Hängebodens; das Dunkel des Raumes verschlang ihn vor den Augen seiner Freunde.

DIE HINRICHTUNG

Schon am frühen Morgen strömten die Menschen durch die Gassen zum Marktplatz und überschwemmten ihn gleichsam. Doch nicht nur Neugier, sondern auch Empörung über die angesetzte Hinrichtung des Bauern Balzer trieb sie herbei. Selbst Bachmann hatte sich weder von seinem Meister noch von Julia, Barbara und Frau Herberger zurückhalten lassen und war Thamm und Schittenbeck zum Richtplatz gefolgt. Nun stand er mit den erregten Freunden, unrasiert, in schmutziger Arbeitskleidung, die Mütze tief ins Gesicht gezogen, dicht vor den Reihen der kurfürstlichen Landsknechte, die das Blutgerüst absperrten. Der Scharfrichter hatte seinen Platz bereits eingenommen; das Schwert vor sich aufgestemmt, stand er breitbeinig neben dem Sandhaufen. Er trug eine enge rote Hose, ein schwarzes Hemd und eine spitze, auch das Gesicht bedeckende Kapuze mit großen Augenlöchern. Niemand kannte ihn, man hörte, er sei aus dem Mansfelder Land gekommen, ein Mann, der schon dort ausreichend bewiesen habe, daß er sein Gewerbe verstehe.

Vor dem Wald der Hellebarden und Spieße staute die Menge sich immer schwerer; sie wogte auf und ab, ihr dumpfes Stimmenrauschen schwoll manchmal bedrohlich an, fiel dann plötzlich wieder zurück, um von neuem und noch stärker vorzuprellen. Die Studenten hatten sich auf der Ostseite des Marktplatzes zusammengezogen, viele mit entblößtem Kopf, ohne Mantel, manche selbst ohne Wams. Es war bereits in dieser Morgenstunde sehr warm, und die Sonne stieg lichtsprühend über den steilen Dächern der Gassen herauf. Da das noch immer unvollendete Rathaus keine Armesünderglocke besaß, schlug der Türmer auf dem Südturm der Marienkirche zu jeder Minute die Glocke an; ihr Schall schepperte wie ein höhnisches Gelächter über den Marktplatz hin.

Der Stadtrichter hatte den aus den Dörfern herbeiströmenden Bauern den Zutritt zur Stadt verwehrt, da er fürchtete, ihren Abzug nicht kontrollieren lassen zu können. Nun lagerten sie draußen auf dem Anger und forderten laut, vom Bürgermeister gehört zu werden. Der aber hatte jetzt keine Zeit, mit ihnen zu reden, und er bedauerte es nicht einmal, denn er wußte nicht, wie er, ohne die Anordnungen des Stadtrichters einfach zu durchbrechen, ihnen raten solle; außerdem hielt er es für überflüssig, daß sie bei der Hinrichtung eines der Ihren Maulaffen feilboten. Oder wollten sie rebellieren? Dann bestanden die Anordnungen des Stadtrichters hier ausnahmsweise zu Recht. Diese Anordnungen waren in ihrer Auswirkung freilich schlimm – und ebenso fraglich: Seit zwei Wochen fand in der Stadt kein Kram- und Gemüsemarkt mehr statt; nur die außerhalb wohnenden Studenten erhielten das Recht, regelmäßig die in Richtung ihres Weges gelegenen Tore zu passieren, der Senat hatte ihnen dieserhalb eine Namen und Fakultät ausweisende, vom Stadtrichter unterzeichnete Passierkarte ausgehändigt.

Bachmann wußte davon, und es wäre ihm wohl möglich gewesen, mit einer solchen von zuverlässigen Studenten ausgeliehenen Karte hinauszugehen. Doch wem konnte man trauen? Die Sache war auch anders noch gefährlich: In Studentenkleidung erkannten ihn die Torknechte vielleicht sofort als den, der vor Monaten mit Balzer hier hereingekommen. Er konnte ein anderes Tor wählen, doch wer gab ihm die Sicherheit, daß nicht auch die Knechte gewechselt hatten? – Außerdem wollte er jetzt nicht fliehen; noch immer hoffte er, man werde Balzer begnadigen und den Tuchwalker freilassen. –

Jetzt öffnete sich die Rathaustür. Der Stadtrichter trat heraus und blieb auf der obersten Steinstufe stehen. Ihm folgten die Schöffen Hankow, Schadewald und Herberger. Von den geladenen Ratsherren waren nur Anton Niemegk, Laurentius Liranius und Thomas Feuerlein erschienen; der Bürgermeister Christian Beyer, der Maler Lucas Cranach und der Goldschmied Christian Döring blieben der Hinrichtung fern. Dafür hatte, diesmal in Amtstracht, der Hofrichter sich eingefunden; er stellte sich neben den Stadtrichter und blickte geradezu erfreut über die den ganzen Marktplatz ausfüllende Menge hin. Solch ein Auflauf – das war nach seinem Geschmack! Damals, als der Sturm des Für und Wider um Luther tobte und die Studenten jede Gelegenheit wahrnahmen, sich lärmend für seine Sache einzusetzen, hatte er kräftig mit ins Feuer geblasen – wie kläglich aber waren alle jene Demonstrationen gegenüber diesem hier zusammengeströmten Menschenmeer! Großartig bewiesen die Wittenberger ihren Sinn für Recht und Gesetz, ihr Verständnis für das Wirken der Obrigkeit – und wohl auch ihre Lust am außergewöhnlichen, aufregenden Ereignis!

Es schien, daß er nicht ganz unrecht habe, denn gerade jetzt beim Auftreten der Stadt- und Landesobrigkeit verriet sich da und da in der Menge auch der Geist der Untertänigkeit, der Anerkennung und des Dankes für ein so großartiges Schauspiel. Beifallsgemurmel rauschte auf, wenn auch gedämpft, Mützen wurden geschwenkt, Köpfe reckten sich, und manches Gesicht zeigte mehr Sensationslust und Spannung als Zorn und Empörung.

Da aber begann es in den Gruppen der Studenten zu brodeln, sie gerieten in Bewegung, Rufe wurden laut. »In Wittenberg kein Blutvergießen!« – »Gebt Balzer frei!« – »Gnade für Balzer!« – Und dann: »Der Kurfürst lasse Gnade walten! Es lebe der Kurfürst!« Und im Nu bemächtigte sich die Menge dieser letzten Forderung. Ihr Stimmenmeer schwoll über den Marktplatz hin. »Der Kurfürst lasse Gnade walten! Es lebe der Kurfürst!« Minutenlang wogte dieser Ruf von Häuserwand zu Häuserwand, strömte in die engen Gassen und verlief sich durch die ganze Stadt.

Enttäuscht und finster sah und hörte es der Hofrichter. Da begegnete sein Blick dem des Ratsherrn und Schöffen Herberger. Dieser nickte ihm zu wie einem alten Komplicen und konnte seine Feigheit doch nicht ganz verbergen. Haberlitz war solche Vertraulichkeit überaus peinlich, er wandte sich ab und richtete die Augen stur auf das von einem Spieß- und Hellebardenwald umgebene Blutgerüst und den einsam darauf stehenden Scharfrichter. Immer noch brausten die Rufe über den Markt: »Der Kurfürst lasse Gnade walten! Es lebe der Kurfürst!« Den Hofrichter überkam ein Gefühl der Übelkeit: Diese Gerichtshandlung wurde gewiß keine Glorifizierung der Obrigkeit!

Nun begab sich der Stadtrichter mit den geladenen Herren zu den Bänken vor dem Gerüst hin. Auch sie waren von Kriegsknechten des Kurfürsten umstellt, man war vor unangenehmen Überraschungen oder gar Angriffen also sicher. Der Hofrichter kam auf den Ehrenplatz neben dem Stadtrichter zu sitzen. Ein Gerichtsschreiber nahm hinter beiden Aufstellung, er trug eine Papierrolle, seine Hand zitterte, es schien, daß ihn friere.

Der Stadtrichter erhob sich wieder und gab den an der Rathaustür wartenden Gerichtsdienern ein Zeichen. Sie verschwanden sofort im Dunkel des Rathausflures. Der Stadtrichter begab sich, vom Gerichtsschreiber gefolgt, über die sieben Stufen der Treppe zum Blutgerüst hinauf. Er ging bis zum Sandhaufen, und der Scharfrichter nahm ihm gegenüber Aufstellung. Indessen stieg der Lärm der Menge nur noch an.

Der Stadtrichter wurde ungeduldig, er blickte zur Rathaustür hin und zog die Augenbrauen zornig herab. Endlich erschienen die Knechte mit dem Delinquenten. Sie hatten ihm die Hände gebunden und um sein linkes Bein eine Kette geschleift, deren Ende einer der Knechte hielt. Er trug noch die eigene arg zerrissene, blutbesudelte und verschmutzte Kleidung, Hose und Hemd. In den Wochen seiner Haft war ihm ein Bart gewachsen, er bedeckte Wangen, Kinn und Oberlippe dicht und gekräuselt, doch war er sichtlich dunkler als das rote Haupthaar. Da Balzer barfüßig ging, sah man wie an den Händen auch an Fersen und Knöcheln verkrustete Wunden. Der noch vor wenigen Wochen hochaufgewachsene, von Gesundheit strotzende Bauer wankte gebeugt die Treppe des Gerüstes herauf und schritt dann unter Aufbietung seiner letzten Kraft auf den Stadtrichter und den Scharfrichter zu.

Neben ihm hielt sich der Pfarrer von Dobin, das Kreuz in der Hand, die Augen in fliegender Erregung auf das zermarterte Angesicht des Verurteilten gerichtet. Er betete hastig und unverständlich, die Zähne schlugen ihm klappernd aufeinander.

Balzer sah ihn nicht an, er achtete nicht auf seine Worte, blickte nur suchend durch die Gitter der Spieße und Hellebarden. Waren die Freunde gekommen? Er blieb vor dem Sandhaufen stehen, überflog forschend die Köpfe der zuvorderst stehenden Menschen. Nun hatte er Thamm entdeckt, daneben auch Bachmann. Gottlob, der ihm Verschworene war noch frei. Lange begegnete er seinem Blick, und ein leichtes, zufriedenes Lächeln erhellte sein Gesicht. Er reckte sich auf.

Bachmann fühlte diesen letzten Gruß des Freundes wie Glut in sein Herz dringen. Er griff nach Thamms Hand und hielt sich an ihr fest. Ein beinahe schmerzhafter Druck ermahnte ihn, sich nicht zu verraten. Er nahm sich zusammen, gewaltsam hielt er die Tränen zurück, dankbar nickte er dem tapferen Freunde zu.

Die Menge war beim Anblick des geschundenen jungen Bauern plötzlich in tiefstes Schweigen versunken. Eine Art Staunen hatte sie befallen, darüber, daß man einen Menschen so entsetzlich zurichten konnte, und auch darüber, daß ein so grausam Gequälter noch aufrecht zu stehen vermochte.

Der Stadtrichter nahm dem Gerichtsschreiber die Schriftrolle aus der Hand, zog sie mit beiden Händen auseinander und verlas das Urteil; er las hastig und versprach sich einigemal; seine letzten Worte waren kaum noch zu vernehmen: »... und da du, Balzer, Sebastian, in allen Teilen der Anklage deiner Schuld überführt, bist du im Namen unseres allergnädigsten Fürsten vom Leben zum Tode zu bringen durch das Schwert.« Datum und Unterschriften des Urteils murmelte er nur noch vor sich hin. Es war ihm anzusehen, daß er sich nun am liebsten davongemacht hätte.

Doch er mußte noch einigen Formalitäten genügen. »... so frage ich dich denn«, wandte er sich abermals an Balzer, »ob du zu deiner Schuld dich bekennst.«

»Ich bekenne«, antwortete Balzer mit klarer Stimme, und noch bestimmter setzte er hinzu: »Doch ist's keine Schuld, daß bei den Bauern ich war – ich bin ja ein Bauer.«

Der Stadtrichter machte eine fahrige Handbewegung. »So laß dich nun mit Gott versöhnen.« Er nickte dem Pfarrer zu und trat beiseite.

Jost Saxendorf, Neffe des Ratsherrn Herberger, erster evangelischer Pfarrer des Kirchsprengels Dobin, vermochte sich kaum noch auf den Beinen zu halten; er erachtete es als eine entsetzliche Strafe, daß der Superintendent Bugenhagen gerade ihn mit der Aufgabe betraut hatte, dem Verurteilten geistlichen Beistand zu leisten. Mit zitternder Stimme wandte er sich an Balzer und forderte ihn auf, sein Herz von allem Bösen zu erleichtern.

»Eher müßt' du es tun, Pfaff'«, entgegnete Balzer verächtlich. Der Pfarrer begann zu beten. Doch Balzer sagte aufgebracht: »Schafft ihn fort, er versperrt mir den Weg zu Gott!« Der Pfarrer aber ereiferte sich betroffen: »Bete, bete mit mir!« Balzer trat einen Schritt auf ihn zu. Dann erhob er den Kopf und rief laut über den Marktplatz hin: »Dieser hier hat mich verraten! Ihn klage ich an! Euch aber, liebe Brüder, ermahne ich, solchen Wölfen, ihm und dem Ratsherrn Herberger, die Zähn' auszubrechen!«

Diese Worte durchbrachen die Stille gründlich. Wie eine Sturmflut stieg die Menge vor der dichten Mauer der kurfürstlichen Kriegsknechte an. Einzelne Gruppen breschten wie Wogen vor, andere wieder brachen die Flut, es war ein Mit- und Gegeneinander von Lärm und Bewegung, so wild, daß der das Blutgerüst abdeckende Kordon hier und da nachgab. Kommandos gellten auf, Spieße und Hellebarden wurden gefällt. Ein erbittertes Ringen begann. Ein Trupp Studenten und Handwerksgesellen durchbrach die Reihen der Knechte und erreichte das Blutgerüst, machte Anstalten, hinaufzuklettern.

In diesem Augenblick schoß der Pfarrer der Treppe zu, stürzte hinab, erhob sich wieder und sprang die Steinstufen des Rathausportals hinauf, um hinter der Tür zu verschwinden. Diese panikartige Flucht war auch das Signal für den Stadtrichter, den Hinrichtungsakt abbrechen und den Gefangenen zurückführen zu lassen.

»Bringt ihn in Sicherheit!« schrie er die Knechte an und wurde sich des Grotesken, Widersinnigen seiner Worte gar nicht bewußt.

Der Scharfrichter trat auf ihn zu, und der Stadtrichter sah die hohlen Augenlöcher der Kapuze, hörte einen unsichtbaren Mund sprechen: »Ich mein', Ihr müßt't Euch in Sicherheit bringen.« Der Stadtrichter wich entsetzt vor ihm zurück. Da schon zerrten die Knechte den Gefangenen vom Blutgerüst, stießen ihn die Rathaustreppe hinauf und schoben ihn durch die offene Tür. Dicht hinter ihnen drängte sich Herberger ins Haus. Die anderen Ratsherren folgten. Selbst dem Hofrichter schien es geraten, im schützenden Innern dieses noch immer unvollendeten und mit einer Befestigung gleichenden Gerüsten umgebenen Neubaus zu verschwinden.

Als letzte der Obrigkeit zogen der Stadtrichter und der Scharfrichter sich zurück. Sie verriegelten die Tür hinter sich und schlossen sich im Bürgermeisterzimmer ein. Von hier aus sahen sie die Schlacht in vollem Gange. Die kurfürstlichen Kriegsknechte gingen in dichten Reihen vor und trieben die Menge Schritt für Schritt zurück. Bereits durchgebrochene Trupps wurden von anderen Knechten auseinandergejagt und zum Teil verhaftet, die übrigen flüchteten und tauchten in den noch nicht bedrängten, doch auch schon so zurückweichenden Aufstauungen der Menge unter. Immerhin verging eine Viertelstunde, bis die Bewaffneten der Obrigkeit den Marktplatz leer gefegt und die getreuen wie die aufsässigen Untertanen der Stadtobrigkeit in die Gassen gedrängt hatten. Hier bildeten sie einen stachligen Wall von Spießen, die Fronten der Angreifer waren kürzer geworden, man konnte sie leichter in Schach halten.

Als der Stadtrichter diese günstige Situation erfaßte, gab er sofort den Befehl, die Hinrichtung zu vollziehen. Die Ratsherren gingen wieder hinaus und nahmen ihre Plätze ein. Diesmal folgte der Hofrichter dem Stadtrichter auf das Blutgerüst. Die Knechte schleppten den Verurteilten wieder herbei, und der Pfarrer lief hinterher. Ganz zuletzt bestieg der Scharfrichter das Gerüst und begab sich mit bereits entblößtem Schwert zum Sandhaufen hin. Es war eine gänzlich unfeierliche Szene: Die Schöffen und Ratsherren saßen auf ihren Bänken wie arme Sünder, die panische Angst vor der Strafe quälte. Stadtrichter, Hofrichter und Pfarrer fanden keine Worte mehr, sie an Balzer zu richten. Die Knechte waren verwirrt von so außergewöhnlichen Vorgängen und standen um den Verurteilten herum, als müßten sie ihn nun wirklich in Sicherheit bringen, und zwar vor solcher heimtückischen Obrigkeit und ihrem Scharfrichter. Nur dieser selbst schien seine Ruhe behalten zu haben. Er richtete den Blick auf den Stadtrichter und wartete geduldig auf dessen Zeichen.

Bachmann und Thamm standen am Ausgang der Elbtorgasse. Spieße und Hellebarden starrten ihnen entgegen. Die Rebellion gegen die Hinrichtung war wie ein Strohfeuer zusammengefallen, denn man hatte erfahren, daß auch im Rücken der in den Gassen stehenden Menge bereits Kriegsknechte des Kurfürsten aufmarschiert waren. Bachmann ließ den Kopf hängen. Immer wieder aber erhob er ihn wie aufgeschreckt, um zum Hinrichtungsgerüst hinüberzublicken.

Jetzt ließen die Knechte den Verurteilten vor dem Sandhaufen niederknien und den Kopf vorbeugen. Noch immer hielt einer von ihnen ihn fest an der Kette, die man um sein linkes zerschundenes Bein geschlungen hatte. Der Scharfrichter nahm seinen Platz ein und hob mit beiden Händen das Schwert hoch über seinen Kapuzenkopf. Er holte weit aus, dann ließ er es mit voller Wucht herabsausen. –

Bachmann wandte sich ab und griff nach Thamms Hand; sie drückte die seine fest wie eine stählerne Zwinge. In diesem Augenblick drängte die Menge nach vorn, denn die Landsknechte des Kurfürsten begannen vom Elbtor her die Gassen zu räumen. Die Spalier stehenden Knechte wurden mit auf den Marktplatz geschwemmt und vermochten den vom Geschrei und Gewühl angetriebenen Strom nun nicht mehr aufzuhalten, er schoß über den Marktplatz hin. Aus den anderen Gassen folgten ihm neue Ströme, die sich vor dem Blutgerüst vereinten und es umschlossen, ehe die Ratsherren, die Richter, der Pfarrer, der Scharfrichter und die Knechte das schützende Haus erreicht hatten.

Vor der Rathaustreppe stieß Bachmann auf den Ratsherren Herberger, und ohne zu überlegen, schlug er ihm die Faust ins Gesicht. Des Ratsherrn Augen funkten, feige und erschrocken hob er die Arme, starrte Bachmann voller Entsetzen an. Dann wandte er sich schreiend zur Flucht. Einige Studenten aber hielten ihn fest. »Stoßt ihn aufs Blutgerüst!« rief einer. »Das Schwert des Scharfrichters her!« ein anderer. Sie schoben Herberger die Treppe zum Gerüst hinauf; er sah den Enthaupteten liegen, sah den Scharfrichter stehen, den Stadtrichter, den Hofrichter, doch keiner kam ihm zu Hilfe, ja, es schien, daß sie Platz machen wollten, damit man Herberger über den Sandberg beugen könne. Er begann verzweifelt zu schreien. Da, auch der Scharfrichter stellte sich auf, als wolle er das Schwert ein zweites Mal schwingen. Gleich würden die Knechte auf ihn, den Ratsherrn, zuspringen und ihn packen, zum Sandberg hinschleifen. Er rang verzweifelt die Hände. Dann, mit einer Energie, die ihm keiner zugetraut hätte, riß er sich plötzlich los, überrannte einen der Studenten und verschwand im Gewühl der Menge, die erbittert mit den Kriegsknechten kämpfte.

Thamm hielt Bachmann zurück und zog ihn eilig fort. Das Durcheinander auf dem Markt war unübersehbar, der Lärm fürchterlich. Mühselig erreichten die Freunde die Coswiger Gasse und liefen dem Hause des Meisters zu. Als sie es erreichten, verhielten sie atemlos.

»Hans, er hat dich erkannt«, sagte Thamm ächzend. »Ist alles verloren!«

Er riß das Tor auf und schob Bachmann in den Hof. Sie betraten die Stube. Der Meister, Frau Herberger, Julia und Barbara saßen am Tisch. Die Frauen weinten.

»Nun – ist's vorüber für den Sebastian?« fragte Melchthofer. Thamm nickte. »Die Bluthund'!« Dann trat er an den Tisch. »Und jetzt geht's an uns.« Er wandte sich Bachmann zu. »Du mußt sofort in dein Versteck verschwinden. Indes will ich zum Professor Selinger gehen, ihm zu sagen, daß er dich nun verbergen muß, da's hier nicht mehr ratsam.«

»Ich hab' die Schlüssel zu seinem Hause.«

»Dann such's auf, noch heut nacht!«

»Warum?« fragte der Meister.

»Der Ratsherr Herberger hat ihn gesehen – und sicher auch erkannt.«

Die Frauen hoben erschrocken den Kopf.

Frau Herberger stand auf und ging zu Bachmann hin. »So seid Ihr verloren, Hans. Gott steh Euch bei!«

Julia aber warf sich Bachmann an die Brust und begann laut zu weinen. Thamm löste sie behutsam von ihm.

»Mußt hart sein jetzt«, sagte er. »Ist keine Zeit mehr für Tränen.« Er wandte sich an Bachmann. »Verdrück dich unters Werkstattdach, verweile hier nicht länger! Eh wir's gedacht, sind sie hier, dich zu holen. Fort, fort!« Er drängte ihn zur Tür hin, schob ihn hinaus, ging mit ihm zur Werkstatt hinüber.

Der Meister stützte den Kopf in die Hand. »Nun gut, will's Gott also, daß es auch über uns komme – nur zu . . .«

Herberger war wie von Sinnen seinem Hause zugelaufen, hatte die Tür hinter sich verriegelt und sich in seinem Tuchlager versteckt. Bald darauf hörte er die Leute vor seinen Fenstern sich ansammeln. »Balzers Blut über ihn!« und: »Verjagt ihn aus Wittenberg!« hörte er sie rufen.

Plötzlich flog ein Stein durch die Butzenscheiben, dicht an Herbergers Kopf vorbei. Er verkroch sich hinter den Tuchballen. Als der Lärm vor seinem Haus bedrohlicher wurde, war er versucht, nach dem Gehilfen und der Magd zu rufen, doch er fürchtete, man werde ihn draußen viel besser hören und das Haus stürmen, und er befürchtete noch mehr, daß sie, die ihm ohnehin schon auf dem Kopf herumgetanzt, ihn nun einfach ausliefern würden. Aber sie hatten ihn sicher schon verlassen. Er überprüfte seine Tuchballen: Waren sie noch alle vorhanden? Er blickte sich um, ob er irgendwelche Zeichen, daß man ihn bestohlen habe, entdecken könne. Wieder, wie immer bei großer Aufregung, begann es in seinen Eingeweiden zu wühlen und zu brennen; die Schmerzen unter den rechten Rippen stellten sich ein, fraßen seine letzte Kraft. Und der Lärm der vor seinem Hause Randalierenden nahm ihm fast die Besinnung. Ihm wurde übel. Um seine Tuchballen nicht zu beschmutzen, schlüpfte er in die Zuschneidekammer und legte sich auf den großen Tisch. Es war ihm ein Trost, die Fenster seines Lagers vergittert zu wissen. Dennoch zitterte er an allen Gliedern, und trotz der bereits am Vormittag schon herrschenden Hitze des Augusttages fror ihn abscheulich; die Angst schüttelte ihn wie ein Fieber.

Doch die Ansammlung vor seinem Hause verlief sich wieder, die Kriegsknechte säuberten die Gassen von den Aufrührern. Herberger schickte ein kurzes Dankgebet zum Himmel auf. Er faltete die Hände und murmelte Unverständliches vor sich hin. In plötzlicher Eingebung begab er sich schnell zur großen Stube hinauf. Er rief nach der Magd. Aber er blieb ohne Antwort. Mißtrauisch überblickte er auch hier seine Habe, doch soviel er festzustellen vermochte, hing, lag und stand noch alles an seinem Platz. Dennoch, der Gedanke, etwas übersehen zu haben – und dann erst später zu bemerken, daß man ihn bestohlen habe –, verschlimmerte seinen Leibeszustand noch mehr. Er ließ sich in einen Sessel fallen und preßte die Hände auf die schmerzende Seite, er krümmte sich, und der gallige Speichel floß ihm über die Lippe. Wieder packte ihn die Angst. Wieder murmelte er ein Gebet.

Doch während er noch betete, entsann er sich plötzlich des Faustschlages in sein Gesicht, denn die Augenbraue war ihm geschwollen und brannte wie Feuer. Zorn und Ohnmacht, Haß- und Rachegefühle peitschten ihn auf. Man hatte ihn geschlagen –! Aber er würde zurückschlagen. Ha, der ihn geschlagen, dessen Gesicht hatte er schon einmal gesehen, irgendwo, den würde er zu finden wissen, diesen Handwerksgesellen, schmutzigen, verfluchten! Wo nur hin mit diesem Gesicht, diesem widerlichen, verhaßten Gesicht? Wessen Gesicht –?

Er quälte sein Hirn ab, doch es gab ihm nicht her, was er wissen wollte, denn der Schmerz im Leibe quälte ihn schlimmer, und die Gedanken gehorchten ihm nicht. Das Bild seiner Frau stand plötzlich vor ihm, geradezu leibhaftig. Ja, dort am Tische; wie gewohnt stützte sie sich darauf, ein wenig schräg, in lässiger Haltung; er sah ihre schöne rundliche Hand, die Spitzenkrause des Kleiderärmels. Aber sie wandte ihm das Gesicht nicht zu, blickte zurück; dort tauchten andere Gesichter auf, das Barbaras, das Julias. Julia, die er gern mit Jost Saxendorf, dem Neffen, dem Pfarrer von Dobin vermählt hätte, die diesen jedoch verschmähte und einem davongelaufenen Studenten nachhing, wie haßte er sie, wie diesen Studenten!

Bachmann –.

Mit einem Ruck stand er auf, lief zum Tisch hin. Das Bild der Frau war verschwunden, das Barbaras, das Julias. Doch ein anderes Gesicht stand da im Blickfeld seiner Gedanken, die mit eins wieder gehorchten: Dieses Gesicht, das er zugleich mit dem Faustschlag in sich aufgenommen, es war das Gesicht Bachmanns!

In Herberger jubelte es auf: der zweite, der Genosse Balzers! Alle Schmerzen waren vergessen, alle Angst vor den Aufsässigen, die jetzt von den kurfürstlichen Kriegsknechten durch die Gassen der Stadt gejagt wurden. Er würde diesem Pack einen zweiten Schlag versetzen, Antwort auf die Bedrohungen am Hinrichtungsgerüst, Antwort auf den Steinwurf durch das Fenster seines Lagers, die große Antwort auf alle gegen ihn gerichtete Verachtung.

Mit einem Sprung war er bei der Tür. Er raste die Treppe hinab, durcheilte den Torgang. Ehe er jedoch die Haustür öffnen konnte, wurde von draußen mit derben Fäusten und Schuhen dagegengetrommelt und -getreten. Und wieder die Rufe: »Holt den Hundsfott heraus! Schleift ihn aufs Blutgerüst! Zur Hölle mit dem Teufel! Schlagt ihn tot, den tollen Hund!«

Entsetzt kehrte er um, flog die Treppe hinauf bis zur Stube; nein, weiter, hinauf zur Kammer der Magd. Er verkroch sich hinter ihrer grobgefügten Truhe. Und wieder begann er zu beten.

Bis in die Nachmittagsstunden hatten die Kriegsknechte und die Stadtwehr zu tun, die Demonstranten zu zerstreuen und die Ruhe wiederherzustellen, denn diese rotteten sich immer wieder zusammen. Viele von ihnen waren verwundet, einige Dutzend verhaftet worden. Aber der Bürgermeister ordnete an, die in eine der Rathauskellerzellen gepferchten Studenten und Handwerksgesellen wieder freizulassen, damit nicht neuer Zündstoff zu weiteren Aktionen gegeben werde. Seltsamerweise war auch der Hofrichter für eine solche Großmütigkeit. Dachte er an seine eigenen rechtswidrigen Radauunternehmungen während seiner Studienzeit in Wittenberg? War ihm dieser Wittenberger Aufruhr um einen Bauern das gleiche Gaudi wie die einstigen um die Freiheit eines Christenmenschen? Hatte das blutige Schauspiel einer Hinrichtung für ihn den gleichen Reiz wie das Verbrennen einer den Papst darstellenden Strohpuppe zu Ehren Luthers? –

Zur selben Zeit, als die Verhafteten freigelassen wurden und auf den Marktplatz hinaustraten, um sich dort sogleich wieder zu versammeln, standen im Hofe des ehemaligen Augustinerklosters einige hundert Studenten, Handwerksgesellen und sogar Handwerksmeister. Sie standen mit entblößtem Haupt, ohne Wams, nicht wenige barfüßig, einige mit umgehängtem Schurzfell, andere in der schmutzstarrenden Werkkleidung der Tuchwalker, Tuchfärber und Gerber. Eine gemischte, anklagende Gesellschaft. Junge und Alte, Aufsässige und Verbitterte. Mit zornigen Stimmen sangen sie:

»Und wenn die Welt voll Teufel wär'
und wollt' uns gar verschlingen,
so fürchten wir uns nicht so sehr,
es muß uns doch gelingen.
Der Fürst dieser Welt,
wie er sich auch stellt,
tut er uns doch nicht,
das macht, er ist gericht't,
ein Wörtlein kann ihn fällen.«

Wenn sie die Strophe zu Ende gesungen hatten, begannen sie sie von neuem. Sie richteten den Blick unentwegt auf die Fenster der Wohnung des Professors Luther.

Dieser, sein Lied erkennend, blickte überrascht hinaus und nickte den Leuten zu. Doch zur Antwort sangen sie mit noch größerem Grimme. Da schrak er zurück. Auf einmal wurde ihm bewußt, welche Kraft der Empörung in dieser Weise, diesen Worten lag, wenn sie weltlich gemeint waren. Wütend schlug er das Fenster zu und schritt wie ein Gefangener in der großen Stube auf und ab. Katharina, die Situation ergreifend, saß wie gelähmt auf ihrem Stuhl am Tische und blickte hilflos auf den Gatten. Wie hatte sie seine Macht, die Achtung der Leute vor ihm und das Gewicht seines Namens überschätzt! Sie war von seiner Unfehlbarkeit überzeugt. Doch solange sie mit ihm in Ehegemeinschaft lebte, hatte sie mit ihm gemeinsam nur Angriffe auf seine Lehre, Angriffe selbst von seinen Freunden zu erdulden. Sie fragte sich, ob er wirklich daran schuld sei, daß in der Welt so vieles drunter und drüber ging, ob er den Bauern unrecht getan oder gar Todsünden auf sich geladen. Aber sie wollte auch die ihr genehme Antwort und gab sie sich: Es ging in dieser Welt schon immer drunter und drüber, weil alles gegen die Obrigkeit stand, der Adel gegen die Fürsten, die Bürger gegen den Adel und auch schon gegen die Fürsten, die Bauern gar gegen die Bürger, den Adel und die Fürsten, also gegen alle und alles. Das war eine wahrhaft gottlose Empörung. So hatte Martin den Bauern auch nicht unrecht getan, denn sie waren ungehorsam, und er mußte sie züchtigen lassen. Selbst den Bauern Balzer, ja, selbst ihn. Und Martinus war damit keiner Todsünde schuldig geworden.

Die junge Frau versuchte, in der Rechtfertigung ihres Mannes Beruhigung zu finden. Doch sie mühte und grübelte sich vergeblich ab, immer wieder schlug die Tatsache, daß an diesem verfluchten Augusttag in Wittenberg Blut geflossen war, alle ihre Gutgläubigkeit und Hoffnung nieder: Viele Menschen in der Stadt konnten es ihrem Martinus, dem einst so beliebten und verehrten Doktor der Reformation, nicht vergeben, daß er beim Fürsten um die Begnadigung des Bauern nicht vorstellig geworden. Der Gesang da draußen im Klostergarten war das unerbittliche Echo dieser Wirklichkeit.

Auch sie stand nun auf und trat ans Fenster, öffnete einen Spalt und fuhr über den Anblick der ihr zugekehrten ernsten, anklagenden Gesichter heftig zusammen. Sie drückte den Fensterflügel wieder heran und schritt, von Furcht gepeinigt, zum Tisch zurück. Sie begann zu weinen.

Da wurde es Luther zuviel, er trat abermals zum Fenster hin und riß es weit auf. Jetzt sahen sie ihn wie in einem Bilderrahmen, mit breiter gewordener Brust, gedrungenem Hals, beginnendem Doppelkinn und rundem Bauernschädel; der Mund freilich ein wenig zu weich, um energisch genug zu erscheinen, die Augen aber dunkel und stechend – das Bild eines Richters.

»Was wollt ihr?« fuhr er die Versammelten an.

»Mit Euch, Herr Doktor, um Balzers Seele beten«, antwortete ein alter Tuchmachergeselle.

»So geht in die Kirche«, gab er barsch zurück.

»Dann kommt mit und sagt uns, warum Ihr uns vor ein paar Stunden solch Gebet nicht erspart«, rief ein Student herauf.

Luther wischte sich über das Gesicht, als habe er diese Worte körperlich gespürt. »Ich bin euch in meiner Handlungsweise keine Rechenschaft schuldig«, sagte er, »euch nicht, nur Gott. Und die Freiheit eines Christenmenschen gilt auch für mich: All mein Tun und Lassen wird von Gott bestimmt. Ihm allein will ich dienen! Nicht euch, in euerem Ungehorsam vor der von Gott eingesetzten Obrigkeit. Was diese tat, geschieht nach Gottes weisem Ratschluß. Ihr aber –: geht in euch und seid zerknirscht darüber, daß Gott euch nicht auserwählt hat, ohne zu straucheln seinen Weg zu wandeln. Tut Buße! Tut Buße!« Damit schloß er das Fenster und kehrte sich Katharina zu.

»Geh in die Schlafkammer und leg dich auf ein Stündlein nieder«, bat er sie. »Kannst es ganz beruhigt tun. Mein Herz ist frei von Schuld. Und bald wird auch der Klosterhof frei sein von so unfrommen Gesichtern.«

Er begab sich in den Flur hinaus, um seine Studierstube aufzusuchen. Dort angekommen, sank er erschöpft auf den Stuhl am Tische nieder und legte den Kopf in die verschränkten Arme.

Noch am späten Abend des Hinrichtungstages erhielt der Stadtrichter die Mitteilung von der Wahrnehmung des Ratsherrn Herberger; dessen Neffe, der Pfarrer von Dobin, überbrachte sie selbst:

»Im Gewühl des Aufruhrs wurde meinem Oheim von einem Manne ein Schlag ins Gesicht versetzt. Dieser Mann – das sah er deutlich – ist Hans Bachmann, weiland Student zu Wittenberg. Schon vor drei Jahren zog er fort. Jetzt tauchte er plötzlich wieder auf, als Handwerksgesell. Wo war er zuvor?«

Der Stadtrichter begriff den Zusammenhang der Rede des Pfarrers noch nicht. »Er hat in Wittenberg studiert und ist nun Handwerksgesell? Wer ist sein Meister?«

»Der Kleinschmied Melchthofer in der Pfaffengasse. Bei ihm hat als Student er schon gewohnt. Und auch um des Meisters Tochter geworben.« Jost Saxendorf verzog vor Eifersucht das Gesicht, da er sich klar wurde, daß Bachmann seinen eigenen Werbungen jetzt ein Ende gesetzt hatte, ob er nun ungeschoren blieb oder den Kopf wie Balzer verlor, für den Pfarrer von Dobin war's aus mit der Julia.

»Ja, wie kommt Ihr aber darauf, daß Bachmann der gesuchte Genosse des Balzer sei?« fiel der Stadtrichter ein.

»Er ist's, Ihr könnt es glauben! Warum erscheint er just zu dieser Zeit in Wittenberg, wo er doch in Leipzig gebürtig und dort, wie ich erfahren, den Magistergrad erworben?«

»Vielleicht will er, wie vor Jahren der Professor Karlstadt gefordert, der Wissenschaft Valet sagen und ein Handwerker werden; des Meisters Tochter zu freien, das liegt dann doch sehr nah.«

»Als Kleinschmiedemeister? Da hat's noch gute Weile. Eher mein' ich doch, daß hier ein Bauernmagister, wo nicht gar ein Bauernhauptmann sich verkriechen will.«

Der Stadtrichter konnte sich solcher Logik nicht mehr verschließen. Augenblicklich überfiel ihn eine so starke Erregung, daß er den Pfarrer bat, doch Platz zu nehmen und ihm weitere Einzelheiten seines Verdachtes mitzuteilen.

»Was weiter wäre da zu berichten?« entgegnete Saxendorf, während er sich umständlich auf einen Sessel setzte. »Der Bachmann schlug dem Oheim ins Gesicht. Warum wohl? Weil er des Balzers Hinrichtung mit verhindern gewollt, und da's nicht gelang, dem Ratsherrn Herberger, der Euch in dieser Sache so geholfen, doch gar zu gern ans Leben gegangen wäre. Wozu wohl die Verkleidung?«

Der Stadtrichter lief aufgeregt hin und her. Seine Wohnung war geräumig und mit allerlei Hab und Gut ausgestattet; ein wenig überfüllt, so recht das Bild der Umgebung eines wohlhabend gewordenen, sich seiner Stellung bewußten Bürgers. Jost Saxendorf sah sich in der von zwei, drei Leuchtern erhellten

Stube neugierig um: Nein, da kam der Oheim nicht mit, sein Haus roch nach Untergang, hier war die Atmosphäre des Aufstiegs.

»So meint Ihr, der Bachmann sei im Hause Melchthofers?« fragte der Stadtrichter merklich durcheinander.

»Wo sonst?«

»Könnt Ihr den Ratsherrn Herberger nicht herholen, daß ich von ihm noch Näheres erfahre?«

»Der Oheim liegt am Gallenfieber darnieder und hat mich gebeten, die Nacht bei ihm zu verbringen; 's wäre auch nicht ratsam, daß ich jetzt noch den Weg nach Dobin antrete, die Landstraß' ist unsicher. – Vielleicht geht Ihr mit mir zu ihm.«

Der Stadtrichter winkte unwirsch ab. »Ich will den Kranken nicht unnötig bemühen. Zudem muß ich rasch zum Rathaus, dort zu veranlassen, daß man, eh' es zu spät, das Haus Melchthofers untersucht.« Er griff nach seinem Mantel und warf ihn sich über. Einen Leuchter ergreifend, lud er den Pfarrer ein, ihm zu folgen.

Sie gingen bis zur Haustür. Dort stellte der Stadtrichter den Leuchter ab und blies die Kerzen aus. Er schob den Pfarrer auf die Gasse hinaus, schloß die Tür hinter sich und bedeutete ihm, unauffällig zu verschwinden. Beide gingen in verschiedener Richtung davon.

Schon im frühesten Morgengrauen begab sich ein Gerichtsdiener mit zehn Mann der Stadtwache zum Melchthoferhause hin. Man umstellte es von der Gasse und von der Stadtmauer her. Der Gerichtsdiener klopfte ans Fenster.

Unmittelbar darauf wurde es geöffnet, und Meister Melchthofer schaute heraus.

»Im Namen des Stadtrichters, öffnet das Tor!« sagte der Gerichtsdiener leise, um die Nachbarn nicht zu wecken.

Meister Melchthofer schloß wortlos das Fenster. Der Gerichtsdiener und einige Wachtknechte stellten sich vor dem Tore auf. Der Schlüssel knarrte im Schloß. Mit schnellen Schritten trat der Gerichtsdiener durch die aufgehende Öffnung und begab sich eilig ins Haus. Die Wachtknechte folgten ihm. Meister Melchthofer ging betroffen hinterdrein. – So hat der Ratsherr, dies schweinisch' Scheusal, den Hans doch erkannt, dachte er, und er atmete auf darüber, daß die Häscher nicht schon eine Stunde früher aufgebrochen waren. Als er in die große Stube kam, erwartete ihn der Gerichtsdiener bereits ungeduldig.

»Schafft ein paar Kerzen her und ruft die Hausleut' zusammen«, befahl er.

Meister Melchthofer richtete sich auf. »Was wollt Ihr, Herr?«

Der Gerichtsdiener wurde grob. »Tut, was ich Euch sage!«

Melchthofer nahm einen Leuchter vom Wandbrett, schlug Feuer und zündete die Kerzen an. Ohne einen der Eindringlinge auch nur eines Blickes zu würdigen, stellte er den Leuchter auf den Tisch. Dann ging er, Thamm, Barbara, Julia und Frau Herberger zu wecken. Sie kamen ihm im Hausflur schon entgegen.

»Bewahrt Ruhe«, flüsterte er ihnen zu.

Bald waren alle in der Stube versammelt. Doch da verließ der Gerichtsdiener sie. – Die Wachtknechte hatten alle Türen des Hauses und Hofes besetzt. Auch vor der Werkstatt stand einer. Der Gerichtsdiener machte einen Rundgang und überzeugte sich davon, daß alle Vorsichtsmaßregeln getroffen wurden. Dann ging er in die Stube zurück. Er setzte sich auf einen Schemel und ließ die Hausbewohner sich im Halbkreis vor ihm aufstellen. Zunächst richtete er an den Meister das Wort.

»In Euerem Hause wohnte Hans Bachmann.«

»Er hat hier gewohnt.«

»Und wo ist er jetzt?« fragte der Gerichtsdiener.

»Wieder fort.«

»Das lügt Ihr. Er ist noch im Hause. Doch warum ist er nicht mit hergekommen? Schläft er noch?«

Der Meister schwieg.

»Vielleicht hat auch er sich schon angekleidet oder ist's noch, wie es im Hause wohl alle waren.« Der Gerichtsdiener lächelte boshaft. »Man hatte uns gewiß erwartet und wollt' sich die Ehre geben, in gutem Gewand uns zu empfangen. Auch der Herr Magister Bachmann, nun Kleinschmiedegesell und Freier der Haustochter.« Er blickte zu Melchthofer auf. »Wollt Ihr nicht etwas sagen?«

Der Meister erwiderte seinen Blick in unverkennbarem Haß und antwortete: »Ich sagt' Euch schon, er ist nicht mehr hier, ging gestern nach Leipzig zurück. Und so Ihr mir nicht glaube' wollt, müßt Ihr's Haus durchsuche'.«

Der Gerichtsdiener nickte sarkastisch. »Das werden wir tun, Ihr habt recht.« Er wandte sich an die zwei bei der Tür stehenden Knechte und gab ihnen einen Wink. »So beginnt denn.«

Melchthofer stieß Thamm leicht an. »Geh mit.«

Thamm nahm eine Kerze vom Wandbrett, zündete sie am Leuchter an und folgte den Knechten, die zunächst in die Küche gingen. Nachdem man auch des Meisters Schlafkammer, die kleine Stube und Julchens Schlafkammer besichtigt hatte, waren nur noch die oberen Räume zu durchsuchen. Thamm ging den Knechten voraus die Treppe hinauf und wies sie darauf hin, daß in seiner Stube ein Kind schlafe.

»Mach keine Umständ'«, polterten sie ihn an und trapsten noch lauter die Stufen hinan.

Indessen saß der Gerichtsdiener auf seinem Schemel und stellte dem Meister weitere Fragen.

»Ihr habt eine Werkstatt.«

»Wohl.«

»Ist Bachmann denn ein Kleinschmied?«

»Nein.«

»So wollt' er's bei Euch werden.«

»Er wollt's, doch ist er, wie ich Euch gesagt, nun wieder fort.«

»Wann?«

»Gestern.«

»Meint Ihr, daß er durch eines der Tore gekommen, wo alles bewacht?«

»Noch gehen die rechtschaffene' Leut' ein und aus. Warum nicht auch er?«

»Er ist nicht rechtschaffen, Meister Melchthofer. Er war mit dem Balzer im Mansfelder Land. So wird's sein.«

»Dies ist mir nicht bekannt, auch glaub' ich's nicht.«

»So wird er's Euch selber sagen, wenn er vor dem Richter

steht.« Der Gerichtsdiener stemmte die Hände in die Hüften und bedeutete den hinter ihm stehenden Knechten, in die Werkstatt zu gehen. »Seht nach, ob der Herr Studiosus nicht gar schon am Feuer und Amboß steht, ein Schwert sich zu schmieden, uns alle damit zu köpfen, wie er's im Mansfeldschen gelernt.«

Die Knechte gingen. Der Gerichtsdiener war jetzt mit den Melchthoferleuten allein. Er musterte die Frauen, eine nach der anderen, fragte dann nach ihren Namen.

»Ich bin des Meisters Tochter«, sagte Julia.

»Ah, die Braut des Bachmann!« rief der Gerichtsdiener aus. »Nein, er hat keinen schlechten Geschmack!«

Julia errötete und wandte sich ab.

»Oh, wollt Ihr mir nicht sagen, wohin der Herr Freier gereist?«

Julia schwieg.

»Nun, am End' wißt Ihr das besser«, fragte er Barbara.

Sie sah den kleinen Mann der Obrigkeit für einen großen an und sagte eingeschüchtert: »Ich weiß es nicht.«

»Wer seid Ihr?«

Der Meister antwortete für sie: »Sie ist des Gesellen Eheweib, laßt sie in Ruh'.«

»Warum, sie kennt ja doch den Bachmann auch. So soll sie helfen, die Sache aufzuklären.«

Der Gerichtsdiener richtete den Blick auf Frau Herberger; seine Augen wurden größer, sein Mund spitzte sich. »Und wer seid Ihr?«

»Des Ratsherrn Herberger Gemahl«, entgegnete sie und maß ihn verächtlich.

Er sprang auf und machte eine Verbeugung. »Oh, verzeiht meine Unaufmerksamkeit«, sagte er. »Des Ratsherrn Namen tragt Ihr. Ja, er hat auch dieser Sache seinen Namen verliehen. Er ist der Stadt und auch dem Fürsten treu ergeben. Warum Ihr nicht ihm?« Er betrachtete sie mit schlecht verborgener Lüsternheit. »Man sagt, Ihr lebt von ihm getrennt?«

»Was mich betrifft, das geht Euch nichts an!« fuhr sie ihm übers Maul.

»Verzeiht, verzeiht«, stotterte er. Seine Unsicherheit war offenbar. Er wagte es auch nicht, sich wieder zu setzen, sondern ging zur Tür hin, um sie zu öffnen.

In diesem Augenblick kamen die Knechte mit Thamm die Treppe herab. Einer von ihnen trug, über den Arm gelegt, einige Kleidungsstücke und warf sie eins nach dem anderen auf den Tisch der Stube.

»Hier, die Hos', hier das Wams, hier der Mantel, hier das Barett und hier die Stulpenstiefel dazu: die ganze Gewandung eines Herren Studenten!«

Der Gerichtsdiener nahm das Gefundene interessiert in Augenschein, hob mit spitzen Fingern den Mantel auf und legte ihn mit leichtem Nicken zurück.

»So ist er wohl gar noch hier und hat die Reis' um ein paar Tage aufgeschoben. Oder ging er als braver Handwerksgesell davon?« Er wandte sich an die Knechte. »Ist er wahrlich nicht im Hause?«

»Nein, wir fanden sein Bett unberührt.«

Die aus der Werkstatt zurückkommenden Knechte wußten nichts Besseres zu sagen. So schickte der Gerichtsdiener sie alle wieder hinaus, auch Stall und Hof und Garten zu durchsuchen und sich danach mit den das Anwesen umstellenden Knechten im Hofe zu versammeln. Abermals mit den Melchthoferleuten allein, fiel sein Blick auf Thamm.

»Du, mein' ich, kennst den Bachmann gut. Wo hast du ihn verborgen?«

Thamm preßte die Lippen aufeinander.

»Du bist sehr schweigsam, willst du mir kein Wörtlein gönnen?«

Thamm trat auf ihn zu und fuhr ihn an: »Lern erst, mit Menschen zu sprechen, so du's bisher nur mit Ochsen zu tun gehabt!«

Der Gerichtsdiener wich nach der Tür hin zurück und pfiff hinaus. Drei Knechte kamen gesprungen. »Hier nehmt den mit hinaus, er will seine Aussag' nur vorm Stadtrichter machen.«

Die Knechte packten Thamm bei den Armen, und ehe dieser sich recht besonnen, stand er schon auf dem Hofe.

Der Gerichtsdiener wandte sich an Melchthofer. »Auch Ihr, Meister, seid nicht recht gewillt, mir Rede und Antwort zu stehen darüber, wo der Herr Bachmann jetzt anzutreffen. Darum bitt' ich Euch gleichfalls, mir aufs Rathaus zu folgen.« Er machte eine einladende Bewegung und ließ den Meister vorausgehen.

Erst jetzt lösten sich die Frauen aus ihrer Erstarrung. Julia lief dem Vater nach und hielt ihn am Arm fest.

»Nein, Vater, nein. Ihr dürft uns nicht allein lassen!«

Melchthofer nahm ihre Hände und lächelte zuversichtlich. »Fürcht' dich nicht, Julia, fürcht' dich nicht! Du bist nicht allein, Muhmchen Maria ist da und auch die Barbara.« Er wies auf die beiden in der Haustür stehenden Frauen. Doch da sie weinten, wirkten seine Trostworte eben nur schwach. So versuchte er, die Tochter davon zu überzeugen, daß man ihn wieder heimschicken müsse, da er schuldlos sei. Damit freilich gelang es ihm ganz und gar nicht, sie zu beruhigen.

Der Gerichtsdiener machte der Abschiedszene ein schnelles Ende. Dieser Überfall auf das Melchthoferhaus war erfolglos verlaufen, da der Vogel schon ausgeflogen. Nun, weit würde er nicht kommen, die Stadt war ein gut verschlossener Vogelkäfig; da nützte kein Flattern. – Hielt man sich solange an diese, die ihn sich gehalten, die Melchthoferleute.

»Genug nun der Jammerei!« sagte er und winkte den Knechten zu. »Ist gar schon hell geworden, und wir stehn hier noch herum. Auf zum Rathaus!« Damit schritt er voran, und die Eskorte mit Melchthofer und Thamm folgte ihm. Es war die höchste Zeit, die Nachbarsleute liefen schon zusammen.

Die Jagd auf Bachmann begann noch am gleichen Tage. Da man seine Studentenkleidung gefunden hatte und ihn in Handwerkertracht vermutete, suchte man zunächst vornehmlich in den Werkstätten. Damit brachte man freilich nun auch die Handwerksmeister noch gegen den Stadtrichter auf, um so mehr, als sie erfuhren, daß Melchthofer und Thamm schon im Rathausverlies saßen. Beide waren angesehene, wenn auch nur kleine Zunftbrüder, und man fühlte sich für sie verantwortlich; darum beschloß man, eine Abordnung zum Bürgermeister zu schicken.

Als dann gar noch bekannt wurde, daß auch diesmal wieder der Ratsherr Herberger die Hand im Spiel hatte, war er in allen Kreisen der Bevölkerung, bei Bürgern wie auch beim gemeinen Mann, so gut wie verurteilt. Von nun an betrat kein Käufer mehr sein Haus. Er trieb in jeder Hinsicht dem Zusammenbruch entgegen, und nur die Flucht aus der Stadt hätte ihn retten können.

Auf allen Gassen standen die Leute in Gruppen beisammen. Sie äußerten keinerlei Furcht und Bedenken, ihre Meinung frei heraus zu sagen. Ruhe wollten sie haben, Ruhe in der Stadt. Diese Ruhe nahm ihnen die Gerichtsbarkeit, die ihre Häscher ausschickte, einen zweiten jungen Menschen einzufangen, wobei die ganze Stadt auf den Kopf gestellt wurde. Was war dies für eine neue Obrigkeit, die da im Namen des Evangeliums die Menschen durcheinanderschüttelte und sie in ihrem Gewerbe, ihren Geschäften, Ämtern und Diensten störte?

Schließlich suchten die Trupps der Gerichtsknechte auch die Studentenwohnungen noch heim. Es kam zu Krawallen und Schlägereien. Ja, selbst die Quartiere leichter Frauen und das letzte noch erhaltene Frauenhaus an der Bastion durchstöberte man. Jetzt durchhallte die Gassen ein höhnisches Gelächter; wo sie sich sehen ließen, wurden die Büttel mit Gespött und Beschimpfungen empfangen.

Doch sosehr man sich mit den von der Gerichtsaktion Betroffenen auch eins fühlte, niemand ging ins Melchthoferhaus, den verlassenen Frauen Rat und Hilfe anzubieten. – Auch der Fischer Schittenbeck nicht; als er erfuhr, daß der Stadtrichter dort auf dem Hofe zwei Knechte postiert hatte, den möglicherweise zurückkehrenden Bachmann festzunehmen, war es ihm klar, daß man jeden, der dort eintrat, gründlich befragen würde. Er befand sich schon auf dem Wege zur Pfaffengasse, da warnte ihn ein Knecht aus der Schloßmühle. So begab er sich nach einem Gang über den Marktplatz wieder zum Tor hinaus.

Aber er ging nicht durch die Neustadt am Fischerkolk zu seiner Hütte hinab, sondern nahm den Weg nach Piesteritz. Er hätte durch die Rothemark gehen können, um von Norden her ins Dorf zu kommen, doch da er es dann hätte ganz durchqueren müssen, wählte er die Straße zum Friedeholz am Streng, um von Süden her den Balzerhof zu erreichen; dieser lag draußen vor dem Dorfe, am ersten Teiche, dort würde ihn kaum jemand sehen.

Er wird zwar noch in der Stadt sein, doch danach trachten, sie irgendwie zu verlassen. Dann wird er zu mir in die Hütte kommen und die Fahne abholen wollen. So dachte der Fischer und schritt eiliger aus. Und gleich wie seine Füße über den Staub der Straße hingingen, wanderten ihm die Gedanken durch den Kopf.

Die Worte eines der Torknechte stießen ihm auf: »Nun, Fischer, kommst so schnell zurück?« – »Die Luft in der Stadt ist zu schwül, da halten die Fische sich nicht«, hatte er geantwortet. Noch hörte er das rohe Gelächter hinter sich herpoltern.

An einzelnen Gehöften schritt er vorüber. Er überquerte den Mäusebach auf dem schmalen Stege und sah die Sonnenstrahlen im gelben Kieselgrund der Furt sich blitzend brechen; die Spuren der ihn durchschneidenden Räder wurden immer gleich wieder zugeschwemmt, und darüberhin fegten die Schwärme kleiner Fische, die bei jedem Laut vom Steg her flüchtend dem Ufergras zuschossen. Schittenbeck stand eine ganze Weile und freute sich über diese Sonnenseite seines Lebens und Berufes. Die andere war düster genug ...

Der tote Balzer fiel ihm ein. »Sebastian, Sebastian«, brummelte er vor sich hin und ging weiter. An der Gabelung, wo der Weg zu den Ziegelscheunen abbog, blieb er noch einmal stehen. Von hier aus sah man den Streng und die Baumgärten der aufgelösten Klöster, jetzt die des kurfürstlichen Amtes, dahinter auch den großen Bogen der Elbe, doch gar nicht fern, dem großen Strengkolk und der Neustadt zu, am Ufer die schilfbedeckte Hütte. Das war seine Welt, klein, arm, doch schön, wenn auch von den Herren zum Knechtsland gemacht. – Balzer hatte diese kleine, armselige Welt verlassen müssen, da sie ihm kein Brot mehr geboten. Und als er zurückkam, war er ein anderer geworden, taugte für sie nicht mehr. Drum schlugen ihm die Herren den Kopf ab. Den Kopf, der aus der Enge herausdrängte, sich aufrecken wollte, um endlich frei zu sein. Solche Nester freier Gedanken schlagen sie vom Baum, daß keine neue Brut wird.

Verbittert schritt Schittenbeck weiter, die Landstraße nach Coswig dahin, wieder an einzelnen Gehöften vorbei. Hier und da steckten die Leute die Köpfe heraus, doch sie sprachen ihn nicht an und zogen sich vor ihm schnell zurück, als wüßten sie, welchen Gang er tat. Bald erreichte er den Hügel, von dem aus der Weg nach Piesteritz führte. Das Korn war schon geschnitten, die Stoppeln glänzten in der Sonne und warteten darauf, umgepflügt zu werden. War keine große Ordnung auf den Feldern. Den Bauern saß die Obrigkeit in den Knochen, schwerer als zuvor.

Nach wenigen Minuten schon erreichte er die Teiche. Dort, wo sie durch einen schmalen Wasserarm miteinander verbunden waren, überschritt er die neue hölzerne Brücke. Und gleich darauf stand er vorm Balzerhof. Der lag jetzt ohne Zaun, verkommen und wie ausgestorben. Und war es auch, da nun der junge Bauer tot, er und die Mutter –.

Die Tür besaß keinen Riegel mehr. Schittenbeck öffnete sie und hörte sie in den Angeln knarren. Der Stall war leer, ein paar Hühner mochten hier noch wohnen, jetzt liefen sie auf den nahen Feldern herum und suchten hungrig nach Körnern und Gräsern.

Schittenbeck stieß die Tür zur Stube auf. Der alte Bauer saß am Tische, die Arme aufgestützt, das Gesicht in den Händen verborgen. Er rührte sich nicht, sein schütteres Haar lag feucht und bleich um den Schädel.

Der Fischer trat zu ihm hin, legte ihm die Hand auf die Schulter, rüttelte ihn leicht. »Behüt dich Gott, Vater Moritz!«

Der Alte hob langsam den Kopf, erkannte den Fischer und nickte langsam. »Vater Moritz –. Bin kein Vater mehr, nein. Sie haben mir den Sebastian genommen!« Er ließ sich mit dem Gesicht auf die Tischplatte fallen und schluchzte kaum hörbar.

Der Fischer wartete, wobei er dem Alten mit schwerer Hand mechanisch über die Schulter strich. Es dauerte eine geraume Zeit, bis er sich wieder beruhigt hatte und den Kopf hob.

»Du hast kein Brot mehr, Moritz, ich will denn doch ins Dorf und zum Möbius gehen, daß er dir etwas gebe.« Schittenbeck zog sich einen Schemel heran und setzte sich an den Tisch.

»Was braucht's Brot, wenn 's Leben zu Ende«, klagte der alte Bauer.

»Brot schafft neues Leben!« sagte der Fischer fest, als ob er einen Lehrsatz ausspreche. »Morgen früh bring' ich dir ein paar Fische.«

Der Bauer schwieg.

Schittenbeck nahm einen Korb von der Wand und ging hinaus. Die Scheu, im Dorfe gesehn zu werden, war hin. Er kam zum Bauern Möbius. Der legte einen halben Laib Roggenes in das Weidengeflecht und tat noch ein Stück Speck dazu. »Geh zum Marquard, er wird dem Moritz am Sonntag was bringen«, sagte er.

Schittenbeck ging zum Bauern Marquard. »Ich will's tun«, erklärte dieser sich bereit, »schon heut und auch am Sonntag statt der Predigt. Der Pfarr' von Dobin kommt ohnhin nicht mehr; da bleiben wir lieber katholisch.« Er tat ein Stück Rauchfleisch und ein Bündel Rübchen in den Korb. »Will mit Bergmann, Henze und Wolter sprechen, auch sie werden geben, daß der Moritz nicht betteln gehen muß.«

Schittenbeck eilte zu Balzer zurück; es war nun gar nicht so, daß er sich vor den Bauern verbergen mußte, wenn er's mit dem alten Balzer hielt. Übrigens vermochte er jetzt, wenn es not tat, einen Vorwand zu nennen: Er hatte den unglücklichen Bauern aufgesucht, sich um ihn zu kümmern, ganz christlich nur. Und von der Fahne war keine Rede.

Der alte Balzer sah das Brot, und seine Augen nahmen einen warmen Glanz an. Der Bauer ließ den Bauern nicht im Stich.

»Iß!« sagte der Fischer und schnitt ihm mit seinem Gürtelmesser ein Stück vom Brot und eine Scheibe vom Speck. »Da – das bringt 's Blut wieder in Bewegung und auch den Willen zu leben.«

Der Alte griff zaghaft zu. Schittenbeck atmete wieder freier. »Sie haben dir die Hütt' auf den Kopf gestellt«, sagte er, »laß mich sehn, wie sie gehaust. Wo's not, will ich gleich Ordnung schaffen.« Er ging hinaus.

Er kletterte die Leiter hinauf und kroch über den Rest des Heues bis zur Luke hin; die stieß er auf, daß Licht hereinfalle. Rechts über der Luke unterm Dachgebälk, so wußte er's von den Freunden, da ist das Brett, mit Lehm verschmiert und alt gemacht wie eine Flickstelle. Vorsichtig riß er es ab, beseitigte die Lehmkruste und stieß auf eine Strohschicht. Dahinter lag die Fahne. Er schob sie unter seine Bluse und kroch zurück.

Als er die kleine Stube betrat, hörte der Bauer zu kauen auf. »Du hast die Fahn' hervorgeholt.«

Schittenbeck blickte erschrocken auf. Dann nickte er.

»Zeig sie mir.« Der Bauer stand auf. Er nahm die Fahne aus Schittenbecks Hand. »Laß sie mir«, sagte er erschüttert, »sie hat auf meines Sohnes Brust geruht.« Er drückte sie an sein Gesicht. »Ich fühl's noch jetzt – die Wärm' Sebastians.«

Schittenbeck stand unschlüssig. Dann sagte er: »Hans Bachmann wird kommen und sie holen, von mir, denn hierher darf er sich nicht wagen. Laß sie ihm, in deiner Hütt' ist sie nicht sicher. Er trägt sie zurück ins Mansfelder Land, wo sie den Müntzer verscharrt haben. Dort soll sie ruhen, bis der Geist des Bauernmagisters aufsteht und losbricht im neuen Sturm wider die Blutsauger. Da wird der gemeine Mann es besser ausfechten!« Er nahm dem alten Balzer die Fahne aus der Hand und verbarg sie wieder unter seiner Kleidung. Der alte Bauer nickte ihm zu.

Dann ging er hinaus. Die Tränen stiegen ihm in die Augen. Es drängte ihn, die Fahne in die Welt hinauszutragen, bis sie an jenem Tag, da die Glocken zum großen Aufstand der Freiheit riefen, wieder im Winde flatterte.

Auch in der Nacht hielten zwei Stadtknechte auf dem Hofe Melchthofers Wache. Die Frauen durften zu dieser Zeit das Anwesen nicht verlassen. So schwebten sie unablässig in Angst, Bachmann könnte zurückkommen und dem Stadtrichter in die Falle laufen.

Sie saßen in Julias Stube beisammen. Stunde um Stunde, ohne ein Wort zu reden. Einmal mußte Barbara hinaufgehen, das Kind hatte sich gerührt. Frau Herberger hörte sie leise mit ihm sprechen. Dann wurde es still. Barbara kam wieder herab.

»Geh, Barbara, bleib droben. So es not, rufe ich dich«, sagte Frau Herberger. »Leg dich zu Bett.«

Barbara zögerte noch, folgte der Aufforderung aber nach

weiterem Zureden. Frau Herberger rückte den Stuhl näher an den Tisch, beugte sich darüber, verschränkte die Arme und barg den Kopf darin. Bald war sie eingeschlafen, ihre Atemzüge gingen unruhig durch den Raum.

Julia, im Bett liegend, fühlte sich auf einmal wie verlassen. Sie dachte an Bachmann und zitterte vor Angst, wenn sie sich vorstellte, daß man ihn bei Selinger finden könnte. Sie dachte auch an den Vater, da stiegen ihr die Tränen in die Augen: Man hatte ihn wie einen Verbrecher ins Verlies geworfen ...

Sie lag auf dem Rücken, die Hände unter dem Kopf ineinandergefaßt. Mit offenem Munde atmend, starrte sie gegen die Stubendecke. Es war dunkel geworden, man hätte die Wachtknechte im Hofe nicht sehen können, selbst wenn die Butzenscheiben weniger blind gewesen wären; man hörte sie auch nicht herumlaufen oder miteinander sprechen. Wahrscheinlich lagen sie in der Werkstatt auf der Lauer. Oder schliefen sie gar –?

Frau Herberger legte den Kopf auf die andere Seite. Manchmal stöhnte sie. Über ihr in der Stube blieb alles still, auch Barbara war wohl eingeschlafen.

Plötzlich knarrte der Riegel der Haustür leise. Julia fuhr zusammen, der Schweiß trat ihr auf die Stirn. Sie richtete sich auf, lauschte angestrengt. Es war, als näherten sich Schritte. Das Herz klopfte ihr bis zum Halse herauf, die Luft wurde ihr knapp. Wenn jetzt Hans hereinkam, war er verloren. Sie wollte sich erheben, ihn zu warnen, ihn zum Fenster der Schlafkammer des Vaters auf die Gasse zurückklettern lassen, doch sie vermochte sich nicht zu rühren. Indessen schlief Frau Herberger beinahe ruhiger als zuvor.

Gerade als Julia sie anrufen wollte, erhob sich im Hausflur ein solcher Lärm, daß es ihr die Stimme verschlug. Frau Herberger war erschrocken zusammengefahren und hatte dabei den Stuhl umgeworfen. Mit einem Satz sprang Julia aus dem Bett.

»Halt! Hier ist er herein!« brüllte einer der Knechte und tapste zur großen Wohnstube hin. Er riß die Tür so wild auf, daß sie gegen die Wand knallte.

Der andere Knecht rumorte auf der Treppe herum und schrie in einem fort: »Hier, hier, hier!« Es war ein wirres

Durcheinandergerede, Hinundhergelaufe und – wie es schien – nun auch schon Gelächter.

Julia stand an der Tür und hielt den Riegel fest. Schon zerrte einer der Knechte daran. Und wieder dieses ausgelassene Geschrei: »Hier, hier, hier herein!« Julia aber gab nicht nach.

»Aufmachen!« brüllten die Knechte und traten gegen die Tür.

Julia hielt den Riegel mit aller Kraft. Der Lärm der Knechte jedoch verstörte sie mehr und mehr. Sie ließ den Riegel fahren. Die Tür flog auf. Der Schein einer Fackel fiel herein.

»Ah!« rief der jüngere Knecht und stellte seine Hellebarde beiseite, ohne den Blick von Julia zu lassen. »Welch reiner Engel! Verbirgt den Bachmann wohl gar unterm Hemd! Komm, laß einmal sehen!« Er ging auf sie zu, schwankend und nach Branntwein riechend. »Wo ist der Bachmann!« grölte er und wollte sie ergreifen.

Entsetzt versteckte sie sich hinter Frau Herberger und begann zu schreien: »Mühmchen, Mühmchen!«

»Ah, Mühmchen, Mühmchen –! Dies ist wohl gar eine Hex'!« rief der Knecht aus und bekreuzigte sich. Mit schneller Bewegung wandte er sich dann dem Bett zu und warf die Dekken und Kissen durcheinander. »He, Bruder!« lachte er. »Komm, leucht mir, daß ich der Jungfer 's Lager bereite zum Minnestündlein. Eijei, wie juckt's mich danach!«

Nun kam auch der andere Knecht in die Stube. Er war offenbar weniger betrunken und handelte überlegter. »Laßt sehn, wen Ihr verbergt«, sagte er zu Frau Herberger und nahm sie fest beim Arm; mit einem Ruck hatte er sie zur Tür hingerissen und hinausgeworfen. So stand er nun mit erhobener Fackel vor Julia. »Ein schönes Fräulein«, frohlockte er. »Und so eins möcht' der Herr Bachmann haben. Wo hast du ihn verborgen, mein Kind, kam er vorhin doch hier herein, durchs Fenster, wie wir genau gesehen. Willst du mir Antwort geben – oder soll ich das süße Geheimnis dir lüpfen?«

Er griff nach ihrem Hemd, erwischte es und zog sie mit kräftigem Arm zu sich heran.

In diesem Augenblick fühlte er, wie ihm einer die Fackel aus der Hand riß, und er glaubte, es sei der Kumpan. So hatte er

Landsknecht und vornehmes Mädchen

beide Hände frei. Er suchte sie zu gebrauchen. Doch gleich erhielt er einen Schlag über den Kopf, daß ihm die Kappe davonflog. Und noch einen und noch einen – von Flammen, Rauch und Funken begleitet. Etwas Stechendes, Beißendes fiel ihm ins Auge, er schlug die Hände vors Gesicht und floh unter weiteren Schlägen aus der Stube. Auf dem Flur stieß er mit dem Genossen zusammen. Beide taumelten durch die Tür auf den Hof hinaus. Eine Hellebarde flog ihnen nach und schepperte blechern über das Pflaster. – Dann knallte die Haustür zu, und der Riegel klirrte.

Die Knechte waren so benommen, daß sie sich eilig in eine Ecke des Hofes verdrückten.

»Dies war der Bachmann«, lallte der Trunkene, als sei er von einem Schock befallen. Er zitterte. »Wir müssen Alarm geben.«

»Halt's Maul!« widersprach der andere. »Es war nicht der Bachmann; der ist ›leicht schon über alle Berg‹. Es war ein Weibsbild. Und so du Krach schlägst, wird man merken, daß wir getrunken, was uns der Wehrmeister streng verboten. Und kommt's in der Stadt herum, daß wir den Weibsleut' ans Hemd gewollt, dann gnad uns Gott: Die Wittenberger federn und brennen uns.« Er wischte sich mit dem Ärmel über das Gesicht und rieb sich das linke Auge, sehr lange, doch verhalten über Schmerzen jammernd. –

Julia lag fassungslos und zitternd auf dem Bett. Frau Herberger hatte sich zu ihr gesetzt und mühte sich, sie zu beruhigen. Barbara aber stand an der Tür, die erloschene Fackel noch in der Hand. Droben schrie das Kind.

»Ach, könnt' ich den Berthold so herausschlagen«, sagte sie zornig. »Ich brächt' die Knechte um und holt' ihn aus dem Verlies!« Und sie weinte dabei, daß ihr die Tränen in Bächen über die Wangen liefen.

Als Luther die Tür öffnete, stand Herberger vor ihm. Wie vor einem Aussätzigen wich er zurück. »Was wollt Ihr?« fuhr er ihn an.

»Laßt mich eintreten«, bat der Ratsherr. »Auf ein paar Worte nur!«

»Ist's dazu not?« fragte Luther kalt.

»Ich möcht' Euch bitten, Herr Doktor.«

»So kommt.« Luther ließ den Besucher herein. Doch die große Stube war noch leer und unfreundlich. Beide mußten stehen.

»Tragt Euere Bitte vor«, forderte Luther den Ratsherren auf. Er hoffte plötzlich auf eine Möglichkeit, alle Weiterungen des Blutgerichtes in Wittenberg beizulegen; er erwartete eine Beichte.

Herberger vermochte sich offensichtlich kaum noch auf den Beinen zu halten. Er stand gekrümmt und drückte die rechte Hand in die Seite. Die Gallenschmerzen ließen nicht nach; er war schon völlig erschöpft, seine Augen lagen in graugelben Höhlen, seine Stirn und die Wangen glänzten wächsern, wie bei einem Toten.

Luther empfand kein Mitleid. »Redet!« herrschte er den Ratsherrn an.

»Ihr wißt«, begann er, »daß ich Euerer Lehre treu ergeben und mit gutem Willen nach dem Evangelium lebe.«

»So, wie Ihr's versteht«, entgegnete Luther erbarmungslos. »Gott hat Euch gar schon mit Leibesübeln geschlagen.«

Herberger zuckte zusammen. Doch ließ er sich vom Zweck seines Besuches nicht abbringen, im Gegenteil, er nahm Luthers Worte als Ausgangspunkt zu seinem Ziele hin. Unbeirrt sagte er:

»Und stehe ganz allein in meinem Elend. Die Frau hat mich verlassen; sooft ich sie schon aufgefordert, sie kehrt zu mir nicht zurück.«

»Warum nicht?«

»Fragt sie, Herr Doktor. So wie ich's weiß, handelt sie wider Gesetz und Recht, und ich könnt' sie zwingen.«

»Ich bin kein Jurist und kann Euch nicht raten. Tut, was Ihr für recht haltet. Der Stadtrichter mag es aushandeln.«

»Er hat alle Händ' voll zu tun – jetzt«, entgegnete Herberger, im Glauben, Luther damit etwas zu sagen, was ihn mit ihm, der so der Obrigkeit gedient, versöhnen könnte. Doch davon war nichts zu merken.

»So wartet, bis er Zeit hat für Euch«, sagte Luther mit schneidender Schärfe. »Ich bin kein Richter.«

»Ihr seid des Evangeliums Richter«, widersprach Herberger. »Könnt Fromme mit Gottes Liebe belohnen und Unfromme mit Gottes Fluch zerschmettern.«

Einen Augenblick stieß es Luther ein wenig belustigt, doch mehr noch höhnisch auf. »Ihr gäbt wahrhaftig einen römischen Pfaffen ab!«

Der Ratsherr duckte sich schmerzlich. »Oh, spottet meiner nicht in solcher Not, helft mir lieber. Nehmt mein Weib ins Gebet und führt's zum Gehorsam zurück.«

»Dies müßt Ihr selbst tun! Und mehr noch: müßt Euch der Frau in Liebe nähern.«

»Wär' alles vergeblich! Es rührt sie nichts! Nicht mein Bitten, nicht alle gute Verheißung. Fällt alles ab von ihr, wie von einer Wand. Sie muß die Rute fühlen!« Der Ratsherr richtete sich jetzt hoch auf, und seine Augen weiteten sich drohend.

»Wer die Rute will schwingen, des Hände müssen rein sein«, entgegnete Luther unbeeindruckt.

Der Ratsherr schluckte bitter. Dann aber rückte er mit seinem Anliegen ganz heraus. »Nun, Herr Doktor, ich weiß auch von Eueren Pflichten. Die Ehe ist ein Sakrament. Und wer sie bricht, handelt wider das Evangelium. Bännigt mein Weib, wie's in Euerer Macht und auch Eueres Amtes!«

Luther wurde kreidebleich. Die Vorzeichen eines Wutanfalls meldeten sich in ihm, doch er nahm sich fest zusammen und sagte beherrscht: »Der Bann bedarf eines Grundes, der klar und ohne Trübung ist. Euere Ehe ist gebrochen; so müßt' man prüfen, wer sie gebrochen, Ihr oder Euer Weib. Doch wie ich Euch kenn' – ich brächt's nicht übers Herz, die Frau, von der ich nur ehrsam' Christliches weiß, zu exkommunizieren. Euch war sie geringer als ein Stück Tuch, das Ihr an den Mann bringen wollt.«

Er schritt schwer zur Tür hin und öffnete sie.

»Helf' Euch Gott!« Mit einer deutlichen Handbewegung verabschiedete er den Ratsherrn.

Der Stadtrichter erließ eine Aufforderung an die Bürger, mitzuhelfen, einen gewissen Hans Bachmann, ehedem Student der Rechte in Wittenberg, dingfest zu machen. Es bestehe Grund zu der Annahme, daß er sich noch in der Stadt befinde. Er sei der Genosse des hingerichteten Balzer und dringend verdächtig, an den Ausschreitungen der aufständischen Bauern beteiligt gewesen zu sein. Sein letzter Aufenthalt sei das Haus des Kleinschmiedemeisters Melchthofer gewesen. Hinweise darauf, wo er sich jetzt befinde, würden vertraulich behandelt. Wer ihn entdecke und seine Festnahme veranlasse, erhalte eine hohe Belohnung. Die Ratsboten klebten die gedruckten Plakate an alle öffentlichen Gebäude und selbst an die Häuser der Bürger. Ihre Wirkung war jedoch eine andere, als der Stadtrichter geglaubt hatte ...

Einige Bürger ließen durch ihre Dienstleute das Plakat von ihrer Hauswand abkratzen. Gruppen von Studenten taten hier und dort an den öffentlichen Gebäuden dasselbe. Wo das weiße Papier mit den dicken schwarzen Lettern noch sichtbar war, drängten sich die Leute davor und begannen erregt zu disputieren, beschimpften den Rat der Stadt und den nun allerwärts schon bekannten Hofrichter, der zu solcher beschämenden Menschenjagd den Anlaß gegeben habe. Das Ende ihrer Reden war jedesmal ein zerfetztes Plakat und ein Auflauf von Leuten, die dem Marktplatz zustrebten. Die Studenten gingen auch hier wieder voran.

Bald staute sich vorm Rathaus eine aufgeregte Menge, die Freilassung Melchthofers, Thamms und vor allem die des Tuchmachers fordernd. Der Platz vor dem Portal war freilich arg blockiert durch das noch immer dastehende Blutgerüst, um das die Leute sich scheu herumdrückten.

Plötzlich aber sprang da ein Handwerksgesell auf die erhöhte Plattform. Mit einer Eisenstange löste er das erste Brett. Im Nu erklommen zehn, zwanzig Männer das Gerüst, um es ihm gleichzutun. Kräftige Hände packten die Bretter und Bohlen, die Riegel und das Gebälk. Nägel knarrten. Splitter flogen durch die Luft. Bretter brachen entzwei. Trauben von Menschen hingen an den Planken, den Pfeilern. Das Gerüst begann zu schwanken, sackte tief zur Seite, klappte zusammen. Die Männer fielen herab, manche landeten mit einem Sprung in der Menge. Verletzte, Eingeklemmte schrien auf. Helfende sprangen hinzu, rissen die Hölzer auseinander. Über den Köpfen der Tobenden wanderten Trümmer auf Wäldern von Armen, flogen beiseite, türmten sich zu einem Scheiterhaufen. Schon züngelten, von herbeigeschlepptem Stroh genährt, die Flammen herauf. Die Menge geriet in Ekstase. Immer neues Holz flog ins Feuer. Es fraß sich voll und stieg zu einer lohenden, rauchgekrönten Säule auf. Es prasselte und knackte, knisterte und knallte.

Ein schwarzgekleideter Student trat in den Kreis der Umstehenden und sprach laut ein paar Verse, er zelebrierte sie mehr:

»Hunde, so die Menschen jagen,
soll der Schinderknecht erschlagen.
Verschlingen soll der Höllenschlund
Herberger, den tollen Hund!«

Das Echo dieser Verse war verheerend. Wie ein Schwarm von tausend Nachtvögeln schwirrte und flatterte der Name des Ratsherrn im Geviert der Häuserreihen hin und her.

Als aber die Stadtknechte mit gefällter Hellebarde anrückten, war der Marktplatz wie leer gefegt. Nur das Feuer prasselte ungehindert. Das Blutgerüst ging mit drohendem Fauchen in Flammen auf. Fetzen weißer Asche wirbelten in der Luft herum, flogen davon, fielen schaukelnd auf das Pflaster. Vor ihren Häusern standen die herbeigelaufenen Bürger. Sie schüttelten den Kopf, breiteten ärgerlich, bedauernd oder hilflos die Arme und fanden keine Worte. Nun sie die Bewaffneten herankommen sahen, verschwanden sie vorsorglich hinter ihren Haustüren.

Die Menge war wie eine Sturmflut zur Bürgermeistergasse vor Herbergers Haus gelaufen. Bis zu den obersten Fenstern flogen die Steine, es klirrten die Butzenscheiben, es schmetterten die Steine gegen die Wände, dumpf fielen sie herab, um abermals geschleudert zu werden.

Und wieder waren die Verse obenauf:

»... Verschlingen soll der Höllenschlund
Herberger, den tollen Hund!«

Plötzlich aber schrieen die Weiber auf: Die Bewaffneten kamen vom Kirchplatz her die Gasse herauf. Sie liefen im Sturm, ein Trupp, wohl zwanzig Mann stark. Ihre Stiefel klappten in gleichmäßigem Trab; sie senkten die Hellebarden. Die Demonstranten zogen es vor zu fliehen. Ein Teil von ihnen wich zur Bastion hin und zerstreute sich dort an den Stadtmauern entlang nach rechts und links. Ein anderer aber drang ins verlassene Franziskanerkloster ein, verschanzte sich dort und sammelte Steine, sich zu verteidigen. Die Bewaffneten jedoch beachteten sie nicht, sondern verfolgten die zum Stadtrand Geflüchteten.

Beinahe enttäuscht verließen die so Verschmähten ihre Position und begaben sich zum Marktplatz zurück. Niemand behinderte sie. Sie waren fast ausschließlich Studenten, und wie sie nun durch die Brüdergasse schritten, sah es aus wie immer, wenn die Schüler von dem bei dem Kloster gelegenen Konsistorium nach Hause gingen.

Als sie den Marktplatz wieder erreichten, sank das Feuer schon in sich zusammen. Verkohltes Gebälk ragte aus der Asche, Rauch schwebte auf und zog in weitem Bogen zur Kirchlücke hin.

Auf den Steinstufen des Rathausportales aber standen Bürgermeister und Ratsherren. Mit ihnen der Hofrichter, er blickte zum flammenden Holzstoß hinüber, und es schien, daß ihm solch ein Feuer nicht übel gefalle...

Als die Bewaffneten anrückten, befand sich Luther vor dem ersten Hause Cranachs, aus dem dieser, da es seinen Malerwerkstätten zu wenig Platz geboten, zu seinem zweiten an der Ecke der Elbtorgasse gelegenen, prächtigeren und größeren hinübergewechselt war. Der Reformator schüttelte den Kopf. Er hatte die Zusammenrottung der Studenten, Handwerker und Plebejer gesehen und das Niederreißen des Blutgerüstes beobachtet. Auch die rasche Herrichtung eines Scheiterhaufens war ihm noch interessant genug gewesen, zu verweilen und sie in allen

Einzelheiten zu verfolgen: das Aufschichten, Anzünden, das Hervorquellen des Rauches und das Aufzüngeln der ersten Flammen, das Prasseln, Knacken, Funkenstieben und auch das Geschrei der Menge. Selbst die dort vorm Feuer gegen den Ratsherrn Herberger gesprochenen Verse hatte er Wort für Wort gehört. – Um sich darauf über sich selbst zu wundern: Wie konnte er dies alles so lange mit ansehen, ohne einzuschreiten ... Dies taten jetzt die Landsknechte. Wer weiß, was noch geschah ...

Verstört ging er weiter, dem jetzigen Wohn- und Werkstatthause Cranachs zu. Als er die Ecke der Elbtor- und Schloßgasse erreichte, sah er den Maler am Fenster stehen und dem wilden Spiel auf dem Marktplatz unverwandt zuschauen. Er rief ihn nicht an, sondern schritt schnell unter ihm hin, das breite Haustor zu erreichen. Im Torgang blieb er stehen und patschte sich mehrmals mit der flachen Hand vor die Stirn.

Ja – einschreiten! Er hätte es einmal versuchen können; am Ende wäre ihnen auch auf ihn noch ein Verslein eingefallen. Wütend setzte er seinen Weg fort, wütend auf den Stadtrichter, den Hofrichter, den schlappen Magistrat und vor allem auf Herberger – und schließlich auch auf sich selbst, ärgerlich über seine Wut, die er in seiner Brust nicht mehr zu stillen vermochte, sosehr sich sein Verstand darum auch abmühte.

Es war so: Er hatte das ganze greuliche, menschenfeindliche Fürstentheater reichlich satt. Das historische Stück, welches er den Herren mit seiner Sache geschrieben – sie waren mit ihren stählernen Schreibfedern darüber hergegangen, und es wurde ein gar zu grausiges Schauspiel daraus. Wo er mit der Geste der Drohung Effekte zu erzielen beabsichtigte, hatten sie blutige Wirklichkeit geschaffen, an die Stelle seiner zweideutigen Theorie die eindeutige Praxis gesetzt. Aber noch immer war es ihnen nicht genug, sie wollten das Stück bis zum furchtbaren Ende spielen. Und erst wenn auf der Bühne Totenstille herrschte, die fürstliche Regie wollte es so, sollte der Vorhang sich schließen.

Warum schlug jetzt der Herr im Himmel nicht zu, warum schickte er nicht seinen Sohn Jesus Christus, die Menschen mit dem Schwerte auszurotten? Der liebe Jüngste Tag, wo blieb er?

Nachdenklich stieg er die Wendeltreppe zum ersten Stockwerk hinan. Er klopfte. Man öffnete ihm. Er durchquerte den geräumigen Flur. Völlig verstört betrat er die große Stube, blieb an der Tür stehen und wartete, bis der Meister sich umwandte. Nun kam er langsam, beinahe zögernd, auf ihn zu. Sein langer Bart hing verwirrt auf die Brust herab; er griff mit den Fingern darin herum. Er nickte, und in seinem Nicken lag ein schwerer Vorwurf, nicht minder in seinen Worten:

»Dahin ist's nun gekommen, Martinus, daß die Schatten des Bauernaufstandes sich auch auf unsere Stadt niedergesenkt. Und ist keiner da, dem Fürsten zu sagen, daß sie uns all' erstikken. – Was sucht der Hofrichter noch hier?«

»Weißt du's als Ratsherr nicht besser –?«

»Man muß mit dem Fürsten sprechen.«

Luther zuckte die Achseln. »Soll ich's tun?«

»Wer sonst?« fragte Cranach. »Hör' ich die Freunde, so heißt's in einem fort: Der Doktor soll zum Fürsten gehen und ihn bitten, der Sach' ein Ende zu machen. Bugenhagen hat gemeint, daß sie der neuen Kirche schon mehr geschadet als das römische Regiment der alten, katholischen.« Er rückte seinem Gast einen Stuhl zurecht und setzte sich ihm gegenüber an den Tisch.

»Und was versprichst du dir davon, wenn ich zum Fürsten gehe?« Luther lächelte bitter. »Ich will es dir sagen, was draus wird: ›Ihr, Doktor Martinus, habt uns doch gerufen, Ordnung zu schaffen im Lande. Ist Euch um sechstausend Bauern das Herz nicht schwach geworden, warum jetzt um einen?‹ – So steht's, mein Lucas!«

Über solche Offenheit war Cranach erschüttert. Klagte Luther sich hier nicht selbst an? Und – durfte man von ihm erwarten, daß er vor aller Welt seine Schuld eingestand? War es überhaupt seine Alleinschuld? Hatten nicht auch er, Cranach, und alle Freunde vor den Aufständen der Bauern gezittert und sie verflucht? Waren sie nicht alle froh und dankbar gewesen, als die Fürsten zuschlugen und die Gefahr beseitigten? Die Gefahr beseitigen, dies hieß hier Menschen beseitigen, eine Gewalt, die die althergebrachte Ordnung bedrohte. Sie hatten es von Anfang an gewußt. Wollten sie's jetzt nicht mehr wahrhaben? Konnten sie an der Sache noch etwas ändern?

»Sie haben nun auch den Meister Melchthofer und seinen Gesellen Thamm in Haft genommen«, sagte Cranach, wie um seine Zweifel wegzuwischen.

»Weil sie den Bachmann verborgen und sein Versteck nicht nennen wollen. Es ist ein ordentlich' Verfahren.«

»Beide wurden in Tortur genommen.«

»Es tut mir leid.«

»Man hat sie gepeitscht, gestreckt und gebrannt. Der Stadtrichter kann nicht anders, der Hofrichter steht hinter ihm.«

»Schlimm für den alten Meister.«

»Schlimm auch für Thamm, deinen Fuhrknecht nach Worms.«

Luther starrte plötzlich bedrückt vor sich auf den Tisch. »Ja«, sagte er nach einer Weile, »dieser Kleinschmiedegesell; – saß immer neben mir auf dem Bock, und manches Kluge hab' ich von ihm vernommen. Wie sich doch alles wandelt! Damals bangt' er um mich. Hätt' heut ich Ursach', um ihn mich zu bangen?«

Cranach nickte. »Er ist schuldlos. Was hat er schon getan?«

»Den Bachmann verborgen, er und der Meister.«

»Ja, ist der Bachmann denn schuldig?«

»Wie wäre er sonst geflohen?«

Cranach blickte dem Freund eindringlich in die Augen. »Sollt' er bleiben und warten, bis man ihn peinlich befragt? Dies ist so gut wie verurteilt – und tödlich, so er nicht gesteht, auch gesteht, was er nicht getan. Du kennst die Gerichtsordnung. Wie ich gehört, hat man in Würzburg den Meister Tilman, den Holzschnitzer, schwerer Tortur unterworfen; am End' ist er schon tot. Soll's so ausgehen, daß die Fürsten auch den Bildkunstleuten die Händ' brechen lassen und ihr Lob der Heiligkeit, Liebe und Schönheit in Ketzerfeuer und Blutvergießen vergeht?«

»So hielt's auch der Riemenschneider mit den Bauern? Also ward er schuldig. Wie so viele! Die sich derer erbarmen, deren sich Gott nicht erbarmt, die er gestraft und verderbt haben will, die mengen sich selbst unter die Aufrührer. So man sie läßt untergehen, werden die Bauern Gott danken lernen, wenn sie eine Kuh geben müssen, auf daß sie die andere in Frieden behalten können. Und die Fürsten werden durch den Aufruhr erkennen lernen, was hinter dem Pöbel steckt. Er ist nur mit Gewalt zu regieren!«

Cranach schüttelte den Kopf. »Redest dich wieder in Härte, Martinus. Ich sprach vom Meister Tilman. Und auch vom Meister Melchthofer, dem Gitterwerkschmied, und von seinem Gesellen. Du aber fängst wieder mit den Bauern an.«

»Sie haben, noch da sie schon tot sind, viele Menschen närrisch gemacht. Hat plötzlich jeder ein Herz für die Landleut', die er vordem verschmäht. Meine Sippe, du weißt es, wurzelt noch heut im Bauerland, und ich kenn' die Dorfleut'. Trinken und streiten, prügeln und huren, so hab' ich's kennengelernt. Des Vaters Bruder, der Oheim Klein-Hans, hielt's so, so er sich vollgesoffen, mit der Gewalttätigkeit, und mehr als zehnmal ward er dafür bestraft. Selbst der Vater war gern bei Becher und Maß, und wenn's ihm in den Kopf gestiegen, begann er zu tanzen und zu singen; lustig war er, doch zitterten wir oft bei dem Gedanken, daß seine Lustigkeit jählings zur Prügellust würde. – Ich sag' es dir, Lucas, in einen Bauern gehört Haberstroh!« Luther ereiferte sich mehr und mehr. Schließlich erbat er sich etwas zu trinken.

Es ging dem Stadtrichter nicht mehr darum, feststellen zu können, daß Bachmann sich im Melchthoferhause verborgen gehalten habe und alle seine Bewohner davon wußten – das hatten sie bereits gestanden –, er wollte von ihnen wissen, wo er sich jetzt aufhalte. Dieserhalb vernahm er auch Julia, Barbara und Frau Herberger. Doch er erkannte bald, daß er ohne die Anwendung der Tortur nichts erreichen werde. So weit aber wagte er hier nicht mehr zu gehen, denn er wußte, daß er damit die ganze Stadt auf den Hals bekommen würde. Daher war er froh, als der Hofrichter solcherlei Erwägungen sofort ein entschiedenes Nein entgegensetzte.

Dieser lümmelhafte und doch so imposante Hofrichter – und die drei Frauen: Nicht eine von ihnen ließ ihn kalt, und er hätte es gegen den ganzen Wittenberger Rat aufgenommen, wäre diesem eingefallen, den dreien auch nur ein Haar zu krümmen. – So schickte der Stadtrichter sie wieder nach Hause.

Zuvor freilich versuchte er, ohne den Hofrichter davon in Kenntnis zu setzen, mit Julia auf eine andere Art etwas zu erreichen. Er ließ sie von den Knechten in die Folterkammer führen und ihr die einzelnen Vorrichtungen für die Anwendung der Tortur zeigen. Sie taten das mit großer Gründlichkeit, wiesen sie auch auf noch frisches Blut hin. Ihr begann zu schwindeln, die Knechte mußten sie aufrecht halten. Auf dem Rückweg aber unterwarfen sie sie einer noch schwereren Belastungsprobe: Sie öffneten ihr eine stark verriegelte Tür und führten sie in eine der Zellen des Verlieses. Es war fast dunkel darin, und die von einem der Knechte getragene Fackel warf gespenstische Schatten auf die getünchten Wände, an deren einer auf einer Pritsche der Vater lag. Sein ihr zugewandter Arm hing schlaff herab; die Hand war geschwollen, das Gelenk blau angelaufen. Er wandte ihr das Gesicht zu, erkannte sie und lächelte. Doch sein schmerzverzerrter Mund verwischte das Lächeln. Die Blässe auf Stirn und Wangen hob das Dunkel der Augenhöhlen stark hervor. Sein Bart war von Speichel und Blut verkrustet. Er versuchte sich zu erheben, doch sein Kopf fiel hart auf die Pritsche zurück.

Julia kniete zu ihm hin und hob seine Hand herauf, sie behutsam streichelnd. Sie beugte sich darauf herab, und ihre Tränen rannen über die schwielige, rissige Handfläche und die knotigen Finger. Der Vater richtete den gütigen Blick fragend auf sie, sie begriff sofort, daß er wissen wollte, ob der Hans noch in Sicherheit sei. Doch sie konnte ihm nicht antworten, ihm kein Zeichen mehr geben, denn einer der Knechte ergriff sie beim Arm und hob sie auf.

»Du darfst nicht mit ihm sprechen«, sagte er. »Du sollst ihn nur noch einmal sehen, denn so wir nicht erfahren, wo der Bachmann sich verkrochen, wird der Vater bald nicht mehr zu erkennen sein. Du allein könntest ihm helfen.«

Mit einem Ruck richtete Melchthofer sich auf. Er schwankte. Den zornigen Blick auf den Knecht gerichtet, sagte er: »Du bist ein schlechter Mensch! Wie unchristlich sind deine Wort'. Ich sag's grad heraus: Du bist des Teufels Knecht!« Er sah Julia liebevoll an. »Geh, mein Kind, er hat ein ungewasche' Maul. Sie müsse' mich freigebe', denn ich bin schuldlos.« Mit unterdrücktem Stöhnen sank er zurück.

Die Knechte schoben Julia auf den Gang hinaus und schleppten sie mehr, als sie ging, zum Stadtrichter zurück.

»Nun, hast du's dir überlegt?« fragte dieser sie.

Julia schwieg.

»Willst du mir nicht antworten?«

Julia blickte ihn aus großen entsetzten Augen an. »Gebt den Vater frei. Er ist ein alter Mann. Und was Ihr wissen wollt, er weiß es nicht. Bachmann ist fortgegangen. Wer weiß, wohin? Er kann in Leipzig sein, aber auch anderswo.«

»Ja, eben weil ihr's nicht wißt, muß der Vater noch bleiben und jeden Tag einmal zur Befragung in den Keller mit den schmerzlich' Geräten, die Zung' ihm zu lösen. Ich meint', du würdest's ihm ersparen.«

Julia verschloß sich ihm. Er sah die Aussichtslosigkeit seines Bemühens und schickte sie hinaus. Im Flur des Rathauses warteten Barbara und Frau Herberger. Sie kamen besorgt auf sie zu, doch sie fragten nicht, wohin die Knechte sie geführt, sie wußten es auch so –. Schnell gingen sie mit ihr hinaus. Auf der Terrasse stießen sie mit einem Manne zusammen. Er trat artig zur Seite und machte eine Verbeugung. Halb noch verwirrt, doch auch schon wieder in Begehrlichkeit sah er ihnen nach.

Der Hofrichter.

Bachmann war bereits in den ersten Nachtstunden aus dem Melchthoferhause verschwunden und zu Professor Selinger geflohen. Er hatte den gefahrvollen Weg ohne Zwischenfälle zurückgelegt und verbarg sich nun schon zwei Tage in seinem Versteck.

Es war einigermaßen sicher und von Selinger mit großer Vorsorglichkeit getarnt. Unter der Treppe zu seiner Wohnung hinauf befand sich eine Falltür zum Keller, der nur den Vierteil des Hausgrundes einnahm, aber auf dessen dem Nachbargrundstück zugewandter Seite ein Fenster besaß. Dieses

Fenster, mit einer etwas vermorschten Luke versehen und gerade so groß, daß sich ein Mann hindurchzwängen konnte, war draußen von einem dichten Holundergesträuch überwachsen und dahinter nicht zu vermuten. Auch die Falltür vermochte man kaum zu entdecken, denn Selinger hatte sie mit seinem Brennholz bedeckt. Bachmann durfte den Raum nur durch das Fenster erreichen oder verlassen; durchs Gesträuch bahnte er sich einen Gang, den er hinter sich wieder verschloß. Er hatte diesen Weg übrigens bisher nur zweimal genommen; was er brauchte, fand er bei seiner Ankunft im Keller vor: Brot, Fleisch, einen Krug Bier, einen Strohsack und zwei Decken. Es war nicht kalt in diesem Versteck, denn die Wärme des Tages drang durch das offene Fenster herein.

Professor Selinger ging seiner Beschäftigung in völliger Gelassenheit nach. Man hatte die vor und nach der Hinrichtung drei Tage eingestellten Vorlesungen wieder aufgenommen, und er führte die seinen wie immer durch. Er empfing sogar einige Lateinschüler in seiner Wohnung und erteilte ihnen Nachhilfeunterricht. Seine wirtschaftlichen Angelegenheiten besorgte er selbst, da die zeitweilige Haushilfe ihn aus Angst vor der gegen ihn gerichteten Hetze nunmehr endgültig verlassen hatte; nach einer neuen sah er sich nicht mehr um, er war entschlossen, die gelungene Flucht Bachmanns mit seinem eigenen Fortgehen aus dieser verfluchten Stadt zu besiegeln und in Böhmen oder dem Schweizerland seinen Frieden zu suchen.

Die Verständigung war den beiden Männern nur durch die geschlossene Falltür möglich. Sie sahen sich nicht, doch sie hörten sich gut. So konnten sie auch besprechen, welche Maßnahmen zur Flucht zu treffen waren. Darüber waren sie sich klar, daß sie heimlich geschehen mußte. Und Bachmann hielt nach wie vor daran fest, sie durch die hinter Melchthofers Garten in der Stadtmauer befindliche Tür zu bewerkstelligen. Thamm hatte den Schlüssel dazu, er würde sie aufschließen und darüber wachen, daß ihn niemand überraschte, wenn er über Wall und Streichwehr in den Graben hinabkletterte; der war hier nicht sehr breit und selbst bekleidet leicht zu durchschwimmen.

»Könnt Ihr denn schwimmen?« fragte Selinger.

»Ich glaub's; die Elbe durchschwamm ich schon hundertmal«, erwiderte Bachmann.

»Und was wollt Ihr dann drüben tun?«

»Will noch zum Fischer Schittenbeck, des Müntzer Fahne holen.«

»Die Regenbogenfahne? Er hat sie verborgen?«

»Ja, die nehm' ich mit.«

»Wohin?«

»Will erst nach Magdeburg, von dort aus nach Hamburg, der Hansastadt – oder gleich durch Hessen und Schwabenland nach Zürich.«

»Ins Schweizerland, wie auch ich's erwäge. So alles gelingt, werden wir uns dort wiedersehn.«

Sie mußten leise sprechen, um sich überraschend hinzukommenden Leuten nicht zu verraten. Solche Gespräche waren gefährlich, denn Bachmann hätte sie gern ins Endlose fortgesetzt. Und Selinger zögerte daher noch immer, ihm mitzuteilen, was im Melchthoferhause nach seiner Flucht geschehen. Schließlich tat er es doch.

»Wer von den Eueren weiß denn, daß Ihr hier seid?« fragte er.

»Im Melchthoferhause wissen's alle.«

»Könnt Ihr Euch vorstellen, daß man Euch sucht und die ganze Stadt umstülpt?« Selinger starrte auf das Brennholz, unter dem Bachmanns Stimme hervorkam.

»So hat der Ratsherr Herberger mich doch erkannt.«

»Ja. Man hat auf Eueren Kopf eine Belohnung ausgesetzt.«

Bachmann sagte wie verwundert: »Ach –.«

»Ich kann Euch leider nicht verschweigen«, fuhr Selinger fort, »daß man das Melchthoferhaus gleich nach Euerer Flucht durchsucht und den Meister wie auch den Gesellen Thamm mit aufs Rathaus genommen hat.«

Bachmann erschrak so heftig, daß er gegen die Falltür stieß. »Beide – in Haft?«

»Ja, noch immer. Sie sollen Euer Versteck verraten. Meint Ihr, daß sie standhaft bleiben?«

»So foltert man sie –?«

Selinger vernahm Bachmanns schweren Atem durch die

Holzscheite, denn er stand mit dem Kopf dicht unter der Falltür.

»Ihr müßt jetzt ruhig bleiben; der Stadtrichter wird sie freigeben, denn in der Stadt reißen die Kundgebungen wider ihn nicht ab.«

»Und Julia –?«

»Soviel ich unterrichtet, ist sie mit den beiden anderen Frauen zu Haus. Auch sie wurden schon vernommen. Doch haben sie sicher geschwiegen, sonst wären die Häscher schon hier.« Er lauschte nach draußen hinaus. Seine Unruhe stieg plötzlich an. »Schweigt jetzt. Ich werde in die Stadt gehen, zu hören und zu sehen, wie's steht. Verlaßt Euch auf mich.«

Er erhob sich aus seiner knienden Haltung und ging an der Mägdekammer vorüber zur Haustür hin. Mit einem Ruck riß er sie auf. Nein, es war niemand da, keiner hatte spioniert. Er atmete auf. Als er aber durch den Garten zur Pforte hinging, sah er einen seiner Lateinschüler stehen. War dieser schon an der Haustür gewesen? Hatte er etwas gehört? Selinger wurde unsicher.

»Herr Professor«, sagte der Schüler, »ich wollt' Euch zu wissen geben, daß der Herr Vater mir geboten, die Nachhilfstund' bei Euch einzustellen.«

Selinger beobachtete den jungen Mann forschend. Dieser senkte den Blick. »Geht Ihr gern von mir?« fragte er, aus der Antwort zu lesen, wie der gehorsame Sohn denn über den Lehrer denke.

»Nein. Es tut mir leid, Herr Professor. Ich hab' Eueren Worten allezeit mit Lust gelauscht und gar vieles bei Euch gelernt.« Der Schüler spielte verlegen mit seinen Fingern.

Selinger trat vor ihn hin und hob das noch bartlose Kinn zu sich auf. »Was der Vater Euch gebietet, müßt Ihr tun. Lebt wohl denn.«

Der Schüler ergriff des Professors Hand und küßte sie. Dann ging er eilig davon. Selinger atmete auf: Der hatte nichts vernommen.

Er ging zurück und verschloß die Haustür. Dann machte er sich auf den Weg durch die Stadt. Als er, vom Elbtor zum Marktplatz heraufkommend, einen Augenblick verhielt, um zum

Rathaus hinüberzublicken, sah er einen Haufen Asche und verkohltes Holz. Die Reste des Blutgerüsts.

Er wandte sich der Collegiengasse zu. An ihrem Eingang begegnete ihm einer seiner treuesten Studenten. Er zog das Barett und verbeugte sich.

»Wir haben dem Herberger die Fenster eingeworfen«, sagte er.

»Dies dürft Ihr mir nicht sagen«, erwiderte Selinger unwillig. Der Student trat näher auf ihn zu. »Herr Professor, und käm' ich, Euch mitzuteilen, daß ich dem Ratsherrn den roten Hahn aufs Dach gesetzt – ich bin gewiß, Ihr würdet mich aufnehmen und vor den Bütteln verbergen.«

Herbergers Zustand verschlimmerte sich zusehends. Seitdem die empörte Menge vor sein Haus gezogen war und ihm die Scheiben eingeworfen hatte, schüttelte ihn ein heftiges Fieber. Er wanderte ruhelos in seinem Hause umher, besichtigte – nun wohl schon zum zehntenmal – alle Schäden an den Fenstern, suchte die Steine zusammen, die unter Tisch und Stuhl, Schrank und Lade, Bank und Regal gerollt waren, und zählte sie; es waren dreizehn Stück. Seine Hände zitterten, die Knie wurden ihm weich.

Einige Stunden lag er auf seinem Bett. Doch er konnte nicht schlafen, er hatte eine entsetzliche Angst vor der Wiederholung des Überfalls. Er lebte in einer Spannung, wie nur Belagerte sie empfinden können. Immer wieder trieb es ihn auf, hinabzugehen und zu prüfen, ob die Riegel des Haustores auch noch vorgeschoben seien. Die Fenster seines Lagers waren gut vergittert, das beruhigte ihn ein wenig. Doch wenn er draußen Schritte sich nähern hörte, sprang ihm das Herz gegen die Rippen, und er flüchtete wieder zu seiner Wohnung hinauf.

Schritte näherten sich oft, und sie verhielten meist vor seinem Hause, sammelten sich dort an und wurden gleichsam zu Stimmen, die aufgeregt durcheinander redeten.

Er wußte nicht, daß an seinem Haustor eines jener Plakate klebte, durch das der Stadtrichter die Bürger aufrief, den gesuchten Hans Bachmann aufzustöbern und zu verraten. Unter dem Schlußsatz mit dem Hinweis, daß eine Belohnung ausgesetzt sei, hatte einer Herbergers Namen hingeschrieben. Nun standen die Leute und erregten sich heftig über den hartherzigen Ratsherrn. Doch keinem fiel es ein, das Plakat herunterzureißen, wie dies in der ganzen Stadt mit allen anderen schon geschehen war; jeder sollte den verhaßten Namen lesen.

Als die Nacht kam, steigerte sich des von der Stadt geächteten Ratsherrn Fieber so sehr, daß sich sein Verstand verwirrte. Schweißgebadet lag er auf seinem Bett. Aus dem Dunkel drangen beängstigende irreale Bilder auf ihn ein. Das rußverschmierte Gesicht Bachmanns näherte sich ihm so weit, daß er seinen Atem verspürte; es lachte und rundete den Mund zu dem Worte »Höllenschlund«. Dann wieder sah er Hände, nichts als Hände, rissig und schwielig ihre Haut, hervorgetreten die Adern, blutverkrustet die zerschundenen Fingernägel. Schließlich erhob sich vor ihm das Blutgerüst. Balzer stand darauf, und das Richtschwert tanzte um ihn herum. Der junge, hochaufgewachsene Bauer ergriff es plötzlich und erhob es wie eine Fahne. Und da waren auf einmal wieder die Hände, unzählige; sie packten ihn, den Ratsherrn, und schleppten ihn aufs Gerüst, beugten ihn nieder. Er spürte den Sand unter seinen Knien, nein, es war kein Sand, es waren die dreizehn Steine, die man ihm durch das Fenster geschleudert. Gleich würde das Schwert herabsausen.

Ächzend wälzte sich Herberger in seinem Bett herum. Dann sprang er auf und lief, das Feuerzeug zu holen; er schlug die Funken, blies in den Zunder, bis das Flämmchen aufflackerte. Mit fliegender Hand zündete er die Kerzen an. Er holte alle Leuchter herbei, verteilte sie in seinem Hause: einen in die große Stube, einen auf die Treppe, einen in das Lager, den letzten in die zum Hofe hin gelegene Zuschneidestube. Überall sollte es hell und kein Platz mehr sein für die schrecklichen Bilder. Zähneklappernd begab er sich wieder in seine kleine Stube hinauf, kleidete sich aus, zog das lange, weiße, längst nicht mehr saubere Hemd an und kroch unter die Decke seines Bettes. Langsam nur ließ der Schüttelfrost nach. Der Schlaf überwältigte ihn.

Er erwachte unter einem fürchterlichen Hustenanfall. Die Luft war rauchgeschwängert. In der nebenanliegenden großen Stube flackerten die Kerzen, er sah von seinem Bett aus durch die offene Tür, daß sie schon ganz herabgebrannt waren. Ihr letztes Leuchten war von Rauchschwaden umzogen, doch kamen diese keineswegs aus ihnen selbst.

Erschrocken sprang Herberger auf und fuhr in die Lederpantoffeln. Als er die große Stube betrat, erloschen die Kerzen. Der Rauch drang ihm beizend in den Hals. Er lief zur Flurtür hin. Auch die Kerzen auf der Treppe waren niedergebrannt. Und doch huschte ein rötlicher Schein über die Wände. Und der Rauch quoll schon in Wolken herauf.

Herberger erschrak bis in seines Leibes Grund. Aus allen Poren brach ihm der Schweiß. Ein neuer Hustenanfall schüttelte ihn. Er preßte die Hand vor seinen Mund und tastete sich die Treppe hinab. Er lief zur Tür des Lagers hin; durch ihre Spalten schossen glutrote Strahlen. Er sprang hinzu und öffnete sie. Eine riesige Feuerzunge schoß ihm entgegen, er prallte zurück, schlug mit dem Kopf gegen die Tür zu seiner Schreibstube, flüchtete zur Treppe hin und die Stufen hinan. Die Flammen leuchteten wie tausend Kerzen, erfüllten Torgang und Treppenflur mit taghellem Licht. Er stürzte in seine Stube zurück, suchte nach seiner Kleidung, warf den Stuhl um und wühlte das Bett auf, doch er fand sie nicht. Der Rauch drang dichter auf ihn ein. Um Luft ringend, riß er das Fenster auf. Er streckte den Kopf hinaus und schrie: »Feuer, Feuer, ihr Leute, helft doch! Feuer!« – Es dauerte eine Weile, bis sich die ersten Menschen zeigten.

Die Flammen schlugen bereits durch die zertrümmerten Fenster des Lagers und erhellten die Gasse.

»Feuer, Feuer, ihr Leute –!« krächzte Herberger und rang die Hände.

Er wagte sich nicht mehr vom Fenster fort, da der Rauch drohend hinter ihm wallte und quirlte. Er kam jetzt schon durch die Ritzen der Dielenbretter. Immer weiter hängte sich der Bedrängte zum Fenster hinaus. Doch der Rauch griff auch hier nach ihm. Er vermochte nicht mehr zu schreien.

Die Menschen auf der Gasse sahen seine Not. Aber sie rührten keine Hand. »Seht«, schrie eine der Frauen, »er hat sein Haus angezündet! Das Gewissen plagt ihn! Er will die ganze Stadt ins Unglück stürzen! Rettet euere Habe!« Sie lief davon.

Jetzt erst begriffen die Leute, daß auch sie in Gefahr waren. Die ersten Wehrmannen kamen im Laufschritt herbei. Einer von ihnen blies das Horn. Nun fielen vom Kirchturm her auch die Glockenschläge des Wächters; er hängte die Lampe in Richtung des Brandes heraus.

Im Nu war die Gasse voller Neugieriger und Sensationslüsterner. Die Wehrmannen hatten es schwer, Leitern und Geräte heranzuschleppen. Gruppen von Studenten tauchten auf, doch sie standen mehr im Wege, als daß sie halfen, das Feuer zu bekämpfen. Die Wehrmannen bildeten nur unter vielem Geschrei und mit großer Mühe lange Menschenketten zum Bach am Kirchplatz hin. Sie brachten Stöße hölzerner und lederner Eimer, verteilten sie. Schon wanderten sie von Hand zu Hand, in einer Kette zum Wasser des Rischebachs, in der anderen zurück zum Brand.

Indessen hatten beherzte Wehrmänner sich daran gemacht, den noch immer im Fenster hängenden Ratsherrn zu retten. Sie stellten eine Leiter an und riefen ihm zu, herauszuklettern. Er war jedoch bereits so entkräftet, daß er sich nur noch willenlos bewegte und Gefahr lief herabzustürzen. Hinter ihm flackerten aus dem wallenden Rauch plötzlich die Flammen auf.

Nun entschloß sich einer der Wehrmänner, den Ratsherrn herunterzuholen. Der aber war, von der Hitze der hinter ihm auflohenden Glut aufgepeitscht, auf einmal wieder ganz lebendig. Er stieg auf die Fensterbrüstung und angelte nach der seitlich angelehnten Leiter. Dabei bekam er Übergewicht. Seine Hände griffen um sich. Zu spät. Mit einem Aufschrei sauste er herab, klatschte in den Gassenstaub.

Die Leute wichen erschrocken zurück; wie ein endlich erlegtes Raubtier war er für sie auch jetzt noch furchterregend. Doch er rührte sich nicht mehr. Einige Männer schleppten ihn beiseite und legten ihn an der Mauer des alten Franziskanerfriedhofs nieder. Ein Wundarzt kam und untersuchte ihn. Gleich schüttelte er den Kopf: »Der ist hin, hat das Genick gebrochen.«

Doch niemand hielt sich bei dieser Feststellung lange auf. Es galt, die Nachbarhäuser zu retten. Dazu war es von Vorteil, das brennende Haus abzureißen. Die Wehrmannen trugen lange Stämme mit eisernem Kopf und Querhölzern heran. Studenten und Handwerksgesellen packten zu, an einem Stamm standen sie wohl zu zwanzig. Sie richteten den eisernen Kopf auf das Mauerwerk zwischen den Fenstern, nahmen Anlauf und stürmten vor: Krachend stieß die wuchtige Ramme gegen die Wand. Doch sie hielt noch stand. Von neuem schoß der Rammbaum vor, und noch einmal und noch einmal. Das Mauerwerk zeigte Risse, begann zu bröckeln und zu zerspringen. Das Fachwerkgebälk, auf der Innenseite schon verkohlt, gab nach. Ein letzter Stoß – ein Wandstück flog in die brennende Schreibstube des Gewandschneiders.

So rammte man Stück um Stück der Mauer ein. Die Studenten und Handwerksgesellen waren mit geradezu übersprudelnder Lust beim Werk. Sie warfen sich ins Zeug, als gelte es, eine Festung zu stürmen. Hier wurde mehr als ein Haus, ein Auswuchs obrigkeitlicher Ordnung wurde beseitigt.

Doch nicht ohne Gefahr. – Unversehens senkte sich die Balkenlage des ersten Stocks und stürzte donnernd herab. Staub- und Funkenstöße schossen aus den Trümmern hervor, versengten den zuvorderst Stehenden Haar, Bart und Kleidung, leckten ihnen übers Gesicht, daß es geschwärzt und gerötet, augenblicklich Blasen trieb. Einige Männer heulten wütend auf. Die anderen wichen mit ihnen zurück und warfen die Rammbäume hin. Das war ihr Glück: Die ganze Vorderseite des Hauses sackte zusammen, brennend löste sich das Fachwerk auf, Gebälk und Ziegeltrümmer flogen in den Gassenstaub. Bald stürzten auch die inneren Wände, und der hell lodernde Dachstuhl fiel herab. Eine Feuersäule erhob sich ins Dunkel der Nacht, weit über die Stadt hin leuchtend und die Männer auf den Nachbarhäusern in eine Rauch- und Funkenwolke verhüllend.

Sie gaben dennoch nicht nach, dem Brand den Weg zu versperren, unablässig gossen sie Eimer um Eimer über die Dächer aus, und es erschien ihnen als eine Gunst des Schicksals, daß diese wie auch das des Herbergerhauses nicht mehr mit Schindeln und Schilf, sondern mit Ziegeln bedeckt waren. Unablässig wanderten die Eimer, vom Bach her bis zu den Leitern, auf den Sprossen hinauf in die Hände der mutigen Wehrleute. Das Wasser strömte über Ziegelreihen und Giebelwände hinab. Auf der Gasse bildete es bereits einen See. Auch in das Feuer schossen die Güsse, Dampf wallte auf, und es regnete weit über die neugierige Menge hin. Die ganze Bürgermeistergasse war dicht von ihr besetzt, und sie behinderte die Eimerketten mehr und mehr. Mit vielem Geschrei wurde sie immer wieder beiseite gedrängt.

An der Friedhofsmauer lag unter einer schmutzigen Decke der Leichnam des Ratsherrn. Seine dürren nackten Beine stießen unter dem Saum hervor. Niemand stand bei ihm. In diesen Winkel kamen die Leute nicht, denn es war von hier aus vom Brandschauspiel kaum etwas zu sehen.

Der Tote lag auffällig flach, wie erdrückt, sein Körper zeichnete sich nur wenig unter der Decke ab. Allein sein Kopf mit der großen, langen Nase hob das Tuch merklich an; dort ähnelte es der schrecklichen Maske des Scharfrichters.

DIE FLUCHT

Der Brand in der Bürgermeistergasse erregte die Aufmerksamkeit der ganzen Bevölkerung. Aus allen Teilen der Stadt liefen die Leute zusammen und stauten sich in den dem brennenden Herbergerhause nahegelegenen Gassen, auf dem Platz vorm Franziskanerkloster und dem vor der Bastion. Das erforderte um so mehr, auch die letzten Wacht- und Wehrmannen der vier Stadtbezirke heranzuziehen, und nicht nur zum Löschen, sondern vornehmlich zum Absperren der Brandstätte. Noch als Leichnam erschütterte dieser Ratsherr Herberger die Ordnung der Stadt... Alle Hüter der Sicherheit ihrer Bürger mußten seinetwegen eingesetzt werden. So verblieben an den drei Stadttoren nur je ein Tormeister und zwei Knechte; selbst die Kontrolle der Stadtmauer hatte man eingestellt. Die Stadt befand sich im Alarmzustand – und der sie bedrohende Feind stand schon in ihren Gassen. Ein gefährlicher Feind: das Feuer; wehe wenn es zum Großfeuer wurde!

Der Schloßbezirk lag wie verlassen, nur hier und da lief ein

Verspäteter dem Brande zu oder stand einer, dunkel, nicht zu erkennen, vor seinem Hause. So auch die drei Frauen des Melchthoferhauses. Sie wurden seit den Morgenstunden nicht mehr bewacht, und jetzt war schon gar nicht damit zu rechnen, daß der Stadtrichter ihnen die Knechte noch einmal auf den Hals schickte; er hatte sich wohl auch bereits damit abgefunden, daß Bachmann die Stadt längst verlassen habe. Erregt liefen sie hinaus, doch die Nachbarn schienen alle schon beim Brand zu sein.

Sie aber wußten noch immer nicht, in welcher Gasse er wütete, obwohl sie den Himmel sich röten sahen in Richtung des Franziskanerklosters und auch die Feuerlaterne auf dem nördlichen Kirchturm dorthin wies. Frau Herberger wurde unruhig.

»Ich werde hingehen und sehen, wes Haus es ist«, sagte sie.

»Nehmt mich mit, Muhmchen«, bat Julia.

»Willst du Barbara allein lassen?« fragte Frau Herberger.

»Geht nur.« Barbara zog das Tuch fester um ihre Schultern, ihr schauerte in der Nachtkühle. »Muß wieder zum Kind hinauf.« Sie verließ die beiden Frauen, ging in den Hof zurück. Frau Herberger und Julia liefen die Coswiger Gasse hinauf zum Marktplatz. Dort blieb Julia stehen.

»Hab' mir was ausgedacht, Muhmchen«, sagte sie. »Geht allein.«

»Und du –?« Frau Herberger stutzte und blickte sich furchtsam um.

Julia trat zu ihr heran und flüsterte: »Ich will den Hans holen; jetzt ist's die rechte Zeit, aus der Stadt zu entkommen.«

»Mein Gott –!« Frau Herberger schrak heftig zusammen.

»Still! Geht – und laßt Euch allerwärts von den Leuten sehen, so haben sie über Euch zu schwatzen und vergessen 's Melchthoferhaus.«

Sie lief schon davon. Doch nicht die Elbtorgasse hinab, sondern quer über den Marktplatz, der Collegiengasse zu.

Vorm Rathausportal verhielt sie plötzlich Schritte und Atem: Sie stand auf dem Hinrichtungsgeviert. Das Gerüst freilich war verschwunden, und seine Asche lag abseits als dunkler Haufen. Balzer – mußte sie denken, Balzer. Und dann: Bachmann, Bachmann – Hans . . .

Vom Grauen gehetzt, eilte sie weiter, die Collegiengasse hinauf, bis zur Universität. Vorsichtig schlich sie durch die Lücke, und schnell überquerte sie den Hof, das Tor an der Stadtmauer zu erreichen. Niemand begegnete ihr.

Schon stand sie vor der Gartenpforte Selingers. Sie schlüpfte hindurch, ging auf Zehenspitzen dem Hause zu. Sie klopfte an die Tür, doch niemand meldete sich. Sie drückte auf die Klinke – die Tür gab nach. Leise stieg sie die Treppe hinan. Sie rief. Da öffnete sich die Tür. Selinger trat auf den Flur heraus, er hob den Leuchter und erkannte sie.

»Ach – du?«

»Wo ist Hans Bachmann?« fragte sie erregt.

»Du weißt es, mein' ich«, erwiderte Selinger.

»So holt ihn doch herbei. Das Feuer, Herr Professor!«

»Es tut uns nichts«, sagte Selinger, »doch wünscht' ich schier, es fräße die ganze Stadt, jammert' es mich nicht um die Menschen. – Wo ist der Brand?«

»Ich weiß es nicht. Es kümmert mich jetzt auch nicht. Weiß nur eins: Dies Feuer leuchtet dem Hans zur Flucht. Solch eine Stunde kommt nie wieder!«

»Da hast du recht«, stimmte ihr Selinger bei. »Doch dürfen wir jetzt nichts Unüberlegtes tun. Hat man dich beobachtet?« Er schüttelte über seine Frage den Kopf. »Das kannst du natürlich nicht wissen«, sagte er.

»Die Collegiengasse ist menschenleer«, beruhigte sie ihn. »Doch wie lange noch? Sobald der Brand nachgelassen, kann's sich ändern; und strömen die Leut' erst in ihre Gassen zurück, so nehmen auch die Wachtknechte ihre Posten wieder ein. Dann ist's aus. Wir dürfen nicht verweilen!«

Selinger wunderte sich über die kluge, umsichtige Art des Mädchens, sie zeugte von Entschlossenheit und Mut.

»Kommt«, sagte er.

Er ging mit dem Leuchter voraus, die Treppe hinab bis in den Flur. Unter der Treppe räumte er die Holzscheite beiseite und hob die Falltür.

»Bachmann!« rief er leise.

»Ja –«

Der Gerufene war sofort da und steckte den Kopf heraus.

Als er Julia bemerkte, kletterte er schnell herauf und lief auf sie zu. Unbekümmert von Selingers Gegenwart umarmte und küßte er sie. Der Professor blickte auch nicht zur Seite, die Liebe der beiden rührte ihn. Doch gerade seine Teilnahme mahnte ihn, dieses zärtliche Verweilen abzubrechen. Er trat näher, und die umschlungen Stehenden blickten geblendet in das Kerzenlicht.

»Ihr müßt Euch beeilen«, drängte er. Er griff in die Tasche seines langen Mantels und zog einen Beutel hervor. Ihm Bachmann hinhaltend, sagte er: »Hier, nehmt das, Ihr werdet es brauchen.«

Bachmann, Julia freigebend, zögerte.

»Nehmt! Und ziert Euch nicht!« Selinger wurde ungeduldig. »Und nun geht in Gottes Namen! Seid vorsichtig! Doch vertraut auf Euch!« Er wandte sich Julia zu. »Und du – gib mir Bescheid, so die Flucht gut verlaufen.« Grimmig setzte er hinzu: »Wo nicht, werd' ich's selbst erfahren und Euch«, er blickte wieder auf Bachmann, »sollt's aufs Blutgerüst gehn, Gesellschaft leisten.« Er gab ihm die Hand. »Möcht' das Geschick uns noch einmal – und glücklicher zusammenführen; haltet fest: in Zürich oder in Prag.«

Bachmann nahm Julias Arm und zog sie hinaus. Leise durchschritten sie den Garten. Sie schlugen den Weg zum Elbtor ein. Jetzt getrennt, im Abstand von zehn, zwanzig Schritten. Julia ging voraus. Sie blieben im Schatten der Stadtmauer, und eines sah und hörte das andere kaum. Vor dem Torplatz hielten sie inne. Es war alles still, doch in der Wachtstube war Licht. Schnell lief Julia die Torgasse hinauf. Bachmann folgte ihr auf dem Fuße. An der Ecke des Cranachhauses blieben sie abermals stehen, heftig atmend, dann sich bei den Händen fassend, wie herumstehende Liebende. Einige Menschen gingen über den Marktplatz, kaum wahrnehmbare Schatten, doch mit hörbaren Schritten. Die Schloßgasse schien ganz verlassen. Die Laterne am Nordturm der Marienkirche glühte wie ein Funke.

Sie schritten jetzt Arm in Arm, ein rechtes Liebespaar. Selbst wenn ihnen einer begegnete, würde er sie so doch nicht erkennen: Verliebte pflegen die Köpfe zusammenzustecken und ihre Gesichter zu verbergen. Es war überaus dunkel, denn die Wolkendecke lag dicht über der Stadt, der rote Schein des Brandes vergraute in ihrer Schwere. Es würde Regen geben.

Schon hatten sie die Steinbrücke bei der Amtsmühle hinter sich. Auch die Coswiger Gasse lag wie ausgestorben. Sie kamen in die Pfaffengasse, ohne auch nur einem Menschen ausweichen zu müssen. Dann waren sie auf dem Hofe. Julia wollte die Haustür öffnen, sie war verriegelt. Doch bereits nach dem ersten leisen Klopfen kam Barbara. Sie standen zu dritt im Hausflur. Barbara hatte eine Kerze auf die Treppe gestellt. Sie sahen einander im spärlichen Licht und wußten doch nichts zu sagen.

Erst nach einer Weile nahm Bachmann sich zusammen. »Sie müssen den Berthold freigeben«, sagte er. »Und auch den Meister.« Er blickte auf Julia. »So es not, geht zum Doktor Luther und fragt ihn, ob nicht genug Jammer in unserer Stadt.«

Die beiden Frauen schwiegen.

»Wo ist die Muhme Maria?«

»Zum Brand gegangen, doch müßt' sie längst wieder zurück sein. Was ist da schon zu sehen?« entgegnete Barbara.

»Laßt sie nur, solang' sie dort, denkt keiner an hier – an uns«, sagte Julia. Dann, von jäher Unruhe gepackt, griff sie nach Bachmanns Arm. »Komm, Hans, hast keine Zeit mehr zum Verweilen.«

Bachmann gab Barbara die Hand. »Behüt euch Gott, Barbara, dich und Berthold und den Buben. Wir sehn uns wieder.« Er wandte sich ab und folgte Julia in den Hof.

»Hier herein«, sagte sie und zog ihn zur Werkstatt hin. Sie öffnete die Tür, und beide traten ein. Hinter sich die Tür wieder schließend, hörte Bachmann, wie Julia bei der Esse herumtastete und dann zurückkam.

»Den Schlüssel«, sagte sie.

»Ja, zur neuen Tür. Möcht' alles gut gehen und man uns nicht überraschen – wie vor Wochen.« Bachmann schnaufte erregt.

»Heut sitzt keiner im Wehrturm, das glaub'«, entgegnete sie. »Merk es, Hans: Ich geh' voraus und schließ' die Tür auf. Solange verweile im Garten. Klag' ich wie 's Käuzchen, so komm. – Lauf' ich aber davon, dann verbirg dich im Garten und mach zur rechten Zeit dich auf zu Selinger. Dann mag uns Gott helfen! Gib acht auf den Weg!«

»Und dich wird man fangen«, sagte er besorgt.

»Ich bin gut auf den Füßen, du weißt's; erreich' ich die Brandstätt', verschwind' ich unter den Leuten.«

»Ich fürcht' um dich.«

»Du sollst es nicht. Auch wenn Gefahr, komm nicht zur Hilf' herbei. Mir kann nicht viel geschehn, für dich aber ist's das Ende.«

Er schwieg. Dann fühlte er ihre Hand an seiner Wange. Er spürte ihren Atem. Ihre Arme umschlangen ihn, sie zog ihn plötzlich heftig an sich. Ihr Mund küßte über sein Gesicht hin.

»Wir sehn uns wieder, Hans. In Würzburg hab' ich einen Oheim. Im kommend' Jahr, zu Maria Himmelfahrt, will ich dort sein. Wirst du dich einfinden?«

»Ja. Und wär' auch alles wider mich!«

»Wirst du immer an mich denken?«

»Bei jedem Schritt, der mich fortführt von dir.«

»Du gehst nicht fort, Hans, bist immer bei mir, und lägen auch Länder und Meere zwischen uns beiden.«

»So sehr liebst du mich?«

»Ich lieb' dich über alles. Und es ist schön, dich zu lieben, verjagt die Angst, nimmt allen Jammer von mir, erhellt mir gar die Sehnsucht.«

»Wie du das sagst –«

»Ich fühl's so, Hans.«

»Bist eine tapfere Frau geworden.«

»Ich lieb' dich nur.«

»Und teilst alles Unglück mit mir.«

»Weil ich all deinen Mut mit dir teile, alle Gedanken um die große Sach' wider Unrecht und Not. Wie hast du mein Herz stark gemacht, mir die Augen geöffnet, Hans! Jetzt seh' ich unsere Welt in ihrer Grausamkeit. Und versteh' dich besser als damals, als wir im Kahn auf dem Stadtgraben gesessen.«

»Lang ist das her, Julia! Und war so schön, da alles erst begann.«

»Und ist tausendmal schöner heut, da's niemals endet!«

»Das ist wahr. Niemals endet! Auch unsere Sach' wird niemals enden, bis endlich sie über die Fürsten und Pfaffen gesiegt!«

Sie schwiegen. Ihr Mund verschloß den seinen, sein Mund den ihren. Ihre Hände strichen über seine Schultern hin. Er fühlte die festen Formen ihres Leibes, atmete ihre Wärme, nahm das Pochen ihres Herzens wahr.

Plötzlich befreite sie sich energisch aus seiner Umarmung. »Du mußt gehen, Hans. Komm. In den Garten.« Sie zog ihn fort. Es war noch finsterer geworden. Die ersten Regentropfen fielen.

Sie schob ihn ins Gesträuch bei der Gartenpforte und schlüpfte hinaus. Er lauschte. Wie eine Katze schlich sie zur Stadtmauer hinüber. Jetzt stieß sie vorsichtig den Schlüssel ins Schloß. Leise knarrten die Federn und Riegel. Dann war es still, eine erregende Lautlosigkeit. Da – das Klagen des Käuzchens! Er trat aus seinem Versteck hervor, verließ den Garten und lief am Wehrturm vorüber zur Mauertür hin. Sie stand offen. Einen Augenblick blieb er stehen. Jetzt begann es stärker zu regnen, die Tropfen rauschten ins Blattwerk der Bäume. Noch einmal riß er Julia an sich, küßte sie flüchtig und gab sie ebensoschnell wieder frei. Er lief den Wall hinauf, kroch zwischen den neugefüllten Schanzkörben hindurch und glitt zur Streichwehr hinab. Er hielt sich nach rechts, fand die Stelle, wo der Fuß der Wehrmauer nicht mehr im Wasser, sondern auf rasenbewachsenem Grunde stand. Er schwang sich über die Brüstung, hing dann mit beiden Händen an ihrem Rande und ließ sich nach einigem Zögern fallen. Er fiel aus beträchtlicher Höhe und rollte sogleich ins Wasser. Ohne sich aufzuhalten, stieg er tiefer hinab. Schon mußte er schwimmen. Er tat es so lautlos wie möglich. Längere Zeit suchte er nach einer Lücke im hohen Schilfdickicht. Er verfolgte sie. Sie wurde enger und enger, verteilte sich. Wieder verbauten ihm dichte Büsche den Weg. Doch schon fand er Grund. Der aber war morastig, trug ihn nicht, er zog die Beine wieder an, kroch über die Schilfbüschel hin, sie hielten ihn sicherer über Wasser. Endlich sah er das Ufer. Noch einmal vermochte er frei zu schwimmen. Dann stieg er an Land. –

Julia hatte noch längere Zeit gewartet. Sie war sogar einmal zu den Schanzen hinaufgelaufen. Die Vorsicht trieb sie jedoch schnell wieder zurück. Sie verschloß die Tür. Huschte davon.

Im Garten verweilte sie einige Zeit. Nein, es rührte sich nichts. Die Wachen waren beim Brand. Der freilich schien nun zu verlöschen, der rote Schein des Feuers flackerte nur noch schwach zur Wolkendecke auf. Der Regen wurde stärker, die Flammen mußten ersticken.

Sie ging langsam dem Hofe zu, betrat die Werkstatt noch einmal und versteckte den Schlüssel hinter der Esse. Ihr Kleid war durchnäßt, die Kühle der Nacht drang ihr klebrig bis auf den Leib. Plötzlich überkam sie das Bewußtsein ihres Jammers mit aller Schwere. Sie setzte sich auf den Amboß und stellte die Beine auf den Klotz, sie stützte die Ellbogen auf die Knie und neigte das Gesicht in die offenen Hände. Die Tränen rannen durch ihre Finger. Die Werkstatt wurde zum unendlich weiten, öden Raum, und sie saß in ihm ganz verlassen.

Als Frau Herberger bei der Bürgermeistergasse ankam, wurde sie von der wogenden Menschenflut aufgehalten.

»Wes Haus brennt denn?« fragte sie einen der Wehrmänner, die den Weg der Eimerkette freihielten.

Er wandte sich nur fahrig um und sagte: »Des Ratsherrn Herberger Haus. Er hat's selbst angezünd't.«

Frau Herberger fuhr wie von einem Schlage getroffen zusammen; sie lehnte sich an die Wand des Eckhauses und schloß vor Schmerz die Augen. In diesem Augenblick schritt, von zwei Knechten mit Laternen begleitet, ein hochgewachsener vornehmer Mann heran. Es war der Bürgermeister. Er bemerkte Frau Herberger, trat auf sie zu. »Welch Unglück, liebe Frau –«, sagte er ein wenig außer Atem und ergriff ihre Hand. »Kommt mit mir, zu sehen, was ist.«

Jetzt erkannten sie auch die Umstehenden, und wie im Fluge eilte durch die Menge die Nachricht, daß des Ratsherrn Frau gekommen. So öffnete sich ihr und dem Bürgermeister mit seinen Knechten auch bereitwillig eine Gasse, durch die sie schnell vorwärts kamen.

»Macht Platz dem Bürgermeister!« riefen die Knechte, und die Menschen strebten nach beiden Seiten auseinander, wobei einige freilich wieder in die Eimerkette gerieten und sie störten; man machte kurzen Prozeß mit ihnen: stellte sie einfach mit in die Reihe, damit bereits Ermüdete ausscheiden konnten.

Je mehr sich der Bürgermeister und seine Begleitung dem Brande näherten, desto heller wurde es um ihn, und da man ihn sah, gab es zuweilen ein wildes Gedränge, denn, um ihm Platz zu machen, geriet man hart aneinander. Es fielen untertänige, aber auch häßliche Worte. Der Bürgermeister behielt jedoch seine Ruhe, er nahm den Arm Frau Herbergers und führte sie behutsam vorwärts, die Leute, so gut es ging, von ihr fernhaltend.

Als sie vor dem nun beinahe ganz herabgebrannten Hause ankamen, überfiel Frau Herberger eine leichte Schwäche, sie wankte sichtlich und fiel dem Bürgermeister immer mehr zu. Er stützte sie besorgt und führte sie beiseite. Sie mußten durch Schmutz und Wasserpfützen schreiten. Wasser spritzte und sprühte auch von oben her über sie hin. Und die Feuerlöschmannschaften, in ihrem schweren Kampf mit dem Brand ohne Blick für die herumstehenden Neugierigen, rempelten den Stadtoberen einmal so hart an, daß er strauchelte und so nun von Frau Herberger aufrecht gehalten werden mußte. Beinahe wären beide gefallen, doch die Knechte sprangen rechtzeitig hinzu und fingen sie auf, brachten sie dem Klosterfriedhof zu in Sicherheit. Geschrei und Flüche gellten hinter ihnen her.

Der Bürgermeister führte Frau Herberger zu der nur zwei Fuß hohen Mauer hin, hieß sie, sich darauf zu setzen. Dann beauftragte er einen der Knechte, ihm einen der Viertelmeister oder den Wehrhauptmann herbeizuholen.

»Mein Gott!« stöhnte Frau Herberger und schlug die Hände vors Gesicht. »Und er hat's angezünd't!«

»Man sagt's so«, bemerkte der Bürgermeister ungläubig. »Wer weiß' dies sicher?« Er trat wieder näher auf sie zu und legte ihr die Hand auf die Schulter. »Ihr dürft Euch mit solchen Gedanken nicht quälen. Euer Gewissen ist rein.« Sie schwieg.

Neugierige drängten heran. Der verbliebene Knecht schob sie zurück und schuf einen freien Platz um die Frau und ihren Beschützer.

»Wo ist mein Mann?« fragte sie ihn.

»Ich weiß es nicht«, erwiderte der Bürgermeister mit Bedauern. »Bin auch eben erst hergekommen. War in Wachsdorf drauß' und sah den Feuerschein am Himmel. Gleich bin ich hereingeritten. Doch sprach ich noch nicht mit dem Hauptmann und weiß nun soviel wie Ihr.«

Jetzt brach vom Herbergerhause die Mauer der Hofseite ein. Ein dichter Funkenregen fauchte über die Wehrmänner hin. Gruppen von Neugierigen flüchteten auf den Klosterplatz; ihr Geschrei, das Aufzischen von Wassergüssen, Flüche der mit den herumstehenden Maulaffen streitenden Wachtknechte – dies alles vereint schwoll wie ein Höllenlärm über Frau Herberger hin. Sie barg ihr Gesicht in den Falten des weiten, offenen Mantels des Bürgermeisters. Er klopfte ihr beschwichtigend in den Nacken. Es begann plötzlich zu regnen. Der Bürgermeister schlug einen Flügel seines Mantels um die Schultern der Frau.

»War ohnehin Euere Wohnstatt nicht mehr«, sagte er.

»Und ist sie denn beim Meister Melchthofer?« entgegnete sie, wie über seine Worte bestürzt.

Dies gab ihm einen empfindlichen Stich. Daran hatte er gar nicht gedacht. Ja, sie hatte beim Meister Melchthofer Obdach gefunden. Dieser aber saß nun im Verlies, da er auch dem Bachmann Obdach geboten. Eine seltsam widersprüchliche Welt! Und er als Bürgermeister hatte keine Macht, da einzugreifen. Der Hofrichter –. Dieses Feuer war sicher nach seinem Geschmack, und es sollte nicht wundernehmen, wenn er sich jetzt mitten im dichtesten Gewühl der Gaffer herumtrieb.

Der Knecht kam mit einem der Viertelmeister zurück. Dieser, rußgeschwärzt und durchnäßt, erstattete Bericht.

Der Bürgermeister löste sich von Frau Herberger und trat nah zu ihm hin. Beruhigt vernahm er:

»Für die Nachbarhäuser ist keine Gefahr mehr. Doch des Herberger Haus ist hin bis auf die Grundmauern.« Der Viertelmeister bemerkte Frau Herberger erst jetzt, er geriet ein wenig in Verwirrung. »Es tut mir leid, ehrsame Frau«, sagte er und wischte sich mit der Hand über die Stirn, den Ruß dabei noch breit schmierend. Der Regen wurde stärker, es rauschte in den Bäumen.

»Wo ist der Ratsherr Herberger?« fragte der Bürgermeister leise.

Der Viertelmeister lief rot an, als fiele ihm der Glutschein des Brandes heiß ins Gesicht. »Er ist tot«, flüsterte er.

Der Bürgermeister erschrak. Er beugte sich zu dem Viertelmeister herab. »Im Brand umgekommen?«

»Nein, aus dem Fenster gestürzt.«

»Wo hat man ihn hingebracht?«

Der Viertelmeister stockte. Er warf einen Blick auf Frau Herberger; nein, sie hatte nichts vernommen, sie saß zusammengesunken auf der Friedhofsmauer und bedeckte ihr Gesicht mit beiden Händen.

»Nur zehn Schritt' weiter, hier an der Mauer liegt er, dort hinter dem Gesträuch. Wer sollt' sich jetzt um ihn kümmern? Es würd' die Leut' nur erregen.«

»So muß sie sogleich von hier fort«, sagte der Bürgermeister. Er ging zu Frau Herberger hin und bat sie, heimzugehen. »Ich lass' Euch von den Knechten geleiten.« Er winkte diese herbei: »Hier, führt des Ratsherrn Gemahlin heim. Geht über den Klosterplatz, den Weg zur Stadtmauer hin.« Er half Frau Herberger beim Aufstehen. »Entschuldigt mich, gute Frau, ich darf den Brand nicht verlassen.« Er übergab sie seinen Knechten, doch sie lehnte es ab, daß man sie stütze. So schritten die Knechte neben ihr her; ihre Laternen schwangen wie Funken durch das Dunkel. Der Regen brach jetzt wie eine prasselnde Flut herab. Die Menge der Neugierigen stob auseinander. Frau Herberger ging langsam und achtete des Unwetters nicht.

Vorm Melchthoferhause angekommen, schickte sie die Knechte wieder zurück. Als sie die große Stube betrat, saßen Julia und Barbara am Tische; sie hatten eine Kerze angezündet und starrten schweigend ins Licht. Frau Herberger setzte sich zu ihnen; ihre Kleidung war durchnäßt, sie fühlte, wie die Kälte ihren Leib durchdrang.

»Es ist unser Haus«, sagte sie.

Barbara fuhr zusammen. »Des Ratsherrn Haus –?«

»Ja. Man sagt, er hätt's selbst angezünd't.«

»Das glaub' ich nicht!«

»Ich auch nicht. Es wäre ihm sicher leichter gefallen, einen Menschen statt seines Eigentums brennen zu sehen.« Frau Herberger sagte es in so großer Verbitterung, daß es Julia erschreckte.

»Was schert Euch dies noch, Mühmchen!« sagte sie aufgeregt.

»Es verbrannte auch meine Habe, alles, was ich zurückließ, ist hin«, stöhnte Frau Herberger.

»Er hätt's Euch ohnhin nicht nachgeschickt. Und wäret Ihr gegangen, es zu holen?«

Sie schüttelte den Kopf. »War ja wohl auch einiges, was man nicht einmal hätt' herausholen können: meine dort so lieblos gelebten Jahre ...«

Julia schwieg nachdenklich. Wie viele Möglichkeiten, unglücklich zu sein, gab es doch für eine Frau! In jedem Falle aber war die Ursache dazu ein Mann, ob er nun von guter oder schlechter Art. Der Ratsherr war ein Schurke; Hans Bachmann aber wurde von Schurken gejagt. Und die Frauen mußten am schwersten darunter leiden ...

Barbara seufzte: »Und auch ich –: Verbrannt sind all die Stunden, Tag' und Jahr', die ich in Eurer Obhut dort verbracht.« Zaghaft faßte sie Frau Herbergers Hand und drückte sie. »Was wird der Ratsherr nun tun?« fuhr sie fort. »Wer Frau und Haus und Habe verloren, mag davongehen.«

Frau Herberger war von diesen Worten zwar ein wenig betroffen, doch ging es ihr augenblicklich ein, daß sie ebensosehr ihre eigenen Gedanken ausdrückten. Dieser Brand hatte auch unter ihre Ehe mit dem ungeliebten Ratsherrn einen Schlußstrich gezogen. Es gab nichts mehr, wozu man hätte zurückkehren können – oder müssen.

Sie wußte freilich nicht, wie gründlich sie mit dieser Erkenntnis recht hatte ...

»Wo ist Hans Bachmann?« fragte sie.

»Er hat die Stadt verlassen. Er läßt Euch grüßen, Mühmchen«, erwiderte Julia.

»Wie –, er ist schon fort? Und alles ging gut?«

»Soweit ich's gesehen, ja.«

»Möge Gott ihn beschützen auf seinem Wege!« Sie schauerte plötzlich zusammen.

»Ihr müßt zu Bett gehen, Mühmchen«, sagte Julia. »Geht. Hernach werd' ich kommen und Euere nassen Kleider holen, daß ich zum Trocknen sie aufhänge.« Ihre Stimme zitterte leicht, denn auch ihre Kleidung war regenschwer, und die Kälte drang ihr bis ins Herz.

Frau Herberger ließ sich nicht noch einmal nötigen. Sie war müde und erschöpft von den Ereignissen dieser Nacht. Die mußte bald vorüber sein, doch der neue Morgen würde das Leid nicht mildern, eher sichtbarer machen. Wie sollte dies alles weitergehen? Auch das Melchthoferhaus war jetzt in Gefahr unterzugehen. Und es schien, daß es keine Macht gäbe, diesen Untergang aufzuhalten. Selbst der Bürgermeister, ihr und den Menschen, mit denen sie lebte, sicher gut gesinnt, hatte diese Hoffnungslosigkeit verraten, so freundlich er auch drum herumgeredet. War denn die ganze Stadt ohne Recht, dem Menschen in seiner Not zu helfen, dagegen aber der Stadtrichter im Besitz der Gewalt, ihn zu vernichten? Diese Stadt der Reformation, des Doktor Luther evangelische Stadt –? Hatte er ihr das Evangelium der Kreuzigung statt das der Erlösung gebracht –?

Sie erhob sich schnell und ging hinaus, ihre Kammer aufzusuchen. Ermattet entkleidete sie sich. Sie trat an den Tisch, in der irdenen Schüssel Hände und Gesicht zu waschen. Wie halb schon im Schlaf, warf sie das lange leinene Hemd über und legte sich nieder. Als sie die Decke über sich zog, durchlief ein Frösteln ihren Leib. Sie schloß die Augen. Sobald sie wieder erwachen würde, wollte sie zu Luther gehen, ihn zu bitten, der Stadt und ihren Menschen endlich den Frieden zurückzugeben. Besaß er dazu keine Macht, so war auch sein Evangelium ohne Sinn, und es lohnte nicht mehr, in dieser Welt zu leben. Dann mochte Gott zuschlagen und alles zerstören, was er geschaffen – da es ihm doch nicht gelungen –.

Hans Bachmann brauchte den Fischer Schittenbeck nicht erst zu wecken; er stand schon in der Tür seiner Hütte und blickte zum letzten matten Schein des Brandes hinüber.

»Hab's geahnt, daß du kommst«, sagte er.

»Das Feuer half mir.«

»Was brennt denn?«

»Weiß nicht. Muß wohl beim Franziskanerkloster sein.«

»Ein barmherzig' Feuer!«

»Wahrlich, doch darf ich nicht verweilen. 's könnt' sein, sie haben was bemerkt und schicken die Büttel hinter mir her. Schnell, hol mir die Fahne. – Du hast sie doch schon –?« Bachmanns Unruhe stieg schlagartig, als er daran dachte, er könne zu früh gekommen sein.

»Sie ist da«, beschwichtigte ihn Schittenbeck. »Doch willst du so durchnäßt weiterziehn? Wart noch eine Weil', der Regen läßt nach. Und wenn's dir nicht zu armselig, könnt' ich mit Hos' und Hemd und Kittel dir wohl aushelfen. So kommt doch die Fahn' ins Trockene.« Er führte Bachmann in eine Kammer, in der er die Fischereigeräte aufbewahrte. Die Kleidungsstücke lagen schon bereit.

Bachmann zog sich um. Schittenbeck nahm die nasse Kleidung, eines Kleinschmiedegesellen Werktracht, und bündelte sie zusammen. »Hier, die hängst zum Trocknen auf, sobald dir Sonne und eine Atempause gegeben.« Er kroch in der dunklen Ecke herum, öffnete eine Lade und kam mit der sauber zusammengelegten Regenbogenfahne zurück. »Schau, da ist sie – leg sie dir um den Leib, sie wärmt dich gut.«

Bachmann schob sie in die Hemdöffnung, zog den Hosenbund darum fest und schlüpfte in den Kittel. Schittenbeck hängte ihm das Bündel über. Dann traten beide zum Fenster hin: Es besaß keine Scheiben, nur einen Laden aus rohen Brettern; der Fischer stieß ihn auf. Es war draußen heller geworden, die Regenwolken wurden vom Wind zerrissen, stellenweise sah man am Himmel schon die Sterne. Das Wasser des Strengs lag schwarz und schwer in seinem Bett.

»So will ich denn gehn«, sagte Bachmann. Er gab Schittenbeck die Hand. »Wir kennen uns lang schon, doch jetzt erst fühl' ich recht, daß wir Freunde. Ich danke dir! Schau dann und wann zum Melchthoferhaus hin. Ich sorg' mich sehr um Julia. Und auch um den Meister und Berthold, daß sie bald aus dem Verlies –.« Er vermochte nicht weiterzusprechen.

Beim Fischfang
(Aus einer Folge der Planeten – Ausschnitt)

»Auf Schittenbeck kannst' dich verlassen«, beruhigte ihn der Fischer. »Sorg nur um dich und sei auf der Hut. Bist' erst übers Magdeburgisch' Land hinaus, mag's leichter werden.«

Sie verließen die Kammer und die Hütte, unter deren Dache des Fischers kleiner gewordene Sippe schlief. Vor der Tür trennten sie sich schnell. »Meide die Heerstraß'«, mahnte Schittenbeck. Bachmann lief schon den Hang hinauf und nahm den schmalen Weg der Fischer, immer am Streng entlang. Noch einmal wandte er sich um. Über der Stadt lag ein mattroter Schimmer, kaum zu bestimmen, ob noch vom Brand des Herbergerhauses oder schon vom anbrechenden Tage.

Am Morgen kam ein Bote des Bürgermeisters ins Melchthoferhaus. Er übergab Frau Herberger ein Schreiben und ging sogleich wieder. Sie öffnete es und las. Augenblicklich verfärbte sie sich und ließ die Hand mit dem Papier sinken. »Herberger ist tot«, sagte sie tonlos.

Dann ging sie hinaus. Sie stieg die Treppe hinan, betrat ihre Kammer und setzte sich ans Fenster. Noch einmal las sie das Schreiben. Der Bürgermeister trug ihr an, die Bestattung des Ratsherrn durch die Stadt besorgen zu lassen. Die Einsegnung vorzunehmen, werde man dem Pfarrer von Dobin antragen. Man berücksichtige ihren gegenwärtigen Gemütszustand und habe, um sie von der Teilnahme zu befreien, beschlossen, die Grablegung in die frühesten Morgenstunden zu verlegen. Somit sei ihrem Gemahl seitens des Magistrats die letzte Ehrung erwiesen.

Versunken blickte sie durch die blinden Scheiben auf die Gasse hinaus. Keine Träne feuchtete ihre Augen. Sie mußte an Bachmann denken und an Julia. Er floh durchs Land, wer weiß, wohin, doch er ließ seine Liebe zurück, ließ Julia nicht ohne Hoffnung. Herberger aber war gegangen und ließ nichts zurück als Asche, die Asche seines Hauses, die Asche einer lieblosen Ehe.

»So bin ich denn frei nun«, flüsterte sie. »Ich bin frei, was auch vor mir liegen mag. Ich bin frei, frei von der Vergangenheit.«

Der Tod ihres Mannes bedrückte Frau Herberger schwerer, als sie es vor sich selbst wahrhaben wollte. Doch das Schicksal der noch Lebenden und Gequälten, Melchthofer und Thamm, bewegte sie tiefer. Dennoch fand sie noch nicht den Mut, ihren nächtlichen Entschluß, Luther um Hilfe zu bitten, auszuführen. Sie beriet mit Julia und Barbara darüber, was man sonst noch tun könne. Sie erwog, zum Stadtrichter oder gar zum Hofrichter zu gehen, vielleicht auch zum Bürgermeister; doch alles dies erschien ihr hoffnungslos. So vergingen die Stunden. Und erst am späten Nachmittag verließ sie das Haus, um nun doch noch Luther aufzusuchen. Sie trug ein schwarzes Kleid mit weißer Halskrause, einen grauen Mantel und eine schwarzweiße Haube. Ihr blondes Haar quoll über der Stirn und an den Ohren aus der Haube hervor. Die Leute stutzten bei ihrem Anblick, wenn sie sie aber erkannten, drückten sie sich scheu an ihr vorüber. Der Tod des Ratsherrn, so weit sie auch noch bei seinen Lebzeiten von ihm abgerückt war, wurde in den Augen der Leute doch ganz zu ihrer Angelegenheit, sie äußerten Mitleid und Teilnahme, und nur wenige begriffen, daß der Ratsherr für sie schon vor Wochen, wo nicht gar Monaten und Jahren gestorben war.

Als sie zum Klosterplatz kam, überfiel die Angst sie noch einmal so heftig, daß sie stehenblieb und sich fragte, ob sie nicht lieber umkehren solle. Nein, sie hatte keine Angst vor Luther, sie hatte Angst vor seiner Ablehnung. Aus seiner Haltung Balzer gegenüber war ihr sein konsequenter, unversöhnlicher Standpunkt in der Sache der Bauern bekannt, hier also blieb von ihm wenig zu hoffen. Aber es war auch noch etwas anderes, was sie so mutlos machte: Sie hielt ihn in der Erwirkung eines Gnadenaktes nicht mehr für mächtig genug.

Dessenungeachtet setzte sie ihren Weg fort. Garten und Gebäude des ehemaligen Augustinerklosters waren vernachlässigt, die Ställe und das Brauhaus standen leer, ihre schadhaften Dächer und hängenden Türen boten das traurige Bild des Verfalls. Die kleine Klosterkapelle an der Stadtmauer war eingestürzt, das hölzerne Altarkreuz ragte aus den bereits mit Unkraut überwachsenen Trümmern wie eine Hand hervor.

Frau Herberger betrat das große Haus und stieg die Treppe hinan. Vor der Tür zur Wohnung Luthers verharrte sie noch einen Augenblick, dann klopfte sie. Es blieb still. Sie wartete. Schließlich klopfte sie noch einmal und stärker. Doch auch jetzt öffnete man ihr nicht. Dafür hörte sie plötzlich hinter sich Schritte. Sie wandte sich um. Vor ihr stand Katharina, den Korb in der Hand, soeben vom Einkauf zurückgekommen. »Ach – Ihr, Herbergerin!« sagte sie überrascht.

Beide kannten sich seit der Zeit, da Katharina, nach ihrer Flucht aus dem Kloster Nimbschen, in Wittenberg beim Stadtschreiber Reichenbach untergekommen. Dessen Haus lag nur zwanzig Schritte von dem des Ratsherrn Herberger entfernt. So waren sich die beiden Frauen häufig begegnet, sie hatten auch einige Male miteinander gesprochen.

Jetzt setzte Katharina den Korb ab und trat auf Frau Herberger zu. Sie nahm ihre Hand und drückte sie. »Es tut mir leid um Eueres Ehgemahls Ableben. Tröst' Euch Gott!«

Frau Herberger nickte zurückhaltend und sagte: »Ich dank' Euch für Euere guten Worte.« Sie löste ihre Hand aus denen Katharinas. Dann, die Kondolenz damit beendend, fuhr sie fort: »Ich hofft', den Doktor Luther anzutreffen –.«

»Oh, er muß dasein«, erwiderte Katharina dienstbeflissen. »Tretet ein, ich will ihn herbeirufen.« Sie nahm ihren Korb auf und öffnete die Tür.

Frau Herberger befand sich in der großen Stube, sie war noch ohne häusliche Wärme, um den Tisch am Fenster standen zwei Stühle und eine Bank.

Katharina bat Frau Herberger, sich zu setzen, und ging dann, ihren Martinus zu holen.

In dieser Zeit sah sich Frau Herberger in dem nicht eben lichten Raume um. An den holzgetäfelten Wänden zogen sich dunkelgebeizte Bänke und in Mannshöhe ein schmales Bord hin, auf dem irdene Gefäße und zinnerne Leuchter standen. Der Ofen war aus rohen, nicht mehr fest in den Fugen sitzenden Kacheln von rötlicher Farbe. Auf dem Tische stand ein aus

Weiden geflochtener Korb mit einer Strickarbeit darin; die hölzernen Nadeln stachen über seinen Rand hinaus.

Bald kam Katharina mit Luther zurück. Frau Herberger erhob sich. Mit verhaltenen Schritten ging er auf sie zu und sprach ihr, nur ganz formell, sein Beileid aus; er wußte Bescheid, wie es um des Ratsherrn Ehe gestanden... Ohne Umstände forderte er die Frau auf, sich wieder zu setzen, und nahm auch selber Platz. Einen Augenblick war er unschlüssig, wie er beginnen solle, dann bat er Katharina, ihn mit Frau Herberger allein zu lassen.

»Oh –«, widersprach diese, »was ich Euch zu sagen habe, kann Frau Katharina mit anhören.«

Katharina, von Natur ein wenig neugierig, wartete ihres Mannes Zustimmung auch gar nicht erst ab, sondern ließ sich sogleich auf der Bank hinter dem Tische nieder.

»Sprecht«, forderte Luther Frau Herberger auf.

Sie blickte eine Weile auf ihre sich unruhig mit der Borte ihres Mantels beschäftigenden Hände, nahm sich dann zusammen und sah den Reformator aus feuchtglänzenden Augen an.

»Ich komme nicht des Toten wegen, ich komme aus Sorge um die noch Lebenden«, sagte sie.

Luther zog die Augenbrauen zusammen; sein auffällig kleiner Mund nahm einen Zug der Verschlossenheit an.

»Ich komme, Euch zu bitten«, fuhr Frau Herberger fort.

»Worum?« fragte er knapp.

»Daß Ihr möget Euer Wort beim Fürsten einlegen – für meinen Schwestersmann, den Meister Melchthofer, und seinen Gesellen Thamm.«

Luther zögerte eine Zeitlang mit der Antwort. Endlich sagte er: »Es ist nicht meines Amtes, in weltliche Gerichtshandlung einzugreifen. Da müßt Ihr zum Hofrichter gehen, zum Herrn von Haberlitz. Ich nehm' an, daß Ihr ihn kennt, aus der Zeit, da er zu Wittenberg noch Student und – soviel ich einmal gehört – auch Käufer bei dem Herrn Gewandschneider Herberger gewesen.«

Frau Herberger senkte den Blick. »Meines Mannes Bekanntschaften waren nicht die meinen. Wohl kann ich mich des Junkers noch entsinnen, doch er dürft' mich kaum gesehen haben.

Sein Auftrag hier in Wittenberg läßt mich nicht hoffen, sein Herz zu rühren. Auch ist's mir als Frau zuwider, mit ihm zu reden.«

»Ihr seid zu stolz«, bemerkte Luther ärgerlich. Und nach einer Weile: »Selbst ich, wollt' ich Euch helfen, müßt' an ihn mich wenden, denn der Fürst ist weit. Und er vertritt den Fürsten.«

Er zuckte bedauernd die Achseln.

»Euer Wort wiegt schwerer als meines, das ich meinem Herzen abringen müßt', da's ihm vor des Herrn Hofrichters Blikken graut«, entgegnete Frau Herberger.

Luther hob unwillkürlich den Kopf – so weit, daß er das ihren vollen Busen straff einspannende Tuch sah: Darunter lag ihr Herz, und der Hofrichter konnte es so wenig erblicken wie er selbst, so gewiß er seinen Augen diesen Ausflug auch gönnen würde – wie er selbst ...

»Euer Schwager und sein Gesell sind schuldig, wider das Gesetz verstoßen zu haben. Sie wußten vom Gebot der Fürsten und gaben Bachmann dennoch Obdach und Schutz«, sagte er hart, um sich abzulenken.

»Wißt Ihr denn, ob der Bachmann überhaupt schuldig?«

»Wenn er's nicht ist, warum lief er dann davon?«

»Kennt Ihr die Folter?«

»Sie hat schon manchem den Mund geöffnet, und die Wahrheit kam an den Tag.«

»Und oft genug kam an den Tag, daß es nicht die Wahrheit gewesen; da hatte der Befragte jedoch meist schon das Zeitliche gesegnet, wo nicht, blieb er ein Krüppel zeitlebens. Bachmann wußte das und entzog sich dieser Gefahr durch die Flucht, das ist sein Recht als Mensch!«

Luther war von den Worten dieser Frau wider Willen tief beeindruckt. Unruhig rückte er auf seinem Stuhl umher. Einmal blickte er Katharina wie hilfesuchend an, doch sie wich ihm aus, offenbar hatte auch sie ein Grauen vor der Tortur, war diese doch selbst schon gegen flüchtige Nonnen angewendet worden.

»Wißt Ihr es wirklich nicht, daß Bachmann wie Balzer im Mansfelder Land dabeigewesen?« fragt er.

»Ich habe ihn nie danach gefragt«, erwiderte sie.

Luther fühlte, daß sie bewußt um die Sache herumredete. Aber dies ärgerte ihn nun seltsamerweise nicht. Sie war eine kluge Frau; die Erfahrungen an der Seite ihres herzlosen Mannes hatten ihren Verstand geschärft, ihre Sinne ernüchtert und dabei doch ihr eigenes Herz nicht erkalten lassen. Sie liebte Bachmann, so wie er war, sie liebte ihn um der Melchthoferleute willen. Und alle liebte sie um einer Freiheit willen, die nichts mit der Freiheit eines Christenmenschen zu tun hatte. Dies alles erkannte Luther ganz klar. Und er war einige Male nahe daran, der Unterredung ein schnelles Ende zu setzen, um nicht in einen Konflikt mit ihrer Auffassung verwickelt zu werden. Doch die dunkle Stimme der Frau schläferte seinen Willen gleichsam ein. Er sehnte sich danach, sie weiterhin zu hören.

»Und Ihr glaubt, der Fürst würde Euere Meinung so ohne weiteres teilen?« fragte er.

»Wenn Ihr sie Euch zu eigen macht, ja«, entgegnete sie.

»Und Ihr erwartet, daß ich dies tue?«

»Ihr seid ja ein Christenmensch, man kann's erwarten, im Namen der Barmherzigkeit.« Sie neigte sich ihm näher zu. »Meister Melchthofer ist ein braver Mann, und sein Gesell nicht minder. Ihr wißt es so gut wie ich. Thamm hat Euch damals nach Worms gefahren –.«

In einem Anflug von Ironie setzte Luther hinzu: »Wohl, man sagt in Wittenberg auch schon, er hätt' die Thesen angeschlagen, weil ich den Hammer so schlecht geführt.«

»Nun, sagt man dies, so ist's doch nicht wider Euch. Man hofft auf Euch und will Euch aufwecken.«

Luther lehnte sich ein wenig selbstgefällig zurück. »Ich schlaf' nicht, verehrte Frau. Ich bin ganz wach und höre mehr, als sie sagen, die Leut'; sie sprechen nicht alles mit dem Maul, es hallt ihnen aus den Augen, sie scharren's einem mit den Füßen zu, und ich weiß längst, daß sie mich nicht mehr lieben.« Er veränderte sein Gesicht zum Finstern. »Weil sie mich nicht verstehen, weil ihnen 's Evangelium ein Buch mit sieben Siegeln, weil sie alle glauben, es werde für ihren kleinen Eigenkram, für ihr Selbstgelump, überhaupt nur für ihre eigen'

Hauswirtschaft, für Bauch und Beutel gepredigt!« Er machte eine Handbewegung, als wolle er die Faust auf den Tisch donnern, doch er strich nur nervös darüber hin und zeigte der vor ihm sitzenden Frau ein versöhnendes Lächeln. »Auch ich säh' den Meister Melchthofer mit seinem Gesellen lieber in der Werkstatt am Amboß als im Verlies.«

»So holt sie heraus.«

»Ich bin kein Strauchritter, der gefangene Kumpane heraushaut und nicht nach Gesetz und Recht fragt.«

»Fragt denn der Richter immer danach?«

Luther reckte sich auf. »Wollt Ihr ihn des Rechtsbruchs beschuldigen?«

»Ja.«

»Was –?«

»Ja! Warum behält er den Tuchwalker noch immer in der Haft und unterwirft ihn gar der Tortur, wo er doch zu wissen vorgibt, daß Bachmann des Balzer Genosse gewesen? Warum läßt er ihn nicht frei, wenn er Melchthofer und Thamm ins Verlies setzt, weil sie den angeblichen Aufrührer Bachmann beherbergt haben?« Frau Herberger blickte empört von ihm auf Katharina und von ihr wieder auf ihn, als wolle sie beide auf eine unumwundene Antwort festnageln.

Aber sie blieb aus.

»So sprecht doch, ob ich falsch gedacht«, nötigte sie beide.

Katharina wurde rot.

»Ich kenn' mich da nicht aus«, sagte sie. »Ich meint', der Tuchmacher sei längst frei.«

»Man müßt's annehmen«, entgegnete Frau Herberger. »Doch, Gott sei's geklagt, es ist so, daß der Stadtrichter sich die Leut' zum Aussuchen heranholt. Da macht er dann den schuldig, der zuerst schwach wird. Oder gar gleich alle drei. Weil ihm einer entwischt, nimmt er drei andere, die hiergeblieben, dafür. Was ist dies für ein Recht? Ein vom Stadtrichter zurechtgemacht' Recht!«

Sie war in einen leidenschaftlichen Angriff auf die städtische Obrigkeit geraten, und Luther wußte nicht, ob er sie besänftigen oder zusammendonnern solle. Er blieb zwischen beidem.

»So, wie Ihr hier vor mir redet, müßt' ich mich ernsthaft fragen, ob Ihr damit nicht schon selbst schuldig geworden. Und auch ich, damit, daß ich's mit angehört. Ihr verteidigt die Aufrührer und verurteilt die Obrigkeit. Wär's nicht hier in meinem Hause und nur vor unseren Ohren, ich müßt' auch Euch dem Stadtrichter noch zuführen lassen.«

»Tut's!« fiel sie ihm ins Wort. »Was könnt' ich denn noch verlieren, da ich schon alles verloren?« Sie stand auf und schickte sich an zu gehen.

Da aber erhob sich auch Katharina und lief ihr in den Weg. »Geht nicht so von uns fort«, bat sie. »Ihr seid erregt, und auch dem Doktor fehlt's daran nicht. Setzt Euch wieder, daß man's gütlich bespreche.«

Frau Herberger ließ sich zum Tisch zurückführen, legte dann aber den Kopf in die verschränkten Arme und verfiel in ein heftiges Schluchzen.

Luther war kreideweiß geworden. Er hatte wohl doch nicht die rechten Worte gefunden, sie in ihrer Aufsässigkeit zu beschwichtigen. Hilflos blickte er auf Katharina, die ihn kopfnikkend ermunterte, der Frau einige versöhnende Worte zu sagen.

Er tat's nicht eben geschickt. »Warum ereifert Ihr Euch?« fragte er. »Bin ich der Stadtrichter, daß Ihr mir zusetzt, wenn Ihr ihn meint?«

Frau Herberger antwortete ihm nicht, obgleich sie ihr Schluchzen unterdrückte und sich aufrichtete.

»Seht«, fuhr er fort, »ich bin nicht die Obrigkeit, wiewohl ich doch dafür mich eingesetzt, daß jedermann ihr untertan. Ich weiß auch, daß sie nicht immer christlich handelt, kenn' ihre Nücken und Tücken, ihre Raffgier und Völlerei. Hielt ich ihr dies alles nicht oft genug schon vor? – Doch wer soll Ordnung halten im Land, wenn nicht sie?«

»Der Stadtrichter hält sie gewiß nicht«, sagte Frau Herberger, jetzt wieder ganz gefaßt. »Nie war unsere Stadt so aufgewühlt wie in diesen Wochen durch ihn. Selbst Euer Streit mit den Päpstlichen und anderen Leuten hat nicht so viel Staub aufgewirbelt.«

Luther zuckte zusammen. Diese Frau schlug ihm ihre Meinung so unbedenklich um die Ohren, daß sie zu klingen und zu sausen begannen.

»Der Stadtrichter ist daran am End' nicht einmal schuld«, wandte er ein. »Da gibt's noch den Hofrichter –.«

»So geht zu ihm und bittet ihn, den Stadtrichter in Ruh' zu lassen, daß der nun bald die Leut' in Ruhe lassen kann.«

»Wie denkt Ihr Euch das?«

»Wie ich's gesagt.«

»Ich soll den Hofrichter bitten –?«

»So befehlt es ihm!«

»Was hätt' ich zu befehlen?« Luther schüttelte den Kopf. War diese Frau denn ganz von Gott verlassen? Er warf Katharina abermals einen hilfesuchenden Blick zu, aber auch sie schien nun an Frau Herbergers Klarheit zu zweifeln. Hatte der Kummer um ihre Leute sie gar schon ganz verwirrt?

»Man wird den Meister Melchthofer wieder freilassen«, sagte sie.

Aber Frau Herberger fühlte sehr gut, daß es nur Worte waren, unbegründete, wenig glaubwürdige Trostworte. »Wenn der Herr Doktor da einschreitet, mag's so werden, wie Ihr sagt«, gab sie zurück. Dann, sich wieder an Luther wendend: »Ich bitt' Euch, gebt dem Hofrichter Eueren Willen kund, daß er dem Fürsten Euere Bitte vortrage.«

»Ja, ist's denn mein Wille, hier einzugreifen?« widersprach er.

»Ich bitt' Euch, tut's!«

»So tät' ich etwas, wovon ich mir nichts verspreche.«

»Der Fürst hört auf Euer Wort.«

»In dieser Sache wohl kaum.«

»Ich kann's nicht glauben, daß Ihr Melchthofer und Thamm verderben lassen wollt.«

Luther schwieg. Sie zwang ihn wahrhaftig zu einem Entschluß, um den er gern herumgekommen wäre. Er fragte sich, ob er selbst die beiden Männer denn schuldig sprechen würde, und er verneinte diese Frage. Es war ihm längst zuwider, was hier vor seinen Augen sich abspielte. Schlimm war's, daß es zu einem blutigen Frankenhausen gekommen – in Wittenberg sollte nun endlich Frieden sein. Dennoch aber – – –. Er verfing sich in seinen eigenen Gedanken.

»Ich will's versuchen«, sagte er nach einer Weile. »Geht nun, doch sprecht zu keinem in Euerem Hause davon, daß ich's schon machen würde. Was weiß ich denn, wie ich beim Hofrichter ankomme? Und bis der Fürst sich rührt, können Wochen vergehen. Faßt Euch in Geduld. Und vergeßt nicht: Was ich tue, ist wider meine Einsicht. Und ich will's schnell vergessen, so ich's getan. Daß es gelinge, ist Gottes Sache, nicht die meine. Bin nur sein Diener – und voller Widersprüche. – Geht in Frieden!« Er verneigte sich leicht vor Frau Herberger und verließ die Stube.

Der Hofrichter hatte es sehr bald satt, sich mit dem Wittenberger Rat herumzuärgern. Er war mit großen Erwartungen in die Stadt seiner Studienjahre zurückgekehrt, doch schon nach kurzer Zeit enttäuscht worden. Die Enge der Gassen und der Köpfe – wie er meinte – erdrückte ihn schier. Er wunderte sich, daß er hier einmal glücklich und ein Held gewesen, und es wurmte ihn, daß man ihn jetzt so gar nicht mehr respektieren wollte. Zwischen dem Bürgermeister und ihm bestand noch immer nur ein Lehrer- und Schülerverhältnis; sosehr er sich auch anstrengte, ihm klarzumachen, daß der im Dienste des Fürsten Stehende vor dem im Dienste der Stadt Stehenden doch wohl einen weit höheren Rang einnehmen; der Doktor Beyer verschloß sich ihm in unverkennbarer Überheblichkeit. Und nach der Hinrichtung Balzers zeigte sich selbst der Stadtrichter weniger gefügig. Sein Ehrgeiz, dem Gesetz der Fürsten unter allen Umständen Genüge zu leisten, ließ merklich nach. Er weigerte sich bereits, die Tortur an Melchthofer, Thamm und dem Tuchwalker fortzusetzen, offenbar in der Absicht, ihre Freilassung vorzubereiten und juristisch zu rechtfertigen.

Wozu also hier noch verweilen? Es war nicht Haberlitz' Art, Widerstände zu suchen, und schon gar nicht, sich mit einer Sache lange zu beschäftigen. Dem Fürsten einen befriedigenden Bericht zu geben, dürfte nicht schwerfallen.

Der Hofrichter sann also auf einen unverfänglichen Abgang. Dies fiel ihm um so leichter, als er hier in Wittenberg trotz aller Bemühungen keinerlei galante Unterhaltung hatte finden können. Im Melchthoferhause saßen drei Frauen, wahrscheinlich eine anmutige Dreifaltigkeit, vom jungfräulich Zarten über das Üppige bis zur süßen Reife! Doch diese Frauen bangten um das Schicksal dreier Männer und waren für den, der das Schicksal eben dieser Männer in der Hand hielt, leider unerreichbar ...

Wozu sich also noch aufhalten, wenn in Weimar und Erfurt gewisse Häuser ihm liebend gern ihre Türen öffneten, trauliche nach Rosen- und Resedaessenzen duftende Kemenaten ihn aufnahmen und zärtliche, elegante Damen ihn erwarteten?

Haberlitz machte sich auf den Weg zum Rathaus. Der Anblick der immer höher aufwachsenden Baugerüste widerte ihn an; wie leicht konnte einem, wenn man die Steinstufen zur Tür hinaufstieg, ein Ziegelstein auf den Kopf fallen! Die Bauleute galten als rohe, unberechenbare Gesellen, und er war ihnen kein Unbekannter mehr.

Als er das Zimmer des Bürgermeisters betrat, fand er darin nur den Stadtschreiber Reichenbach vor. Auch dieser war ihm keineswegs freundlich gesinnt – und übrigens, wie der Bürgermeister, einst Professor der Rechtswissenschaften an der Universität Wittenberg gewesen. Unbequem – diese Juristen!

Er grüßte mit äußerster Zuvorkommenheit und ließ sich nach der Einladung durch den Stadtschreiber am schweren Verhandlungstische des Bürgermeisters nieder.

»Ich wollt' dem Herrn Doktor Beyer meine Aufwartung machen«, sagte er. »Und auch mit dem Herrn Stadtrichter möcht' ich einiges besprechen.«

»Der Herr Bürgermeister wird heut leider nicht mehr ins Amt kommen«, erwiderte Reichenbach. »Doch der Herr Stadtrichter ist zu erreichen; er hat eine Vernehmung im Verlies.«

»Das trifft sich gut. Könntet Ihr mich hinführen lassen?«

»Oh, ich kann es selbst tun.« Der Stadtschreiber erhob sich und ging zur Tür, ließ den Hofrichter hinaus und bat ihn, ihm in den Rathauskeller zu folgen. In den Gängen hingen mattleuchtende Öllampen. Vor den Verliesen standen zwei Gerichtsknechte. In einer der Zellen, deren Tür aufgeriegelt und auf einen Spalt geöffnet war, befand sich der Stadtrichter mit dem Gerichtsschreiber. Er stand vor dem auf der Pritsche liegenden Meister Melchthofer und sprach halb vorwurfsvoll, halb nachsichtig auf ihn ein. Der Stadtschreiber machte eine einladende Bewegung zum Hofrichter hin und ging schnell zurück.

»Doch auch so schon, Meister Melchthofer, seid Ihr im Sinne des Gesetzes schuldig geworden«, sagte der Stadtrichter. Dann hörte er die Tür knarren, und er wandte sich um. Vor ihm stand grüßend der Hofrichter. Unwillkürlich verfinsterte sich des Stadtrichters Gesicht; der Gerichtsschreiber hielt die Lampe tiefer, um dem Eintretenden diese Unmutswolke zu verbergen, es gab mit dem Weimarer Beauftragten ohnehin genug Aufregung.

»Laßt Euch nicht stören«, sagte dieser freundlich.

»Ich kam mit der Befragung soeben zu Ende«, entgegnete der Stadtrichter kühl. »Es ist offenbar, daß Meister Melchthofer wie auch sein Gesell Thamm über den jetzigen Aufenthalt des Bachmann nichts wissen.«

Der Hofrichter trat zur Pritsche hin und sah, daß der daraufliegende alte Mann völlig ermattet war. Seine Beine, sicher arg geschunden, lagen strack und steif unter der wollenen Decke, sein Gesicht war eingefallen, die Hände ruhten leblos und blau unterlaufen auf dem dumpfigen Stroh.

»Könnt Ihr dies beschwören?« fragte er.

Melchthofer nickte kaum merklich.

»Könnt Ihr auch beschwören, nichts davon gewußt zu haben, daß der Bachmann von Frankenhausen her flüchtig?« Melchthofer gab weder ein bejahendes noch verneinendes Zeichen. Der Hofrichter sah den Stadtrichter an. »So kann man es als erwiesen erachten, daß er hinreichend verdächtig«, sagte er.

Der Stadtrichter zuckte die Achseln. Er verließ die Zelle. Der Hofrichter folgte ihm. Ergeben trug der Gerichtsschreiber die Laterne voran. Die Knechte warfen die Tür zu und schoben die Riegel vor.

»Steht's so auch noch immer mit dem Thamm?« fragte der Hofrichter.

Der Stadtrichter nickte mürrisch.

»Ihm glaub' ich noch weniger«, ereiferte sich der Hofrichter. »Er ist ein hartnäckiger, verwegener Bursche, und hätt' er im Maien nicht zu Wittenberg geweilt, so wollt' ich's für sicher halten, daß auch er im Mansfelder Land dabeigewesen.«

Der Stadtrichter machte eine Kopfbewegung zu der zweiten Tür hin: Dahinter lag Thamm, die Worte des Hofrichters mußten ihn nur noch störrischer machen. Doch den Hofrichter kümmerte das wenig.

»Habt Ihr ihn noch einmal peinlich befragt? Und auch den Tuchwalker?«

Der Stadtrichter schüttelte den Kopf. »Was sollt' dabei noch herauskommen?« Er wandte sich zum Gehen.

Der Hofrichter stapfte, nicht eben unwillig, hinterher.

»Schließen wir die Sache ab, sie ist ganz verfahren«, sagte er. »Ich will dem Fürsten Bericht geben. Der Tuchwalker, scheint mir, ist schuldlos. Und die Kleinschmiede mögen dann auch glimpflich davonkommen.« Beide begaben sich in das Zimmer des Bürgermeisters zurück. Dort fanden sie bei dem Stadtschreiber den Doktor Luther vor. Es gab eine auffällig zurückhaltende Begrüßung.

Reichenbach lud die Herren ein, am Tische Platz zu nehmen. Geräuschvoll ließen sie sich nieder. Danach war es bedrückend still. Luther fühlte drei Augenpaare auf sich ruhen; er wäre gern mit dem Hofrichter allein gewesen.

»Ihr werdet über meinen Besuch verwundert sein«, sagte er nach einer Weile. Da ihm niemand entgegnete, fuhr er fort: »Die Sache Balzers und seiner Genossen hat in der Stadt viel Staub aufgewirbelt. Und Gott sei's geklagt, er dringt auch in die Kirche ein, trübt die Predigt und setzt sich in die Ohren der Leute. Ich wünscht' mir, die Luft würd' wieder rein.«

»Soweit das in Wittenberg überhaupt möglich ist«, fiel der Hofrichter herausfordernd ein.

Luther stutzte. Er wäre dem übermütigen Menschen gern über das Maul gefahren, doch besann er sich zur rechten Zeit, daß er ja gekommen war, die Luft zu säubern und nicht von neuem aufzuwühlen. »Tun wir alle das Unsere dazu«, sagte er.

Der Stadtrichter nickte. »Aus der Sache ist ohnhin nichts mehr herauszuholen. Und mich dünkt, dies ist auch des Herrn Hofrichters Meinung.«

Haberlitz reckte sich auf. Die offensichtliche Abneigung des Stadtgerichts, die Sache Bachmanns in Melchthofer, Thamm und dem Tuchmacher noch weiter zu verfolgen, sowie der zu erwartende Einspruch Luthers kitzelten seinen Ehrgeiz. Warum ihnen nicht zuvor noch einmal den Standpunkt des Hofgerichts klarmachen? Sozusagen den Herrenstandpunkt –? Gewiß, ihm selbst war der Fall bereits langweilig geworden, doch schloß das aus, die Wittenberger Stadtoberen damit noch ein wenig zu beschäftigen? – Und gegen den Doktor Luther einmal einen Trumpf auszuspielen, war eine wohl kaum wiederkehrende Gelegenheit.

Er faltete nachdenklich seine Stirn. »Das Gesetz der Fürsten – und vornehmlich das unseres allergnädigsten Herren, Herzogs Johann, gebietet uns, in Treuen zu erwägen, wie man's bis zum letzten erfüllt.«

Die Herren schwiegen. Der Stadtrichter wurde unruhig: Wollte dieser Weimarer eine Schwenkung machen? Beabsichtigte er schon wieder, den Korrekten zu spielen – nachdem er sich soeben noch als der Sache satt gezeigt –?

»Das Gesetz des Fürsten ist kein Knüppel, mit dem man die Leute totschlägt«, ermannte sich Luther endlich zu sagen. »Die Menschen sind dabei, die Ernte einzubringen; man fällt nicht den Baum, der Früchte bringen soll; man hackt nicht die Hände ab, die Pflug und Sense führen. Sind's nicht auch des Fürsten Felder, Bäume, Hände, Sensen und Pflüg'?« Es war wie in einer Predigt und wirkte auf die Männer am Tische nicht schlecht.

Dennoch wagte der Hofrichter einen Einwand. »Ungehorsame, rebellische Hände sind wie dürre Äst' am Stamm: Man schlägt sie ab.«

»Ist dabei schon viel grünes Holz erwischt worden«, erwiderte Luther scharf.

»Aber immer im Namen des katholischen wie auch des evangelischen Glaubens«, setzte der Hofrichter pathetisch hinzu.

Luther traten die Zornadern an den Schläfen heraus. »Wohl, unter Mißbrauch ihres Namens, doch niemals in ihrem Auftrag!«

»Auch im Auftrag.«

»Roms vielleicht, doch nicht des Evangeliums!«

»Ihr wißt gut zu unterscheiden, Herr Doktor«, bemerkte der Hofrichter mit einem Schimmer von Boshaftigkeit.

»Ich bin der deutschen Sprache mächtig – und auch des deutschen Denkens«, entgegnete Luther beherrscht.

Der Hofrichter legte beide Hände auf den Tisch und tat plötzlich ganz zufrieden. »Und damit überwindet Ihr uns immer wieder«, sagte er. Er blickte den Stadtrichter, den Stadtschreiber und schließlich auch Luther wieder an, nickte und fuhr fort: »Wahrlich, ich seh' mich ganz überwunden! Folgen wir also dem Rate unseres Herrn Doktor.«

»Was schlagt Ihr vor«, fragte der Stadtrichter schnell, um Luther eine weitere zornige Antwort abzuschneiden.

»Der Haftbefehl wider Bachmann bleibt bestehen, für Kursachsen –.«

Der Stadtrichter nickte. »Und weiter?«

»Melchthofer, Thamm und der Tuchwalker werden auf freien Fuß gesetzt, doch dürfen sie die Stadt nicht verlassen.«

»Und danach –?«

»Der Magistrat macht eine Bitteingabe an den Fürsten, Melchthofer und Thamm zu begnadigen und den Tuchwalker freizusprechen. Der Herr Stadtrichter lege den Bericht bei, ich will ihn bestätigen. Herr Doktor Luther aber füge seine Bitte hinzu, zum Nutzen der neuen Kirche Gnade walten zu lassen. Ich selbst will diese Post besorgen und dem Fürsten überreichen. Eilboten mögen Euch seine Entscheidung überbringen.« Der Hofrichter hob posierend den Kopf und fragte: »Seid Ihr einverstanden?«

Der Stadtrichter nickte.

»Und wie wird's auslaufen?« Luther schielte den Hofrichter mißtrauisch an.

»Es ist eine Sache der Gnade, nicht des Rechts, des Gesetzes. Man muß abwarten. Wie's der Fürst sieht, so muß man's nehmen.« Er machte eine Pause des Nachdenkens, dann setzte er hinzu: »Ich wünscht', nach Wittenberg nicht noch einmal zurückkehren zu müssen.« Er lächelte tiefgründig und lehnte sich dann wie im schönen Vorgefühl seines Abschiedes zurück.

Luther erhob sich und empfahl sich mit leichter Verneigung. Als er über den Marktplatz ging, schlug die Glocke vom Südturm der Marienkirche die Mittagsstunde, dumpf und mit langem Widerhall. Nach dem zwölften Schlag fiel das helle

Glöcklein ein, und es war wie ein fröhliches Schwätzen über die Dächer der Stadt hin.

Man könnt's nehmen, wie unsere Geschicht', dachte Luther: Das Dumpfe ist die Vergangenheit, das Helle die Zukunft, das eine das Alte, das andere das Neue. – Nach einem letzten kurzen Schlag jedoch schwieg das Glöcklein, ganz ohne Nachhall, wie wenn nun nichts mehr käme, nichts mehr zu erwarten sei. Der Augusthimmel wölbte sich blau und hoch über den spitz aufstrebenden Turmdächern, um die die Dohlen kreisten. Aber dieser Himmel war leer, und seine Leere lastete auf der Stadt, die ihm, dem hochachtbaren Doktor Luther, plötzlich fremd und feindlich erschien. Er sehnte sich, wenn auch auf andere Art als der Hofrichter, weit fort von ihr; mochte in ihren Mauern begraben sein, was alles an Mißerfolg, Zwiespalt und Widerspruch ihm die Jahre verbittert...

Als Selinger erfuhr, daß Meister Melchthofer, Thamm und der Tuchwalker vorläufig auf freien Fuß gesetzt worden seien und der Hofrichter sich auf und davon gemacht habe, begann auch er, seinen Abgang aus Wittenberg vorzubereiten. Er reichte dem Rektor die Kündigung seines Lehramts ein, ließ sich zugleich beurlauben und erledigte seine Abschiedsvorlesung. Noch einmal erlebte er die zwar schweigsamer gewordene, doch nicht gestorbene Liebe seiner Studenten: Nach seiner Ansprache umringten sie ihn und begleiteten ihn bis zu seiner Wohnung. – Am gleichen Tage noch löste er den Mietsvertrag über das Gartenhaus und verkaufte den gesamten Hausrat. Dann begann er, seine Abschiedsbesuche zu machen. So mancher seiner Kollegen bedauerte sein Fortgehen, doch verstand man seine Gründe hierfür. Selbst Melanchthon, der den Juristen seiner humanistischen Gesinnung wegen noch immer schätzte, ließ durchblicken, wie sehr er es beklage, daß er einen solchen Mann mit Luther nicht wieder hatte versöhnen können.

Luther – jetzt rückte dieser eigenwillige einstige Freund ihm, Selinger, noch einmal ganz nahe. Ja, auch er fühlte, daß es ihm leid tat, ihn verloren zu haben. Auf dem Wege zu ihm überfiel ihn im Zurückdenken eine leise Wehmut: Als er vor genau sieben Jahren zu Mariä Himmelfahrt hier in Wittenberg ankam, wurde er vom Doktor Martin Luther vor der Kirche Allerheiligen mit großer Hochachtung begrüßt. Bei der Vorstellung der versammelten Professoren und ihrer Frauen, Söhne und Töchter lernte er auch Anna, seine spätere Frau, kennen. Zur Hochzeit kam als einer der liebsten Gäste der Doktor Luther. Sie wurden gute Freunde, Freunde in der Not, im Kampf. Er, der Jurist, stand dem vom römischen Klerus heftig Angegriffenen treu zur Seite, in Augsburg, in Altenburg, in Leipzig, in Lichtenberg, in Worms. Aber bereits vor der letzten Station, dem denkwürdigen Reichstag in der alten Reichsstadt, begann das stillschweigende Widerrufen alles einst so mutig Gesagten; für ihn, Selinger, auch der Widerruf seiner Freundschaft, der Widerruf seiner Ehe. – Er fühlte Bitterkeit in sich aufsteigen: Jetzt ging er zum letzten, dem Wittenberger Widerruf; Wittenberg war vorüber.

Als er den Klostergarten und -hof durchschritt, wurden ihm die Füße schwer wie Stein; Kehle und Brust waren ihm wie eingeschnürt, nur mit großer Mühe quälte er sich zur Tür hin, stieg er, beinahe auf jeder Stufe verharrend, die Treppe hinan. Ihm war sterbensübel. Warum nur, dachte er, habe ich mir diesen Gang nicht erspart? Doch er gab nicht nach. Vor der Wohnungstür hielt er noch einmal inne, fühlte und hörte er seinen wilden Herzschlag. Dann griff er zum Klopfer. Drei hohle Schläge hallten durch das Haus.

Bald darauf öffnete Frau Katharina. Sie erschrak vor diesem Besucher so sehr, daß er es bemerkte. Darüber geriet er nun ganz und gar in Verwirrung. Ihn schwindelte. Ich bin krank, dachte er. Doch er nahm sich zusammen. Er grüßte mit aller Höflichkeit und brachte sein Anliegen vor.

»Bitte, kommt herein«, sagte sie und ließ ihn eintreten.

Er atmete auf, man wies ihn also nicht ab. Seine Selbstsicherheit kehrte zurück. Er sah sich in der großen Stube um, sie erschien ihm überaus armselig. Als er damals nach der Eheschließung mit Anna ins Gartenhaus gezogen war, hatte ihre Mutter ihnen alles freundlich eingerichtet, die Stube, die Schlafkammer, die Küche. Sie lebten in Räumen, durch deren Fenster das Sonnenlicht fiel, vom Stadtgraben her das Schnattern und Trompeten der Wildenten, das Quaken und Quarren der Frösche hereindrang. Hier, in Luthers unheimlich großem, leerem Hause, lag noch immer die dunkle, kalte, starre Atmosphäre des Klosterdaseins, webte noch immer die Einsamkeit, das Abseits, die Verschlossenheit und das Elend erzwungener Heiligkeit.

Katharina bot ihm einen Stuhl am Tische an und ging dann, ihren Ehegemahl zu holen. Bald stand er auf der Schwelle der Tür, hinter der Katharina verschwunden war. Er riß die Augen auf, und es war, wie wenn er nach einem Gegenstand suche, ihn dem Besucher an den Kopf zu werfen, denn dieser Besucher, wie er sich jetzt von seinem Platze erhob – das war ein Versucher, war der Teufel, der leibhaftige Satan in Aktion.

»Was wollt Ihr?« fragte er und zog die Tür hinter sich zu.

»Gott zum Gruß, Herr Doktor!« sagte Selinger. »Ich bin gekommen, mich von Euch zu verabschieden. Wie Ihr wißt, werde ich die Universität und Wittenberg verlassen.«

Luther mäßigte seinen Zorn, er ging zum Tisch hin, forderte Selinger auf, wieder Platz zu nehmen, und setzte sich selber. Beide Männer saßen sich nah gegenüber. Luther musterte den Verhaßten geringschätzig und sagte dann gleichmütig: »Ja, hab' gehört, daß Ihr geht; nach allem, was geschehen, ist's auch gut so, für Euch und für uns.«

Selinger lächelte müde. »Mein Fortgehen wird hier kaum etwas bessern, und leichter wird's Euch auch ohne mich nicht sein.«

»Wie meint Ihr das?«

»Die großen Jahre sind vorüber, es folgen ihnen nur noch die Schatten.«

»Ihr müßt Euch deutlicher ausdrücken.«

»Ich sorge mich um Euch: Ihr habt nicht nur meine Freundschaft weggeworfen –.«

Luther preßte die Lippen aufeinander. Schau, der Teufel redete von Freundschaft – ging zum Angriff über. Und er, der Herr im Hause, wußte nichts zu erwidern, dagegen jagten in seinem Kopfe die Gedanken hin und her wie die Fische, wenn ein Stein ins Wasser fällt. Dieser Mensch, den er verfolgt hatte wie Karlstadt und alle, die an seinen Lehren herumdeuteln wollten, kam zu ihm, um ihm Lebewohl zu sagen. Ein messerscharfes, ein teuflisches Lebewohl! Er kam zu ihm wie ein Lämmlein, das den Löwen in seiner Höhle aufsucht, um ihm mitzuteilen, daß es sein Jagdrevier verlassen und ihn somit dem Hunger und der Einsamkeit ausliefern werde, und es hatte keine Angst, gefressen zu werden.

»Ich habe in Wittenberg das höchste Glück und auch den tiefsten Schmerz erlebt«, sagte Selinger.

»Durch Euere Frau –«, entgegnete Luther unverblümt.

»Auch durch Euch.«

»Es tut mir leid, das eine wie das andere«, gab Luther unversöhnlich zurück.

»Und doch weiß ich, daß Ihr's nicht anders als ich empfunden: Ihr waret glücklich in meinem Glück, und mein Schmerz quälte auch Euch.«

»Das bildet Ihr Euch ein, das letztere gewiß.« Luther log, und er wußte es, darum wurde er ungebärdig. »Ich weiß nicht, warum Ihr mir dies alles sagt! Wozu? Was soll's noch, da wir doch längst geschieden?«

Selinger lächelte bitter. »Was wahr zusammengehört, läßt sich nicht scheiden. So ist meine Ehe mit Anna Pergesius niemals geschieden. Und auch unsere Freundschaft, im Kampf geschlossen, ist nicht zu scheiden. Man kann so etwas aussprechen, behaupten, mehr nicht.«

»Ich habe mit Euch nichts mehr zu schaffen!«

Selinger richtete sich auf. »Bis zu Euerer letzten Stunde werde ich Euch zu schaffen machen, denn in mir habt Ihr alle verfolgt, die mehr von Euch erwarteten, als Ihr gewollt, die von Euch enttäuscht wurden, hinter denen Ihr her wart, weil Sie Euch vorwarfen, daß Ihr zu Kreuze gekrochen.«

Mit einem Ruck hatte sich Luther erhoben und kam um den Tisch herum auf Selinger zu. Jetzt war's Zeit, dem Teufel den Knüppel zwischen die Hörner zu schlagen! »Ihr seid unverschämt, Professor. In meinen eigenen vier Wänden wollt Ihr mich niedermachen!«

Auch Selinger war aufgestanden. »Nicht niedermachen, wie Ihr's zu nennen beliebt«, erwiderte er fest, »aufheben möcht' ich Euch.«

»Ihr, der selber nicht sicher steht?«

»Ja, selbst wenn ich nicht sicher stünde, ich wollte es tun. Ihr wißt nicht, wie sehr es not für Euch. Verzeiht meine harten Worte, aber Ihr wart es ja, der sie mir seit Jahren so hartgeschlagen.«

Die beiden Männer standen nah voreinander, des einen Angesicht im Angesicht des anderen. Luthers Augen funkelten haßgeladen, Selingers Blick aber war gelassen, von leichtem Mitleid erfüllt.

»Ich wäre zu Euch nicht gekommen, hätte ich in Euch nicht stets eines geachtet: Ihr habt, wenn's darauf ankam, immer großen Mut bewiesen, in Augsburg, in Leipzig und in Worms.«

»In Wittenberg nicht? Als ich die Zwickauer Schwärmer mit Karlstadt und Euch zur Kirche hinausgepredigt?« fiel Luther ein.

»Auch da. Doch es war ein anderer Mut, der Mut wider Euch selbst, während jener der Mut wider Eure Feinde gewesen.«

»Ihr waret meine Feinde nicht minder!« Luthers Stimme steigerte sich gefährlich.

»Ihr habt uns dazu gemacht, wir kamen als Freunde«, entgegnete Selinger beherrscht.

»Freunde, mit dem Messer unterm Gewand!« Luther lachte höhnisch auf und wandte sich ab, um die Stube mit großen Schritten zu durchmessen. Er pochte sich mit den Fäusten an die Stirn und rief: »Freunde, die mir Wittenberg verleidet und mir zum Höllenpfuhl gemacht, die mir die wahren Freunde ganz durcheinandergebracht: Melanchthon, Schurpff, Spalatin, Agricola, Amsdorf, Cranach, ja selbst Bugenhagen und Jonas!« Er blieb plötzlich inmitten der Stube stehen und stemmte die Hände in die Hüften. »Der Papst hat mich in den Bann getan, der Kaiser mich geächtet, doch Freunde wie Ihr, die haben mir Schwereres angetan, sie wollten mich gar zum Aufrührer wandeln, mich dem Müntzer zugesellen. So wär' ich, hätt' ich bei Euerem Ansturm nicht einen klaren Kopf behalten, im Mansfelder Land mit dabeigewesen. Der Luther mit Müntzer mitten unter den wildgewordenen Bauernhaufen auf dem kahlen Berge bei Frankenhausen! Der Luther Bündnisgenoss' von Räubern, Mördern und Dieben! Der Luther beim Brandschatzen und Henken! Der Luther auch bei Mühlhausen mit unter den Aufsässigen, deren Köpf' man abschlägt . . .!«

»... und auf die Spieße steckt, zur blutigen Schau ausstellt, im Namen des Evangeliums«, fiel Selinger ihm ins Wort.

»Da habt Ihr Euch geirrt!« fuhr Luther fort, ohne auf Selingers Einwurf einzugehen. »Wie auch der Müntzer geirrt, gar grausam geirrt!«

Selinger nickte leicht. »Ja, Müntzer irrte, doch nur darin, daß er die armen, geplagten Bauern für klug genug hielt, ihre Kraft in Einigkeit zu nützen. Ihr aber irrt, da Ihr sie für niedrige, von Gott zu Jammer und Not bestimmte Leute hieltet und noch haltet. Und Ihr irrt noch heute, wenn Ihr glaubt, daß sie nach dem großen Abschlachten für alle Zeit nun dumpfe, unterwürfige Kreaturen bleiben werden. Solang das Evangelium gepredigt wird, fallen Worte, die die Wahrheit erhellen, und solang man den Menschen das Heil im Himmel noch verheißt, werden sie danach trachten, es schon auf Erden zu finden!«

Luther ließ die Arme hängen und trat auf ihn zu. »Ihr seid doch wahrlich ein Aufrührer, wie ich nun gehört. Wißt ihr, was darauf steht?«

»Des Bauern Balzer Hinrichtung hat's gezeigt«, sagte Selinger ruhig. »Ich weiß, dies könnt' auch mir geschehen. Warum in Wittenberg nicht auch einen Professor um den Kopf bringen –?«

Luther senkte den Blick. »Bin kein Judas«, knurrte er. Dann trat er zum Fenster hin und blickte ins Licht der trüben bleigefaßten Scheiben.

Selinger raffte sich auf. »Ich muß nun gehen«, sagte er. »Ich verlasse diese Stadt, die für mich aufstieg wie eine Sonne – und nun sinkt wie eine Wolke. Ihr aber werdet sie niemals verlassen können, wie einen Gefangenen wird sie Euch hier im Kloster einschließen, ist sie doch die Stätte geworden, wo Ihr Euere großen Gedanken von der Freiheit eines Christenmenschen zur Welt gebracht – und wieder zu Grabe getragen.« Er machte eine Pause und blickte auf Luther, der ihm noch immer den Rücken zukehrte. Dann setzte er hinzu: »Ich muß Euch noch sagen, daß ich Euch auch etwas zu danken habe: Mit Euch erreichte ich meines Lebens herrlichste Höhe. Und bin ich auch, von Euch hinabgestoßen, bis in die tiefsten Gründe gestürzt, ich habe erfahren, wie mächtig der Mensch sein kann, wenn er die Wahrheit sucht und um sie kämpft.« Er verneigte sich gegen Luther. »Lebt wohl! Auch Euerer Hausfrau ergebenen Gruß!« Er schritt zur Tür hin und verließ die Stube.

Luther verharrte reglos am Fenster, er sah Selinger über den Hof und durch den Garten gehen – verschwommen und von den Scheiben verzerrt, wie schon in unendlicher Ferne, für immer versinkend. Müde wandte er sich um.

Vor ihm stand Katharina. Sie hatte hinter der Tür alles mit angehört, nun war sie bestürzt und sah ihn sorgenvoll an. Er wich ihrem Blick aus. »Hab' droben noch zu schaffen«, sagte er und verließ die Stube, um zu seiner Zelle hinaufzusteigen.

Nachdenklich blickte Katharina auf den Stuhl, den sie Selinger angeboten; es war ihr, als sitze er noch immer dort, kummerbeladen wie diese ganze Stadt, die nun auch ihr Schicksal geworden.

DER PLANWAGEN

Dreizehn Tage nach ihrer Entlassung aus der Haft wurden Melchthofer, Thamm und der Tuchwalker auf die zwölfte Stunde zum Stadtrichter beschieden. Der alte Meister, von der Folterung noch sehr mitgenommen, ging am Stock, und Thamm, der selber arg zerschunden war, mußte ihn noch stützen. Beiden fiel dieser Gang unsagbar schwer, wußten sie doch nicht, ob man ihnen nur mitteilen wollte, daß die Sache mit Bachmann für sie nun erledigt sei, oder ob man heimtückisch beabsichtigte, sie abermals ins Verlies zu werfen und weiterer Tortur zu unterziehen.

Als sie zum Rathaus kamen, stand der Tuchwalker schon vor der Tür, als fürchte er sich, allein hineinzugehen. Dem war aber nicht so: Er wollte im Gegenteil mit den noch schwerer als er belasteten Leidensgenossen gemeinsam auftreten, eine Art Demonstration veranstalten. So warteten sie auch gemeinsam den zwölften Glockenschlag ab. Dann meldeten sie sich in der Amtstube des Stadtrichters. Diese war kleiner als die des Bürgermeisters, auch dunkler, denn sie lag auf der Nordseite des noch immer nicht vollendeten Gebäudes. Der Gerichtsschreiber war allein, er saß an einem kleinen Tische am Fenster und ordnete allerlei Papiere. Manchmal griff er nach einem der auf dem Fensterbrett liegenden Folianten und blätterte darin herum. Die an der Tür stehenden drei »armen Sünder« beachtete er gar nicht mehr; er hatte ihnen gesagt, daß der Stadtrichter etwas später kommen werde, sie also warten müßten.

Thamm trat ein paar Schritte vor, um den Schreiber zu fragen, ob der Meister sich nicht setzen dürfe, da er schlecht auf den Beinen sei. Darüber erschrak der Schreiber so sehr, daß ihm ein Buch aus der Hand fiel.

»So soll er doch Platz nehmen; dort steht eine Bank«, sagte er aufgebracht. Doch er beruhigte sich bald wieder, und nach einer Weile wandte er sich sogar um, auch Thamm und den Tuchwalker freundlich zum Sitzen aufzufordern. »Was steht ihr hier herum?« fragte er kopfschüttelnd, als ob er sich darüber wundere, daß sie es sich nicht schon längst bequem gemacht hatten.

Es kann so schlimm nicht werden, dachte Thamm, sonst wären die Knechte schon da, uns abzuführen.

Der Meister aber saß mit kummergefurchter Stirn und dachte an Bachmann. Gott sei gedankt, wenn er diesen Schurken entwischt! ging es ihm durch den Kopf. Plötzlich aber stieg in ihm der Verdacht auf, man könne ihn bereits wieder eingefangen haben und wolle jetzt eine Gegenüberstellung vornehmen. Nun geriet er ganz durcheinander.

Der Tuchwalker blieb äußerlich ganz gelassen. Ihm war von den dreien am bösesten mitgespielt worden. Man hatte ihn schon mit Balzer konfrontiert und nach dessen Hinrichtung noch weiter verhört, auch peinlich befragt und nicht wenig geschunden. Doch er war standhaft geblieben, kein gefährliches Wort vermochten sie ihm in den Mund zu legen. So waren denn auch Stadt- und Hofrichter unsicher geworden. Aber erst nach der Entdeckung Bachmanns, seinem Wiederverschwinden und dem Ausbruchversuch eines »Unbekannten« durch die westliche Stadtmauertür hatten sie von ihm abgelassen. Jetzt hielten sie ihn anscheinend für unschuldig. – Er war es wirklich, und dieses Bewußtsein gab ihm nicht nur die Kraft, jeden

Verdacht zurückzuweisen, sondern auch den Mut, gegen alle ihm angetanen Gewalttätigkeiten scharf zu protestieren. Darum galt er vor Richter und Schöffen nun wieder als ein gefährlicher, widerspenstiger Mensch, und man hatte ihn nicht freigegeben, obwohl man den gegen ihn gehegten Verdacht in keiner Weise aufrechterhalten konnte.

Hier saß er nun, ein mittelgroßer, untersetzter Kerl, neben Melchthofer. Er blickte ihn von der Seite an und nickte ihm zu. Da aber der Kummer aus des Meisters Gesicht nicht wich, reckte er sich zuversichtlich auf, warf den Kopf in den Nacken und sagte leise:

»Keine Angst!«

»Maul halten! Das Sprechen ist hier verboten«, rief der Gerichtsschreiber dazwischen, ohne sich jedoch umzusehen.

Der Tuchwalker lächelte dem Meister zu. Er wechselte auch einen Blick mit Thamm, und der erwiderte das Lächeln.

Dann kam der Stadtrichter. Die drei Geladenen erhoben sich.

Der Gerichtsschreiber machte eine Verbeugung.

Der Stadtrichter setzte sich hinter seinen Tisch. Seine Augen mieden die in gespannter Erwartung Stehenden. Er ließ sich vom Gerichtsschreiber ein Aktenstück geben, schlug es auf und überlas es noch einmal flüchtig. Schließlich hob er den Kopf und richtete den Blick auf die Erschienenen: Einen nach dem anderen betrachtete er nachdenklich, wischte sich dann flüchtig über die Stirn und sagte:

»Ich hab' euch herbefohlen, des Hofgerichts Weisung euch mitzuteilen.« Er rief den Tuchmacher auf und dieser trat vor. »Du bist der Teilnahme am Bauernaufstand nach wie vor verdächtig. Da dir die Schuld aber nicht erwiesen, ist deine Freilassung angeordnet. Doch hat unser allergnädigster Herr Herzog Johann verfügt, dich aus Kursachsen zu weisen. Du mußt schon heute die Stadt verlassen.« Er holte noch einmal tief Luft und sagte: »Das Stadtgericht hat dieses Urteil bestätigt.«

Der Tuchwalker stand aufrecht, mit erhobenem Kopfe und furchtlosem Blick. Die Ausweisung erschien ihm recht überflüssig, er hatte von dieser Stadt und diesem Lande ohnehin genug. Der Stadtrichter wandte sich verdrossen von ihm ab und faßte Thamm und Melchthofer ins Auge. Der strenge Zug seines Gesichts verlor sich ein wenig. Sogar das Mitleid regte sich in ihm, doch er zwang es nieder. Er erhob sich und trat ein – zwei Schritte näher.

»Meister Melchthofer, Ihr seid überführt, dem Bachmann Obdach und Hilfe gewährt zu haben. Somit wäre das Blutgericht wider Euch wirksam. Doch hat es unserem durchlauchtigen Herrn Johann gefallen, Euch in Gnaden zu entlassen. Da Ihr aber im Verdacht bleibt, noch jetzt wider die Landordnung zu stehen, ist verfügt worden, Euch und Euere Hausleut', auch Frau Herberger sowie den Gesellen Thamm und die Seinen aus Kursachsen zu weisen. Euere und ihre Habe verfallen der Stadt, doch ist es Euch gestattet, das Notwendigste mitzuführen. Ihr habt drei Tage Zeit. Werdet Ihr danach hier noch angetroffen, so muß ich Euch, bis zur weiteren Entscheidung des Fürsten, wieder in Haft nehmen.«

Er legte das Schriftstück, das er während seiner Rede nur immer in der seine Worte durch Auf- und Ab-, Hin- und Herbewegungen unterstreichenden Hand gehalten hatte, wie wegwerfend auf den Tisch und fragte den Meister, ob er dazu noch etwas zu sagen habe.

Melchthofer schüttelte verständnislos den Kopf. Die Füße und Kniegelenke schmerzten ihn heftiger, er wankte leicht. Thamm griff ihm unter die Arme, was ihm selbst nicht weniger Qual verursachte, da man bei der Tortur ja auch ihn gestreckt hatte.

Der Stadtrichter begann noch einmal zu sprechen: »Dies alles, Gesell Thamm, gilt auch für dich. Richte dich danach und hilf deinem Meister, an einem anderen Ort, außerhalb unseres Landes, sich niederzulassen.« Er machte eine Pause, während der er, wie zum Zeichen, daß es nun für ihn nichts mehr zu tun gebe, die Hände auf den Rücken legte. »Ihr könnt gehen«, schloß er seine Amtshandlung.

Thamm und der Tuchmacher führten den Meister hinaus. Der Gerichtsschreiber schloß hinter ihnen die Tür. Auf dem Marktplatz brütete warm die Mittagsstunde. Als die drei Verurteilten über das holprige Kopfsteinpflaster davongingen, schwiegen auf den Gerüsten die Hämmer und Kellen. Die

Bauleute, mit Kalk bespritzt und verstaubt, umklammerten, sich vorbeugend, die Rüststangen und Bretter. Sie blickten den dreien nach, bis sie in der Coswiger Gasse verschwunden waren.

Selinger war in der Stadt geblieben, bis sich das Schicksal Melchthofers und der Seinen entschieden hatte. Sobald er vom Urteil des Hofgerichts erfuhr, begab er sich ins Haus der Ausgewiesenen. Der Meister saß hilflos am Tisch. Frau Herberger, Julia und Barbara indessen, zwar auch bedrückt, doch der Not gehorchend, aufs Praktische bedacht, bündelten die ihnen verbliebenen Habseligkeiten zusammen. Thamm aber hatte sich mit dem letzten Geld des Meisters auf den Weg gemacht, irgendwo in der Stadt oder auf dem Lande ein Pferdchen und einen Wagen aufzutreiben, doch war es offenbar, daß schon ein Wunder geschehen mußte, wenn er damit auch nur einen klapprigen Karren bezahlen konnte.

»Ich werde beim Bürgermeister erwirken, daß man von Euerem der Stadt verfallenen Gut Euch einen Teil vergüte, groß genug, um Pferd und Planwagen zu erwerben«, sagte der Professor. Melchthofer hob, Hoffnung fassend, den Kopf. Er nickte. »Mir würd's das Elend mildere', ich kann nicht mehr laufe'.«

Selinger ließ keine Zeit verstreichen. Er machte sich auf den Weg zum Rathaus und suchte den Bürgermeister auf.

»Ihr seid noch immer hier?« rief dieser überrascht. »Ich wähnt' Euch längst auf der Reise.«

»Will erst noch die Reise der anderen vorbereiten«, erwiderte Selinger. »Meister Melchthofers Ausweisung hat ihre Schwierigkeiten, der Mann vermag die Füße nicht mehr zu gebrauchen.«

Des Bürgermeisters Gesicht lief rot an, als habe Selinger ihm des Stadtrichters und des Hofrichters Handlungen zur Last gelegt. »Ich war wider die Prozedur«, sagte er, wie um sich zu rechtfertigen. Und dann: »Wie ich seh', liegt Euch das Schicksal der Leut' um Bachmann sehr am Herzen. Ich halt' Euch zugute: aus Barmherzigkeit. Man könnt's Euch aber auch anders auslegen, denn der Bachmann ist flüchtig – und es halfen ihm dazu sicher nicht nur die Melchthofersleut'.«

»Ich bin Jurist«, entgegnete Selinger gelassen. »So vertrete ich hier nur die Sache hilfloser Menschen, ihnen zu ermöglichen, dem Spruch des Gerichts nachzukommen. Der Meister Melchthofer kann, wie ich Euch schon gesagt, nicht laufen. Darum komm' ich, Euch zu bitten, von seinem Hab und Gut, das der Stadt verfallen, so viel abzulassen, daß er Pferd und Wagen erwerben kann.«

Der Bürgermeister hob den Kopf, wie um damit seinen Mut zu alleiniger Entscheidung anzudeuten. »Man könnt' Euere Bitte als dreiste Zumutung, aber auch als Vertrauen zum Rat der Stadt nehmen. Ich will mich ans letztere halten. Der Meister mag uns die Rechnung einreichen. Man soll nicht sagen, daß er die Stadt wie ein zerprügelter Hund verlassen gemußt. – Ob er aber Pferd und Wagen auftreiben wird?«

»Ich werde mich darum kümmern«, erwiderte Selinger. »Nehmt meinen Dank für Euere Großmut.« Er verbeugte sich, um zu gehen.

Der Bürgermeister aber trat auf ihn zu, streckte ihm die Hand entgegen und sagte freundlich: »Ich wünsch' Euch gute Reise.«

Selinger war befangen, doch er nahm die Hand und drückte sie flüchtig. Dann wandte er sich schnell ab und ging hinaus. – Auch ihn haben wir vertrieben, dachte der Bürgermeister, und sein Gesicht verfinsterte sich.

Den Marktplatz überquerend, überlegte Selinger, was er nun tun könne. Ich werde erst für mich einen Wagen bestellen, ging es ihm durch den Kopf; noch vor den Melchthofersleuten möchte ich reisen. Nach Dresden, zu Freund Thinius. Von dort aus dann nach Prag oder nach Zürich. Er stockte auf einmal: Sollte ich nicht doch noch einmal nach Leipzig gehen, zu sehn, was aus Anna geworden? – Bei diesem Gedanken stieg seine Unruhe ins schmerzliche, er fraß sich wie eine Versuchung in seine Sinne.

Nein, erst nach Dresden! sagte er zu sich selbst. Ich werde Freund Thinius' Rat erbitten, er ist gut verheiratet, Vater von sieben Kindern, ein wenig pedantisch und moralisch ganz streng; wenn selbst er Anna höher einschätzt als ihren Fehltritt, so dürfte ich wohl nicht länger zögern –. Ich könnte ihr zunächst einen Brief schreiben. Doch wie wird sie ihn aufnehmen? Ich habe sie damals fortgeschickt. Soll ich sie um Verzeihung bitten? Nein, das werde ich nicht tun. Antwortet sie mir nicht, so schlage ich mir ein Wiedersehen aus dem Kopf. Dies wird mir freilich dann noch schwerer fallen. – Vielleicht rät Thinius mir auch gar nicht zu. Ob ich damit aber ruhiger werde?

Eilig schritt er die Collegiengasse hinauf, vorüber an der Bursa Mercurii am Holzmarkt, der Bursa Sophiae gegenüber dem Ausgang der Neugasse, vorüber am einstigen Wohnhaus seines Schwiegervaters, Professor Pergesius, weiter auch vorüber an der Universität, dem alten, baufälligen Wohnhaus Melanchthons und dem Schwarzen Kloster, darin nun Luther mit seiner Katharina hauste.

In der kurzen Gasse vorm Elstertor wohnte ein Fuhrherr, der Wagen und Reitpferde vermietete. Selinger hatte ihn in all den Jahren seines Wittenberger Aufenthalts oft aufgesucht und seine Dienste in Anspruch genommen. Der Mann, ein kleiner, untersetzter Fünfziger, stand in keinem guten Ruf, man nannte ihn heimlich einen Halsabschneider, einen Gauner und Betrüger, offen – und diesen Namen akzeptierte er gar – Guldenschluck. Ja, am Biertisch prahlte er gern mit seinem Gelde. Doch sein Hof war alles andere als der eines reichen Mannes: Die Wagen standen in offenen Schuppen, durch deren Dächer Sonne und Regen Einlaß fanden. In den Ställen, dunkel und immer schlecht ausgemistet, hielt er etwa zehn Pferde, die erst geputzt wurden, wenn die Mieter schon warteten. Stroh und Heu, Dung und Roßäpfel waren über den ungepflasterten Hof verstreut, ein Bild der Lotterei und Liederlichkeit. Bei allem aber war Guldenschluck auf die höchsten Einnahmen aus. Er klagte fortgesetzt über das teuere Futter, die unverschämten Forderungen der Schmiede, Stellmacher und Sattler, die seinen Betrieb instand halten sollten, und vor allem über die unerträgliche Steuerlast. Erst nach solch einem Sermon nannte er den Preis für ein Pferd, für einen Wagen auf ein paar Stunden oder einen wie auch mehrere Tage. Er richtete sich nach einer Liste mit festen Sätzen und Staffelungen, doch hatte er für diesen Kunden eben diese und für jenen jene Liste zur Hand. Zwar trugen die in einer schmutzigen Mappe liegenden Tabellen auffällig unterschiedliche Zahlen, doch er hatte immer die richtige zur Hand, die eine, die einzige ...

Dabei ging sein Geschäft nicht schlecht, denn er brauchte in der ganzen Stadt keine ernsthafte Konkurrenz zu fürchten; die zwei, drei kleinen Pferdebesitzer konnten größere Reisen kaum ausführen, und der Marstall des Schlosses wie auch der Stall der Stadt waren einem gewöhnlichen Bürger verschlossen.

Es blieb also auch Selinger nichts weiter übrig, als sich an ihn zu wenden. – Schon stand er vor der Hausdurchfahrt. Zögernd trat er ein, durchschritt, einem Haufen frischen Pferdemistes ausweichend, den Gang bis zur Hofseite und blickte aufmerksam voraus. Da sah er vor einem der Wagenschuppen den Gesellen Thamm stehen und bei ihm Guldenschluck, der ihm soeben seine Jammerlitanei vortrug. Selinger, im Schatten des Hauses noch gut verborgen, konnte zwar nicht Wort für Wort verstehen, doch begriff er bald: Es ging um den kleinen, klapprigen Kastenwagen, den man bereits aus dem Schuppen gezogen hatte. Diesen also wollte der Gesell für den Meister kaufen.

Sobald Guldenschluck mit seiner Rede zu Ende gekommen war, lief er mit großer Behendigkeit in den Stall. Einen alten schmutzigbraunen Klepper führend, kam er wieder heraus. Er zerrte ihn angestrengt am Halfter vorwärts, doch der Gaul setzte nur langsam Huf vor Huf. Und als Guldenschluck im Ziehen nachließ, blieb er mit hängendem Kopfe stehen.

Nun begann das Feilschen um den Preis des Tieres. Thamm schüttelte den Kopf, ein deutliches Zeichen dafür, daß der ihm vom Meister übergebene Betrag weder für das eine noch für das andere reichte. Guldenschluck gestikulierte heftig mit den kurzen Armen, er klopfte dem Pferd geschäftig auf Flanke und Hals, doch es rührte sich nicht. Offenbar war es vor Hunger zu schwach.

Jetzt trat Selinger auf den Hof hinaus und ging zu dem Fuhrherrn hin. Dieser zog untertänig die Mütze und machte eine bei seiner kleinen, doch vierschrötigen Figur unbeschreiblich komisch anmutende Verbeugung.

»Gott zum Gruß, Herr Professor! Immer bereit, Euch zu dienen!« Er verbeugte sich abermals.

Selinger nickte leicht. Dann warf er einen Blick auf Thamm. »Nun, was führt dich her, Gesell?«

»Wollt' für den Meister Pferdlein und Wagen kaufen, da er zu schlecht auf den Beinen. Aber der Fuhrherr nutzt unsere Not und treibt den Preis hoch.«

Guldenschluck wurde plötzlich wieder sehr lebendig. Mit lauter Stimme wollte er seine Jammerrede wiederholen. Doch Selinger winkte ab. »Genügt dir dieser Wagen denn?« fragte er Thamm.

»So man die Beschläg', die Ringe und Bänder neu aufzieht oder ersetzt, mag es hingehen. Gestell, Deichsel, Achsen und Räder sind leidlich instand; hier fehlt ein Bolzen, dort eine Lasche, doch läßt's sich machen. Hab' noch zwei Tage Zeit, dies alles herzurichten. Bügel und Plane hätt' ich gern dazu.« Thamm breitete die Arme bedauernd aus. »Doch ist eben der Preis zu hoch.«

»Ich geb' dir Plan' und Bügel drauf!« ereiferte sich Guldenschluck. »Setz' ohnehin schon zu!« Er machte eine wegwerfende Bewegung.

Selinger ließ sich den Preis nennen. »Die Rechnung kriegt der Rat der Stadt«, sagte er mit warnendem Seitenblick. »So laßt Euch nicht des Wuchers zeihen.«

»Der Rat der Stadt –?« Guldenschluck blieb das Maul halb offenstehn, seine listigen, unruhigen Äuglein richteten sich überrascht auf den Professor. »Wie das, der Rat –?«

»Wohl, der Rat kauft Pferd und Wagen. Macht ihm drum einen angemessenen Preis, sonst könnt' er's übel vermerken.«

Selinger wandte sich wieder an Thamm. »Und wie gefällt dir das Pferd?«

»Es ist zu schwer in den Knochen«, erwiderte dieser. »Kann sich selbst kaum tragen. Wie soll's da den Wagen ziehen.« Er begriff zwar noch nicht, wieso der Rat der Stadt Pferd und Wagen bezahlen würde, doch wenn es der Herr Professor sagte, mußte es wohl stimmen. Darum ging er nun ernsthafter an den Kauf. »Den alten Klepper nehm' ich nicht!« knurrte er.

»So gebt ihm ein anderes Pferd«, sagte Selinger.

»Oh, wo denkt Ihr hin, Euer Gnaden?« jammerte Guldenschluck. »Nicht eines kann ich missen!«

»Doch den steifen Gaul wolltet Ihr verschachern. Ich rat' Euch, zeigt dem Magistrat, vornehmlich dem Herrn Bürgermeister, Euch mit Gunst.« Selinger machte ein finsteres Gesicht. »Führt das alte Tier zurück und bringt uns ein jüngeres, leichteres.«

Guldenschluck gab klein bei. Er brachte den Braunen in den Stall. Selinger aber gab Thamm einen Wink, und beide gingen hinterher, sich selber nach dem rechten Pferdchen umzusehen.

Bald hatten sie eines gefunden. Sie ließen es auf den Hof führen. Es war arg verschmutzt, doch offensichtlich jünger und gesund.

Thamm sah ihm prüfend ins Maul, beklopfte es fachmännisch und nickte. »Dies würd' ich nehmen.«

»Mein Gott, es ist ein Reitpferd!« rief Guldenschluck aus. »Wie soll's den schweren Wagen ziehen?«

Thamm schüttelte den Kopf. »Was redet Ihr? Ich seh's am Halsfell, daß es das Kummet seit Jahr und Tag getragen. Und der Wagen hier ist leicht wie ein Korbmacherkarren.«

Guldenschluck sah ein: Der Gesell verstand was von Pferden, man mußte ihm also anders kommen. »Nehmt alle meine Röss', doch laßt mir das eine!« jammerte er.

»Wir brauchen nur dies schmächtig' Rößlein«, entgegnete Thamm. »Und zu schön ist's wahrlich auch nicht.«

Selinger, über seine Worte insgeheim vergnügt, setzte hinzu: »Ihr könnt dem Rat keine alte Mähre verkaufen.«

Man redete noch eine Weile hin und her. Endlich war Guldenschluck bereit, das gewählte Pferd abzugeben, doch nannte er einen beträchtlichen Preis. Den versuchte Thamm mit aller Gewalt zu drücken, Guldenschluck aber blieb fest.

»Ich brauch' das Geld ja nicht«, sagte er erbost, »drum will ich's Pferdlein auch gar nicht abgeben. Wennschon, so doch nur Euch zulieb, Herr Professor.«

Selinger machte Thamm heimlich ein Zeichen zu schweigen. Zu Guldenschluck aber sagte er hart: »Schreibt uns nun endlich die Rechnung.«

»Niemals mach' ich was Schriftlich's!« gab dieser beinahe entsetzt zurück.

»So geht mit mir aufs Rathaus, daß ich dem Bürgermeister Euere Forderung vortrage.«

Doch auch davon war Guldenschluck nicht erbaut. »Könnt Ihr's nicht auslegen? So hab' ich keine Lauferei.«

Selinger schüttelte den Kopf. »Ihr müßt den Kauf bestätigen. Und der Kämmerer wird zahlen.«

Guldenschluck gab nach. Das Geld lockte ihn doch. Er schickte sich an, dem Professor zu folgen.

Doch Thamm hielt ihn zurück. »Gebt mir noch einen Sack Hafer drauf«, sagte er. »Womit soll ich das Tier auffüttern.«

»Du kriegst wahrhaftig den Hals nicht voll!« brüllte Guldenschluck wütend.

»Ihr könnt's mit anrechnen«, beruhigte ihn Selinger.

Guldenschluck ging in den Stall. Mit einem halben Sack Hafer kam er zurück. Er warf ihn ärgerlich auf den Wagen.

»Nun noch 's Geschirr«, forderte Thamm.

Guldenschluck machte stumm vor Zorn kehrt, es zu holen. Das schlechteste aus seinem Bestand wählte er aus und warf auch dies auf den Wagen.

Thamm nahm das Kummet und schob es dem Pferd über den Kopf. »Es sitzt nicht«, sagte er. »Ein kleineres.«

Guldenschluck fauchte wie ein alter Kater, doch er holte ein anderes. Thamm paßte es auf, es saß. Er prüfte Riemen, Gurte und Stricke und fand sie noch brauchbar. Geschickt machte er sich daran, das Pferd aufzuschirren und vor den Wagen zu spannen. Guldenschluck beobachtete ihn erst grimmig, doch bald schon interessiert. Der gäb' einen Fuhrknecht, dachte er. Selinger erriet seine Gedanken.

»Euer Rößlein wird's gut bei ihm haben«, bemerkte er freundlich. Guldenschluck brummelte unwirsch.

Als Thamm mit dem Anschirren zu Ende gekommen war, wandte er sich noch einmal an ihn. »So, noch Bügel und Plane.«

Jetzt stieg dem Guldenschluck das Blut in den Kopf. In höchster Erregung lief er in einen der Schuppen. Einen Planenpacken und vier Weidenbügel schleppte er herbei und warf sie Thamm vor die Füße.

»Hier! Genug nun?«

Thamm rollte gelassen die Plane auf. Sie war noch leidlich ganz, zerschlissen zwar, doch groß genug für den Wagen. Er rollte sie wieder zusammen, legte sie in den Wagenkasten.

»Die Bügel passen zwar nicht«, sagte er, »doch will ich sie passend machen.« Er stellte sie in den Kasten und lehnte sie an eine Runge. Noch einmal nickte er dem Fuhrherrn zu. »Gott danke Euch für Euere Güte!«

Er griff zur Leine, zog sie leicht an. Das Pferd setzte sich in Bewegung, der Wagen klapperte – ein wenig klirrend die Reifen – auf die Gasse hinaus.

Guldenschluck starrte hinter ihm her, bis er um die Ecke des Torganges verschwunden war. Mit dem Kittelärmel wischte er sich den Schweiß von der Stirn.

»Ich bin gekommen, für morgen früh einen Reisewagen nach Dresden zu bestellen«, unterbrach Selinger des mit dem Geschäft offenbar unzufriedenen Fuhrherrn dumpfes Grübeln.

Der sperrte den Mund auf, als wolle er von neuem zu toben anfangen. Doch dann verzog sich sein Gesicht ins Unterwürfige. »Immer bereit, Euch zu dienen! Euer Gnaden sollen sich über mich nicht beklagen. Den schönsten Wagen, die besten Pferd' will ich Euch geben. Und auch mit dem Fuhrknecht sollt Ihr zufrieden sein.«

Das Urteil des Stadtrichters sah vor, daß die Ausgewiesenen am 30. August 1525 zur Mittagsstunde die Stadt verlassen haben mußten, widrigenfalls man sie abermals in Haft nehmen würde. Das war eine kurze Frist.

Vom frühen Morgen bis in den späten Abend stand Thamm in der Werkstatt, schmiedete, feilte und nietete, den Wagen reisefest zu machen. Es roch nach verbranntem Holz, nach Dampf, der von den heiß aufgezogenen Nabenringen aufstieg, nach Öl, mit dem Thamm das rostige Eisen abrieb.

Erst am Morgen des letzten Tages konnte er die Plane aufsetzen. Danach nahm er das hintere Schütz heraus und begann, den Wagen zu beladen. Die Frauen schleppten Säcke und Bündel herbei. Thamm verstaute sie kunstgerecht bis unter die leinene Plane, die Truhe kam in die Mitte des Wagens, Bettdekken, ein großer Korb mit Lebensmitteln und Hausrat obenauf. Der hintere Teil des Kastens blieb für den Meister frei. Thamm schuf aus Wäsche- und Kleidersäcken, Kissen und Decken einen bequemen Sitz, darauf hatte auch sein Bub noch Platz genug. Es war eine aufregende Arbeit, immer wieder mußte die Last umgeschichtet werden, bis sie gleichmäßig verteilt war. Mit Sorgen sah Thamm, daß man nicht alles Notwendige aufladen konnte. Die Frauen wurden, wenn er dies oder das zurückstellte, vollends kopflos; es gab Tränen und Verzweiflungsausbrüche.

Um die elfte Vormittagsstunde kamen ein Schreiber und zwei Knechte, eine Bestandsaufnahme vorzunehmen. Sie blickten flüchtig auf den Wagen, doch kontrollierten sie die Fracht nicht. Es war ihnen nicht wohl bei ihrem Geschäft. So nahmen sie vorerst nur das Wichtigste – nicht Mitnehmbare – auf, Haus, Werkstatt, Stall und Garten. Dann gingen sie wieder: Sie würden vor dem Hause warten, bis man es verlassen.

Die Mittagsstunde rückte schnell näher. Thamm schirrte das Pferd an und mahnte die Frauen zur Eile. Barbara kam mit dem Söhnchen und setzte es hinten auf den Wagen. Julia und Frau Herberger führten den Meister heraus. Noch einmal wollte er die Werkstatt sehen. Er wies die Frauen an der Tür zurück und humpelte mühselig zum Amboß hin. Mit zitternder Hand streichelte er dessen blanke Fläche. Seine alten Augen wurden feucht. Suchend blickte er umher, doch die Tränen trübten seinen Blick. Unruhig wankte er zum Werktisch, den Kopf nach hier und dort hinwendend.

»Fehlt was, Vater?« fragte Julia von der Tür her.

»Wo ist mein Schmiedehammer?« klagte er mit brüchiger Stimme.

Julia rief Thamm herbei. Der ging auf den Alten zu, legte ihm die Hand auf die Schulter. »Hab' es bedacht, Meister: Zang' und Hammer, Winkel, Zirkel und Maßstab, liegt alles wohlverwahrt im Sack. Hätt' gern den Amboß noch dazugetan, doch trägt's der Wagen nicht, und dem Rößlein wär's zu schwer.« Er dämpfte seine Stimme. »Auch den Schlüssel von der Stadtmauertür –.«

Melchthofer schlang beide Arme um den Gesellen. Ein tiefes Schluchzen erschütterte seine Brust. Thamm, selber vom Schmerz schwer gepeinigt, klopfte dem Meister begütigend den Rücken. Langsam löste er sich aus seiner Umarmung und führte ihn auf den Hof hinaus. Alle Kraft zusammennehmend, half er ihm auf den Wagen. Der Bub, die Trauer der Großen bemerkend, fing an zu weinen. Der Meister drückte ihn an sich.

Thamm steckte das Rückschütz wieder vor und legte dem Meister einen Strohsack unter die wunden Füße. Dann nahm er die Leine des Pferdes auf, da zog es schon an. Der Wagen fuhr zum Tor auf die Gasse hinaus. Der Schreiber und seine Knechte betraten den Hof, sie drückten sich scheu an Barbara, Julia und Frau Herberger vorüber und verschwanden um die Hausecke.

Thamm, die Hand an der Runge, um ein wenig mitzuschieben, lenkte Roß und Wagen dem Marktplatz zu. Die Leute liefen zusammen, einige gingen mit, andere zögerten noch, liefen dann hinterher.

Der Wagen rollte die Elbtorgasse hinab. Vorm Torhof aber stand der Tormeister und verwehrte den Vertriebenen die Ausfahrt. »Ihr wißt, das Elbtor ist nur für Leut' zu Fuß und zu Pferd. Die Wagen müssen durchs Elstertor fahren.«

»Es ist nur ein kleiner Wagen«, sagte Thamm.

Doch der Tormeister blieb hart. »Keine Widerred'! Kehr um!«

»Die Glock' wird gleich zwölf schlagen«, wandte Thamm ein. »Da müssen wir die Stadt verlassen haben.«

Es hatten sich nun doch allerlei Leute angesammelt, darunter viele Studenten.

»Macht keine Umständ', Meister!« rief einer.

»Halt's Maul!« erhielt er zur Antwort.

Die Studenten begannen zu johlen. »Laßt sie ziehen, raten wir Euch!« – »Wollt Ihr's noch böser machen als es schon ist?« – »Der Teufel!« Die Studenten drängten nach vorn.

Der Tormeister wich zurück. »Bei des Fürsten Herrschaft, ich sag' euch, schert euch zur Hölle!«

»Dahin gehörst du längst!« rief ein langer Kerl mit Mäntelchen und Barett.

In diesem Augenblick begann die Glocke vom Turm die zwölfte Stunde zu schlagen.

»Jetzt darf ich euch nicht mehr fortlassen. Die Frist ist um, und ihr seid dem Gericht von neuem verfallen«, sagte der Tormeister mit feierlichem Ernst.

»Ihr selbst habt sie ja am Fortziehen gehindert!« schrie der Lange im Mäntelchen ihn an. Er wandte sich an seine Kommilitonen. »Hört euch dies an, der Kerl will sie wieder ins Verlies bringen.«

»Macht das Tor auf! Gebt den Weg frei!« tobten die Studenten. Sie sprangen zum Wagen hin und schoben ihn so wild vorwärts, daß das erschrockene Pferd sich aufbäumte und drohte, die Deichsel zu zerbrechen. Thamm lief zu ihm hin und ergriff es am Zaum; er klopfte ihm den Hals und beschwor die Studenten, vom Wagen abzulassen.

Doch sie gaben nicht nach. So leitete Thamm das Tier mit aller Kraft durch den Torhof und den Torgang. Hier stellten sich ihm und dem Wagen die Wachtknechte entgegen. Doch die Studenten waren schon heran und fegten sie beiseite. Der Tormeister flüchtete entsetzt in seine Stube.

Schon rollte der Wagen über die Grabenbrücke und der Elbvorstadt zu. Am Spital »Zum Heiligen Kreuz« kam er endlich zum Stehen. Die Studenten umringten ihn lärmend. Einige zogen ihren Geldbeutel und warfen dem Meister ein paar Münzen zu, sie rollten ihm vor die Füße. Doch er sagte ihnen keinen Dank; der Schmerz des Abschieds ließ ihn dies alles nicht mehr bewußt wahrnehmen.

Der lange Student mit Mäntelchen und Barett trat zu den nun erst nachgekommenen Frauen hin und verbeugte sich ernst. »Wir wünschen Euch gute Reis'. Geleit Euch Gott in ein besser' Land.«

Die Studenten wurden ganz still. Sie rückten zusammen, und einige betrachteten Julia nicht ohne Entzücken. Bei aller Sympathie für die Vertriebenen begriffen sie deren Not doch nicht ganz.

»Fahr zu, Gesell«, gebot der Lange.

Thamm zog sanft an der Leine, das Pferd setzte sich in Gang, ruhiger jetzt, doch sichtlich angestrengt. Die Frauen schritten hinterher. Sie blickten auf den alten Meister und das Kind, die beieinander auf dem Wagen saßen. Sie gingen Arm in Arm, wie Genossinnen verlorenen Glückes, ins Ungewisse hinaus.

»Lebt wohl!« rief der Lange ihnen nach. Und die Studenten, von der Härte dieser Stunde nun doch erschüttert, standen mit entblößtem Haupt. Die Frauen aber sahen sich nicht um. Bald verschwand der traurige Zug in der Gruppe der Vorstadthäuser.

Am Rande des Weges, dicht bei den Studenten, aber verhielten, vom Anger zurückkommend, der Herr Professor Magenfried mit seinem Hausgast, einem vornehmen, adligen jungen Herrn aus dem Mansfelder Land. Dieser, reich – und auch wider die Vorschrift gekleidet, mit Hut und Degen, weichen, gelben Stiefeln und goldenem Gürtel, lächelte fein und tupfte mit einem seidenen Fazilettlein über seine Stirn hin. Er studierte neben dem Recht auch die schönen Künste und hielt sich selbst schon für einen der Krönung würdigen Poeten.

»Nun ist's Komödienspiel wohl zu Ende«, sprach er hochmütig über die ergriffenen Studenten hin.

Jetzt erst bemerkten sie ihn und seinen Professor. Sie waren verwirrt und grüßten nur flüchtig. Doch blieben sie stehen, als ob sie nun auch vom Professor noch eine Anrede erwarteten. Dieser aber schwieg.

Dafür fuhr der feine Junker fort: »Ich muß mich wundern, daß die Kommilitonen so großen Aufwand um die gemeinen Leut' machen. Bei uns im Mansfeldschen liebt man sie weniger.«

»Was geht dich unsre Sache an?« fragte der Lange.

»Sie läßt mich nachdenken über den Sinn des Studiums. Die Ordnung, die himmlische wie die weltliche, im Lande zu halten, seid ihr doch ausersehen; ihr aber redet den Aufrührern das Wort.«

»Wir reden dem Recht das Wort«, erwiderte einer.

»Dem Recht der Aufrührer«, fiel der Junker ein. »Seit zwei Monden seid ihr rein närrisch, schlagt euch um einen Bauern mit der Obrigkeit herum, als ginge es um einen der Eueren. Seit wann sind Studenten der Bauern Bundesgenossen?«

Die Studenten gerieten noch mehr in Verwirrung, nicht wenige unter ihnen hörten des Professors Magenfried Vorlesungen, und er kannte fast alle. Furcht vor ihm und Befangenheit vor der Rede des Junkers –: sie fühlten in sich beides und waren verärgert.

Der Junker bemerkte ihre zwiespältige Stimmung. »Was habt ihr an diesen Bauern?« fragte er triumphierend.

Jetzt löste sich in dem Langen die Hemmung. Er trat dicht vor den Feinen hin und sagte einfach und klar: »Wir wohnen bei ihnen, in Dachkammern und Scheunen – und nicht im Hause des Herrn Professor Magenfried. Wir essen ihre Suppe und ihr Brot, wir sitzen auf ihren rohen Bänken – und nicht beim Mahl an den Tischen der Herren.«

Der Professor zuckte zusammen. Entrüstet wandte er sich ab. »Kommt, Herr Junker«, sagte er. Und beide schritten in auffälliger Eile dem Stadttor zu. –

Indessen hatte der Wagen die zweite Strengkolkbrücke schon erreicht. An ihrer Brüstung stand ein Mann, offensichtlich den Zug der Ausgewiesenen erwartend. Der Fischer Schittenbeck.

Als sie herankamen, trat er auf sie zu. Zuerst wandte er sich an Julia. »Ist gut fortgekommen, der Hans. Soll dich grüßen! Und vergiß nicht: Im kommend' Jahr zu Mariä Himmelfahrt wird er in Würzburg sein.«

Sie begann zu weinen.

Schittenbeck gab Barbara die Hand. »Leb wohl, du gutes Weib«, sagte er. Und zu Frau Herberger, auch ihre Hand erfassend: »Gott dank es Euch, daß Ihr mit dem Joseph geht, er braucht Euch, und Euch ist er mehr als diese Stadt, das glaubt.«

Nun blickte er in den Wagen. Der Meister nickte ihm traurig zu, doch nahm er sich zusammen. »Ich dank' dir, Conrad, daß du gekomme'. Warst alleweil ein guter Freund. Gott schütz' dich und deine Hütt'.« Die Worte versagten ihm.

Schittenbeck streckte ihm beide Hände zu. Dann griff er nach dem Bübchen und hob es hoch. Sanft setzte er es nieder.

Danach wandte er sich ab, die Tränen stiegen nun auch ihm herauf.

Er ging zu Thamm hin, umarmte ihn, nur kurz. »Grüß mir den Hans, so euch der Herrgott wieder zusammenführt. Und grüß mir's Schwabenland! Acht Jahr sind's her, daß du dorthin gewollt. Des Luther Stadt hat lang dich aufgehalten. Nun bring sie hinter dich! Und kommst ins Schwabenland, so lern das kunstvoll' Schmieden! Wir müssen's feiner schmieden, Berthold, auch das mit der Freiheitssach'!« Er trat zur Seite auf den Rasenstreifen.

Thamm trieb das Pferd an. Der Wagen setzte sich knarrend in Bewegung. Es ging bergan, der Fuhrmann packte die Wagenrunge und schob kräftig mit. Auch die Frauen legten Hand mit an, dem Pferdchen zu helfen. Der Wagen rollte leichter, er näherte sich dem großen Brückenhaus; nun erreichte er es, tauchte in den Schatten der Durchfahrt. Der alte Meister hob die Hand und winkte ein paarmal. Das Poltern der Pferdehufe und Wagenräder auf den Bohlen der Elbbrücke drang bis zu Schittenbeck hin. Der sah dem Wagen nach, bis er seinen Blikken entschwunden.

Die Freiheit, dachte er, die Freiheit muß nicht aus Wittenberg kommen. Mir scheint, sie kommt aus dem Herzen, aus den Fäusten Vertriebener, Ausgewiesener, Verfolgter. Von Jahr zu Jahr werden's mehr sein, denn die Obrigkeit ist grausam im Vertreiben, bis sie selbst vertrieben wird.

Er verließ den Damm und stieg zum Wasser des Strengkolks hinab. Dort lag sein Kahn. Er sprang hinein und griff zum Staken. Mit grimmiger Bewegung stieß er ihn in den Grund und schob den Kahn in die Strömung hinaus.